U0330873

Oliver Twist.

Original Manuscript of "Oliver Twist."

[illegible] (who is always the last person to arrive in such cases) at that moment made his way through the crowd and seized Oliver by the collar.

"Come, get up," said the man [illegible]

"It wasn't me indeed sir — indeed indeed it was two other boys," said Oliver clasping his hands passionately, and looking round. "They are here somewhere."

"Oh no they ain't," said the officer. He meant this to be ironical, but it was true besides, for the Dodger and Charley Bates had filed off down the first convenient court they came to. "Come, get up."

"Don't hurt him," said the old gentleman compassionately.

雾都孤儿

［英］狄更斯　著
严蓓雯　译

生活·讀書·新知　三联书店

图书在版编目（CIP）数据

雾都孤儿／（英）狄更斯著；严蓓雯译. —北京：
生活 · 读书 · 新知三联书店，2019.10
（三联精选）
ISBN 978－7－108－06517－9

Ⅰ. ①雾…　Ⅱ. ①狄… ②严…　Ⅲ. ①长篇小说－英国－近代
Ⅳ. ① I561.44

中国版本图书馆 CIP 数据核字（2019）第 041226 号

责任编辑　赵庆丰
装帧设计　鲁明静
责任印制　卢　岳
出版发行　生活 · 讀書 · 新知 三联书店
（北京市东城区美术馆东街 22 号 100010）
网　　址　www.sdxjpc.com
经　　销　新华书店
印　　刷　北京市松源印刷有限公司
版　　次　2019 年 10 月北京第 1 版
2019 年 10 月北京第 1 次印刷
开　　本　850 毫米 × 1092 毫米　1/32　印张 18.125
字　　数　390 千字
印　　数　0,001－6,000 册
定　　价　49.00 元
（印装查询：01064002715；邮购查询：01084010542）

"Good-bye dear! God bless you!"

《雾都孤儿》1855年版插图，弗雷德里克·帕尔索普绘

孩子爬上矮矮的铁门，小小的胳膊环住奥利弗的脖子："再见了，亲爱的！上帝保佑你！"祝福出自小孩子之口，这是奥利弗头一回听到有人为他祈祷；就算后来经历了种种挣扎痛苦、种种烦恼波折，他一刻都没有忘记过。

OLIVER AMAZED AT THE DODGER'S MODE OF "GOING TO WORK"

《雾都孤儿》1911年版插图，乔治·克鲁克香克绘

奥利弗站在几步开外，眼睛瞪得老大，又惊又怕地看见空空儿把手伸进老先生的口袋，从里面抽出了一块手帕！又看见他把手帕递给了查理·贝茨，最后还看见他们一起迅速转过街角跑掉了！

《雾都孤儿》1855 年版插图，弗雷德里克・帕尔索普绘

费京蹑手蹑脚地走进来时，职业琴师正在演奏序曲，他手指滑过琴键，引得众人吵嚷着要求点歌，直到一位女士走出来才消停。她唱了一首有四段歌词的民谣，每段之间，伴奏都尽可能大声地重奏一遍曲子。一曲唱罢，主席发表了一通感言，之后他左右手边的职业歌手自告奋勇表演了一首二重唱，赢得了满堂喝彩。

THE EVIDENCE DESTROYED

《雾都孤儿》1911 年版插图，乔治・克鲁克香克绘

蒙克斯将那小袋子从胸前掏了出来，那是他刚才匆忙塞进去的。他从地上捡起一个铅块，是某个滑轮上的零件，把它跟小袋子绑在一起，扔进水流中。铅块像颗骰子直直地落下，掉在水面上，发出隐约的扑通声，然后就消失不见了。

常读常新的文学经典

“经典新读”总序

意大利作家卡尔维诺认为文学经典可资反复阅读，并且常读常新。这也是巴尔加斯·略萨等许多作家的共识，而且事实如此。丰富性使然，文学经典犹可温故而知新。

《易》云：“观乎天文以察时变，观乎人文以化成天下。”首先，文学作为人文精神的重要组成部分，既是世道人心的最深刻、最具体的表现，也是人类文明最坚韧、最稳定的基石。盖因文学是加法，一方面不应时代变迁而轻易浸没，另一方面又不断自我翻新。尤其是文学经典，它们无不为我们接近和了解古今世界提供鲜活的画面与情境，同时也率先成为不同时代、不同民族，乃至个人心性的褒奖对象。换言之，它们既是不同时代、不同民族情感和审美的艺术集成，也是大到国家民族、小至家庭个人的价值体认。因此，走进经典永远是了解此时此地、彼时彼地人心民心的最佳途径。这就是说，文学创作及其研究指向各民族变化着的活的灵魂，而其中的经典（及其经典化或非经典化过程）恰恰是这些变中有常的心灵镜像。亲近她，也即沾溉了从远古走来、向未来奔去的人类心流。

其次，文学经典有如“好雨知时节”“润物细无声”，又毋庸置疑是民族集体无意识和读者个人无意识的重要来源。她悠悠幽幽地潜入人们的心灵和脑海，进而左右人们下意识的价值判断和审美取向。举个例子，如果一见钟情主要基于外貌的吸引，那么不出五服，我们的先人应该不会喜欢金发碧眼。而现如今则不同。这显然是“西学东渐”以来我们的审美观，乃至价值判断的一次重大改观。

再次，文学经典是人类精神的本能需要和自然抒发。从歌之蹈之，到讲故事、听故事，文学经典无不浸润着人类精神生活之流。所谓“诗书传家”，背诵歌谣、聆听故事是儿童的天性，而品诗鉴文是成人的义务。祖祖辈辈，我们也便有了《诗经》、楚辞、汉赋、唐诗、宋词、元曲、明清小说等。如是，从“昔我往矣，杨柳依依；今我来思，雨雪霏霏”到“落叶归根”，文学经典成就和传承了乡情，并借此维系民族情感、民族认同、国家意识和社会伦理价值、审美取向。同样，文学是艺术化的生命哲学，其核心内容不仅有自觉，而且还有他觉。没有他觉，人就无法客观地了解自己。这也是我们拥抱外国文学，尤其是外国文学经典的理由。正所谓“美哉，犹有憾”；精神与物质的矛盾又强化了文学的伟大与渺小、有用与无用或“无用之用”。但无论如何，文学可以自立逻辑，文学经典永远是民族气质的核心元素，而我们给社会、给来者什么样的文艺作品，也就等于给社会、给子孙输送什么样的价值观和审美情趣。

文学既然是各民族的认知、价值、情感、审美和语言等诸多因素的综合体现，那么其经典就应该是民族文化及民族向心力、凝聚力的重要纽带，并且是民族立于世界之林而不轻易被同化的鲜活基因。古今中外，文学终究是一时一地人心的艺术呈现，建立在无数个人基础之上，并潜移默化地表达与传递、塑造与擢升着各民族活的灵魂。这正是文学不可或缺、无可取代的永久价值、恒久魅力之所在。正因为如此，人工智能最难取代的也许就是文学经典。而文学没有一成不变的度量衡。大到国家意识形态，小到个人性情，都可能改变或者确定文学的经典性或非经典性。由是，文学经典的新读和重估不可避免。

一、时代有所偏侧。就近而言，随着启蒙思想家和浪漫派的理想被资本主义的现实所粉碎，19 世纪的现实主义作家将矛头指向了资本。巴尔扎克堪称其中的佼佼者。恩格斯在评价巴尔扎克时，将现实主义定格在了典型环境中的典型性格。这个典型环境已经不是启蒙时代的封建法国，而是资产阶级登上历史舞台以后的"自由竞争"。这时，资本起到了决定性的作用。

二、随着现代主义的兴起，典型论乃至传统现实主义逐渐被西方形形色色的各种主义所淹没。在这些主义当中，自然主义首当其冲。我们暂且不必否定自然主义的历史功绩，也不必就自然主义与现实主义的某些亲缘关系多费周章，但有一点需要说明并相对确定，那便是现代艺术的多元化趋势，及至后现代无主流、无中心、无标准（我称之为"三无主义"）的来临。于是，绝对的相对性取代了相对的绝对性。恰似巴尔扎克、托尔斯泰在我国的命运同样堪忧。

与之关联的，是其中的意识形态和艺术精神。第一点无须赘述，因为全球化本身就意味着国家意识的"淡化"，尽管这个"淡化"是要加引号的。第二点，西方知识界讨论"消费文化"或"大众文化"久矣，而当今美国式消费主义正是基于"大众文化"或"文化工业"的一种创造，其所蕴涵的资本逻辑和技术理性不言自明。好莱坞无疑是美国文化的最佳例证，而其中的国家意识显而易见。第三点指向两个完全不同的向度，一个是歌德在看到《玉娇李》等东方文学作品之后所率先呼唤的“世界文学”。尽管曾经应者寥寥，但近来却大有泛滥之势。这多少体现了资本主义制度在西方确立之后，文学何以率先伸出全球化或世界主义触角的原因。遗憾的是资本的性质不会改变。而西方后现代主义指向二元论的解构以及虚拟文化的兴盛，最终为去中心的广场式狂欢提供了理论或学理基础。

由上可见，经典新读和重估势在必行，它是时代的需要，是国民教育的需要，是民族复兴、国家发展的需要。为此，我们携手生活·读书·新知三联书店，以当代学术研究为基础，精心选取中外文学经典，邀请重要学者和译者，进行重新注疏和翻译，既求富有时代感，也坚持以我为本、博采众长的经典定位。学者、译者们参考大量文献和前人的版本、译本，力图与21世纪的中文读者一起，对世界文学经典进行重估与新读，以期构建中心突出、兼容并包的同心圆式经典谱系。我称之为“三来主义”，即“不忘本来，吸收外来，面向未来”。

除此之外，我们还特邀了相关领域的专家学者，为每部作品撰写了导读，希望广大读者可以在经典阅读的基础上，进一步了解作品产生的土壤，知其然，并且所以然。愿意深入学习的读者，还可以依照“作者生平及创作年表”以及“进一步阅读书目”按图索骥。希望这种新编、新读方式，可以培植读者，尤其是青少年读者亲近文学经典，使之成为其永远的精神伴侣和心灵慰藉。

需要特别说明的是，“经典新读”主要由程巍、高兴、苏玲等同事策划、推进，并得到了诸多译者和注疏者，以及三联书店新老朋友的鼎力支持。在此谨表谢忱！

（陈众议，中国社会科学院外文所所长）

目录

Contents

导 读

打破幽闭的空间

乔修峰

1

狄更斯让所有形容他的语言都显得苍白无力。他小说中那些扣人心弦的情节，过目难忘的人物，栩栩如生的场景，令人捧腹的幽默，酣畅淋漓的讽刺，天马行空的想象，无不带有他鲜明的特色，确如他自己所说，“举世无双”〔1〕。但这还不足以成就狄更斯的伟大。他能成为“那个时代”乃至“所有时代”最受欢迎的英国小说家〔2〕，一个重要的原因就是他描绘了我们共同的愿望——快乐地生活在一个温暖的世界上。当这个愿望遭遇挫折时，他告诉我们不要放弃，并带领我们一起思考如何改造这个世界。

狄更斯生于1812年，卒于1870年。这半个多世纪正是

---

〔1〕 Claire Tomalin, *Charles Dickens: A Life*, London: Penguin, 2011, p. xlvii.

〔2〕 Anthony Trollope, *Autobiography*, Oxford: Oxford University Press, 1980, p. 247.

英国逐步摆脱内忧外患、成为现代化强国的时代。狄更斯见证了它的辉煌，也洞悉它的黑暗。工业革命带来的日新月异让他引以为傲，但也让他意识到这个世界并不完美，就像他在《双城记》的开头所说，“那是最美好的时代，也是最糟糕的时代”。他发现，在这个最富有的国家，还有很多人日子过得非常艰辛，“他们生活中的色彩被抹掉了，生活实际上被扼杀了”[1]。对他们来说，维多利亚时代仍然是一个艰难且坚硬的时代。这让狄更斯格外愤怒，他给小说《艰难时世》取了一个醒目的副标题——“写给当今时代”。他要“叙至浊之社会”（林纾语），抨击社会和人性中的丑恶，唤醒人们的道德意识，改造那个尚不完美的世界，让所有人都能拥有生活，在温暖的空间中自由地呼吸。1837年至1839年写成的《雾都孤儿》正是第一部体现这种精神的作品，奠定了他后来所有小说的基调。此后，雾都成了他小说的主要场景，孤儿成了他笔下的主要人物。雾都和孤儿成了撑起他整个小说世界的两大象征。

狄更斯笔下的雾都是英国“现代社会”的缩影。在狄更斯的有生之年，伦敦的面积扩张了一倍，人口也翻了一番，

---

〔1〕引自坎特伯雷大主教罗恩·威廉斯在狄更斯诞辰二百周年纪念会上的讲话，详见 http://rowanwilliams.archbishopofcanterbury.org/articles.php/2347/。

成了英国乃至欧洲最大的城市。这座名副其实的大都市修建了下水道，开通了铁路，治理了泰晤士河，开辟了新的街道和公园，举办了世界博览会，汇集了英国工业化和城市化的最高成就。狄更斯一生大部分时间都在伦敦生活，足迹遍布伦敦的大街小巷，熟悉伦敦的色彩、声音和气味。他知道，伦敦是丰富多彩的，可他笔下的伦敦却像极了威廉·霍加斯的版画，没有色彩，只有黑白。雾气笼罩下的伦敦，肮脏、潮湿、阴冷、坚硬、透着寒意，充满了贫困、歧视、压迫和死亡。这不是一个挤满了陌生人的荒原，而是一个令人感到窒息的幽闭空间，墙壁格外坚硬，地面格外冰冷。很多人认为狄更斯笔下的伦敦就像一幅漫画，笔触太过夸张，但他很清楚，这种幽闭空间正是很多人的真实感受。他用笔墨告诉我们，空间的大小、冷暖和色彩并不仅仅取决于它的物理性质，还取决于操作着空间的制度和空间中的人。他想提醒读者，空间是由人来塑造的。要让所有人都能感受到世界的色彩和温暖，不能只靠物质上的改善，还需要公正的态度和仁爱的精神。

狄更斯写过很多孤儿，比如奥利弗、皮普和埃斯特；他还写过很多人物，虽然不是孤儿，却有过孤儿般的经历和感受，大卫·科波菲尔就是一个显著的例子。毫无疑问，狄更斯在写孤儿时也是在写自己的童年时代。他出生在英国南部的港口朴茨茅斯，父亲是海军部的小职员。十岁时，他随父母搬到了伦敦。十二岁时，因为父亲欠债入狱，他被送到鞋油厂去当童工，挣钱养家糊口，第一次尝到了孤独、无助和不公的滋味。父亲出狱后，母亲仍想让他回鞋油厂工作，这让他格外伤心。母亲的冷落和抛弃成了他一生挥之不去的伤痛："我后来一直没有忘记，也永远不会忘记、永远无法忘记，我母亲很想再把我送回去。"[1]他把这种无依无靠的感受写进了《雾都孤儿》。传记作家弗雷德·卡普兰认为，狄更斯写奥利弗一出生就没了母亲，就是要对照自己的母亲，"似乎在说一个去世了的母亲也比一个迟钝麻木的母亲好"。[2]

孤儿也是一个象征，浓缩了儿童、女性、贫民等社会弱势群体的悲惨境遇。狄更斯同情他们，正如乔治·奥威尔所说，不管谁处在弱势地位，都能得到狄更斯的同情。[3]狄更斯也想唤起我们的同情，就像小说家托马斯·亨利·利斯

---

〔1〕 John Forster, *The Life of Charles Dickens*, Vol. 1, London: J. M. Dent & Sons Ltd., 1966, p. 32.

〔2〕 Fred Kaplan, *Dickens: A Biography*, Baltimore and London: The John Hopkins University Press, 1998, p. 95.

〔3〕 George Orwell, "Charles Dickens", in George H. Ford and Lauriat Lane Jr., eds., *The Dickens Critics, Ithaca: Cornell* University Press, 1961, pp. 168-171.

特（Thomas Henry List）所说，“他的作品要让我们成为真正仁慈的人，唤起我们对受害者的同情、对各阶层苦难的同情”〔1〕。不公正的制度、不负责任的机构、冷酷无情的世风和暴戾恣睢的恶人，就像小说中反复提到的绞刑架一样，勒得人喘不过气来。我们看到，奥利弗一生下来就呼吸困难，“拼命喘气”；后来因为想多要一碗粥，济贫院的官员就说他早晚要被“绞死”。这些显然不是无意之笔。J.希利斯·米勒（J. Hillis Miller）在谈到小说中的绞刑意象时说：“还有什么比瞬间拉紧绞架上的绳圈更能象征这个冷漠的世界对人的压榨和扼杀呢？”〔2〕诚哉斯言。我们无法对奥利弗的命运无动于衷，因为每个人都有可能在某个时期或某件事上成为奥利弗。孤儿奥利弗和济贫院从一开始就是象征，我们不知道济贫院在什么地方，奥利弗的名字也是教区执事编造的，但这都不重要，因为奥利弗很可能就在我们身边，甚至就是我们自己。

孤儿生来就对空间格外敏感。离开母亲的身体后，孤儿便没有了属于自己的空间。奥利弗害怕那种“投身茫茫人世

---

〔1〕 Philip Collins ed., *Dickens: The Critical Heritage*, London: Routledge and Kegan Paul, 1971, p. 73.

〔2〕 J. Hillis Miller, *Charles Dickens: The World of His Novels*, Cambridge, Massachusetts: Harvard University Press, 1958, p. 39.

的孤独感”，他要呼吸，他要自由，但他要的不是广袤的原野、天空和大海，而是一个像母亲的身体那样封闭却又温暖的空间。他从济贫院一路逃到伦敦，经历了各种各样的封闭空间，但只有恐惧，没有温暖。他的世界是一个没有温暖和光亮的幽闭空间。

2

诚如J.希利斯·米勒所言，“没有哪部小说能像《雾都孤儿》这样，完全由各种想象的幽闭恐惧的空间来主导”[1]。奥利弗经历了太多的幽闭空间。他出生于某个小镇的济贫院，刚出生，母亲就去世了。他被监狱般的济贫院收容，先是被送到一处“比最深的深渊还要深一层的”分院，因为说自己饿了，就被关进了黑暗逼仄的煤窖。回到济贫院后，又因为想再添一碗粥，被关进了小黑屋。后来还差点被烟囱清扫工领走当学徒，结局很有可能是闷死在幽暗狭窄的烟道中。最后，九岁的奥利弗还是走上了“社会”，成了棺材铺的学徒，凄冷孤寂地睡在棺材中间，“看着就像坟墓一样”，还不断遭

〔1〕 J. Hillis Miller, *Charles Dickens: The World of His Novels*, p. 43. 米勒对《雾都孤儿》中的幽闭空间做了精彩的分析，详见该书第36页至第84页。

到虐待，被关进煤窖。黑暗、逼仄、锁闭成了奥利弗对空间的主要感受。很自然，他想到了逃跑。他要去伦敦，那可是个“大城市”。小说的标题就是“奥利弗·退斯特历险记；又名教区儿童的历程”。

奥利弗不知道，伦敦本身就是一个烟笼雾罩的幽闭空间。在《荒凉山庄》的开篇，狄更斯生动地描述了伦敦上空像雾像烟又像霾的大气。伦敦的烟雾不仅是日常的事实，也是一个承载着诸多社会问题的意象。《雾都孤儿》中的浓雾把这座“大城市”变成了一个狭小黑暗的幽闭空间，困住了无依无靠的奥利弗。当奥利弗路过伦敦东北部的史密斯菲尔德时，看到“夜色暗黑，雾气浓重。商铺的灯光几乎无法穿透浓雾，它每一刻都在变得更厚浊，将房屋和街道都笼罩在昏暗中”。奥利弗感到陌生、不安和压抑。街道本来是开放的空间，狄更斯却把它们写成了一个“迷宫”，狭窄，昏暗，肮脏，阴森可怖。奥利弗在这里找不到出路，看不到希望。

很快，奥利弗就被窃贼从街头带到了贫民窟的贼窝。看似从街道到了一个能够遮风挡雨的地方，但其实并没有区别。无论是街道所象征的公共空间，还是贼窝所象征的地下空间，都是阴森、破败、肮脏的幽闭空间。狄更斯在小说第三版的序言中说，老鼠般的窃贼经常出入两个地方，一个是“午夜时分阴冷、潮湿、无处避身的伦敦街道”，一个是“令人作呕、恶臭难闻的贼窝”。很难想象，狄更斯对伦敦最精彩的描述竟然是贫民窟。在《雾都孤儿》中的贫民窟，街道和建筑融为了一体，小镇和都市叠加在了一起，共享着同样的形容词，共同构成了令人窒息的幽闭空间。

从济贫院到棺材铺再到伦敦，所有这些幽闭空间像监狱一样把奥利弗囚禁起来，暗示着死亡的威胁。他在伦敦街头被当成小偷，关进了警察局冰冷肮脏、“缺少光亮”的石牢。这实际上是他在济贫院待过的煤窖、小黑屋的延续。他睡在贼首费京那个“监牢似的密闭空间”，带着焦虑和忧伤，“就像死掉了一样”。这不仅重复了囚禁的意象，还重复了他早先睡在棺材铺的经历。这些幽闭空间构成了一个黑暗、狭小、凄冷、坚硬的世界。这就是奥利弗想要逃离的世界，但他显然无处可逃。

现实空间太过残酷，奥利弗不得不经常进入梦乡，“里面有他从来没有感受过的关心和疼爱”。不过，奥利弗是幸运的，梦想照进了现实。他先是遇到了好心的布朗洛先生。在布朗洛家醒来后，他惊讶地问：“这是什么房间？”一切都那么整洁、温暖，“简直就是天堂”。后来，善良的梅里太太和萝丝小姐救了他，给他提供了让他“获得新生”的天堂。这与奥利弗经历过的那些幽闭空间形成了巨大的反差，一个天上，一个地下。这种温暖的庇护所，也是狄更斯内心渴望的理想世界。他想告诉读者，爱心就像阳光和微风，可以冲破阴霾和寒气，改变空间的性质，天堂原本就在人间。

《雾都孤儿》除了描写那些看得见的幽闭空间，还描写了看不见的幽闭空间。那是一个由各种社会偏见和歧视构成的空间，用身份标签对人进行制裁，扭曲并奴役人的自我认知，剥夺了生活的色彩和尊严。它也将奥利弗与小说中的另一个孤儿——萝丝联系在了一起。

孤儿并不必然会受到歧视。奥利弗受歧视，一方面是因为他出生在济贫院，一无所有，给教区增加了负担（他出生后被包裹在旧睡袍里，就等于"立刻就被盖上印章，贴上标签归了类，从此他就是一个教区的孩子、济贫院的孤儿、吃不饱也饿不死的卑微苦力，来到世上就是要尝拳头，挨巴掌——任何人都瞧不起，没有人会可怜他"）；另一方面是因为他被当成了一个来路不明的私生子。他母亲是在病倒街头后被送到济贫院的，生下他就去世了。医生看到她左手没戴戒指（实际上是被偷走了），就明白"这不是什么新鲜事了"。凶神恶煞般的教区干事本博说："我们还是没能找出他的爹是谁，也不知道他娘的住处、名字，或底——细。"狄更斯时代的读者明白，这些话都在暗示奥利弗是个私生子，而他母亲就是当时的另一个身份标签——"堕落女子"（the fallen woman）。"堕落女子"主要指在婚前或婚外失去了贞洁的女子，“从成功的交际花到痴情的情妇，从穷困无奈的街头妓女到被人诱骗的无知女子，从不顾廉耻的老鸨到被强暴的幼童”[1]。《雾都孤儿》中的南茜就是一个典型的例子。这个群体在19世纪中期的英国甚至被视为“社会首恶”，是与“家庭天使”相对的魔鬼。这实际上是一种建立在女性弱势身体基础上的道德观念，极不公平，也极不宽容。在维多利亚时代的小说家中，狄更斯对这种歧视和压迫的抨击最为有力，《雾都孤儿》则是第一部严肃深入地探讨这个话题的小说。[2]

私生子通常会因其母亲的“堕落”而成为有污点的人。奥利弗的母亲在临死前对看护妇说，希望孩子长大后，不会因为听到别人提起自己的母亲而感到“丢脸”。奥利弗后来到棺材铺当学徒，受到了大学徒诺亚的欺凌。诺亚也是苦出身，但他瞧不起奥利弗，就因为两点：一、他不像奥利弗那么穷，他“是慈善学校的学生，不是济贫院的孤儿”；二、他不是私生子，“他不是来历不明的孩子，家谱可以一直追溯到爹娘”。正是因为他知道奥利弗的母亲是“堕落女子”，才对奥利弗说她“是个十十足足的婊子”。并不只有奥利弗

---

〔1〕 Angela Leighton, "'Because men made the laws': The Fallen Woman and the Woman Poet", *Victorian Poetry*, Vol. 27, No. 2(Summer, 1989), p. 111.

〔2〕 详见卢伟《狄更斯小说中的“堕落女子”研究》（博士学位论文），北京语言大学外国语学部，2016年。

有这种遭遇。萝丝小姐是梅里太太收养的孤儿，与梅里太太的儿子相爱，却不敢接受这份爱情，因为她知道自己的身世“有污点”（她母亲也被说成是“堕落女子”）。当然，梅里太太也不同意他们相爱，虽然她知道萝丝纯洁善良，但就因为萝丝身世“不清白”，不能让萝丝嫁进门。诺亚对奥利弗的欺凌是看得见的，梅里太太对萝丝的压迫却是无形的。在一个充满了偏见和歧视的道德体系中，无论是凶残的人，还是善良的人，都有可能压榨甚至剥夺他人的生存空间。

像童话故事那样，狄更斯也给小说中的好人安排了圆满的结局。原来，奥利弗和萝丝身上的孤儿、私生子的标签贴错了。奥利弗的母亲是一位退役海军军官的女儿，已经与奥利弗的父亲相爱并私订终身。萝丝是她妹妹，也是奥利弗的姨母。奥利弗的身份得到澄清，继承了遗产，还成了绅士布朗洛先生的养子；萝丝也嫁给了梅里太太的儿子，从此过上了幸福的生活。这是一种常见的失与得的叙事模式，通过一系列巧合制造悬念，在故事结尾揭开身份谜团。不过，这种结局也在提醒读者反思，故事中还有很多人没有奥利弗和萝丝这么幸运；而且如果这两位孤儿没有这么幸运的话，命运也同样凄惨。所以，狄更斯这种善恶有报的“诗学正义”也在提醒读者，现实生活中还有很多不正义的制度和机构需要改革，风气需要转变。济贫院就是其中之一。

3

在19世纪英国小说中，对济贫院描写最为精彩的就是《雾都孤儿》。狄更斯并没有用写实的手法，而是把济贫院写成了一个象征。这个本应救济贫民的机构被描述成一个扼杀贫民的幽闭空间。济贫院的制度很像监狱，例如上缴所有个人物品，身穿制服，统一发型，严禁外出，吃饭时不能说话，禁烟禁酒，限制访客，夫妻分居，子女与父母分离。除了这些限制，他们还要从事砸石子、扯麻絮等体力劳动。有些济贫院的外观也很像监狱，托马斯·卡莱尔就把济贫院比作巴士底狱。[1]在狄更斯的《小杜丽》中，因欠债入狱的杜丽先生甚至觉得济贫院还不如监狱："住济贫院，先生，就是那新济贫院，没有隐私，没有客人，没有地位，没有尊严，没有美味。最惨不过了！"在狄更斯看来，济贫院非但没有尽到救济之责，还成了一种羞辱，让贫民望而却步，正如他在《雾都孤儿》中所说，贫民"有两种选择，要么在济贫院里慢慢饿死，要么在济贫院外快快饿死"。

奥利弗在济贫院就吃不饱饭，"每天管三顿稀粥，每礼

---

〔1〕 Thomas Carlyle, *Past and Present*, ed. Henry Duff Traill, Cambridge: Cambridge University Press, 2010, p. 3.

拜发放两次洋葱，礼拜天有半条面包”。奥利弗只是想再添一碗粥（一般是燕麦或大麦粥），说了句“我还想要”，却像晴天惊雷，吓得济贫院官员直呼奥利弗“会被绞死”。虽然一直有评论家认为狄更斯夸大了事实，但在他写《雾都孤儿》的 1837 年，英国遭遇了工业革命以来的第一次经济危机，全国经济陷入萧条，并一直持续到 1842 年。这六年是 19 世纪英国历史上最为凄惨的一段时期，工业发展陷入停顿，失业状况空前严重，食品价格居高不下，劳工阶级处在饥寒与贫困之中。[1]吃饭着实是个令人头疼的问题，奥利弗的那句“我还想要”很快就成了当时的流行语。

济贫院问题的源头在济贫法。奥利弗被称作“教区儿童”（parish boy），是因为教区是英格兰和威尔士最基本的行政单位，也是济贫法实施的基本单位。也就是说，奥利弗是由教区负责救济的孤儿。济贫法源自伊丽莎白时代，由各教区接替业已凋敝的修道院，负责救济本教区的贫民。17 世纪末，各教区开始向辖区的富有居民征收济贫税。到 18 世纪末，该法已经无法应对工业革命带来的新问题。随着圈地的铺开和工业的发展，许多农民离乡打工，再由原教区（19 世

〔1〕 J. F. C. Harrison, *Early Victorian Britain 1832-1851*, Fontana, 1979, p. 34.

纪30年代约有15000个教区）负责济贫已经无法满足需求，需要将救济责任由教区收归中央，以应对人口流动。1834年出台的《济贫法修正案》，即“新济贫法”便试图解决这个问题，但在新法执行的过程中，很多方面都缺乏同情，不够人道。狄更斯在《我们共同的朋友》中愤怒地说，这是自斯图亚特王朝以来最常被可耻地执行、最常被公开地违背，通常也是监督最为不力的法律。

其实，狄更斯批判的焦点并不在于新法的条文本身，而在于立法的依据，也就是《济贫法调查报告》。这份报告体现了中产阶级的偏见，认为贫穷是由懒惰造成的。如果济贫院太舒适，贫民就会选择进济贫院吃白食，从而失去独立精神，导致道德堕落。到1867年时，还有人持这种观点，认为“吃济贫饭”是一种无可救药的社会病，接受救济的贫民总是“安于现状，一点也不想着改善自己和孩子的地位；他的快乐就在于花纳税人的钱，闲懒地过日子；不必可怜他们，他们得到的已经够多了，他们所受的苦都是自找的；帮助这些不愿自助的人是毫无意义的”[1]。因此，应该让那些“有劳动能力”却想吃济贫饭的“懒鬼”无机可乘。《济贫法调查

〔1〕 W. L. Burn, *The Age of Equipoise: A Study of the Mid-Victorian Generation*, New York: Norton, 1964, p. 122.

报告》的核心逻辑有两点：一是“济贫院原则”（workhouse test），也就是取消原来的“院外救济”[1]，要想享受救济，就必须进济贫院；二是降低济贫院的食宿条件，使之低于最低收入劳工的生活水平，也就是有名的“不那么理想”（less eligibility），以恶劣的条件吓退胆敢到济贫院吃白食的贫民；这两点缺一不可。狄更斯在《雾都孤儿》中总结得非常清楚：“要想得到救济，就得进济贫院；进了济贫院，就得喝稀粥。这就把人都吓跑了。”

新济贫法确实也有很多漏洞。有史学家指出，济贫法最大的问题就在于片面地认为只要想找工作，就总有工作可干。[2]这显然没有考虑到当时的失业情况。乡村冬季农活减少，工厂周期性的萧条，都会导致大批劳工失去工作。正如卡莱尔在《宪章运动》中所说：“新济贫法是一份声明，十分明确地宣告，凡不劳动者均不应苟活于世。但那些想工作的穷人，就总能找到工作并靠其工作养活自己吗？”[3]事实上，狄更斯并没有深入思考这些现实问题，新济贫法在执行

〔1〕指给有工作但工资不足以养家的贫民以补贴，使之不用进济贫院，在自己家接受救济。

〔2〕W. L. Burn, *The Age of Equipoise: A Study of the Mid-Victorian Generation*, New York: Norton, 1964, p. 107.

〔3〕Thomas Carlyle, *Critical and Miscellaneous Essays*, Vol. 4, ed. Henry Duff Traill, Cambridge: Cambridge University Press, 2010, p. 135.

时的严苛和无情就已经让他出离愤怒了。

卡扎明认为："狄更斯是通过情感而非理智来理解问题的，也是通过情感来寻找解决问题的方法。"〔1〕偏偏狄更斯的情感又那么强烈，宛如疾风骤雨、刀砍斧劈、黑白分明，爱就爱得死心塌地，恨就恨得咬牙切齿。这就需要我们细心分辨，因为携带感情的批评常常势同烈火，在烧掉杂草的同时，也容易灼伤禾苗。狄更斯撼山动地的批评很容易让我们忽略他的象征手法，忘记被他批评的很多人也曾经做出过贡献。1832 年，辉格党政府成立济贫法调查委员会，委员会中的年轻人大多为功利主义者。埃德温·查德威克（Edwin Chadwick）是"最出色的边沁信徒"〔2〕，在委员会担任秘书，也是《济贫法调查报告》的主要撰稿人。狄更斯在 1842 年表示："请告诉查德威克先生……我真的至死都反对他那顶呱呱的新济贫法。"〔3〕但事实证明，查德威克主导的新济贫法并非一无是处，他引导的卫生改革也是狄更斯不断呼吁的。从某种意义上说，狄更斯的作品也是"功利主义"的，推动

〔1〕 Louis Cazamian, *The Social Novel in England 1830-1850*, trans. Martin Fido, London: Routledge & Kegan Paul, 1973, p. 123.

〔2〕 G. M. Young, *Victorian England: Portrait of an Age*, 2nd ed., Oxford: Oxford University Press, 1960, p. 11.

〔3〕 Madeline House et al., eds., *The Letters of Charles Dickens*, Vol. 3, Oxford: Clarendon, 1974, p. 330.

了英国的政治、司法和社会改革。那个“改革的年代”同时也是“平衡的年代”[1]，既有狄更斯这样的“情感激进派”，也有查德威克这样的“哲学激进派”，他们共同为19世纪英国的渐进改革提供了“理智与情感”。

狄更斯不仅是“时代的产物”[2]，体现了时代精神，还参与了时代精神的塑造。他渴望正义与仁爱，想让现代社会生活拥有一种新的精神。他那代英国人的社会批评和社会理想，对于仍处在转型期的中国来说，也有着特别的意义。无论是一百多年前林纾翻译的《贼史》，还是本版新译的《雾都孤儿》，都在提醒我们不能自满，还要努力让所有人都能拥有五彩斑斓的生活空间。我们无法忘记，两百年前，在那个岛国富甲天下的时候，还有雾都、孤儿和“不那么理想的”济贫院。

（乔修峰，中国社科院外文所副研究员）

---

〔1〕分别是E.L. 伍德沃德（E. L. Woodward）和W.L. 伯恩（W. L. Burn）撰写的两部19世纪英国史的书名。

〔2〕Philip Collins ed., *Dickens: The Critical Heritage*, p. 201.

进一步阅读书目

查尔斯·狄更斯,《狄更斯全集》,浙江工商大学出版社,2012年。

朱虹,《狄更斯小说欣赏》,山西人民出版社,1985年。

上海辞书出版社文学鉴赏中心辞典编纂中心编,《狄更斯作品鉴赏辞典》,2015年。

[英]H.皮尔逊著,谢天振等译,《狄更斯传》,浙江文艺出版社,1985年。

薛洪时编著,《浪漫的现实主义:狄更斯评传》,社会科学文献出版社,1996年。

[英]阿克罗伊德著,包雨苗译,《狄更斯传》,北京师范大学出版社,2015年。

严幸智著,《狄更斯与他的时代》,广西师范大学出版社,2014年。

罗经国编选,中国社会科学院外国文学研究所外国文学研究资料丛刊编辑委员会编,《狄更斯评论集》,1981年。

赵炎秋编选,《狄更斯研究文集》,译林出版社,2014年。

刘白编,《当代英美狄更斯学术史研究:1836—1939年》,中国社会科学出版社,2016年。

蔡熙编,《当代英美狄更斯学术史研究:1940—2015年》,中国社会科学出版社,2016年。

赵炎秋编，《中国狄更斯学术史研究》，中国社会科学出版社，2016年。

Fred Kaplan, *Dickens: A Biography*, 1988, 1990.

Michael Slater, *Dickens, A Life Defined by Writing*, 2009.

J. Hillis Miller, *Charles Dickens: The World of His Novels*, 1958.

Philip Collins, ed., *Dickens, The Critical Heritage*, 1971.

David Paroissien, *Companion to "Oliver Twist"*, 1991.

Efraim Sicher, *Rereading the City: Rereading Dickens*, 2003.

作者生平及创作年表

1812 年　海军军需处文员约翰·狄更斯和其妻伊丽莎白·巴罗的第二个孩子查尔斯·狄更斯于 2 月 7 日出生于朴茨茅斯的波特西岛兰德波特区的米尔安德街。

1815 年　1 月，举家迁往伦敦。

1817 年　4 月，迁往英国东南部港口城市查塔姆。狄更斯就读当地小学，并广泛阅读其父图书室的书籍。

1821 年　狄更斯进了威廉·吉尔斯开办的学校。

1822 年　狄更斯父亲调职伦敦，一家迁居卡姆登镇，后又搬去布鲁姆斯伯里。狄更斯先是留在查塔姆，后与全家团聚，但教育中断。

1823 年　狄更斯一家搬去高尔北街 4 号，狄更斯母亲试图开办学校，但未成功。

1824 年　1 月末或 2 月初，狄更斯被送去乔纳森·沃伦的黑鞋油作坊做工，2 月其父因为欠债被捕入狱，直到 5 月 28 日才被释放，其间狄更斯寄宿别人家中，之后举家迁往萨默斯镇。

1825 年　5 月 9 日，狄更斯父亲从海军军需处退休，获得一笔养老金，狄更斯离开沃伦的工厂，在威灵顿豪斯学校重拾学业。

1827 年　5 月，狄更斯一家因欠租被逐出住处。狄更斯先后在两家伦敦律师事务所当学徒，考虑今后从事律师行业。

1828 年　狄更斯学会速记，在伦敦民事律师法院担任审案速记员。

1830 年　5 月，狄更斯与银行家女儿玛丽亚 · 彼德奈尔坠入爱河。

1831 年　创作诗歌《菜单》；开始在《议会镜报》担任记者。

1832 年　开始担任《真阳报》派驻议会记者。

1833 年　结束了与玛丽亚 · 彼德奈尔的恋情；处女作小说《杨树道下的晚餐》（后改名为《明斯先生和他表弟》）在《每月杂志》上发表。

1834 年　又有六篇小说在《每月杂志》上发表；成为《记事晨报》记者，在该报上发表了最初五篇《街区特写》；搬去霍尔本的夫尼佛尔旅馆，自己租房住。

1835 年　与凯瑟琳 · 霍加斯（“凯特”）订婚；在《每月杂志》《记事晚报》和《伦敦贝尔生活》上发表小说、新闻特写和随笔。

1836 年　2 月，在夫尼佛尔旅馆租住更大房间；2 月 8 日出版第一辑《博兹特写集》；3 月 31 日发表每月连载的《匹克威克外传》第一期;4 月 2 日迎娶凯瑟琳· 霍加斯;6 月发表《三个脑袋下的礼拜天》；11 月离开《记事晨报》；12 月 17 日出版第二辑《博兹特写集》；12 月结识约翰 · 福斯特，日后成为他的好友和传记作者。

1837 年　1 月，编辑出版第一期月刊《本特利氏杂志》；1 月 6 日长子查尔斯（“查理”）出生；3 月，《奥利弗 · 退斯特》开始在该杂志上连载；戏剧《她是他太太吗？》在圣詹姆斯剧院上演；4 月，一家搬到道蒂大街 48 号居住；5 月 7 日妻妹玛丽 · 霍加斯突然去世，《匹克威克外传》和《奥利弗 · 退斯特》均延期一个月连载；11 月《匹克威克外传》

单行本出版。

1838 年　3 月 6 日，第二个孩子玛丽（“梅梅”）出生；开始连载系列小说《尼古拉斯· 尼克尔贝》;9 月 9 日《奥利弗· 退斯特》出版三卷本。

1839 年　1 月 31 日，辞去了《本特利氏杂志》的编辑工作；10 月 23 日《尼古拉斯 · 尼克尔贝》出版单行本；10 月 29 日第三个孩子凯特（“凯蒂”）出生；12 月举家迁往摄政公园德文郡 1 号。

1840 年　4 月 4 日，主编出版周刊《汉弗莱老爷的钟》; 从 4 月 25 日起《老古玩店》在该周刊上每月连载；6 月 1 日去布罗德斯泰度假；10 月 11 日返回伦敦；10 月 15 日《汉弗莱老爷的钟》第一卷出版。

1841 年　2 月 8 日，第四个孩子瓦尔特出生;《老古玩店》完篇，《巴纳比 · 拉奇》开始在《汉弗莱老爷的钟》上连载，未用麻药做了瘘管手术；4 月与 12 月分别出版了《汉弗莱老爷的钟》第二卷、第三卷；12 月 15 日《老古玩店》《巴纳比 · 拉奇》单行本出版。

1842 年　1—6 月，和凯瑟琳游历美国；8—9 月在布罗德斯泰；10—11 月与福斯特等人去了英国西南康沃尔郡；10 月 14 日出版《游美札记》; 12 月 31 日起每月连载的《马丁 · 朱述尔维特》发表第一期。

1843 年　12 月 19 日，出版《圣诞颂歌》。

1844 年　1 月 15 日，第五个孩子弗朗西斯出生；7 月《马丁 · 朱述尔维特》单行本出版；带全家去意大利热那亚；11 月 30 日—12 月 8 日回伦敦向友人朗读《教堂钟声》; 12 月 16

日《教堂钟声》出版。

1845年　与凯瑟琳去意大利旅行，之后从热那亚回到伦敦；9月20日导演了本·琼森的戏剧《人人开心》并业余出演；10月28日第六个孩子阿尔弗雷德出生；12月20日《炉边蟋蟀》出版。

1846年　1月21日—2月9日，编辑《每日新闻》；5月出版《意大利风情》；5月携全家经莱茵去瑞士；6月11日在洛桑安顿；9月30日开始连载《董贝父子》；11月16日举家前往巴黎；12月《人生的战斗》出版。

1847年　2月28日，从巴黎回国；4月18日第七个孩子西德尼出生；6—9月全家在布罗德斯泰；7月8—27日在曼彻斯特和利物浦业余演戏；11月，谢菲尔德公园开张了库茨女士经营的"失家女人庇护所"，狄更斯参与监管。

1848年　4月12日，《董贝父子》单行本出版；5—6月在伦敦、曼彻斯特、利物浦、伯明翰、爱丁堡和格拉斯哥业余演戏；12月19日《着魔的人》出版。

1849年　1月16日，第八个孩子亨利（"哈利"）出生；4月30日开始系列连载《大卫·科波菲尔》；6—10月，全家待在怀特岛邦切奇镇。

1850年　创办周刊《家常话》并编辑撰稿，3月30日出版第一期；8月16日，第九个孩子朵拉出生；11月15日单行本《大卫·科波菲尔》出版。

1851年　1月25日，开始连载《英国儿童史》；4月14日朵拉突然夭折；5月执导并参演布尔沃-利顿的《我们看来没太坏》，并在文学艺术协会帮助下，为女王演出；5—10月最后一次在布罗德斯泰度假；11 月搬去塔维斯托克宅邸。

1852 年 2 月 28 日，开始连载《荒凉山庄》；4 月 14 日，第十个孩子爱德华（“普洛恩”）出生；2—9 月演出《我们看来没太坏》；7—10 月全家在多佛度假。

1853 年 6—10 月，全家在波洛涅度假；9 月 12 日单行本《荒凉山庄》出版；10—12 月与威尔基·柯林斯等人去了瑞士和意大利；12 月，《英国儿童史》在《家常话》上连载完毕；12 月 27—30 日，在伯明翰首次给公众朗读《圣诞颂歌》和《炉边蟋蟀》。

1854 年 1 月 28—30 日，拜访兰开夏郡普雷斯顿；开始连载《艰难时世》；6—10 月，全家在波洛涅度假；8 月 7 日，《艰难时世》单行本出版；12 月在舍伯恩和布莱德福德等地朗读《圣诞颂歌》。

1855 年 2 月，与玛丽亚·彼德奈尔（现为温特夫人）重逢；3 月 27 日在肯特的阿什福德朗读《圣诞颂歌》；6 月执导并参演柯林斯的《灯塔》；全家在福克斯顿，10 月 5 日在那里朗读《圣诞颂歌》；10 月 15 日，全家安顿在巴黎；12 月 1 日，开始连载《小杜丽》；12 月在彼得伯勒和谢菲尔德朗读《圣诞颂歌》。

1856 年 3 月，购置肯特郡的盖茨山庄；4 月 29 日全家回到巴黎；6—9 月全家在波洛涅度假。

1857 年 1 月，执导并参演柯林斯的《冰海深处》；2 月 13 日搬去盖茨山庄；5 月 30 日，出版单行本《小杜丽》；瓦尔特前去东印度公司工作；6—7 月，安徒生前来拜访；6—8 月，三次公开朗读《圣诞颂歌》；在伦敦上演《冰海深处》，与演员爱伦·特南成为情人，与其母其姐一起待在曼彻斯特。

1858年 1月19日、3月26日、4月15日，为慈善朗读《圣诞颂歌》；4月29日—7月22日，17次公开朗读系列开始；5月与凯瑟琳正式分居；6月7日与12日在《泰晤士报》和《家常话》上发表关于“私事”的声明；8月出版《重印作品》；8—11月，首次各省巡回朗读，足迹延至爱尔兰和苏格兰，共朗读85次；12月24日首次伦敦圣诞系列朗读开始。

1859年 4月30日，主编的文学周刊《一年四季》第一期出刊，《双城记》在该周刊上每周连载，至11月26日；5月28日《家常话》出版最后一期；10月，第二次各省巡回朗读，共朗读14次；11月21日单行本《双城记》出版，12月，开始三场伦敦系列圣诞朗读。

1860年 7月17日，凯蒂嫁给查尔斯·柯林斯；8月12日，卖掉塔维斯托克宅邸；10月在盖茨山庄定居；12月1日《一年四季》开始系列连载《远大前程》，一直连载至1861年8月3日。

1861年 3—4月，伦敦系列朗读，共6次；7月6日《远大前程》出版三卷本；10月—1862年1月，第三次各省巡回朗读，共朗读46次；11月19日查理迎娶伊文思，狄更斯拒绝到场。

1862年 2—5月，将盖茨山庄换了一栋房子，但仍保留几间作为编辑《一年四季》的办公室使用；3—6月，伦敦朗读；6—10月去了几次法国；10月将梅梅和她姨妈乔琪雅·霍加斯安顿在巴黎；12 月回到盖茨山庄过圣诞。

1863 年　1 月，在英国大使馆进行慈善朗读，共 3 次；2 月和 8 月法国深度游；3—5 月，伦敦朗读；12 月 31 日，瓦尔特在印度加尔各答去世，年 22 岁。

1864 年　5 月 1 日开始系列连载《我们共同的朋友》；11 月在法国。

1865 年　2—6 月，三次游历法国；2—4 月，左腿肿胀，第一次跛腿；5 月 22 日，送阿尔弗雷德去澳大利亚；6 月 9 日，与爱伦·特南及其母亲一起从法国回国时，在肯特斯坦普勒赫斯特遭遇车祸；9 月去法国；10 月 20 日，两卷本《我们共同的朋友》出版。

1866 年　在伦敦和各省朗读。

1867 年　1—5 月，在英格兰和爱尔兰朗读；11 月，在波士顿开始美国巡回朗读；12 月，与柯林斯合著的《此路不通》在《一年四季》上刊载。

1868 年　4 月 22 日，从纽约坐船回国，取消了计划中的在美国和加拿大的朗读活动；9 月 26 日，普洛恩坐船去澳大利亚与阿尔弗雷德会合；10 月哈利进入剑桥三一学院；11 月开始告别巡回朗读。

1869 年　1 月 5 日，朗读《奥利弗·退斯特》“赛克斯和南茜”篇章；4 月 22 日因重病而中断了巡回朗读，共朗读 74 次。

1870 年　1—3 月，伦敦告别朗读；3 月 9 日受到维多利亚女王接见；4 月 1 日《艾德温·德鲁德之谜》前六章发表；6 月 9 日在盖茨山庄因脑溢血去世，享年 58 岁；6 月 14 日安葬在威斯敏斯特教堂。

雾都孤儿

Oliver Twist

NDON
70
ILE'S

序[1]

作者的一些朋友嚷了起来："看哪，先生们，此人是个恶棍；不过那也是**天性**使然。"而那个时代年轻气盛的批评者们，那些店伙、学徒，诸如此类，却斥之下流，抱怨不已。——菲尔丁[2]

这个故事的大部分章节最初在一份杂志上[3]连载。写完之后，我就按现在的模样在三年前将它发表了。窃以为，那些自视甚高的人会按极高的道德标准对此书嗤之以鼻。果不出所料。

正好，借此机会，我对创作这本书的动机和目的说上几句，以此感谢当时那些同情我、读懂我的人，倘若他们的看法得到了作为作者的佐证，想必也会很高兴。

这本书里的一些人物，出自伦敦城里最罪恶堕落的人群：赛克斯是小偷，费京是销赃犯；男孩是扒手，女孩是妓女。看

---

〔1〕此为《雾都孤儿》第三版作者序，1841 年。——译者注；以下若无其他说明，均为译者注。

〔2〕菲尔丁（1704—1757），英国小说家，此段话出自其小说《汤姆·琼斯》第七卷第一章。菲尔丁本人曾任伦敦治安官，他在小说中为描写恶而辩护，认为这对"宣扬美德的胜利"至关重要。

〔3〕即狄更斯负责编辑的《本特利氏杂志》，小说于 1837 年 3 月起开始连载，1838 年 9 月出三卷本。

上去真是一幅相当粗俗、令人震惊的图景。

我承认，我至今并不认为最纯洁的善无法出自最卑鄙的恶。相反，我总以为这是一条已被公认的真理，出自世界上最伟大人物之口，被最优秀睿智的人奉行，也由每个具有思考能力的心灵经由体验与推理所确证。创作这本书时，我看不出为何生命的渣滓，甚至它们泛起的泡沫，不能拥有道德教益，只要其言语听来并不刺耳；而我也毫不怀疑，圣吉尔斯区的溃烂脓毒，就像对圣詹姆斯区的任何溢美之词一样，也是揭示真理的良好材料。〔1〕

怀着这样的念头，我想要通过小奥利弗表明，在每一个恶劣的环境中，他身上的善之根都没有湮灭，而且最终都取得了胜利；我寻思他会轻而易举落入哪类人之手，可以在他身边安排什么样的伙伴，书里人物就在我脑海中油然产生。对这一主题的构思更为成熟后，我发现，有许多强烈的理由支持我继续这条创作思路。我读到过不少这样的盗贼——风采迷人（大部分时候都亲切友善）、衣着考究、荷包鼓鼓、身跨骏马、举止豪放、善献殷勤、歌声动听、酒量惊人、赌技高超，真是一代豪侠。但是，除了霍加斯〔2〕的作品，从未有人触及悲惨的现实。对我来说，勾勒出罪行之间真实存在的千丝万缕的联系，描绘出他们的丑陋畸形、肮脏不堪、穷困潦倒，展示他们真实的样

---

〔1〕圣吉尔斯区是伦敦臭名昭著的地区，充斥着贫民窟、罪犯和街头暴行。而伦敦圣詹姆斯区则以优雅富有而著称。

〔2〕威廉·霍加斯（1697—1764），英国雕版画家，留下了不少“当代道德主题”的现实主义画作。

子是我的工作。他们一直在生命的最污秽的道路上艰难穿行，庞大阴暗、鬼影幢幢的绞刑架，断了他们的前路，一有可能就让他们打道回府。对我来说，这似乎是一件急需做的事情，也对社会有益。因此，我尽我可能这么做了。

在我知道的所有处理这类人物的书里，这样的人身上总是笼罩着某种诱惑迷人的魅力。即便在《乞丐歌剧》[1]中，小偷也总是过着上流生活，令人艳羡。主角迈克基斯拥有万般能耐，让那位最漂亮的姑娘、作品里唯一一位纯洁无瑕的人物对他芳心暗许。他就像伏尔泰提到的指挥千军万马、临危不惧的戎装英雄，受到意志薄弱的观众尊敬，成为他们的榜样。[2]约翰逊曾担心，因为迈克基斯最终获得了缓刑，是不是有人会[效仿]变成小偷[3]，但我觉得问题不在于此。问题是，会不会因为会被判死刑，因为有皮查姆和洛克特这样的捕手和典狱官的存在，小偷们会迷途知返？考虑到那位强盗叱咤风云的一生，英俊的外表，显赫的成功，以及强大的优势，我很确信，任何不走正途之人，都不会从他身上得到警示。他们在这出戏里，只会看见一条充满雄心抱

〔1〕英国剧作家约翰·盖伊（1685—1732）创作的叙事歌剧，于1728年在伦敦首演。故事讲述在18世纪的伦敦，一个小偷捕手皮查姆的女儿波莉爱上了拦路强盗迈克基斯，迈克基斯被扔进洛克特管理的监狱后，叙述者乞丐觉得应该有快乐结局，因此最终迈克基斯被判缓刑，大家都去庆祝了他与波莉的婚礼。

〔2〕这里指的是伏尔泰的哲理小说《如此世界》（1748），此书借用神话式的附会来影射现实巴黎。

〔3〕塞缪尔·约翰逊（1709—1784），英国历史上最有名的文人之一，集文评家、诗人、散文家、传记作家于一身。此观点出自他的《诗人传》（1779—1781）。

负、铺满鲜花的宜人之路，看不到这条路最终会通往绞刑架。

事实上，盖伊这出妙趣横生的社会讽刺剧有着更广更高的志向，以至于在这一方面他无暇细顾。爱德华·布尔沃爵士脍炙人口、极具感染力的小说《保罗·克利福德》[1]也是如此，很难说它对这一主题有任何展现，或意图有所展现。

而我这本书中所描绘的小偷的日常生活究竟是什么样？它对意志薄弱的年轻人有什么魅力？对愣头愣脑的青少年有什么吸引力？这里没有荒野月光下的纵马慢跑，没有舒适山洞里的狂欢作乐，没有漂亮衣服，没有刺绣，没有蕾丝，没有长筒靴，没有红色的外套与衣褶[2]，没有“此道”自古以来就被赋予的自由驰骋。在午夜时分阴冷、潮湿、无处避身的伦敦街道上，在令人作呕、恶臭难闻的贼窝里，恶行前胸贴后背，没有腾挪的余地；饥饿与疾病徘徊不去，褴褛布条几乎无法连缀成衣：这些事物吸引人的地方在哪里？难道它们没有教训可以吸取？难道它们没有低声诉说着被我们忽视的道德训诫？

但是天性精致优雅的人们，品味不了这些恐怖。他们不是本能地厌恶罪行，而是符合他们胃口的不法分子，必须跟他们的盘中美食一样，有着精美雅致的卖相。穿着绿丝绒的马萨罗尼[3]是位风流人物，一身粗服的赛克斯就不堪忍受了；马萨罗

---

〔1〕爱德华·布尔沃（1803—1873），英国小说家、诗人、剧作家、政治家。这部小说的主角保罗·克利福德过着一种双重生活，既是小偷，又是上流绅士。

〔2〕指戎装。

〔3〕马萨罗尼是英国剧作家J. R. 普朗什（1796—1880）的小说《盗贼传奇》（1829）里的人物，是个意大利的侠盗罗宾汉。

尼夫人穿着漂亮长裙，是舞台造型画面里引人效仿的淑女，是印刷画册里的模特，而南茜，穿着粗布长袍，戴着廉价披巾，不值一顾。美德对脏兮兮的袜子退避三舍，而邪恶，嫁给了丝绸缎带和艳丽装束，就像已婚妇女那样，从此改姓换名，成了“浪漫”。真是奇特！

这本书的目的之一，就是揭示清晰严酷的真相，甚至是这群人的衣着的真相。我不会因为读者的爱好，就避开空空儿〔1〕外套上的一个破洞，或姑娘乱蓬蓬头上的几片卷发纸。我对无法去正视它们的那种精致不存任何幻想，也没有一点意愿要去改变那些人的看法。对他们的意见，是好是坏，我毫不在意；我不渴求他们的赞赏，也不是为了讨他们欢心而写作。我敢如此冒昧直言，是因为我知道，在我们国家，任何有点自尊也为后世所敬仰的作家，都不会屈尊去满足这一挑剔阶层的品位。

另一方面，要是在先辈中寻找楷模，那么，我在最一流的英国作家里找到了。菲尔丁、笛福、戈尔德史密斯、斯末莱特、理查森、麦肯齐〔2〕——这些大师（尤其前两位），都饱含智慧地向我们描绘了贫民窟，描绘了这片遭到抛弃的土地。道德主义

---

〔1〕小说中的扒手 Dodger，这是他的诨名，意为“躲闪者”，指他很善于溜脱。本译本将此诨名译为“空空儿”。

〔2〕亨利·菲尔丁（1704—1757），英国小说家，著有《汤姆·琼斯》；笛福（1660—1731），著有《鲁滨逊漂流记》；奥利弗·戈尔德史密斯（1728—1774），爱尔兰小说家，著有《威克菲尔德的牧师》；托比亚斯·斯末莱特（1721—1771），著有《蓝登传》；塞缪尔·理查森（1689—1761），著有《帕梅拉》；亨利·麦肯齐（1745—1831），苏格兰律师、作家、小说家，著有《多情的人》。

者、时代审查官霍加斯也是一样，一直用画笔描画着他所生活的时代以及各式各样的人物，几乎没有任何粉饰；他思想的力量与深度，前无古人，后无来者。如今，在国人的心里，这位巨匠地位多高？然而，要是回到他或任何那样的人的鼎盛岁月，我发现，他们每个人都受到过同样的指摘，而那些指摘他们的蝼蚁，当时嗡嗡不停，但终究会死去，并被遗忘。

西班牙的骑士传统被塞万提斯一笑置之，因为他向世人展示了骑士的虚伪与荒谬。而我，在我与之远不能及的卑微领域，也想通过展示毫无魅力、令人反胃的真相，尝试让那些围绕着某些真实之物而闪烁的错误光芒褪去光泽。我在描绘那些最低贱人物的最落魄堕落的一面时，努力不让他们口出污言，这是我自己的品位，也是时代风气使然；而且，与其让小说人物的言谈举止来证明这种生活的败坏邪恶，不如让读者自然得出结论。尤其是那个姑娘，我脑海里时刻不忘这一点。至于效果如何，则交由读者来判断。

有人说，这姑娘竟然倾心于粗鲁的强盗，不太合理；也有人反对赛克斯的塑造，认为肯定夸张了，他竟然毫无悔意，这不自然，就像他的情人心有悔意也一样不自然，我斗胆认为这种看法有些自相矛盾。对于赛克斯，我只想说一句，在这世界上，恐怕是有一些生性麻木、冷酷无情之人，最终也的确变成了彻头彻尾、无可救药的坏料。对此我深信不疑：的确有赛克斯这样的人，无论何时何地、何种境遇，在他们身上，无论是一丝表情还是一个举动，都看不到一点点人性的迹象。是不是每一种人类的温柔情感在这样的心中都已经泯灭，或者能触动的那根心弦生了锈，难以寻见，我不知道；但事实就是如此，我敢肯定。

讨论这姑娘的行为与个性自不自然、可不可能、是对是错，都没有什么意义。事实就是如此。每一个看见过生活之幽暗阴影的人，都知道是这样。早在我构思这部小说之前很久，受真实生活中常常看见的、听说的所提示，多年来我一直在那些放荡而嘈杂的地方探索，发现情况仍然如此。从那个可怜的穷苦人首次出场，到最后她流血的头颅躺在强盗的怀里，其中没有一个词，可谓夸大或矫情。这真的是上帝给出的真相，因为它是上帝留在如此堕落、如此可悲的世界上的真相，是萦绕不去的希望，是杂草丛生的干涸井底的最后一滴水珠。这里面有着我们共同人性的光明与黑暗，在最丑陋的色调里，有些闪烁着最美丽的光芒；这是个矛盾，是反常，是显然的不可能，但却是真相。我很高兴它遭到怀疑，因为正是在这样的情形下，我更加确信：这个故事需要被讲述。

德文郡

1841 年 4 月

第一章　奥利弗·退斯特的出生地及出生时的种种情境

某个小城，出于种种原因，我还是姑隐其名为妙，假名也不安排了。和其他大大小小的城镇一样，它也有一个由来已久的公共建筑：济贫院[1]。标题里那个被指名道姓的凡夫俗子，就出生在这所济贫院，具体日子我就不啰唆了，在目前这个阶段，它对读者来说无关紧要。

这孩子，被教区医生带到这个充满苦难和烦恼的世界后，很长一段时间，人们都在寻思：到底他活不活得下来，值不值当起个大名？这本传记很有可能永无面世之日，或者即便面世，也只有寥寥几页，不过会有无可估量的优点，因为它将是古往今来世界各国现存文献中最简明、最忠实的传记样本。

我可不是说，济贫院本身是最幸运、最让人眼红的地方，出生在这里真是掉在人身上的福气，但我的确想说，对奥利

---

〔1〕 1834 年颁布的《新济贫法》将英格兰和威尔士分为 24 个区，每个区都有责任建立这样的机构，为任何年纪、任何健康状况的失业穷人提供膳宿。教区是最小的救济单位，几个相邻教区组成大一些的救济机构，由“救济理事会”管理，费用由地方税收支付。政府的意图是通过建立这样一个具有威慑效果的残暴体制来大幅削减其在济贫方面的支出：穷人只有在济贫院里（也就是要进入济贫院过全日制生活）才能换取一份微薄的给养。但济贫院里提供的膳宿标准，比济贫院外拿最低工资的人生活得还要差，目的是要让穷人脱离济贫院，去“自力更生”。因此，济贫院内的生活条件极为恶劣，劳动极其繁重，贫民望而却步，被称为劳动者的“巴士底狱”。政府就是用这种方法来减少受救济的人口和济贫的支出。

弗·退斯特这个特例来说，这可能是发生在他身上最好的事情了。事实是，要奥利弗自个儿承担起呼吸空气的职责，那是相当困难的——可是，呼吸虽说是件麻烦事，却是我们日常生存必须有的习惯啊；有好一阵儿，他躺在一块小小的破布褥垫上拼命喘气，在此世和彼岸间摇摆——而天平倾向于后者。要是说，在这段短暂的时光里，奥利弗是被谨慎的老祖母、焦虑的七大姑八大姨、经验丰富的护士，还有学识渊博的医生所包围，那么，毋庸置疑，他必然立刻就被整死了。但是，在场的没有别人，只有一个受救济的老婆子，而且已经被难得搞到的麦芽啤酒弄得晕乎乎的；还有一位教区的外科医生〔1〕，按协议上门服务。结果，几番争斗后，奥利弗终于呼吸顺畅、打起喷嚏，并依靠大声啼哭，向济贫院的室友们宣告，又一个新的负担落到教区身上了。那响亮的哭声，对一名男婴来说并不奇怪，在之前远远超过三分十五秒的时间里，他还没用上嗓门这个非常有用的小配件呢。

奥利弗首次证明自己的肺部运作正常后，胡乱搭在铁床架上的那张满是补丁的床单，发出了窸窸窣窣的响动；一个年轻女人的苍白脸庞从枕头上有气无力地抬了起来，虚弱的声音含含混混地吐出了几个词："让我瞧一眼孩子再死吧。"

医生面朝火炉坐在一边，来回翻烤手心。听到年轻女人的声音，他站起来，走到床头，口气和善得出人意料，说：

---

〔1〕收取一定费用给济贫院贫民看病的医生，救济理事会一般都会选择最廉价的医生。

“噢，你还没到说死不死的时候。”

“上帝保佑她的小心灵，可别！”老婆子插嘴道，一边连忙把一个绿色玻璃瓶放进衣袋，刚才，她已经在角落里尝了几口，显然十分满意。“上帝保佑她的小心灵，她要是活到我这光景，孩子全死光了，只剩下俩，跟着我在齐贫院[1]，她就知道，不需要那样子，上帝保佑她的小心灵！还是想想当娘了得干些啥，还有个可爱的小羊羔在这儿呢。”

很显然，这番从身为人母的前景出发的安慰话，并没有产生应有的效果。产妇摇摇头，朝孩子伸出手去。

医生将孩子放进她怀里，她用冰凉白皙的双唇深情地亲了亲他的额头；然后两手抹了抹脸，四下乱看一通，颤抖着往后一仰——死了。他们使劲摩擦她的胸膛、双手、太阳穴；但血液已经永远停止了流动。他们说了些希望和安慰的话。她生前已经好久没听见过这样的话语了。

“都结束了，辛格密太太。”最后，医生说道。

“唉，小可怜，可不是嘛！”老婆子说着，捡起枕头上那只绿瓶的瓶塞，那是她弯腰抱起孩子时掉出来的。“小可怜！”

“孩子要是哭，你尽管叫人来找我，太太，”医生不慌不忙地戴上手套，说道，“小家伙很可能会闹个没完。要是那样，就给他喝点麦片粥。”他戴上帽子，向门口走去，半路又在床边停了下来，添了一句，“模样还挺好看的，这姑娘；打哪儿来的？”

“回长官，”老婆子答道，“昨天晚上送来的。有人看见她倒

---

〔1〕 济贫院，老婆子有口音。

在街上。她肯定走了不少路，鞋都烂了；但到底从哪儿来，又打算到哪儿去，没人晓得。”

医生弯下腰，提起死者的左手。“老花样，”他摇摇头，说，“没戴婚戒，明白了。啊！那晚安了！”

这位懂医术的绅士离开去吃晚饭了。那位老婆子，再次享用了一番绿色玻璃瓶后，在火炉前的一把矮椅上坐了下来，着手替婴儿穿衣服。

小奥利弗可真是人靠衣装的最佳典范！他被包裹在一张毯子里，那是迄今他身上唯一能掩身蔽体的东西，你可以说他是公子哥儿，也可以说他是乞丐娃；哪怕是最自负的外人，也很难断定他恰当的社会地位。但是，眼下，一件因同一用途而被反复使用且已泛黄的旧印花布睡袍，把他包成一团，他立刻就被盖上印章，贴上标签归了类，从此他就是一个教区的孩子、济贫院的孤儿、吃不饱也饿不死的卑微苦力，来到世上就是要尝拳头，挨巴掌——任何人都瞧不起他，没有人会可怜他。

奥利弗尽情哭了起来。要是他能够明白自己已是孤儿，命运如何全得仰仗教区理事和贫民救济处官员的大发慈悲，那么，他也许会哭得更响一些。

第二章　奥利弗·退斯特的成长、教育及膳宿

接下来的八个月或十个月，奥利弗成了一整套已成体系的背叛与欺骗的牺牲品。他是被徒手喂大的。[1]济贫院按规定将这名孤儿嗷嗷待哺、一无所有的情况上报教区。教区一本正经地询问济贫院，此时“院内”是否没有女人可以分派给奥利弗，给予他所急需的抚慰与照料。济贫院谦恭地回答说没有。对此，教区给出了慷慨的人性化解决方案，奥利弗应该被送去“养殖”[2]，也就是说，应该被打发到三英里外的一处分院。那里有二三十个违反了济贫法的小犯人，在一个老婆子的家长式监督下，没有吃得太饱、穿得太暖的不便，整天在地板上打滚。把这帮小犯人接收下来，全是考虑到每个小脑袋每礼拜都可以收到七个半便士的补贴。一个礼拜有七个半便士，孩子们可以吃得相当不错；七个半便士可以买不少东西呢，足够把胃给撑难受了。老婆子是聪明人，什么没见过？她知道什么对孩子有好处；当然，什么对自己有好处，她也有着相当准确的认知。所以，每周的补贴，大部分她都挪为己用，用在教区新一代身上的，比原来给他们的少了许多。因此，没有最少，只有更少；她就这样证明了自己是个伟大的实验哲学家。

大家都知道另一位实验哲学家的故事。他有一套伟大的

---

〔1〕 也就是说没有让他吮吸流质，而是直接喂食混杂了面包的水或牛奶。

〔2〕 将济贫院的孤儿分包出去养育，这一制度是维多利亚时代的丑闻，死亡率非常高。

理论，说是马无夜草也自肥，而且他亲自验证，自己的马一天只喂一根干草。要不是这匹马在吃到他的第一顿空气美餐之前二十四小时就四腿一蹬翘了辫子，那毫无疑问，一匹餐风饮露的不羁烈马就被调教出来了。不巧，受托照看奥利弗·退斯特的那位女士信奉的实验哲学，在她的一套制度实施下，也常常伴随着极其相似的结果：每当孩子们已经设法可以依靠一丁点儿可怜巴巴的食物活下去的时候，事与愿违，十个里总有八个半不尽如人意，要么饥寒交迫下病倒了，要么粗心大意掉进了火炉，要么碰巧呛个半死；不管哪种情况，这些可怜的小东西通常都被另一个世界唤了去，与他们在这个世界不曾谋面的父亲们相会去了。

有时候，翻床架子的时候，没留意到上面还有个孩子，或者碰巧洗洗涮涮，无意中把一个孩子烫死了——尽管后一种情况相当少见，要知道类似于洗洗涮涮的事情在养殖场里可是稀罕——这时候，对此可不只是通常那些饶有兴致地问东问西了，陪审团会接手，问一些刁钻的问题，或者教区居民不干了，纷纷在抗议书上签名。好在这些无理行为常常得到了迅速制止，医生拿出了证据，干事[1]给出了证词；前者把孩子开膛破肚，发现里面啥也没有（这很有可能是实情），后者总是教区想说啥，他就信誓旦旦说啥，充满了自我献身的精神。再说了，理事会定期会去“养殖场”朝圣，而且总是派干事提前一天就去，告诉那里他们要来了，等他们来的时候，孩子看上去干干净净、齐

〔1〕 教区干事是教区低级官员，负责监管贫民，维持公共秩序。

齐整整的；还有啥好多说的！

可不能指望这个养殖系统会培植出任何非凡或丰硕的作物。奥利弗·退斯特九岁了，还是个瘦弱苍白的小孩，身材矮小，腰围只有盈盈一握。不过造化或遗传给他种下了一颗坚毅的心灵，多亏了养殖场里简单的伙食，它有足够的地方生长；他能过上第九个生日，或许也得归功于此呢。不管怎么说，他的确九岁了；而且，正和另外两个精挑细选的年轻绅士一起，在煤窖里庆祝这个生日，这几个人，因为之前穷凶极恶地嚷嚷肚子饿，结果被狠狠揍了一顿鞭子，关在这里。正在这个时候，那位干事本博先生使劲要弄开院子边门，突如其来的身影把曼太太，这栋房子的好心女人，吓了一大跳。

“我的天哟！是您吗，本博先生？”曼太太说着，脑袋从窗口杵了出来，欢天喜地的样子演得相当逼真。“（苏珊，把奥利弗和那两个小鬼领楼上去，先去洗干净。）——我的天，本博先生，见到您别提多高兴了，真的！”

胖乎乎的本博先生性子很急，没那工夫跟她心心相印，搭理如此敞开胸怀的招呼，他只管可劲儿摇晃边门，然后赐它一脚——除了教区干事，任谁也踢不出这样的一脚来。

“哎哟，咋没……”曼太太说着，跑了出来——这会儿三个孩子已经转移好了——“咋没想到！我忘了门是从里头锁上的了，都是为了宝贝孩子着想！请进，先生；快请进，本博先生，请。”

这份邀请，配上女士的鞠躬礼，也许会让教区理事的心软下来，但对干事，却一点用没有。

“让长官在院门口等着，”本博先生握着手杖，问道，“曼太太，你觉得这种行为值得尊敬吗？恰当吗？他们来这儿可为的是教曲（区）孤儿，是教曲（区）事务！[1]你滋（知）不滋（知）道，曼太太，要我说，你可是教曲（区）代表，拿薪水的。”

“我当然知道，本博先生，我只是告诉那一两个特别喜欢您的孩子，您来了。”曼太太毕恭毕敬地回答。

本博先生对自己的口才以及自己的重要性很是自得。他刚展示了前一种，现在又证明了另一个——于是态度没那么紧绷了。

“好了，好了，”他的语气缓和了些，“也许是像你说的那样，也许。带我进去吧，曼太太，我是来办公务的，有话要说。”

曼太太领着干事进了一个铺地砖的小客厅，让他坐好，又殷勤备至地把他的三角帽和手杖放在面前的桌上。本博先生抹了一把脑门上的汗，那是一路奔波冒出来的，得意扬扬地看了看三角帽，笑了笑。是的，他笑了。干事也是人啊——本博先生笑了。

“哎哟，您可别为我接下来要说的话生气啊，”曼太太带着迷人的甜美说道，“您走了那么老长的路，我说，不然我也不会提，要不，喝点儿什么，本博先生？”

“一口不喝，一口不喝。”本博先生说，右手庄严而沉着地摆了摆。

“我觉得您该喝点儿，”曼太太说，她注意到干事语气里带着回绝，还有相应的手势，“就喝一小口，兑点儿凉水，加一块糖。”

---

〔1〕本博先生带有口音。

本博先生咳了几声。

“好不好，就一小口？”曼太太劝道。

“是什么？”本博先生问。

“哎呀，也就是我没法子，才在屋子里存的一点儿，那些个有福的娃儿不怎么舒服的时候，我就往他们的达菲糖浆[1]里兑一点儿，本博先生，”曼太太说着，打开角落里的橱柜，拿出一个瓶子，一个杯子，“是杜松子酒。没骗您，本博先生。只是杜松子酒。”

“你给孩子们喂达菲，曼太太？”本博先生问，一边目不转睛地看着调酒的过程，觉得很有趣。

“哎，上帝保佑他们，说的没错，是的，”老婆子回答，“我可见不得他们受苦，您懂的，先生。”

“是啊，”本博先生表示赞同，“你见不得。你是个仁慈的女人，曼太太。”（这会儿她放下杯子。）“我早该寻机会跟上头提一嘴，曼太太。”（他把酒杯挪到跟前。）“你就跟他们的妈妈一样，曼太太。”（他搅了搅掺水的杜松子酒。）“我——我很高兴举杯祝你健康，曼太太。”他一口喝下一半。

“那么，关于公务，”干事说，拿出一个皮面的笔记本儿。“那个洗礼仪式只做了一半[2]的孩子奥利弗·退斯特，今天满九

---

〔1〕一种治疗幼儿感冒的药物，主要成分是杜松子。“达菲”因此成了表示杜松子酒的黑话。

〔2〕指私下施了洗礼，还没有完成全部仪式，通常是婴儿有死亡危险时这么做。

岁了[1]。”

“上帝保佑他！”曼太太插嘴道，用围裙一角使劲擦左边的眼睛。

“明明给出了十英镑的奖赏，后来又加到了二十英镑。都这么高的价了，我得说，教区这边已经是使出了天大的劲儿，”本博先生说，“可还是没能找出他的爹是谁，也不知道他娘那边的住处、名字，或底——细[2]。”

曼太太惊讶地扬起了手；不过，沉思片刻后，她说：“那他的名字到底咋来的？”

干事骄傲地挺直了身子，说：“我给齐（起）的。”

“是您呀，本博先生！”

“是我，曼太太。我们按字母表的顺序，给那些宝贝娃起名字。上一个是 S，Swubble（斯沃伯），我起的。这一个到了 T，Twist（退斯特），还是我给他起的名。下一个该是 U 了，Unwin（尤文）。再接着是 V，Vilkins（维尔京斯）。一溜儿到字母表最后一个，我都给起好了，要是到头了，就再从头开始。”

“哎呀，您真是个文化人，先生！”曼太太说。

“好了，好了，”干事说，显然很满意这恭维，“算是吧。也许算得上，曼太太。”他喝光了掺水的杜松子酒，接着说：“奥利弗再待在这里就年纪太大了，理事会决定送他回济贫院。我亲自来领他回去。所以，快把他叫到跟前来。”

---

〔1〕 按规定，教区受济儿童满九岁就需要开始做工劳动。

〔2〕 按《新济贫法》，抚育私生子的责任落在母亲这方。

“我这就领他来。”曼太太说着离开了房间。这工夫，奥利弗脸上、手上包裹着的一层污垢，仿佛泥土做的外套，已经给使劲地擦洗刮除了，一次性能洗掉多少是多少，然后，那位好心肠的女保护人把他领进了房间。

“给这位先生行个礼，奥利弗。”曼太太说。

奥利弗半对着椅子上的干事，半对着桌子上的三角帽，鞠了个躬。

“你愿意随我去吗，奥利弗？”本博先生威严地问。

奥利弗刚想说他很乐意，跟谁走都行，忽然瞟到曼太太，她站在干事的椅子后，怒气冲冲地朝他挥了挥拳头。他立马心领神会，因为这拳头落他身上可是常事，不可能想不起来。

“她能跟我一起去吗？”可怜巴巴的奥利弗问。

“不，她不行，”本博先生回答，“不过她有时会过来看看你。”

这算不上什么安慰，不过，尽管年纪不大，奥利弗已经完全明白要装出一副舍不得离开的模样了。对这孩子来说，眼睛里挤出点泪水可不是什么难事儿，要想哭，饿瘪的肚子和最近的虐待很有帮助；奥利弗果然哭得很自然。曼太太对他千拥万抱，可奥利弗更想要的，是一片面包，一块黄油，不然到济贫院就饿相毕露了。最后，手里拿着片面包，头上戴着教区配给的咖啡色小布帽，奥利弗就这样被本博先生从那处可悲的地方带走了。在那里，从来没有一句好听的话，或一个好心的眼神，照亮过他阴郁的童年。但是，身后的农舍大门关上时，一股孩子气的悲伤还是突然袭来。他留在身后的小伙伴，生活还是那么悲惨可怜，他们可是他结交的仅有的朋友；投身茫茫人世的孤独感，第一次沉入孩子的心田。

本博先生步子迈得很大；小奥利弗，紧紧抓住他的金边袖口，小跑跟着，每走几百米就问一句“是不是快到了”。对于这些询问，本博先生很不耐烦，回答极其简洁；掺水的杜松子酒在胸膛里唤起的短暂温柔，这会儿已经蒸发光了；他又是那个干事了。

奥利弗进了济贫院还没过一刻钟，刚刚将第二片面包狼吞虎咽塞下肚，之前将他交付给一个老婆子的本博先生就回来了；他告诉奥利弗，理事今晚开会，这会儿通知他即刻到他们跟前去。

为什么板子[1]是活的，还会说话？奥利弗整不太明白，他对这个消息大吃一惊，不晓得该哭还是该笑。不过，他可没时间细想；因为本博先生的手杖在他脑袋上敲了一记，让他回过了神，后背上又敲的一记是让他打起精神来。他命令他跟着自己，然后领着他进了一间刷得雪白的大房间，八九个胖乎乎的先生围坐在桌子边。桌子上首，是一把扶手椅，比其余的高许多，里面坐着一位胖得出奇的先生，红脸膛圆滚滚的。

“向理事会鞠躬。”本博先生说道。奥利弗抹去眼里打转的两三滴泪水；他没看见什么板子，只有一张桌子，就朝它鞠了鞠躬，恰好这也没什么不妥。

“孩子，叫什么名字？”坐在高椅子里的先生问。

一下子看到那么多位先生，奥利弗怕得抖抖索索；干事又从背后敲了一记，他不由得哭了起来。这两层原因，让他的回

---

〔1〕 理事会（board）一词也有“木板”的含义。

答吞吞吐吐，低得听不清；一位穿着白色马甲的绅士就此说，怕是个傻子吧。说人是傻子可是这位先生提神放松的重要手段。

“孩子，”高椅里的先生说，“听我说。我想，你晓得自己是个孤儿吧？”

“什么？”可怜的奥利弗问。

“这孩子绝对是傻子——我觉得是。”那位白马甲绅士说道。

“嘘！”第一位开口的先生说，“你知道你没有父亲，也没有母亲，是教区养大的，是吧？”

“是的，先生。”奥利弗回答，哭得很伤心。

“你哭什么？”白马甲绅士问。这当然很不寻常。一个孩子能有啥可哭？

“我希望你每天晚上都做祷告，”另一位先生粗声粗气地说道，“而且，要为那些给你吃、照顾你的人祈祷，像个基督徒。”

“是，先生。”孩子结结巴巴地答道。最后这位先生的话无意中说对了。要是奥利弗曾为那些给他吃的、照顾他的人祈祷，他还真像个基督徒了，而且还是个好得不得了的基督徒。但他没有，因为没人教过他。

“好了！你到这里是接受教育来的，会教给你一门有用的手艺。”高椅子里的红脸膛先生说。

“那就明天早上六点钟开始拆麻绳挑麻絮[1]。”白马甲绅士板着脸加了一句。

---

〔1〕指把旧绳子拆成麻絮，用来堵缝嵌缝，这份工作很辛苦，监狱囚徒也经常干。

在干事的指点下，奥利弗深深鞠了个躬，感谢他们把拆麻绳挑麻絮这么简单的一个工序，与对他的衷心祝福结合在一起。之后，他就马上被带走了，进了一间大收容室；那里有一张硌得慌的硬床，他抽泣着在上面睡着了。真是英格兰仁慈法律的崭新写照啊！它们居然让穷人睡觉！

可怜的奥利弗！他躺着睡着了，对周围一无所知，快快活活的。他根本没想到，就在那天，理事会做出了一个决定，这个决定将对他的未来命运有着实质影响，具体情况如下。

这个理事会的成员都是些高尚、深刻、富有哲理的人士，他们一旦留意济贫院，就立刻发现了一般人从来没有发现的事情——穷人喜欢这个地方！这是低贱阶层常去的公共娱乐场所、不用花钱的旅馆，一年到头都有公共早餐、午餐、下午茶和晚餐供应——这里是砖块和灰浆造就的极乐天堂，只需玩耍，不用干活。"哎呀！"理事会说，一副心照不宣的表情，"得我们来着手整顿了；我们会马上叫停！"所以，他们定下规矩，所有穷人，都可以选择（他们从来不强迫任何人，他们可不会），要么在这栋房子里慢慢饿死，要么在外面，死得更快更干脆。照此态度，他们和自来水厂签订协议，无限量供水；和粮商说好，定期供应少量麦片；每天管三顿稀粥，每礼拜发放两次洋葱，礼拜天有半条面包。他们还为妇女制定了许多明智仁慈的规定[1]，这里就没有必要多说了；民法律师协会诉讼收费太贵，他们就大

〔1〕如前注所述，1834年的《新济贫法》规定，未婚妈妈要承担非婚生子的全部养育责任。

发善心让贫穷夫妻一举散伙，之前他们一直要求男人必须养家糊口，如今直接把他的家人带走了之，让他重新成了光棍！[1]在最后两条规定下，要是没有配套的济贫院，真难说社会上上下下会有多少人要申请救济。不过理事会可都是精明人，早为这件棘手事情做足了准备：要想得到救济，就得进济贫院；进了济贫院，就得喝稀粥。这就把人都吓跑了。

奥利弗·退斯特回到济贫院的前半年，这个系统全面开动。起初开销不少，结果殡葬业的账单数字剧增，而贫民乞丐的衣服又都得改小，吃了一两个礼拜的稀粥后，衣服松垮垮地披挂在他们干瘪无用的身子上。不过济贫院的居民数字，跟贫民一样越来越少；理事会欣喜若狂。

孩子们吃饭的房间是个砖石砌成的大厅，一头有个灶台和铜锅：到了饭点，大师傅特意穿上围裙，在一两个妇人的帮助下，给孩子们舀稀粥。在这节日欢庆的安排下，每个孩子分得一碗粥，就这些了——除非有重大公众庆祝活动，可以外加2.25盎司面包。粥碗从来不需要洗。孩子用勺刮得干干净净，重新光鲜锃亮；这么鼓捣的时候（不需要花太长时间，碗差不多就勺那么大），他们坐在那里，眼巴巴地盯着铜锅，恨不得把那口锅也一起吞下去；同时，坚持不懈地吮吸着手指，追逐着上面也许会溅到的任何一点点儿汤汁。男孩子通常都胃口奇佳。三个月来，奥利弗·退斯特和他的伙伴们都忍受着慢性饥饿的

---

〔1〕1834年的《新济贫法》规定，成年男性不得接受救济，因此只有其家人被送进济贫院，客观上造成妻离子散。

折磨：到最后实在是饿得发疯，有个孩子，在他那个年纪个头算高了，还没习惯这样的事情（他爹有过一家小餐馆），便带着威胁向别的孩子暗示，要是每天他不能多吃上一碗，没准哪个晚上他就把挨着他睡的那个碰巧又瘦又弱的小孩给吃了。这个大孩子，眼神饥饿而凶狠；孩子们都暗暗相信他说得出做得到。大家商议了一下，决定抽签，那天晚饭后，有个人要到大师傅跟前，要求再来一碗；奥利弗·退斯特中签了。

那个晚上来临了，孩子们都就位了。大师傅穿着大厨制服，在铜锅后站好了；他的两个贫民助手，也在他身后一字排开了；粥都分发出去了；就那么一丁点食物，却配上了一大篇祷词。粥一转眼就没有了；孩子们窃窃私语，朝奥利弗眨眼睛；他旁边那个人推搡着他。他还是个孩子，那么饿，又那么可怜，只好不管不顾，从桌后站起来，走到大师傅面前，手里拿着碗和勺，一开口，差点被自己的冒失吓着：

“对不起，先生，我还想要。”

大师傅是个胖乎乎的壮汉；脸唰一下就白了。震惊之下，他盯着这个小叛逆看了好几秒，然后不得不抓着铜锅稳住身子。助手们也惊呆了；孩子们吓得不敢动弹。

“什么？”大师傅终于张口，声音虚弱得很。

“对不起，先生，”奥利弗回答，“我还想要。”

大师傅的长柄勺，对准奥利弗的脑袋就是一记；接着一边胳膊夹住奥利弗，令他动换不得，一边尖叫着喊干事来。

理事会正在召开庄严的秘密会议，本博先生激动地冲进来，向高椅子里的那位先生说道：“林姆金斯先生，请您原谅，先生！奥利弗·退斯特居然还要！”

“对不起，先生，我还想要一些。”（《雾都孤儿》1911 年版，乔治·克鲁克香克绘）

在座的都大吃一惊。每张脸上都惊骇万分。

“还要！”林姆金斯先生说道，“镇定，本博，清楚回答我。我理解得对吗，他吃了规定份额的晚饭后，还要？”

“是的，先生。”本博回答。

“这孩子会被绞死，”白马甲绅士说，“我肯定他将来保准会上绞刑架。”

没人反驳这位先生的预言。他们热烈讨论起来。奥利弗立刻被关了禁闭。第二天，济贫院大门外贴了张告示，说，但凡谁从教区接手奥利弗·退斯特，就可以拿到五英镑酬劳。换句话说，不管男人女人，不管是谁，要是他们在任何行业、生意或职业上需要个助手，都可以拿到五英镑，外加奥利弗·退斯特。

“我这辈子还没这么肯定过，”第二天早上，白马甲绅士一边敲着大门，一边阅读告示，说，“我这辈子还没这么肯定过，这孩子绝对会上绞架。”

我打算以后再告诉大家，这位白马甲绅士到底说中没有，要是现在就贸然给出暗示，说奥利弗·退斯特的人生究竟会不会就那样惨烈地结束，可能会有损大家阅读的兴趣（我假定大家多少有点儿兴趣）。

第三章　奥利弗·退斯特差点得到一份差事，可不是闲职呢

奥利弗完成了“还要”那个不敬而亵渎的任务之后一个礼拜，仍然被睿智仁慈的理事会关在小黑屋里。要是奥利弗对那位白马甲绅士的预言多少有点尊重，那他就会把手帕的一头系在墙上钩子上，另一头绑在自己脖子上，一劳永逸地坐实那位圣人未卜先知的品性，这一点，乍看起来并非不可理喻。可是，要完成这一壮举，有个障碍——手帕可是奢侈玩意儿。在一次会议中，理事会明确规定，这东西，世世代代都不用再在贫民鼻子底下出现了，为此，他们庄严地举手表决，签署通过。此外，还有个更大的障碍要克服，奥利弗年纪还小，充满了孩子气。他只在白天号啕大哭；等到漫长凄凉的夜晚降临，他会张开小手，遮住眼睛，把黑暗挡在外面，然后蜷缩在角落里，努力睡着：但他不时惊醒，颤抖着，身子贴着墙，越贴越紧，好像冰冷坚硬的墙面，能抵挡住周围的阴郁和孤独。

不过，我们可别像“系统”的敌人那样以为，在单独关禁闭期间，奥利弗没有享受到任何运动的好处、社交的快乐或宗教的安慰。就说运动吧，天冷得那么舒服，他可以在砖石院子里的水泵下，每天早上洗个澡，本博先生也在场照看，为防止他感冒，还不停地运用手杖，让他全身都火辣辣的。至于社交，每天孩子们吃饭的时候，他就会被带到大厅，在这样的社交聚会场合下挨顿鞭子，以儆效尤。而且，他也远远谈不上被夺走了宗教安慰的好处，每天晚上祈祷时间，他被一脚踢进同样的

屋子，获准在那里聆听孩子们的祈祷，抚慰自己的心灵，理事会当局还要求在祷告中插入一条，他们要祈祷自己做个好人，高尚、知足、听话，预防犯下奥利弗·退斯特的罪恶行径：这条祷告明确将奥利弗置于邪恶力量的绝对庇佑之下，他正是魔鬼本人在他的作坊里一手打造的产品。

奥利弗正处于如此幸运舒适的状态之下，有天早上，烟囱清扫工甘菲尔德先生碰巧往主街这边来，脑子里盘算着有什么法子可以偿还拖欠的房租，房东早就急得不行了。对自己财政状况做最乐观的估计也凑不够所需要的五镑。数学上不在行，甘菲尔德先生只好用棒子敲一下自己的脑袋，再敲一下驴，经过济贫院的时候，他一眼瞅到了大门上的告示。

“喔——嗷。”甘菲尔德先生停住了驴。

驴完全心不在焉：它可能正寻思，卸下车里装着的两大包煤灰后，会不会被款待一两棵卷心菜。所以，它没留心命令，继续踢踏着往前。

甘菲尔德先生冲驴子一通咆哮，尤其对着眼睛狠狠骂了几句；接着追过去给它脑袋上来了一记，幸亏是头驴子，不然早开花了。之后又抓住缰绳，狠狠拧了它下巴一下，温柔地提醒它可不是自己的主人；靠着这些法子，驴转过了身。最后他朝驴子脑袋上又敲了一记以示威慑，好让它在自己回来之前不会乱跑。这一切准备停当，他走到大门边，看起告示来。

白马甲绅士正站在门边，手背在身后。刚才，在理事会房间，他发表了一通深刻的感言。目睹甘菲尔德先生和那头驴之间的小摩擦后，他见那个人过来看告示，舒心地笑了，因为他一眼看出甘菲尔德先生正是奥利弗需要的那类主人。甘菲尔德先生仔细读了一遍告示后也笑了；五镑正好是他需要的数目；至于那个随带附赠的孩子，深知济贫院伙食情况的甘菲尔德先生很清楚他个子不会大，正适合进烟囱。[1]这样，他又从头到尾细细地读了一遍告示，然后冲白马甲绅士捏捏皮帽表示恭敬，跟他搭起话来。

“先生，这里是不是有个孩子，教区相（想）让他学点‘手椅（艺）’？”[2]甘菲尔德先生问。

“啊，伙计，”白马甲绅士说道，屈尊给了个笑脸，“你觉得这孩子怎么样？”

“假使教区相（想）让他学个正派又快活的手艺，扫烟囱可是个不错的行挡（当），被人瞧得起，”甘菲尔德先生说，“我想要个学徒，我可以带他走。”

“进来，”白马甲绅士说。甘菲尔德先生在后面耽搁了一会儿，因为他又去敲了驴子脑袋一记，拧了一把它的下巴，警告它自己不在的时候不许跑开，然后跟着那位白马甲绅士进了一个房间，奥利弗第一次见到这位白马甲绅士，也是在这个房间里。

“这一行脏得很。”甘菲尔德先生又表示了一番自己的愿望后，林姆金斯先生说。

“之前有小孩卡在烟囱里闷死了。”另一位先生道。

“烟囱里点火烧稻草，是叫他们下来，可之欠（前）稻草给弄湿了，”甘菲尔德说，“结果整得都是烟，没有火；叫一个孩子

---

〔1〕19世纪，清扫烟囱的都是小孩，因为烟囱很细，只有小孩钻得进去，但他们常常会因为烟雾而被闷死在烟囱里，也容易罹患皮肤癌。

〔2〕甘菲尔德先生带有口音。

下来，烟根本没用的，只会把他训（熏）睡着了，正中他下怀。小孩子都宁（拧）得恨（很），又懒得恨（很），先生，火烧得旺旺的，他们就一溜儿跑下来了。没有比这更好的法子，也很人道，先生，哪怕他们卡烟囱里了，烤烤脚底板就会让他们拼了命爬下来。”

白马甲绅士听此解释，忍俊不禁；但林姆金斯先生看了他一眼，让他立马收住了笑容。理事会又自个儿讨论了几分钟，声音压得很低，只听得到几句“节省开支”“账面上看着不错”“公布一份铅印报告”。这些话之所以有机会被听到，事实上，正是因为他们翻来覆去都在强调。

最后，低语声停下了；理事会成员重新坐回自己的位子，又摆出一副庄严郑重的模样，林姆金斯先生说道：

“我们考虑了一下你的提议，不予接受。”

“绝对不行。”白马甲绅士说。

“坚决不同意。”其他理事也表示。

甘菲尔德先生碰巧正受困于一些指控，有人说他虐待学徒，已经打死了三四个，因此他寻思着理事会正出于某种说不清道不明的奇思怪想，认为那些不相干的事情，应该影响他们的决定。这可不像他们平时行为做事的方式，要是他们有一套方式的话；但是，他也不太想重提那些谣言，所以揉了揉手里的帽子，慢慢从桌边退开了。

“那么说，你们不想让我带走他了，先生们？”甘菲尔德先生在门边停住，问。

“不想，”林姆金斯先生答道，“至少，因为这是个脏活，我们觉得你不该拿那么多酬劳。”

甘菲尔德脸色转晴，他迅速回到桌边，说："那么你们想给多少，先生们？说吧！别太为难一个穷苦人。你们会给多少？"

"我得说，三镑十先令足够了。"林姆金斯先生说。

"多给了十个先令，太多了。"白马甲绅士说。

"哎呀！"甘菲尔德说，"就给四镑吧，先生。四镑，你们就跟那娃了断了。好吧！"

"三镑十先令。"林姆金斯先生毫不动摇。

"好啦，我还个价，先生，"甘菲尔德急了，"三镑十五先令。"

"多一点儿都不行。"林姆金斯先生还是这个坚定的回答。

"你们真是太狠啦，先生们。"甘菲尔德有点动摇了。

"呸，呸，说什么呢！"白马甲绅士说，"哪怕一点酬金都没有，捞到他都是个大便宜。领他走吧，你这蠢家伙！他就是你要的娃。他得经常用棍子教训才行，那对他有好处。伙食也不用很花钱，打他生下来，就没有喂过头过。哈哈哈。"

甘菲尔德先生低头看了围坐在桌子边的绅士们一眼，观察到他们脸上都有一丝笑意，自己也咧嘴笑了起来。交易谈妥了。本博先生立刻接到命令，要在当天下午，将奥利弗和他的契约[1]上呈地方长官，办理审批签字手续。

为此，小奥利弗被解除禁闭，一头雾水地按要求换上干净衬衫。他刚完成了这套如此不同寻常的体操动作，本博先生就亲手端来了一碗粥，还有节假日才有的2.25盎司面包。这一恐怖景象，让奥利弗悲悲切切地痛哭起来：他自然而然地想，理

〔1〕 学徒与师傅签订的服务契约，通常是七年。

事会肯定为了什么有用的目的，要杀了他了，不然不会要这样子养肥他呀。

“别把眼睛哭红了，奥利弗，吃吧，要感恩，”本博先生说，语调有种感人的浮夸，“你就要去当学徒了，奥利弗。”

“当学徒，先生？”孩子颤抖着说。

“没错，奥利弗，”本博先生说。“那位仁慈而有福的先生，就是你的爹娘了，奥利弗，因为你没爹没娘，他会教你立足，让你成人：尽管教区为此花了三镑十先令呢！——三镑十先令啊，奥利弗！——那可是七十个先令——一百四十个六便士！——都是为了你这么个淘气包，没人疼的孤儿。”

用威严的语调说了这一通后，本博先生停下喘了口气，可怜的孩子脸上滚下泪珠，悲伤地啜泣起来。

“好了，”本博先生说，观察到自己的滔滔口才取得了效果，他很满足，没那么盛气凌人了，“好了，奥利弗！用外套袖子把眼泪擦擦干，别让它们掉进粥里；这样子太傻了，奥利弗。”那肯定啊，粥里的水本来就够多了。

去见地方长官的一路上，本博先生都在教导奥利弗该做些什么，他该看上去很高兴，也就是说，当那位长官问他是不是愿意当学徒，他应该显出的的确确很喜欢的样子[1]；奥利弗答应这两条指令他都会做到，尤其是本博先生温和地暗示，要是哪

〔1〕1834年的《新济贫法》规定，十岁以下的孩子不得签署契约做扫烟囱的学徒，如果要签署契约，还需要两名地方长官询问确保他“愿意从事扫烟囱一行”。

一条没做到，可保不准会有什么后果。到了公署，奥利弗被独自关在一间小屋子里，本博先生警告他待在那里，直到他回来领他走。

孩子就待在那里，心怦怦乱跳，等了半个钟头。然后，本博先生的头杵了进来，没戴三角帽，大声说：“好了，奥利弗，我的宝贝，去见那位长官。”本博先生说着，又换上了冷酷吓人的面孔，低声加了句，“记住我跟你说过的，你这个小无赖！”

本博先生话风突变，有点儿前后矛盾，奥利弗看着本博先生的脸，心里并不是很明白；但这位先生不让他问东问西，立刻带他去了隔壁房间：那里门大开着。房间很宽敞，有扇大大的窗户。桌子后坐了两位老先生，头发上扑满了粉：一个在看报纸；另一个，借助一副玳瑁眼镜，端详着面前的一小张羊皮纸。林姆金斯先生站在桌前一侧，草草擦了一把脸的甘菲尔德先生站在另一边，还有两三个穿着高筒靴的男人，在屋里踱来踱去，面色唬人。

戴玳瑁眼镜的老先生看着羊皮纸，有点儿犯困，等本博先生叫奥利弗在桌子前站好，有一小会儿没人说话。

“就是这个孩子，阁下。”本博先生说。

看报纸的老先生抬起头看了一眼，拽了拽另一位先生的袖子，那位老先生清醒过来。

“哦，就是这个孩子？”老先生说。

“就是他，先生，”本博先生回答，“给长官鞠个躬，我的宝贝。”

奥利弗挺直身子，鞠了一大躬。他盯着长官的发粉，心想，是不是所有的理事生下来脑袋上就有那白色玩意儿，因为这个，他们从此就是理事了。

“嗯，”老先生说，“我想他肯定很喜欢扫烟囱了？”

“他可喜欢了，阁下。”本博先生回答，一边偷偷掐了奥利弗一把，示意他最好别说不喜欢。

“他想成为一名扫烟囱工，是吧？”老先生问道。

“要是我们非要他明天去干别的，他会立刻逃跑的，阁下。”本博先生答道。

“那么这个人就是他的师傅啰——你，先生——你会好好待他，诸如管他吃管他住之类，会吗？”老先生问。

“我说会就是会。”甘菲尔德先生犟头犟脑的。

“你说话可真没礼貌，我的朋友，但人看着还实诚。”老先生说着，把玳瑁眼镜转向这位奥利弗养育金的候选人，那张恶棍的脸简直就是一张规规整整的盖了章的收条，上面写着“残忍”。不过地方长官半是眼瞎，半是天真，别人瞧得出来的，可别指望他能分辨。

“我希望我是。”甘菲尔德先生说，斜睨的眼神难看极了。

“我毫不怀疑你是个爽快人，我的朋友。”老先生说，稳了稳鼻梁上的玳瑁眼镜，到处找起墨水瓶来。

这是奥利弗命运的关键一刻。要是墨水瓶在老先生以为的地方，他把笔伸进去蘸一蘸，签署契约，那么奥利弗就会直接被带走了。可墨水瓶偏巧就在他鼻子底下，他到处找自然没找着；而寻找的过程中，他又碰巧看了一眼前方，正瞅到奥利弗苍白的、吓坏了的面孔：尽管本博先生一脸警告，还不断掐他，但看到未来师傅令人厌恶的面容，奥利弗就变得又慌又怕。这个表情那么明显，哪怕是半瞎的长官也不会瞧不见。

老先生停下了，笔放在一边，看了看奥利弗，又看了看林姆金斯先生；后者试图面带笑容拿起鼻烟，好像啥也没注意到。

“我的孩子！”老先生说，身子越过桌子，声音把奥利弗吓了一跳。这情有可原，老先生的话是很和蔼，但奇怪的嗓音叫人害怕。他狂抖起来，眼泪一下子迸出来。

“我的孩子！”老先生说，“你脸色苍白，看上去吓坏了。怎么回事？”

“干事，站开一点，”另一位长官说，他把报纸挪开，饶有兴致地往前倾着身子，“好了，孩子，告诉我们怎么回事，别害怕。”

奥利弗扑通跪了下来，双手合十，祈求道，要是打发他跟那个可怕的男人走，不如把他关回小黑屋——或者饿死他——打他——要是愿意也可以宰了他。

“哎呀，”本博先生扬起手，极为严肃地看了看奥利弗，“在我见过的那些个狡猾奸诈的孤儿里，奥利弗，你可数得上是最厚颜无耻的。”

“闭上你的嘴，干事。”本博先生刚吐出带“最”的形容词，另一位老先生就说道。

“对不住，阁下，”本博先生说道，觉得自己简直听错了，“阁下是在说我吗？”

“没错。闭上你的嘴。”

本博先生惊呆了。叫一个干事闭嘴！简直是大逆不道！

戴着玳瑁眼镜的老先生看了眼同事，那一位意味深长地点了点头。

“我们拒绝签署这份文件。”老先生说，把羊皮纸扔在一边。

“我希望，”林姆金斯先生磕磕巴巴地说道，“我希望阁下不要有这样的想法，因为这孩子毫无根据一通乱说，就认为我们有任何不当行为。”

“地方长官可不负责对此发表意见，”第二位老先生尖锐地说道，“把这个孩子带回济贫院去，待他好一点儿。他看来需要人好好对待。”

那个晚上，白马甲绅士斩钉截铁地说，奥利弗不仅该被绞死，还应该被五马分尸。本博先生有些神秘，他阴沉地摇了摇头，说他希望奥利弗会有善终；甘菲尔德先生则表示，他希望这个“终”由他来了结，尽管很多方面他的看法和干事相同，这一愿望似乎与干事的想法完全背道而驰。

第二天早上，公众得知，奥利弗·退斯特又被再次“出让”了，任何人只要愿意领他走，都可以获得五英镑。

第四章　奥利弗有了新职业，首次踏入社会

对大户人家来说，要是一个成长中的年轻人，在财产、继承权、指定继承权[1]或预期继承权方面，不占什么优势的话，那么，通常做法就是送他去海外。理事会便效仿如此明智而有益的惯例，协商让奥利弗·退斯特坐船远游，把他送上小小的商船，驶往某个有害健康的港口。这个建议可能是对他最好的安排了：也许某天饭后，船长心情不错，会用鞭子抽死他，或用一根铁条把他脑袋敲开了花；众所周知，那可是那个阶层人士个个儿都喜欢的娱乐消遣。这么看来，这件事越琢磨，就越显得好处多多；于是理事们得出结论，要最终把奥利弗培养成人，法子就是立马送他出海，一刻也不耽搁。

本博先生被派去进行各种准备调查工作，看有没有哪个船长的船上需要一个无亲无故的小厮；有天，他回济贫院报告他出勤的结果时，在大门口正好遇上了教区承办殡葬业务的索尔伯里先生。

索尔伯里先生又高又瘦，关节粗大，一身黑衣服破得抽了丝，下面配着同色的棉袜和鞋子，打着补丁。他的长相不是自然挂着笑容的那种，但总体来说，颇有几分职业戏谑。他轻快地走向本博先生，诚挚地跟他握了握手，脸上流露出内心的

---

〔1〕18—19世纪，英国财产继承分为动产继承和不动产继承，动产由妻子、子女、教会各继承三分之一，不动产由长子继承。非长子的男性成年后经常会去海外殖民地发展。

愉悦。

“我给昨天晚上死掉的两个女人量好了尺寸，本博先生。”殡葬承办人说。

“你要大赚一票啦，索尔伯里先生。”干事说，一边用大拇指和食指伸进殡葬承办人递过来的鼻烟盒：那是个精巧的小棺材模型。“我就说你要发财了，索尔伯里先生。”本博先生重复了一遍，用手杖友好地拍了拍殡葬承办人的肩膀。

“您这么想？”殡葬承办人对此可能性半信半疑，“理事会给的价非常低啊，本博先生。”

“棺材本也不高。”干事答道，脸上有一丝微笑，几乎刚刚好是一位官员应该表达出来的程度。

索尔伯里先生被逗乐了：他当然该被逗乐，于是他笑个不停。“好了，好了，本博先生，”他终于说道，“不可否认，新的喂养体系出台后，棺材做得比以前窄多了，也浅多了；不过我们总得有点儿利，本博先生。正当季的木材可不便宜啊，先生；还有那些铁把手，都是从伯明翰[1]船运来的。”

“哎呀，哎呀，”本博先生说，“每门生意都有本难念的经。公道的利润当然是可以的。”

“当然，当然，”殡葬承办人说，“就算没有从这样那样上得点儿利，哎，我还是走长线的，您瞧是不是——呵呵呵！”

“可不是。”本博先生说。

“可我得说，”殡葬承办人捡起干事打断的话头，“可我得说，

---

〔1〕 英国大城市，以钢铁厂闻名。

本博先生，我目前面临一个相当不利的情形：我是说，壮实的死得最快。那些日子过得不错的，那么多年一直交税的，一到济贫院就垮了，让我告诉您，本博先生，一旦棺材比预计大出个三四寸，利润就少了一大块呀：尤其是我这种还要养家糊口的，先生。”

索尔伯里先生说着说着愤愤不平起来，像是受到了很大的虐待；本博先生意识到再说下去，有可能会伤及教区荣誉，觉得换个话题会是明智的做法。最先从脑海里蹦出来的就是奥利弗·退斯特，他就谈起他来。

“顺便提一嘴，”本博先生说，“你没准知道谁想要个男孩儿？教区有个学徒，目前是个负担；要我说，是个磨盘，挂在教区脖子上。酬金很可观，索尔伯里先生，报酬可不少。”本博先生说着，举起手杖，点点上方的告示，还着重敲了敲“五英镑”这几个字：它们是用罗马大写字母印刷的，字号超大。

“我的天，”殡葬承办人说，抓住本博先生官服的金边翻领，“我正想跟您说这事儿呢。您知道的——天呐，这铜扣多漂亮，本博先生！我以前咋没注意到呢。”

“是的，我觉得相当漂亮，”干事得意地低头看了看外套上的一排大铜纽扣，“上面的图案跟教区印章上的一模一样：心地善良的撒玛利亚人在救治那个浑身是伤的人。[1]这是新年早上

---

〔1〕《圣经·路加福音》（10:31–37）中提到耶稣基督讲的寓言：一个犹太人被强盗打劫，受了重伤，躺在路边，祭司和利未人路过但不闻不问，唯有一个撒玛利亚人路过，不顾教派隔阂善意照应他，还自己出钱把犹太人送进旅店。此后撒玛利亚人常指好心人，见义勇为的人。

理事会送给我的，索尔伯里先生。我记得，我头一次穿上它，是去验尸，那个破产的商人大半夜倒在门道上。”

“我记得那事儿，”殡葬承办人说，“陪审团报告，‘死于寒冻，缺乏日常生活必需品’，对不？”

本博先生点点头。

“他们还把这事当成专案，我记得，”殡葬承办人说，“特别加了几句，大概是，假使负责贫民救济的官员曾经——”

“呸！瞎话！”干事打断了他，“要是那些无知的陪审员说啥理事会都得听，还不够理事们忙的。”

“可不，”殡葬承办人说，“他们肯定忙死了。”

“陪审团，”本博先生一激动就握紧手杖，说道，“都是一帮粗俗可鄙的可怜虫，没温（文）化。”

“个个都是。”殡葬承办人说。

“他们就懂那么一点点哲学和政治经济。”干事说，轻蔑地弹弹指甲。

“就那么多。”殡葬承办人表示同意。

“我瞧不上他们。”干事说，脸开始涨得通红。

“我也是。”殡葬承办人附和。

“我只盼着那种自以为是的陪审团，能到济贫院待上一两个礼拜，”干事说，“理事会的那些规定条文立马就会让他们偃旗息鼓。”

“随他们便吧。”殡葬承办人说。他一边说，一边笑眯眯地表示赞同：只是为了平息教区干事心头的怒火。

本博先生摘下三角帽，从帽顶里掏出一块手帕，擦了擦脑门——刚才那股怒气让他冒了不少汗——接着又戴正了帽子。

然后，他转向殡葬承办人，语气平缓了一些：

“好了，你觉得那孩子怎么样？”

“哦，”殡葬承办人答，“哎，您知道的，本博先生，我替穷人付了好大一笔税呢。”[1]

“嗯哼，”本博先生说，“那又怎么样？”

“嗯，”殡葬承办人答道，“我在想，要是我替他们付了那么多钱，就有权从他们身上再捞回那么多，本博先生；这样子的话——这样子——我想我自个儿要这个孩子。”

本博先生一把抓住殡葬承办人的胳膊，领他进了济贫院。索尔伯里先生和理事会关上门谈了五分钟，一切都安排好了，奥利弗今晚就跟着他去“实习”——这个词的意思就是，作为教区学徒，要是师傅通过短期试用，发现不用给这孩子吃多少，就可以让他替自己干够了活，那他就可以再留用他几年，想让他干什么就干什么活。

那个傍晚，小奥利弗被带到“这位先生”面前，他得知，从这个晚上起，他就从普通的济贫院孩子，变成了做棺材的；要是他有什么抱怨，甚至又跑回来，那么，他就会被送出海，在那里要么被淹死，要么脑袋瓜被敲烂，这都有可能。对此，奥利弗几乎没什么反应，他们一致同意他是个冷硬心肠的小无赖，要本博先生立刻把他带走。

任何人身上有一丁点儿缺乏感情的迹象，理事会都会惊讶得义愤填膺、觉得非常可怕，这一点毫不奇怪，但这一回他们

〔1〕 指当地居民都需要纳税来救济穷人。

错得离谱。事情很简单，奥利弗不是缺乏感情，而是感情太丰富了；而他受到的虐待，却很有可能让他最终在愚蠢迟钝、消沉低落中消磨一生。他听说了关于自己命运的消息，默不作声；行李塞在他手上——拿起来一点不麻烦，不过就是一个牛皮纸袋，半英尺见方、三英寸厚；他扯了扯帽檐；再次抓住本博先生的外套袖口，由这位显要领着去一个新的受苦之地。

本博先生拽着奥利弗走了一会儿，没有理他，也没有说话。他高昂着头，干事就该一直这副模样。这天有点儿风，吹开了本博先生的外套，下摆几乎完全包住了小奥利弗，还显摆地露出了里面被风吹动的马甲和浅褐色毛绒马裤。不过，快到目的地时，本博先生顺便往下瞅瞅了，看看那孩子是不是整整齐齐，经得起新主人视察。他就这么做了，带着与大恩人相称的高尚而和蔼的气息。

"奥利弗！"本博先生道。

"是的，先生。"奥利弗低声颤抖着回答。

"把帽檐从眼睛上拉开点儿，把脑袋挺直了，小伙子。"

尽管奥利弗立马照做了，而且迅速用那只闲着的手的手背抹了一把眼睛，但当他抬头看领路人时，一颗泪珠还在他眼眶里打转。本博先生严厉地瞪着他，它就从脸蛋上滚了下来。一颗接着一颗，又一颗。孩子使了好大的劲，还是忍不住。他把手从本博先生手里抽回来，两手捂住脸抽泣着，直到泪水从下巴和瘦骨嶙峋的指缝间涌了出来。

"好了！"本博先生喊道。他猛地停下脚，朝自己负责照看的小东西射去一道怨恨的目光。"好了！在我见过的所有最没良心的、性子最坏的孩子里，奥利弗，你可是——"

“不，不，先生，”奥利弗啜泣着，抓住那只熟练地握着手杖的手，“不，不，先生，我会好好的，真的，我真的会好好的，先生！我是个小孩，先生，而且，真是——真是——”

“真是怎么样？”本博先生惊奇地问道。

“真是孤独啊，先生！真是非常孤独！”孩子哭道，“所有人都讨厌我。哦，先生，请别，请别生我的气！”孩子捶打着胸膛，他看着同行人，脸上挂着真心痛苦的眼泪。

本博先生多少有点惊讶，他盯着奥利弗可怜无助的脸，看了几秒，喉咙沙哑地哼了三四声，然后咕哝着“讨厌的咳嗽”，就叫奥利弗擦干眼泪，做个好孩子。之后又牵起他的手，默默前行。

殡葬承办人刚刚打烊，靠着与店铺十分相称的阴暗烛光做账，本博先生进来了。

“啊哈！”殡葬承办人说着从账本上抬起头，一个词刚写到一半，“是您吗，本博先生？”

“哪还有别人，索尔伯里先生，”干事回答，“看，我把孩子带来了。”奥利弗鞠了个躬。

“哦！就是这孩子，是吗？”殡葬承办人说道。他把蜡烛举过头，好好打量了一眼奥利弗。“索尔伯里太太，你能不能过来一下，我亲爱的？”

索尔伯里太太从店后面一个小房间冒了出来，露出矮小、干瘪的女人身形，一副泼辣样。

“亲爱的，”索尔伯里先生谦卑地说，“这是我跟你提过的，那个济贫院的孩子。”奥利弗又鞠了一躬。

“我的天，”殡葬承办人的太太说，“他个子好小。”

“啊，他的确个子很小，”本博先生说道，他看着奥利弗，好像个子不大是奥利弗自己的错，“他个子是小。无可否认。但他会长个儿的，索尔伯里太太，他会长个儿的。”

“啊哈，我敢说他会长，”这位女士怒气冲冲地答道，“吃我们的，喝我们的。领教区孩子没什么好处，我是这么觉得的；花的永远比他们挣的多。不过，男人总觉得他们懂的最多。去，下楼去，小瘦骨头。”说着，殡葬承办人太太打开一扇边门，推着奥利弗下了几级台阶，进了一个又黑又湿的砖石地窖[1]：这地方连着煤窖，是所谓的“厨房”，里面坐着一个邋里邋遢的女孩子，鞋后跟磨没了，蓝毛线袜破得没法补。

“哎，夏洛特，”索尔伯里太太跟着奥利弗下了楼，说道，“把给特里普留的冷肉给这孩子一点儿。特里普早上出门，到现在还没回家，大概也不用吃了。我敢说这孩子不挑食吧，是吗，孩子？”

奥利弗听说有肉，两眼放光，馋得发抖，便回答说不挑食；这样，一盘乱七八糟的粗劣食物放在他面前。

我希望某个脑满肠肥、血冷心硬、肚子里的胆汁都是美食变来的哲学家，可以看看奥利弗对着一盘狗都嫌弃的食物狼吞虎咽的模样。我希望他可以亲眼看看这可怕的食欲，它让奥利弗使出了蛮荒之力，把那一丁点儿食物给扯得粉碎。而我最希望看到的是，那位哲学家对这样的食物同样能吃得津津有味。

“好了，”殡葬承办人太太说道，这时奥利弗吃完了晚饭，

---

〔1〕 存放杂物的地下室。

这个女人默默地看在眼里，吓坏了，好担心他将来的胃口，“吃好了吗？”

伸手可及的范围内，没什么其他的可吃了，奥利弗给出了肯定的回答。

“那么就跟我来，”索尔伯里太太说。她举着一盏又暗又脏的灯，领奥利弗上楼，“你的床在柜台下面。我想你不介意睡在棺材中间吧？不过介不介意的我也不管，没别的地儿给你睡。好了，别让我一晚上耗在这儿！”

奥利弗不敢耽搁，逆来顺受地跟上了他的新女主人。

第五章　奥利弗结交了新同事，生平头一遭去了葬礼，对师傅的行当看不太惯

奥利弗给留在了棺材铺，他把灯搁在工人用的长凳上，怯生生地环顾四周，心里又是敬畏，又是害怕，就算年纪比他大得多的人，碰到这种情况也好不到哪里去。店铺中央，黑色长条凳上放着一具还没做好的棺材，看上去阴沉吓人，像死人一样，每次奥利弗朝那个可怕东西瞟去，身上都一阵寒战：他差点以为会看到一个可怕的形状从棺材里慢慢地抬起头来，真是吓得够呛。挨着墙齐齐整整放着一长溜儿榆木板子，被切成同样形状，在昏暗的灯光里，就像高耸起肩膀、手插在马裤兜里的鬼魂。地上到处都是棺材铭牌、榆木屑、锃亮的钉子、黑布碎片；柜台后面的墙壁上，装饰着一幅生动的画作，上面是两个出殡人[1]，戴着笔挺的领结，站在一户私人大宅门前，四匹黑马拉着的灵车正远远驶来。店铺里又闷又热，空气似乎也沾染了棺材的味道。柜台下的凹膛里，塞进了他的棉褥子，看着就像坟堆一样。

不光是凄凉消沉的心情让奥利弗透不过气来，在这个奇奇怪怪的地方，他孤身一人。在这样一个环境里，哪怕是我们中间的能人，有时也会觉得阴冷孤寂。这孩子没有他在乎的朋友，

---

〔1〕 出殡人是为了增添葬礼的庄严，在葬礼中专门雇用的职业送葬人，他们戴着白色的领结，与黑色长袍形成了鲜明的对比。

也没有在乎他的人。没什么新近别离的遗憾，在他脑海里翻腾；也没有亲爱熟悉的面庞，沉甸甸坠入他的心海。但他的心还是很沉重；他钻进自己窄窄的床，希望那就是他的棺材，他可以从此在教堂墓地安稳地长眠，高高的绿草，在他头顶轻轻摇曳，古老深沉的钟声，抚慰着他入睡。

早上，有人在外面使劲踢店铺大门，把奥利弗吵醒了，他还没来得及穿完衣服，这踢门声就气冲冲地猛响了二十五次。当他动手去解开门链时，外面的腿是不踢了，但有个声音叫道：

“开门，开不？”有人大喊，声音属于刚才踢门那人。

“我这就开，先生。”奥利弗回答。他解开门链，然后转动钥匙。

“我猜你是那个新来的，对吧？”那声音钻过钥匙眼。

“是的，先生。”奥利弗回答。

“几岁了？”声音问。

“十岁了，先生。”奥利弗回答。

“那我进来后，就要揍你一顿，”那声音说，“你就看我会不会，就这样，你这个济贫院坏小子！”许下这个亲切的诺言后，声音的主人吹起口哨来。

“揍”这个极具表现力的单音节词所指向的过程，奥利弗经历得太多了，所以毫不怀疑那个声音的主人，不管是谁，会令人尊敬地兑现他的誓言。他颤抖的手抽出门闩，打开大门。

奥利弗瞥了一下街道，又看了看路的尽头和对面，觉得刚才那个通过钥匙孔介绍自己的陌生人，已经走开去暖和身子了；

因为门口没有别人，只有一个大个儿慈善学校学生[1]，坐在店门口的木桩上，吃一片黄油面包：他用折刀把面包切成小三角形，跟他的嘴一样大小，然后灵巧地把它消灭了。

“对不起，先生，”奥利弗没看见还有别的访客露面，最后说道，“是你敲门吗？”

“我踢的。”慈善学校学生说。

“你想要一口棺材？”奥利弗天真地问。

慈善学校学生听了这话，面露狰狞，宣称要是奥利弗这样子跟长辈开玩笑，他自己不久就需要一口棺材了。

“我想你不知道我是谁吧，济贫院的？”慈善学校学生继续道；他从木桩上下来，摆出教训人的派头。

“不知道，先生。”奥利弗回答。

“我是诺亚·克莱普尔先生，”慈善学校学生说，“你归我管。把窗板取下来，你这个游手好闲的懒小子！”说着，克莱普尔先生踢了奥利弗一脚，趾高气扬地进了店铺，颇有面子。要让身子笨重、长相呆板的大脑袋小眼睛的年轻人显得高贵气派，在任何情况下都不是件容易事儿，再加上酒糟鼻和黄短裤这副个人尊容，就更难上加难了。

奥利弗取下窗板，往房子一边的小院子里搬，白天窗板都放在那里，但窗板挺沉，他跌跌撞撞，第一块就摔碎了玻璃。诺亚慷慨伸出了援手：他先是安慰他“有你好看的”，然后才屈

---

〔1〕慈善学校是由慈善机构为穷人孩子办的免费学校，他们穿着统一的学校制服。

尊来助他一臂之力。索尔伯里先生不一会儿就下楼来了。不久，索尔伯里太太也来了。奥利弗果然“有好看的”，印证了诺亚的话，然后他跟着那个年轻人下楼去吃早饭了。

“到火炉边来，诺亚，”夏洛特说，“我替你从老板的早饭里留了一小块上好的培根。奥利弗，把诺亚先生背后的门关上，面包盘盖子上的是你的，去拿吧。这是你的茶，端到那边箱子上，在那儿喝，快一点，他们要你去看店的。听见没？”

“听见没，济贫院的？”诺亚·克莱普尔说。

“哟，诺亚，”夏洛特说，“你真是个怪人！为啥不随他去？”

“随他去！”诺亚说。“说到这一点，人人都随他去。爹啊娘啊都不要管他。所有亲戚都由着他。嗯夏洛特，是这样吗？呵呵呵！”

“哦，你这个怪人！”夏洛特说，由衷地笑了起来，诺亚也笑了；笑够了，他们便轻蔑地看着可怜的小奥利弗，他正抖抖索索地坐在房间最冷的角落里那个箱子上，吃着那份专门留给他的隔夜食物。

诺亚是慈善学校的学生，不是济贫院的孤儿。他不是来历不明的孩子，家谱可以一直追溯到爹娘，他们过得很艰难；他的娘是洗衣妇，爹是当兵的，一个酒鬼，退伍回来时带着一条木头假腿，每天有两个半便士的抚恤金，还有些零头，都不够数。附近的店铺小厮早就习惯了在大庭广众下给诺亚安派下流绰号，什么“皮短裤头”[1]“慈善瘪三”，诸如此类，诺亚一声不

---

〔1〕 这是慈善学校学生的标准装扮。

吭全应了下来。现在可时来运转了，天上掉下个没名没姓的孤儿，心眼儿最坏的人都可以指着鼻子骂，他就饶有兴致地把这一通全转赠给奥利弗了。这向我们显示人性有多美好，一种亲切的品质，可以在最优秀的君子和最低俗的慈善学生那里，不偏不倚地生长。

奥利弗在棺材铺待了三四个礼拜。有天，索尔伯里夫妇关了铺子后，在后面的小房间里用晚餐，索尔伯里先生恭敬地看了几眼太太，说道，“亲爱的——”他还想说下去，但索尔伯里太太的眼睛往上翻了翻，脸色不对，他立刻住了嘴。

“怎么了？”索尔伯里太太厉声问。

“没事，亲爱的，啥事儿没有。”索尔伯里先生说。

“呸，畜生样儿！”索尔伯里太太说。

“哪里，亲爱的，”索尔伯里先生谦卑地说，“我是想你不愿听，亲爱的。我只是想说——”

“哦，想说什么，别跟我说，”索尔伯里太太出声打断，“我是什么人呐，我什么也不是；别跟我商量，拜托。我可不想打听你的秘密。”索尔伯里太太说着，歇斯底里地笑起来，暗示着不说会有可怕的后果。

“可是，亲爱的，”索尔伯里先生说，“我想听听你的意见。”

“别，别，别问我，”索尔伯里太太回答，样子很感人，“问别人去。”又是一阵歇斯底里的笑声，把索尔伯里先生吓坏了。这是婚姻中相当常见的情形，也很受认可，往往很有效。它让索尔伯里先生当即恳求，希望索尔伯里太太行行好，允许他说一些她其实最好奇要知道的话。过了一小会儿，这一请求得到了恩准。

“是关于小退斯特的，我亲爱的，”索尔伯里先生说，“就那个长得挺好看的孩子，亲爱的。”

“他就该长得好，吃那么多。”太太评道。

“他脸上老是有种忧郁的表情，亲爱的，”索尔伯里先生继续说道，“很有意思。他会成为一个讨人喜欢的出殡人，我亲爱的。”

索尔伯里太太抬了抬眼，脸上有种相当惊讶的表情。注意到这一点，索尔伯里先生没有让这位好太太就此发表评论，就继续说道：“我不是说参加成年人葬礼的普通出殡人，亲爱的，他只用去给孩子送殡。有一个专门给孩子送殡的出殡人，是个新鲜事，亲爱的。请你相信，效果一定奇佳。”

尽管索尔伯里太太对丧葬事务有着良好品位，这个念头的创新性还是让她大吃一惊，但要是她这么表示，就有损她的威严了，于是，在如此令人兴奋的情形下，她仅仅是严厉地问这位丈夫，这么一个显而易见的念头，咋以前就没想到过？索尔伯里先生立即顺水推舟，当作太太已经默认了他的提议，因此，迅速决定应该立刻传授奥利弗这一行的秘诀，而且，照此看来，等到下一个需要他去效劳的葬礼来临，他就应该随同师傅前往。

这样的等待并没有很久。第二天早饭过后没半个钟头，本博先生就上了门。他把手杖靠在柜台边，拿出他那本大大的皮面儿笔记本，从里面抽出一小张纸，递给索尔伯里先生。

“啊哈！”殡葬承办人瞟了一眼，兴致勃勃地说，“要订一口棺材，是吧？”

“先订口棺材，之后是教区葬礼。”本博先生边回答边系好皮面儿笔记本的系带：这本儿，跟他本人一样，富态得不行。

“贝顿，”殡葬承办人看了看本博先生给的那张纸片儿，“我没听说过这名儿。”

本博先生摇摇头，答道：“一个犟头倔脑的家伙，索尔伯里先生；非常犟。恐怕也很自大，先生。”

“自大，嗯？”索尔伯里先生冷笑了一声，“得，这就有点过了。”

“唉，真让人恶心呢，”干事答道，“真是一剂锑剂[1]啊，索尔伯里先生！”

“可不是嘛。”殡葬承办人表示同意。

“我们也是前儿晚上才听说这一家，”干事说，“本来我们不用认得这家人，不过，有个女人也住在那栋房子里，向教区理事会申请派一个医生去瞧瞧那里一个女人，说是病得很厉害。医生出去吃晚饭了，他的学徒（可是个非常聪明的小伙儿）顺手给了他们一点儿药，装在鞋油瓶子里。”

“真是机灵。”殡葬承办人说。

“机灵，可不！”干事答，“但到头来怎么样呢？那些没规矩的有多没良心，先生？那丈夫派人递话来，说那药跟他太太的病痛不匹配，所以她不能吃——说她不能吃，先生！就一个礼拜前，这些又好、又厉害、又有用的药，给了两个爱尔兰劳工和一个运煤工人，效果非常好，这会儿白给了这一家，顺带还有鞋油瓶子，这个人却送了回来，说她不能吃，先生！”

这番恶行在本博先生的脑海里尽情展现，气得他拿手杖狠

[1] 一种含有金属锑的药剂，添加在酒中，有催吐效果。

狠敲了敲柜台，脸涨得通红。

“是啊，”殡葬承办人说，“我就从——来——没——”

“从来没有，先生！”干事脱口喊道，“谁都从来没有这样，那现在她死翘翘了，我们倒得埋了她；这是地址，赶紧早完早了。”

这么说着，本博先生戴上他的三角帽，激动之余一开始还戴反了，然后快步出了店门。

“哎，他气成那样，奥利弗，都忘了问问你咋样！”索尔伯里先生目送干事大步流星地走到街上，说道。

“是的，先生。”奥利弗回答，刚才谈话时，他尽量躲在一边，小心不让他瞧见；光是又听到本博先生的声音，他就从头到脚都在打战。

不过，他倒不用费劲不让本博先生瞅见；白马甲绅士的预言让这位公职人员记忆犹新，心想奥利弗正在棺材铺试用期这话最好一直不要提，直到七年期满，他被退回教区手里的危险最终合法躲过了再说。

“好了，”索尔伯里先生戴上帽子，“早完早了。诺亚，看着店。奥利弗，戴上帽子，跟着我。”奥利弗遵照吩咐，跟着师傅去完成职业使命了。

他们走了一会儿，穿过镇子最拥挤、人口最密集的地方；然后快速走进一条比他们走过的所有街道都更脏乱更可怜的一条小街，停下来寻找他们的目的地。街道两边的房子虽然又高又大，不过都旧得很，是赤贫阶层租住的地方：并不需要其他证据，光房子一副疏于打理的模样，就足以让人知道这是块穷地儿，尽管不时偷偷摸摸走过几个男人女人，满脸污泥、袖着手、佝偻着腰，也可以提供充分证明。一大批佃户倒是租了门面，但大门紧闭，破败朽坏，只有楼上住着人。一些房子年久失修、摇摇欲坠，要不是牢牢插在地里的大木头棍子顶着墙，早就坍倒在地了；可就是这样可怕的巢穴，也被一些无家可归的可怜人当成了晚上栖息的去处，因为那些原来当作窗和门的粗木板，许多已被撬开，缝隙宽得足以让一个人进出。下水道又臭又脏，到处横着腐烂的老鼠，都一副穷凶极恶的饿相。

奥利弗和师傅停下的那栋房子前，开着的大门没有门环，也没有门铃；殡葬承办人只好在黑暗的门道里小心翼翼地摸索着前进，爬上二楼，一边吩咐奥利弗跟紧他，不要害怕。到了楼梯平台口，他撞上一扇门，就用指节敲了敲。

一个十三四岁的姑娘开了门。殡葬承办人看了一眼屋里面，就知道这正是他要来的房间，便进了屋，奥利弗跟在后面。

房间里没有生火，但一个男人呆呆地蜷缩在空荡荡的火炉边。还有个老妇人，也拿过一张矮凳到冰冷的炉边，坐在他旁边。另一头角落里，有几个衣衫褴褛的小孩；对着门的一小块不打眼的地方，躺着个什么东西，盖着一块旧毯子。奥利弗看到那个地方，就瑟瑟发抖，不由自主地靠近了师傅；尽管盖了块毯子，他觉出那下面是个死人。

男人的脸枯瘦苍白；头发胡子灰扑扑的，两眼满是血丝。老妇人的脸上全是皱纹，仅剩的两颗牙齿露在下唇外，眼神明亮而锐利。奥利弗不敢看她，也不敢看那男人。他们活像他之前在外头看见的老鼠。

“谁也不许走近她，”殡葬承办人正要朝那里走去，男人猛地跳起来，开口道，“不许过去，他妈的，你，不——许过去，不然要你的命！”

“别说傻话，我的好兄弟，”殡葬承办人说，他早就习惯各种各样的悲惨情形了，“别说傻话！”

“我告诉你，”男人说，他拧着双手，愤怒地跺着地板，“我告诉你！我不会让你把她埋了。她不能躺地底下。蛆虫会吵到她的——不是说吃了她——她早被掏空了。”

殡葬承办人并没有搭理这通咆哮，而是从口袋里拿出一把卷尺，在尸体边上跪了一会儿。

“啊！”那个男人突然哭了出来，跪倒在死去女人脚边，“跪下，跪下，围着她跪下，你们每一个，记住我的话！我说，她是饿死的。我从来不知道她情况有多糟，直到她发起高烧，接着骨头都恨不得顶出了皮肤。这里没有火，也没有蜡烛，她死在黑暗里——死在黑暗里！她甚至看不清她孩子的脸，尽管我们听到她喘着气在叫唤他们的名字。为了她，我在街上乞讨，他们却把我抓进了监狱。等我回来，她就不行了，我心里的血都干涸了，是他们活活把她饿死了啊。我在上帝面前发誓，他看得一清二楚！他们活活饿死了她！”他揪着头发，随即大叫一声，在地上打起滚来，两眼发直，嘴边都是唾沫。

吓坏了的孩子大哭起来，而那老妇人，之前一直没出声，好像对一切都充耳不闻，这时开始吓唬孩子，要他们安静。男人还躺在地上，她解开男人的领结，然后蹒跚着向殡葬承办人走来。

“她是我女儿，”老妇人朝尸体的方向点点头，说话的时候斜着眼，一副痴傻模样，比这个地方有个死人在场更阴气重重，“老天啊，老天！真是奇怪，我这个生了她的人，那时也不年轻了，倒还活着，开开心心的，她却躺在那里了：冷冰冰硬邦邦的！老天，老天，想一想，就好像一出戏，真是一出戏啊！”

这个可怜的生物咕哝着、咯咯笑着，脸上的快活让人不忍卒视，殡葬承办人转身打算离开。

“停下，停下，”老妇人大声咕哝道，“她明天下葬是吗，还是后天？还是就今儿晚上？我已经替她拾掇好了，我也得去，你知道的。给我送件大斗篷来吧：一件暖和的像样的斗篷，外面可有点冷呐。去之前，也得来点儿吃的，喝点儿酒吧！别介意，送点面包过来——一条面包，一杯水就够了。我们能吃点面包吗，亲爱的？”殡葬承办人又朝门边走去，她抓住他的外套，热切地问。

“好的，好的，”殡葬承办人说，“当然。随便你想要什么都有。”他从老妇人那里脱出身来，拉着奥利弗，赶紧离开了。

第二天（那一家得到了两磅面包、一块奶酪的救济，本博先生亲自送去的），奥利弗和师傅回到了那个可怜的住处。本博先生早就到了，还带了济贫院的四个人，准备扛棺材。一件黑色的斗篷披挂在穿得破破烂烂的老妇人和男人身上，光秃秃的棺材合上拧紧了，那四个人扛上肩，抬着走上街道。

“好了，抬脚走吧，老太太！”索尔伯里先生在老妇人耳边低声说道，“我们已经晚了很久，不要再让牧师等了。走了，走了，伙计们——赶紧的！”

扛棺材的，听着指示小跑起来，肩头扛的也不重；两个送葬的亲属也尽可能跟紧了。本博先生和索尔伯里大步走在前面，奥利弗的腿没师傅那么长，在一边跑着。

不过，倒也没必要像索尔伯里以为的那样，赶那么急，等他们到了教堂院子的僻静角落，长满荨麻的教堂墓地，牧师还没到呐；而那个坐在圣具室[1]火炉边的文书，似乎也认为，一两个钟头里，牧师绝对不可能来得了。这样，他们把棺材架放在墓穴边上；冷雨淅淅沥沥，两位亲属在潮湿的泥地上耐心地等待，被墓地吸引过来的穿得破破烂烂的孩子们，在墓碑间吵吵闹闹玩起了捉迷藏，后来，兴趣变了，便在棺材上跳过来跳过去寻开心。索尔伯里先生和本博先生与那位文书有点私交，便挨着他坐在火炉边看报纸。

最后，至少一个钟头以后，只见索尔伯里先生、本博先生，还有那位文书，朝墓地奔去。不久，牧师出现了：边走边穿上白色法衣。本博先生顾全场面，赶走了一两个孩子；而那位备受尊敬的绅士，将葬仪尽可能地压缩，四分钟里就念完了悼词，然后把法衣递给文书，又走了。

“好了，比尔！”索尔伯里先生对掘墓的人说，“给填上！”

这活儿不难，墓穴装得太满了[2]，最上面那个棺材离地面只有几英尺。掘墓的铲了一把土，用脚随便踩了两下，然后扛起他的铁锹，走了，孩子们跟在他身后，叽叽喳喳地抱怨怎么那么快就完事儿了。

“好了，我的朋友，”本博先生拍拍那男人的背，说，“他们要关门了。”

男人自从站到墓穴边，就一直没挪过窝，这会儿抬起头，

---

〔1〕 教区开会的地方。

〔2〕 当时，死去的穷人常常被一起草草埋在一个大墓穴里。

看着跟他说话的人，朝前走了几步，一头栽倒在地。疯老婆子光使劲哀叹斗篷没了（殡葬承办人收回去了），根本没注意到他；所以，他们往他身上浇了一盆凉水；等看到他醒转过来，又安全地把他送出了墓地，他们就锁上大门，分头散去。

“好了，奥利弗，”回家路上，索尔伯里说，“你喜欢这行吗？”

“还好，谢谢您，先生，”奥利弗回答，颇有几分踌躇，“不怎么喜欢。”

“啊，你早晚会习惯的，奥利弗，”索尔伯里先生说，“等你习惯了，就没什么大不了了，孩子。”

奥利弗心想，索尔伯里先生是不是花了老长时间才习惯，但他觉得最好不要问这个问题。回棺材铺路上，他把看见的听见的，又回味了一遍。

第六章　奥利弗被诺亚的奚落激怒，奋起反击，令诺亚大吃一惊

一个月的试用期结束了，奥利弗成了正式学徒。眼下正是多病旺季。从商业角度看，棺材行情看涨，短短几个礼拜，奥利弗就获得了一大堆经验。索尔伯里先生的这个点子别出心裁，大获成功，甚至远远超过了他最为乐观的预期。最年老的居民都想不起来，有哪个时候麻疹曾这样子流行，对婴儿的存活如此致命；很多送葬队伍都由小奥利弗领头，他的帽带垂到了膝盖，镇上所有母亲都对他怀着难以形容的敬佩与感动。奥利弗还常常跟着师傅参加成人的送葬，以便学会对殡葬从业者来说非常重要的素质：举止镇定，掌控自如，因而有很多机会可以看到那些坚强的人在经历丧亲之痛的人生考验时，是如何顺天由命、刚毅顽强。

比方说吧，索尔伯里先生收到了一个为老富婆或老富人办葬仪的订单。团团围住死者的外甥侄儿什么的，病人早先得病期间他们伤心透顶，在公开的场合都难掩悲恸，可私下里，却开开心心、自由自在地谈天说地，可谓兴高采烈、心满意足，似乎没啥烦心事。那些丈夫们，也怀着展示英雄气概的平静，承受着妻子的离世。而妻子，同样为丈夫披上了黑纱，下定决心要让这一身打扮既恰当得体又光彩动人。显而易见，那些在葬礼过程中痛不欲生的女士先生们，一到家就缓了过来，下午茶还没喝完，就已经谈笑如常了。看到这些真让人高兴，挺受启发，奥利弗就极为敬佩地目睹着这一切。

尽管是我在记录奥利弗·退斯特的一生，但我没有任何把握，断言是这些善良人士为奥利弗树立了榜样，他被他们感动得顺从听话了；不过，我倒是可以明明白白地说，几个月来，面对诺亚·克莱普尔的霸凌与虐待，他都逆来顺受。诺亚待他远比以前更狠了，看到这个新来的小男孩步步高升，配上了黑手杖和帽带，而他，资格老得多，戴的仍然是松糕帽[1]，穿的仍然是皮短裤，嫉妒让他怒火中烧。夏洛特待奥利弗也很坏，因为诺亚不待见他；索尔伯里太太更是奥利弗的死敌，因为索尔伯里先生打算与他为友；这样，一边是那三个，另一边是供不应求的葬礼，奥利弗的日子完全没有像被不小心关进了啤酒厂粮仓的饿猪那般惬意。

这会儿，我要开始讲述奥利弗人生中至关重要的一章了。我一定得记录下这一幕，它表面看来微不足道、无关紧要，其间接后果却使他的未来生活道路发生极其重大的变化。

有天，到了通常的饭点，奥利弗和诺亚下楼去厨房，享用一小块羊肉，那是一磅半最差的羊脖子。吃到一半，夏洛特被叫走了，离开了一小段时间，诺亚饿坏了，心眼更坏，他认为这短短的一会儿工夫可以充分利用，最有意思的办法莫过于把小奥利弗捉弄一番，惹他发火。

打定主意要玩一场无伤大雅的游戏后，诺亚把脚往桌布上一搁，拽过奥利弗的头发，拧他的耳朵，说他是个“鬼鬼祟祟的家伙”，还宣布说眼见他就要被绞死了，这事儿令人期待，随

〔1〕 慈善学校学生戴的平顶毛帽。

时都会发生，然后吐出了各种各样的难听话，把他这样一个心眼恶毒的慈善学校学生能想到的都说了。但是，要把奥利弗惹哭，玩笑还要开得再大一些。很多人开玩笑的时候都这样，诺亚也这么做了，他开始人身攻击。

“济贫院的，”诺亚说，“你娘咋样了？”

“她死了，”奥利弗回答，“不许跟我提起她！”

奥利弗说着，脸涨得通红，呼吸加快，嘴巴和鼻翼奇怪地翕动，克莱普尔先生认为，这是马上就要号啕大哭的前奏。这样想着，他便再度发起进攻。

“她咋死的，济贫院的？”诺亚问。

“心碎而死的，几个老婆婆告诉我的，”奥利弗回答，他更像是自言自语，不是回答诺亚的问题，“我想我知道，那样子死掉是怎么回事！”

“托得洛儿洛儿洛儿[1]，傻透了呀你，济贫院的。”诺亚说道。一滴眼泪从奥利弗的面颊上滚落下来。“什么让你哭哭啼啼了？”

“不是你，”奥利弗回答，一把抹掉眼泪，“别这么想。”

“哦，不是我，嗯？”诺亚冷笑道。

“不是，不是你！”奥利弗尖叫道，“天，够了。别再跟我提她，你最好别再说了！”

“最好别说了！”诺亚笑着说，“好的！最好别说了！济贫

---

〔1〕 无意义的音节，就是嘲笑人。

院的，别这么厚脸皮。你娘也是！[1]她是个漂亮妞儿。哦，老天！”说到这里，诺亚表情夸张地点点头，小红鼻头使劲皱拢了往上翘。

“你知道，济贫院的，”诺亚继续说，奥利弗的默不作声让他胆子更大了，他用一种嘲弄的语调，表现做作的同情，所有语调里这种最令人讨厌，“你知道，济贫院的，这会儿你没法子了；那时候你也没法子；我对此很遗憾；我敢肯定我们都是；我们都非常非常同情你。但你得知道，济贫院的，你娘就是个十十足足的婊子。”

“你说啥？”奥利弗猛地抬头质问。

“就是个十十足足的婊子，济贫院的，”诺亚冷冷地回答，“济贫院的，她那会儿死了更好，不然现在她正在感化院干苦活呢，要么被流放[2]，再要么被绞死，这一种最有可能，不是吗？”

奥利弗气得满脸通红，猛跳起来，一把推倒桌椅，掐住诺亚的喉咙，使劲摇晃。他气得牙齿咯咯作响，然后攒足所有力气，一拳头把诺亚打倒在地。

一分钟前，这男孩看着还是个安静温和的孩子，严酷的虐待让他垂头丧气，但最终他的情绪被调动起来，对他死去母亲的残忍辱骂，让他热血沸腾。他胸膛一起一伏，直直地站在那里，眼睛明亮有神，整个儿人都变了。他目光灼灼地盯着那个如今匍匐在他脚下的胆小鬼，用一种自己以前不知道的力量，向这个曾经

---

〔1〕 暗示奥利弗的母亲没有结婚就厚脸皮生下了他。

〔2〕 在当时的英国，罪犯常常被流放至澳大利亚。

百般折磨过他的人发出挑战。

“他要杀了我了！”诺亚哭叫，“夏洛特！太太！这个新来的孩子要杀了我啦！救命！救命！奥利弗发疯啦！夏——洛特！”

诺亚的喊声，引来了夏洛特的尖叫，索尔伯里太太叫得更大声；前者从侧门冲进了厨房，后者在楼梯平台上停住脚，直到相当肯定这么做与保全生命并不冲突，才继续下楼。

“哦，你这个小混账！”夏洛特尖叫。她用尽最大力气抓住奥利弗，力量堪比一位接受过特别训练且相当强壮的男人。“你这个忘恩负义的小混账，杀人犯，可怕的恶棍！”每说完一个字，夏洛特就狠命地揍奥利弗一拳，每一拳都伴随着一声尖叫，让在场的人都无比痛快。

虽然夏洛特下手绝对不轻，但担心它还是平息不了奥利弗的愤怒。索尔伯里太太一头扎进厨房，一手扣住奥利弗，另一只手去抓他的脸。眼看事件朝有利形势发展，诺亚便从地上爬了起来，从背后不断痛打奥利弗。

打得太狠，没多久就打不动了。他们全都筋疲力尽，没力气再扯再揍，便拽着奥利弗，把他拖进了地窖，一路上奥利弗又是挣扎又是喊叫，毫无惧色。完事后，索尔伯里太太瘫倒在椅子上，哭了起来。

“上帝保佑，她要犯病了！”夏洛特说，“拿杯水来，诺亚，亲爱的。快一点！”

“哦！夏洛特，”脑袋和肩膀上淋了一通诺亚浇下来的凉水后，虽然仍然上气不接下气，索尔伯里太太终于开了口，“哦！夏洛特，我们没被弄死在床上，真是老天仁慈啊！”

“是啊，老天开眼，太太。”夏洛特答道，“我就希望这给师傅一个教训，别再领那些可怕的人回来啦，他们呱呱落地，天生就是杀人犯，强盗。可怜的诺亚，我进来的时候，夫人，他差一点就被打死啦！”

“可怜的家伙！”索尔伯里太太说，慈悲地看着这个慈善学校学生。

这份怜悯赐予他时，诺亚，这个马甲最上面那颗纽扣跟奥利弗头顶心一般高的家伙，用手腕内侧擦了擦眼睛，做出一副感动得稀里哗啦的样子。

“该怎么办啊！”索尔伯里太太又叫起来，“你们师傅不在家，屋子里没个男人，不出十分钟，他就会把那扇门踹开啦。”这时，奥利弗正对着那块木门猛踢狠撞，让这种可能性大大增加了。

“天呐，天呐！我不知道，夫人，”夏洛特说，“除非叫警察来。”

“或者叫当兵的来。”克莱普尔建议。

“不行，不行。”索尔伯里太太说，想起了奥利弗的老朋友，“快去本博先生那里，诺亚，叫他立刻上这儿来，一分钟也不要耽搁；别管你的帽子啦！快去！路上拿把刀子贴在打青了的眼睛上，可以消肿。”

诺亚没多废话，拔腿就跑。这个慈善学校学生在路上横冲直撞，没戴帽子，眼睛上倒贴着一把折刀，行人见了都非常惊讶。

第七章　奥利弗仍然不服管教

诺亚·克莱普尔以最快的速度，一路狂奔到济贫院大门，没停下来喘一口气。到了那里，他歇了一两分钟，酝酿将要爆发的像模像样的抽泣，又弄出一副眼泪汪汪怕得不行的样子，然后咚咚大声敲起院门上的小门。一个上了年纪的救济贫民前来开门，看到他一张哭丧脸，这个在一生的黄金时代里只见过哭丧脸的贫民，都吓得后退了一步。

“天呐，这孩子咋啦？”老贫民说。

“本博先生！本博先生！”诺亚哭叫道，惊慌样装得很到位，他那么激动，喊得那么响，声音不仅传到了碰巧就在附近的本博先生本人的耳朵里，而且还让他吓得三角帽都没戴就冲进了院子。这可是很奇怪、很不寻常的情形：表明哪怕是一位干事，在突然的强大刺激下，也会短暂地失了分寸，把个人尊严抛在了脑后。

“哦，本博先生，先生！”诺亚说，“奥利弗，先生——奥利弗他——”

“怎么了？怎么了？”本博先生打断道，亮晶晶的眼睛闪过一丝喜悦，“没逃走吧？他没逃走吧，是吗，诺亚？”

“没有，先生，没有。他没逃走，先生，但他变坏啦，”诺亚回答，“他想杀了我，先生，他还想干掉夏洛特，下一个就是太太了。哦天，痛死我了！太痛了，先生，您瞧啊！”说到这儿，诺亚扭动身子，像鳗鱼似的，做出各种姿势，让本博先生明白，奥利弗的血腥暴行让他受了很大内伤，这会儿正承受着最剧烈的疼痛。

眼瞅自己报告的消息让本博先生吓瘫了，诺亚便添油加醋，哀号自己已遍体鳞伤，哭声比之前大了十倍；当他又瞅见一位穿着白马甲的先生走过院子，料定自己可以轻轻松松地吸引他的注意，激起这位先生的愤慨，他的哀号就更为悲切了。

这位先生的注意力立刻被吸引过来，还没走过三步，他就气呼呼地掉转头来，质问这个小杂种在乱叫什么，本博先生又为什么不对他做点好事，让他的一串叫喊更为自然。

“是慈善学校的一个可怜孩子，先生，”本博先生答道，“差点被小退斯特干掉了，真的只差一点点，先生。”

“天啊！”白马甲绅士立刻停下脚步，叫了出来，“我就知道！我一老早就有预感，那个胆大包天的小野人早晚会被绞死！”

“他还试图杀死女佣。先生。”本博先生说，脸色灰白。

“还有他的师娘。”克莱普尔先生插嘴。

“还有他的师傅，我想你说过，诺亚？”本博先生追问。

“不，师傅不在家，要不也被杀啦，”诺亚回答，“他说他想的。”

“啊，他说他想，是吧，我的孩子？”白马甲绅士问道。

“是的，先生。”诺亚回答，“求求你，先生，太太想知道本博先生能不能抽空去一下，现在就去，打他一顿，因为师傅不在家。”

“当然可以，我的孩子，当然。”白马甲绅士说道，他亲切地微笑着，拍拍诺亚的脑袋，尽管那脑袋比他自己的还高上三英寸呢，“你是个好孩子，很乖的孩子。这个便士给你。本博，带上手杖，这就去索尔伯里家一趟，好好解决这件事儿。别饶了他，本博。”

“是，我不会轻饶他的，先生。”干事回答。他整了整手杖末端缠着的蜡带，这是专门用来执行教区鞭刑的。

“叫索尔伯里也不要放过他。不给他来几顿鞭子，他就对他们一点用处也没有。”白马甲绅士道。

“我会搞定的，先生。”干事回答。这会儿，三角帽和手杖都调整到主人满意的位置了，本博先生和诺亚·克莱普尔直奔棺材铺而去。

那里，事态一点儿也没有改善。索尔伯里还没回家，奥利弗还在踢地窖门，力气好像用不完。索尔伯里太太和夏洛特细数他的残忍暴行，听着非常吓人，本博先生因此认为谨慎的办法是开门前先谈判。作为开场，他从外面踢了一脚门然后嘴巴对着钥匙孔，用低沉而感人的语调说道：

“奥利弗！”

“好了，让我出去！”奥利弗从里面回答道。

“你知道谁在跟你说话吗，奥利弗？”本博先生说。

“知道。”奥利弗回答。

“你难道不害怕吗，先生？我说话的时候，你没哆嗦一下？”

“没有！”奥利弗心一横。

本博先生完全没料到是这样的回答，与他一贯听到的截然不同，大为吃惊。他从钥匙眼那里退开了些，站直了身子，将三个旁观者一个个看过来，他们吓得都没有吭声。

“哦，您看，本博先生，他一定是疯了。”索尔伯里太太说，

"脑子有他一半清醒的孩子，都不敢这么跟您说话。"

"不是发疯，太太，"本博先生沉思片刻后，说道，"是肉。"

"什么？"索尔伯里太太嚷道。

"肉，太太，是肉的关系，"本博先生严厉地强调，"你给他吃太多啦，太太。你在他身上培育了一种人为的灵魂与精神，跟他这样的人不相宜，索尔伯里太太，理事会是实用哲学家，他们会告诉你怎么回事。贫民要灵魂或精神干啥？他们有活着的肉体就足够啦。要是你只给孩子喝粥，太太，这一切是不会发生的。"

"天呐，天呐，"索尔伯里太太脱口而出，虔诚地抬头看了看厨房的天花板，"一片好心换来了啥！"

索尔伯里太太对奥利弗的好心，由慷慨赐予他各种各样没人要吃的脏东西组成，于是她心甘情愿地接受了本博先生的严厉指责，不但态度颇为温和，还怀抱着自我牺牲的精神。公道来说，她的所想所说所做都完全问心无愧。

"啊！"这位太太的眼睛重新看着地上后，本博先生又说，"就我所知，现在唯一可以做的，就是把他在地窖里关上一两天，等他饿得不行了，再放他出来，之后，整个学徒期间就给他点粥喝。这孩子出身很坏，天性容易激动，索尔伯里太太！护工老婆子和医生都说，当年他娘千辛万苦来到这里，任何正派女人要那样早就死掉了。"

本博先生说到这儿，奥利弗反应过来又在说他娘坏话，就继续踢门，响得别的声音都听不见了。就在这当口，索尔伯里先生回来了。两位女士纷纷告状，控诉奥利弗的大逆不道，还把她们认为最能让人火大的话极尽夸张之能事，索尔伯里于是立刻打开地窖门，揪住这个造反学徒的领子，把他拽了出来。

奥利弗的衣服破破烂烂的，之前挨揍时被撕坏了。他脸上全是乌青和抓痕，头发散乱搭在前额上，但他的怒容没有消失，从囚牢里被拽出来后，他毫无惧色，怒视诺亚，看上去一点儿也没有泄气。

“好了，你可真是个乖小伙呀，是不是？”索尔伯里先生说着，推了下奥利弗，一记耳光打在他脸上。

“他骂我妈妈。”奥利弗回答。

“好了，骂了又怎样？你这个没良心的小混蛋。”索尔伯里太太说，“她就该骂，她比骂的更坏。”

“她不是那样。”奥利弗说。

“就是那样。”索尔伯里太太说。

“撒谎！”奥利弗说。

索尔伯里太太突然号啕大哭。

磅礴的泪水让索尔伯里先生没了退路。要是他对从严惩罚奥利弗犹豫片刻，那每个经验老到的读者都会明白，根据已成定法的夫妻纠纷的所有先例，他就将是个禽兽、不近人情的丈夫、无礼之徒，是身而为人的劣质仿品，当然，还有其他各种各样的类目适合他，受这章篇幅所限，在此无法一一道来。说句公道话，在他能力范围之内（当然这范围也不太大），他对那孩子还是不错的，也许，是因为他另有所图，也许，是因为他老婆不喜欢这孩子。总之，滔滔江水一般的泪水，让他没有别的法子，只好立刻给了奥利弗一顿痛揍，不仅索尔伯里太太本人非常满意，本博先生随后要用的教区手杖也没了用武之地。在这天剩下的时间里，奥利弗被关在厨房后间，那里只有一个抽水泵和一片面包跟他做伴。到了夜里，索尔伯里太太先是在门外头唠唠叨叨了半天，当然说的绝不是怀念他母亲的恭维话，然后瞧了瞧房间里头，命令他上楼到他阴森凄凉的床上去。在此期间，诺亚和夏洛特一直在旁边指指点点，发出阵阵冷笑。

奥利弗一个人被留在阴森黑暗的棺材铺，周围一片沉默寂静，直到这一刻，他才将白天的遭遇在一个小小孩子身上可能激起的情感统统发泄出来。他带着轻蔑的表情，听着他们的奚落；他挨着鞭打，没有哭出一声，因为他觉着自尊在心中增长，故而虽面临着严刑拷打，他直到最后也能克制自己。但现在，没人看得见他，没人听得到他，他跪倒在地，脸埋在手心，抽泣着掉下眼泪。哭泣是上帝赋予我们的天性，可又有几个这样年幼的孩子，曾在上帝面前如此痛哭！

奥利弗保持这个姿势一动不动，跪着哭了很久。等他站起身来，蜡烛已经快烧到底了。他小心翼翼地看了看四周，又凝神聆听了一阵，然后轻轻打开门，朝外看去。

那是个寒冷漆黑的夜晚。在男孩眼里，星星比以前见过的离地面更远了。没有风，树木投在地上的昏暗阴影纹丝不动，阴森森的，死气沉沉。他又轻轻关上门。借着快要燃尽的烛光，他用一方手帕包好仅有的几样衣物，然后坐在长凳上，等待天亮。

第一线晨光挣扎着穿过百叶窗的缝隙，奥利弗站起身，再次打开门闩。他胆怯地向外看了一眼，只有一刻的犹豫，便关上身后的门，来到外面的大街上。

他看看左边，又看看右边，吃不准该往哪儿逃。他想起来，以前出门时看到过运货车，吃力地爬上山坡。他便也往那条道走去，一会儿就来到一条乡间小道上。他知道沿着这条小道走一段路，就会通到大路，便一头扎进小道，迈开步子。

走在这条小道上，奥利弗清楚地记起来，本博先生第一次把他从“养殖场”带回济贫院时，走的就是这条路，当时他跟在本博先生身边一路小跑。这条道路直接通到“养殖场”。想到这里，他心跳加快，差一点就决定掉头回去了。但他已经走了好长一段路，折回去会浪费不少时间，再说了，天还早呢，不用担心被人瞧见，所以他接着往前。

他到了农场。一大早没有人起来的迹象。奥利弗停下来，偷偷看了一眼花园。有个小孩正在给小苗圃除草，他抬起头，奥利弗发现是他之前的同伴。逃亡之前能看见他，奥利弗很高兴，因为，尽管这孩子年纪比他小，但曾经是他的小朋友和小玩伴。太多太多次，他们一起挨打，一起挨饿，一起被关禁闭。

“嘘，迪克！”奥利弗说，男孩往门边跑来，从栅栏间伸出瘦瘦的双臂，“有人起来了吗？”

“没人，就我。”孩子回答。

“不许跟人说见过我，迪克，”奥利弗说，“我逃出来了。他们打我，对我很坏，迪克；我要去老远老远的地方碰碰运气。我不知道是哪里。你脸咋那么白！”

“我听医生跟他们说，我就要死了，”孩子虚弱地笑笑，说道，“我很高兴见着你，朋友，但别停下来，千万别停下来！”

“好，好，我要跟你说再见了，”奥利弗说，“我还会来看你的，迪克。我知道我会。你会好好的，开开心心的。”

“我盼着呢，”孩子回答，“等我死了就会的，没死不会。我知道医生肯定没说错，奥利弗，因为我老梦见天堂，还有天使，那些可亲的面孔，我醒着时从来没见过。亲我一下。”孩子说完，爬上矮矮的铁门，小小的胳膊环住奥利弗的脖子，“再见了，亲爱的！上帝保佑你！”

祝福出自小孩子之口，这是奥利弗头一回听到有人为他祈祷；就算后来经历了种种挣扎痛苦、种种烦恼波折，他一刻都没有忘记过。

第八章　奥利弗走去伦敦，路上遇着一个奇怪的小绅士

奥利弗走到小路尽头，篱笆栏外又是公路。八点钟了。尽管离开小镇已经五英里开外，他还是一会儿小跑，一会儿躲在树篱后，直到中午都没有歇息，生怕被追上来捉回去。这会儿总算在路碑边上坐了下来，头一回思忖该去哪儿讨生活。

他身边的这块石头上有大大的字儿，告知伦敦离此地还有七十英里。这名字唤醒了孩子心头一连串念头。伦敦！——好地方！上那儿谁也找不到，连本博先生也寻他不着。他老听见济贫院里的老人说，年轻小伙在伦敦不愁吃穿，那个大城市，活下去的办法有好多种，乡下长大的孩子想也想不到。这正是无家可归的孩子的去处，他们没人帮助就保准死在大街上。想到这些，他跳起来，继续往前走去。

他一口气走了四英里多，缩短了与伦敦之间的距离，之后就不由得想，到底还要走多少路才能抵达目的地。这个念头冒出来后，他步子放慢了些，寻思有什么办法可以到那里。包袱里就一小块面包皮，一件粗布衬衫，两双袜子。口袋里有一个便士，那是索尔伯里先生有次葬礼过后给他的礼物，那次他干得不错。“一件干净的衬衫，”奥利弗想，“很舒服，两双补过的袜子，还不错，还有一个便士，也可以。不过，要在冬天里走上六十五英里，它们不顶用。”不过，奥利弗的念头就像许多其他人的一样，尽管在指出难处时极为迅速积极，但对于如何克服这些困难，却完全没方向。当转了一大堆念头却一无所获后，他把包袱换了个肩背，又上路了。

那天，奥利弗走了二十英里路，一路上除了那点干硬的面包皮，从路边农舍里讨来的水，什么也没吃。夜色降临，他进了一个牧场，偷偷靠近一个草垛，打算在那里过夜。一开始他有点儿害怕，夜风在空旷的田野上阴沉地呜咽，又冷又饿中觉着比以前更孤独了。不过，走得太累了，他很快就沉沉睡去，把烦恼抛在脑后。

第二天早上醒来，他感觉冻僵了，也饿坏了，只好在头一个碰上的村子，拿那个便士换了条面包。天又黑下来以前，他最多走了十二英里。他的脚很疼，腿也软，在身子下打战。再过了阴冷潮湿的一夜，他更难受了，第三天早上，腿都拖不动了。

他等在一道陡坡下，一直到一辆公共马车驶来。他向靠边儿的乘客讨点钱，但几乎没人搭理他；就算有人搭理，也是让他等他们到了坡顶再给，想看看他能为半个便士跑多远。可怜的奥利弗跟着马车跑了一小段，实在跑不动了，脚又痛得厉害，靠边坐的见着了，就把半个便士又放回了口袋，声称这么一条小懒狗，什么都不配有。马车叮叮当当驶远了，只留下一屁股灰尘。

有些村子，钉着上了漆的大木牌，警告这个地区要饭的都会被抓到牢里。奥利弗吓坏了，只好赶紧离开那些村子。另外一些村子，他会站在客栈院子外，可怜巴巴地看着每个过路的，但这一行为最终总会被老板娘的命令所终结，因为她会让附近闲逛的送报男童把这个陌生孩子赶走，她敢肯定他是来偷东西的。要是他去农家乞讨，十有八九他们会威胁放狗咬他，而当他往一家铺子里探了探头，就听见他们在议论干事——这让他的心几乎跳到了嘴里，好几个钟头，他嘴里除了这东西，没别的了。

实际上，要不是一个好心的公路关卡收税员跟一位心软的老太太，奥利弗的困境早就缩短成跟他娘一样的下场了——也就是说，很可能已经倒毙在大道上了。那位收税员给了他面包奶酪，老太太的孙儿因为船只失事，不知道光着脚在地球上哪个角落里流浪呢，她同情这个可怜的孤儿，把自己能给的一点点食物都给了他，还给了他许许多多亲切温柔的话语、同情怜悯的眼泪，它们比奥利弗以往遭受的所有苦痛，都更加深深地浸入了他的灵魂。

离开家乡的第七天早上，奥利弗一瘸一拐地走进了巴尼特小镇[1]。路边房子的百叶窗紧闭着，街上空无一人，还没有人醒来开始一天的忙活。太阳升起，金光万丈；但光芒只能让男孩瞧见自己的孤独与忧伤，他坐在一个冰冷的门阶上，脚流着血，满身尘土。

渐渐地，窗户打开了，窗帘卷起了，行人来来往往。有的停下来，打量奥利弗一两眼，有的急匆匆路过时回头看了一下，但没人帮助他，或花上一会儿工夫，问问他怎么到这儿来的。他无心乞讨，就坐在那里。

奥利弗蜷缩在台阶上，待了一会儿，一边好奇怎么会有那么多小酒馆（巴尼特镇上隔一家就有个或大或小的酒馆），一边无精打采地盯着经过的马车。他心中嘀咕，多奇怪啊，他拿出

〔1〕 位于伦敦西北。

超出他这个年龄的勇气和决心，花上一个礼拜才做到的事，他们可以轻轻松松地在短短几个小时内就做到了。忽然他打了一激灵，注意到有个男孩，几分钟前漫不经心地从他面前跑过，这会儿又折回来，在街对面极为认真地打量自己。起初他并没有在意，但那孩子一动不动地盯着他那么久，他便抬起头，静静地看回去。见此，那孩子穿过街，走到奥利弗面前，说：

“哈噜，小伙儿，什么道儿？”

这个向小流浪汉发问的孩子，年纪跟他一般大，不过样子实在太奇怪，是奥利弗见过的样子最怪的人。他有个翘鼻子，额头扁平，长相很普通，明明是个脏兮兮的少年，但一股大人的做派。按他这个年纪，他个头不算高，长着罗圈腿，眼睛又小又尖又丑。帽子随意地搭在头上，好像随时会掉下来，要不是戴着它的人时不时突然熟练地摆下头，让它回到老位置上，它早就掉下来不止一次了。这孩子穿着大人的外套，下摆都拖到脚踝了。他卷起袖口，让手从袖子里伸出来，显然最终是想把手插到灯芯绒裤子的口袋里，手也的确留在了那里。他就是一个装模作样、趾高气扬的年轻绅士，最多四英尺六英寸高[1]，也许还不到，毕竟他穿着皮靴呢。

“哈噜，小伙儿，什么道儿？”这个奇怪的年轻绅士问奥利弗。

“我又饿又累，”奥利弗回答，眼泪在眼睛里打转，“我走了老长的路。走了整整七天。”

---

〔1〕大约一米四高。

“走了其（七）天！”小绅士说道，“哦，明白了。是鸟喙的命令，是吧？不过，”注意到奥利弗的惊讶表情，他又说道，“我猜你不知道啥是鸟喙吧，我的帅伙——计。”

奥利弗温顺地答道，他老是听到人们管鸟的嘴巴叫这个词。

“我的天啊，真嫩，”小绅士叫道，“哎，鸟喙就是地方官，要是地方官命令你开步走，你可不是往前直走，而是往上走，栽（再）也下不来啦。你没踩过踏车〔1〕？”

“什么踏车？”

“什么踏车！天啊，就是那个踏车啊——它占不了多大地儿，监狱里就能开动起来；老百姓日子不好过的时候，它转得欢，日子好过就不行啦，因为找不到人干。不过，来，”小绅士说，“你想要吃的，会有吃的。我现在袋里浅，只有一个先令半个便士，不过眼下看，我来埋单。站起来。你！喂！走，伙计！”

小绅士扶着奥利弗站起身，领他进了附近一家杂货铺，买了足够吃的熟火腿和两磅重的面包，或者用他的话说是“四便士麦糠”，然后，他很聪明，在面包上挖个洞，掏出一点面包芯子，把火腿塞进去，这样火腿就干净不沾灰了。他把面包夹在胳膊底下，转身进了一家小酒馆，把奥利弗带到了酒馆靠里的小隔间。在那里，遵从这位神秘青年的指示，一壶啤酒端了上来，而奥利弗，在新朋友的吩咐下，狼吞虎咽地大吃起来，其间那个陌生孩子时不时专注地瞟他一眼。

---

〔1〕即踏车磨粉机，靠人力踩踏旋转，英国监狱里常由囚犯来操作劳动。

“去伦敦？”奥利弗终于吃完后，陌生男孩问。

“是的。”

“有地儿住？”

“没有。”

“钱呢？”

“没有。”

陌生男孩吹了声口哨，手使劲伸出长长的袖子，插进口袋。

“你住在伦敦？”奥利弗问。

“是的。我住在伦敦，不出门的时候。”男孩回答，“我想你今晚要找个地方睡觉吧，是吗？”

“是的，真的是，”奥利弗回答，“离开乡下后，我还没在房间里睡过觉呢。”

“别为此烦恼，”小绅士说，“我今晚要去伦敦，我认得一个非常好的老先生住在那里，会给你个地方住的，不要钱，他从来没要过钱，只要是他认识的先生介绍来的。他认得我吗？哦，不，一点不认得。绝对不认得。肯定不认得！”

小绅士笑了，似乎暗示最后几句话是开玩笑、说反话，随即他喝光了啤酒。

没想到会有落脚的地方，尤其是接着又提到那位老先生毫无疑问会立刻着手给奥利弗一个舒服的住处，这个提议太诱人了，让人难以拒绝。交谈由此更友好，更亲密了，从中奥利弗得知这位朋友名叫杰克·道金斯，是刚才提到的那位老先生的心头肉，并受他保护。

道金斯的样子，并没有证明他的保护人为受庇护之人谋取了多少利益，让他过得有多舒适；相反他倒是有一种轻浮风流的说话方式。而且，他进一步宣称，在他的密友里，他更以绰号“妙手空空儿”著称。奥利弗由此认为，此人放荡随意，早就把恩人的道德训诫扔一边儿去了。有了这样的念头，他偷偷决心尽快让那位老先生对自己生出好感；而且，要是他发现空空儿已经无可救药，像他大概可以确信的那样，就不能再跟他深交了。

约翰·道金斯[1]反对天黑前进伦敦，所以，到伊斯灵顿[2]收费关卡时，差不多已经十一点钟了。他们穿过天使街，走上圣约翰路，又沿着一条臭烘烘的小道，到头是赛德勒·威尔斯剧院；接着经过埃克斯茅斯街和柯皮斯路，沿济贫院边上的小胡同往南，穿过曾经名叫“负债累累的霍克利”的古迹，进了小红花山街，再走到大红花山街，到这条道上时，空空儿走得飞快，要奥利弗跟紧了。[3]

尽管奥利弗盯紧了领路人，跟在后面，但还是边走边忍不住匆匆瞄了几眼道路两边。他没见过比这里更肮脏更悲惨的地方了。街道很窄，泥泞不堪，空气里满是污浊。路边有不少店铺，但看来唯一的存货是一堆一堆的孩子，都这个点儿了，他

[1] 前文提到是杰克·道金斯，这里是约翰·道金斯，说明作者只是随意给他安了个名字。

[2] 位于伦敦北部地区，是从北边进入伦敦要经过的最后一个城镇。

[3] 道金斯带奥利弗走的这条道，是当时人们从北方进入伦敦的常走路线。伊斯灵顿是公路收费口，从天使街开始就正式进入伦敦了。他们俩一路往南走，到了东伦敦的贫民窟。红花山地区以藏污纳垢而臭名昭著，负债累累的霍克利曾是“熊园”旧址，17、18 世纪那里曾是斗鸡、拳赛之地。

们还在门口爬进爬出，或者在屋子里哇哇乱叫。一片萧索中，唯一兴旺的是酒馆，最底层的爱尔兰人在那里拼了命嚷嚷。从主道上，到处分叉出一些小道和院子，露出一小丛一小丛挤在一起的房屋，喝醉了的男人女人在污泥里打滚，有几户人家的门道上，几个脸色狰狞的家伙小心翼翼地现身，铁定不是去干什么好事或无害之事。

奥利弗正思忖着该不该溜号，他们已经到了山脚下。他的领路人，一把抓住他的胳膊，推开靠近菲尔德巷[1]的一扇门，拉着他进了门廊，关上大门。

“喂！”空空儿吹了声口哨，下面传来应声。

“李子大满贯！”空空儿回答。

这似乎是什么暗号，表示一切正常，因为走廊尽头墙上，闪出微弱的烛光，一个老厨房的楼梯平台的栏杆缺口处，一张男人的脸渐渐浮现出来。

“你们来了俩，”男人说，把蜡烛伸远些，手挡住眼睛，“另一个是谁？”

“新来的。”杰克·道金斯回答，把奥利弗拉到前面。

“从哪儿来？”

“格陵兰[2]。费京在楼上？”

“是的，他在整理帕子呢。上来吧。”蜡烛缩了回去，脸庞消失了。

---

〔1〕菲尔德巷是这一地区最糟糕的地方，恶名远扬。

〔2〕格陵兰（Greenland），黑话，字面义是“新手之地”，喻指生手、乡巴佬待的农村。

奥利弗一只手摸索着前进，另一只手被同伴牢牢抓住，费劲地爬上黑暗破旧的楼梯，而他的领路人身手灵活行走轻松，看来对这条道很熟悉。他推开一个后间的门，把身后的奥利弗拽了进来。

房间的墙壁和天花板因年代久远，污垢积累，早就黑透了。火炉前有张案桌，桌上有支插在姜汁啤酒瓶里的蜡烛，两三个锡壶，一块奶酪，一只盘子。火炉上的煎锅被一根绳子绑在壁炉架上，里面烤着几根香肠；一个年纪很大的干瘪犹太人，披头散发，拿着长柄烤叉，站在煎锅旁，一团纠缠的红发，挡住了他恶人一般的长相和令人厌恶的面容。他穿着一件油乎乎的法兰绒长袍，露着脖子，注意力似乎在煎锅和晒衣架之间来回，晒衣架上晾着许多丝绸手帕。几个用旧麻布袋做的粗糙不堪的床铺，紧挨着铺在地板上。桌边坐着四五个孩子，年纪都比空空儿小，要么抽着陶瓷烟斗，要么喝着酒，充满了中年男人的气息。空空儿跟犹太人嘀咕了几句，其余人都围上来，然后转过身朝奥利弗咧嘴笑。犹太人也一边拿着叉子，一边冲奥利弗笑笑。

“这是费京，”杰克·道金斯说，“这是我朋友，奥利弗·退斯特。”

犹太人咧开嘴，握住奥利弗的手，朝他深深鞠了一躬，说希望有幸能成为他的密友。看到这情景，抽着烟斗的年轻绅士也围上来，使劲握住奥利弗的双手，特别是那只抓着小包袱的手。一个小绅士起劲地替他把帽子挂起来，另一个那么乐于助人，甚至把手伸进了他的口袋，因为他太累了，这样睡觉时就不用再费心亲自清空口袋了。要不是犹太人的烤叉慷慨地落在这些亲切友爱的年轻人的脑袋和肩膀上，他们可能还要更卖力地效劳。

“我们很高兴见到你，奥利弗，相当高兴，”犹太人说，“空空儿，把香肠拿下来，替奥利弗拖一个桶过来，靠近火炉边，让他坐。啊，你在看那些手帕！嗯，亲爱的。这里有很多手帕，不是吗？我们就是找一找，挑出要洗的，就是这样，奥利弗，就是这样。哈哈哈！”

后几句话，在这位快乐老先生那些颇有前途的门徒们那里，引来一阵喧闹的欢呼。欢呼声中，他们开始吃晚饭。

奥利弗也吃了他的那份。犹太人还给了他一杯掺了水的热杜松子酒，叫他赶紧喝了，因为另一位绅士还要用这个杯子呢。奥利弗照办了。很快，他就觉着自己被轻轻抱起，放到其中一个麻布袋上，然后沉沉睡去。

第九章　再说点那位快乐老先生及其颇有前途的门徒的事儿

奥利弗睡了一个痛快觉，第二天早上醒来，已经很晚了。房间里只剩那个老犹太人，在炖锅里煮咖啡做早餐，他用一个铁勺一圈圈搅拌着，自顾自轻轻吹着口哨。楼下有一点点声响，他就停下来听一听，等到放心了，便像之前那样，继续一边搅拌，一边吹口哨。

尽管奥利弗已经从沉睡中醒来，但还有点睡意朦胧。这是一种半睡半醒、迷迷糊糊的状态，一边半睁着眼睛，大概知道周围发生的事情，一边做着梦，梦见的比之前紧闭眼睛睡上五天、对一切浑然不觉时梦见的还要多。在这样的时辰，凡人对自己脑子在想什么知道得清清楚楚，对它的强大力量也形成了某种模模糊糊的概念，摆脱肉身的牵绊后，它超脱于尘世之外，摈弃了时空。

奥利弗正处于这样的情形之中。半闭着眼睛，他看见了犹太人，听到了他低低的口哨声，辨认出了勺子碰到锅壁的声音，但同时，他的这些感官在想象中却忙着听、忙着看几乎所有他认识的人。

咖啡烧好后，犹太人把锅放到壁炉上的铁架上。他站在那里，犹豫了几分钟，好像不太知道自己该干什么，然后转过身看着奥利弗，叫了几声他的名字。奥利弗没应声，完全一副还在熟睡的样子。

犹太人放了心，蹑手蹑脚走向门边，拧上了门。然后，奥利弗隐约觉得，他从地板上什么暗处拿出了一个小盒子，小心地放在桌子上。打开盒子时，他两眼放光，往里头瞧。然后，他拉过一把旧椅子到桌边，坐了下来，从盒子里掏出一只华丽的金表，镶嵌的珠宝闪闪发光。

“啊哈，”犹太人耸耸肩膀，露出邪恶的笑容，脸都扭歪了，“聪明狗！真是聪明狗！坚持到了最后！就是没告诉老牧师它们在哪儿。也没告发老费京！他们干吗要招供呢，绞刑的绳结又不会松开，也不会晚一分钟拉上去。不会，不会，不会！好小伙！好小伙！”

犹太人翻来覆去叨咕着这些，把金表又放回安全处。同一个盒子里，他一样一样又至少拿出了半打其他东西，带着同样的快乐把玩着，除了戒指、胸针、手镯，还有其他珠宝，质地精细，做工昂贵，都是奥利弗从来没见过的，更别提叫上名字来了。

把小玩意儿统统放回原处后，犹太人又拿出一样东西，小小的，躺在他的掌心里。上面好像刻了些小字，因为犹太人把它平放在桌子上，用手挡住光，专注地颠来倒去看了好久。最后，他失望地把它放下来，靠回到椅子上，咕哝道：

“死刑真是样好东西！死人永远不会忏悔，也永远不会让丑事见光。啊哈，对这门生意来说真是好事情！五个人挂一串吊死，没人留下来要花招[1]，或者变成胆小鬼！”

犹太人唠叨这些话时，亮亮的黑眼睛本来漫无目的地直视前方，这会儿落在奥利弗脸上，孩子的眼睛无声地盯着他，满是好奇，尽管四目相交只有短得不能再短的一刹那工夫，老人

〔1〕 指向警局供出同伙。

心里已经清楚，自己被注意到了。他砰一声合上盒盖，抓起桌上一把面包刀，暴跳起来。不过，他抖得厉害，就算奥利弗吓坏了，还是能看到那把刀子在空中乱晃。

“咋回事？”犹太人说道，“看着我干吗？你为啥醒着？你看见啥了？说出来，孩子！要命的话，就快——快说！”

“我睡不着了，先生，”奥利弗怯怯地回答，“打搅了您，很抱歉。”

“你不是一个钟头前就醒了吧？”犹太人冲孩子怒目而视。

“没有，没有，真的！”奥利弗回答。

“你肯定？”犹太人喊道，脸色比之前更凶了，态度咄咄逼人。

“我发誓没有，先生，”奥利弗热诚地回答，“我真没醒，真的，先生。”

“好了，好了，亲爱的。”犹太人说着，突然恢复了之前的模样。他玩弄着那把刀子，过了一会儿才放下，就好像之前抓起来只是耍一耍。“我当然知道，我亲爱的。我就是吓唬吓唬你。你是个勇敢的孩子。哈！哈！你是个勇敢的孩子，奥利弗。”犹太人搓了搓手，嘻嘻笑了笑，但还是不安地瞟了一眼盒子。

“这些漂亮宝贝，你见着了没有，我亲爱的？”犹太人问，手犹豫了一下，放在盒子上。

“是的，先生。”奥利弗回答。

“啊！”犹太人脸唰一下白了，“它们——它们是我的，奥利弗，我的一点儿财产。等我年纪大了，就靠它们生活了。人们喊我守财奴，我亲爱的。我就是个守财奴，没别的。”

奥利弗心想，这位老先生可绝对是守财奴啊，有那么多手表，还住在这么脏的地方，不过，他那么疼空空儿和其他孩子，开销一定也不小。他恭敬地看了犹太人一眼，问自己可以起床不。

“当然了，我亲爱的，当然，”老先生回答，“等下。门边有个大水罐，拿过来，我给你盆水洗洗，我亲爱的。”

奥利弗起来了，穿过房间，弯腰拿起水罐。等他转过头，盒子已经不见了。

他刚洗完脸，捯饬整齐，听从犹太人指示，把那盆水从窗口泼了出去，空空儿就回来了，还跟着一个兴致勃勃的小伙伴，前一晚奥利弗见他抽烟斗来着，现在正式介绍他名叫查尔斯·贝茨。这四个人坐下来吃早饭，有咖啡，还有热面包卷和火腿，是空空儿用帽子顶装回来的。

“好了，”犹太人偷偷瞄了一眼奥利弗，然后跟空空儿说，“我想你们早上干活儿了，我亲爱的？”

“很卖力。”空空儿回答。

“全豁出去了。”查尔斯·贝茨添了一句。

“好孩子，好孩子！”犹太人说，“得了啥了，空空儿？”

“几个皮夹子。”小绅士回答。

“有衬里？”犹太人热切地问。

“挺漂亮的。”空空儿回答，拿出两只皮夹，一只绿的，另一只红的。

“好像应当重一些，”犹太人仔仔细细地看了里面，说道，“不过做工很好。他手真巧，对吧，奥利弗？”

“真是这样，先生。”奥利弗回答。查尔斯·贝茨听了大笑起来，奥利弗很纳闷，刚才的事情没啥可笑的呀。

不寻常的游戏（《雾都孤儿》1855 年版，弗雷德里克·帕尔索普绘）

“那你得了啥了，我亲爱的？”费京问查尔斯·贝茨。

“擦巾。”贝茨大人说，同时掏出四块手帕。

“很好，”犹太人仔细查看了一遍，“它们相当不错，相当。不过，你记号没做好，查理，得用针把记号挑掉[1]，我们会教奥利弗怎么做。是吧，奥利弗，嗯？哈哈哈！”

“要是您愿意，先生。”奥利弗说。

“你想跟查尔斯·贝茨一样轻轻松松做手帕吧，是吗，亲爱的？”犹太人说。

“非常想，真的，要是您愿意教我，先生。”奥利弗回答。

贝茨小主觉着这回答非常滑稽，就又笑出声来，这笑声碰上了他正在喝的咖啡，带后者进了错误的轨道，呛到了贝茨才停了下来。

“他真是个好玩的新手。”查理缓过劲来说，为这番无礼行为向同伙道歉。

空空儿什么也没说，只是把奥利弗的头发捋下来一些盖住眼睛，说他慢慢就会懂得多了，老先生发现这举动让奥利弗红了脸，便转换话题，问起今早行刑看热闹的人多不多。[2]奥利弗越来越好奇，从回答来看，显然两个孩子当时都在场，他自然心想，他们怎么能够还有时间勤奋工作呢。

---

〔1〕手帕上常常会有主人名字的大写首字母，或其他个人标记。犹太人说查理记号没做好，是骗奥利弗这些记号是查理做的。把记号挑掉有利于销赃。查理是查尔斯的昵称。

〔2〕19世纪，在监狱门口公开执行绞刑非常多，常常引起大量人围观，也是小偷下手的好地方。

早饭收拾干净后，快乐老先生和两个孩子玩起了一个很奇怪、很不寻常的游戏。他们是这样子玩的：快乐老先生往一个裤兜里放了一个鼻烟盒，往另一个裤兜里放了只皮夹子，马甲口袋里揣了块表，表链子挂在脖子上，衬衫上别了一颗仿钻别针。他把外套扣紧，眼镜和手帕放进口袋，拄着手杖在屋子里快步走来走去，模仿着老先生们白天里在街上溜达的样子，他有时候停在火炉边，有时候是门边，让人相信他在使劲往店铺橱窗里瞧。这时候，他会不断地打量四周，提防小偷，一直依次拍拍所有口袋，看是不是丢了什么东西，样子这般有趣又自然，奥利弗笑个不停，眼泪都笑得掉了下来。整段时间里，两个孩子都紧紧跟着他，每次他转过身，他们就机敏地逃出他的视线，没法知道他们做了什么。末了，空空儿要么踩了他一脚，要么无意踢了他的靴子，而查理在后面绊了他一下，就那一刻，他们用最惊人的速度对他上下其手，鼻烟盒、皮夹子、挂表、表链、别针、手帕，连眼镜盒也没有放过。要是老先生感觉到哪个口袋里伸来一只手，就会喊出手在哪里，然后游戏就从头玩过。

游戏来来回回玩了好多趟，这时候，有两个女孩上门来见年轻绅士，其中一个姑娘叫贝琪，另一个叫南茜。她们一头漂亮的浓发，但乱蓬蓬地梳在脑后[1]，鞋袜也很不干净。她们也许并不那么漂亮，但脸蛋红扑扑的，看上去丰满壮实。她们的态度自在可亲，奥利弗觉得她们是非常可爱的姑娘。她们肯定是。

---

〔1〕 在维多利亚时代的读者心中，乱蓬蓬的茂密头发常和妓女行业联系在一起。

访客待了很长时间。一个姑娘抱怨说身子冷得很，酒就被端了上来，谈话气氛由此变得十分欢乐，大家精神头也大大提高。最后，查理·贝茨说是时候“踢踏踢踏”了。奥利弗心想这一定是出门的暗号，因为紧跟着空空儿和查理，还有那两个年轻姑娘，他们一起离开了，口袋里还装着和蔼可亲的老犹太人好心给他们的零花钱。

“嘿，我亲爱的，”费京说，“真是舒心的生活，不是吗？他们要出门一天呢。”

“他们干完活了吗，先生？”奥利弗问。

“是的，”犹太人说，“是这样，除非他们出门后又碰巧遇上了啥，要是碰上了，亲爱的，他们不会放过的。”

“他们是你学习的榜样，亲爱的。跟他们学学，”犹太人说，用煤铲往炉子上敲了敲，来为他的话增添分量，“他们叫你干啥你就干啥，什么事情都听从他们的建议，尤其是空空儿的，亲爱的。他会成大器的，也会让你有出息，只要你有样学样。——我的手帕是搭在口袋外面，亲爱的？”犹太人突然停下，问。

“是的，先生。”奥利弗说。

“那看看你能不能掏出来，不让我发觉，刚才我们玩游戏的时候，你看见他们怎么做了。”

奥利弗一只手托住口袋，刚才空空儿就是这么干的，另一只手轻轻地把手帕抽了出来。

“完事了？”犹太人叫道。

“在这里，先生。”奥利弗说，把手里的东西给他看。

“你是个聪明孩子，我的宝贝，”老先生很高兴，赞赏地拍了拍奥利弗的脑袋，“我没见过比你更机灵的孩子了。给你一个先令。要是你坚持下去，就会成为这个时代最了不起的人。好了，上这儿来，我让你看看怎么把手帕里的记号挑掉。”

奥利弗不晓得为啥做游戏一样掏掏老先生的口袋，将来就有机会成为大人物。不过，他想，既然犹太人年纪大，那一定懂得多，他便静静地跟着他去了桌边，很快就沉浸在新的学习中了。

第十章 奥利弗更了解了新伙伴的品性，花大价钱买了经验。以下是他人生里虽然简短但很重要的一章

好多天，奥利弗都待在犹太人的房间里，把手帕上的记号一一挑掉（一大堆帕子拿回了家）；有时候，还会参与前面已经描述过的游戏，就是那两个孩子与犹太人每天早上定点儿要玩的。后来，他终于开始渴望呼吸新鲜空气，好多次一逮着机会就诚挚地恳求老先生让他跟两个伙伴一起出去干活。

奥利弗表现出急切的样子，主动要出门干活，因为他看出来了，老先生对道德的要求非常高。只要空空儿或查理·贝茨晚上空手回来，他就会激情澎湃地细数闲散懒惰的可悲，不给他们晚饭吃就打发他们上床，强行灌输积极生活的必要性。有一次，说真的，做过了头，把他们踢下几级台阶，但这不过是贯彻他的道德教训时，没把握好程度罢了。

有天早上，奥利弗终于获得了渴望已久的允许。已经有两三天没有手帕可以干活了，三餐也变得极为寡淡。也许是因为这些，老先生同意他出门。不过，不管怎么样，反正他告诉奥利弗他可以出门了，但要接受查理·贝茨和他的朋友空空儿的共同监管。

三个男孩出发了，空空儿卷着袖子，帽子跟平常一样耷拉着，贝茨小主手插在口袋里，一路闲逛。奥利弗走在这两人中间，好奇他们要往哪里去，自己先要学的是哪门行当。

他们的步伐很懒散，吊儿郎当的样子十分难看，奥利弗开

始想，他的伙伴们打算欺骗老先生，根本不干活。空空儿有个恶毒的习惯，喜欢一把揪下小男孩头上的帽子，扔到地上，而查理·贝茨对财产权的认识也相当随意，小摊上的苹果啊洋葱啊他顺手就拿，装进兜里，那衣服兜大得惊人，好像不管装进去什么，都能盛得下。这些举动奥利弗实在看不下去，几乎要宣布，他要自个儿想办法寻路回去了，但突然，他的念头被引向了另一条轨道，因为空空儿的举止有了神秘的变化。

他们正从离克勒肯维尔〔1〕露天广场不远的一条小道里走出来，出于对名词的某种奇怪而扭曲的理解，这个地方现在还被叫作“绿地”〔2〕。到了这里，空空儿突然停住，手指头放在嘴唇上，极为小心谨慎地把同伙往后拉了几步。

“怎么了？”奥利弗问。

“嘘！”空空儿回答，“瞧见书摊旁的老家伙了吗？”

“对面那位老先生？”奥利弗说，“是的，我瞧见了。”

“就他了。”空空儿说。

“正合适。”查理·贝茨评论道。

奥利弗依次看了看这两人，大为惊讶；两个男孩没准他问出任何问题，就已经悄悄穿过马路，偷偷摸摸地贴在空空儿让奥利弗注意的那位老先生身后了。奥利弗跟上去几步，不知道应该继续往前还是后退，就默默地站在那里好奇地看着。

老先生模样令人尊敬，头上扑了粉，戴着金边眼镜。他穿

〔1〕这是伦敦近郊商业区，有很多珠宝和钟表店。

〔2〕据历史记载，至1796年，这个地区最后一棵树被砍倒，而草地则是在此之前已经没有了。

着镶黑天鹅绒衣领的深绿色外套，白裤子，胳膊下夹着一根时髦的竹杖。他从书摊上拿起一本书，站在那里看了起来，认真得很，好像坐在自己的书房扶手椅里一样。很可能他心里就觉得是这样，因为很显然，他沉浸其中，眼里既没书摊，也没街道，更没孩子，简单说，眼里除了书没别的。他一路看下去，看到一页末尾就翻一页，从下一页头一行开始，饶有兴致、认认真真地这么一页页读着。

奥利弗站在几步开外，眼睛瞪得老大，又惊又怕地看见空空儿把手伸进老先生的口袋，从里面抽出了一块手帕！又看见他把手帕递给了查理·贝茨，最后，还看见他们一起迅速转过街角跑掉了！

一瞬间，手帕、手表、珠宝，还有那个犹太人，全部谜团在奥利弗心中都揭开了。他吓呆了，站了一会儿，血在所有血管里涌动，像着了火；接着，心慌意乱中，他也不知道自己在做什么，就知道要尽可能快地抬脚一溜烟跑掉。

这完全是一刹那的事。奥利弗开跑的那一刻，老先生手伸进口袋，没找着他的手帕，猛地回过头来，见那孩子正飞速跑开，自然认定他是小偷，便一边使劲大喊“抓小偷！”，一边抓着书就追上来。

但老先生不是唯一扬声叫喊抓小偷的人。不想光天化日之下在路上跑动，引起别人注意，空空儿和贝茨小主就躲到转角第一户人家的门洞里。他们一听到叫声，看到奥利弗跑过来，就知道发生了什么事，便立刻机敏地蹦出来，喊着“抓小偷！”加入了好市民的追逐队伍。

尽管奥利弗是哲学家养大的，但他在理论上并不熟悉“自保是生存第一法则”这条美妙的公理。要是他知道，也许就有所准备了。但他毫无防备，这让他更为惊慌，只好一阵风似的狂奔，而老先生和那两个孩子，大声嚷嚷着在身后追。

“抓小偷！抓小偷！”这声音里有种魔力。商人离开了柜台，车夫下了马车，屠夫扔了装肉的托盘，做面包的抛了篮子，送牛奶的放下了提桶，跑腿的孩子扔下了要送的包裹，学生娃没工夫再打弹球，铺路工放下了镐子，小孩甩开了羽毛球拍。他们也追了起来，全都慌里慌张、手忙脚乱、仓促匆忙，又是拉扯，又是喊叫，又是尖嚷，转过街角时撞倒了行人，搅得鸡飞狗跳，街道、广场、小路，到处都回响着喊声。

“抓小偷！抓小偷！”百来号人加入了叫喊，每过一个转角，人群就扩大一圈。他们飞跑着，泥水四溅，人行道咔嗒作响；窗户打开了，人们跑出来；暴民冲在前面；戏正演到关键处，所有观众都把潘趣[1]抛在一边；他们加入了冲撞的人群，让叫声更响，喊声里增添了新鲜力量：“抓小偷！抓小偷！”

“抓小偷！抓小偷！”人心深处，永远根植着捕猎的热情。

---

〔1〕指英国传统木偶戏《潘趣与朱迪》，故事描述主人公潘趣生性残忍，因为看自己的孩子不顺眼，将还是婴儿的孩子扔出了窗外摔死，他的妻子朱迪十分生气，于是用木棍追打潘趣，不料被潘趣夺回木棍，妻子被毒打之后也死了。接着潘趣又杀死了追捕他的警察，即使入狱被判绞刑后，刽子手也被他哄骗，他让刽子手为他演示如何施行绞刑，却趁机绞杀了刽子手。最后魔鬼前来缉拿，也遭他百般戏弄，棍打致死。演出常常不是以一个完整的故事表演，而是由多个不同的片段拼合而成，而且在表演形式上有强烈的即兴成分，因为表演者会依据观众反应而将演出片段加长，以求达到更好的效果。

一个可怜的孩子，上气不接下气，拼命喘气，满脸恐惧，眼含痛苦，大颗大颗汗水从脸颊滚落，每根神经都绷紧了，要跑在追捕者前面；而他们跟在后面，在要追上他的每一刻，都为他慢慢没了力气而欢呼。“抓小偷！”啊，看在上帝的份上，抓住他，哪怕是出于怜悯！

最后终于抓住了！漂亮一击。孩子倒在人行道上，人群急切地围拢上来，每个新来的，都推搡着挤进来看一眼。“散开！”“让他透点儿气吧！”“说啥呢！他不配！”“那位先生呢？”“他在那里，走过来了。”“给那位先生腾出地方！”“是这个孩子吗，先生？”“是的。”

奥利弗满身泥土，嘴角流血，倒在地上，他慌乱地看着头顶上围住他的那堆人脸，这时候，最前面的那些捕手，殷勤地把那位老先生拽了过来，推进人群。

“是的，”那位先生说，“恐怕就是这个孩子。”

“恐怕！”人群咕哝，“真是个好人！”

“可怜的孩子！”先生说，“他受伤了。”

“是我干的，先生，”有个笨手笨脚的家伙上前一步，“我一拳打在他嘴巴上，把自己的手都弄伤了。是我抓住他的，先生。”

这家伙碰碰帽子，咧嘴笑着，期望能得到一点报酬，但那位老先生厌恶地看了他一眼，焦虑地四下张望，好像自忖要一走了之：要不是那时候，警察（在这种情形里，总是最晚到的那个）从人群中挤了过来，揪住奥利弗的衣领，他很可能要这么做，这样，另一场追捕又要开始了。

“好了，站起来！”警察粗鲁地说。

“真不是我，先生。真的，真的，是另外两个孩子，”奥利弗急切地抓住他的手，说，“他们就在这里什么地方。”

“哦，不，他们不在这里。”警察说。他本意是讽刺，却说中了，空空儿和查理·贝茨早在第一个杂院那里就逃之夭夭了。

“来，站起来！”

“别伤害他。”老先生同情地说。

“哦，不会的，我不会伤害他的，”警察回答，为了证明这一点，他把奥利弗的外套几乎扯了下来，“来，我知道你这种人，骗我没用。你倒是自己站起来，你这个小恶魔！”

奥利弗几乎站不起来，他摇摇晃晃地刚爬起身，就被那个警察揪着外套领子，以最快的速度拖走了。老先生走在警察身边，跟着他俩；人群里够灵活的，都走在前面，时不时地回头瞪一眼奥利弗。孩子们扬扬得意地欢呼着，朝前迈开步子。

第十一章　治安官范昂先生的办案处理，提供了他正义执法的小小样本

奥利弗犯事的地区，事实上就挨着臭名昭著的伦敦警察局。人群只有幸陪着奥利弗走过两三条街，经过一个叫作羊肉山的地方，他就被带着往下走穿过一座矮矮的拱门，再往上走穿过一个脏乎乎的天井，从后门进了简易裁判庭[1]。这个小院子铺了砖，他们迎面碰上一个矮胖子，脸上一把胡子，手里一串钥匙。

“又怎么了？”那人随口问道。

“一个偷手帕的小子。”看管奥利弗的人说道。

“你是被偷的当事人，对吗，先生？”拿钥匙的人问。

“是的，是我，”老先生回答，“但我吃不准到底是不是这个孩子拿了手帕。我——我想还是不提起诉讼了。”

“那得先问过治安官，先生，”那人答道，“再过半分钟他就忙完了。好了，该上绞架的小子！”

这是在“请”奥利弗进去。说话间前面一扇门就打开了，奥利弗被搜了身，没有发现什么东西，就被关在石牢里。

这间牢房的大小、形状有点像酒窖，就是没那么亮。里面脏得让人受不了，因为是礼拜一早上，从礼拜六起，这里就待过六个醉汉，现在关到别的地方去了。但这都是小事。在我们警局，每天晚上都有男人女人因为最不起眼的指控（指控这个

---

〔1〕 指无须法官和陪审团，只须治安官裁决的小案件审判之处。

词值得一提）给抓起来，关在地牢里，不过跟纽盖特监狱[1]比起来，这里算是天堂了，那里关着最残暴的重案犯，他们被认定有罪，将执行死刑。谁若不信，就比一比这俩地方。

钥匙咔嗒锁上的时候，老先生看上去几乎跟奥利弗一样懊丧。他朝着书叹了口气，这乱子就是无辜的它引起的。

“那孩子脸上有什么，”老先生一边慢慢离开，一边自言自语，他用书的封皮敲着下巴，思量着，“有什么触动了我，让我疑心，他会不会是无辜的？他看上去好像——天啊天，”老先生喊了一声，突然停下脚，仰头望天，“哎呀！——我之前在哪里看到过那样的表情？”

沉吟了好几分钟，老先生又迈开步子，走进了后边对着院子的接待室，脸上还是那副沉浸在思索中的表情。他在一个角落里坐下，脑海里召唤出一众脸庞，像圆形大剧场那般浮现在眼前，那么多年来，它们一直藏在灰扑扑的布帘后。“不，”老先生摇摇头说，“一定是我的幻觉。”

他把这些脸庞又回顾了一遍。他召唤它们在眼前成形，现在要把那身包藏了那么久的罩布再盖回去可不容易。那些脸庞里有些是朋友，有些是敌人，大部分几乎是认不出来的陌生人了，挤在人群中干扰他的回忆；有几张脸当年是妙龄少女，如今已老态龙钟；有些面庞深埋墓穴，容颜已改，但精神超越了死亡的力量，唤回流转眼神，明媚笑容，穿透肉身之壳的灵魂之光，让它们仍然鲜嫩美丽，这些面庞在坟墓之上低诉着美，虽然面目全非，但

---

〔1〕 伦敦最有名的大牢，建于1442年。

崇高无比，它们从土里被召唤出来，像盏灯一样放出柔和的光芒，照亮了通往天堂的道路。

但老先生想不起哪张脸，跟奥利弗的面容相似，对着自己唤醒的记忆，他发出一声叹息。好在他只是个健忘的老先生，便又埋首发霉的旧书中，将它们再次埋葬了。

有人拍了拍他肩膀，将他唤醒，那个拿钥匙的男人要他跟自己去公堂。他匆匆合上书，立刻被带到著名的威风凛凛的范昂先生[1]面前。

公堂是个前厅，墙上镶着饰板。范昂先生坐在上首尽头的栏杆后面，可怜的小奥利弗早就给安顿在门边的木围栏里，被这一场面吓得瑟瑟发抖。

干瘦的范昂先生腰板修长，脖子梗直，中等身材，头发稀稀拉拉，只长在后脑勺和两侧，面孔紧绷而通红。倘若他事实上并非一贯饮酒超过有益身心的程度，他大可以对自己的尊容提出诉讼，告它诽谤，敲上一大笔名誉损失费。

老先生恭敬地鞠了个躬，走到治安官桌前，递上一张名片："这是我的姓名和住址，先生。"然后，后退几步，礼貌而又有风度地倾了倾身，等候问询。

范昂先生那时候偏偏正在看早报社论，里面提到他最近的一个裁决，并第三百五十次提请内政部国务大臣对他尤加注意。

---

〔1〕治安官范昂先生的原型应该是哈顿花园（伦敦珠宝商业中心）地区的治安官艾伦·斯图尔特·莱恩（1788—1862），此人于1838年因滥用职权被解除法官职务，狄更斯曾特意说过要在"下一期《雾都孤儿》中"对他进行讽刺。

他气坏了，怒气冲冲地抬头看了一眼。

“你是谁？”范昂先生问。

老先生略为惊讶地指了指自己的名片。

“警官！”范昂先生喊道，轻蔑地用报纸把名片拨到一边，“这家伙是谁？”

“我的名字，先生，”老先生不失绅士风度地说道，“我的名字，先生，叫布朗洛。请允许我问一下您，治安官的大名，怎么身为执法人员，无端侮辱一位备受尊敬的人士。”说着，布朗洛先生四下看了看，仿佛在找什么人能提供他需要的回答。

“警官！”范昂先生把案卷扔在一边，“这家伙犯了啥事？”

“他没有受到任何指控，大人，”警官回答，“他好像要告这个男孩，大人。”

大人其实知道是怎么回事，不过那样问话既可以激怒对方，自己又没啥危险。

“好像要告这个男孩，是吗？”范昂先生说，他把布朗洛先生从头到脚轻蔑地打量了一番，“叫他宣誓！”

“宣誓前，我请求就说一句，”布朗洛先生说，“也就是说，要不是亲身经历，我真的不相信……”

“闭嘴，先生！”范昂先生断然打断。

“我不，先生！”老先生回答。

“这一刻就闭嘴，不然我把你驱逐出庭！”范昂先生说，“你真是个无礼的家伙，竟胆敢吓唬治安官！”

“什么！”老先生叫了出来，脸变得通红。

“让这人宣誓！”范昂对书记员说，“我不会多听一句。让他宣誓。”

布朗洛先生出离愤怒，但想到发泄出来只会伤害那个孩子，他克制住自己的情感，立刻顺从宣誓。

“好了，”范昂先生问，“你指控这个孩子什么？你有什么要说的，先生？”

“我站在书摊儿那里——”布朗洛先生开始说。

“闭嘴，先生！”范昂先生说，“警察！警察在哪儿？过来，让警察宣誓。好了，警察，什么事？”

警察以应有的谦卑态度，叙述他怎么抓到被告，怎么搜奥利弗的身，但什么也没找到，他说他知道的就这些了。

“有证人吗？”范昂先生问。

“没有，大人。”警察回答。

范昂先生在那里默默坐了几分钟，然后转向起诉人，大发雷霆道：“你要陈述对这孩子的指控吗？要不要？你宣了誓了。好了，要是你站在那里，不肯给出证词，我会判你藐视法庭；我会，因为——”

因为什么，因为谁，没人晓得，因为就在那时候，书记员和狱卒很大声地咳嗽起来；书记员把一本厚书掉在地上，让接着的那个词没被听见——这是事出偶然，当然。

布朗洛先生努力陈述自己的案情，尽管无数次被打断，又不停地遭到侮辱；他说，一时之间看到那个孩子跑开了，吃惊的他就去追；他还表达了自己的希望，假如治安官认为这孩子虽然没真的偷东西，但跟偷窃有牵连，那他希望在法律允许的范围之内，对他宽大处理。

“他已经受伤了。”老先生最后说。

“而且，我恐怕，”他看着治安官，又尽力添了一句，“我真的担心他是病了。”

“哦！是啊，我敢说是这样！”范昂先生冷笑道，“得了，你的诡计没用的，小流氓。你叫啥？”

奥利弗试着回答，但说不出话。他的脸死灰一样白，整个空间似乎都在转啊转的。

“你叫什么名字，你这个死硬的混蛋？”范昂先生发问，“警官，他叫什么名字？”

问题是冲着一个看上去咋咋呼呼的老家伙问的，那人穿着条纹马甲，站在栏杆边。他弯下腰，向奥利弗重复了这个问题，但发现他的确没办法听懂，知道如果奥利弗不回答只会进一步激怒法官，被判得更重，他就冒险瞎编起来。

“他说他的名字叫汤姆·怀特，大人。”心地善良的警官这么说。

“哦，他不想大声说出来，是吗？”范昂说，“很好，很好。他住哪儿？”

“哪儿能住就住哪儿，大人。”警官回答，再次假装听到了奥利弗的回答。

“有爹娘吗？”范昂先生问。

“还在襁褓中他们就死了，大人。”警官冒险说出了最普通的答案。

问到这里，奥利弗抬起头来，恳求的眼神四下瞧瞧，虚弱地咕哝说想喝一口水。

“胡说八道！”范昂先生说，“别当我傻。”

“我想他真是病了，大人。”警官进言。

“我比你懂。”范昂说。

“小心，警官，”老先生本能地抬起手，“他要倒下了。”

“别管，警官，”范昂喊，“随便他，爱倒不倒。”

承蒙恩准，奥利弗一阵眩晕，倒在地上。法庭上的人面面相觑，但没人敢动。

“我知道他是装的。”范昂说，就好像这是无可辩驳的事实，“让他躺在那里，一会儿他就烦了。”

“您打算怎么结案？”书记员低声问。

“立刻判决，”范昂回答，“判他三个月——当然是去做苦工。退庭！”

门为此打开了，几个人打算把这个失去知觉的孩子扛到牢里，这时，一位看着文雅但样貌穷苦的老者，穿着一套旧黑西装，匆匆跑进法庭，冲到审判席边。

“停下，停下，别带走他！看在老天的份上，停一下！”这个新来的跑得上气不接下气，大声叫道。

尽管主管这类衙门的魔仆，对女王陛下的臣民，尤其是那些更为贫穷的阶层的自由、名声、人品，甚至是生命，行使着简单粗暴、独断专行的权力；也尽管，在这样的围墙之内，奇思妙计每天都在上演，让天使哭得迷蒙了双眼；它们却不为公众所知，除非借由每天的报纸泄露出去。因此，见到这么一位不请自来的客人，无礼地乱闯进来，范昂先生气得不行。

“这是谁？是谁？把他拉出去。退庭！”范昂先生喊。

“我要说话，”那人喊道，“别想把我拉出去。我都看见啦。我是那个摆书摊儿的。我要求宣誓作证。别想制止我。范昂先生，您必须听我说。您不能不听，先生。”

那人义正词严。他铁了心的样子，让事情变得严重起来，没法再压下去。

“那让他宣誓，”范昂先生咆哮，态度很坏，“好了，喂，要说啥？”

“是这样的，”那人说，“我看到三个孩子，两个另外的，一个在这儿关着的；这位先生看书的时候，他们在街对面闲逛。是另一个孩子偷的。我都看见了，我还看见这孩子完全惊呆了。”一口气说到这儿，他缓了缓，然后，这位令人尊敬的书摊主人继续用更加清晰连贯的口吻，叙述了偷窃的准确情形。

“你早干啥去了？”范昂顿了顿，问道。

“我找不到人帮我看着摊儿，”那人回答，“每个可以帮我的人，都跑去追小偷了。五分钟前我才找到人帮我，就一路跑来了。”

“起诉人在看书，是吗？”范昂又顿了顿，问道。

“是的，”那人回答，“看的就是他手里那本书。”

“哦，那本书，嗯？”范昂说，“付钱了吗？”

“没，还没付。”那人笑了笑。

“天呐，我全忘了！”健忘的老先生天真地喊道。

“真是个好人啊，指控一个穷孩子！”范昂说道，他努力想显得仁慈，不免有点滑稽，“我想，先生，你在一个非常可疑、极不名誉的情况下，将那份财产占为己有，兴许你还庆幸那份财产的主人拒绝起诉你吧。这对你是个教训，我的先生，不然法律不会放过你的。撤销对那孩子的指控。退庭！”

“天呐，”老先生喊道，克制了那么久的愤怒终于爆发，“天呐，我要——”

“退庭！”治安官说，“诸位警官，听见了吗？退庭！”

命令已下，愤愤不平、挣扎反抗的布朗洛先生一手拿着书，另一只手拿着竹手杖，被架了出去。不过，他刚走到院子里，怒气就烟消云散。小奥利弗仰面躺在马路上，衬衫扣子大开着，两边太阳穴给洒了点水，面如死灰，身体一阵阵打着寒战。

“可怜的孩子，可怜的孩子！”布朗洛先生朝他弯下腰，“劳驾，谁帮忙叫辆马车？马上！”

马车来了，奥利弗被小心地安顿在座位上，老先生爬了上去，坐在另一边。

“我可以跟您一块儿去吗？”书摊主人往里瞧了瞧，问道。

“哎呀，当然可以，亲爱的先生，”布朗洛先生立刻说，“我把你给忘了。天呐，天呐！我还拿着这本倒霉的书呢。快上来，可怜的家伙。没时间了。”

书摊主人上了马车，他们一起离开了。

第十二章　这章，奥利弗受到了前所未有的最好照顾。接着回过头来说快乐老先生和他的年轻朋友们

马车咔嗒咔嗒驶远了，往南经过快乐山，又向北过了埃克斯茅斯街：这条道几乎就是奥利弗在空空儿陪伴下初到伦敦时穿过的路；到了伊斯灵顿的天使街后，马车折向另一个方向，上了靠近本顿维尔[1]的一条林荫道上，最后停在一栋整洁的房屋面前。没有丝毫耽搁，一张床立刻备好，布朗洛先生将他的小被告小心舒适地安顿下来，在这里，奥利弗得到了无微不至的关怀。

可是，虽然有新朋友们的悉心照料，奥利弗好几天都昏迷不醒。日起日落，日起又日落，很多天以后，孩子还是瘫在床上，情况极不稳定，高烧不退，日渐消瘦。蛆虫在死尸上忙活，干得都不如在这活人身上慢慢烤着的文火那样十拿九稳。

末了，奥利弗终于仿佛从漫长而备受折磨的梦境中醒了过来，虚弱、枯瘦、苍白。他从床上无力地支起身子，头耷拉在颤抖的胳膊上，焦虑不安地四下打量。

“这是什么房间？我被带到了哪里？”奥利弗说，“这不是我睡觉的地方。”

他非常虚弱，气若游丝，咕哝着问道，但他的话立刻被听见了。床头的床帘一下被撩开，一位慈母般的老太太，穿得极

〔1〕 伦敦北部的高级街区，紧挨着克拉肯威尔北界。

为整洁，从床边的扶手椅上站起来拉开帘子，刚才她正坐在那里做针线活呢。

“嘘，宝贝，”老太太轻声说，“你一定要静养，不然又要病啦；你曾经病得非常厉害——糟得不能再糟了，差一点啊。快躺下，好孩子！”说着，老太太非常温柔地将奥利弗的脑袋放在枕头上，把他的头发从脑门上撩开理顺，她那么慈祥疼爱地看着他的脸蛋，他忍不住伸出瘦弱的小手，把她的手牵过来勾住自己的脖子。

“上帝保佑，”老太太说，眼里涌出泪水，“可真是个知疼知热的孩子。可爱的小人儿！要是他娘这会儿跟我一样坐在他身边，能看见他，不知道会咋想呀！”

“也许她的确见着我了，”奥利弗两手合十低语道，“也许她一直坐在我身边。我几乎感觉到她就在。”

“那是你发着高烧，孩子。”老太太温和地说。

“我想是吧，”奥利弗回答，“天堂太远了。那里太幸福了，她不会跑下来，到一个可怜的孩子身边。不过要是她知道我病了，就算人在那里，也一定可怜我；因为她自己死之前也病得很厉害。尽管她不可能知道我过得怎么样，一点儿也不知道，”沉默了一会儿，奥利弗又说，“但要是她见着我吃苦，肯定很难过；我梦见她的时候，她看上去总是喜滋滋的。”

对此，老太太没有吭声，她先是抹了抹眼睛，之后又擦了擦放在床单上的眼镜，好像它也是她的脸上不可或缺的一部分；

接着她拿来一些清凉饮料[1]，让奥利弗喝下，拍拍他的脸蛋，告诉他一定得安静地躺着，不然又要生病了。

就这样，奥利弗一直安静地躺着；一半是他很想听老太太的话，什么都听，一半是说实话，他说了那么多，已经筋疲力尽。他很快打起了盹，一直到被烛光弄醒：那支蜡烛离床很近，让他看见一位先生，一只手拿着一只嘀嗒作响的大金表，一只手在搭他的脉，还说他好了许多。

“你真的好许多了，可不是吗，宝贝？”先生说。

“是的，先生，谢谢您。”奥利弗回答。

“是的，我知道你好多了，”先生说，“饿不饿？”

“不饿，先生。”奥利弗回答。

“唔，”先生说，“不饿，我知道你不饿。他不饿，贝德文太太。”先生说，他看起来非常博学。

老太太十分恭敬地点点头，似乎在说，她晓得医生是个非常聪明的人。看来医生对自己也是这么看的。

“你犯困呢，是吧，宝贝？”医生说。

“不困。”奥利弗回答。

“不困，”医生说，看着很有把握，很满意，“你不困，也不渴。是吧？”

“不，先生，我挺渴的。”奥利弗回答。

“就跟我料想的一模一样，贝德文太太，”医生说，“他自然该觉着渴。你可以给他弄点茶水，太太，一点烤面包，但别抹奶

〔1〕通常由酒、水、柠檬和香料混合做成。

油。别让他太暖和了，太太，不过小心也别太凉。你费心了。”

老太太行了行礼。医生尝了尝那凉饮后，表示很满意，就匆匆离开了，下楼的时候靴子嘎吱嘎吱直响，一副大人物有钱人的派头。

奥利弗马上又打起盹来，等他醒过来，差不多已经十二点钟了。老太太温柔地跟他道了晚安，把他留给一位刚来的胖胖的老妇人照看，这位老妇人随身携带一个小包裹，一本小小的祈祷书，还有一顶大大的睡帽。她跟奥利弗说她是过来陪他的，然后把帽子戴在头上，书放到桌上，拉过椅子靠近火炉，打起一连串的瞌睡来。她一会儿头朝前一冲，一会儿发出呼噜，一会儿又被呼噜噎了一下，瞌睡被频繁地打断。不过，这一切最多让她狠狠地揉揉鼻子，又熟睡过去了。

长夜就这样悄悄地逝去。奥利弗躺在那里，一段时间都醒着，要么数着灯芯草蜡烛罩投在天花板上的小光圈，要么困倦的双眼分辨着墙纸的复杂图案。房间的黑暗与沉寂有股静穆庄严的味道，让孩子觉着死神曾在这里徘徊了许多个日夜，它可怕的存在让这里弥漫着阴郁与恐惧，他把脸埋进枕头，热诚地向上天祈祷。

渐渐地，他坠入宁谧的梦乡，摆脱了近来的苦痛，这种平静与安详，让人舍不得醒来。倘若这就是死亡，谁愿意重被唤醒，再次面对生活的挣扎与动荡，面对近忧远虑，最痛苦的，是面对过去折磨人的回忆！

奥利弗睁开眼睛时，天已经亮了好几个钟头，他感到身子轻快，神清气爽。疾病的凶险期已经安然度过，他又重回尘世。

三天后，他终于可以坐在一张扶手椅里，枕头垫在背后支起身子。因为太虚弱了，走不动，贝德文太太让人把他抱下楼，安顿在管家的小房间里，那是她的房间。让他在火炉边坐好后，好心的老太太自己也坐了下来，看到他真的是好多了，她实在高兴坏了，立刻激动地大哭起来。

“别管我，宝贝，”老太太说，“我时不时要痛痛快快哭上一场。你瞧，哭完了，我就舒服多了。”

“您对我真是太好太好了，夫人。”奥利弗说。

“哎，千万别管我，我的宝贝，”老太太说，“你就管好你的肉汤，赶紧喝了它。医生说了，布朗洛先生今天早上也许会过来看你，我们必须显出最好的气色来，我们看着越好，他越高兴。”说着，老太太开始去热小炖锅里的肉汤，肉汤好浓，奥利弗想，要是掺水降到一般常规的浓度，最低估算，也能让三百五十个受济贫民美美地吃上一顿。

“你喜欢画吗，宝贝？”看见奥利弗十分专注地看着对面墙上挂的一幅肖像，老太太问。

“我不太知道，夫人，”奥利弗眼睛没有离开画布，说道，“我看过的太少了，说不上来。这位女士的脸蛋多漂亮，多温柔啊！”

“啊，”老太太说，“画家总是把女士画得比真人漂亮，不然他们就没顾客上门啦，孩子。发明成像机〔1〕的家伙，应该知道他那玩意儿行不通，它太逼真、太实诚了。”老太太说道，觉得自己太一针见血，她爽快地大笑起来。

“这是张画像吗，夫人？”奥利弗问。

---

〔1〕 照相机发明前的一种成像技术，利用胶版制版技术，靠长时间曝光制作人像。

“是的，”老太太说，从肉汤里抬起头看了一会儿，“是张肖像画。”

“画的是谁呀，夫人？”奥利弗问。

“啊，宝贝，这我可真不知道，”老太太一副高兴的样子，“我估计画的人你我都不认识。好像你很喜欢呀，宝贝。”

“太漂亮了。”奥利弗回答。

“啊，你没被它吓着吧？”老太太十分惊讶地看见奥利弗看着画，表情很敬畏，问道。

“哦，没有，没有，”奥利弗立刻答道，“但她的眼睛看着好难过；我坐在这里，它们好像盯着我。这张画让我的心怦怦直跳，”奥利弗又低声补充道，“就好像它是活的，想跟我说话，但说不了。”

“老天保佑！”老太太吓了一跳，叫道，“别那么说，孩子。你病刚好，还很虚弱，别疑神疑鬼。让我把你的椅子转个向儿，朝着另一边，这样你就瞧不见了。行了！”老太太说到做到，“好了你瞧不见了吧，怎么都瞧不见了。”

可是，奥利弗还是能在脑海里看得清清楚楚，好像他的位置根本没动，但他想，最好别让这位好心的老太太担心，所以，她看着他的时候，他就微微笑了笑；见他觉得更舒服了，贝德文太太很满意，就往汤里放了点盐，还把面包掰成一小块一小块扔进汤里，准备工作做得非常郑重其事，因此忙活了好一阵。奥利弗一口气喝光了浓汤，速度之快超乎想象。他刚刚咽下最后一勺汤，就听见有人轻轻敲门。“请进。”老太太说，布朗洛先生走了进来。

老先生步履轻快地进了门，刚把眼镜推到头顶，手背到身后，反抄起晨衣下摆，要仔细端详一番奥利弗，就突然古怪地变了脸色。大病初愈，奥利弗看着非常憔悴，面色暗黑，出于对恩人的尊敬，他使出全身力气想站起来，但没做到，又滑回椅子上去了。说实话，布朗洛先生的心胸之宽大仁厚，足足抵得上六位慈悲为怀的老先生，这会儿，这颗心通过某种水压作用将两眶热泪注进了他的眼睛，这究竟是一种怎样的过程，因为我们没有足够的哲学知识，无法提供完满的解释。

“可怜的孩子，可怜的孩子！”布朗洛先生清了清喉咙，说，“我今天早上喉咙有点哑，贝德文太太，怕是感冒了。”

“我想您没感冒，”贝德文太太说，“您身上穿的，都是晾干了的，先生。”

“我不知道，贝德文，真不知道，”布朗洛先生说，“我想可能是昨儿吃晚饭的时候餐巾潮湿的缘故吧，不过别介意。你觉得怎么样，亲爱的？”

“很开心，先生，”奥利弗回答，“也很感谢您，您对我那么好。”

“好孩子，”布朗洛先生粗声粗气地说，“你给他加营养了没有，贝德文？吃了流食了，嗯？”

“他刚喝了碗鲜美的浓汤，先生。”贝德文太太回答，她微微站起身来，强调了一下最后那个词“浓汤”，暗示流食和拥有复杂构成的浓汤之间没有任何可比之处。

“嗯！”布朗洛先生耸了耸肩，说道，“喝几杯波特酒会让他好很多。是不是，汤米·怀特，嗯？”

“我名字叫奥利弗，先生。”小病人答道，看上去很惊讶。

“奥利弗，”布朗洛先生说，“奥利弗啥？奥利弗·怀特，对吗？”

“不，先生，退斯特，奥利弗·退斯特。”

“好怪的名字！”老先生说，“那你为什么告诉治安官自己叫怀特？”

“我从来没有那么告诉过他，先生。”奥利弗惊奇地回答。

听上去太像谎话，老先生便多少有点严厉地看着奥利弗的脸。但又很难怀疑他说谎，孩子瘦弱的尖脸处处都表明这是实话。

“那搞错了。”布朗洛先生说。但是，尽管他没理由再一直盯着奥利弗的脸看，但之前的念头，就是说，觉得他的面容跟谁好像，又一下子回到脑海，他无法移开视线。

“我希望您没生我的气吧，先生？”奥利弗问，恳求地抬起眼。

“没有，没有，”老先生回答，“天啊，这是什么，贝德文，看！”

他说着，慌乱地指了指奥利弗脑袋上的画像，又指了指孩子的脸。那真的是活脱脱的翻版。眼睛、脑袋、嘴巴，每个面容特征都一样。而且，这一刻，连表情都一模一样，仿佛最细微的线条都是以一种令人震惊的准确性临摹而成。

奥利弗不知道是什么引起了这突然的叫喊，他承受不住这样的惊诧，又晕过去了。这一晕，让叙述者有机会回过头来再说一说那位快乐老先生的两个年轻学徒，让读者吊着的心放下来。话说——

空空儿和他的老练同伙贝茨小主将布朗洛先生的个人财产非法转为己有，引发了令奥利弗发足狂奔的一场追逐，他俩也加入整个大喊大叫的追逐队伍。这些前面已经描述过，他们这么做，是出于一个令人赞赏而又十分得体的念头：只顾自己。鉴于国民自主和个人自由是诚实真挚的英国人最值得骄傲的事情，那么，我几乎无须请求读者注意，这样一种行为自然会让所有公民和爱国人士高看一眼，而同时，他们对自身安全的担忧，也强有力地证实并确认了某些知识渊博、见识高超的哲人所制定的法典，这部法典以所有出自本性的行为举动为主轴。这些哲人，非常智慧地将自然本性简化为格言定理，而且，通过将自然本性恭维一番，夸赞它的高贵的智慧与理解力，而将任何良心上的考虑，或高尚的冲动及情感，全都弃之不顾。因为这些和普世公认的本性全都无法相比，而本性要比人的无数缺陷弱点高级得多。

要是我想对这些年轻人身处困境之举的哲理本质，进行进一步说明，我立刻就能找到这样的例子（已经在前述中提到）：当大家的注意力全被奥利弗吸引过去后，他们放弃追逐，立刻抄最近的小道回了家。尽管我不是想宣称，博学著名的圣人通常都是靠取近道而得出伟大结论（虽然这条近道的确因为各种磕磕绊绊的迂回、离题，而拉长了距离，就像醉汉脑子里全是各种各样的念头，容易拉拉杂杂说个没完）；但我的确想说，而且是确实无疑地表明，许多伟大哲人在贯彻他们的理论时，都会表现出伟大的智慧与远见，预防每一个有可能影响理论本身的偶然因素。因此，要成大事，可犯小错；只要达到目的，采取任何手段都无可厚非；孰对孰错，或对错的真正区别，凡此种种，都交由有关哲人，让他根据自己的特定情形，给出综合明晰而不偏不倚的判断。

两个男孩在迷宫一般的羊肠小道和庭院之间穿越飞奔，跑了好一会儿，才敢在一个低矮黑暗的门洞里停下来。他们没有说话，一直到缓过气来，贝茨小主才乐滋滋地喊了一声，然后，遏制不住地一阵大笑，倒在门阶上，高兴得直打滚。

“咋了？”空空儿问。

“哈！哈！哈！”查理·贝茨乱吼。

“小声点儿！”空空儿责备道，小心地打量了一下四周，“你想被逮到吗，傻瓜？”

“我忍不住，”查理说，“我实在忍不住！看他那样子没命地跑，转过街角，撞上了电线杆后又跑起来，人像是跟电线杆一样都是铁打的，而我，口袋里揣着手绢儿，喊着抓住他——哦，天呐！”贝茨小主的生动想象，让那一幕在他眼前栩栩如生。感叹完，他又在门阶上打起滚来，笑得比刚才更响了。

“费京会说啥？”空空儿趁着他的朋友又一次停下来喘息的间歇，问道。

“什么？”查理·贝茨重复道。

“啊，会说啥？”空空儿说。

“啊，他会说啥？”查理问，忽然停下了欢闹，因为空空儿的样子挺吓人，“他会说啥？”

道金斯先生吹了几分钟口哨，然后，摘下帽子，挠挠头，点了三下。

“什么意思？”查理问。

“秃噜罗噜，胡噜八噜，青蛙不肯，公鸡之星。”[1]空空儿说

---

〔1〕 毫无意义的一串语词。

道；狡黠的脸上掠过一丝冷笑。

这算是解释，但并不让人满意。贝茨小主觉得是这样，所以又问道："你啥意思？"

空空儿没回答，但重新戴上帽子，将长尾外套的下摆提起来夹在胳膊下，舌头在腮帮里拱了拱，用一种亲昵而意味深长的架势拍了五六次鼻梁，然后转过身，偷偷摸摸溜过院子。贝茨小主跟在后面，若有所思。

这次交谈的几分钟后，嘎吱作响的楼梯上响起脚步声，惊动了坐在火炉边的快乐老先生，他左手拿着香肠和一小块面包，右手拿着小刀，锡壶在三角火炉架上。他转过身来，白白的脸上露出卑鄙的微笑，红色的浓眉下，一道锐利的目光扫出，耳朵倾向门边，聆听着。

"哎，怎么回事？"犹太人咕哝道，变了脸色，"怎么只有俩？还有一个上哪儿去了？应该不会捅娄子了吧，听！"

脚步声越来越近，到了楼梯口。门慢慢打开，空空儿和查理·贝茨走了进来，关上了身后的门。

第十三章 向聪明的读者介绍几位新朋友，顺便说些属于这部传记的有趣事儿

“奥利弗在哪儿？”犹太人面带威胁地问，“那孩子在哪儿？”

年轻的小偷瞟了眼他们的指导老师，好像被他的凶狠吓到了。他们不安地互相望了望，没吭声。

“那孩子到底怎么了？”犹太人死死揪住空空儿的衣领，用可怕的骂人话威胁他，“说，不然掐死你！”

费京先生的样子十分激动，查理·贝茨向来以明哲保身为上，不然接下来绝对就轮到他被掐死了，因此扑通跪下，发出一阵响亮而持久的叫喊——声音介乎疯牛叫和大喇叭声之间。

“你说不说？”犹太人咆哮道，他使劲摇晃着空空儿，用力得很，却没把空空儿从那件大外套里给抖出来，真是非常神奇。

“哎，他给逮住了，就是这样，”空空儿闷声闷气地回答。“嘿，松手放了我，行不行！”说着，他突然一扭身子，从那件大外套里脱出身来，外套还留在犹太人手上，他又一把抓过烤叉，向老先生的马甲挑去，要是刺中的话，会让老先生的快乐脾气少好多，这快乐轻易可是补不回来。

情急之下，犹太人闪退几步，他看起来年纪很大了，没想到还能这样灵活；他抓起锡壶，打算朝他的攻击者头上甩去。千钧一发之际，查理·贝茨用一声极为可怕的号叫，引开了他的注意力，他忽然掉头朝这位年轻人狠命扔过去。

“天呐，到底怎么回事！”有个低沉的声音咆哮道，“谁朝

我扔东西了？还好打中我的是啤酒，不是那壶，不然我就要把这个人做掉！我碰巧知道，只有一个讨厌可恶、富得油流、抢劫侵吞、暴跳如雷的老犹太，阔气得可以乱扔喝的，但他顶多只会泼水，即使这样也得每季度骗自来水公司一次。[1]都怎么回事，费京？他妈的，我的领巾都沾上了啤酒！进来，你这个鬼鬼祟祟的杂碎，为啥站在门外不进来，好像替你主子感到羞愧似的！进来！”

咆哮着嚷出这些话的，是一个体格健壮的家伙，大约三十五岁，穿着黑平绒外套，脏兮兮的浅褐色马裤，系带的半筒靴，灰色的棉袜包住了一对粗腿，小腿肚鼓鼓的——这样两条腿，加上这样的打扮，要是没有戴上脚镣作为装饰，看起来总像是半成品，缺了点啥。这人头上戴着一顶咖啡色帽子，一块脏脏的蓝帕子绕在脖子上，边说话，边用破了一角的帕子从脸上抹去啤酒。擦完了，一张阴沉的大脸露了出来，胡子三天没刮了，两只眼睛闷闷不乐，其中一只最近刚被揍过，有一圈深浅不一的乌青。

“进来，听见没有！”这个恶棍又嚷道。

一条毛茸茸的白狗躲躲闪闪地跑进了房间，脸上有二十几处被抓伤挠破了。

“之前为啥不进来？”那人道，“你现在架子太大，都不愿在我前面领路了，是吗？躺下！”

这个指令还伴随着一脚，把这只动物送到了房间另一头。

---

〔1〕 指不交每季度的水费。

不过，它显然已经习惯了，因为它在角落里安静地蜷起身子，没发出一点儿声音，凶恶的眼睛眨了二十次，像是在视察整间公寓。

“你干啥虐待这些孩子？你这个贪得无厌、永一不一满一足的老销赃犯？”这人说道，装模作样地坐下，“我真奇怪他们为啥没干掉你！我要是他们，就杀了你。要我是你的学徒，老早就把你干掉了——不，干掉后没法把你卖了，你就适合当个丑陋的古董，放在玻璃瓶里，倒是那么大的玻璃瓶怕也吹不出来。”

“嘘，嘘，赛克斯先生，”犹太人颤抖着说，“声音别那么大。”

“什么先生不先生的，”这个恶棍答道，“你喊人先生的时候，从来不怀好意。你知道我名字，叫名字就行！等喊到我名字的时候，我不会丢它脸的！”

“好了，好了，那么——比尔·赛克斯，”犹太人说，一副可怜兮兮的谦卑模样，“你好像心情不好，比尔。”

“也许吧，”赛克斯回答，“我觉得你心情也不怎么样，除非你认为乱扔锡壶不算啥，或就像你乱说——”

“你疯啦？”犹太人抓住那人的袖子，指了指那两个孩子。

赛克斯在左耳朵下做了打结的假动作，头朝右肩膀抻了抻，很得意自己的这一套哑剧，犹太人显然也完全明白是什么意思。接着，他用黑话要一杯酒，他的话都是道上的，要是这里记录下来，估计谁也看不懂。

“小心别给我在酒里下毒哈。”赛克斯说道，把帽子放到桌上。

这是句玩笑话，但要是说话人可以看到犹太人朝酒柜走去的时候，咬着苍白的嘴唇，恶毒地瞟了一眼，也许会觉得自己的提醒并非完全没有必要。又或者老先生快活的心里，无论如何也并非没有这样的念头：给酿酒师傅的精巧手艺再加点儿料。

两三杯喝下去后，赛克斯先生终于屈尊注意到那两个年轻绅士；这一高尚之举引发了一场对话，其间，奥利弗被逮的起因及情形，视情况而定得到了详细的描述。叙述中，对真相不免有点儿添油加醋，空空儿认为，这样的场合，这么做是最明智的。

"我担心，"犹太人说，"他也许会说些连累我们的话。"

"很有可能，"赛克斯恶毒地咧嘴笑了下，"你完啦，费京。"

"而且，我恐怕，你瞧，"犹太人又补充道，好像根本没意识到被打断，说话的时候紧紧地盯着对方，"我恐怕，要是我们玩完了，事儿就会闹大，到时候情形对你会比对我们更糟，亲爱的。"

这人吃了一惊，转过来对着犹太人。但老先生的肩膀耸到耳朵那么高，茫然地盯着对面的墙壁。

长久的停顿。这个令人尊敬的小团伙，每个成员似乎都沉浸在自己的盘算中；狗也不例外，它邪恶地舔着嘴唇，似乎在寻思，一会儿出门到街上，它就要去咬头一个碰上的男人或女人的腿。

"得有人去局子里打听打听。"赛克斯先生说，声音打进门后头一回这么低。

犹太人点头表示赞同。

"要是他没告发，认了罪，他出狱前就不用担心，"赛克斯先生说，“等到那时候看着点他。你得制住他。”

犹太人又点了点头。

这一行动方案显然很审慎，要采纳却有一个非常大的障碍。那就是，空空儿、查理·贝茨、费京，还有赛克斯先生，他们个个都碰巧对靠近警察局心怀抵触，有种根深蒂固的强烈反感，都找各种借口不想去。

他们就这样面面相觑、惴惴不安地坐着，这一让人并不愉悦的情形会持续多久，很难说。不过，不用再揣测下去了，因为奥利弗之前见过的那两位女士突然闯了进来，对话又活泛起来。

“就是你了！”犹太人说，“贝琪会去的，对吧，我的宝贝？”

“去哪儿？”年轻姑娘问。

“就是上局子里去一趟，我的宝贝。”犹太人甜言蜜语地哄骗道。

公道来说，年轻姑娘并没有明确表示自己不愿意去，她仅仅表达了一种强烈热切的愿望：要是要她去，她宁愿“被诅咒”；她礼貌而巧妙地回避了请求，显出这位年轻姑娘天然有着良好的教养，受不了让同胞感受到直接被拒绝的痛苦。

犹太人脸色一沉。这位姑娘穿着红色长袍、绿色靴子，头上夹着黄色的卷发纸，虽不雍容华贵，但也浓妆艳抹。犹太人看看这个姑娘，又看看另一个。

“南茜，我的宝贝，”犹太人用安抚的口吻说道，“你觉得该怎么样？”

“这法子行不通，试了也没用，费京。”南茜回答。

“你这什么意思？”赛克斯板起面孔抬起头。

“就是我说的意思，比尔。”女士镇定地回答。

“哎，你就是最合适的人，”赛克斯解释道，“这一块没人了解你的底细。”

“我也不想让他们知道，”南茜回答，样子还是很镇定，“对我来说，回答不去比回答去好，比尔。”

“她会去的，费京。”赛克斯说。

“不，她不会去，费京。”南茜说。

“是的，她会去的，费京。”赛克斯说。

赛克斯先生没说错。又是威胁，又是许诺，又是贿赂，这样的劝说交替进行，那位姑娘终于被说服承担此项任务。她那和蔼可亲的伙伴的顾虑对她来说倒不是件事儿，因为最近她从拉特克利夫的上流郊区，搬到了菲尔德巷附近，不用担心被任何熟人认出来了。

就这样，一件干净的白围裙系在了她的长袍外，卷发夹掖在了草编的软帽下，这两样都是犹太人从他取之不尽的藏货里拿出来的——南茜小姐准备出发去办事了。

“等一下，我的宝贝，”犹太人说着，拿出一个盖着的小篮子，“一手提着这个。看上去更让人敬重，我的宝贝。”

“给她另一只手上拿串门钥匙，”赛克斯说，“看上去更像回事儿。”

“是的，是的，我的宝贝，是这样。”犹太人说，将一把大大的临街大门的钥匙，挂在那位年轻姑娘的右手食指上。

“好了，很好！真的非常像样，我的宝贝！”犹太人摩挲着手说。

“哦，我的弟弟！我那可怜的、可亲的、可爱的、天真的小弟弟！”南茜痛苦地扭绞着手里的小篮子和大门钥匙，叫道，眼泪迸了出来，“他怎么样了！他们把他带到哪儿去了！哦，可怜可怜我，先生，告诉我他们对那个亲爱的小孩做了什么；请告诉我，先生，求求你了，先生！”

南茜小姐用最悲伤、最令人心碎的语调说出了这番话，让她的听众大为满意，她顿了顿，朝同伙眨眨眼，笑着朝他们一一点头，走了。

“啊，她真是个聪明姑娘，我的宝贝们。”犹太人转过身来，对他的年轻朋友们说道。他严肃地晃了晃脑袋，好像在无声地警告他们，要以他们刚才目睹的聪明例子为榜样。

“她真是女人的骄傲，”赛克斯先生说，他又倒满了酒杯，大拳头狠狠敲了下桌子，“为她的健康举杯！希望她们都跟她一样！”

这里，向出色老练的南茜献上了无数恭维和赞美，那里，姑娘正不辱使命走向警局；尽管单身一人在街上行走，没有保护，自然有点胆怯，但不久她就安全到达目的地了。

她从后门进去，用钥匙轻轻敲了敲其中一间地牢的门，侧耳倾听，里面无声无息。她又咳嗽了几声，再听，仍然没有动静，于是她开口说：

“诺利〔1〕，我的宝贝？”南茜温柔地低喊，“诺利？”

里面只有一个光着脚的可怜罪犯，因为吹笛子被关了起来，

〔1〕这是南茜随便给奥利弗取的名字。

他被查明扰乱治安，范昂先生非常恰当地判他进感化院一个月，还风趣地说，他气儿多得没地儿使，有益健康的做法是将之应用到踏车而不是乐器上。这人没搭理南茜，脑子里还在为那把充了公的笛子伤心呢，所以南茜走到旁边牢房门口，敲了敲门。

“怎么了？”一个虚弱细微的声音叫道。

“这里有个男孩吗？”南茜问，伴着事先准备好的抽泣。

“没有，”那个声音答，“老天保佑。”

这是个六十五岁的游民，因为没吹笛子，或者，换句话说，因为光在街上行乞，没干正经事，被判了刑。再下个牢房又有一个，因为没有执照便沿街叫卖锡锅，也被判了刑，他为谋生干了点儿活，但没有通过税务局，实在是大逆不道。

这些犯人听到奥利弗的名字都没有应声，也不知道任何他的事情，南茜便直奔那位穿着条纹马甲、样子咋咋呼呼的警官；她用最可怜的哀号和悲叹，请求归还她亲爱的兄弟，而对门钥匙和小篮子的灵活而有效的运用，让她显得更加楚楚可怜。

“他不在我这儿，亲爱的。”老人说。

“那他在哪儿？”南茜心慌意乱地叫道。

“啊，那位先生带他走了。”警官回答。

“什么先生！哦，仁慈的上帝啊！哪位先生？”南茜喊。

面对语无伦次的问询，老先生告诉这位情深意长的姐姐，奥利弗被错抓到警局，他是一场抢劫的目击证人，犯事儿的是另一个孩子，他就被当庭释放了，没在押；起诉人把昏迷的他带到自己家去了，大概在本顿维尔附近什么地方，他听见对方跟车夫指方向时说到这个词儿。

年轻姑娘将信将疑，忧心忡忡，往门边一脚高一脚低地走去，出了门，蹒跚的脚步忽然变成了飞跑，她选择她能想到的最偏僻、最复杂的道路，回到犹太人的住处。

比尔先生一听完姑娘的远征说明，立刻叫上白狗，戴上帽子，匆匆离开了，根本顾不上向同伴道早安这种礼节。

“我们一定得知道他在哪儿，我的宝贝们，必须找到他，”犹太人大喊，“查理，别干别的了，悄悄地到处转转，直到带一点他的消息回来！南茜，我的宝贝，我一定得找到他。我相信你，宝贝——什么都相信你，还有空空儿！等等，等等，”犹太人又说，颤抖的手打开一个抽屉的锁，“这是钱，我的宝贝们。我今晚就把这家铺子关了。你们知道上哪儿找我！别在这耽搁了。一秒钟也不行，宝贝们！”

说着，他把他们从屋里推出去，小心翼翼地给他们身后的门上了两道锁，插了门闩，从藏东西的地方拿出了曾无意中被奥利弗看到的那只盒子，然后急急忙忙地往衣服里塞手表和珠宝。

有人轻轻敲了下门，让忙活的他吃了一惊。“谁啊？”他尖叫道。

“我！”空空儿从钥匙眼里答道。

“又怎么了？”犹太人不耐烦地喊。

“南茜说，是不是要把他拐到另一个窝去？”

“是的，”犹太人回答，“不管在哪儿把他弄到手都行。找到他，把他带出来，就这样。我知道接下来做什么，别慌。”

男孩咕哝了一声知道了，便匆匆下楼追上同伙去了。

“到目前为止，他应该还没供出来，”犹太人停下忙活，说道，“要是他打算在新朋友那里泄露我们的事，就把他嘴堵上。”

第十四章　继续来讲奥利弗待在布朗洛先生家的情况，他出门跑腿时，格林维格先生对他作了一番惊人的预言

布朗洛先生突然大叫一声，奥利弗一下子晕了过去，不过，他很快醒转过来，在随后的谈话里，老先生和贝德文太太都小心翼翼地避谈那幅画的事，也没有提奥利弗的过去或未来，只谈有趣的、不让他激动的话题。奥利弗太虚弱了，没法起床吃早饭，但等他第二天下楼来到女管家房间时，第一个举动就是热切地瞟一眼墙壁，希望能再次看到那位美丽女士的面庞，但他的希望落空了，肖像已经被拿走了。

“啊！”女管家看到奥利弗眼神盯着的方向，说道，“它没了，你瞧见了。”

“我瞧见了，夫人，”奥利弗回答，“他们为什么把它取走了？”

“它被拿走，孩子，因为布朗洛先生觉得它好像让你有些烦恼，也许会妨碍你好起来，你知道的。”老太太回答。

“哦，没有，真的。它没让我烦恼，夫人，”奥利弗说，“我喜欢看。我很喜欢它。”

“好的，好的，”老太太心情愉快地说，“只要你快点好起来，宝贝，我会把它再挂上的。你瞧，我向你保证！好了，我们说点儿别的吧。”

此刻，关于这幅画的下落，奥利弗就知道这么多了。生病期间老太太对他那么好，这会儿他就努力不再去想那幅画了，

所以，他认真地听着她告诉自己的许多许多故事，她那漂亮可爱的女儿，嫁给了英俊可亲的男人，住在乡下；她还有个儿子，是西印度群岛[1]一个商人的手下，这个优秀的年轻人非常孝顺，每年写四封信回家，说到信，她眼里涌出了泪水。这位老太太说了老长时间，孩子们怎么优秀，善良好心的老公有哪些优点，他已经去世了二十六年，可怜的亲爱的灵魂！终于到了喝茶的时间。喝完茶，她又开始教奥利弗打克里比奇牌[2]：她教得多快，他学得就有多快，他们兴致勃勃、认认真真地玩着牌，直到小病人到该喝点温酒和水，吃点干面包，然后舒舒服服地上床睡觉的时辰了。

奥利弗养病的日子，真是幸福的时光啊。一切都那么安详、整洁、有序，每个人都那么和蔼温柔，他一直生活在嘈杂动荡之中，这里简直就是天堂。他一有力气可以自己穿衣服，布朗洛先生就让人把一套新外套、一顶新帽子、一双新鞋给准备好了。他告诉奥利弗，旧衣服随便他怎么处理，他就把它们给了一位对他特别好的女佣，让她卖给犹太人[3]，钱自己留下。她随手就去了，当奥利弗透过客厅窗户，看见犹太人把它们卷起来放进袋子里离开，他很高兴，这些东西妥善处理了，他不可能再有穿上它们的危险了。说实话，它们真的是可怜巴巴的一堆破烂，奥利弗之前从来没有过新衣服，一直穿的这一身。

画像事件发生大概一个礼拜以后，有天晚上，当他跟贝德

---

〔1〕 19 世纪为英国殖民地。

〔2〕 17 世纪发明的一种纸牌游戏，最多可以四人玩。

〔3〕 当时犹太人主宰着伦敦的旧衣生意。

文太太坐着说话时，布朗洛先生递话过来，说要是奥利弗·退斯特觉着精神还可以，自己想在书房里见他，跟他谈一小会儿。

“我的天啊，我的天。洗洗手，让我帮你梳一个漂亮的分头，孩子，”贝德文太太说，“天啊，亲爱的，要是我们早知道他会叫你过去，就会给你戴上一条干净领子，让你跟六便士银币一样潇洒！”

老太太吩咐他做什么，奥利弗都照办，而且，尽管她一直悲伤地叹气，说都没时间帮他把衬衫衣领的镶边给捋出褶儿来，让他失去了这一重要的个人优势；但他看着还是那么文雅、那么漂亮。从头到脚十分满意地打量了一番后，她甚至说，通知来得再早也没啥两样，她也不会把他打扮得比现在更精神。

受了这番鼓励，奥利弗敲了敲书房的门。布朗洛先生叫他进去后，他发现自己身处一个满是书的小里间，有扇窗户，能看见宜人的小花园，窗前有张书桌，布朗洛先生坐在那里看书。他看见奥利弗后，把书推开，叫他到桌子跟前来坐下。奥利弗照做了。他心里很惊奇，这些书写出来都是为了让世界更聪明的，可上哪里可以找到读那么多书的人呀。这也是那些比奥利弗·退斯特更有阅历的人，一生中每天都在感到惊异的事情。

“书真多，是不是，孩子？”布朗洛先生注意到奥利弗脸上好奇的表情，说道。奥利弗正看着一排排从地板一直到天花板的书架。

“真多呀，先生，”奥利弗说，“我从来没见过这么多书。”

“要是你表现好，就可以看书，”老先生慈祥地说，“你会喜欢那些书的，不光是它们的外表——我是说，有些是这样；因为有些书，精华也就是封皮。”

“我猜那些书都很重吧，先生。”奥利弗指着一些烫金封面的大四开本说。

“也不一定，”老先生拍拍奥利弗的头，笑道，“还有一样厚重的书，但尺寸小得多。你想不想长大成为一个聪明人，愿不愿意写书呢？”

“我想我宁愿看书，先生。”奥利弗回答。

“怎么？你不想成为一个写书的？”老先生说。

奥利弗想了想，最后说，他觉着更好的是做个卖书的；老先生听了哈哈大笑，说他说得妙。奥利弗很高兴自己说得妙，尽管一点儿也不知道妙在哪里。

“好了，好了，”老先生收起笑容，“不要怕！我们不会让你做个作家的，还有正当手艺可以学，或者去学做砖头。”

“谢谢您，先生。”奥利弗说。他的回答如此诚挚，老先生又笑了起来。他还说了些什么关于奇怪的直觉的，奥利弗没听懂，也没怎么留意。

“那么，”布朗洛先生说道，语气更慈祥，但同时也是奥利弗见过的最严肃的模样，“孩子，我想要你对我要说的话上点心。我会毫无保留跟你说，因为我肯定你跟大人一样能听懂。”

“哦，别告诉我您要送我走，先生，求求您！”奥利弗喊道，老先生一开腔的严肃语气让他吓了一大跳！“别把我赶出门外，又上街流浪。让我留在这里，当一名仆人。别把我送回到我原来待的那个可怕地方。可怜可怜我这个苦命的孩子，先生！”

“我亲爱的孩子，”老先生被奥利弗突如其来的激动恳求打动了，“不要担心我会抛弃你，除非你给我个理由。”

“我永远、永远不会，先生。”奥利弗立马说。

“我希望不会，”老先生答道，“我相信你不会。我之前上当受骗过，被那些我努力接济的人骗过，但不管怎么说，我很自然就觉得相信你，我自己也说不清为什么那么关心你。我付出最真挚的热爱的人，已深埋地底；尽管我的欢乐与幸福也随之掩埋，我还没有为我的心灵打一副棺材，把我的情感永远封存在内。深深的痛苦只是让那些情感更强烈、更纯粹。”

老先生说这些的时候，语调很低，更像是自言自语，而不是对他的同伴说。之后，他短暂沉默了一会儿，奥利弗安静地坐着。

“好了，好了，”老先生终于换了更轻快的口吻，开口道，“我说这些，只是因为你有一颗年轻的心灵，要是知道我曾经经历过巨大的苦痛和悲伤，也许会更小心，不会伤害我。你说你是个孤儿，在这世上无依无靠；我多方打听，所有的消息都证实的确如此。让我听听你的故事，你怎么会跟那伙人搞到一起。跟我说实话，那样，只要我还活着，你就不会无依无靠。”

奥利弗抽泣起来，几分钟都说不出话，之后他开始叙述自己怎么在“养殖场”被带大，怎么被本博先生领到济贫院。这时，有人在临街大门特别不耐烦地敲了两记，仆人跑上楼，通报格林维格先生光临。

“他上楼来了？”布朗洛先生问。

“是的，先生，”仆人回答，“他问家里有玛芬[1]吗？我告诉他有，他就说过来喝茶。”

---

〔1〕 一种杯状小松糕。

布朗洛先生微微笑了，接着，他转向奥利弗，说格林维格先生是他的老朋友，请不要在意他的态度有点粗鲁，说到底，他有理由这么说：他是个值得尊敬的人。

“要我下楼吗，先生？”奥利弗问。

“不，”布朗洛先生回答，“我希望你还是留在这儿。”

这会儿，格林维格先生走进了房间。这是位体格健壮的老先生，拄着一根粗粗的手杖，一条腿有点儿瘸。他穿着蓝外套，条纹马甲，淡黄色长裤和长筒橡胶靴，戴着一顶宽边白帽，两边卷起的帽檐是绿色的。马甲里露出打着小褶儿的衬衫褶边，还有一根长长的钢表链，链子一头只有一把钥匙，松松垮垮地在下面晃荡。白色领巾两头打了个球状的结，有橙子那么大。他的脸上不时扭出各种表情，难以形容。说话的时候，他习惯把头斜到一边，同时从眼角往外打量：让人忍不住想到一只鹦鹉。他进来后就站定，摆出这副样子，手臂伸出，手里拿着一小块橘子皮，不满地怒嚷道：

“看看！你们看看这个！这不是最美妙最离奇的东西吗？每次我去拜访别人的家，都会在楼梯台阶上发现这么个东西，它是穷大夫的朋友吧？因为橘子皮我瘸了，我知道总有一天它会要了我的命，不是的话，我很乐意把我的脑袋给吃了，先生！”

格林维格先生每做一次声明，几乎都要提出这个大方的建议，作为后盾与佐证；而且，以他这种情况，这个夸下的海口更为奇特，因为，哪怕是为了论点的缘故而承认科学进步的可能性，即，要是一位绅士愿意，他可以吃掉自己的头，那么，格林维格先生的脑袋也大得出奇，最乐观的大活人都不敢指望一口就把它吞下去，更别说上面还有厚厚一层发粉。

“我会吃掉我的脑袋，”格林维格先生又说了一遍，手杖敲敲地面。“你们好！他是谁？”看到奥利弗，他后退了几步。

“这是小奥利弗·退斯特，我们之前谈起过的就是他。”布朗洛先生说。

奥利弗鞠了一躬。

“我想，你不是说这就是那个发过高烧的孩子吧？”格林维格先生说道，又后退了几步。“等一等！别说话！打住——”格林维格先生继续说道。他突然有了新发现，把所有对高烧的担忧全抛在脑后，“这就是那个吃橘子的男孩！要是不是这个孩子，先生，不是他吃着一个橘子，然后又扔一片橘子皮在楼梯上，我就吃了我的脑袋，连他的也吃。”

“不，不是，他没吃过橘子，”布朗洛先生笑道，“来吧，摘下帽子，跟我们的小朋友说说话。”

“我对扔橘子皮很有看法，先生，”这位暴躁易怒的先生脱下了手套，说道，“街上人行道上总多多少少有橘子皮；我知道是住在拐角的那个医生的孩子干的。昨天晚上，一个年轻女人就被橘子皮滑了一下，跌倒撞在我的花园栏杆上；她一站起身来，我看见她就朝那盏恶毒的红灯[1]瞅去，那灯闪着哑剧舞台那种光芒。‘别去找他，’我从窗户往外喊，‘他是个杀手！坑人的！’他就是。要是他不是——”说到这里，这位爱生气的老先生用手杖狠狠敲了敲地板；他的朋友都晓得，这是他那习

〔1〕外科医生常常用红灯指示自己的诊所所在，格林维格先生又把它跟圣诞节哑剧舞台上常有的红灯联系起来。

惯性的提议的暗示，没有说出来而已。然后，手里还拿着手杖，他戴上一副系在一根宽宽的黑带子上的眼镜，打量了一下奥利弗。奥利弗见自己成了审视对象，脸红了，又鞠了一躬。

“就是这孩子，是吗？”格林维格先生终于开口。

“就是这个孩子。”布朗洛先生答道。

“你怎么样，孩子？”格林维格先生说。

“好很多了，谢谢您，先生。”奥利弗回答。

布朗洛先生似乎有点担心他这个奇怪的朋友要说出一些令人不快的话，便叫奥利弗下楼告诉贝德文太太，他们准备喝茶了；奥利弗一点儿也不喜欢客人的样子，便高高兴兴地下楼去了。

“他长得很可爱，不是吗？”布朗洛先生问。

“我不知道。”格林维格先生怒气冲冲地说。

“不知道？”

“是，不知道。我看不出来孩子长得有什么两样。我只知道有两种孩子。一种粉嘟嘟的，一种肉嘟嘟的。”

“那奥利弗是哪种？”

“粉嘟嘟的。我认识个朋友，有个肉嘟嘟的孩子，他们都说他长得好看，头圆圆的，脸红红的，眼亮亮的。那真是个可怕的孩子，身子好像要把他那身蓝衣服的缝线都给撑破了。他的声音像领航的舵手，胃口像狼。我知道他什么样！卑鄙小人！”

“好了，”布朗洛先生说，“小奥利弗·退斯特不是这样，他不会让你生气的。”

“他是没这些样子，”格林维格先生答道，“他也许更坏。”

说到这里，布朗洛先生焦躁地咳嗽起来，让格林维格先生大为开怀。

“他也许更坏，我说，”格林维格先生重复道，“他打哪儿来的！他究竟是什么人！他干过什么！他是发过高烧。那又怎么样？高烧不是好人才发，是吧？坏人有时也会发高烧，没有吗，嗯？我就知道有个人，在牙买加，杀了他的主人，被绞死了。他就发过六次高烧，但不会因为这个饶了他。呸！都是扯淡！”

好了，事实是，在他自己内心最深处，格林维格先生很想承认，奥利弗的面貌和样子都挺招人喜欢；但他有种强烈的爱好要跟人对着干，而发现一块橘子皮让他更想这样了；同时他在心里打定主意，没人能向他发号施令，说一个孩子好看还是不好看，所以，他打一开始就决心要跟朋友作对。布朗洛先生承认，格林维格先生的这些问题，他都不能给出令人满意的答案，而且，他已经暂时搁置对奥利弗过去情况的任何调查，直到他觉着那孩子足够强健，可以接受询问。他说这些的时候，格林维格先生心怀敌意地窃笑着。然后，他冷笑一声，问管家有没有在晚上清点餐具的习惯，因为，要是她大白天没发现一两把汤匙不见了，天啊，那他很愿意——又是那套吃脑袋的话。

布朗洛先生本人，某种程度上也是位冲动的绅士，但他知道朋友的特点，好脾气地对这一切照单全收。格林维格先生喝着茶，相当高兴，表达了对玛芬蛋糕的由衷赞赏，气氛很融洽，奥利弗也在座，开始觉得比之前见到这位凶狠的老先生时自在多了。

“那么，你打算什么时候来听一听对奥利弗·退斯特的生活和历险的完整、真实、详细的陈述呢？”茶点用完后，格林维格问布朗洛先生，他斜眼看着奥利弗，重拾这个话题。

“明天早上吧，”布朗洛先生回答，“我想最好到时候我跟他单独谈谈。明天早上十点钟来找我，宝贝。”

“好的，先生。”奥利弗迟疑了一下回答道。格林维格先生那么凶地盯着他，叫他有点迷惑。

“我告诉你，”那位先生对布朗洛先生低语道，“他明天早上不会来找你的。我看他犹豫了一下。他在骗你，我的好朋友。”

“我发誓他没有。”布朗洛先生温和地回答。

“要是他没有，”格林维格先生说，“我就——”手杖敲了一记。

“我敢拿自己的命担保，那孩子说的是实话！”布朗洛先生说，敲了敲桌子。

“我敢用我的脑袋担保，那孩子在说谎！”格林维格先生回嘴，也敲了敲桌子。

“我们走着瞧！”布朗洛先生压着怒气说。

“走着瞧，”格林维格先生回答，挑衅地笑了笑，“走着瞧。”

仿佛命中注定一般，这时候，贝德文太太碰巧拿了一小包书进来，那是布朗洛先生那天早上在书摊贩那里买的，我们之前已经提到过那个人了。她把书放在桌上，准备离开。

“叫住那送书的孩子，贝德文太太！”布朗洛先生说，“有些东西要他带回去。”

“他已经走了，先生。”贝德文太太回答。

“把他叫回来，”布朗洛先生说，“很要紧。他是个穷人，这些书我还没付钱呢。还有些书也要让他拿回去。”

临街大门打开了。奥利弗往这个方向跑，女仆往另一个方向跑，贝德文太太站在台阶上，叫喊那个送书来的孩子；但一个人影也没有。奥利弗和女仆上气不接下气地跑回来，报告说哪里也没见着那孩子。

"天呐，我很遗憾，"布朗洛先生叫道，"我特别想把书今晚就送回去。"

"让奥利弗去送吧，"格林维格先生说，带着讽刺的笑容，"他一定会把它们安全送达，你知道的。"

"是的，先生，让我送回去吧，要是您愿意，"奥利弗说，"我一路跑着去，先生。"

老先生刚想说，奥利弗无论如何都不该出门，格林维格先生最恶毒的一声咳嗽让他决定就叫奥利弗去；这样，当孩子迅速完成任务，他也可以向格林维格证明他的怀疑是不公正的：至少这一次，而且立刻可以证明。

"你可以去，我的宝贝，"老先生说，"书在我书桌旁的椅子上。去拿下来。"

奥利弗很高兴自己能派上用场，飞速跑去把书夹胳膊底下拿下来了。他手里拿着帽子，等候一旁，聆听要让自己传递的消息。

"你要说，"布朗洛先生沉着地看了格林维格先生一眼，"你要说，你把这些书拿回来了；另外来还我欠他的四镑十先令。这是一张五镑的纸币，你应该带回来十先令找零。"

"我十分钟内就回来，先生。"奥利弗热切地说。他把钞票放进上衣口袋，扣好扣子，书小心翼翼地夹在胳膊底下，恭恭敬敬地鞠了一躬，走出了房间。贝德文太太跟着他到大门口，给了他很多指示，告诉他怎么走最近、书贩的名字、街道的名字等，奥利弗都回答自己明白了。老太太又添上很多嘱咐，路上当心不要感冒什么的，最后才终于放他走。

“看在他可爱脸蛋的份上！”老太太说，眼神还追随着他，“我真有点受不了让他到我看不见的地方去。”

这时，奥利弗快乐地扭头看了看，转过拐角前还点了点头。老太太微笑地回以致意，关上门，回到自己房间。

“要我说，他最多二十分钟就回来了，”布朗洛先生说，摘下自己的表，放在桌子上，“到时天就黑了。”

“哦，你还真指望他回来呀，是吗？”格林维格先生问道。

“你不是？”布朗洛先生微笑着问。

这一刻，格林维格的心里满是抬杠的念头，他朋友的自信笑容让它更强烈了。

“不，”他说，拳头重重敲了下桌子，“我不指望。这孩子，穿着一身新衣服，胳膊下夹着一套价值不菲的书籍，口袋里还揣着五英镑钞票。他会回到他的小偷朋友那里去的，还嘲笑你。要是这孩子回到这房子里来，我就吃了我的脑袋。”

说着，他拉过椅子靠近桌子。两个朋友就那样坐着，默默心怀期待，手表在他们中间。

为说明我们有多看重自己的判断，对自己所下的最轻率、最仓促的结论有多骄傲，当然必须指出，格林维格先生怎么说心眼都不坏，而且，尽管他看到自己敬重的朋友被愚弄，被欺骗，会由衷地感到难过，但他在这一刻也真的最为热切、最为强烈地希望，奥利弗·退斯特不要回来。

天已经黑了，表盘上的数字都看不太清了，但那两位老先生还是默默坐在那里，表放在两人中间。

第十五章　说说快乐老犹太和南茜小姐有多喜欢奥利弗·退斯特

小红花山最肮脏的地段有一家下等酒馆，那是个黑沉阴森的巢窝，冬天煤气灯一天到晚闪着光芒，夏天太阳光从来照不进来。一天，在它的昏暗店堂里，一个男人坐在那里，对着一个锡制小酒壶和一小杯酒沉思。他穿着平绒外套、浅褐色短裤、半筒靴和袜子，浑身散发着强烈的酒精气味，虽然光线那么昏暗，每个经验丰富的警察还是会一下子认出来，那正是威廉·赛克斯[1]先生。在他脚下，趴着一条白毛红眼的狗，它一会儿朝主人同时眨巴两眼，一会儿舔着嘴边一个大大的新鲜创口，那也许是最近哪次冲突的结果。

“安静点儿，你这个狗杂碎！安静！”赛克斯先生突然打破了沉默。到底是他的沉思让狗眨巴眼睛给吵到了，还是他的思考让他心烦意乱，需要踢一下不听话的畜生，才能平心静气，这一点还有待讨论。不过，不管是什么原因，结果就是他给了狗一脚，同时再骂了一句。

狗通常不会报复来自主人的伤害；但赛克斯先生的狗，脾气跟它的主人一样坏，而且，也可能它受伤了，心里很撮火，就一口咬住了一只半筒靴。它叼住靴子使劲晃了晃，然后咆哮

---

〔1〕 前文提到的是比尔·赛克斯，可能是因为连载的关系，作者忘记了。后文还有类似的情况，不再出注。

着退到长凳下，正好躲过了赛克斯先生朝它头上扔过来的锡壶。

“你还敢咬我，嗯？”赛克斯一手抓过拨火棍，另一只手故意摊开，上面是一把他从口袋里掏出来的折刀，“过来，你这个天生的恶鬼！到这儿来！听见没？”

狗自然是听见了，因为赛克斯先生极其刺耳的声音用了一个最刺耳的音调；但对自己喉咙上被抹一刀，它有某种无法解释的抗拒，所以它待在原来的地方，咆哮得比之前更凶了：像个野兽一样，牙齿还咬紧拨火棍一头。

这一反抗姿态只会让赛克斯先生更加生气；他趴在地上，对那只动物发起了猛烈的进攻。狗从右边跳到左边，又从左边跳到右边；咬啮，咆哮，狂吠；而男人又戳又捅，又打又骂；激战到了对双方来说都十分关键的时刻，门突然开了，狗立刻冲了出去，留下拿着拨火棍和折刀的比尔·赛克斯。

老话说，一个巴掌拍不响。赛克斯对狗跑了很失望，立刻将它在争吵中的角色交给了新来的人。

“我跟狗干架的当儿，你他妈的进来干嘛！”赛克斯无比凶狠地说。

“我哪知道呀？亲爱的，我哪知道？”费京谦恭地回答；新来的正是这位犹太人。

“不知道？你这个小胆儿贼！”赛克斯咆哮，“你没听见声音吗？”

“我这个大活人一点儿也没听见，比尔。”犹太人回答。

“哦是的，你啥也没听见，没有，”赛克斯冷笑了一声，恶狠狠地回嘴，“偷偷溜进溜出，这样就没人会听见你怎样进进出出的了！半分钟以前，费京，你是那条狗就好了。”

“为什么？”费京强笑着问。

“因为政府关心你这样的人，哪怕你们还没有癞皮狗一半儿的胆量，却不禁止人随意杀狗，”赛克斯回答，带着意味深长的表情合上了折刀，“这就是为什么。”

犹太人搓搓双手，在桌边坐下，笑了笑，假装对他朋友的幽默很开心。不过，他显然很不自在。

“一边儿笑去，”赛克斯说道，他把拨火棍放回原处，朝犹太人粗鲁轻蔑地打量了一番，“一边儿笑去。但你永远也没机会笑我，除非头上戴着那睡帽。[1]我在你上手，费京，而且，他妈的，我会一直在你上手。好了，要是我完蛋了，你也会完蛋；所以要好好对我。”

“好的，好的，我亲爱的，”犹太人说，“我都知道；我们——我们——有着共同利益，比尔——共同利益。”

“哼，”赛克斯说，就好像他觉着好处更多在犹太人那里，而不是他这边，“好了，你有什么要说的？”

“都安全通过坩埚了[2]，”费京回答，“这是你那份。比该得的多得多，我亲爱的；但我知道，下次你会好好回报我的，而且——”

“别废话了，”强盗不耐烦地打断，“在哪儿？给我！”

“好的，好的，比尔；给我点时间，给我点时间，”犹太人安慰道，“在这里！都安全着呢。”说着，他从胸口掏出一块旧

〔1〕原意是睡觉时戴的头套，帮助睡眠，这里指上绞架的人在绞刑之前蒙在脸上的头套。赛克斯的意思是除非费京要被处死，要死掉了。

〔2〕坩埚指融化银器的器具，表示赃物都销赃了，变成钱了。

棉帕子；打开一角系着的大大的结，拿出一个小小的棕色纸包。赛克斯一把从他手里抢过来，迫不及待地打开，接着清点起里面的金镑来。

“都在这里了，是吗？”赛克斯问。

“都在了。”犹太人回答。

“你中途没打开过纸包，私吞一两个金镑吧，有没有？”赛克斯疑心地问，“别对这问题一副受伤的表情，你这么干不下一次了。拉一下铃。”

这句是用大白话说出来的，传达了拉铃的命令。另一个犹太人应声而出，他比费京年轻，但一样面容邪恶，令人生厌。

比尔·赛克斯光是指了指空了的锡壶。那犹太人完全领会了这个暗示，又加满了。这之前他与费京交换了一个不同寻常的眼神，后者瞬间抬了抬眼，好像等着他的眼色似的，然后用摇了摇头作答；动作那么轻微，哪怕善于观察的第三者都难以察觉。赛克斯也没注意到，他正弯腰系好被狗扯开的鞋带。要是他注意到了这短暂的暗号交流，可能会觉得对他来说不是个好兆头。

“这儿有人在吗，巴尼？”费京垂着眼问，这时赛克斯已经抬起头来。

“一个也妹（没）[1]。”巴尼回答；这些话，不管走不走心，反正是从鼻子里出来的。

“没人？”费京问，语气很惊讶，也许意思是巴尼可以说实话。

---

〔1〕巴尼说话有口音。

“妹（没）人，只有南茜小界（姐）。”巴尼回答。

“南茜！”赛克斯叫道，“在哪儿？我要是不褒奖褒奖那姑娘，就打瞎我的眼，她真是有天赋！”

“她在酒馆里店（点）了一盘炖牛肉。”巴尼回答。

“叫她过来，”赛克斯说，倒了一杯酒，“叫她上这儿来。”

巴尼怯怯地看着费京，仿佛要征得许可；犹太人默不作声，眼睛都没有从地上抬起，巴尼便退了下去；一会儿他便回转来，领着南茜进门；南茜戴着软帽、围裙，拿着篮子和大门钥匙，一切齐全。

“你有线索了，是吗，南茜？”赛克斯问，把酒杯递过去。

“是的，有了，比尔。”姑娘回答，把酒一饮而尽，“累坏我了。那小孩病了，卧床不起；而且——”

“啊，南茜，亲爱的。”费京说着抬起了头。

犹太人的红眉毛皱成一团，深凹的眼睛眯成了一条缝。这是不是在警告南茜小姐说得太多了，并不重要。我们在此要留心的是事实——事实就是，她突然住嘴，朝赛克斯先生亲切地笑了笑，将话题转到别的事情上去了。聊了大概十分钟，费京突然一阵咳嗽，见此，南茜披上披肩，宣称该走了。赛克斯先生想起自己跟她有一小段路同路，便表示要陪她一起走；他们一起离开了，那只狗隔着一段距离跟在后面，一看不到主人就偷偷从后院溜走了。

赛克斯一离开店堂，犹太人的脑袋就从房门里探了出来，目送他走上黑黢黢的道路。他晃晃握紧的拳头，低声咒骂了几句，然后咧嘴笑了笑，样子令人毛骨悚然。然后，他重新在桌边坐下，不久就深深沉浸在《追捕逃犯》[1]的有趣文章里了。

那时候，奥利弗·退斯特正往书摊那儿去，根本没想到自己离快乐老先生那么近。他进入克拉肯威尔区，无意中转进一条小巷，那并不是他该走的路。等到发现自己错了，已经走了大半了，感觉这条小路方向是对的，他觉得不用掉头回去，便把书夹在胳膊下继续向前。

他一路走着，心想自己该有多快乐，多满足啊，他多愿意用这些快乐满足来换取看一眼可怜的小迪克，只要看一眼就好，他老是挨饿被打，这一刻兴许在哭呢；这时，有个年轻女人大叫一声，把他吓了一跳。“哦，我亲爱的弟弟！”还没来得及抬头看看发生了什么事，他已经被一双胳膊紧紧扣住了脖子，堵住了去路。

“别，”奥利弗哭道，挣扎着，“放开我。你是谁啊？拦住我干什么？”

对此，唯一的回答是年轻女人一连串的大声哀号；她手里拿着一只小篮子和一把门钥匙。

“哦，我的天啊！”年轻女人说，“我找到他了！哦，奥利弗！奥利弗！哦，你真是个淘气包，让我受了多大折磨呀！回家吧，亲爱的，回家。哦，我找到他了。感谢上帝仁慈，我找到他了！”伴随着语无伦次的惊叫，这位年轻女人又发出一阵哭喊，歇斯底里发作得厉害，正路过的几个女人便问一个屠夫的伙计，他是不是该跑去把医生叫来，这伙计头发上抹了牛脂，

〔1〕 警方出版的周刊，有关于伦敦案件的详细报道。

油光锃亮，也正在瞧热闹呢。他看上去虽不至于说懒惰，但也清闲得无所事事，不过他回答说没有必要。

“哦，不用，不用，不用担心，”年轻女人抓住奥利弗的手说，“我好多了。马上回家，你这个狠心的孩子！回家！”

“怎么回事？”其中一个女人问。

“哦，夫人，”年轻女人回答，“他离家出走啦，大概一个月前，从爹娘那里跑走啦，他们勤劳工作，受人尊敬；可他交了坏道，跟一群扒手混在一起；把他娘的心伤透啦。”

“小坏蛋！”一个女人说。

“回家去，你这个小畜生。”另一个说。

“我不是，”奥利弗回答，慌得要命，“我不认识她。我没有姐姐，也没有爹没有娘。我是个孤儿，我住在本顿维尔。”

“哦，听听他说的，好大的胆子，竟敢那么说！”年轻女人叫道。

“天啊，是南茜！”奥利弗叫道。他第一次看清她的脸，惊吓得后退一步。

“你们瞧，他认识我！”南茜叫道，向路人求助，“他就是管不住自己。你们都是好人，送他回家吧，不然他会把他亲爱的爹娘气死的，把我的心也弄碎了！”

“他妈的怎么回事？”有个男人从啤酒店里冲出来，白狗跟在脚后；“小奥利弗！回家看你可怜的娘去，你这狗崽子！这就回家！”

“我不是他们的人。我不认识他们。救命，救命！”奥利弗哭道，使劲要挣脱那男人强有力的怀抱。

“救命！”那男人重复，“是的，我会救你的命，你这个小流氓！”

“这些书是什么？你偷来的，是不？给我。”那男人说着从奥利弗手里抢过书来，还打了一下他脑袋。

“打得好！”阁楼窗户里瞧热闹的发出一声叫喊，“要敲醒他就只有这法子！”

“可不是！”一脸睡意朦胧的木匠叫道，对阁楼窗户投去赞同的一瞥。

“那是为他好！”两个女人说。

“他就该打！”男人回答，揪住奥利弗的衣领，又揍了他一下，“来吧，你这个小恶棍！你，牛眼[1]，盯着他，孩子！盯着他！”

奥利弗大病初愈，还很虚弱，又被一连串的突然袭击惊呆了，恶狗的狂吠、男人的残暴也让他害怕，连旁观者都相信，他就是被形容的那样，真的是个硬心肠的小坏蛋，这个可怜孩子还能做啥！夜色降临，这里是个低等粗俗的街区，反抗是没有用的。下一刻他就被拖进了黑暗狭窄的小巷构成的迷宫，被他们逼着往前走，只敢稍微哭叫几声，根本听不清叫的是什么。事实上，听不听得清也没什么关系，哪怕听得明明白白，也根本没人在乎。

煤油街灯已经亮起，贝德文太太在敞开的门口焦急地等待。仆人去街上来回跑了二十遍，寻找奥利弗的影子，那两位老先生还是坚定地坐在黑暗的客厅，表放在两人中间。

---

〔1〕 狗的名字。

第十六章　奥利弗·退斯特被南茜申领回去后的情形

那些狭窄的街道和小巷，最后通向了一个宽敞的地方，那里稀稀落落有几个兽圈，还有其他一些迹象，表明这是牲口市场。快到的时候，赛克斯放慢了脚步，之前走得太快，那个姑娘实在是走不动了。他转过身来，粗暴地要奥利弗握住南茜的手。

“听见没？”见奥利弗犹豫了一下，四下张望，赛克斯低吼道。

那是一个黑暗的角落，根本见不到行人。奥利弗太明白反抗是没有用的。他伸出手，南茜立刻牢牢抓住。

“另一只手给我。”赛克斯说，抓住他闲着的那只手。“过来，牛眼！”

那条狗仰头看了看，咆哮了一声。

“看这里，宝贝！”赛克斯说，另一只手放在奥利弗的喉咙上，“要是他发出一点声音，就咬这里！明白了吗！”

狗又吠了一声；舔了舔嘴唇，它看着奥利弗，恨不得立刻咬住他的喉咙。

“它真的跟基督徒一样听话，要是我说错了，就瞎了我的眼！”赛克斯说，朝那只动物投去冷酷而残忍的赞许目光。“好了，你知道等着你的是什么了，先生，所以尽管喊吧；狗会立刻让你玩完的。跟上，小子！”

牛眼摇摇尾巴，主人言辞的亲切态度真是不同寻常，它对此表示感谢；然后，它又冲奥利弗叫了一声，表示警告；接着便跑起来，在前面领路。

他们穿过的空地，可能是牲畜市场史密斯菲尔德，尽管也有可能是格罗夫纳广场[1]，反正奥利弗都不晓得。夜色暗黑，雾气浓重。商铺的灯光几乎无法穿透浓雾，它每一刻都在变得更厚浊，将房屋和街道都笼罩在昏暗中，让这个陌生的地方在奥利弗眼里显得更加奇怪，他的心情忐忑不安，越来越低落，越来越沮丧。

他们快走了几步，就听见教堂的钟声开始报时。敲响第一声时，那两个领路的停了下来，回头朝声音传来的方向望去。

“八点了，比尔。”钟声停后，南茜说。

“用不着告诉我，我听得见，不是吗！”赛克斯回答。

“我是想他们听得见不？”南茜说。

“他们当然听得见。”赛克斯回答，“我进铺子[2]的时候，是巴尔多禄茂节[3]，市场里最便宜的喇叭声我都听得见。晚上被关起来后，外面的吵闹显得这座吓人的老牢[4]一点动静也没有，我简直想把自己的脑袋往铁门上撞。”

“可怜的家伙。”南茜说，脸还朝着钟声敲响的方向，“哦，比尔，都是些多好的年轻人！”

“是啊，你们女人就想着这些，”赛克斯回答，“多好的年轻人！嗯，他们跟死人一样好，所以也就那么回事。”

---

〔1〕 史密斯菲尔德在伦敦城东北郊，主要是牲口市场；格罗夫纳广场是东伦敦著名的上流阶层居住区。

〔2〕 指被关进牢里。

〔3〕 圣巴尔多禄茂是耶稣十二使徒之一，纪念他的斋日是每年 8 月 24 日。

〔4〕 老牢，即老贝利街和纽盖特街路口的纽盖特监狱。

说是安慰话，但赛克斯看起来在极力压抑内心升腾的妒火，他把奥利弗的手腕抓得更紧了，叫他继续往前。

“等等，”姑娘说，“要是下一次钟八点敲响的时候，比尔，是你走出来被绞死，那我可不着急赶路了。我会绕着这地方一圈圈地走，直到我倒下，就算地上有雪，就算我没有披巾挡风。”

“那样做有什么好处？”赛克斯无动于衷，问道，“除非你可以把一个锉刀，还有二十码长的上好钢绳，投进来给我，不然，你是走开五十英里远，还是根本就不挪窝，都跟我没啥关系。走吧，别站在那里絮絮叨叨说教了。”

姑娘大笑起来，把披巾裹得更紧了。他们继续赶路，但奥利弗觉着她的手在颤抖，路过煤气街灯的时候，他抬头看了她一眼，发现她的脸如死灰一样白。

他们继续走了整整半个钟头，挑的都是僻静肮脏的小道，很少遇上人，就算遇上，从那些人的样子来看，社会地位也跟赛克斯一样。最后，他们终于转进了一条极其肮脏狭小的街道，几乎全是旧衣铺子。狗在前面叫着，好像意识到不用它再警戒了，便停在一家铺子门口。铺子大门紧闭，显然无人居住，房子破败得很，门上钉着块木板，上面写着“求租”，看着像挂在那里好多年了。

“行了。”赛克斯喊道，小心地四处看看。

南茜在百叶窗下蹲下来，奥利弗听见一声铃响。他们跑到街对面，在路灯下站了会儿。忽然屋内一阵声响，好像是推窗被轻轻抬起，不一会儿，门就静静地开了。赛克斯先生一点也不客气，一把抓住吓坏了的孩子的衣领，三个人飞速进了屋。

通道一片漆黑。他们站在那里，等让他们进来的那人合上门链，插上门闩。

“有人在吗？”赛克斯问。

“没人。”那个人回答，奥利弗觉得以前听到过这声音。

“老家伙在吗？”强盗又问。

“在，”那个人回答，“一直在唉声叹气。他会高兴见到你？哦，不会的！”

这一回答的风格，还有说出来的声音，奥利弗听着很熟悉，但周围黑黢黢的，他连说话人的样子都看不清。

“来点火，”赛克斯说，“不然我们要么会摔断脖子，要么踩到狗。要是踩到狗，你就小心你的腿吧！”

“那站着别动，我去给你们找个火。”那声音回答。可以听见说话人的脚步渐渐走远，过了一会儿，约翰·道金斯先生，也即妙手空空儿的身影出现了。他右手拿了一支蜡烛，底头插在裂开的木棍上。

他认出了奥利弗，但只是诙谐地一笑，并没有做出其他任何表示，只是转过身召唤访客跟他走下几级台阶。他们穿过一个空荡荡的厨房，来到一个大概建在后院里、散发着泥土气味的低矮房间前。门打开后，一阵笑声迎面而来。

“哦，天呐，天呐，”查理·贝茨小主叫道，爆发出一连串的笑声，“是他啊！哦天呐，是他啊！哦，费京，瞧瞧他！费京，快来瞧瞧这个人！我受不了了，这游戏太开心了，真笑死我了。来人，扶住我，我笑得站不住了。”

这一通欢笑克制不住地喷薄而出，让贝茨小主索性躺倒在地：他乐不可支，双足乱蹬了五分钟。然后又一下子跳起来，从空空儿手里抢过蜡烛，走到奥利弗跟前，一遍遍绕着他看，而那个犹太人，摘下了睡帽，朝这个困惑不已的孩子深深鞠了好多躬。天性阴沉的空空儿，从不丢开工作去嬉闹玩乐，这会儿认认真真地掏空了奥利弗的口袋。

“看他的衣服，费京！”查理说道。他把蜡烛举得那么近，差一点就把奥利弗给点着了。“看他的衣服！上好的布料，顶级的剪裁！哦，我的天呐，真棒啊！还有他的书！完完全全是个绅士了啊，费京！”

“你看着很不错，我的宝贝，这真令人高兴，”犹太人说道，他带着嘲弄的谦卑，又鞠了一躬，“空空儿会再给你一身，我的宝贝，怕你把礼拜日才穿的衣服给搞脏了。你为啥不写封信，宝贝，告诉我们你要来？我们会准备热乎的晚饭。”

听到这话，贝茨又笑起来，声音那么大，费京放松下来，连空空儿也展开笑容，不过，就在那时，空空儿搜出了那张五英镑钞票，所以，不知道是不是这一发现才唤醒了他的喜悦。

“喂，那是啥？”赛克斯问，他见犹太人抓过钞票，便上前一步，“那是我的，费京。”

“不，不，我亲爱的，”犹太人说，“我的，比尔，是我的。书可以归你。”

“它怎么不是我的！”比尔·赛克斯说，坚定地戴上了帽子，“那是我和南茜的；不然我就把孩子送回去了。”

犹太人吓了一跳。奥利弗也吓了一跳，尽管原因很不相同，他希望吵到末了也许他就真的被送回去了。

“好了！给我，给不给？”赛克斯问。

“这太不公平，比尔；真不公平，是吧，南茜？”犹太人问。

“什么公不公平，”赛克斯回嘴，“给我，我告诉你！你以为我和南茜就没别的事情可干了？宝贵时间都花在到处打探上，就为了把孩子再弄回来，他们都是因为你才被逮住的。这就把钞票给我，你这个贪得无厌的老骷髅，这就给我！”

借着这一温柔的规劝，赛克斯先生从犹太人的食指和大拇指间一把把钱夺了过来。他冷静地迎面对着老头，把它折小了，塞进围巾里。

“那是我们一番折腾应得的份，”赛克斯说，“而且连一半都不够。你可以留着书，假如你爱看书的话——不然就把它卖了。”

“它们真精美，”查理·贝茨做出各种鬼脸，装出正在看其中一本的样子，说道，“写得真好，不是吗，奥利弗？”看到奥利弗向折磨他的人投去惊慌害怕的目光，天性充满幽默感的贝茨小主又大笑起来，来势比之前那次更猛。

“它们是那位老先生的，”奥利弗拧着手说，“是那位可敬、仁慈的老先生的，他带我回家，让人照顾我，我发高烧差点死掉了。哦，请把那些书送回去吧，把书和钱还给他。把我留下，一辈子都行，但请你们，请你们把书和钱还回去。不然他觉得是我偷了书，还有那位老夫人，他们都对我那么好，会以为我把书偷走了。哦，可怜可怜我，送回去吧！”

奥利弗的满腔悲痛，化为这些话语，他跪在犹太人脚下，双手合十拼命哀求。

“孩子说的对，”费京说道，偷偷摸摸地四下看看，蓬松的眉毛拧成一个大结，“你说的对，奥利弗，说的对；他们会觉得是你偷了它们。哈哈！”犹太人吃吃地笑道，摩挲着双手，“要是我们自己出手，也不见得会更好！”

“当然不会，”赛克斯回答，“我一见他从克拉肯威尔过来，书夹在胳膊底下，就知道了。真是再好不过了。他们心软，只会唱圣歌，不然根本不会带他回家。他们不会再问起他了，问来问去又得提出指控，让他再被抓起来。这下他安全了。”

他们说话的时候，奥利弗看看这个，又看看另一个，好像迷惑不解，不明白发生了什么；但是，赛克斯一说完，他就突然跳起来，从房间夺路而逃，同时尖叫救命，空荡荡的老房子从地上到天花板都回荡着叫声。

“别让狗跑，比尔！”南茜叫着跑到门前，关上，犹太人和他的两个学徒已经冲出去追了，“别让狗跑，它会把那孩子撕成碎片的。”

“那就对了！”赛克斯叫道，使劲从姑娘抓住他的手里挣脱出来，“站开，别靠近我，不然我把你脑袋往墙上撞碎啰。”

“我不在乎，比尔，我不在乎，”姑娘尖叫道，更使劲地跟那男人扭打在一起，“那孩子绝不能让狗咬死，除非你先杀了我。”

“它不能吗？”赛克斯说，牙齿咬得咯咯直响，“你要不松手，我就马上那么做。”

这强盗把姑娘一下子扔到房间那一头，这时，犹太人和那两个孩子回来了，奥利弗被架在中间。

“这里怎么回事？”费京四处看看，说。

“恐怕这姑娘疯了。”赛克斯凶狠地说。

“没，她没疯，”南茜说，这场扭打让她脸色苍白，气喘吁吁，“不，她没疯，费京；想也别想。”

“那就安生点儿，行吗？”犹太人说道，一副威吓的表情。

“不，我偏不，”南茜回答得很大声，“嘿，你又能拿我怎么办？”

费京很熟悉南茜那类人，了解她们的风格习性，他相当确信，目前，再跟她说下去很不安全。为了分散同伙的注意力，他转向奥利弗。

“你想逃走，是吗，我的宝贝？”犹太人说着，抄起火炉一角放着的一根凹凸不平、满是树瘤的棍子，“嗯？”

奥利弗没应声。但他盯着犹太人的举动，呼吸急促。

“你想有人帮你，要叫警察，是吧？”犹太人冷笑一声，抓住孩子的胳膊，“我们要治治你这个毛病，我的小少爷。”

犹太人用棍子狠狠揍了一下奥利弗的肩膀。刚想揍第二下，那个姑娘冲过来，一把从他手里夺走木棍，扔进火炉，力道那么大，一些燃烧的煤块被溅了出来，在房间地上打转。

“我不能由着你们这么干，费京，”姑娘嚷道，“你已经找着这孩子了，还要怎么样？放过他——放过他——不然我给你们几个盖上戳[1]，我也提前上绞架。”

姑娘使劲跺脚，发出这通威胁。她双唇紧闭，双拳紧握，轮番看着犹太人和另一个强盗，因为怒火上涌，脸都气白了。

“哎呀，南茜！”犹太人好声好气地说道。他停顿了一下，和赛克斯先生不安地互望一眼，“你——你今晚最机灵了。哈！哈！我的宝贝，你今晚戏演得真棒。”

“是吗！”姑娘说，“那要小心我别演过了。要是那样，费

〔1〕 指去报警。

京，你可不落好，所以我告诉你，别惹毛我。”

这个被激怒的女人身上的确有什么东西，没有几个男人想去招惹：尤其是她的强烈情感之上，又增添了一份不计后果的冲动与绝望。犹太人发现，南茜小姐此刻怒火之旺，没法子再糊弄过去，所以不情不愿地后退了几步，朝赛克斯半是恳求半是胆怯地瞥了一眼，似乎暗示赛克斯是继续这场对话的最佳人选。

面对这一无声的求助，赛克斯先生也许觉着，要是不能立刻让南茜小姐恢复理智，他的个人风采和魅力将会受到影响，于是便发出一连串的咒骂和威胁，它们滔滔不绝地从他口中快速喷出，大大证明了他词汇发明的丰沃多产。可是，这些话语对攻击目标并没有可见的效果，他就只好求助于更切实更有形的论证了。

“你说这话啥意思？”赛克斯问。这一询问伴随着一个非常常见的诅咒，事关人类五官最美的一处[1]，要是凡间的这个诅咒五万次里有一次被老天听见了，就会让眼瞎跟麻疹一样寻常。“你这话啥意思？妈的！你晓得自己是谁？是什么东西？”[2]

“哦，是，我很知道自己是谁。”姑娘歇斯底里地笑道。她来回摇晃着头，勉强装着毫不在乎的样子。

“那么好，给我安静些，”赛克斯像平常跟狗说话那样吼道，“不然，我会让你好长时间出不了声。”

---

〔1〕应该是“瞎了你的狗眼”之类的谩骂。

〔2〕这里赛克斯暗示她不过是个妓女。

姑娘又笑了，看上去比之前更激动；她匆匆瞥了赛克斯一眼，头扭到一边，嘴唇咬到出血。

“你真不错，”赛克斯又说，轻蔑地扫了她一眼，“要做仁慈温柔的上等人呢！孩子，你管他叫孩子，真是他要交的好朋友！”

“万能的上帝啊，帮帮我，我还就是了！”姑娘激昂地喊道，“我真希望，我把他领到这里之前，就已经被打死在街上，或者跟今天晚上我们擦肩而过的那些个人换个位置！从今往后，他就是个小偷、一个撒谎精、一个魔鬼，一个要多坏有多坏的坏蛋了。老混蛋，这样还不够吗？非得挨顿揍才够吗？”

“好了，好了，赛克斯。”犹太人用一种责备的语气对他说道。他朝那些孩子走去，他们十分紧张地留心着发生的一切，“说话要文明，要客气，比尔。”

“文明！”姑娘又喊道，她激动得让人害怕，“文明，你们这伙无赖！是啊，你们该对我这么说话。我还没有这孩子一半大，就替你们偷东西了！”她指着奥利弗。“我干这一行，做同样的事情，已经十二年了！你们不知道吗？说出来呀！你们不知道吗？”

“好了，好了，”犹太人试图缓和气氛，“就算是这样，也是你的生计！”

“啊，是啊！”姑娘回嘴，她不是在说话，而是用一连串的猛烈尖叫，把话一股脑儿倒出来，“是我的生计，又冷又湿又脏的街是我的家，你们是老早老早就把我赶到街上的混蛋，让我一直待在那里，从早到晚，从日到夜，直到我死！”

“我要不客气了！”犹太人打断，申斥道，“你再多说一句，我就要比你说的更不客气了！”

姑娘不再开口，但她一边怒不可遏地扯着自己的头发和裙子，一边猛地冲向犹太人，要不是说时迟那时快，赛克斯一把抓住她的手腕，她就会在犹太人身上留下自己的复仇印记。她徒劳无益地挣扎了几下，昏了过去。

“总算太平了，”赛克斯说道，把她在角落里放平，“她冲过来的时候，胳膊可真有力气，真是不同寻常。”

犹太人擦擦脑门，笑了笑，好像总算麻烦结束了，松了口气。但是不管是他，还是赛克斯，不管是狗，还是那些孩子，都觉得这不过是平平常常的偶发事件而已。

“跟女人打交道最令人讨厌，”犹太人说道，放回棍子，“但她们很机灵，我们这一行，不能没有她们。查理，带奥利弗上床去。”

“我想，他明天最好别穿那身漂亮衣服，费京，是不是？”查理·贝茨问。

“当然不行！”犹太人回答，对提出这个问题的查理回以一笑。

贝茨小主显然对安排的任务非常高兴，他拿起那根裂开的木棍，领着奥利弗去了隔壁的厨房，那里有两三张床铺，有一张是奥利弗之前睡过的。在那里，他又忍不住爆发一串大笑，一边拿出一套旧衣服，正是奥利弗在布朗洛先生家庆幸可以扔掉的那套，买走它们的犹太人碰巧给费京看了，费京才得到奥利弗下落的第一条线索。

“脱下那些时髦衣服，”查理说，“我会交给费京看管的。太好玩了！”

可怜的奥利弗不情愿地照办了。贝茨小主把新衣服卷起来夹在胳膊下，离开房间锁上了门，留下奥利弗在黑暗里。

查理聒噪的笑声、贝琪小姐的叫声（她刚好过来，可以给朋友脸上泼点凉水，另外用些女人的法子让她苏醒），可能会让许多身处更快乐情形里的人辗转难眠，但奥利弗既不舒服，又疲惫不堪，便很快沉沉睡去。

第十七章 奥利弗继续走霉运，招一位大人物来伦敦损害他的名誉

所有优秀的谋杀案情节剧，总是习惯有规律地交替出现悲剧场景和喜剧场景，就像五花熏咸肉一层红一层白一样。主人公不堪枷锁和不幸的重负，倒在稻草床褥上，下一幕，他那忠实而不开窍的仆人，却给观众唱了一首滑稽的歌，令观众开怀。女主人公落入一个自负无情的男爵手心，贞操和生命都危在旦夕，她抽出匕首，决定牺牲一样来保住另一样；正当我们的神经紧张到极点，激动得胸脯一起一伏，一声口哨，我们被直接带到了城堡的大厅，那里，一位头发灰白的总管，在领唱一首滑稽的歌曲，合唱的，是一群更为滑稽的家臣，他们从各种各样的地方跑出来，有教堂穹顶，有王宫圣殿，结伴成群地漫步，永无休止地欢唱。

这种转折很突兀，但乍看起来并没有那么不可思议。在现实生活中，从精美盛宴一变而为临终之榻，从哀悼丧服一变而为度假便装，同样令人惊讶；只是，在真实生活里，我们是忙碌的演员，而不是被动的看客，这有着天壤之别。模仿生活的戏剧里，那些演员对于剧烈的变化、情感激情的喷薄冲动已经麻木，而这些展现观众眼前，就立刻被斥为荒谬可笑。

很长时间以来，场景的突然转变、时空的快速切换，不仅在书本里得到许可，而且，很多人也认为这是作家的伟大技艺。这类评论家认为，作家的技巧如何，主要就取决于他在每章末尾，让笔下人物处于何种困境。或许有人觉得，对眼下这本书

来说，这一简短介绍并不必要，要是这样，就把它当作传记作家的微妙暗示吧，这位传记作家要回到奥利弗出生的小镇。读者理所当然认为，他跑这一趟，肯定有充分而实际的理由，不然他不会应邀开始这样一段远行的。

本博先生一大早就从济贫院门口出来，器宇轩昂，威风凛凛地走上了主街。身为干事，他风头正健，骄傲自得，三角帽和外套在早晨的阳光下熠熠发光。紧握手杖、劲头十足、气色颇佳的本博先生总爱把头扬得高高的，但今儿早上，它昂得格外高。他的眼神有点飘忽，显得心不在焉，可气势却很足，也许在警告那些善于观察的陌生人，干事脑袋里正在想事情，事情非常重要，不能说。

本博先生一路走着，几个小店主什么的恭恭敬敬地跟他搭话，但他顾不得停下来交谈，仅仅挥挥手作为回礼。然后他一直没有放缓尊贵的脚步，一口气走到曼太太的农场，曼太太受教区委托，在那里照顾贫儿。

“他妈的干事！”曼太太听到摇晃院门的熟悉声音，骂了一句，“一大早的又是他！哎呀，本博先生，想想就是您来了！哎呀，天呐，真让人高兴，这真是！快进客厅里来，先生，请进。”

第一句话是对苏珊说的；后面快乐的惊叫，是给本博先生的。这位好心太太打开花园门，带着极大的尊敬与小心，领他进了屋子。

“曼太太，”本博先生说道，他没有像那些自大而鲁莽的普通人那样，一屁股就坐下来，或随身子掉进位子里，而是慢慢地坐到椅子上，“曼太太，夫人，早上好。”

“啊，您也早上好，先生，”曼太太回答，脸上堆满了笑，“想来您身体不错，先生！”

“也就那样，曼太太，”干事回答，“教区生活可不是鸟语花香啊，曼太太。”

“是啊，真不是呢，本博先生。”女士回答。要是那些贫儿听见了，也许会彬彬有礼地齐声应和呢。

“教区生活，夫人，”本博先生的手杖敲着桌子，继续说道，“就是烦恼、焦虑和艰难；但我得说，所有公众人物，都得经历对簿公堂。”

曼太太不是太明白干事的意思，但还是抬抬手，同情地看着他，叹了口气。

“唉，你还真该叹气，曼太太！”干事说。

发现自己做对了，曼太太又叹了口气，很显然是为了让那位公众人物满意，而那个人，强压住沾沾自喜的笑容，严肃地看着自己的三角帽，说道：

“曼太太，我得去一趟伦敦。”

“啊，本博先生！”曼太太后退一步，惊叫道。

“去伦敦，夫人，”不知变通的干事继续说道，“坐马车去。带着两个贫民。曼太太！有件法律官司，关于地产[1]的，就要开庭了；理事会指定我——是我，曼太太——去克拉肯威尔地方法庭[2]处理这件事情。而我，很怀疑，”本博先生又补充道，

〔1〕当时，政府要求教区为在济贫院外的受济贫民建设“居住区”，但关于住地的条款相当复杂，引发了不少地产纠纷。

〔2〕英国法庭每季度开审，也称季审法院。

身子往前一靠，“克拉肯威尔法庭能不能在跟我理论之前，发现是自己搞错了。”

“哦，您不能对他们太凶，先生。”曼太太巧言道。

“那是克拉肯威尔法庭自找的，夫人，”本博先生回答，“要是克拉肯威尔法庭发现最后收不了场，那只好谢谢他们自己。”

本博先生说出这些话的时候，一副霸气冲天的样子，看上去心意已决，志在必得，曼太太显得颇为敬佩。最后，她说道：“你们坐马车去，先生？通常都是大车送贫民去。”

“那是他们病了的时候，曼太太，”干事说，“下雨季节，我们把生病的贫民安顿在敞篷大车里，以防他们感冒。”

“哦！”曼太太说。

“返回伦敦的马车答应让这两人搭车，车票也很便宜，”本博先生说道，“他俩的状况都很不妙，我们发现，把他们送走，比埋了他们还要便宜两镑呢，要是可以把他们扔到另一个教区里。我觉得这样可行，要是他们没半路死掉为难我们的话。哈哈哈！”

本博先生笑了一会儿，眼睛再次瞅见三角帽，又严肃起来。

“我们把正事儿忘了，夫人，”干事说，“这是你这个月的教区津贴。”

本博先生从钱包里拿出一些卷在纸里的银币，让曼太太写了张收据。

“收据弄脏了，先生，”贫儿养育人说道，“不过我敢说足够正规。谢谢您，本博先生，非常感谢您，先生，我很感激。”

本博先生温和地点点头，接受了曼太太的屈膝致敬，然后问起孩子们在哪儿。

“老天保佑我的那些小心肝儿！”曼太太激动地说道，“他们好得很，那些宝贝。当然，除了有俩上礼拜死掉了。还有小迪克。”

“那孩子没一点好转？”本博先生问道。

曼太太摇摇头。

“他是个心术不正、品行不端、脾气很坏的教区孩子，”本博先生生气地说道，“他在哪儿？”

“我马上把他带过来，先生，”曼太太答道，“过来，迪克！”

叫了好几声，才找到迪克。他的脸给放到水泵下洗了洗，又用曼太太的长袍擦干，然后领到令人生畏的干事本博先生面前。

孩子苍白瘦弱，双颊凹陷，显得眼睛又大又亮。原本紧巴巴的教区衣服，那套贫儿的制服，松松垮垮地罩在他虚弱的身子上，年幼的四肢，就像老人一样，已经萎缩了。

这个小人儿，在本博先生的注视下，站着瑟瑟发抖，视线不敢从地板上抬起来，甚至听见干事的声音都心惊肉跳。

“能看着这位先生吗，你这个犟孩子？”曼太太说道。

孩子温顺地抬了抬眼，碰上了本博先生的眼神。

“你咋回事，教区娃迪克？”本博先生抓住时机，幽默地问道。

“没什么，先生。”孩子虚弱地回答。

“我想也没什么，”曼太太答道，刚才，她对本博先生的幽默，会心地笑得很大声，“你什么也不需要，我敢肯定。”

“我想要——”孩子吞吞吐吐。

“嘿！”曼太太打断，“我想你是要说，你现在想要些什么？

天呐，你这个小坏蛋——”

“等等，曼太太，等等！”干事说道，手扬起来以显示权威，“这位先生想要什么，嗯？”

“我想要，”孩子结结巴巴地说，“要是有谁能写字儿，可不可以在纸上给我写点儿话，然后折起来封好，等我躺在地下的时候，把它放在我身边。”

“天呐，这孩子说啥呀，”干事叫道，孩子那副热切的样子和苍白的面容让他有点触动，他本来对这些已经习以为常，“你说的是什么意思，先生？”

“我想要，”孩子说道，“把我的爱，留给奥利弗·退斯特，让他知道，我常常自个儿坐着，哭着想，他在黑乎乎的晚上到处跑，也没个人帮他。我想要告诉他，”孩子的小手握在一起，炽热地说道，“我很高兴自个儿年纪小小就死了；因为，要是我长成大人，变老了，我在天堂的小妹妹大概会把我忘了，或长得不像我了；要是我们一起在那里，都还是孩子，会开心好多。”

本博先生从头到脚审视了一番这个说话的小人儿，震惊得难以形容，他转向同伴，说道：“他们都一个样子，曼太太。那个无法无天的奥利弗把他们全都带坏了！”

“我真不敢相信，先生，”曼太太举起手，恶狠狠地看着迪克，说道，“我从来没见过这么狠心的小坏蛋！”

“把他带走，夫人，”本博先生专横地说道，“这必须得上报理事会，曼太太。”

“我希望理事们能理解，这不是我的错呀，是吧，先生？”曼太太可怜地呜咽。

“他们会理解的，夫人，他们会知道事情到底是什么样，”

本博先生说道，“好了，把他带走，我看不下去了。”

迪克立刻被带走了，锁进了煤窖。不一会儿，本博先生也告辞，打点行装去了。

第二天早上六点钟，本博先生登上马车的外车厢顶座，三角帽换成一顶圆帽，一件带披风的蓝色厚大衣裹住他的身体，还有两个有居住纠纷的犯人陪在一边，及时抵达了伦敦。一路上，他没碰到什么其他让人生气的事儿，除了那两个贫民行为乖张，一直在发抖，抱怨太冷以外。本博先生声称，他们这样子让他的牙齿都在脑袋里打架，尽管他穿着厚大衣，还是感觉很不舒服。

晚上，将那两个心地邪恶之徒安顿好后，本博先生在马车停靠的驿站坐下来，吃了一份恰如其分的晚餐，有蚝油牛排和波特啤酒。之后，他把一杯掺水的热杜松子酒放在壁炉架上，拉过一把椅子，靠近火炉，想到如今到处是太不知足、怨气冲天的人，他心中充满了义愤，脑子里对这种罪孽进行了各种各样的反思，然后才静下心来开始看报纸。

下面这则启事，第一段就让本博先生的目光停住了。

悬赏五基尼

男童奥利弗·退斯特，上周四晚从本顿维尔家里逃走，或被诱拐，至今杳无音信。任何人能提供消息，帮助找到上述奥利弗·退斯特，或能告知他以往经历，将得到所述赏金。发布这则启事者，出于种种原因，对男童来历极感兴趣。

然后是对奥利弗衣装、身材、样貌和失踪情形的完整描述，署上了布朗洛先生的全名与详细地址。

本博先生眼睛瞪得老大，慢腾腾地、仔仔细细地读了好几遍，不出五分钟，他已经在去往本顿维尔的路上了，激动之下，那杯热乎乎的杜松子酒动都没动。

“布朗洛先生在家吗？”本博先生问开门的女仆。

对此询问，女仆的回答并不稀奇，但相当闪烁其词，“我不知道，你从哪儿来？”

本博先生刚道出奥利弗的名字，解释了他出公差的缘由，正在客厅里侧耳聆听的贝德文太太，马上气喘吁吁地跑到了门厅。

“进来，进来，”老太太说，“我就知道能打听到他。可怜的宝贝！我就知道我们能打听到！我很肯定。老天保佑他！我一直这么说。”

说完，可敬的老太太又匆匆跑回客厅，在沙发上坐下，哭了起来。那个女仆没那么容易动情，刚才跑上楼去通报了，现在回来递话说，请本博先生立刻随她上楼，后者照办了。

他被领进一间小书房，里面坐着布朗洛先生和他的朋友格林维格先生，面前摆着醒酒器和酒杯。一见本博先生，格林维格先生立刻叫道：

“一位干事。这是教区干事，不然我吃了我的脑袋。”

“这会儿请别打岔。”布朗洛先生说道，“请坐，好吗？”

本博先生坐了下来，格林维格先生的古怪样子让他极为困惑。布朗洛先生挪过灯来，好好打量了一番干事的面容，然后，有点儿焦急地说道：“嗯，先生，您是看到了那则启事才来的？”

“是的，先生。”本博先生说道。

“您是位干事，是吗？”格林维格先生问。

“我是教区干事，先生们。”本博先生得意地回答。

“当然，”格林维格先生对他的朋友说道，“我就知道他是。整个儿样子就是个干事。”

布朗洛先生温和地摇头，让朋友安静，然后继续说道：“您知道这个可怜孩子现在在哪儿吗？”

“一点儿也不比别人知道得多。”本博先生回答。

“那好，什么是您知道的？”老先生问，“说吧，朋友，要是您有话要说。您是知道他的什么情况？”

“你该不会碰巧知道他的什么好事吧，是不是？”格林维格先生仔细研究过本博先生的脸色后，挖苦道。

本博先生立刻明白了这句问话的含义，带着不祥的严肃，摇了摇头。

“看见了吧？”格林维格先生得意扬扬地看了布朗洛先生一眼。

布朗洛先生忧心忡忡地看了看愁眉苦脸的本博先生，让他尽可能简要地说说自己了解的奥利弗的情况。

本博先生放下帽子，解开外套，叉起胳膊，侧着头做出回忆的样子，然后，想了几分钟，开始讲述。

要是把干事说的写出来，那会相当枯燥冗长，他说了有二十来分钟，但概括起来就是，奥利弗是个弃儿，父母出身下贱，品性恶毒。他打生下来就一副背信弃义、忘恩负义、心眼恶毒的表现。有天，他残暴而又怯懦地攻击一个人畜无害的孩子，当天夜里就从师傅家跑掉了，结束了他在出生地的短暂生涯。为了证明自己的身份属实，本博先生把随身带来的文件放在桌上，然后叉起胳膊，等着布朗洛先生查看。

“我恐怕这都是真的，”老先生看完后，痛心地说道，“您带来的消息，五个基尼不算多，可要是曾对那个孩子有好处，我会很高兴给您三倍赏金。”

要是在这次访谈早些时候，本博先生就获知了这一信息，他很可能会赋予自己讲述的小故事完全不同的色彩。但现在为时已晚，所以，他相当严肃地摇摇头，把五基尼放进口袋，告辞了。

布朗洛先生在房间里来回踱了几分钟，很显然，干事说的让他心烦意乱，连格林维格先生都克制着不去惹他。

终于，他停下脚步，使劲摇铃。

“贝德文太太，”管家来了后，布朗洛先生说道，“那个孩子，奥利弗，是个冒牌货。”

“不可能，先生，不可能。”老太太极力否定。

“我告诉你他是，”老先生反驳，“你说不可能什么意思？我们刚刚听说了从他生下来到现在的详细情形，他就是个彻头彻尾的小恶棍，一直都是。”

“我永远也不会相信，先生，”老太太坚定地回答，“永远也不会！”

“你这位老太太，除了江湖郎中和骗人的故事书，什么也不信，”格林维格先生嚷道，“我一直就知道。一开始你为啥不听我的，我想，要是他没发高烧，你也许听得进，嗯？他很招人疼，不是吗？招人疼！哼！”格林维格先生夸张地拨了拨火炉里的火。

“他是个小宝贝，懂事的、温柔的孩子，先生，”贝德文太太愤愤地回道，“我晓得孩子是什么样子，先生；这方面我有四十几年的经验，没有我这么长时间经验的人，不该对他们说三道四。这就是我的意思！”

这话对格林维格先生是个沉重的打击，他还是个单身汉。见他勉强挤出个笑容，没有别的反应，老太太甩了甩头，理了理围裙，准备开始另一场演说，不过被布朗洛先生止住了。

“安静！”老先生装出生气的样子，其实完全没有，“别再让我听见那孩子的名字。我摇铃就是告诉你这个。永远，永远不要再提，不管是什么借口，你记着点儿。你可以离开了，贝德文太太。记住！我是认真的。”

那夜，布朗洛先生家，有好几颗心悲伤无比。

想到他那些好朋友，奥利弗的心也沉了下去，还算好，他不可能知道他们听说了什么，不然这颗心也许就彻底碎了。

第十八章　奥利弗在那伙对他颇有教益的可敬朋友中如何度日

第二天中午，空空儿和贝茨小主已经外出追求他们的日常业余爱好去了，费京先生逮住机会，给奥利弗大讲了一通忘恩负义的罪过，话中，他清楚表明，奥利弗罪过不浅，他那么随意就离开自己的朋友，他们为他担足了心，而且，他们费尽了功夫，花了老大代价把他找回来，他居然还想逃走。费京尤其强调，当初是他领回了奥利弗，关心爱护他，要是没有他及时的照料，他也许已经饿死了；他还说起一个小伙凄凉感人的经历：他出于博爱仁慈，在相似情形下救助了他，却证明那孩子不值得他信任，因为他产生了与警察交流的欲望，最后在有天早上，不幸地被吊死在老贝利[1]。费京并没有想掩盖自己在这场灾难中的作用，但他流着眼泪哀叹道，这个小伙子执迷不悟、背信弃义的行为，使别人不得不向巡回法庭提交证据，让他充当牺牲品。这证据哪怕并不完全属实，也已经足够威胁到他（费京先生）和几个密友的安全。最后，费京先生描绘了一幅相当恶心的画面，说明绞死时的难受情形，并用极为友善可亲的方式，表达说，他真心希望，他永远也不会被迫将奥利弗·退斯特送到那令人不悦的操作台上去。

听了犹太人的话，小奥利弗心里发冷，模模糊糊地明白了

〔1〕 伦敦城的中央刑事法庭。

话里包含的阴暗威胁。他早已知道，连正义本身都有可能把偶然相伴的无辜和罪行搞混；也相信，对于除掉那些因知道太多或话太多而碍事的人，犹太人完全有可能早已想好了周全的计划，并不止一次地予以实行，他回想起这位先生与赛克斯先生之间的争执，似乎就跟过去某一桩阴谋相关。他怯怯地抬头看了一眼，遇上犹太人探究的眼神，感到自己苍白的脸蛋和颤抖的四肢，尽在那位警惕的犹太人眼中，被打量，被琢磨。

犹太人笑了笑，样子很可怕，他拍了拍奥利弗的头，说道，要是他安安静静待着，好好干活，他们会成为很好的朋友。然后，他拿起帽子，穿上一件打满补丁的旧大衣，锁上门出去了。

奥利弗就这样待了一整天，还有随后许多天，从一大早到半夜三更，大部分时间都见不着一个人，漫长的时光只剩他自个儿胡思乱想。他总是想起他那些好心的朋友，他们肯定对他有了看法，这念头真是让他伤心。

一两个礼拜后，犹太人离开时不再锁门，他可以随意在房子里走来走去了。

这地方真是脏。楼上的房间有高高的木头壁炉架，大大的门，墙壁上镶着嵌板，天花板下有飞檐，因为无人照顾满是灰尘，看着黑黢黢的，但装饰成各种各样。从所有这些迹象来看，奥利弗断定，好早以前，老犹太人还没生下来之前，这里是好人家住的，也许曾经非常漂亮非常华美：尽管现在看上去凄惨荒凉。

蜘蛛早已在天花板的墙角织好了网，有时，奥利弗轻手轻脚地走进一个房间，老鼠会从地板上跑过，惊惶地溜回洞里。除此之外，再也看不见什么活物，也听不到任何动静。常常，天色暗下来时，他在房间里走来走去，走累了，会蜷缩在临街门的门廊角落，尽可能地挨近活人；他会一直待在那里，聆听钟声敲响，心里数着过了几个钟头，直到犹太人和男孩们回来。

所有房间，朽坏的窗户全都紧闭着，窗闩钉紧在木框上，只有房顶的圆洞，偷偷溜进一点光：这令房间更加阴郁，布满了奇怪的阴影。后阁楼有一扇窗户，外面是生锈的窗闩，没有窗板，奥利弗常常满脸忧郁地从窗户往外张望，一看就是好几个钟头，但什么也看不到，只有一片混乱拥挤的屋顶、发黑的烟囱和山墙。有时，的确可以看见一个灰乎乎的脑袋，从远处房屋的低墙上往外窥探，但它马上又缩回去了。奥利弗的瞭望窗是钉死的，又因为雨打烟熏而朦朦胧胧，最多只能辨认出不同物体的样子。他没有试图让人看见或听到，因为在这里，就像待在圣保罗大教堂的穹顶里一样，被看见或听到的机会都很渺茫。

有天下午，空空儿和贝茨小主忙着晚上要出门的事，先提到的那位先生忽然对自己的个人装扮有点焦虑（公道来说，这绝不是他平时的癖好），出于这一目的，他屈尊要求奥利弗立刻帮他梳妆打扮。

奥利弗太高兴自己能派上用场，太开心能看到几张面孔，不管这面孔有多坏，太想要靠老老实实做事来改变周围人的态度，因此，对此提议没有丝毫反对。他立刻表示乐意效劳，而且跪倒在地板上，这样就可以将坐在桌上的空空儿的脚放到自己膝盖上，开始道金斯先生所谓的“给脚壳上光”这道工序。这句话，用大白话来说，就是擦靴子。

一个人坐在桌子上，抽着烟斗，一条腿无心地晃来晃去，有人一直在帮他擦靴子，他甚至不用费力脱下靴子，也不用麻烦事后再穿上，更不用打断思考——这样舒适的时刻理应让一个理性动物感觉到自由自在。究竟是这样的感觉，还是上好的烟草让空空儿心情舒畅，又或者啤酒的温馨平息了他的思绪？总之，眼下，他显然洋溢着某种与他天性不符的浪漫与热情。他低头看了一眼奥利弗，沉思片刻，然后，仰起头，轻轻叹了口气，半是心不在焉，半是对着贝茨小主，说道："他不是个偷儿，可惜了！"

"啊，"查理·贝茨小主说道，"他不晓得好坏。"

空空儿又叹了口气，继续抽烟斗，查理·贝茨也抽起来。他们都默默抽了几口。

"我恐怕你根本不知道偷儿是啥吧？"空空儿悲哀地说道。

"我想我知道，"奥利弗抬头回答，"那是——你就是一个，不是吗？"奥利弗问道，马上又住了口。

"我是，"空空儿回答，"我不屑于干别的。"说完这句感伤话，道金斯先生使劲推高了帽子，看着贝茨小主，就好像表示他很愿意听到相反意见。

"我是，"空空儿又重复了一遍，"查理也是。还有费京。还有赛克斯。还有南茜。还有贝琪。我们都是，一直到狗都是。它是最底头的一个。"

"也是嘴巴最牢的那个。"查理·贝茨补充道。

"在证人席上，它也不会叫个不停，担心把自己搭上了，不会的，哪怕把它系在那里，留在那里不吃不喝待上两个礼拜，它也不会吭声。"

"对，一点儿不会。"查理说道。

"它是条怪狗。当着笑着或唱歌的陌生人，它看着一点不凶！”空空儿继续说道，“听着拉小提琴，它一声也不叫唤！凡是跟它不同种的狗，它一点也不恨！不，它都不！”

“它是彻头彻尾的基督徒。”查理说。

这句话只是想赞美一下这头动物的能耐，但在另一层含义上也完全恰当，要是贝茨小主能理解的话，因为有好多女士先生，声称自己是地道的基督徒，他们和赛克斯先生的狗之间，存在着明显而又奇特的相似之处。

“好了，好了，”空空儿又把扯远的话题拉回来，这是出于职业上的警惕，它影响着他的所有行为，“这跟我们这位小嫩青没任何关系。”

“完全没关系，”查理说，“你为啥不听费京的话，奥利弗？”

“而且随手就能挣点？”空空儿也咧着嘴问。

“这样就可以躺倒在财富上退休了，做个上——等人，我的意思是，等到四个闰年后的下一个闰年，也就是三一节那个礼拜的第四十二个礼拜二[1]。”查理说道。

“我不想，”奥利弗怯怯地回嘴，“我希望他们能让我走。我——我——情愿离开。”

“但费京可不愿意！”查理回答。

奥利弗很明白这一点，但心想，把自己的感觉直接表露也许很危险，就只是叹了口气，继续擦靴子。

“那走呀！”空空儿叫道，“怎么了，你的劲头去哪了？没

---

〔1〕三一节是基督教年历里最后一个重要节日，是复活节之后的第八个礼拜，按计算不可能处于第四十二个礼拜二。查理其实意思是说，他“功成身退”的日子也许永远不会来了。

点自尊吗？为啥不走，去投靠你的朋友？”

“哦，算了吧！”贝茨小主说道，他从口袋里掏出两三块丝绸手帕，扔进碗柜，“那太低级，太低级。”

“我就做不到。”空空儿说，一副傲慢而厌恶的口气。

“不过，你倒可以留下你的朋友，”奥利弗勉强笑道，“让他们为你做的事受过。”

“那是，”空空儿挥了挥烟斗，反驳道，“那全是考虑到费京，警察知道我们是一伙的，要是我们没逃走，他就遭殃，所以我们那么干了，是吧，查理？”

贝茨小主点头同意，他刚想开口，但突然想起奥利弗飞奔而逃的样子，吸进去的那口烟便跟大笑呛在一起，冲上脑袋，又下到喉咙，让他一阵咳嗽跺脚，足足有五分多钟。

“看，”空空儿说道，拿出一堆先令和零钱，“这才是快活日子！管它们哪里来的！给，拿着，还多着呢。你要不？不要？哦，你这个可爱的傻子！”

“你不听话，是吗，奥利弗？”查理·贝茨问道。“他会被勒死的，不是吗？”

“我不知道你说的什么意思。”奥利弗回答。

“就是这个，老家伙。”查理说着，抓住自己领巾的一头，把它往上抻直了，然后头垂在肩膀上，牙缝里挤出一个奇怪的声音，通过这样一个生动的哑剧表演，表明勒死和绞死是一回事。

“就是这意思。”查理说，“看他眼睛瞪的，杰克！我从没见过像这孩子这么好的搭档，他会把我笑死的，我知道他会。”查理·贝茨小主又大笑起来，笑出了眼泪，一边重新叼上烟斗。

“你被带坏了，”空空儿说，他十分满意地审视自己的靴子，奥利弗已经把它们擦得锃亮，“不过，费京会把你改造好的，不然你就是他手下头一个没用的啦。你最好马上开始学习，因为你脑子还没转过来就已经进这一行了，你现在不过是在浪费时间，奥利弗。”

贝茨小主也提出了自己的各种道德箴言，表示支持这一建议。说完后，他和他的朋友道金斯先生天花乱坠地描绘伴随他们生活而来的许许多多的乐趣；其间，他们还向奥利弗暗示，他能做的最好的事，就是不再耽搁，用他们用过的法子去讨费京的欢心。

“你要一直记得，诺利，”空空儿听到犹太人在上面开门，便如此说道，“要是你没拿帕帕和嘀嗒嘀嗒——”

“干吗那么说话，”贝茨小主打断道，“他又听不懂。”

“要是你没拿手帕和表，”空空儿用奥利弗能听懂的话说道，“别的家伙也会拿，那丢了东西的家伙更惨，你也会更惨，没人会落好，除了拿了它们的小子——可你跟他们一样有权拿。”

“说的是，说的是！”犹太人进来了，奥利弗没看见，“一句话就说得清，宝贝，很简单，记住空空儿的话。哈哈哈！他懂他这行的门道。”

老家伙乐滋滋地搓了搓手，用自己的话证实了空空儿的推理，看到学徒这么在行，他开心得咯咯直笑。

交谈没有继续下去，因为犹太人是和贝琪小姐，还有一位奥利弗从来没见过的先生一起回来的，空空儿喊他汤姆·切特灵；他站在楼梯平台上，跟姑娘谦让了一番才露面。

切特灵先生年纪比空空儿大，也许已经度过了十八个冬天，但他对小绅士的态度颇为尊重，显出他意识到自己在天分和职业技能上稍逊一筹。他小眼睛眨巴着，脸上都是痘坑，戴着顶皮帽，穿着黑色灯芯绒夹克和油腻腻的粗麻布裤，还系着条围裙。说实话，他的这套行头实在太破，但他对同伴解释说，他一个钟头前才“出来”，过去六个礼拜他只能穿制服[1]，没法子考虑私人服装。切特灵先生还愤愤不平地说道，那边熏衣服的新办法[2]非常下作，违背宪法，都熏出洞来了，县里还一点赔偿都没有。他还对理发的规矩表示了同样的意见：完全非法。最后，切特灵先生总结道，他辛辛苦苦地劳动了四十二天，漫长的日子里一滴也没沾，“渴得像装石灰的篓子，要是撒谎，情愿被炸成粉”。

“你觉得这位先生打哪儿来，奥利弗？”其他孩子张罗着在桌上摆上酒，犹太人咧嘴问道。

“我——我——不知道，先生。”奥利弗回答。

“这是谁？”汤姆·切特灵问道，轻蔑地瞟了一眼奥利弗。

“我的一位小朋友，我亲爱的。”犹太人回答。

“那算他运气好，”年轻人意味深长地看着费京，“别管我打哪儿来，年轻人，你很快会上那儿去的，我赌五先令！”

听了这句俏皮话，两个男孩都笑了起来。他们对此又开了几个玩笑，然后跟费京窃窃私语一番，走了。

刚来的那位与费京说了会儿话后，两人把椅子拉到火炉边，

---

〔1〕指囚服。

〔2〕指熏蒸衣服消毒。

犹太人叫奥利弗过来，坐在他边上，把谈话引到听众最有兴趣的话题上，也就是说这一行的大好处，空空儿的能干，查理·贝茨的可爱，还有他本人的慷慨。最后，能谈的都谈光了，切特灵也一样，感化院[1]待上一两个礼拜让人疲惫不堪。贝琪小姐因此告辞，让这伙人休息。

从那天开始，奥利弗很少被一个人留下，那两个孩子几乎总跟他在一起，他俩每天都跟犹太人玩那个老游戏：是为了自己提高技术，还是帮助奥利弗提高？只有费京知道。其他时候，那个老先生会跟他们讲自己年轻时候干的抢劫勾当，还加进不少笑料，奥利弗忍不住开怀大笑，尽管他天性善良，还是被逗乐了。

总之，狡猾的老犹太把这孩子玩得团团转。他先是让这孩子心里充满了孤独忧郁，让他觉得，在这样一个可怕的地方，跟任何人在一起，都好过跟自己的悲伤念头做伴，然后慢慢地往他灵魂里注入毒药，希望把它染黑，永远改变它的色调。

---

〔1〕 指科德巴斯菲尔斯监狱，人称米德尔塞克斯感化院，这里收监的都是刑期在两年以内的罪犯。重罪犯、轻罪犯和流浪汉分别关在不同区域，实行沉默管理，罪犯之间不能说话。

第十九章　一个重大计划经讨论拍板

这是个寒冷、潮湿、刮风的夜晚，犹太人紧扣大衣，裹住干枯的身体，竖起领子，挡住耳朵，下半张脸完全藏在里面，从他的巢穴里出来。他在门边停了停，听身后的孩子们锁上门，闩上门链，把一切弄妥当，直到他们退远的脚步声听不见了，才尽快溜到街上。

奥利弗被送来的这栋房子，位于白教堂街区[1]。犹太人在街角停了片刻，疑神疑鬼地四处看了看，然后穿过马路，往斯皮塔佛德[2]方向走去。

石子路面满是厚厚的烂泥，黑雾笼罩在街上，雨淅淅沥沥地下着，什么摸上去都凉凉黏黏的。这似乎正是一个适合犹太人外出的夜晚。这个面目丑陋的老男人偷偷摸摸地前行，在墙边、门廊的遮挡下溜过，像某种钻过烂泥与黑暗的恶心爬虫：它在晚上爬出来，寻找肥美的下水，饕餮一番。

他一路走着，穿过许多蜿蜒狭长的小路，一直来到贝斯纳尔格林[3]；然后，他突然往左一拐，不久便置身一个肮脏破旧的街道组成的迷宫，在这个人口稠密之地，这样的街道相当常见。

---

〔1〕就在伦敦城东，是贫民区，人员混杂，罪案频发。

〔2〕是个行政区，也位于伦敦城东，在白教堂街区北侧，跨越几条商业街，有不少市场。曾经是丝绸业中心，很繁荣，但 19 世纪初已沦为贫民区。

〔3〕在斯皮塔佛德和白教堂街区北边，位于伦敦东北城郊，是当时伦敦最贫穷、人口最密集的地区之一。费京一直在往东北方向走。

犹太人显然对这块地方非常熟悉，不管天色暗黑，还是路况复杂，都不会让他迷路。他快速穿过几条小巷和街道，最后拐进一条小路，只有路尽头一盏灯发出亮光。他敲了敲这条街上一家房屋的房门，跟开门的咕哝了几句，上了楼。

他刚一碰房间门把手，一条狗便叫唤起来，一个男人的声音问是谁。

“是我，比尔，就我一人，亲爱的。”犹太人边往里瞧，边说。

“那把身子滚进来吧。”赛克斯说。“躺下，你这条蠢狗！魔鬼穿了件大衣你就不认得了？”

显然，这条狗是有点儿被费京先生的外套给迷惑了，因为当犹太人脱下大衣，扔到椅背上后，它就退回到刚才跑出来的角落，边跑还边摇尾巴，表示对自己的天性很满意。

“你好。”赛克斯说。

“你好，亲爱的。”犹太人回答——“啊！南茜，是你。”

后一声招呼有些尴尬，显出他不知道自己会不会被搭理，自从她插手奥利弗一事以来，他和这位年轻姑娘还没见过。不过，年轻姑娘的举止立刻消除了他的疑虑。她把腿从壁炉挡板上放下来，椅子往后一推，让费京把他的椅子拉过来，就没再说别的。这个晚上确实很冷。

“真冷啊，亲爱的南茜。”犹太人伸出皮包骨头的双手，在火炉上烘烤着，说道。“冷气直往骨头里钻。”老先生又说了一句，摸了摸自己的腰。

“要钻到你心里，那得是个钻孔机了。”赛克斯先生说。“给他点喝的，南茜。天呐，快一点儿！看他一把老骨头抖成那样，真叫人恶心，像恶鬼从坟堆里爬出来一样。”

南茜立刻从橱柜里拿出一瓶酒，那里还有好多瓶，各种各样，装满了各种喝的。赛克斯倒了一杯白兰地，要犹太人喝了。

“够了，够了，谢谢你，比尔。”犹太人说道，他嘴唇沾了沾杯子，就把它放下了。

“哎哟，你怕我们占你便宜，是吗？”赛克斯盯着犹太人，问道，“哼！”

赛克斯先生发出一声轻蔑的咕哝，抓过杯子，把剩下的倒进了炉灰：这是给自己满上一杯的准备动作，他满上了。

趁同伙倒第二杯的时候，犹太人扫了一圈房间，不是出于好奇，他以前来过这里，只是焦躁不安、疑神疑鬼是他的一贯风格。这是间摆设很粗陋的公寓，只有壁橱里的东西，让人觉得房客绝不是靠劳动生活，角落里有两三根木棒，壁炉架上挂着一件“救生用具”[1]，除此之外，没有什么可疑东西。

“好了，”赛克斯咂咂嘴说道，“我准备好了。”

“谈事儿？”犹太人问。

“谈事儿，”赛克斯回答，“说吧，你要说什么？”

“彻特西[2]那块，比尔？”犹太人说，他把椅子往前一拉，声音压得很低。

“嗯，那块怎么了？”赛克斯问。

“啊，你懂我的意思，我亲爱的，”犹太人说，“他懂我的意

〔1〕 指灌了铅的铁棍。

〔2〕 泰晤士河边的一个小镇，在伦敦西南二十英里处。

思，南茜，不是吗？”

“不，他不懂，”赛克斯冷笑一声，“或者说，不想懂，一回事儿。直接说，是啥就说啥，别坐那儿又是眨眼又是黑话，好像你不是头一回盘算要干这一票似的。你说的是什么？”

“嘘，比尔，嘘！”犹太人说道，徒劳地想阻止他怒气发作，“有人会听见的，我亲爱的，会被人听见的。”

“让他们听见！”赛克斯说道，“我不在乎。”但赛克斯先生回过神，自己确实在乎，就放低声音，平静了一些。

“好了，好了，”犹太人哄道，“我不过就是谨慎些，没啥。好了，我亲爱的，关于彻特西那块，什么时候办事儿，比尔，嗯？什么时候？多好的盘子[1]，亲爱的，多好的盘子！”犹太人摩挲着双手说道，他眉毛一挑，兴高采烈，满怀期待。

“干不了。”赛克斯冷冷地回答。

“干不了？”犹太人重复了一遍，靠倒在椅子上。

“不行，干不了，”赛克斯回答，“至少没办法是我们预期的里应外合。”

“那是没准备到位，”犹太人的脸气白了，“别跟我说这些！”

“我就是要跟你说这些，”赛克斯回嘴，“不跟你说跟谁说？我告诉你，托比·克拉克特在那里转悠两礼拜了，都搭不上一个仆人。”

“你是说，你要跟我说，比尔，”犹太人说道，因为另一个太激动，他口气软了下来，“两个里一个也搞不定？”

---

〔1〕应该指银制餐具。

“是的，我就是要跟你说这个，”赛克斯回答，“他们服侍了老太太二十年，就算给他们五百镑，他们也不会上钩。”

“可是你意思是说，我亲爱的，”犹太人责备道，“女仆也搞不定？”

“一点水都泼不进。”赛克斯答。

“花花公子托比·克拉克特也没办法？”犹太人不相信，“想想女人是什么东西，比尔。”

“不行，连花花公子托比·克拉克特也不行，”赛克斯说，“他说他粘上假胡须，穿上鲜黄马甲，整天在那一块闲逛，但一点用也没有。”

“他得试试粘上小胡子，穿上军裤，亲爱的。”犹太人说。

“他试了，”赛克斯答道，“跟其他花招一样没用。”

对此消息，犹太人倒没想到，他头垂在胸前，沉思了一会儿，然后，深深叹了口气，抬起头说道，要是花花公子托比·克拉克特汇报的没错，恐怕这一票是没戏了。

“哎呀，”老先生手垂到膝盖上，“真心疼，亲爱的，我们有心要干，搭上去那么多，损失真大。”

“是啊，”赛克斯先生说，“运气太坏！”

接着是长久的沉默，其间，犹太人陷入沉思，皱成一团的脸上，完全是魔鬼的邪恶表情。赛克斯不时偷偷瞟他一眼。南茜显然担心激怒这位强盗，坐在那里盯着壁炉，好像刚才的话一句也没听见。

“费京，”赛克斯突然打破寂静，“要是直接从外面进去干妥一票，再加五十个小太阳[1]怎么样？”

“可以。”犹太人说道，好像突然醒了过来。

“说定了？”赛克斯问。

“是的，亲爱的，好。”犹太人回答，他两眼放光，脸上每块肌肉都在颤动，刚才的问答让他无比激动。

“那么，”赛克斯有些鄙弃地甩开犹太人的手，“你想什么时候动手就什么时候动手。托比和我前天晚上翻过了花园围墙，试了试那家的门板和窗板。这一家到了晚上就关窗锁门，像个监牢一样，不过有个地方我们倒可以进去，又安全，又静悄悄。”

“哪个地方，比尔？”犹太人热切地问。

“哎呀，”赛克斯低声说，“你穿过草地——”

“然后？”犹太人头往前倾说道，眼睛都快瞪出来了。

“嗯哼，”赛克斯叫道，突然停下了，姑娘一直没动过，这会儿忽然回头，看了眼犹太人的脸，“别管哪儿了，你不可能甩开我办这事儿，我知道，不过跟你做生意，还是得小心。”

“随你便，亲爱的，随你，”犹太人回答，“你不用人帮忙，只靠你和托比就行了？”

“不需要，”赛克斯回答，“除了还要个钻头和一个小孩。钻头我俩有，孩子得你找。”

“孩子！”犹太人叫道，“哦，那地方是块小门板[2]，嗯？”

---

〔1〕 指印着小太阳的金币，面值一英镑。

〔2〕 指开在大门上的小门，是一块活动门板，通常让小动物进出。

“别管是不是！”赛克斯答道，“我要个孩子，个儿不能大。老天！”赛克斯想了想，说道，“要是把奈德的那个孩子搞到就好了，那个扫烟囱的孩子！他们故意让他个儿长不大，让他出去干这活儿。但那爹把他给关起来了，然后少年犯罪协会的人就来了，带走了孩子，不让他干他能挣钱的一行，倒要教他读书写字，让他当学徒，他们就那样，”想到自己受的委屈，赛克斯先生怒气上升，“他们就那样，要是他们有足够的钱（他们倒注定没有），这一行一两年里就剩不下半打孩子啦。”

“剩不下，”犹太人附和，赛克斯说这番话的时候他一直在思考，只听到这最后一句，“比尔！”

“怎么了？”赛克斯问。

犹太人冲盯着炉火的南茜点点头，打暗号示意赛克斯叫她离开房间。赛克斯不耐烦地耸耸肩，仿佛觉得这种警惕没有必要，但还是按照犹太人的意思，叫南茜小姐给自己拿罐啤酒来。

“你不是想要啤酒。”南茜说，叉起胳膊，还是非常镇定地坐着。

“我告诉你我要！”赛克斯说。

“胡说，”姑娘冷冷地回答，“说吧，费京。我知道他要说什么，比尔，他不用提防我。”

犹太人还是有点踟蹰。赛克斯惊讶地看看这个，看看那个。

“天呐，你不会在乎这老姑娘的，是不是，费京？”他终于问道，“你认识她这么长时间了，还信不过？真见了鬼了。她不会多嘴的，是不是，南茜？”

“我觉得不会。”年轻姑娘说道。她把椅子拉过来靠拢桌子，胳膊肘支在桌子上。

“不，不，亲爱的，我知道你不会，”犹太人说，“但是——”老先生又停下了。

“但是什么？”赛克斯问。

“我不知道她是不是又会疯疯癫癫的，你知道，亲爱的，像那天那样子。”犹太人回答。

听到这一心声吐露，南茜小姐爆出一声大笑，她一口吞下白兰地，挑衅地摇了摇头，嘴里胡乱嚷道“让游戏玩下去”“永远别说玩完”之类的话。这番举动起到了让那两位先生放心的效果，犹太人满意地点点头，回到位子上，赛克斯也一样。

“好了，费京，”南茜笑了一声说道，“快跟比尔说吧，说说奥利弗！”

“哈，你真机灵，宝贝，你是我见过的最聪明的姑娘！”犹太人拍拍她后脖子，说道，“我刚才的确是要提奥利弗。哈哈哈！”

“他怎么了？”赛克斯问。

“他就是你要的孩子，亲爱的。”犹太人沙哑地咕哝了一句，手指放在鼻头上，笑得人胆战心惊。

“他！”赛克斯叫道。

“带上他吧，比尔！”南茜说道，“换我，我会带上的。他兴许不像其他人那么能干，不过反正你也不需要能干的，只要能帮你开门就行。靠他吧，他可以，比尔。”

“我知道他行，”费京也跟着说道，“前两个礼拜，他得到了很好的训练。是时候让他挣自己的面包了，其他孩子个儿太大。”

“嗯，他个子大小正是我想要的。”赛克斯先生沉思了一会儿，说道。

“而且，你叫他干啥他就会干啥，比尔，我亲爱的，”犹太人打断，“他没法不干。我是说，要是你把他吓唬住。”

“吓唬他！”赛克斯应声而答，“我提醒你，我可不会假装吓唬。我们开始办事儿后，他要是有哪里不对劲，我可绝对一不做二不休！你再也别想见到他活着回来了，费京。送他来之前，你先好好想一想。记住我的话！”强盗掂了掂他从床底下抽出来的一根铁撬棍。

“我都想好了，”犹太人精神十足，“我已经——我已经观察过他，宝贝们，仔细观察过了——很仔细。只要让他感觉我们是一伙的，往他脑袋瓜里灌输他是个小偷，他就是我们的人了！一辈子都是我们的人了！哦呵！真是再好不过了！”老先生胳膊叉在胸前，脑袋肩膀缩拢起来，抱着自己开心得不行。

“我们的人，”赛克斯说道，“你是说你的人吧。”

“也许也许，亲爱的，”犹太人尖笑道，“我的人，只要你高兴，比尔。”

“你干吗，”赛克斯冲他心情愉悦的朋友狠狠地皱眉，“干吗花那么多工夫在那个脸白得跟粉笔一样的小孩儿身上？你知道每天晚上有五十个孩子在公共花园[1]里打盹儿呐，你尽可以挑挑选选的。”

“他们对我没用，亲爱的，”犹太人回答，他有点被搞糊涂

〔1〕即伦敦科芬园，是伦敦的水果蔬菜市场，也是流浪汉，特别是无家可归的儿童在夜晚的去处。

了，“不值得领回来。他们长的样子，一碰上麻烦就知道不是好人，我就竹篮打水一场空了。但这个孩子，调教得好，亲爱的，他帮我做的事，其他二十个都做不来。再说了，”犹太人重新镇定下来，“他要是再溜走，我们就麻烦了，他一定得跟我们上一条船。别管他怎么做到，对他，我肯定有办法让他干强盗这行，我想要的就这些。眼下，这可是比不得不除掉那可怜的小子好多了，那样干很危险，而且我们也吃亏。”

赛克斯连声表示，费京一派仁义道德，真是让他恶心，但南茜止住他的大呼小叫，问道：“你们什么时候办事儿？”

“啊，是啊，”犹太人说，“什么时候办事儿，比尔？”

“我跟托比说好了，后天晚上，”赛克斯阴沉地说，“要是他没从我这儿听说什么变动的话。”

“很好，”犹太人说，“那天没月亮。”

“没有。”赛克斯应道。

“怎么把东西都弄出来也都安排好了，是吗？”犹太人问。

赛克斯点点头。

“还有——”

“哎呀，哎呀，都安排好了，”赛克斯打断了他，“别叨叨细节。你最好明天晚上把孩子带过来。天亮一个钟头后就出发。接着你就管住舌头，准备好坩埚，你要干的就这些。”

三个人又热烈讨论了一会儿，决定明天天黑后由南茜去犹太人那里，把奥利弗领过来。费京狡猾地说，要是奥利弗流露出一点点不想干的意思，他肯定比别人更愿意站在这位前不久曾保护过奥利弗的姑娘一边。他们还严肃地商量好，为了这次计划中的远征，可怜的奥利弗应该完全交给威廉·赛克斯先生照顾看管，而且，这位赛克斯先生可以按他认为合适的方法处置他，要是有任何不幸灾难降临在这孩子身上，犹太人都不用负任何责任；他们还达成共识，为了使这合约有约束力，赛克斯回来后所做的陈述，在所有重要细节上，都必须有花花公子托比·克拉克特的证词加以确认证实。

做好这些前期准备后，赛克斯先生开始以极快的速度大喝白兰地，还兴奋地挥舞铁撬棍，样子很可怕。同时，他高唱起不着调的歌曲，其间夹杂着狂暴的咒骂。最后，出于一股职业热情，他坚持要展示自己那盒入室盗窃的工具。不一会儿，他跌跌撞撞地拿了过来，但还没来得及打开盒子，解释里面放着的各种不同工具的性能、它们的美丽构造，他就跌倒在盒子上，直接趴那儿睡着了。

“晚安了，南茜。”犹太人说道，又把自己像之前那样全身包得严严实实。

“晚安。”

他们的眼神相遇，犹太人仔细地打量着她。姑娘也毫不退缩。在这件事情上，她诚实热心，应该跟托比·克拉克特一样。

犹太人再道晚安，然后趁她转过身去的工夫，偷偷踢了趴在地上的赛克斯一脚，摸索着下楼了。

“总是这样子！”犹太人自言自语，踏上回家的路，“这些女人最坏的地方就是，哪怕是最小的一件事情都可以唤醒老早被忘记的感情，不过，最好的地方也是，它从来长不了。哈哈，那男人，为了袋金子，要对付个小孩子！”

沉浸在这些让人愉快的念头里，费京先生穿过烂泥烂坑，一路回到了他阴暗的住处，空空儿还没睡，焦急地等着他回来。

“奥利弗上床了没？我有话跟他说。”他俩下楼，他第一句话就问道。

“几个钟头前就睡了，”空空儿回答，推开一扇门，“在这儿呢。”

孩子躺在地上一张粗糙的床铺上，沉沉睡着，苍白的面容又焦虑又悲伤，他被关在监牢一样的地方，看着就像死掉了一样，但这死亡不是穿着寿衣、躺在棺材里的样子，而是生命刚刚逝去的模样，一颗年幼温柔的灵魂刹那间去了天堂，神圣将化为尘埃，而尘世的浊气还没来得及对它下嘴吸吮。

“这会儿不谈了，”犹太人轻轻转身，“明天，明天吧。”

第二十章　奥利弗被交给了威廉·赛克斯先生

早上，奥利弗醒过来，很惊讶地发现旧鞋不见了，床边换了双新鞋，鞋底又厚又结实。起初他对这一发现很高兴：希望这大概是要放了他的先奏，但很快这样的想法就落空了。他坐下来和犹太人一起吃早饭，犹太人跟他说，今晚要送他到比尔·赛克斯那里去，语调和样子都让他陡生警惕。

“就——就——留在那儿了？”奥利弗着急地问。

“不不，我的宝贝。不是留在那里，”犹太人回答，“我们不会舍得的。别怕，奥利弗，你会回这儿来的。哈哈哈！我们没那么残忍，要送你走，我的宝贝。哦，不会，不会。”

老先生弯腰站在火炉边，正在烤一块面包，一边跟奥利弗打趣，一边四下看了看。他咯咯笑了笑，好像表示他知道，要是奥利弗有办法，他还是很想逃走的。

“我想，”犹太人盯着奥利弗，“你是想知道你去比尔那里要做什么吧——嗯，我的宝贝？”

发现老扒手看得出他心里的想法，奥利弗的脸不由得唰地红了，但他还是大着胆子说，是的，他想知道。

“你觉得是要干什么呢？”费京把这个问题挡了回去。

“我真的不知道，先生。”奥利弗回答。

“呸！”犹太人仔细打量了一下男孩的脸，失望地转过身去，“那就等比尔告诉你吧。”

奥利弗没对这个话题表现更多好奇，让犹太人似乎极为恼火。但事实上，尽管奥利弗忧心如焚，但那时候，他被费京的狡猾表情以及自己的种种思虑搅得六神无主，没顾上再问。但之后他再没机会了，一直到晚上准备出门为止，犹太人一直板着面孔，沉默不语。

“你可以点支蜡烛，”犹太人说，放了一支蜡烛在桌上，“这里有本书，你看着，等会儿他们会来接你。晚安！”

“晚安！”奥利弗轻轻应道。

犹太人走到门边，边走边扭头看了男孩一眼。忽然，他停住脚步，叫了他一声。

奥利弗抬起头，犹太人指了指蜡烛，提醒他点上。奥利弗点上了，他把烛台放到桌子上，看见在房间那头的阴影里，犹太人紧紧盯着他，眉头紧锁。

“留神，奥利弗！留神！”老先生说道，在他面前挥挥右手警告，“他是个粗人，劲儿上来命也不要。不管发生什么，你啥也别说，他叫你做什么，你就做什么。小心！”他加重语气说出最后一个词，然后，紧绷的脸渐渐舒展开，变成可怕的笑容。随后费京点了点头，离开了房间。

老先生消失后，奥利弗头枕在手上，心怦怦乱跳，琢磨着刚才听到的话。可越是琢磨犹太人的警告，他越不晓得那些话的真正目的是什么，又到底是什么意思。他想不出来，把他送到赛克斯那里去，会达成什么罪恶目标，而这个罪恶目标，是他留在费京这里达不到的。他想了好一会儿，最后认为，他是被选去替那个强盗干一些普普通通的杂活儿，直到他能找到更合适的孩子。他已经逆来顺受惯了，而且在这里也受了太多苦，对于变化不定的将来，没力气再呼天抢地。他沉思了好几分钟，然后，重重地叹了口气，剪了下烛花，拿起犹太人留给他的那本书，看了起来。

他翻着书页。起初漫不经心地看着，忽然有一段吸引了他的注意，马上认真看起来。这本书记录了一些罪大恶极的罪犯的故事，他们的生平经历和审判过程，书被翻烂了，脏兮兮的全是手指印。他看到一些让人不寒而栗的可怕罪行，发生在偏僻路边的秘密谋杀，藏在深坑或深井里的避开耳目的尸体，但就算藏得那么深，多年以后还是大白天下，凶手见后为之惊狂，恐惧之下坦白了罪行，叫嚷着要把自己送上绞架，好结束痛苦。他还看到一些人在夜深人静时躺在床上，被自己的罪恶念头诱惑（照他们的说法），去做了些血腥残忍的可怕之事，想到就让人毛骨悚然、四肢发软。这些可怕的描述那么真实，那么生动，泛黄的书页似乎浸透了鲜血，他们的话语，在奥利弗耳边回旋，仿佛是那些死者的魂灵，发着空洞的咕哝声，在那里低语。

惊骇万状的孩子合上了书，把它扔到一边。他跪了下来，祈祷上天饶过他，不要让他做出这样的事，要么，让他现在就死掉，别把他留给那些骇人至极的罪行。好一会儿，他才平静了一些，断断续续地低声恳求把他从眼下的危险中拯救出来，但凡有什么能帮助这个可怜孩子，这个被人抛弃、从来没尝过友情或亲情滋味的孩子，他希望这份帮助现在就能降临，他正站在邪恶与罪行的迷雾之中，孤孤单单，无人相助。

祈祷完后，他的头仍然埋在手里，这时，一个窸窸窣窣的声音惊动了他。

“什么呀？”他大叫一声，跳了起来，看见门边站着个人，“谁在那里？”

“我。只有我。”有个声音颤抖着回答。

奥利弗把蜡烛举过脑袋，朝门那边看去。是南茜。

“把蜡烛放下，”姑娘说着扭过头去，“刺眼。”

奥利弗见她脸色苍白，温柔地问她是不是病了。姑娘一下子瘫坐在椅子上，背对着他，拧着双手，但没回答。

“上帝原谅我！”过了一会儿，她叫道，“我从没想到过这点。”

“出什么事了？”奥利弗问，“我能帮你忙吗？要是我可以的话。我会帮你的，真的。”

她前后摇晃着身子，卡住自己的喉咙，发出一声咕噜，使劲喘气。

“南茜！”奥利弗叫道，“怎么啦？”

姑娘手拍打着膝盖，脚跺着地，然后突然停下，把披巾包紧自己，打了一个寒战。

奥利弗拨燃了火。她把椅子拉到火炉边，在那里坐着，一小会儿没说话，不过，最后，她抬起头，回头看了看。

“有时候，我不晓得自己到底怎么了，”她说道，装着整理衣服的样子，“可能是这间潮湿的脏屋子吧。好了，诺利，亲爱的，你准备好了吗？”

“我要跟你走？”奥利弗问。

“是我，我打比尔那儿来，”姑娘回答，“你跟我走。”

“去干啥？”奥利弗后退一步。

“去干啥？”姑娘重复了一句，她挑了挑眉毛，眼神碰到男孩的脸，又移开了，“哦，没啥坏事。”

“我不信！”奥利弗说，紧盯着她。

“随便你，”姑娘回答，装出笑嘻嘻的样子，“那么也不是什么好事。”

奥利弗看得出，他能让姑娘对他发点善心，一瞬间想乞求她同情自己孤苦无助的境地。但是，一个念头突然闪过脑海，才刚刚十一点钟，街上还有不少人，总有些人会相信他的遭遇。想到这一点，他上前一步，多少有点急促地说，他准备好了。

不管是他的一闪念，还是那个念头的意图，都没被他的同伴放过。他开口的时候，她仔细盯着他，然后给了他心领神会的一眼，这足以表示，她猜到他脑子里在转什么念头了。

“嘘！”那姑娘朝他俯下身，扭头看了看，指了指门，“你帮不了自己。我努力为你试过了，但压根没用。你被盯牢了。就算你能从这儿逃走，也不是现在。”

她的样子很热切，奥利弗被惊到了，非常讶异地抬头看着她的脸。她好像在说实话，脸色又苍白又激动，身体颤抖着，看得出态度十分认真。

“我救过你一回，不让你挨打，我还会再救你一回，就现在，”姑娘继续大声说，“要不是我来领你，那个来带你走的人要比我凶得多。我保证过你会安安静静上那里去，要是你闹腾，会害了自己，也害了我，说不定还会害死我。看这里！我已经为你吃了苦头，上帝可以作证。”

她匆匆指了指自己脖子和胳膊上的瘀青，接着飞快说道：“记住这个！这会儿别让我再为你吃更多苦头了。要是我能帮你，我会帮你；但我没那能耐。他们没打算伤害你，不管他们叫你做什么，不是你的错。嘘！你说的每个字，对我都是一次打击。把手给我。快一点，你的手！”

她抓住了奥利弗本能地放在她手心里的手，吹灭了烛火，拉着他上了楼。门很快被躲在黑暗里的人打开了，他们走出去后又被迅速关上。一辆双轮马车在等候，她拉他上了车，让他坐在她身边，拉下了帘子，那份急切跟之前和奥利弗说话时的样子一样。车夫没待指令，就飞马加鞭，一刻也没有耽搁。

姑娘仍然紧紧抓着奥利弗的手，不断往他耳朵里灌进已经说过的各种警告、保证。一切都那么迅速，那么匆忙，他还没来得及反应过来自己在哪里，或怎么来的，马车就已经停在了犹太人前一晚来过的地方。

有那么一刻，奥利弗匆匆瞥到一眼空荡荡的街道，求助的呼喊就在嘴边。但姑娘的声音也在耳边，她恳求他记得她的语气那么痛苦，他不忍心叫出来。他一犹豫，机会就错过了，他已经在屋里，门被关上了。

“这里走，”姑娘说，头一回松开手，“比尔！”

“你好！”赛克斯回答，在楼梯口现身，拿着根蜡烛，“哦，来的正是时候。来吧！”

赛克斯这样脾气的人，这已经算是在表达极其强烈的赞许、不同寻常的由衷欢迎了。南茜因此显得很高兴，热情地跟他打了个招呼。

“牛眼跟汤姆回家了，”赛克斯说道，他一路照亮他们上楼，“它在这儿会碍事的。”

“说的是。”南茜回答。

“嗯，你把孩子带来了。”等大家都进了房间，赛克斯关上门说道。

“是的，他来了。”南茜答道。

“没闹吧？”赛克斯问。

“安静得跟头羊羔似的。”南茜回答。

“很高兴听你这么说，”赛克斯说道，冷酷地看了奥利弗一眼，“这是为了他的小身子骨好，不然有他好受的。过来，小子，让我给你上堂课，这会儿就上。”

赛克斯这么跟他的新学生说道。他拽下奥利弗的帽子，扔到角落，然后抓着他的肩膀，自己在桌边坐下，让那孩子站在跟前。

“好了，首先，你知道这是啥？”赛克斯拿起桌上的手枪，问道。

奥利弗说知道。

“那好，看这里，”赛克斯继续说，“这是枪药，这是子弹，这是填药用的一小块旧毡帽。”

奥利弗咕哝着说他知道了这些东西的用处，赛克斯开始给手枪上膛，非常从容，一丝不苟。

“好了，装好了。”赛克斯弄完说道。

“是的，我瞧见了，先生。”奥利弗回答。

“嗯。”强盗抓住奥利弗的手腕，枪管抵着他的太阳穴，那一刻孩子无法克制惊慌，跳了起来，“我们出门，你跟着我，除非我跟你说话，不然要是你说一个字儿，我就一枪崩了你，别怪我没打招呼。好了，要是你真的打定主意随便开口，你就先祷告吧。”

为了加强效果，赛克斯先生朝被警告的对象怒视一眼，又继续说：“就我所知，要是你真的被干掉了，根本不会有人特地问起你，所以要不是为了你好，我也不用费神跟你解释。你听见了吗？”

“你说那么多，”南茜说道，语气很坚决，她冲奥利弗微微皱了皱眉，好像示意他认真听好自己的话，“意思就是，你手头这件活，要是被他搞砸了，你就一枪崩了他脑袋，免得事后他乱说话。你冒着上绞架的危险也要干这一票，反正你就是干这行的，每个月都要干上好多回这样的事。”

“就是这意思！”赛克斯赞许地说道，“女人总是几句话就说清楚了。除了她们生气的时候，那时候，她们说起来可没完没了。好了，他全明白了，我们吃晚饭吧，动手前先打个盹儿。”

按照这一要求，南茜迅速铺好桌布，她消失了一会儿，回来时端着一壶啤酒，一盘羊头肉：这让赛克斯先生有机会说了几句开心的俏皮话，他说他发现一个非凡的巧合，“羊头”[1]既是他们都知道的黑话，也是他那一行常用的精巧工具。事实上，也许因为马上就要大干一票，激动之下这位先生的心情很是不错，兴致也很高。在此可以提一句以兹证明，他打趣般一口气喝光了所有的啤酒，而且，粗略算来，整顿饭过程中他的咒骂没超过八十次。

吃完晚饭后——很容易想见，奥利弗可没什么胃口吃晚饭——赛克斯先生又喝了几杯掺水的烈酒，然后一头倒在床上，吩咐南茜清晨五点准时叫醒他，还骂了她无数句，免得她没做到。他同样命令奥利弗睡觉，奥利弗和衣躺在地上的床垫上，那姑娘坐在火炉前，又添了点煤，准备在约定时间叫醒他们。

---

〔1〕原文 jemmies 一词既指羊头，也指撬棍。

好长一段时间，奥利弗都没睡着，心想南茜也许会找机会再低声给他进一步建议，但那姑娘一直坐在火炉前沉思，一动不动，除了偶尔剪一下烛花。他又期待又焦虑，疲惫不堪，终于沉沉睡着了。

他醒过来时，桌上放满了茶具，赛克斯正把各种各样的东西塞进搭在椅背上的大衣口袋里。南茜正忙着准备早饭。天还没亮，蜡烛还点着，外面很黑。急雨敲打窗棂，天空阴沉沉的满是乌云。

“好了，到点了！”奥利弗起身时赛克斯低吼道，“五点半了！快一点儿，要不就没早饭吃，已经晚了。”

奥利弗很快就梳洗完毕，吃了些早点，赛克斯板着脸看了他一眼，他马上答道都准备好了。

南茜几乎都没看那孩子一眼，她扔过一条手帕来，要他系在脖子上，赛克斯给了他一块粗布披肩，叫他披在肩膀上扣好。这样打扮完，他把自己的手交给强盗，而强盗停顿了下，只是为了威胁那孩子，示意那把手枪在他大衣的侧口袋里，然后紧紧抓住孩子的手，跟南茜道了别，带着他出发了。

他们快到门边时，奥利弗猛地转过头，希望能看到姑娘的眼神，但她已经回到火炉边的老位子上了，而且坐在那里，纹丝不动。

第二十一章 远 征

在那个清冷的早晨，他们踏上街头，风很大，雨很猛，阴云密布，预示着更大的暴风雨就要袭来。前一晚雨下得很大，路上积起了大大的水塘，阴沟里的水都倒溢出来了。天上有道微弱的亮光，眼看天就亮了，但它非但没有减轻环境的阴郁，倒让它更加幽暗了。昏暗的光芒衬得街灯更为惨淡，没有给湿漉漉的屋顶、凄惨惨的街道染上更温暖或更明媚的色彩。在城里这一带，似乎还没人起床，房屋窗户紧闭着，他们经过的街道无不悄无声息，空无一人。

等他们拐到贝斯纳尔格林路，天才刚刚亮。好多街灯已经熄灭了，几辆乡村马车慢腾腾地朝伦敦驶去，时不时地，满是泥浆的公共马车踢踏踢踏小跑而过；经过的时候，车夫总会往乡村马车笨重的车夫座上抽一鞭子，警告它跑错了道，占着自己的道路，让他比规定的时间晚了十五秒到站。点着煤气灯的小酒馆已经开张了，渐渐地，别的店铺也开始营业，路上零星见着些人。接着，零散的工人一群群开始上工，之后是头上顶着鱼筐的男人女人、装满各种蔬菜的驴车、满载活家畜或屠宰好的整猪整羊的轻马车、提着牛奶桶的女人，这道连续不断汇集起来的人流，拿着各种各样的东西，往城镇的东郊跋涉而去。赛克斯和奥利弗接近市中心时，渐渐人声嘈杂，车马不息，等到他们在肖迪奇和史密斯菲尔德之间的街道上穿行时，声响就已经汇聚成噪声与喧闹的轰鸣了。天空跟平常一样完全亮了起来，并将一直持续到暮色再次降临，伦敦一半人口都在忙碌的早晨开始了。

转过太阳街和皇冠街，穿过芬斯伯里广场，赛克斯沿着奇斯维尔街，突然拐进了巴比肯街，然后进入朗恩巷，最后进了史密斯菲尔德区，那里一片混乱嘈杂，让奥利弗·退斯特大为好奇。

这天早上正好是赶集。地上全是泥浆污水，几乎漫过脚踝，从臭烘烘的牛的身体上，不断冒出浓厚的水汽，和似乎在烟囱顶上徘徊不去的雾气混杂在一起，沉甸甸地悬荡在上空。这么大一块地方中间，所有的围栏，还有那些尽可能挤进了空地的临时围栏中，都圈着羊，系在阴沟边木桩上的，是三四长排公牛。乡人、屠夫、车夫、小贩、孩子、扒手、游手好闲的，还有其他各色下等游民，都挤成一团；家畜商人吹着口哨，狗儿狂吠着，公牛一边蹬蹄子一边低吼，羊咩咩叫唤，猪又是呼噜又是哼哼；到处传来小贩的叫卖声、喊嚷声、戾骂声、争吵声，每个小酒馆里都钟声鸣响、人语喧闹；人们拥挤、推搡、追赶、打闹、叫喊，集市每个角落都回荡着可怕刺耳的噪声；蓬头垢面、胡子拉碴、浑身脏兮兮的人不断跑来跑去，从人群里突然冲进冲出；这一场面震耳欲聋，让人心烦意乱，手足无措。

赛克斯先生拽着奥利弗，用胳膊肘开道，挤进最密集的人群，对奥利弗大为震惊的各种场景与声响毫不在意。有时碰到认识的朋友，他只是点头致意，还有不少人约他早上喝一杯，都被他拒绝了，他始终坚定往前，直到骚乱被留在身后，他们穿过霍希尔巷，到了霍尔本。

“好了，小子！”赛克斯抬头看了看圣安德鲁教堂的大钟，说道，“都快七点了！你得走快点。快，别在后头拖拖拉拉的，懒鬼！”

说着，赛克斯先生狠狠拧了小同伴手腕一把，奥利弗加快步子，介乎快走与小跑之间，尽可能跟上那个强盗的大步流星。

他们保持这样的速度，直到过了海德公园一角，踏上前往肯辛顿的道路，赛克斯才放慢步子，等着后面不远处的一辆空马车驶了上来。看见上面写着“豪恩斯洛区”，他尽可能显出彬彬有礼的样子，问车夫可否让他们搭车到艾尔沃斯。

“上来吧，”那人说，“这是你儿子？”

“是的，是我的孩子。”赛克斯回答，他狠狠地看了奥利弗一眼，手机械地伸进放着手枪的口袋。

“你爹走太快啦，是不是，我的孩子？”看见奥利弗气都喘不上来，车夫问道。

“一点不快，”赛克斯插嘴答道，“他习惯了。来，抓住我的手，奈德[1]。上来！”

说着他帮着奥利弗上了马车，车夫指指一堆麻袋，示意奥利弗去那里躺着休息会儿。

他们过了一块又一块界碑，奥利弗越来越好奇，他的同伴到底要带他到哪里去。肯辛顿、哈默史密斯、奇西克、植物园桥、布伦特福德，这些地方都过了，他们还是始终往前，仿佛旅途才刚刚开始。最终，他们到了一家名叫“车马”的酒馆，前面有条岔路。马车停下了。

赛克斯颇为仓促地跳下车。他始终抓着奥利弗的手，直接

---

〔1〕赛克斯给奥利弗起的假名。

举起他放到地上，怒气冲冲地看了他一眼，拳头意味深长地拍了拍侧口袋。

“再见了，孩子。”那人说。

“他在闹情绪，”赛克斯回答，晃了晃他，“闹脾气。小狗崽！别管他。”

“我可没脾气，”那人回答，上了马车，“不管怎么说，天不错呀！”他赶着车走了。

赛克斯一直等到他走远了，才跟奥利弗说，他现在想看可以四处看看，然后又领着他继续上路了。

过了酒馆，他们往左拐走了一小段，然后又往右一拐，走了很长时间，经过的道路两边有许多大花园和大宅子。他们一气走到一个小镇，中间只停下来喝了一点啤酒。奥利弗看见镇里一家房屋的墙壁上，写着漂亮的几个大字“汉普顿”。他们在田间游荡了几个小时，最后又回到镇上，进了一家老旧的酒馆，招牌都污损了，他们在厨房火炉边，点了晚餐。

厨房很破旧，屋顶矮矮的，一根巨大的房梁横在天花板当中，火炉旁，有几张高背长凳，坐着几个穿着粗布劳动衫[1]的粗人，在那里抽烟喝酒。他们根本没在意奥利弗，也几乎没注意到赛克斯，赛克斯也没管他们，跟小同伴自顾自坐在角落，并没有感到任何不便。

他们吃了点冷肉当晚饭，然后歇了好久，赛克斯抽了三四管烟斗，奥利弗很肯定他们应该不会再赶路了。走得好累，又

〔1〕 到膝盖的长衫，工人们一般穿在外套外面，或直接代替外套。

起得那么早，他打起了瞌睡，接着，被疲倦和烟草的味道熏得沉沉睡去。

赛克斯把他推醒的时候，天已经很黑了。他驱散睡意清醒过来，坐起来看了看周围，发现赛克斯跟一个干活的正一边喝着一品脱麦芽酒，一边亲密交谈。

“那么说，你要去哈利福德低地，是吗？”赛克斯问。

“是的，”那人回答，似乎有点喝多了——或者说，喝好了，视情况而定，“而且不会太慢。我的马后面没载东西，不像早上出来，所以花不了它多少时间。祝它好运！哎，它是个好家伙！”

“那你能带我和这孩子一程吗？”赛克斯请求道，把麦芽酒推到新朋友面前。

“要是你这就走，可以，”那人说，从啤酒壶后面看着赛克斯，“你是要去哈利福德吗？”

“再接着去谢伯顿。”赛克斯回答。

“包在我身上了，能带多远带你们多远，”那人回答，“账都结了，贝琪？”

“是的，那位先生付过了。”姑娘回答。

“我说呢，”那人醉醺醺地一脸庄重地答道，“这可不好，你知道的。”

“有啥不好，”赛克斯回答，“你要带上我们俩，难道就不能让我招待你喝一品脱作为报答？”

陌生人带着深思的表情对这个说法略加思考，然后握住赛克斯的手，宣布他真是个好人。对此，赛克斯回答说，他在说笑罢了，要是他清醒些，肯定能摆出十足的理由，说明自己是在开玩笑。

这样互相恭维了一番后，他们跟店里别的客人道过晚安，走了出去。这工夫姑娘在那里已经收拾好酒壶和酒杯，全捧在手里，走到门边，目送他们离开。

不在场情况下被祝福过的健康的马儿立在外面，套上了马具。奥利弗和赛克斯不再客套，钻了上去，马的主人逗留了一小会儿，说是让马“振作起来”，好向酒馆马夫和整个世界表明，再找不出可以和它匹敌的同类，然后也登上了马车。他吩咐酒馆马夫松开马缰，马夫松开了，马却令人不快地甩起马缰来：它极为鄙弃地把它抛到空中，马缰飞进了对面的客厅窗户。展示了这样的特技，并前腿腾空、后腿立起一会儿后，它开始飞速跑了起来，咔嗒咔嗒，马车雄赳赳气昂昂地出了城。

这个晚上，天特别黑。潮湿的雾气从河面和周围的沼泽地上升起，飘满了阴郁的田野。天气也冷得刺骨，一片阴沉晦暗。谁也没说一句话，车夫早已睡眼惺忪，赛克斯也无意引他交谈。奥利弗坐在马车角落，蜷缩着身子，又警惕又担心，荒凉的树丛里，影影绰绰像是有什么奇怪的东西，枝条可怕地摇来晃去，仿佛对这一荒芜凄凉的地方感到某种古怪的快乐。

他们经过森伯里教堂时，钟敲响了七下。对面的渡口小屋亮着一盏灯，一束光穿过道路，投向墓地和墓地上的紫杉，将它们笼罩在更为阴沉的暗影中。不远处，传来水流的沉闷声音，老树的叶子在夜风中轻轻摇曳。仿佛一曲死者长眠的安详音乐。

过了森伯里后，他们又再次驶上僻静的小路。走了两三英里后，马车停下了。赛克斯跳下车，拽着奥利弗也跳了下来，他们再次徒步上路。

到了谢伯顿，他们并没有像疲惫的男孩所期待的，拐进哪座房子，而是继续走啊走，黑暗中，他们蹚过泥地，穿过阴暗的小巷，走过寒冷广阔的荒原，一直到最后，能看到不远处小镇的灯光。奥利弗紧紧盯着前方，看到河水就在下方流淌，他们来到了一座桥下。

赛克斯只管往前走，快到桥边，突然拐进了左边的河岸。

“那是河啊，”奥利弗心想，害怕得反胃，“他要把我带到那荒凉地方杀了我呀。”

他就要躺倒在地，为年轻的生命做垂死挣扎，忽然发现他们站在一栋孤零零的房子跟前：破败不堪，几成废墟。荒废的门边，左右各有一扇窗户，楼上还有一层，但看不见光亮。屋子黑乎乎的，里面啥也没有，一切迹象看来都无人居住。

赛克斯还是抓着奥利弗的手，轻手轻脚走到低矮的门廊下，提起了门闩。门随之而开，他们一起走了进去。

第二十二章　夜　盗

“哈喽！”他们一走进门廊，就有个粗哑的声音大声叫道。

“别嚷嚷，”赛克斯说，闩上门，“给点光，托比。”

“啊哈！我的伙计！”还是这声音叫道，“给个火，巴尼，火！给这位先生带个路，巴尼；劳驾，先醒一醒。”

说话人朝说话的对象扔了一个鞋拔子，或别的什么类似东西，听上去是样木头玩意儿，它重重地掉下了，然后隐隐约约是一个人半睡半醒的咕哝声。

“听见了吗？”那人叫道，“门口走廊里是比尔·赛克斯，没人招呼，你倒睡在这里，就好像晚饭吃了鸦片酒，劲儿最大的就是它了。你清醒点没有，还是想让铁烛台再来一下，让你彻底醒过来啊？”

这番质问后，一双趿着拖鞋的脚匆匆跑过房间的光地板，从右手门边，先是闪出一道微弱的烛光，然后是个人影，就是之前提到过的说话总是瓮声瓮气、在小红花山酒馆当侍者的那个。

“赛克斯显（先）生！”巴尼喊道，带着一副不知真假的开心笑容，“紧（进）来，先生，紧（进）来。”

“听着，你先走，”赛克斯说，把奥利弗拖到他前面，“快一点！不然我踩着你脚后跟了。”

嫌前面的奥利弗磨叽，赛克斯咕哝骂了一声，推了他一把。接着他们进了一个低矮昏暗、烟雾缭绕的房间，里面有两三把破破烂烂的椅子，一张桌子，还有个有些年头的沙发，沙发上，有个人腿翘得比头还高，四仰八叉躺着，抽着一支长长的陶土烟斗。他穿着一件剪裁精致的黄褐色外套，上面缀着大大的铜纽扣，脖子上系着一根橘黄色的领巾，还有一件粗劣扎眼的杂色图案的马甲和浅褐色马裤。这位克拉克特先生（他以此名行走江湖）头发不多，胡子也稀稀落落的，但它们都染成微微泛红的颜色，被弄成长长的螺旋鬈；他的手脏得要命，上面戴着几只普通的大戒指，常常伸进头发里。克拉克特先生比中等身材的人稍高一点儿，双腿显然相当无力，但这一情形丝毫没有减损他自鸣得意地欣赏高高翘起的那双翻口马靴。

“比尔，我的孩子！”这个人扭头对着门说道，“很高兴见到你。我都担心你已经放弃，只好我自个儿出马了。哈喽！”

托比·克拉克特的眼神停在奥利弗身上，发出了一声相当惊讶的叫喊，他立刻坐直了身子，问他是谁。

“孩子，就是那个孩子！”赛克斯答道，拉了把椅子靠近火炉。

“素（是）费京显（先）生的小子吧。”巴尼咧嘴喊道。

“费京，嗯！”托比看着奥利弗，叫道，“要掏空那些教堂里老太太的口袋，这孩子可是无价之宝。他的脸蛋就是他的本钱。”

“够了——够了！”赛克斯不耐烦地插嘴道，他俯身在斜倚在沙发上的朋友耳边，低声说了几句，克拉克特先生听了大笑起来，吃惊地盯着奥利弗看了很久。

“好了，”赛克斯回到座位上，说，“要是等着的时候，你给我们弄些吃的喝的，就是对我们有心了，或者不管怎么说，至少对我有心了。在火炉边坐下，小子，休息一会儿，今晚你还要跟我们出门呢，不过去的地儿也不远了。”

奥利弗看看赛克斯，没有出声，心里又害怕又疑惑，他搬了一把小凳子，坐在火炉边，两手撑着疼痛的脑袋，根本不知道自己在什么地方，周围又发生了什么。

“来，”托比说道，那个年轻的犹太人正把一些七七八八的食物和一瓶酒放到桌上，“祝噼啪[1]马到成功！”为了祝酒，他站起来，小心翼翼地把他的空烟斗放在角落，满上一杯酒，喝了下去。赛克斯也同样喝了一杯。

“给孩子喝一口。”托比说着，倒了半杯，“喝了，小屁孩。”

“我真的，”奥利弗可怜巴巴地看着那个男人的脸，“我真的，我——”

“喝了！”托比重复道，“你以为我不知道什么是对你好？告诉他喝下去，比尔。”

“他最好给喝下去！”赛克斯拍拍口袋，“我都气炸了，他比一大堆空空儿都麻烦。喝了，你这个犟头犟脑的小子，喝下去！”

被这两个男人恶狠狠的样子吓坏了，奥利弗赶快把杯子里的酒喝了下去，惹出一阵剧烈的咳嗽，托比·克拉克特和巴尼都乐坏了，甚至阴沉的赛克斯先生也笑了起来。

之后，赛克斯美美吃了一顿（奥利弗什么也吃不下，除了他们逼他咽下去的一小块面包皮），然后两个人躺在椅子上打盹。奥利弗仍旧坐在火炉旁的凳子上，巴尼包着条毯子，瘫躺

---

〔1〕指入室盗窃。

在地板上，就挨着火炉的围栏。

他们睡了或看上去睡了一小会儿，没人动弹，只有巴尼起来两三次，给火炉添煤。奥利弗打起瞌睡，想象自己沿着阴暗的小巷流浪，要么在黑暗的教堂院子里徘徊，过去一天的这个或那个场景浮现眼前。忽然，他被托比·克拉克特吵醒了，后者一跃而起说，一点半了。

两人迅速起身，忙碌地准备起来。赛克斯和同伙用黑色大包巾将脖子下巴包起来，穿上厚外套，巴尼打开橱柜，拿出几样东西，匆匆塞进口袋。

"'大嗓门'给我，巴尼。"托比·克拉克特说。

"在这里，"巴尼回答，拿出两把手枪，"你自己装好子弹。"

"行！"托比答道，装了起来。"'硬来'[1]呢？"

"我都带好了。"赛克斯回答。

"头巾、钥匙、中心钻头、暗灯[2]——没有什么忘了的吧？"托比问，他在外套内里的扣环上系了一根撬棍。

"好了，"他的同伙也说道，"给我们拿几根木棒过来，巴尼。是时候了。"

说着，他从巴尼的手里拿过一根粗棒，巴尼已经给了托比一根，这会儿正忙着给奥利弗系好披肩。

"好了，那么走吧！"赛克斯说，伸出手。

不习惯的长途跋涉、此地的氛围，以及被逼灌下去的酒，

---

〔1〕 指撬棍等作案工具。

〔2〕 光线被遮住的灯，类似灯笼，用小黑板罩挡住烛光，其中一块木板可上下滑动，让光透出来一些。

让奥利弗完全麻木了，他机械地把手放进赛克斯的手里，那只手就是为此而伸出来的。

“抓着他的另一只手，托比。”赛克斯说，“出去看看，巴尼。”

巴尼跑到门边，然后回来说，外面没有动静。两个强盗出发了，奥利弗被夹在中间。巴尼快速关好门，插好门闩，然后又像刚才那样把自己裹成一团，不一会儿就睡着了。

外面一片漆黑。雾气比上半夜更浓了；空气那么潮湿，尽管没有下雨，出门才几分钟，奥利弗的头发和眉毛里就满是周围飘浮着的半冻结的水汽。他们过了桥，然后一直往他之前见到过的灯火走去。他们离那里并不远，而且，因为他们步子飞快，很快就到了彻特西。

“从镇子穿过去吧，”赛克斯低语，“今晚路上没人会看见我们。”

托比默许了，他们快速穿过小镇的主路，那个点儿，路上杳无人烟。只间或有些人家的卧室，散出一些微光，偶尔几声嘶哑的狗吠，打破夜色的寂静。他们穿过镇子时，教堂钟声刚敲响两点。

他们加快步伐，转到了左手边的路上。走了大约四分之一英里后，他们停在一栋围着围墙的独立住宅前，一眨眼工夫，托比·克拉克特没停下喘口气，就一气儿爬上了围墙顶。

“下一个，这孩子，”托比说，“把他托上来，我会抓住他的。”

奥利弗没顾得上四下瞧瞧，就被赛克斯从胳膊底下举起来，三四秒后他就和托比躺在另一侧的草地上了。赛克斯紧跟着也翻了过来。他们悄悄朝房子走去。

奥利弗惊恐欲狂，直到此时，他终于明白了这次远行的目的，假若不是去杀人的话，就是入室抢劫。他紧握双手，下意识地发出一声压抑的惊叫，两眼一黑，冷汗直淌，双腿也不听使唤，一下子跪倒在地。

“起来！”赛克斯气得发抖，从口袋里掏出了手枪，低声叫道，“给我起来！不然你就脑袋开花，脑浆全洒在草地上。”

“哦，看在上帝的份上，让我走吧！”奥利弗喊道，“让我跑掉，死在野地里好了。我不会再靠近伦敦，永远，永远不会！哦！可怜可怜我，别让我去偷东西。看在天上所有漂亮天使的份上，可怜可怜我！”

面对这通恳求，那家伙发出一声可怕的咒骂，举起了手枪，这时迟那时快，托比一下打掉了他握着的枪，又用手捂住孩子的嘴，拖着他往房子那里去。

“嘘！”那人叫道，“这里没人搭理你。再说一句，我就自个儿给你来个脑袋开花。不但无声无息，而且十拿九稳，还比较文雅。好了，比尔，把窗撬开。他胆子应该够了，我保证。我见过他这个年纪的孩子，比他老练的，也这样，在冷飕飕的晚上闹一出，一两分钟就好了。”

赛克斯一边心里暗骂费京把奥利弗送来干这活儿，一边悄无声息却竭尽全力地使起撬棍来。耽搁了一会儿，托比也出手相帮，他说的那块窗板终于从铰链处松开了。

这是扇小小的花格窗，在屋子背面，大约离地五英尺半，是走廊尽头的洗碗间或酿酒间的窗户。窗洞很小，主人可能觉得不值得再另加防范，但大小足够让奥利弗这样个头的男孩子进出了。赛克斯又灵活地鼓捣了一下，解决了紧扣的窗格，窗户立刻洞开。

“好了，听好了，你这小崽子，”赛克斯低语，从口袋里掏出一盏遮光的暗灯，对着奥利弗的脸照着，“我把你弄进去。拿着这盏灯，轻轻走上你面前的楼梯，穿过小客厅，去临街的门那里，打开门，让我们进来。”

“门闩在顶上，你够不着，”托比插嘴，“从客厅拿把椅子过去，站在椅子上。客厅里有三把椅子，比尔，上面画着一只大大的蓝色独角兽和金色的干草叉：这是老太太家族的纹章。”

“少说些，行不？”赛克斯答，恶狠狠地看了托比一眼，“房间小门是开着的，是吗？”

“大开着，”托比保险起见，往里瞅了一眼，答道，“妙就妙在他们一直让那扇门开着，只用锁钩勾住，狗窝在里面，这样狗醒着的时候就可以在走廊里进进出出了。哈哈！巴尼今晚把那狗引开了。完美！”

尽管克拉克特先生的说话声低得听不见，笑的时候也不出声，赛克斯还是很不耐烦，命令他安静，赶紧干活。托比遵命，先是拿出他的暗灯，放在地上，然后头紧紧顶在窗下，双手搭在膝盖上，让人可以踩在他的背上。赛克斯立刻站了上去，把奥利弗轻轻从窗口递了进去，先是让他的脚进去，然后，手没松开他的衣领，将他安安稳稳地放在里面的地上。

“拿着这灯，”赛克斯往房间里打量着，说道，“看见你面前的楼梯了吗？”

奥利弗已经吓得半死，憋出一句“看见了”。赛克斯用手枪指了指临街的门，提醒他一路都在手枪射程，要是犹豫不前，立刻就会倒地毙命。

“一分钟就完事儿了，”赛克斯还是低声说道，“我这就放手，你立刻去干。听！”

“怎么了？”另一个人低语。

他们凝神听了听。

“没事，”赛克斯说着，松开奥利弗，“去！”

奥利弗不得不赶紧定了定神，这孩子决定，不管如何，哪怕会死，他都要试一把从客厅偷偷上楼，警告一下这家人。打定了主意，他立刻悄悄朝前走去。

“回来！”突然，赛克斯大叫，“回来！回来！”

叫声突然打破了这地方死一般的寂静，接着响起了另一声大喊，奥利弗吓得把灯跌到了地上，不知道该继续往前还是逃跑。

叫喊一声又一声——灯亮起来了——他眼前浮现两个影影绰绰的人影，衣冠不整的、吓坏了，在楼梯顶头——一道闪光——一声巨响——一阵烟雾——某处什么东西碎了，他不知道是在哪里——他跌跌撞撞后退着。

有那么一秒钟看不见赛克斯的人影，不过他又冒了出来，烟雾散去前一把抓住了奥利弗的衣领。他用自己的手枪对着那两个往后退去的人开火，然后把奥利弗提了上来。

“胳膊抱得再牢些，”赛克斯把他从窗户里拖出来，说道，“给我根披巾，他们打中他了。快！这孩子流了好多血！”

然后钟声大响，混杂着火枪声、男人的叫喊声，他感觉到自己被抬走了，路面坑坑洼洼，抬他的人步子飞快。渐渐的，声响越来越远，死一般的冰冷悄悄爬上孩子的心头，他什么也看不见，什么也听不到了。

第二十三章　本博先生和一位女士愉快交谈，显示哪怕是个干事，也可能在某些时刻动情

这一夜尤其冷。地面上的雪已冻结成一层又厚又硬的冰壳，只有小路上和角落里的积雪，才承受着海边吹来的呼啸寒风：北风找到了这些战利品后，怒气更盛，不由分说将它们吹上了天，搅成几千个白蒙蒙的旋涡，在空中纷纷扬扬。朔风阴冷、忧郁而刺骨，那些坐拥豪宅、酒足饭饱的人，围着明亮的炉火，感谢上帝他们可以待在家里；而那些无家可归的可怜人，饿得奄奄一息，倒下了，死去了。碰上这样的光景，很多饥寒交迫的流浪汉，在我们光秃秃的街道上闭上了眼睛，不管他们是否罪孽深重，反正他们也不会再睁开眼睛，看看一个更悲惨的世界了。

这是门外的光景，济贫院女舍监科尼太太，这会儿坐在自己的小房间里，面前是欣悦地跳动着的火苗。她心满意足地瞟了一眼小圆桌，上面有只跟圆桌相称的托盘，里面放着舍监们享用宜人一餐所需要的一切。这家济贫院，就是我们之前提到过的奥利弗出生的那家。事实上，科尼太太正打算喝杯茶，犒劳一下自己。她的目光从桌子转到了火炉，那里有一把小得不能再小的茶壶细声唱着小曲儿，她内心的满足显然更进一层，真的，科尼太太那么高兴，笑起来了。

“嗯！”舍监说着，胳膊肘支在桌上，望着炉火沉思，“我肯定，我们每个人都有好多需要感激的东西！真的好多，要是我们知道的话。唉！”

科尼太太悲伤地摇了摇头，仿佛在哀叹那些心智蒙昧的贫民对此一无所知，然后拿起一把银勺（私人财产）伸进两盎司茶叶罐的顶里头，准备煮茶。

可是，多么微小的一件事，就可以扰乱我们脆弱心灵的宁静！黑色的茶壶很小，很容易就灌满，科尼太太正满脑子想着道德问题呢，茶水就溢了出来，略略烫到了她的手。

“这臭茶壶！”尊贵的舍监说道，连忙将茶壶放回火炉铁架上，“这样蠢东西，只够倒一两杯茶！有啥用啊，除了，”科尼太太顿了一下，“除了我这样孤独的可怜人。哦天呐。”

说着，舍监跌回到椅子上，再次把胳膊支在桌上，想起了自己孤独无依的命运。小小的茶壶，伶仃的茶杯，在她脑海里唤醒了对科尼先生的哀思（死了最多二十五年），她伤心不已。

“我再也找不到另一个了！”科尼太太恨恨地说，“我再也找不到一个——像那样儿的了。”

这话说的是丈夫，还是那个茶壶？不得而知。也许说的是茶壶，科尼太太说话的时候正看着它，之后她又端了过来。她刚喝完第一杯茶，房门上就响起了轻轻的敲门声。

“哦，进来吧！”科尼太太尖声说，“大概又是什么老女人死了吧。她们总是在我吃饭的时候死翘翘。别站在那里，冷风都钻进来了，别那样。什么事儿啊，嗯？”

“没什么事儿，夫人，没事儿。”有个男人的声音回答。

“天呐！”舍监嚷道，声调温柔了许多，“是本博先生吗？”

“听候吩咐，夫人。”本博先生说道，他停住了脚，在外面把鞋子蹭干净，抖掉外套上的雪花，走了进来，一手拿着三角帽，一手拿着一个包袱。“要我关上门吗，夫人？”

夫人有点犹豫，没有吭声，不知道关着门跟本博先生谈话会不会不太合适。本博先生见夫人迟疑，自己又冻得厉害，就借此机会，未经允许关上了门。

“天气太糟糕了，本博先生。”舍监说。

“是啊，真是的，夫人，”干事回答，“这天气跟教区作对啊，夫人。今天下午我们就已经分发了，科尼太太，分发了二十份的四磅面包加一块半奶酪，可那些贫民们还是不满足。”

“当然不满足了。他们什么时候满足过呀，本博先生？”舍监啜了口茶，说道。

“可不，真是的，夫人！”本博先生附和，“有个人，考虑到他还有妻子和一大家子，给了他四磅面包和一整磅奶酪，分量足足的。他感激吗，夫人？他感激吗？他的感激一个铜板都不值！他做了什么呢，夫人，他倒开口要煤了，说是只要装满一块手帕就行！煤！他要煤干什么？用煤烤奶酪，用完了再回来要。这些人就这样，夫人，今天给了他们满满一围兜的煤，大后天他们又会回来再要，脸皮厚得石膏一样。”

舍监对这个聪明的比喻表示完全认同，干事又继续往下说。

“我从没有，”本博先生说道，“见过心这么黑的。前天，有个人——您是位结了婚的太太，夫人，所以我可以跟您说——那个人几乎一丝不挂（说到这里，科尼太太低头瞧着地板），跑到我们济贫专员的屋子门口，那会儿他正有客人来吃饭呢，说，他必须领点救济，科尼太太。他不肯走，把客人吓坏了，我们的专员就给了他一磅土豆、半品脱稀粥。‘我的天！’那个忘恩负义的恶棍说，‘这对我有什么用？你还不如给我一副铁丝眼镜呢！’‘很好，’我们的专员说，把那些救济又拿回去了，‘那就没有别的东西给你了。’‘那我就死在大街上了！’那个流浪汉说。‘哦，不会的，你不会的。’我们的专员说。”

“哈哈！说得真好！真是格拉纳特先生的作风，是吧？”舍监插嘴，“后来呢，本博先生？”

“嗯，夫人，”干事回答，“他就走了；他的确死在大街上了。真是个脑子不转弯的贫民啊！”

“真叫人不敢相信，”舍监断然说道，“但您不觉得，不管怎么说，街头救济[1]不是什么好事吗，本博先生？您是位经验丰富的先生，应该知道这点吧。您说呢？”

“科尼太太，”干事笑了，男人觉得自己见识高人一等时，便会这样微笑，“街头救济，要是处理得当，夫人，是教区的保障。街头救济的伟大原则就是，给那些贫民他们不要的东西，然后他们就会懒得再来了。”

“天呐，”科尼太太喊道，“啊，那这也是件好事了！”

“是啊，就你我之间说说，夫人，”本博先生回过头来说，“这是条非常了不起的原则，那些无法无天的报纸里说，有病人的家庭总是会得到几片奶酪救济，原因就在这里。这是全国通行的规矩了，科尼太太。不过，”说到一半，干事停下来打开包袱，“这可是官方的秘密，夫人，不能提的，除非，我可以这么说，只在教区官员之间说说，比如我们俩。这是波特酒，夫人，理事会为医务室订的，真正的、新鲜的、道地的波特酒，今儿上午刚从酒桶里倒出来，非常纯净，没有任何沉淀！”

---

〔1〕指给没有住在济贫院的贫民食物等一定救济。

本博先生把第一瓶酒举到光下，好好摇了一摇，证明它的确优质，然后把两瓶酒放到了五斗柜上，叠好原先用来包裹它们的手帕，小心放进口袋，拿起了帽子，作势要走。

“您这一路太冷了，本博先生。”舍监说道。

“这风啊，夫人，”本博先生回答，竖起了衣领，“简直要把我的耳朵刮掉了。”

舍监的眼神从茶壶转到往门边走去的干事身上，干事咳嗽了几声，准备跟她道晚安，她红着脸问，他要不要——要不要喝杯茶？

本博先生立刻又翻下衣领，把帽子和手杖放在椅子上，再拉了把椅子到桌边，慢慢坐下，看着夫人。她眼神盯着茶壶。本博先生又咳了几声，微微笑了。

科尼太太站起来，从柜子里取出另一套杯碟。坐下来时，她的眼神又遇上了干事殷勤的眼神；她脸红了，忙着给他沏茶。本博先生又咳嗽起来——这次咳得比之前都响。

“要甜一点吗，本博先生？”舍监问，拿起糖罐。

“我爱喝很甜的，真的，夫人。”本博先生说话的时候，一直盯着科尼太太。要是存在一位看上去很温柔的干事，那么这会儿本博先生就是那样。

茶沏好了，默默地端了过去。本博先生把手帕铺在膝盖上，免得面包屑弄脏了他漂亮的裤子，开始用起茶点。为了让这赏心乐事不至于沉闷，他偶尔长叹一声，但这长叹对他的胃口毫无伤害；相反，似乎让他更顺当地喝起茶吃起面包来了。

“我看见你养了只猫，”本博先生说道，瞟了一眼那猫，它被它的一家子围着，在炉前烤火，“还有一堆小猫。”

“你都想不到我有多喜欢它们，本博先生，”舍监答道，“它们真的那么开心，那么淘气，那么快活，是我的好伴儿。”

“很好的动物，夫人，”本博先生表示赞同，“很适合家养。”

“哦，是呀，”夫人热情地回答，“它们很喜欢自己家，这真令人高兴。”

“科尼太太，夫人，”本博先生搅动茶勺，计算时间，慢腾腾地说道，“我这么说的意思是，夫人，任何能和您，夫人，住在一起的猫，或小猫，要是不喜欢这个家，那就一定是混蛋了，夫人。”

“哦，本博先生！”科尼太太表示抗议。

“掩盖事实也没有用啊，夫人，”本博先生说道，他慢慢搅着茶勺，一副情深意长、故作庄重的模样，看起来十分感人，“我会高高兴兴地亲自淹死那猫的。”

“那你就是个狠心的人了，”舍监快活地说，伸出手来拿干事的茶杯，“而且心肠很硬。”

“心肠硬，夫人？”干事说，“心肠硬？”干事没再说别的，递过杯子，顺势捏了捏科尼太太的小手指，又拍了拍自己的缀边马甲，重重地叹了口气，把椅子稍稍挪开，离火炉边远了些。

这是张圆桌，科尼太太和本博先生面对面坐着，相隔不远，对着壁炉。可以想见，本博先生从火炉边退后，仍然靠着圆桌，和科尼太太之间的距离就增大了；一些谨慎多虑的读者，无疑会敬佩本博先生的所为，认为这是相当英勇的举动：本博先生正为时间、地点和时机所诱惑，要说出某些温柔的情话，不管这些话从冒失轻浮之人口中说出来有多动听，对堂堂法官、议员、大臣、市长或其他公务人员来说，都将大失尊严，尤其是

本博先生把三角帽歪戴上，十分庄重地绕着桌子跳了四圈舞（《雾都孤儿》1855 年版，弗雷德里克 · 帕尔索普绘）

有损干事的稳重与庄严，众所周知，干事可是这些人里最严肃、最刻板的人。

可是，不管本博先生的本意是什么（它们毫无疑问极为崇高），不巧的是，我们已经提到两次了，这是张圆桌，随着本博先生把椅子一点点挪后，他和舍监之间的距离不久又开始缩小了；而且，他还沿着圆桌边继续挪动，不失时机地使得自己的椅子离舍监坐的椅子更近了。

事实上，两张椅子靠在了一起，它们靠上后，本博先生停下来了。

现在，要是舍监把椅子往右边挪，她就会被烤焦，朝左边呢，就会跌倒在本博先生的怀里，所以（作为一位谨慎的舍监，毫无疑问她一眼料到了结局），她原地不动，又给本博先生递了一杯茶。

“心肠硬，科尼太太？”本博先生搅拌着茶，抬头看着舍监的脸，说道，“你心肠硬吗，科尼太太？”

“天呐，”舍监叫道，“单身汉问出这样的问题够奇怪的。你想知道什么，本博先生？”

干事喝干了茶，吃掉了一片吐司，抖掉了膝盖上的面包屑，抹了抹嘴，从容不迫地亲起舍监来。

“本博先生！”言行谨慎的太太低声叫道，她大受惊吓，几乎失了声，“本博先生，我要嚷了！”本博先生没有回答，而是用一种缓慢而庄严的方式，双臂抱住了舍监的腰肢。

正当女士表示自己要叫喊的意图，当然，如此预料之外的胆大妄为，她是要喊的，有人急匆匆敲门，让此举变得多余。一听到敲门声，本博先生就灵活地冲向酒瓶，使劲给它们掸灰，而舍监尖声问道是谁。值得一提的是，这真是一个有趣的实例，证明突发事件可以有效抵消极度的恐惧，她的声音完全恢复了原先的粗鲁官腔。

“对不起，夫人，”一个憔悴干枯、丑得可怕的女贫民，头倚在门上，“老萨莉不行了。”

“这跟我有什么关系？”舍监气愤地质问道，“我又不能保她的命，是不是？”

“不，不，夫人，”老女人回答，“没人救得了她的命，她救不活了。我见过好多人死，小婴儿、强壮的男人，我太知道死到临头是啥样儿了。但她心里有事儿，不发作的时候——这时候不多见，因为她快死了——她说她有些话要说，您一定得听一听。您不来，她就不肯咽下最后一口气。”

听了这消息，可敬的科尼太太冲着那老女人吐出了各种各样的骂人话，骂这些人非得故意扰得管事的不得安生，否则就不肯死掉。然后匆匆抓过厚厚的披肩裹住自己，迅速跟本博先生说了一句，让他等着自己回来，以防还有什么特别的事情发生。她吩咐送信的老妇人快走，不要一晚上都在楼梯上磨磨蹭蹭，然后跟着她走出房间，态度很差，一路骂不绝口。

本博先生一个人留下后的举动，实在令人费解。他先是打开橱柜，数了数茶勺，称了称糖罐的分量，仔细查看了一个银制的牛奶壶，确定它是不是真银，然后，满足了对这些事物的好奇心后，他把三角帽歪戴上，十分庄重地绕着桌子跳了四圈舞。这一番非同寻常的表演之后，他又脱下帽子，仰面瘫在椅子上，背对着壁炉，脑子里似乎列起了一张家具清单。

第二十四章　说一说一个可怜人。这个小插曲也许在传记中很重要

打破了舍监房间宁静的老太婆，一看就是干报丧这行的。她年迈的身子佝偻着，四肢不听使唤，抖个不停，脸扭成一团，眼睛歪斜，嘴里咕咕哝哝，像是铅笔乱画出来的一个鬼影，而不是造化之工。

唉！造化的脸庞，又剩下几张，能因它们的美丽而让我们欢欣啊。这个世界的辛劳、悲伤、饥饿，改变了它们，也扭曲了内心；只有当那些苦痛沉沉睡去，永远丧失了它们的掌控力，阴云才会散去，天空才露出清澈。那些死者的面容，哪怕僵硬无比，也渐渐化为我们早已忘怀的熟睡婴儿的表情，呈现童年的模样，重新变得那么平静，那么安详，那些从他们快乐的孩童时代起就认识他们的人，敬畏地在棺材边跪下，仿佛看见了天使下凡。

干瘪的老太婆蹒跚地穿过走廊，走上楼梯，对于舍监的责备，咕哝了几句听不清楚的回答，最后终于停下来喘口气。她把灯递给科尼太太，然后尽可能跟在后面，而那个更敏捷的上司，一路走向女病人躺着的房间。

这是个空荡荡的阁楼，屋里什么也没有，房间那头亮着昏暗的灯火。还有个老妇人，守在病床边，教区药剂师的助手，靠着火炉，正在把一根羽毛笔削成牙签。

“晚上真冷，科尼太太。”舍监进屋时，这位年轻的先生说道。

“是很冷，先生。”妇人用最文雅的语调回答，还行了个礼。

“你应该让承包商给你们好一些的煤，”药剂师助手说道，用锈迹斑斑的拨火棍敲碎了炉子最上面的一个煤块，“冷成这样的晚上，这些根本不顶用。”

“这是理事会挑的，先生，”舍监回答，“他们至少要让我们很暖和，我们住的地方可糟糕得很。”

女病人发出一声呻吟，打断了这一对话。

“哎哟！”年轻人的脸朝病床转去，似乎之前他把病人忘在九霄云外了，“都完了，科尼太太。”

“不行了，是不是，先生？”舍监问。

“她要是还能撑上几个钟头，我倒是觉得稀奇，”药剂师助手说，又专心做起牙签来，“整个身体都崩溃了。她在打瞌睡吗，老太太？”

看护在床上弯下腰查看了一番，肯定地点了点头。

“要是你们不闹什么乱子，也许她就这样子走了，”年轻人说，“把蜡烛放地上，那样不刺她眼。”

看护照办了，同时摇了摇头，暗示这女人不会就这么轻易死掉，然后，她又坐回另一个看护身边，这时候这位看护已经回到房间了。女舍监很不耐烦，包裹着披巾，坐在床脚。

药剂师助手已经做好了牙签，他一动不动地站在火炉前，用这根牙签好好忙活了十来分钟，之后，他显然越来越无聊，祝科尼太太工作好运后，就踮着脚尖离开了。

她们默默坐了一会儿，两位老妇人从床边站起身，蜷缩在炉火边，伸出干枯的双手取暖。火苗在她们皱缩的脸上投下可怕的阴影，让她们的丑陋面孔更加吓人，她们就那样蹲着，开始低声交谈。

“我走了以后，她又说什么了吗，亲爱的安妮？”报丧的问。

“一个字也没说，”另一个回答，“她揪扯了一会儿自己的胳膊，我抓住她的手，很快她就睡过去了。她没剩多少力气，所以很容易就让她安静下来了。尽管我只有教区定额可吃，但对这个老女人来说，我还不算太虚弱；不算，不算。”

“大夫说她要喝热酒，她有没有喝？”前一个问。

“我试着让她喝下去，”另一个回答，“可她牙咬得紧紧的，杯子抓得牢牢的，我好不容易才夺回来。所以我自己喝了，倒很管用！”

两个丑老太婆警惕地四下看看，确定没人注意到她们，便凑近火炉，打心底里窃笑起来。

“我记得，”前一个说，“以前她自己就会这样干，之后还好好取乐了一番呢。”

“哎，她肯定会这么干，”另一个回答，“她是个快活的人。她把那么多死人整得漂漂亮亮，清清爽爽，像一个个蜡人一样。我的老眼看见过——哎，这两只老手也摸过它们，我一起帮忙，几十回了。”

说着，这老东西颤颤巍巍地伸出手，在脸前兴高采烈地挥舞了几下，然后，从口袋里摸索出一只老旧的褪了色的鼻烟壶，往同伴伸过来的手心里倒了点烟草粉末，又往自己手心里倒上更多。她们这样忙活的时候，等着那个要死的女人从昏迷中醒过来的舍监，已经不耐烦了，她凑过来厉声问，还得等多久？

“不会很久了，夫人，”第二个女人仰头看着她的脸，答道，“我们谁等死，都不会等很久的。耐心，耐心点！一会儿死神就来看望大家了。”

“管住你的嘴，你这个老糊涂！”舍监严厉地说道，“你，玛莎，告诉我，她之前有过这样子吗？”

“经常这样。”第一个女人答道。

“不过不会再这样了，”第二个补充道，“她最多只会再醒过来一次了——留心着，夫人，不会很久了。”

“不管长短，”舍监怒气冲天地说，“就算醒过来，我也不会在这里等着了；你们俩小心点，别没事就来烦我。我没有义务来看这栋房子里的老女人一个个死掉，我也不会——不多说了。给我小心点儿，你们这群放肆的丑老太婆。要是再要我，我就好好治你们一顿，我警告你们！”

她暴跳如雷正要走开，那两个女人转向病床叫了起来，让她回过了头。病人直直地坐了起来，朝她们伸出胳膊。

“那是谁？”她空茫的声音喊道。

“嘘，嘘！”一个女人俯身对她说，“躺下，躺下！”

“我再也不躺着了！”那女人挣扎着说，“我要告诉她！过来！走近点儿！让我挨着你耳朵悄悄说。”

她抓住舍监的胳膊，把她摁到床边的一把椅子里，刚要开口，回头看见那两个老女人，正前倾着身子，一副心急要听的样子。

“叫她们走，”那女人昏昏沉沉地说，“快一点，赶紧！”

那两个丑老太婆齐声插嘴，不住地哀叹这个可怜人病得太厉害，连自己最好的朋友都不认得了，并各种表示，说她们永远也不会离开她，但舍监把她们推出屋子，关上门，回到床边。两个丑老太婆被关在门外，便换了语气，从锁孔里叫喊，说老萨莉醉了，这一点，倒并非不可能，除了药剂师开出的一方鸦片剂，她最后品尝的掺水杜松子酒正发挥着酒劲，那是那两位可敬的老妇人，出于一片好心，偷偷给她灌下去的。

“好了，听我说，”快死的女人大声说，好像努力要让潜藏的生命火花再次迸发，“就在这个房间里——就在这张床上——我曾经照料过一个年轻可爱的人儿，她被送到济贫院的时候，因为走了好长的路，脚都划破了，伤痕累累，浑身上下全是灰土和血迹。她生下了一个男孩，然后死了。让我想想——是哪一年了！”

“别管哪一年了，”听众不耐烦地说，“她怎么了？”

“啊，”病人低语，重新回到之前昏昏沉沉的状态，“她怎么了？——怎么了——我知道了！”她猛地跳起来叫道，满脸通红，眼睛凸了出来——“我抢了她的东西，我抢了！她身子还没冷掉呢——我告诉你，我偷的时候，她还热乎着！”

“老天啊，偷了什么？”舍监叫道，样子好像在叫救命。

“它！”女人答道，手捂住舍监的嘴，“她就只有那一样东西。她明明缺衣少食，却把它保管得很好，藏在怀里。是金子，我告诉你！可以救命的足金呢！”

“金子！”舍监应声喊道，那女人倒了下去，她热切地随之俯身，“快说，继续说——是啊——什么金子？这当娘的是谁？什么时候的事？”

“她叫我好好保管，”那女人呻吟着答道，“当时就我一个人在她身边，她托付给我。她头一回给我看挂在她脖子上的那东西时，我心里就已经把它据为己有了；所以，那孩子死了也许得算在我头上！要是他们知道底细的话，会对他好点儿！”

“知道什么？”另一个问，“说呀！”

“那男孩长得可像他娘了，”女人还是继续说着，没留心舍监的问题，“我看到他的脸蛋，就永远忘不了。可怜的姑娘！可怜的姑娘！她也那么年轻呢！温柔的小羊羔！等等，我还有要说的。我还没全告诉你，是不是？”

“没有，没，”舍监回答，快死的女人声音越来越虚弱，她只好低下脑袋去听，“快说，不然来不及了！”

“那娘，”女人说话比之前更用力，“那娘，当死亡的痛苦来临时，在我耳朵旁低声说，要是她的孩子生下来能活着，长大，这一天也许会到来：他听到他可怜的年轻母亲的名字，不会觉得太丢脸。‘啊，仁慈的上帝！’她瘦弱的双手交叉握住说，‘不管是男孩女孩，在这个多灾多难的世界上，给他一些朋友照顾他，可怜可怜一个孤独的、没人要的孩子吧，发发善心吧。’”

“男孩叫什么？”舍监问。

“他们叫他奥利弗，”女人气若游丝地回答，“我偷的金子是——”

“是，是——什么？”另一个叫道。

她急切地在那个女人身上弯下身来，想听到她的话，但本能地缩了回去，因为那女人又一次慢慢地、直直地坐了起来，双手紧紧抓住床单，喉咙里含含混混吐出几个词，然后倒在床上，没气了。

“死翘翘了！”门一开，一个老太婆连忙冲了进来。

“但到头来啥也没说。”舍监应声，漠不关心地走了。

那两个丑老婆子，忙着去做她们要做的可怕事情，没顾得上回答，房间里就留下她们，在死尸周围徘徊。

第二十五章　回头来说费京先生和他那伙人

济贫院上演那一幕时，费京先生正待在他的老穴——奥利弗就是从这里被南茜姑娘带走的——对着昏暗缭绕的炉火发呆。他膝盖上放着一对风箱，显然曾经想让炉火更旺些，他却陷入了沉思，胳膊交叉着放在风箱上，拇指支着下巴，眼睛出神地盯着锈迹斑斑的铁架。

他身后的桌子边，坐着空空儿、贝茨小主和切特灵先生，正聚精会神地在玩惠斯特牌，空空儿和另一手明牌，对阵贝茨小主和切特灵先生。空空儿一直很机灵，此刻专心打牌，脸上更是兴致勃勃。他仔细观察切特灵先生手上的牌，只要有机会，就不时热切地瞥上他一眼，然后观察邻手的牌，聪明地调整自己的打法。这个晚上很冷，空空儿戴着帽子，其实他在室内常常如此，这是他的习惯。他齿间还叼着一个陶土烟斗，只有当他觉得有必要从桌上的酒壶里喝一口提提神时，才偶尔把烟斗拿下片刻。桌上的酒壶灌满了掺水杜松子酒，供这伙人享用。

贝茨小主也很专注地打着牌，但他的性子，比他那位牌技高超的朋友要易于兴奋，很显然，他喝起掺水杜松子酒来也更频繁，玩笑话和废话也更多，跟科学、系统的牌局很不相宜。事实上，因为跟他关系更近，空空儿已经不止一次找机会跟他严肃地说道过这些不当行为，这些规劝，贝茨小主这边毫不见怪，只不过要求他的朋友“闪一边去”，或者请他把头伸进麻袋里，或者用其他巧妙的俏皮话来回嘴，让切特灵先生心里头佩服不已。值得注意的是，这位先生和他的搭子总是输，但这种情况非但没有让贝茨小主生气，反而给他带来很大的乐趣，每一局结束都吵吵嚷嚷笑个不停，声称有生之年没见过这么好玩的游戏。

“翻双倍，这局就结束，”切特灵先生拉长了脸，从马甲口袋里掏出半克朗，说道，“我从没见过你这样的家伙，杰克，你老赢。就算我和查理有好牌也不顶用。”

说出这话的人，还有那说话的态度，都很丧气，查理大笑起来，犹太人从沉思中被唤醒，问道是怎么回事。

“怎么回事，费京，”查理叫道，“要是你看我们玩就知道了。汤米·切特灵一个子儿也没赢，我和他结对子打空空儿和明牌。”

“哎呀，哎呀，”犹太人咧嘴笑道，足以证明他完全明白是怎么回事，“再试一把，汤姆，再打几把试试。”

“我可不打了，谢谢你，费京，”切特灵先生答道，“打够了。空空儿运气那么好，没人打得过他。”

“哈哈，亲爱的，”犹太人说，“要赢空空儿，你得起一大早儿。”

“起大早！”查理·贝茨说，“你要赢他，得隔夜就把靴子穿上，每个眼睛贴个望远镜，肩膀上再架个观剧镜才行。”

对这些恭维，道金斯先生甘之如饴，提出和在座的再玩两把，看谁先摸到有人头的牌，每次一个先令。但没人接受这个挑战，他的烟斗也抽光了，所以，他拿起刚才当筹码用的粉笔，开始自得其乐地在桌上画起纽盖特监狱的平面图，一边吹着口哨，极为刺耳。

“你真是没劲啊，汤米！”一阵长长的沉默后，空空儿突然对切特灵先生说道。“你觉得他在想什么，费京？”

“我怎么会知道，亲爱的？”犹太人回答，他拉着风箱，回头看了一眼，“也许在想他怎么输了吧，或者在想他刚刚离开的那栋乡间小别墅[1]，嗯？哈哈！是吗，我亲爱的？”

“根本没有，”切特灵先生刚要回答，空空儿就斩断了话头，“你说什么，查理？”

“要我说，”贝茨小主笑道，“他对贝琪可亲呢。看，他脸红了！哦，我的眼睛！这里有好戏上场了！汤米·切特灵陷入爱河了！哦，费京，费京！这下热闹了！”

想到切特灵先生成了爱情的俘虏，贝茨小主就乐疯了，他猛地倒在椅子上，失去了平衡，倒栽葱似的跌在地上（不过这起事故一点儿没削减他的欢乐），他直挺挺躺在那里，直到笑够了，才重新坐到椅子上，又笑起来。

“别管他，我亲爱的，”犹太人说着朝空空儿眨眨眼，用风箱的喷嘴敲了贝茨小主一记聊作惩戒，“贝琪是个好姑娘。只管向她求爱，只管去追。”

“我想说的是，费京，”切特灵先生脸红红的，说道，“这事儿跟你们这些人一点儿关系也没有。”

“是没关系，”犹太人答道，“查理就是话多。别管他，亲爱的，别管他。贝琪是个好姑娘。她叫你做什么，你就做什么，汤姆，你会发大财的。”

“嗯，她叫我做什么，我就照做，”切特灵先生答道，“要不是听她的，我也不会被关进去。不过到头来对你倒是好事，是不是，费京！六个礼拜又怎么样？早晚会进去，冬天也不是那

[1] 这里是讽刺的说法，指监狱。

么想出门的时候，进去待六个礼拜不也挺好吗，嗯，费京？”

“啊，那是肯定的，亲爱的。”犹太人回答。

“要是再进去一回，你不会在乎的，是吗？汤姆，”空空儿问，朝查理和犹太人眨眨眼，“只要贝琪没事？”

“我就是要说我不在乎，”汤姆气呼呼地回答，“够了，好了。谁再说这事，我倒想知道，嗯，费京？”

“没人再说了，亲爱的，”犹太人答道，“没人有胆子，汤姆。除了你，我想不出他们谁能做到，一个也不行，亲爱的。”

“要是我把她供出来，我就脱身了，不是吗，费京？”这个可怜的笨瓜气愤地接着说道，“我只要说一句就够了，是不是，费京？”

“一点不假，亲爱的。”犹太人答道。

“但我一个字儿也没漏，是不是，费京？”汤姆质问道，问题一个接一个地抛了出来。

“没有，没有，那肯定，”犹太人回答，“你绝对有种。就是太有种了，亲爱的。”

“也许是的，”汤姆扭头回答，“就算我是，这有什么好笑的，嗯，费京？”

犹太人感觉到切特灵先生被深深激怒了，连忙向他保证，没人笑他，为了证明他们这伙人都很严肃，就朝那个罪魁祸首贝茨小主看去。但不幸的是，贝茨张嘴回答他从来没有这样严肃时，没控制住，又发出一声大笑，被羞辱的切特灵先生，事先没有任何客套，就从房间那头冲过来，对准肇事者就是一拳。后者本就精于躲避追逐，身子一低躲了过去，时机选得那么好，那一拳便落在了快乐老先生的胸口，令他跌跌撞撞退到墙边，站在那里呼呼直喘气，而切特灵先生极为沮丧地看着这一幕。

“听！”这时空空儿叫了起来，“我听见铃响了。”他抓过蜡烛，蹑手蹑脚地走上楼。

铃又响了，带点不耐烦，这伙人待在黑暗里。过了一小会儿，空空儿回来了，神秘兮兮地跟费京低语了几句。

“什么？”犹太人叫道，“一个人？”

空空儿点头表示确定，他用手挡住烛光，像演哑剧似的，偷偷给了查理·贝茨一个暗示，让他这时候最好不要再搞笑了。尽到朋友责任后，他盯着犹太人的脸，等候指示。

老人咬着黄黄的手指，思忖了几秒，脸上露出激动的表情，好像担心着什么，害怕最坏的情形发生。最后，他终于抬起了头。

“他在哪儿？”他问。

空空儿指了指楼上，作势要离开房间。

“好吧，”犹太人回答了这一无声的询问，“带他下来。嘘！安静，查理！文雅点，汤姆。避一避，避一避。”

查理，和他刚才的对手，都立刻静静听从了这一简短命令。空空儿举着烛火下楼时，根本没听到他们去哪儿了，他后面跟着一个穿着粗布长衫的人，这人匆匆扫了一眼房间，扯下了遮住他下半张脸的包巾，露出了面容：正是憔悴的、没洗脸没刮胡子的花花公子托比·克拉克特。

“你怎么样，费京？”这位可敬的人朝犹太人点头招呼，“把这条包巾塞到我的海狸帽里，空空儿，等会我知道上哪儿去找。是时候了！你会成为一个了不起的年轻大盗，比你面前这些老骗子强多了。”

说着，他撩起长衫，卷在腰里，拉了一把椅子靠近火炉，脚放在铁架上。

“你看，费京，”他发愁地指了指自己的翻口马靴，“从那时候起，什么时候你知道，我就没沾过一滴‘戴伊和马丁’[1]，一滴鞋油也没擦过，天呐。不过，别那样子瞧我，伙计。都很好。没吃没喝之前，我没法谈生意，所以，快给我端点吃的来，三天了，头一回可以好好补充一下！”

犹太人指示空空儿把吃的放到桌上，然后坐在那位入室窃贼的对面，等他闲下来开口。

表面看来，托比一点没有马上开口的意思。起初，犹太人耐心地等着，打量他的脸，好像从他的表情里可以琢磨出什么线索，可是一无所获。他看起来累坏了，但脸上表情仍然是一贯的安闲自若，透过污垢、胡须、鬓角，依然显出花花公子托比·克拉克特自得其乐的傻笑。犹太人不耐烦了，他一边恼怒地盯着他放进嘴里的每一口食物，一边在房间里焦灼地走来走去。但全没用。托比还是一脸漠然，继续吃着，直到再也吃不下了，才叫空空儿出去，关上门，倒了杯烈酒，掺上水，定了定神开始说话。

“首先最重要的，费京……”托比说。

“是、是。”费京打断他，拉过椅子。

克拉克特先生停下喝了口酒，声称杜松子酒太好喝了，然后把脚放在壁炉架低处，靴子快跟视线齐平，静静地继续说道：

---

〔1〕 一种黑鞋油的商标名字，黑话里指廉价的波特酒。

“首先最重要的是，费京，”入室窃贼说，“比尔怎么样？”

“什么？”犹太人从椅子上跳了起来，叫道。

“天呐，你的意思是说——”托比脸色变得苍白。

“意思！”犹太人气得直跺脚，嚷道，“他们在哪儿？赛克斯和那孩子！在哪儿？他们藏在哪儿？为什么没回这儿来？”

“搞砸了。”托比有气无力地说。

“我知道。”犹太人从口袋里扯出一张报纸，指了指说道，“还有什么？”

“他们开枪，打中了那孩子。我们架着他从后院田里跑走了，穿过篱笆，越过沟渠，就像乌鸦直愣愣地飞过。他们在后面追。他妈的！整个镇子都醒过来了，狗在后面撵。”

“那孩子！”

“先是比尔背着他，跑得风一样快。然后我们停下来架着他跑，他头朝下，身子都冷了。他们眼看就要追上来了，每个人都要自己保命，不能上绞刑架不是？所以，我们分头逃，把那个小孩放沟里了。也不知道是死是活，就这样。”

犹太人听不下去了，他发出一声低低的叫喊，双手揪着头发，冲出了房间，冲出了屋子。

第二十六章　出现了一个神秘人物；还有，和这本传记密切相关的许多事情，都发生了

这个老头儿一直跑到街角，才从托比·克拉克特说的消息里缓过神来。但他并没有放慢不同寻常的步速，还是一副失心疯的样子往前跑。突然，一辆马车飞驰而过，行人见他情境危险，一阵叫喊，吓得他退回人行道上。之后他尽可能避开所有主路，专挑小路小巷，最后到了斯诺山。他走得比之前更快，没有任何耽搁，一直到再次折进一条短巷，那时候，好像意识到自己已无大碍，才开始迈出通常的慢腾腾的步子，呼吸看上去也顺畅多了。

出了城后，靠近斯诺山和霍尔本山交会之处，右手边有一条狭窄阴沉的小巷，通往红花山。巷子里有不少脏兮兮的铺子，都摆出了一大捆一大捆二手的丝绸手帕，大大小小，各种图案；铺子里住着那些从扒手那里买下帕子的商人。几百块手帕挂在窗户外的木钉子上，或系在门柱上随风飞扬，而铺子里面的货架上也堆满了手帕。这里和菲尔德巷一样局促，但也有理发店、咖啡馆、酒馆和炸鱼店。它本身就是商业区，是零碎赃物的集散地。[1]大清早或日落时，沉默无语的商人在黑黢黢的后间做买卖，来无踪去无影。卖旧衣服的、补鞋的、收破烂的，摆出

〔1〕红花山地区是销赃之地，有些人被盗被抢后，也会去那里寻找买回个人物品。

他们的商品，对小偷来说，它们就像广告牌一样。囤积的烂铜旧铁、骨制玩意儿，成堆的发了霉的羊毛亚麻布料，在污秽肮脏的地窖里生锈腐烂。

老头折进的就是这个地方。小巷里面黄肌瘦的居民都认得他，因为店门口那些做买卖的人，看他走过，都亲切地点头致意。他也同样回礼，但没走近搭话，一直到小巷尽头，才停下来，和一个小个子商人说话。那个商人，身子挤在儿童椅里，在铺子门口抽着烟斗。

“天呐，看见你，费京先生，发炎的眼睛都给治好了[1]！”为了感谢犹太人问候他的健康，这位令人尊敬的商人说道。

“这里有点忒热了，莱夫利。”费京双手交叉搭在肩膀上，扬了扬眉毛说道。

“是啊，我也听到过一两次抱怨，”商人回答，“但马上又会凉快下来的，你不觉得吗？”

费京点头表示同意。他指着红花山的方向，问今晚有没有人往那里去。

“去瘸子酒馆？”那人问。

犹太人点点头。

“让我想想。”商人沉思。

“是的，我知道的有五六个人去那里了。但我觉得你的朋友不在其中。”

“赛克斯没在那儿，我猜？”犹太人一脸失望地问。

〔1〕 指很高兴看见费京，看见他以后眼睛就不痛了。

“就像律师说的，未发现。”小个子男人摇摇头说，看上去很狡猾，“你今晚带了什么货给我吗？”

“今晚没有。”说着，犹太人转身走了。

“你要去瘸子酒馆，费京？”小个子男人在他身后喊道，“等等！我不介意上那里跟你喝上点儿！”

不过，犹太人扭过头来摆摆手，意思他还是想一个人去，另外要从那把椅子里挣脱出来并不容易，瘸子酒馆就这样失去了莱夫利先生到场的荣幸。等他站起身来，犹太人已经见不着了。莱夫利先生踮着脚尖，想要看见他的背影，但终是徒劳，只好再次挤回儿童椅，跟对面铺子的女人互相摇了摇头，里面显然混杂着怀疑与不信任，然后摆出架势继续抽起了烟斗。

“三个瘸子”，简称“瘸子”，是老主顾熟知的铺子招牌，之前赛克斯和他的狗就在这里待过。费京只是朝吧台上的人打了个手势，就径直上楼，打开一扇房间的门，悄悄走了进去，他焦急地四下张望，用手挡住眼睛，好像在找什么人。

房间点着两盏煤油灯，亮光被百叶窗栏挡住，为了不让人看见，褪色的红窗帘拉得严严实实。天花板涂成黑色，以防烛光把它熏变色了。屋子里烟雾缭绕，一开头什么也看不清。不过，一些浓烟从门口散去后，慢慢地，显出了攒动的人头，耳边响起了嘈杂的喧闹声。眼睛更加适应后，观者渐渐意识到屋里有好多人，男男女女挤在长条桌边：桌子上首坐着位主席，手里拿把锤子，一位鼻子发青的专业绅士，在远处角落里弹着钢琴，因为牙痛，他的脸被包扎了起来。

费京蹑手蹑脚地走进来时，职业琴师正在演奏序曲，他手指滑过琴键，引得众人吵嚷着要求点歌，直到一位女士走出来才消停。她唱了一首有四段歌词的民谣，每段之间，伴奏都尽可能大声地重奏一遍曲子。一曲唱罢，主席发表了一通感言，之后他左右手边的职业歌手自告奋勇表演了一首二重唱，赢得了满堂喝彩。

有趣的是，这群人里，有些脸庞非常打眼。主席本人（也是酒馆主人）是个粗野狂暴、体型庞大的家伙，唱歌的时候，眼睛滴溜溜转个不停，似乎沉浸在欢乐中，但其实始终留了一只眼睛观察着发生的一切，留了一只耳朵聆听着所有的话语——它们都很敏锐。他旁边是歌手，带着职业的淡然接受观众的恭维，喝了好多杯仰慕者敬过来的掺水烈酒。那些越来越吵闹的仰慕者们，脸上露出了各种各样的邪恶表情，而且还涵盖了邪恶的各种层次，其可憎之态无法不引人注意。各种程度的狡猾、残忍、醺醉，都展现得淋漓尽致，而女人们——有些还最后残存着一丝青春的鲜嫩，但眼看也即将消逝，其他的，则彻底失去了作为女性的所有特征与标记，只剩下一具代表了放荡与罪行的令人厌恶的空壳；有些还是姑娘，其余的是已过青春年华的少妇，她们构成了这一凄惨画面的最晦暗、最悲伤的部分。

让费京心烦意乱的，可不是什么高贵的情感，这一切上演时，他急切地一张张脸看过去，但显然没有碰上他要找的那张面孔。最后，他终于遇上了椅子上那人的目光，那人向费京微微致意，然后像进来时那样又悄悄离开了。

“有什么能为您效劳的，费京先生？”那人跟着他来到楼梯口，问道，“您不跟我们一起玩会儿吗？他们会很高兴的，每一个都会。”

犹太人不耐烦地摇了摇头，低声问道："他在这里吗？"

"没。"那人回答。

"那有巴尼的消息吗？"费京问。

"没，"那人答道，他正是瘸子酒馆的主人，"不能确保一切安全之前，他是不会现身的。相信我，他们打探到那里的事了，只要他一动，立马就会搞砸。他没事，巴尼也没事，不然我会听到风声的。我打赌巴尼搞得定。交给他办吧。"

"他今晚会来这里吗？"犹太人像之前那样，又强调了那个代词。

"你是说蒙克斯？"店主犹豫了下，问。

"嘘！"犹太人说，"是的。"

"肯定会来，"那人回答，从表袋里掏出金表，"我一直在等他呢。你再等十分钟，他就——"

"不不，"犹太人连忙说，就好像他既想见到这个人，又因为他不在而松了口气，"告诉他我来这里找过他了，今晚让他一定来见我。不，就说明天。既然他这会儿不在，明天也行。"

"好的，"那人说，"没别的事了？"

"这会儿没了。"犹太人说着，下了楼。

"我说，"那人从楼梯栏杆那里往下张望，压着喉咙低声说，"这时候做个买卖正好[1]！菲尔·巴克在我这里，喝得烂醉，一个孩子都能随意摆布他！"

"啊！不过这会儿可不是对付菲尔·巴克的时候，"犹太人

---

〔1〕 指向警局告发罪犯菲尔·巴克。

抬头说，“菲尔还得再做点啥，我们才舍得跟他拜拜呢，所以，回那伙人里去吧，告诉他们要过快乐的生活——趁他们还活着的时候。哈哈哈！”

店主向哈哈笑着的老人打过招呼，回客人身边去了。只剩下犹太人自个儿时，他立刻恢复了之前焦虑沉思的面容。思忖片刻，他叫了辆单轮马车，吩咐马夫去贝斯纳尔格林。离赛克斯住处还有四分之一英里时，他打发走马车，徒步走完了剩下的一小段路程。

“好了，”犹太人边敲门边咕哝道，“要是这里头有什么鬼把戏，我也要弄清楚，姑娘，别管你有多机灵。”

开门的女人说，她在她房间里。费京悄悄上楼，没打招呼就进了屋。姑娘一个人，披头散发，伏在桌上。

“她喝多了，”犹太人冷漠地想，“要么就是心里头难过。”

这么想着，老人转身关上门，声响惊动了姑娘。她仔细看了一眼他狡猾的面庞，问他有没有消息，老犹太人把托比·克拉克特说的情况又复述了一遍。之后，她回到先前的样子，一言不发。除了不耐烦地把蜡烛推开，狂躁地换过一两次姿势，脚在地上蹭来蹭去外，没有别的动静。

沉默中，犹太人慌张不安地看了看房间，像是要让自己安心，房间里的确没有赛克斯偷偷摸摸溜回来过的迹象。他的侦查显然让他自己很满意，于是咳嗽了两三声，做出各种努力想要开启话题，但那姑娘根本不理睬他，当他是石头做的。最后，他又做了一番尝试，摩挲着双手，用最息事宁人的口气说：“你觉得比尔这会儿在哪呢，亲爱的？”

姑娘咕哝了几句听不太清的回答，意思是她不知道，从她嘴里吐出的克制声调来看，她快哭出来了。

“那孩子呢？”犹太人瞪起眼睛，瞟了她一眼，“可怜的小孩子，扔在了沟里，南茜，想一想就……”

“那孩子，”南茜突然抬起头说，“待在那里比跟着我们要强，我拜托他死在沟里，年轻的骨头在那里烂掉，只要不连累比尔。”

“什么！”犹太人惊讶地叫道。

“啊，我确实这么想，”姑娘迎住他的目光回嘴，“要是再也见不到那孩子，知道最糟的情况过去了，我会很高兴。我受不了身边有这个人。看见他就让我厌恶自己，还有你们所有人。”

“呸！”犹太人轻蔑地说，“你醉了。”

“我醉了？”姑娘痛苦地叫道，“可惜我没醉，不过也不怪你！你一定希望我一直醉醺醺的，除了现在——我这脾气不对你胃口，是不是？”

“是的！”犹太人气呼呼地说道，“不合我胃口。”

“那就改一改。”女孩笑着说。

“改一改！”犹太人叫道，没料到这位同伴如此顽固，再加上这个晚上的焦虑折磨，他已经出离愤怒，“我会改的！听我说，你这个婊子。听我说，我只要说几个字，就能勒死赛克斯，就好像他的牛脖子这会儿正攥在我手里呢。要是他回来了，却把孩子扔了不管，或者要是他脱身了，没把那孩子还给我，不管他是死是活，你要是想让他逃过杰克·凯奇[1]之手，就亲手

[1] 17世纪一个臭名昭著的刽子手，这里代指刽子手。

干掉他吧。他一进屋就下手，不然你就要当心我了，到时候后悔也来不及！”

“到底怎么回事？”姑娘下意识叫道。

“怎么回事？”费京气疯了，继续说道，“这孩子对我来说值几百镑呢，稳稳当当就可以赚到，我会因为一群醉鬼神经病发作就丢掉扔在我面前的这个机会吗？这群人，我一声口哨就能让他们统统送命！而且，我和一个天生的魔鬼约好了，他只要愿意，他有力量去，去——”

老人气喘吁吁，被一个词卡住了，就在这一瞬间，他克制住怒火，整个样子都变了。一会儿之前，他紧握的双手还在空中乱挥，眼睛瞪凸，脸因为怒气而发青，但现在，他跌坐在椅子上，缩成一团，瑟瑟发抖，担心自己流露了某些隐藏的邪恶。短暂的沉默后，他大着胆子看了看自己的同伴，见她还是保持未被惊动之前那种无精打采的样子，稍稍安了安心。

“南茜，亲爱的，”犹太人用平常的声音，哑着喉咙说，“你不怪我吧，亲爱的？”

“别烦我，费京！”姑娘抬头，了无兴致地回答，“比尔这次没干成，下次会再干一票。他为你干了不少好事，只要可以，还会继续干，要是干不了，那也没有办法，别再说了。”

“那孩子呢，亲爱的？”犹太人紧张地擦了擦手掌心。

“孩子只好和他们一起去碰运气了，”南茜匆忙打断，“我再说一遍，我希望他已经死了，不会再受伤害，不会再跟你们混在一起——就是说，要是比尔没事回来的话。既然托比都可以脱身，比尔肯定安全，什么时候比尔都抵两个托比。”

“那我刚才说的呢，亲爱的？”犹太人闪闪发光的眼睛盯住她，说道。

“你想要我做什么，从头到尾再好好说一遍，”南茜答道，“要是这样，你还是等到明天再说，你吵了我半天，现在我脑子又木了。”

费京又问了几个问题，都是想要确定姑娘是不是留意到了他刚才一不留神脱口而出的暗示，但她回答得很爽快，对他的探寻目光又完全无动于衷，他确定了最初的印象，她喝多了。犹太人的女学徒通常都有这个缺点，事实上南茜也有，在她们年轻时候，这个缺点得到了鼓励而不是制止。她蓬头乱发的模样，以及公寓里弥漫的杜松子酒的味道，为犹太人的假设提供了强有力的实证；而且，像之前那样发作一通后，她陷入了迟钝麻木的状态，接着又沉浸在混乱复杂的情绪中。在此影响之下，她忽而挥洒眼泪，忽而又发出“千万别提死”之类的叫嚷，还做出各种计算，女士或先生想要快活，这样的概率到底有多大，等等。这样的情形，费京先生一生中见得多了，他相当满意地看到，她已经醉得不省人事了。

这一发现让他安心了，而且他也达到了此行的两个目的，一是将这个晚上听说的事情告诉南茜，一是亲眼核实赛克斯没有回来。费京先生便起身回家，留他的年轻朋友头枕在桌上入睡。

已是午夜时分。天色漆黑，风寒刺骨，他无意逗留。剧烈的寒风擦过街道，像是要把寥寥几个匆匆往家赶的行人，当作尘土刮个干净。不过，这风对犹太人来说倒是顺风，朝他面前刮去，每一阵都推着他哆嗦一下往前走。

走到自己那条街道的转角，他已经从衣兜里摸索出了钥匙，一个黑黑的人影从对面暗乎乎的门洞里走出来，过了马路，悄无声息地向他靠近。

“费京！”一个声音在他耳旁低语。

“哎呀！”犹太人迅速扭头，“是——”

“是我！”陌生人打断，“我在这儿转悠两个小时了。你他妈的到底去哪儿了？”

“去忙你的事啊，亲爱的，”犹太人不安地看了同伴一眼，说着放慢了步伐，“一晚上都在为你忙。”

“哦，那当然，”陌生人冷笑一声说，“好了，忙出啥结果了？”

“不是什么好事。”犹太人说。

“也没什么坏事，我想？”陌生人说道，他忽然停了下来，惊恐地看了同伴一眼。

犹太人摇摇头，刚要回答，陌生人打断他，指了指屋子，他们走到门前。他说，要说什么最好进屋里说，因为在外面站了那么久，吹够了风，他的血都凉透了。

费京看上去好像很为难，这个时候带个访客回家，而且，事实上他也咕哝了几句屋里没火，但他的同伴一副不容拒绝的样子，重复了自己的请求，他只好打开门，要求他轻声关上，自己去找火。

“真是跟坟墓一样黑。”那人说，摸索着向前走了几步，“快点！”

“关上门。”费京在过道那头低声说。话音刚落，门就被重重地关上了。

“不是我干的，”客人摸索着往前走，说道，“是风吹上的，要么它自个儿关上的，反正不是这样就是那样。快把火拿来，不然在这个乱七八糟的地洞里，我脑袋就要撞开花了。”

费京摸黑走下厨房楼梯。过了一会儿，他拿着根点燃的蜡烛回来了，说托比·克拉克特在下面的后屋里睡着了，几个男孩在前屋也睡着了。他招手让那人跟着他，自己在前面带路上楼。

“在这儿我们想说什么说什么，亲爱的，”犹太人推开二楼一扇门，“百叶窗有洞，我们从来不让邻居看到屋里有光，所以就把蜡烛放在楼梯上吧，那里。”

说着，犹太人弯腰把蜡烛放在楼梯上层平台上，正对着房门。放好后，他带路进了房间，房间里没什么家具物什，只有一把破破烂烂的扶手椅，一张没有罩子的旧躺椅或沙发，靠在门后。陌生人在上面坐了下来，一副疲倦不堪的样子，犹太人拉过对面的那张扶手椅，跟他面对面坐下。屋子没那么黑，门半开着，蜡烛在门外，往对面墙上投下一片微弱的光影。

他们低声交谈了会儿。尽管只听得清只言片语，听者很容易就看出，费京似乎在针对陌生人的一些话语为自己辩护，后者则相当恼怒。这样咕哝了一刻多钟，蒙克斯——谈话中犹太人几次叫了陌生人这个名字——稍稍抬高了声音，说道：

“我再跟你说一遍，这次安排得糟透了。为什么不把他留在这里，跟其他人待在一块儿，教他当一个偷偷摸摸、哭哭啼啼的扒手不就完了？”

“你说得简单！”犹太人耸耸肩叫道。

“什么，你是说就算你想干也干不了？”蒙克斯厉声问，“难道你没在别的孩子身上干过几十回？要是你有耐心等上十二个月，那最多了，你不就能让他判个刑，安安全全送出英国，也许一辈子都不回来了，不是吗？”

“这对谁有好处？”犹太人谦卑地问。

“我。”蒙克斯回答。

“但对我没好处，”犹太人低声下气地说，“他也许会对我有用。要是两方谈生意，双方都要有好处，那才合理，不是吗，我的好朋友？”

“那又怎样？”蒙克斯问。

“我发现训练他干这行不容易，”犹太人回答，“他跟这里别的孩子不一样。”

“他妈的，是不一样，”那人咕哝，“不然早成一个扒手了。”

“我拿不住他，没法让他变坏，”犹太人不安地看着同伴的脸色，继续说道，“他没沾过手。我没什么可吓唬他的，我们一开始总要有能吓唬他们的东西，不然最后白费力气。我能做什么？让他跟空空儿和查理一块儿去？一开始我们就受够了，亲爱的，我为所有人都提着心。”

“那跟我没关系。”蒙克斯说道。

“是没关系，没关系，亲爱的。”犹太人又重新来了兴致，“我现在不跟你争，因为，要是没那档子事，你也许根本不会注意到这孩子，最后发现他正是你要找的那个人。好了！靠那姑娘，我把他找回来给你了，可现在她开始心疼他了。”

“掐死那姑娘！”蒙克斯不耐烦地说。

“天呐，这会儿我们可不能那么干，亲爱的，”犹太人微笑着回答，“再说了，我们可不干那样的事，也许哪天我会乐于让别人去干。我了解这些姑娘，蒙克斯，一清二楚。只要那孩子硬气起来，她就不会再在乎他了，当他是块木头。你想让他成为扒手。要是他活着，这我可以做到，但要是——要是——”犹太人靠近对方，说道，“当然不太可能，听着，要是最坏的情况，他死了——”

“死了也不是我的错！”蒙克斯插嘴，脸上表情很害怕，颤抖的手抓住犹太人的胳膊，“小心你的话。费京！跟我没关系。一开始我就跟你说了，什么都行，除了不能送命。我可不想看见流血；最后总会真相大白，鬼魂缠身。要是他们开枪把他打死了，不能怪我，你听见了吗？这个地狱老窝真该一把火烧掉！那是什么？”

“什么！”犹太人伸出两只胳膊，把那个跳将起来的胆小鬼拦腰抱住，“哪里？”

“那里！”蒙克斯盯着对面的墙，答道，“那影子！我看见一个女人的影子，穿着斗篷，戴着软帽，像人吐出的一口气，飘过墙板！”

犹太人松了手，他们从房间里猛冲出去。蜡烛还立在原来的地方，被穿堂风吹得奄奄一息，只照见空荡荡的楼梯平台，和他们自己苍白的脸。他们凝神倾听，房间笼罩在一片沉寂之中。

“你的幻觉吧。”犹太人拿起蜡烛，转身对同伙说道。

“我发誓我看见了！”蒙克斯颤抖着答道，“刚看见的时候，它向前弯着腰，等我说话，它就跑走了。”

犹太人轻蔑地看了一眼同伴的苍白面孔，跟他说，要是他愿意，可以跟他上楼。他们朝所有房间都瞧了瞧，一间间又冷、又荒、又空。然后下楼到了走廊，又去了下面的地窖。低处的墙上依附着淡绿色的潮气，蜗牛和鼻涕虫爬过的痕迹在烛光下熠熠发光，但哪里都死一般的寂静。

“现在你觉得呢？”又回到走廊时，犹太人问，“除了我们，还有托比和孩子们，这栋房子里没别的活东西。他们也很安全。看这里！”

为了证明事实，犹太人从口袋里掏出两把钥匙，解释说他头一回下楼时，就把他俩锁在房间里了，没人可以进来打扰他们说话。

这一新添的证据，让蒙克斯先生心里打起鼓来。他们又搜寻了一番，结果毫无所获，蒙克斯的主张渐渐没那么激烈了，这会儿，他终于露出几次狰狞的笑容，承认说可能就是他神经过敏。不过，他拒绝今晚就这个话题再说下去，因为突然想起已经过了午夜一点。这样，这对亲切友善的朋友彼此告别了。

第二十七章　前面某一章把一位女士就那样随随便便扔在那里，很不礼貌，在此做出弥补

让干事这样一位有权有势的人物，背对着火炉，外套下摆卷拢了夹在胳膊下，在那里久等，一直等到写书人高兴了才来解救，一个谦逊的作者，应该绝不能这么做的；他的身份立场，他的绅士风度，也同样不容他忽视一位干事如此含情脉脉地看着、在耳边倾诉甜言蜜语的女士，那些话语出自这样一位人物之口，会让任何女仆或舍监都脸红心跳；传记作家记录下那些话语——相信他，他知道他的位置，他对地球上那些位高权重之人，心怀与之相称的敬仰——并赶紧对他们致以他们的地位所要求的尊重，并用最为尽职的礼节对待他们，后者的崇高地位以及（由此而来的）崇高美德，都命令他要行使这些礼节。事实上，正是为此目的，他曾想要在这里专门论述一下干事们的神圣权利，阐明一下他们不可能犯错这一立场，对正直公正的读者来说，这一定既愉快又有益，可是，不幸的是，限于时间篇幅，他不得不暂时放一放，等到时机更恰当更方便时再说，届时他将要展示，一个正式任命的干事（也就是说，一个教区干事，隶属教区济贫院，按其职责参与教区教会事务），因其职权，拥有着所有人性的至善至优的品质，而那些纯粹的公司干事，或法庭干事，甚至偏远小教堂的干事[1]（最后一个不算，他

〔1〕为方便住在离教区教堂较远的偏远地区的教民建造的小教堂，在那里也有教区干事。

们地位非常低），都没法说自己有一丁点儿这样的品质。

本博先生又数了一遍茶勺、掂了一遍糖罐的分量，更仔细地看了一番奶罐，精确估定了全部家具，一直到椅子上的马鬃坐垫的准确情况，然后把这套程序又重复了六七遍，这才想起，科尼太太这会儿该回来了。念头一个带着一个，科尼太太的脚步声迟迟没有响起，本博先生觉着，大致扫一眼科尼太太橱柜抽屉里的东西，进一步打消自己的好奇心，应该是一种纯洁无瑕、善良美好的打发时间的做法。

听了听钥匙孔的动静，确保没人朝屋子走来，本博先生便从最下面一层着手，开始了解三层抽屉里的内容：那里面全是各种各样的衣服，样式时髦，质地考究，用两层旧报纸上下小心包着，点缀着干花薰衣草，这一幕似乎让他极为满足。接下来，他打开右角上的抽屉（放着钥匙的那个），看见里面有个小小的上了挂锁的盒子，他摇一摇，里面发出了愉快的声响，就像硬币在叮叮当当。本博先生神态庄严地又走回火炉边，摆出了之前的架势，用一种严肃而断然的口气说道："我要那么做！"发出这一重大声明后，他滑里滑稽地晃了十分钟脑袋，就好像在责备自己，怎么成了一条快活的狗，然后，又从侧面打量了一番自己的双腿，似乎极为欢喜，兴致高昂。

他还在心满意足地进行最后一番审视时，科尼太太匆忙进了房间，上气不接下气地跌坐在火炉边的椅子上，一只手捂住眼睛，另一只手放在胸口，使劲喘气。

"科尼太太，"本博先生朝舍监弯下腰，"怎么了，夫人？出了什么事？请告诉我：我正——正——"惊恐中，本博先生没能第一时间想到那个词"提心吊胆"，只好说"半瓶子晃荡呢"。

“哦，本博先生，”女士叫道，“刚才我真是被烦透了！”

“烦你，夫人！”本博先生嚷道，“谁敢——？我知道了！”本博先生停了停，带着天然的庄严，说，“一定是那伙邪恶的贫民！”

“想一想就可怕得很！”女士瑟瑟发抖。

“那就别想了。夫人，”本博先生答道。

“我忍不住。”女士呜咽道。

“那就喝点啥，夫人，”本博先生安慰道，“喝点儿酒？”

“决不能，”科尼太太答道，“我没法子——唉！在右手边架子顶上——唉！”这位好心的女士一边说着，一边心烦意乱地指着碗柜，一阵抽搐痉挛。本博先生冲向橱柜，按照刚才语无伦次的指示，从架子上抓起一个绿瓶子，倒了一茶杯，递到女士的唇边。

“这会儿我好点了。”科尼太太喝了一大半，靠回椅子背上。

本博先生抬眼，虔诚地朝天花板看了看，以表感激，然后眼神又落回茶杯边沿，把它举到鼻子边闻了闻。

“是薄荷。”科尼太太有气无力地叹道，边说边朝干事温柔地笑笑，“尝尝！里面还有点儿——有点儿别的东西。”

本博先生带着怀疑的目光，尝了尝药水，咂了咂嘴，又尝了一口，然后放下了空杯。

“让人很舒服。”科尼太太说。

“真是很舒服，夫人。”干事说着，拉过一把椅子，靠近舍监，温柔地询问发生了什么事，让她如此烦恼。

“没什么，”科尼太太说，“我就是个傻里傻气、容易激动、软弱没用的人。”

“不软弱，夫人，”本博先生把他的椅子拉得又近了些，反驳道，“你是个软弱的人儿吗，科尼太太？”

“我们都是软弱的生灵。”科尼太太说，仿佛这是条普遍公理。

“那么我们就是吧。”干事说。

此后一两分钟，两人都没再说什么。等这段时间过去，本博先生的姿势成了以下画面：他把左胳膊从原来的位置，也是说，科尼太太的椅子后背上，挪到了科尼太太的围裙带那里，就这样一点点环住了她的腰。

“我们都是软弱的东西。”本博先生说。

科尼太太叹了口气。

“别叹气，科尼太太。”本博先生说。

“我忍不住。”科尼太太答。她又叹了口气。

“这是个很舒服的房间，”本博先生四下看了看说，“再来一间，加上这间，夫人，就完美了。”

“对一个人来说太大了。”女士呢喃。

“两个人就不是了，”本博先生柔声答道，“嗯，科尼太太？”

干事这么说的时候，科尼太太垂下头，干事也低下头，看了一眼科尼太太的脸。科尼太太非常得体地扭过了头，抽出手去拿手帕，但无意中又放回本博先生手里。

“董事会给你配煤了吗，科尼太太？”干事殷勤地捏着她的手问道。

“还有蜡烛。”科尼太太说，轻轻回捏了一下。

“煤、蜡烛，还有免收房租，”本博先生说道，“哦，科尼太太，你真是个天使！”

这一情感的迸发让这位女士难以抗拒。她倒在本博先生怀里，那位先生，激动得在她贞洁的鼻尖上印下一个热吻。

“真是教区的天作之合！”本博先生狂喜喊道，“你知道斯洛特先生今晚情况更糟糕了吗，我的小可人儿？”

“是的。”科尼太太羞红了脸回答。

“他活不过一个礼拜了，医生说的，”本博先生继续说，“他是这里济贫院的头儿，他死了，位置就空出来了，位子空出来，就一定得填上。哦，科尼太太，这件事开启了多么美妙的前景！让两颗心和两个家合为一体，这是多好的机会！”

科尼太太啜泣着。

“那个词儿，”本博先生朝红脸美人弯下腰来，“那个小小的、小小的、小小的词儿，我亲爱的科尼？”

“好的！”舍监叹道。

“再说一遍，”干事继续，“用你所有的柔情蜜意集中起来再说一遍，就一遍。什么时候办事儿？”

科尼太太两次试图说话，两次都没说出口。最后，她终于鼓起勇气，双手绕住本博先生的脖子说，他想什么时候办就什么时候办，他真的是“让人无法抗拒的宝贝情人儿”。

事情就这样友好欢快地定下了，为了庄严签署这一合约，他们又喝了满满一杯薄荷酒，女士慌乱激动的心情让此举显得更为必要。喝完后，她对本博先生说了那个老女人死掉的事情。

“很好，”那位先生啜了一口薄荷酒，说道，“回家路上我上索尔伯里那里去一趟，让他明天一早就送过去。是这事吓到你了，亲爱的？”

“没什么特别的，亲爱的。”女士话语躲躲闪闪。

“一定有什么事，亲爱的，”本博先生催促道，“难道你不能对自己的老本[1]说吗？”

“这会儿不行，”女士答道，“以后哪天吧。等我们成了亲以后，亲爱的。”

“等我们成了亲以后！”本博先生喊道，“不是哪个男贫民厚颜无耻地——”

“不，不，亲爱的。”女士连忙打断。

“要是像我想的，”本博先生继续说道，“要是像我想的，他们哪个胆敢用他们的粗俗眼睛，抬头看一看这张可爱的面孔——”

“他们没这胆子，亲爱的。”女士回答。

“他们最好没有！”本博先生握紧了拳头说道，“要是让我看见哪个人，不管是教区里的，还是教区外的，敢这么做，我就会告诉他，他甭想干第二回！”

要不是有激烈的手势予以润饰，这席话看来并不是对女士魅力的高度恭维；不过，本博先生又摆出战斗的架势，说了很多威胁的话，她被他这种投入的证明给打动了，仰慕地发誓，他真的是个宝贝情人啊。

这位情人竖起衣领，戴上三角帽，与他未来的伴侣交换了长久的拥抱，再次迎向凛冽的寒风，只在一个男贫民收容所停留了几分钟，骂了他们几句，以便让自己满意，说明自己可以用必要的尖刻，胜任济贫院院长这一职位。对自己的资格感到

[1] 本博先生称呼自己为“老本”以示亲昵。

安心后，本博先生轻松地离开了那个建筑，心里充满了对未来升职的光明想象，一直到殡葬业承办人店铺口时，他脑子里还一直想着这些。

这会儿，索尔伯里先生和索尔伯里太太都出去喝茶吃晚餐了，诺亚·克莱普尔任何时候都不愿多花什么力气，除非便于发挥吃喝这两样功能所必需的动作，所以，尽管过了通常打烊的时间，铺子还没有关门。本博先生用手杖敲了几下柜台，但没引起什么注意，看见店铺后面的小客厅窗户里透出点亮光，他壮着胆子往里面瞄了几眼，想看看那里在干什么，而一看到里面的情形，他大吃一惊。

晚餐桌布已经铺上了，面包、黄油、酒杯、碗碟、一壶茶、一瓶酒，满满的一桌。桌子上首，诺亚·克莱普尔先生懒懒地靠在安乐椅里，两条腿搁在其中一个扶手上。他一手拿着一把打开的折刀，另一只手是一大块涂满了奶油的面包。夏洛特紧挨着他站着，从桶里拿出牡蛎剖开，让胃口大开的克莱普尔先生屈尊咽下。这位年轻先生的鼻子不是一般的红，右眼对着什么不停地眨，表明他已经微醺，另外，他津津有味地大嚼牡蛎的样子，好像由衷感激牡蛎对于内火的清凉解热之效，也进一步证实了这些症状，除此之外，别无解释。

“这只很肥，可好吃了，诺亚，亲爱的，”夏洛特说，“尝尝看，一定尝尝，就尝这只。”

“牡蛎可真是好吃啊！”克莱普尔先生将牡蛎吞了下去，说道，“就是可惜，多吃几个就让人不舒服了，不是吗，夏洛特？”

“真是残忍。”夏洛特说。

“就是这样，”克莱普尔先生表示同意，“你喜欢吃牡蛎不？”

“不是很喜欢，”夏洛特回答，“我喜欢看你吃，诺亚亲爱的，比我自己吃还高兴。”

“天呐！”诺亚若有所思地说道，“太怪啦！”

“再尝一只，”夏洛特说，“这只的胡须[1]真是漂亮精致！”

“我吃不下了，”诺亚说，“真是不好意思。过来，夏洛特，让我亲一下。”

“什么！”本博先生冲进房间说道，“再说一遍，先生！”

夏洛特一声尖叫，脸藏到围裙里。克莱普尔先生没变换姿势，只是伸出脚去够地面，他醉醺醺地看着干事，惊呆了。

“再说一遍，你这个色胆包天的野小子！”本博先生说道，“你怎么敢提这样的事，先生？你，你这个无耻的女人，还鼓励他这么干？亲她！”本博先生怒气冲天地嚷道，“呸！”

“我不是当真的！”诺亚打着哭腔，“是她老来亲我，不管我中不中意。”

“哦，诺亚。”夏洛特斥道。

“就是你，你知道就是你，”诺亚回嘴，“她老是这么干，本博先生，摸我的下巴，做出各种各样的亲热动作，先生！”

“住嘴！”本博先生厉声叫道，“下楼去，女士。你，诺亚，把铺子关了，你主人回来之前再说一个字，你就要小心了；等他回家来告诉他，本博先生说的，明天早上吃过早饭后，送一个老女人的棺材过去。听见没有，先生！还亲！”本博先生举

---

〔1〕 双壳类动物的腮，19 世纪维多利亚时代的英国人认为牡蛎有催情作用。

起手，喊道，“这个教区，下等人的罪恶和堕落，真是叫人害怕！议会要是再不关注他们的可憎行为，这个国家就完蛋了，农民阶级的品性也一去不返了！”说着，干事带着高傲又阴沉的神气，大步流星离开了棺材铺。

我们已经陪他走很长一段回家路了，那个老女人的丧事也做好了各种必要的准备，现在让我们再来瞧瞧年轻的奥利弗·退斯特怎么样了，去看一下，托比·克拉克特把他扔下后，他是不是还躺在水沟里。

第二十八章　寻找奥利弗，继续讲述他的经历

“让狼咬断你们的脖子！”赛克斯咬牙切齿地咕哝，“我真希望我能看到这一幕，你们喉咙喊哑了都没用！”

赛克斯由着桀骜不驯的本性，一副不管不顾的狂怒模样，骂骂咧咧，把受伤男孩的身子横放在自己跪倒的膝盖上，迅速回头看了一眼追兵。

迷雾与黑暗中，什么也看不清，但空气中响彻男人的大声叫喊，邻里的狗被一连串警铃惊得狂吠不已，闹成一片。

“停下！你这个胆小鬼！”强盗冲托比·克拉克特喊道，这人正撒开长腿，跑到前面去了，“停下！”

第二声让托比顿时像死人一样一动不动。他不确定自己是不是已经在手枪射程之外，赛克斯也没心情开玩笑。

“帮着抬这孩子一把，”赛克斯朝同伙愤怒地招手，叫道，“回来！”

托比做出折返的样子，但他慢腾腾地挪着步子，大着胆子、上气不接下气地低声表达了不情愿。

“快一点！”赛克斯把孩子放在脚边的一条干水沟里，从口袋里掏出手枪，叫道，“别跟我玩花样。”

就在这时，追逐的喊声更响了。赛克斯又回了回头，发现追来的人已经爬上了他所在这片田地的篱笆门，几条狗跑在他们前面。

“都完了，比尔！”托比喊道，“把那娃撂这儿，赶紧跑吧。”克拉克特先生情愿冒着挨他朋友枪子儿的危险，也不愿落到敌

人手里，说完这条分手赠言，便掉头飞跑而去。赛克斯咬了咬牙，再回头看了看，然后朝躺倒在地的奥利弗扔去一件刚才匆匆忙忙包裹住孩子的披风，顺着篱笆跑走了，似乎要把后面追兵的注意力，从孩子躺着的地方引开。到了与这片篱笆垂直相交的第二道篱笆前，他停了停，把手枪高高地举到空中画了个圈儿，接着一下子跳过篱笆，逃走了。

“哎呀，哎呀，你们！”后面有人颤抖着喊道，“品彻！尼普顿！到这里来，这里！”

狗和它们的主人一样，似乎也对这场追逐活动没有很大兴致，立马听从了命令；而三个已经跑进了田里的人这会儿停下来，一起商议。

“我的建议是，或者，我应该说，我的命令是，”这伙人里最胖的那个说，“我们得立刻回去。”

“吉尔斯先生认可的事情，我都同意。”一个矮小但不瘦弱的人说；他脸色苍白，看上去彬彬有礼，吓坏了的人通常都这样。

“我不想显得无礼，先生们，”第三个把狗喊了回来，说道，“吉尔斯先生拿主意就好。”

“当然，”矮个子男人说道，“不管吉尔斯先生说什么，我们都没有反对的资格。不，不，我决不会目无尊长！谢天谢地，我知道自己的位置。”说实在的，这个小个子男人好像的确知道自己的位置，而且知道得非常清楚，这绝不是一个令人向往的位置，因为说话的时候，他的牙齿在嘎嘎作响。

“你吓坏了，布里托斯。”吉尔斯先生说道。

“没有。”布里托斯说。

"吓到了。"吉尔斯说。

"你说瞎话，吉尔斯先生。"布里托斯说。

"你是个谎话精，布里托斯。"吉尔斯先生说。

好了，吉尔斯先生的奚落引出了这几句回嘴，但吉尔斯先生的奚落是因为气愤，那两人一通恭维，回去的责任被强加到自己头上了。第三个人极为贤明地终止了这场争辩。

"我告诉你们怎么回事，先生们，"他说，"我们都怕得要死。"

"你说的是你自己吧，先生。"吉尔斯先生是三个人里脸色最白的。

"是说我自己，"那人答道，"在这样的情况下，害怕很正常，很自然。我是害怕了。"

"我也害怕了，"布里托斯说，"只不过不用大张旗鼓地说别人害怕吧。"

此番坦承让吉尔斯先生心软了，他立刻承认，他也害怕，说着，他们几个一起掉转头去，步调一致地往回跑，直到吉尔斯先生（受一把干草叉拖累，他是三个人中跑得最慢的）极为大度地坚持停一停，为刚才口不择言道歉。

"但是，"吉尔斯解释完又说道，"一个人血气上涌时会做什么真的很惊人。我也许会杀人——我知道我会——要是我们抓住其中一个混蛋。"

另外两个也有同感，不过他们的血气，跟他的一样，已经平息了，于是开始思考为什么他们会血气突然涨落。

"我知道怎么回事，"吉尔斯先生说，"是那道篱笆门。"

"要是这样，我一点不感到奇怪。"布里托斯接受了这个想法，叫道。

“你尽可以相信，”吉尔斯说，“那道门斩断了我们的兴奋。我爬过去的时候，感觉到我的激动一下子全没了。”

另两个也正是在那一时刻，碰到了同样的令人不悦的感受，真是惊人的巧合。因此，很显然，就是那道门，尤其考虑到变化发生的时刻，更是毫无疑问，因为他们仨都想起来，变化正好发生在他们出现在强盗视野里的一刹那。

这场对话里的三个人，两个是之前吓跑了强盗的，一个是走街串巷、路过此地的补锅匠，他睡在外屋，被叫起来，和他的两条杂种狗一起，加入了这场追捕。吉尔斯先生身兼两职，是这家老太太的总管和管家；布里托斯是打杂的仆役，他还是孩子的时候就来这里干活了，现在还被当作大有前途的小伙子对待，尽管他都三十出头了。

他们用这样的对谈彼此鼓励，但不管怎么说，他们凑得非常近，每次风刮过，树枝簌簌作响，他们都满脸惊慌。之前，他们把灯留在树后面，以免光亮透露他们的所在，小偷会朝这个方向开火。这会儿，三个赶紧跑到树底下，提起灯，一路小跑着往家赶，他们模模糊糊的身影看不清之后很久，还可以看见灯火在远处闪烁跳跃，就好像潮湿阴郁的空气不停喷出的磷火似的。

白日慢慢来临，天气越来越凉，雾气沿着地面滚动，就像一团浓厚的烟云。草地湿漉漉的，小道低洼处全是稀泥，浊风阴沉地刮过，发出空洞的呜咽，带来潮湿的气息。但是，奥利弗还是毫无知觉、一动不动地躺在赛克斯撂下他的地方。

清晨临近。随着无精打采的光晕初现——那是黑夜的死亡，而不是白昼的诞生——在空中无力地闪烁，空气变得更为凛冽刺骨。黑暗中看上去模模糊糊、令人心乱的事物，这会儿越来越清晰，渐渐变成了它们熟悉的模样。雨浇了下来，又大又急，在光秃秃的灌木丛间噼啪作响。但是，雨打在奥利弗身上，他并没有感觉，仍然四仰八叉躺在泥地上，无助无觉。

最终，一声疼痛的哭喊划破了弥漫的寂静，男孩喊叫着醒了过来。他的左胳膊，草草地绑着一条围巾，沉沉地垂在一边，浸透了血，毫无用处。他太虚弱了，实在无法坐起身来，而当他终于坐直了身子，无力地看着周围，想寻求帮助时，又痛苦地呻吟起来。因为寒冷和疲惫，他的每个关节都在颤抖，他努力想站直了，但从头到脚都在打战，最后重新直挺挺跌倒在地。

奥利弗从长时间昏迷中获得短暂清醒后，心里好像有什么东西在爬，十分难受。身体似乎在警告他，要是他一直躺在这里，就是死路一条。他站起来，试着迈出步子。虽然头晕乎乎的，深一脚浅一脚，就像喝醉的酒徒，但他还是坚持着，磕磕绊绊继续往前，头耷拉在胸前，不知道要去往哪里。

眼下，一堆思绪困惑迷茫，在他脑海里挤成一团。他似乎仍然走在赛克斯和克拉克特中间，那两人在怒气冲冲地争吵——那些话语，回响在他耳边，他努力让自己不再跌倒，收回心神，发现是自己在跟他们说话。接着，又只有他和赛克斯两个人，像前一天那样枯燥地赶路，影影绰绰的人群经过他们，他感到强盗握紧了他的手腕。突然，火枪声响起，他惊得后退一步，接着人声鼎沸，灯光在他眼前闪耀，到处是喧嚣与骚动，一只看不见的手扶着他连忙跑走。难以说清、令人不安的疼痛，穿过眼前快速闪过的幻影，无休无止地折磨着他，让他疲惫不堪。

就这样跌跌撞撞，半走半爬，穿过迎面而来的篱笆门的栅栏或篱笆间的缝隙，他几乎是机械地来到了大路上。雨下得那么大，把他浇醒了。

他四下看看，发现不远处有栋房屋，也许可以走得到。那里的人可怜他的情形，也许会同情他，就算不同情，他想，死在活人旁边，总比一个人死在一片田里要好。于是他攒起所有的力气，接受这最后一场考验，蹒跚着往那里走去。

等他靠近房子，开始产生一种似曾相识的感觉。他记不起任何细节，但房屋的样子和外貌好像在哪儿见过。

那道花园墙！昨天晚上，他曾在里边，跪倒在里面的草地上，恳求另外两人发发慈悲。这正是他们企图抢劫的那栋房子。

认出这个地方后，奥利弗吓坏了，有那么一刻，他忘了伤口的疼痛，就想着逃跑，快逃！可他站也站不住，而且，就算他瘦小年轻的身子此刻最为充沛有力，他又能逃到哪里去？他推了推花园门，门没锁，一推就开。他踉跄着穿过草坪，爬上台阶，虚弱地敲了敲门，这时候，他所有的力气都用光了，瘫倒在门廊的一根柱子旁边。

碰巧这时候，经过了一晚上的劳累疲乏和担惊受怕，吉尔斯先生、布里托斯和补锅匠，正在厨房享用茶点，休整歇息。吉尔斯先生并不习惯跟比他下等的仆人过于亲密，他更倾向于在他们面前摆出高贵和蔼的架势，这份架子既让人心情舒畅，也不会忘了提醒他们，自己的社会地位要比他们高，但是，死亡、开枪、抢劫，这一切让他们平起平坐了，所以，吉尔斯先生伸长了腿，坐在厨房火炉前，左胳膊支在桌上，右胳膊比比画画，对听众（尤其是厨子和女仆）仔细描绘着抢劫的情形，后者听得津津有味，大气都不敢出。

“大概是午夜两点半，”吉尔斯先生说，“要么快到三点，我不敢保准，我醒过来，在床上翻了个身，就像这样（吉尔斯先生说着在椅子上转了个身，拉过桌布的一角盖在身上，当是被单），我觉得自己听到了什么声音。”

讲到这个节骨眼上，厨子的脸白了，要女仆去把门关上，女仆叫布里托斯代劳，布里托斯又叫补锅匠，后者当作没听见。

“——听到了什么声音，”吉尔斯先生继续说，“一开始，我说，‘这是幻觉’，打算继续安心睡觉，不过我又听见了响动，这次很清楚。”

“什么样的响动？”厨子问。

“一种什么东西破了的声音。”吉尔斯四下看看，说道。

“更像是铁棒在肉豆蔻粉碎机上磨粉。”布里托斯提示。

“那是你听到的声音，先生，”吉尔斯先生反驳，“不过，我当时听见的是什么东西爆破的声音。我掀开被单，”吉尔斯先生把桌布翻开，继续说，“从床上坐了起来，仔细聆听。”

厨子和女仆同时叫了一声“老天！”，把椅子拉得更近了。

“这次我听得很清楚，”吉尔斯先生继续说道，“‘有人，’我说，‘在使劲开门或开窗，该怎么办？我要去把那可怜的小伙子布里托斯叫醒，不然他就被杀死在床上了，要么，’我说，‘他还没反应过来，喉咙就被人从左耳朵到右耳朵一刀切开。’”

说到这里，所有眼睛都转过去落在布里托斯身上，而布里托斯盯着说话人，目瞪口呆，一脸恐惧。

“我扔开被单，”吉尔斯先生说着扔开桌布，十分严肃地看

除了可怜的小奥利弗，没有什么可怕的人物（《雾都孤儿》1911年版，乔治·克鲁克香克绘）

着厨子和女仆，“轻轻下床，穿上——”

“女士在座，吉尔斯先生。”补锅匠低语。

“——鞋子，先生，”吉尔斯先生转向他，尤其强调了“鞋子”这个词，“抓起上了膛的手枪，我每天都把它和餐具篮一起拿上楼，踮着脚尖走进他房间。‘布里托斯，’等我叫醒他后，我说，‘别害怕！’”

“你就是这样的。”布里托斯低声说道。

“‘我们要没命了，我想，布里托斯，’我说，”吉尔斯先生继续说道，“‘不过别害怕。’”

“他害怕吗？”厨子问。

“一点都不，”吉尔斯先生回答，“他很沉着——啊，差不多跟我一样沉着。”

“换了我，肯定立刻就被吓死了。”女仆说。

“你是女的。”布里托斯稍稍振奋了些，回了次嘴。

“布里托斯说的对，”吉尔斯先生点头表示赞同，“女人，可不能指望啥。我们男人，拿起布里托斯房间壁炉铁架上的遮光灯，在伸手不见五指的黑暗中摸索着下楼——大概就这样子。”

吉尔斯从座位上站起来，闭上眼走了两步，给自己的描绘配上相应的动作，忽然，他吓了一跳，其余的人也一样，连忙跑回椅子上。厨子和女仆尖叫起来。

“有人敲门，”吉尔斯先生装作极其平静地说，“谁去开个门。”

没有人动。

“真是奇怪，一大早有人敲门，”吉尔斯先生看了一圈身边的苍白面孔，自己也一脸茫然，“但门得去开。你们谁听见了？”

吉尔斯先生说着，看了看布里托斯，但这个小伙，生性十分谦逊，大概觉得自己是无名小卒，这一询问与己无关，所以到头来也没吭声。吉尔斯先生又求助地看了一眼补锅匠，但后者突然睡着了。女人，当然不在考虑范围。

“要是布里托斯要证人作陪才肯去开门，”吉尔斯先生沉默片刻，说道，“我愿意作证。”

“我也愿意。”补锅匠就像突然睡着那样，又突然醒了过来，说道。

这些条件下，布里托斯屈服了。而且这伙人打开窗板，发现天色已经大亮，也多少消除了顾虑，开始上楼，狗跑在前面。那两个女仆，不敢待在下面，也跟在后面。在吉尔斯先生的建议下，他们大声交谈，以此警告任何在门外不怀好意的人，他们可是人多势众，而同样出自这个机智大脑的妙招是，他们在大厅里使劲扯狗尾巴，让它们拼命狂叫。

采取了这些预防措施后，吉尔斯先生紧紧拽着补锅匠的胳膊（他亲切和蔼地说，这是避免他逃跑），下令开门。布里托斯照办了，这伙人，胆战心惊地越过各自的肩膀朝外窥探，可是除了可怜的小奥利弗，没有什么可怕的人物。奥利弗筋疲力尽，说不出话，只抬了抬沉重的眼皮，无声地乞求他们的怜悯。

“一个孩子！”吉尔斯先生勇敢地叫道，把补锅匠一把推到身后，“这孩子——怎么回事？嗯？天呐，布里托斯，看这里，你还没明白吗？”

布里托斯一开门就躲到门后，此刻他一看见奥利弗，就大叫一声。吉尔斯先生拽着孩子的一条腿和一条胳膊（幸亏不是断了的那条），把他直接拖进了客厅，让他全身平躺在地板上。

“就是他！”吉尔斯先生激动地向楼上大声叫道，“这是其中一个小偷，夫人！这里有一个小偷，小姐！受伤了，小姐！是我打中他的，小姐，那时布里托斯替我提着灯。”

“——提着遮光灯，小姐。”布里托斯叫道，一只手拢住嘴巴一边，让声音可以传得远些。

两个女仆跑上楼，把吉尔斯先生抓获了一个强盗的消息递上楼去，而补锅匠忙着让奥利弗苏醒，免得他上绞架前就死掉。这时，在这一片混乱嘈杂中，响起了一个甜美的女声，让一切瞬间平息。

“吉尔斯！”楼梯顶上传来这个声音。

“我在这里，”吉尔斯回答，“别害怕，小姐，我没受什么伤。这个家伙没有拼命抵抗，小姐！我立刻就把他搞定了。”

“嘘，”年轻女士说道，“你把我姑妈吓坏了，就跟小偷一样。这可怜的东西伤得很重？”

“伤得很重，小姐。”吉尔斯带着难以形容的自得回答。

“他看上去就要不行了，小姐。”布里托斯像之前那样叫道，“你不想过来看看他吗，小姐，万一他一会儿死掉了？”

“嘘，轻点，这才像个好小伙！”女士答道，“安静等一会儿，我跟姑妈说一下。”

随着跟声音一样轻柔的脚步声，说话人走开了。不一会儿她就回来，吩咐众人把那个伤者小心地抬到吉尔斯先生的房间里，而布里托斯则立刻备马去彻特西，全速把那里的警察和医生都请来。

“但你不想先看他一眼吗，小姐？”吉尔斯先生问，得意的样子仿佛奥利弗是某种羽毛罕见的鸟儿，是他熟练地抓到的，“不看一眼，小姐？”

“无论如何现在不，”年轻女士回答，“可怜的家伙！哦！待他温柔点，吉尔斯，看在我的分上！”

老仆人抬头看着转身走开的说话人，脸上满是骄傲和仰慕，好像她是他自己的孩子。然后，他在奥利弗身上弯下腰来，扶起他上了楼，就像一个女人般，那么小心，充满关怀。

第二十九章　介绍一下奥利弗投奔的这家人

这是一个漂亮的房间，尽管家具与其说是摩登的优雅，不如说是老派的那种舒适。两位女士，坐在摆好盘的早餐桌边，吉尔斯先生，穿着全套黑西装，一丝不苟、小心翼翼地在一边伺候。他站在边桌和餐桌的中间，身子挺得笔直，头仰得老高，并微微侧向一边，左腿向前一步，右手插在马甲里，下垂的左手拿着一只餐盘。整个样子看上去对自己的价值与重要性深感满意。

两位女士，一位年纪已经很大了，但她坐的那张高背橡木椅不见得有她的背直。她的穿着极为考究细致，是旧式服装与流行口味的奇妙混搭，对当下品位的这种略微让步，与其说削弱了衣服的品位，不如说正凸显了老派的格调。她神色庄重地坐在那里，双手交叉着放在面前的桌子上。她的明亮的眼睛（年岁并没有让它们变得暗淡）盯着年轻的同伴。

那姑娘正当青春妙龄，芳华绝代，若是上帝出于善意，赐予天使凡人的模样，那么，绝无不虔敬之心，它们就该是她的模样。

她不到十七岁。身形如此苗条玲珑，气质如此温柔文雅，纯净甜美，尘世不像是她的栖身之地，凡间粗人也不是她的同伴。她的深蓝色眼睛里闪耀着的睿智，印刻在她高贵的额头上，那是她这个年纪，或者这个世界上都少见的，但那可爱与谐谑之间的表情变换，万道光芒在她的脸上嬉戏，没有留下任何阴影，最重要的是那笑容，快乐的、开心的笑容，是为家、为火炉边的宁静与欢乐而生的。

她正忙着餐桌上的琐事，偶然抬眼看见年长女士看着她，便顽皮地把简简单单编成辫子盘在前额的头发往后一撩，绽出光彩照人的笑脸，这样一种充满感情、毫无矫饰的可爱表情，连神灵看到都会露出笑容。

“布里托斯去了有一个钟头了，是不是？”老太太顿了顿，问道。

“一个钟头又十二分钟了，夫人。”吉尔斯先生掏出连着黑色丝带的银质怀表说。

“他总是慢腾腾的。”老太太说道。

“布里托斯这孩子一直手脚慢，夫人。”侍者回答。顺便说一句，眼看着布里托斯已经慢半拍了三十年，似乎不太可能变得利索起来了。

“可我觉得他不仅不麻利，还越来越迟钝了。”老太太说。

“要是他半路停下来跟别的孩子玩去了，就更说不清楚了。”姑娘笑着说。

吉尔斯先生显然在考虑，要是自己也彬彬有礼地笑一笑，是否得体，这时，一辆双轮单驾马车驶向花园大门，上面跳下来一个胖胖的先生，径直来到门前，以一种神秘的方式迅速进了屋，冲进房间，几乎将吉尔斯先生和早餐桌一并撞翻了。

“我从没听说过有这样的事情！”胖胖的先生嚷道，“我亲爱的梅里太太——上帝保佑——还是在夜深人静的时候——我从没听说过有这样的事情！”

这位胖先生带着安慰的表情，与两位女士握了握手，拉过一把椅子，问她们现在觉得怎么样。

“你们会没命的，肯定被吓死了，”胖先生说，“干什么不派个人来？上帝保佑，我的人一分钟就会赶到，我也会；我的助手会很乐意帮忙，任何人都愿意，我肯定，在这样的情况下。天呐，天呐，真是没想到！而且是在半夜三更！”

入室盗窃事件毫无预料，而且在半夜发生，这一事实似乎让医生尤为困扰，好像按照盗窃这行的先生们的既有惯例，破门而入进行交易应该在白天，而且还要提前一两天通过价值两便士的邮件[1]预约。

“而你，萝丝小姐，”医生转向年轻姑娘，“我——”

“哦，真是没有料到，真是，”萝丝打断了他，“但楼上有个可怜的家伙，姑妈想让你去瞧一瞧。”

“哦，那是，”医生回答，“是这件事。据我所知，吉尔斯，这是你干的。”

吉尔斯正忙乱地将茶杯放好，脸唰的一下涨得通红，说，他的确有那份荣幸。

“荣幸，嗯？”医生说，“好吧，这我倒不知道，也许在后厨打中小偷是挺荣幸，就像十二步开外打中敌人一样呢。但奇怪的是他往空中开枪，你却像在与他决斗，吉尔斯。”

吉尔斯先生觉得，对他的事迹如此轻描淡写，是要减损他的光辉，这极不公平，于是便彬彬有礼地答道，对当时情形，他这样的人不敢妄下判断，但他宁愿认为对方绝不是在开玩笑。

“哎呀，那是不假！”医生说，“他在哪儿？带我去吧。等

〔1〕当时，伦敦城区之内的邮件传递需要花费两便士。

我下来时，还会过来问候梅里夫人的。那是他爬进来的那扇小窗子吗，嗯？啊，我真不敢相信！”

他一路说着话，跟着吉尔斯先生上了楼。他上楼的时候，也许得告诉读者，这位是邻区的外科大夫罗斯伯恩先生，方圆十里都喊他“医生”，他越来越胖，那是因为心宽体胖，倒不是讲究吃喝。他善良，热心，而且是个古怪的老单身汉，这样的人，任何活着的探险家在五倍大的地方都找不出另一个。

医生在楼上待了很长时间，比他自己还有那两位女士都预期得久。他叫人从双轮马车里取出了一个又大又扁的盒子，卧室的铃铛频繁拉响，仆人们上上下下，川流不息；根据这些迹象可以很合理地得出这个结论：楼上性命攸关。最后，医生回来了，面对关于病情的焦急询问，他看上去神秘兮兮的，还小心地关上了门。

“这件事很蹊跷，梅里夫人。”医生背对着门站着，好像不让门打开。

“我希望他病情不危险？”老夫人说。

“哦，出了那样的事，有危险倒不奇怪，”医生回答，“但我认为他脱离危险了。你们见过这个小偷吗？”

“没有。”老夫人回答。

“没听说过他的事？”

“没有。”

“对不起，夫人，”吉尔斯先生插嘴，“我正要说他的事，罗斯伯恩医生就到了。”

事实是，吉尔斯先生并没有勇气一上来就承认他打中的只是一个孩子。旁人对他的万般恭维，让他在赢得勇敢无畏这一短暂名望的巅峰期间，忍不住无论如何也要推迟几分钟再解释详情。

“萝丝想要去看看他，”梅里夫人说，“但我没答应。”

“哼，”医生回答，“他样子没什么特别吓人的。要是我陪在旁边，您不反对去瞧瞧他吧？”

“要是有必要的话，”老夫人回答，“当然不反对。”

“那么，我认为有必要，”医生说，“不管怎么说，要是您迟迟不去瞧瞧，我敢肯定您会非常懊悔的。他现在很安静，安置得很舒服。请允许我——萝丝小姐，您允许我吗？用我的名誉担保！一点儿都不用怕！”

第三十章　说一说奥利弗的新访客对他的看法

医生一只胳膊挽着年轻姑娘，另一只闲着的手伸向梅里太太，极为庄重有礼地领着她们上楼，一路喋喋不休地保证，她们看到犯人一定会大吃一惊。

"好了，"医生轻轻转动卧室门把手，低语道，"让我们听听你们看到他怎么想。他最近都没剃过头，但样子一点也不凶恶。不过，等一等！让我先看看，他能不能见访客。"

他走到她们前面，往房间里瞧了瞧，然后招呼她们往前，等她们一进屋，就把门带上，把床帘轻轻拉开。床上，她们没有看到预期中一个顽固执拗、凶神恶煞的流氓，而只是一个孩子：因为疼痛力尽，疲惫地陷入了沉睡。他受伤的胳膊，绑上了绷带，用木片固定住横放在胸前。他的头，枕在另一条胳膊上，长发散落枕间，遮住了一半的胳膊。

这位实诚的先生，手里提着床帘，默默地在一旁看了一分多钟。他这么看着病人的时候，年轻姑娘悄悄走过，坐在床边的椅子上，把奥利弗的头发从脸上拨开。她俯身向前，眼泪滴落在他的额头上。

孩子动了一下，在睡梦中微笑着，就仿佛这些同情怜悯的标记，唤醒了愉快的梦境，里面有他从来没有感受过的关心和疼爱。一首温柔的乐曲，或一块幽静之处水波的荡漾，或一朵花儿的香味，或提到的一句熟悉的话，有时都会突然唤起模糊的记忆，想起那些此生从未有过的场景，瞬间又像吐出的空气一样消失了；但看来总有早已逝去的、更加幸福的生活，刹那间出现在脑海，才能唤起这种回忆；否则无论怎么冥思苦想，也决计不会想起来。

“这怎么回事？”老夫人叫道，“这可怜孩子绝不可能是强盗的徒弟！”

“邪恶，”外科大夫放下床帘，说，“在许多庙宇里都可以藏身，谁能说漂亮的外壳内没有包藏着它？”

“可怎么会在这么小的年纪！”萝丝坚持己见。

“我亲爱的年轻女士，”外科大夫悲哀地摇了摇头，答道，“罪行，就像死亡一样，并不只属于年迈衰朽之流。最年轻、最漂亮的人儿也常常会成为它挑选的牺牲品。”

“但是，你能——哦，你真能相信这么孱弱的一个小孩子，会自愿与社会渣滓为伍？”

外科大夫摇摇头，暗示恐怕非常有可能，接着，他说大家也许会打扰病人休息，就带她们去了隔壁房间。

“但就算他是邪恶之徒，”萝丝穷追不舍，“想想他才多大；想想他大概从来没尝过母爱，或享受过家庭的温暖；虐待毒打，或缺衣少食，都会让他不得不与那种人混在一起，是他们逼他犯罪的。姑妈，亲爱的姑妈，行行好，您让人把这孩子拖到监狱里去之前，先想一想这一点，不然到了监狱里头，他就再也没有机会改邪归正了。哦，您很爱我，您知道，您的善良疼爱，让我从来不觉得少了父母的关爱，但我也有可能那样做啊，要是我像那个可怜孩子一样无助无依，可怜可怜他吧，不然悔之无及啊。”

“我亲爱的宝贝，”老夫人把哭泣的姑娘抱在怀里，“你以为我会伤他一根毫发吗？”

“哦，不会！”萝丝热切地回答。

“当然不会，”老夫人说，“我的日子也快到头了，怜悯别人，等于怜悯我自己。我该怎样做才能救下他，医生？”

“我想想，夫人，”医生说，“我想想。”

罗斯伯恩先生双手插进口袋，在屋里来来回回踱步，还常常停下来，踮起脚尖以保持平衡，脸上双眉紧锁，令人生畏。他一会儿喊着“我有办法了”，一会儿又喊着“不，不行”，然后又是来回踱步，皱起眉头，最后终于站住不动，说道：“要是你们毫无保留地全权委托我去吓唬吉尔斯，还有那个小朋友布里托斯，那我就可以办到。吉尔斯这家伙忠心耿耿，是家里的老仆人，这我知道，但你们可以有一千种办法补偿他，另外，他这一枪打得好，你们也可以奖赏他。这你们不反对吧？”

“除非有别的办法留下这孩子。”梅里夫人答道。

“别无他法，”医生说，“没有，我敢保证。”

“那我姑妈会全权委托你，”萝丝说道，破涕为笑，“但除非万不得已，对那些可怜家伙别太严厉了。”

“你好像觉得，”医生反驳道，“如今每个人心肠都很硬，除了你自己，萝丝小姐。我只希望，为了成长中的全体男性着想，在第一个够格恳求你怜悯的年轻小伙那里，你会对他脆弱心软；我也希望我还是个年轻小伙，那我此时此刻就能抓住眼前这么一个有利的机会这么做。”

“你就像可怜的布里托斯一样，是个大孩子。”萝丝红了脸，答道。

“好了，”医生由衷地笑起来，说道，“这件事并不难。但回头说孩子。我们还没有谈到协议的关键部分呢。要我说，一个钟头左右他就会醒过来，尽管我跟楼下那个脑子不会转弯的治安警官说，病人不能移动，不能跟他说话，不然他有生命危险，但我觉着我们去跟那孩子谈谈是没什么危险的。那么我们说定了——我当着你们的面，向他问话，从他说的，我们可以得出结论，或者，你们冷静的理性让你们认识到，他就是个的的确确、彻头彻尾的大坏蛋（很有可能），那么我这边无论如何都不会再插手了，让他听从命运安排吧。”

“哦，不，姑妈。”萝丝恳求。

“哦，就这样，姑妈！”医生说，“谈妥了？”

“他不可能是个狠心肠的恶徒，”萝丝说，“不可能的。”

“很好，”医生回道，“那就更有理由同意我的建议了。”

最后，条件谈妥了，这伙人就进了那个房间，急不可耐地坐下，等着奥利弗醒来。

两位女士的耐心注定要经历比罗斯伯恩先生让她们期待的更久的考验，一个钟头又一个钟头过去了，奥利弗仍然沉睡不醒。事实上，好心的医生过来说他终于足够清醒、可以交谈时，已经是晚上了。他说，那孩子病得很厉害，失血过多、非常虚弱，但他的精神很焦虑，很想吐露点什么，所以他觉得，与其让他安静地等到第二天早上，不如给他这个机会，反正他总是要开口的。

他们交谈了很久。奥利弗把自己简短的生平全告诉了他们，不时因为疼痛和无力而不得不停息片刻。在一个昏暗的房间里，聆听一个病恹恹的孩子，用虚弱的声音讲述那些狠心肠的人们带给他的不幸与灾难，真的是令人动容。啊，当我们压迫折磨我们的同胞之时，如果能想一想，这些人性之恶的黑暗证据会像浓厚的乌云一样升起，尽管非常缓慢，但终究会被上天发现，恶报会降临我们头上；如果我们能去倾听，只要有那么一刻，甚至在想象中，那些死去之人说出的内心证词，没有任何力量可以压制这些声音，也没有任何傲慢可以将它们关在门外；那么，哪里还会有日常生活所带来的那些伤害、不公、痛苦、悲惨、残忍与冤屈呢！

那天晚上，奥利弗的枕头被温柔的手儿轻轻抚平，疼爱与善良守着他入睡。他感到既宁静又快乐，就是这会儿死去也没有怨言。

这一重要会面一结束，奥利弗再度安详歇息，医生擦了擦眼睛，责怪它们总是很没用，然后立刻下楼，找吉尔斯说道去了。客厅里一个人也没有，他想着也许在厨房里跟吉尔斯说话效果会更好，就去了厨房。

在这栋房子的下议院[1]里，集聚了女仆、布里托斯先生、吉尔斯先生、补锅匠（考虑到他帮了不少忙，所以专门邀请他这天留下来接受款待）和治安警察。最后一位绅士拿着一根大大的警棍，穿着一双大大的半高筒靴，大脑袋上浓眉大眼，看上去正喝着跟自己身材比例相称的啤酒，他的确喝了很多。

他们还在谈论前一晚的惊险，医生进来的时候，吉尔斯先生正在细述他如何镇定，而布里托斯拿着一杯啤酒，没等上司说完，就声称句句属实。

“坐着不用动！”医生挥挥手说。

---

〔1〕狄更斯将楼下仆人聚在一起商议，比作英国下议院。

“谢谢您，先生，”吉尔斯先生说道，“夫人和小姐说让大家喝点啤酒，先生，我不想待在我的小房间里，先生，想跟大家做个伴儿，所以拿着我的酒到这里来了。”

布里托斯带头咕哝了几句，在场的女士先生们都明白，这是感激吉尔斯先生屈尊光临。吉尔斯先生一副保护人的架势看了一圈众人，像是在说，只要他们举止得当，他永远不会抛下他们。

“今晚病人怎么样，先生？”吉尔斯问。

“还凑合，”医生回答，“我恐怕你惹上麻烦了。”

“我希望您的意思不是说，先生，”吉尔斯先生颤抖地说，“他要死了吧。想到这一点，我这辈子不会再开心了。我不想弄死一个孩子，不，哪怕布里托斯也不会，给我这个郡的所有金银餐具我都不会，先生。”

“问题不是这个，”医生神秘地说，“吉尔斯先生，你是新教教徒吗？”

“是的，先生，我希望是。”吉尔斯结结巴巴，脸色非常苍白。

“那你呢，孩子？”医生猛地转向布里托斯。

“上帝保佑，先生，”布里托斯惊跳起来，“我跟吉尔斯先生一样，先生。”

“那么告诉我，”医生说，“你们俩，你们两个！你们两个可以发誓，说楼上的那个孩子就是昨天晚上钻窗子进来的那个吗？大声说吧，发誓吧！我们都等着呢！”

罗斯伯恩医生通常被认为是世界上脾气最好的人，但这会儿却用这样可怕的语气怒气冲冲地下命令，被啤酒和亢奋的心情搞得晕晕乎乎的吉尔斯和布里托斯目瞪口呆地看着对方。

“警官，听好他们的回答，好吗？”医生说着，食指极为庄严地摇了摇，又拍了拍自己的鼻梁，表示请求那位可敬人士尽最大可能留神聆听，“马上就要水落石出了。”

警官尽可能显出精明的样子，拿起了警棍：刚才它还懒洋洋地靠在壁炉一角。

“你会看到，这就是一个简单的指认。”医生说。

“是这样，先生。”警官边回答边剧烈咳嗽起来，因为他匆忙喝光了啤酒，有些啤酒跑错了道。

“有人闯进了这栋房子，”医生说，“黑咕隆咚，一片硝烟，有两个人，心慌意乱中，瞥见了一个孩子。第二天早上，还是这栋房子，来了一个小孩，碰巧胳膊绑了起来，这些人就对他大打出手——这么做，可是差点要了他的命，还发誓说他就是那个贼。好了，问题是，依据事实，这些人这么做是否正当？要是不是，他们置自己于何种境地？”

警官意味深长地点了点头。他说，要是这些话不合理合法，他会很高兴知道，什么才算合理合法。

“那我再问一遍，”医生恐吓道，“你们俩庄严发誓，能不能肯定就是那孩子？”

布里托斯充满疑虑地看了看吉尔斯先生，吉尔斯先生也迷惑地看了看布里托斯；治安警官把手拢在耳后，要听他们的回答；两个女仆和补锅匠身子前倾聆听着；医生眼神锐利地四处张望；这时门铃响了，同时响起了车轮声。

“准是巡捕来了！”布里托斯喊道，看上去松了口气。

“什么！”医生惊骇地喊道。

“弓街警局[1]的警探，先生，”布里托斯答道，他拿起一支蜡烛，“今天早上我和吉尔斯先生托人请来的。”

“什么！”医生嚷道。

“是的，”布里托斯答道，“我让马车夫递了个信，我还想他们怎么还没来。”

“你们这么做了，你们？该死……该死的马车怎么这么慢，那就这样了。”医生说着就离开了。

---

〔1〕伦敦警察厅的罪案调查局前身。

第三十一章　关键时刻

“谁呀？”布里托斯问道，把门开了一条小缝，防盗门链没摘。他用手挡住烛光，往外张望。

“开门，”外面有人答道，“弓街警局的，今天有人报警叫我们来的。”

这句话让布里托斯安心好多，他把门完全打开，面前站着一位穿着厚外套的胖胖男人，这人二话不说，就走了进来，在垫子上蹭了蹭鞋，从容得好像到了自己家一样。

“派个人去把我的伙计替换下来，好吗，年轻人？”警探说道，“他在马车里，料理那马呢。你们这里有没有车房，让马车去里面停上五到十分钟？”

布里托斯指了指一栋建筑，做了肯定的答复，胖男人就走回花园门边，帮他的同伴一起把马车赶了进去，而布里托斯怀着极大的敬仰，给他们照亮道路。之后，他们回到屋子，被领进客厅，脱下外套和帽子，露出本来的模样。

敲门的是个中等个子，壮壮实实，大概五十岁左右，黑发油亮，剪得非常短，半截络腮胡，圆脸，眼神锐利。另一个是红头发，瘦骨嶙峋，穿着高筒马靴，他的相貌很不讨喜，朝天鼻看上去很阴险。

“通报你们的主人，巴拉特和达夫在此，好吗？”壮实的那个开口，他抹平头发，把一副手铐放在桌上，“哦！晚上好，先生。可以的话，能不能私下里说两句？”

这是跟这会儿现身的罗斯伯恩先生说的，这位先生示意布里托斯退下，自己带着两位女士进来，关上了门。

“这位是这个宅子的女主人。”罗斯伯恩先生指着梅里夫人说道。

巴拉特先生行了个礼。女主人让他坐下，他便把帽子放在地板上，自己坐上一张椅子，并示意达夫也这么做。后一位先生，似乎不是很习惯上流社会，要么就是不太自在——两者必居其一——手忙脚乱了一阵，才坐了下来，一时手足无措，竟把手杖头塞在自己口中。

“好了，关于这里的入室抢劫，先生，”巴拉特说，“到底是什么情况？”

罗斯伯恩先生显然很想赢得时间，于是详详细细、来来回回地把事情复述了一遍。此间巴拉特和达夫先生看上去像是非常了解内情，不时互相点头示意。

“当然，事情没完全查清楚之前，我不敢妄下结论，”巴拉特说，“不过，眼下我的看法是——我不介意说到这一步——这不是乡巴佬干的吧，嗯，达夫？”

“当然不是。”达夫回答。

“为了让女士们知道乡巴佬这个词的意思，我恐怕你想说的是，这次抢劫不是乡下人干的？”罗斯伯恩先生微笑说道。

“就是这意思，先生，”巴拉特回答，“关于抢劫，就这些了，是吗？”

“就这些了。”医生回答。

“好，那么，仆人们说这里有个孩子是怎么回事？”巴拉特问。

“不搭界的事，”医生回答，“一个仆人吓坏了，胡思乱想，以为这孩子跟入室抢劫有什么关系，但完全是胡扯，纯属无稽之谈。”

“要是这样，那就很好处理。”达夫说道。

“他说得很对，”巴拉特点头表示赞同，心不在焉地把玩着手铐，就好像它们是一副竹板，“这孩子是谁？关于自己，他说了什么？他从哪儿来？该不会是从天上掉下来的吧，是不是，先生？”

“当然不是，”医生回答，紧张地瞥了一眼两位女士，“我知道他的全部来历，但我们可以一会儿再谈。我想，你们是不是想先去看看小偷想要闯进来的地方？”

“当然，”巴拉特先生回答，“我们最好先去勘查现场，之后再向仆人问话。一般都是这么办案的。”

于是，灯火准备好，巴拉特和达夫先生，由本地的治安警官、布里托斯、吉尔斯，以及其余所有人陪同，走进走廊尽头那间小屋，从窗子里往外查看；之后沿着草地转了一圈，从那里往窗子里瞧；再之后，这两位探员举起从窗口递过来的一支蜡烛察看窗板；接着又提着一盏马灯追踪脚印；临了还用一把干草叉在灌木丛里捣鼓了一阵。完事后，他们在所有观众的屏息凝神中，又回到房间；吉尔斯先生和布里托斯先生遵命用极为夸张的方式展演了一遍前一晚的历险。他们已经演过六遍了，第一遍，自相矛盾的重要情节不多于一处，到了最后一遍，也没超过一打。圆满演完后，巴拉特和达夫清退了房间所有人，商讨了老半天，就秘密程度和庄重性而言，大医生面对最为棘手的病情时的会诊，与之相比都是小儿科。

与此同时，医生在隔壁房间里来回踱步，十分不安，梅里夫人和萝丝一脸焦虑地望着他。

“说真的，”医生来回快步走了好多遍，站住了说道，“我不知道该怎么办。”

“我想，”萝丝说道，“把那可怜孩子的事情，原原本本地给那些人再说一遍，应该足够让他免罪了。”

“我表示怀疑，亲爱的小姐，”医生摇摇头说，“我不认为那会让他免罪，不管是告诉他们，还是更高级的法律部门。说到底，他们会问，他究竟是什么人？一个离家出走的。光是从世俗的考虑和可能性来判断，他的故事也不可信。”

“那你是相信的？”萝丝打断他。

“尽管很离奇，我是相信的，也许，相信他让我成了个老傻瓜，”医生说道，“可是，不管如何，对有实际经验的警官来说，这故事不咋样。”

“为什么？”

“因为，我可爱的盘问官，”医生回答，“因为，在他们眼里，这个故事里有很多丑陋的地方：他只能证明那些对他不利的部分，对他有利的一个也证明不了。这些混蛋，他们会追问怎么回事，什么原因，而且什么也不会相信。你也看到了他自己的情况，他之前跟小偷混迹过一段时间；还被带到警局里去过，被指控掏了一位先生的口袋；他被强行从一位先生的府邸给带走，而那位先生家，他既说不出啥，也不知道在哪里，对当时的处境，他一点也说不清楚。有俩人似乎很喜欢他，不管他愿不愿意，硬把他带到了彻特西；他被送进了一扇窗子，去打劫一户人家；而就在那时候，就在他要提醒这户人家、这么做会还给他清白时，留着半截络腮胡的管家带着横冲直撞的狗冲了进来，开枪打中了他！就好像故意不让他为自己做点好事！你没看明白这一切吗？”

“我当然明白，”萝丝回答，对医生的焦躁回以微笑，“可是我还是看不出来，这里面有什么会让那可怜孩子定罪。”

“当然没有，”医生说，“老天保佑你们女人的慧眼！不管是好是坏，她们只看到问题的一面，也就是最早出现在她们眼前的那一面。”

医生吐露了经验之谈后，手插进口袋，又在屋里来回走了起来，步子比之前更急。

“我越想越觉得，”医生说，“要是我们告诉那些人这个孩子的真实经历，会惹出没完没了的麻烦，并让我们陷入困境。我敢肯定，他们不会相信他的事情，而就算最后他们对他束手无策，但只要他们一味拖延，并且把所有疑点公之于众，也肯定会大大妨碍你们要救他出苦海的仁慈计划。”

“啊，那该怎么办？”萝丝叫道，“天呐，天呐，他们为什么把这些人叫来呀！”

“就是啊，真是的！”梅里夫人嚷道，“我一点儿也不愿意这些人上这儿来。”

“我所知道的是，”罗斯伯恩先生平静地坐了下来，豁出去似的最终说道，“我们一定得试一试，厚着脸皮执行这个计划。我们的目的是好的，这是我们的理由。孩子发着高烧，不宜问话，这是让人安心的一点。我们一定要好好利用，要是还不行，那也不是我们的错。进来！”

“事情清楚了，先生。”巴拉特进了房间，他的同事跟在后面，他说了这句，便紧紧关上门，“这件事不是‘里外双簧’。”

“什么是见鬼的里外双簧？”医生不耐烦地质问道。

“我们所谓的里外双簧，女士们，”巴拉特转向她们，好像很同情她们的无知，但对医生就很轻蔑了，“就是说有仆人充当内线。”

“这个案子里，没人怀疑他们。”梅里夫人说道。

“很可能是这样，夫人，”巴拉特答道，“但尽管如此，他们也可能参与了。”

“正是因为没人怀疑。”达夫说道。

“我们发现是伦敦城的人干的，”巴拉特继续汇报道，“因为手法很高级。”

“的确如此。”达夫小声说道。

“这伙人有俩，”巴拉特继续说，“他们还带着个孩子，看窗户大小，原因就一目了然。目前能说的就这些。对不起，我们现在就要见一见楼上那个孩子。”

“也许他们该先喝点东西，梅里夫人？”医生说道，他神采奕奕，好像有了什么新主意。

“哎呀，当然了。”萝丝热切地嚷道，“要是两位愿意，马上就送喝的来。”

“哎呀，谢谢你，小姐，”巴拉特先生拿袖子抹抹嘴，“干这一行就是口干舌燥。能喝的就好，小姐，别为了我们太麻烦。”

“喝点什么好呢？”医生跟着年轻姑娘来到餐边柜前。

“一点点烈酒就好，先生，都一样，”巴拉特先生回答，“从伦敦过来冻得不行，夫人，我一直觉得喝点酒让人心里暖和多了。”

这番有趣的话，是说给梅里夫人听的，她相当和蔼地听着。

趁这工夫，医生悄悄溜出了房间。

“啊，”巴拉特先生说道，他不是握着酒杯的柄脚，而是用左手大拇指和食指抓住酒杯杯底，把它靠在胸前，“这样的事儿我这一辈子见过太多了，女士们。”

“埃德蒙顿[1]后巷那次打劫，巴拉特。”达夫帮助同僚回忆。

“跟这一次有点像，不是吗？”巴拉特先生应道，“那是康基·切克维德干的，就是。”

“你老是算在他头上，”达夫回答，“是‘家宠’[2]干的，我告诉你。康基跟我一样，跟这事儿压根没关系。”

“去你的！”巴拉特回嘴，“我知道得更清楚。你还记得那次康基被偷了钱吗？真是叫人大吃一惊！比我看过的任何小说书都带劲！”

“那是怎么回事？”萝丝问道，只要这俩不受欢迎的访客有一点点心情愉快的症状，她就使劲煽风点火。

“就是一次抢劫，小姐，本来几乎没人留意，”巴拉特说道，“有个叫康基·切克维德的——”

“康基的意思就是爱管闲事[3]，小姐。”达夫插嘴。

“小姐当然知道，不是吗？”巴拉特质言，“你总是打断我，伙计！这位康基·切克维德，小姐，在战斗桥那里开了一家酒馆，他有个酒窖，好多年轻的公子哥儿去那里看斗鸡、抓

---

〔1〕伦敦城北的一个村庄。

〔2〕一个盗贼的诨名。

〔3〕康基（Conkey）名字里的Conk在英语里有Nose（鼻子）之意，爱管闲事就是nosey。

獾，诸如此类，我见得太多了，看得出这些娱乐安排得很得法。他当时不是什么堂口的，有天晚上，他的一个帆布包被偷走了，里面装着三百二十七个基尼。那天晚上，夜深人静，一个高个子男人，之前一直躲在床底下，眼睛蒙着黑眼罩，从他卧室里把包偷走了。得手之后，那人直接跳出一楼窗外，身手很敏捷。但康基也很敏捷，他朝那人开了一枪，还吵醒了邻居。邻居们立马吵嚷着发动起一场追捕，他们发现康基打中了小偷，因为地上有血迹，一路到老远处的篱笆才消失。不管怎么说，那个贼卷着钞票逃走了，结果，这位有营业执照的酒商切克维德先生的名字，就和其他破产的人列在一块，出现在报纸上；然后，所有的福利，所有的捐助，我不知道到底有多少，全给这个可怜人准备好了。这个人因为自己的损失，心情沮丧，在街上来回游荡了三四天，绝望地揪着自己的头发，好多人都担心他会自寻短见。有天，他匆匆忙忙来到警局，跟治安长官私下见了面，谈了一大通后，长官摇了摇铃，把杰姆·斯派斯（杰姆是个非常积极能干的警官）叫了进来，告诉他去帮切克维德先生逮捕那个偷了他东西的家伙。‘我看见他了，斯派斯，’切克维德说道，‘昨天早上他还打我家门口走过呢，’‘那你为啥不上前一把逮住他！’斯派斯说。‘我一下子愣住了，那时候你用根牙签就能让我脑袋瓜裂开，’那可怜人说道，‘不过我们一定能逮住他的，昨天午夜十一点到十二点之间，他又打我家门口走过。’斯派斯一听到这话，立马往口袋里装上一块干净的布头，一把梳子，以防自己要守上一两天，然后就出发了。他在酒馆窗户旁安顿下来，藏在红色的小窗帘后，帽子没脱，准备一有消息就冲出去。夜深了，他在那里抽烟斗呢，突然切克维德大喊着冲了出来，‘就是他！抓小偷！杀人啦！’杰姆·斯派斯冲了出去，看见切克维德没命地嚷着冲过街道，他也冲过去了，切克维德继续跑着，人群加入进来，所有人都喊着，‘抓小偷！’切克维德自己继续高喊，一直没停，疯了一样。他转过拐角，一秒钟斯派斯就看不见他了，赶紧也拐过去，看见一小伙人，便一头扎了进去；‘哪个是小偷？’‘他妈的，’切克维德说，‘我又跟丢了！’真是离奇，又到处都找不着那小偷了，他们只好回到酒馆。第二天早上，斯派斯又待到老地方，躲在窗帘后，留心那个戴着一只眼罩的高个子男人，直到他自己的两只眼睛都疼了起来。最后，他忍不住闭上眼睛休息一会儿，就在那一会儿，他听见切克维德怒吼着冲了出来，‘就是他！’他又冲了出去，切克维德跑在前面，已经冲出半条街了，他跑了昨天的两倍远，那个人又不见了！这么折腾一两次后，半数街坊都表示，切克维德是被魔鬼打劫了，之后是在耍他呢；另一半则认为切克维德已经失心疯了。”

“杰姆·斯派斯怎么说？”医生问道，故事刚开始讲，他就回到了房间。

“有好长一段时间，”警官继续说道，“杰姆·斯派斯什么也没说，他留心听着所有的动静，可别人看不出来，这说明他对自己的业务很在行。不过，有天早上，他走进酒馆，拿出鼻烟盒，说，‘切克维德，我搞清楚谁打劫这里了。’‘是吗？’切克维德说道，‘哦，我亲爱的斯派斯，只要我能报仇，死了也甘心！哦，我亲爱的斯派斯，那个恶棍在哪里！’‘得了吧！’斯派斯说道，问他要不要来点儿鼻烟，‘全是胡说八道！就是你自己干的。’是他干的，这样子他就把一大笔钱私吞了；要不是他装样子装过了头，谁也不会知道是怎么回事！”巴拉特先生说着，放下酒杯，手铐在他手里当当作响。

“真是太离奇了，”医生论道，“好了，要是你们方便，现在可以上楼了。”

“要是你方便，先生。”巴拉特先生回嘴。两位警官紧跟着罗斯伯恩先生，上楼进了奥利弗的房间，吉尔斯先生举着蜡烛，在这伙人前面领路。

奥利弗在打瞌睡，不过看上去情况更不妙了，发烧的温度比之前还要高。医生扶着他努力坐起来了一两分钟，他看着眼前的陌生人，一点也不明白怎么回事的样子——事实上，似乎根本想不起来自己在哪里，发生过什么事。

“这，”罗斯伯恩先生温柔地说道，不过语气很热切，“就是那孩子，不小心被弹簧枪打伤了，因为淘气，闯进了那个叫什么来着的先生的院子，就在这家人后面，今儿早上他来这里求助，但马上被抓住，那位拿着蜡烛的先生机灵得很，还揍了他一顿，置他的生命于危险之地，这我从专业角度可以证明。”

这番介绍引起了巴拉特先生和达夫先生的注意，他们都看着吉尔斯先生。大惑不解的管家先是盯着他们，又看向奥利弗，然后又从奥利弗转向罗斯伯恩先生，一副害怕并夹杂困惑的滑稽模样。

“我想，你不打算否认吧？”医生轻柔地让奥利弗躺下，说道。

“我那么做，都是——都是出于好意啊，先生，”吉尔斯答道，“我真的以为就是那孩子，不然不会去对付他。我天性并不残忍，先生。”

“以为是什么孩子？”资格老的警官问道。

“那个入室抢劫的孩子，先生！”吉尔斯答道，“他们——他们这伙人里肯定有一个是孩子。”

“是吗？你现在还这么认为吗？”巴拉特问道。

“现在认为什么？”吉尔斯茫然地看着质问他的人，答道。

“认为就是这个孩子，木瓜脑袋？”巴拉特不耐烦地又说道。

“我不知道，我真的不知道了，”吉尔斯说，一脸可怜相，“我没法子发誓就是他。”

“你认为呢？”巴拉特问道。

“我不知道怎么认为，”可怜的吉尔斯答道，“我想不是这个孩子；说实在的，我几乎敢肯定不是这个孩子。你知道的，不可能是他。”

“这人是不是喝酒了？”巴拉特转向医生问道。

“你脑袋真是一团糨糊！”达夫极为轻蔑地对吉尔斯先生说。

这番简短的对话期间，罗斯伯恩先生一直在搭病人的脉，这会儿，他从床边的椅子上站了起来，说道，要是警官们对这件事还有疑虑，不妨去隔壁再问问布里托斯。

他们接受了这一建议，转移到隔壁房间，把布里托斯叫了过来，后者把自己和他可敬的上司，都绕进了一个奇异的迷宫，里面充满了各种矛盾的说法和不可能发生的情况，非但没有让任何事情更为清晰，反而只凸显了一个事实：他脑子极为糊涂。事实上，他声称，要是这时候那个孩子到他面前，他没办法知道是不是就是他，他把奥利弗当成他，只是因为吉尔斯说他就是，而吉尔斯先生五分钟前刚在厨房里承认，恐怕自己结论下得太匆忙了。

在各种奇思妙想的假设中，这个问题被提了出来：吉尔斯先生是不是真的打中了谁？为此他们检查了他开过火的手枪，结果发现，里面装的只有火药和牛皮纸，没有什么杀伤力更强的东西。这一发现让所有人都留下了深刻印象，除了医生，十分钟前，是他把弹丸取了出来。不过，受冲击最大的，还是吉尔斯先生本人，他担惊受怕了好几个钟头，害怕是自己开枪让一个同胞受了致命伤，所以他急切地抓住了这个新看法，如获至宝。最后，警官们不再为奥利弗伤脑筋，他们把彻特西的治安警官留在房子里，自己去镇上歇息了，答应第二天早上再过来。

第二天早上，有传闻说，有两个男人和一个孩子因形迹可疑被逮捕，关进了金斯顿的监牢，巴拉特先生和达夫先生随即去了金斯顿。不过，经过调查，所谓形迹可疑，就是在干草堆下睡觉，尽管这是一大罪行，但只用关关监牢就可以了，根据英国法律仁慈的观点，以及它对国王的所有臣民宽容博爱的心，没有其他任何证据可以满意地证明，那个睡觉的，或那几个睡觉的，犯下了暴力抢劫之罪，应判以死刑；巴拉特先生和达夫先生便又回转来，去的时候洞若观火，回来时也了然于心。

简言之，又经过一番考察，一通询问，街区长官欣然同意让梅里夫人和罗斯伯恩先生联名保释奥利弗，担保只要传唤他，他就必须到场；而巴拉特和达夫被赏了几个基尼后回伦敦去了，他们对这次执行任务意见不一：后者周密考虑了所有情形，倾向于认为这次夜盗有内线一起策划；而前者，同样程度地倾向于把这一切都算到康基·切克维德头上。

与此同时，在梅里夫人、萝丝和好心的罗斯伯恩先生的照料下，奥利弗渐渐好转，恢复了健康。要是那些热切的祈祷，洋溢着内心喷涌而出的感激之情，在天堂能被听见——要是听不见，还叫什么祈祷——那么，这个孤儿为他们所祈求的祝福，已经渗入了他们的心灵，散发出安宁与欢乐。

第三十二章　奥利弗开始与他的善良朋友们过起了幸福生活

奥利弗病得不轻，病况也很复杂。除了被打中的胳膊十分疼痛，没有得到及时的救治，他还在荒郊野外的潮湿与寒冷中待得太久，得了高烧与疟疾，几个礼拜都没能痊愈，让他形容渐渐枯槁。不过，最后，他终于开始慢慢好转，有时候也能含着眼泪说几句话，说他怎么深深感受到那两位亲切女士的善良好心，说他多么热切地希望自己能强壮起来，恢复健康，为她们做点什么，来表达自己的感激之情；只要能做些什么，让她们看到他的心中充满了爱与责任，不管多么微小，也能向她们证明，她们的温柔善意没有白费，全仗她们的仁慈方从不幸或死亡中得救的这个可怜孩子，其实愿意全身心地侍奉她们。

"可怜的孩子，"有天，当虚弱的奥利弗力图吐出几句到了苍白嘴边的感激话时，萝丝说道，"你会有机会帮我们做事的，只要你愿意。我们打算到乡下去，姑妈想让你陪着一块去。那里特别安静，空气也好，再加上春天的所有愉悦与美丽，你几天里就会恢复健康的。等到可以麻烦你的时候，我们用得着你的地方多的是呢。"

"麻烦！"奥利弗叫道，"哦，亲爱的女士，要是我可以为您做事就好了！我可以为您浇花、照料您的鸟儿，让您高兴，或一整天跑上跑下，逗您开心，我什么都愿意做！"

"不用，"梅里小姐笑着说，"我告诉过你了，我们用得着你的地方多着呢，哪怕你做到的只有你现在承诺的一半那么多，就已经真的让我非常非常开心了。”

“开心，女士！”奥利弗叫道，“您这话多仁慈！”

“你会让我开心的，比我说的还要开心。”年轻姑娘答道，“想到我亲爱的姑妈，有法子救人脱离苦难，把他们救出像你描绘的那么悲惨的生活，对我来说就是无上的快乐，而知道她的善良同情，结果得到了真诚的感激和依恋，更是让我感到你想象不到的快乐。你明白我的话吗？”她看着奥利弗沉思的脸问道。

“哦，女士，是的，我明白！”奥利弗热切地回答，“但我在想，我现在真是忘恩负义。”

“对谁忘恩负义？”年轻姑娘问。

“对那位好心的先生，还有那个亲爱的老婆婆，他们之前那样地照顾过我，”奥利弗答道，“要是他们知道我现在有多开心，我担保他们也会高兴的。”

“我肯定他们会，”奥利弗的恩人说道，“罗斯伯恩先生真是好心，他早就答应了，要是你好得差不多了，可以出门旅行，他就会带你去看望他们。”

“他答应了，夫人？”奥利弗叫道，一脸欢喜，“要是能再看见他们好心的面孔，我真不知道会高兴成什么样！”

不久，奥利弗就恢复得差不多，可以经受这次旅途劳顿了。这样，有天早上，他和罗斯伯恩坐着梅里夫人的小马车出发了。到了彻特西桥，奥利弗突然脸上煞白，大叫一声。

“这孩子怎么回事？”医生又照例手忙脚乱，大叫起来，“你看见什么了？还是听见什么了？感到什么了，嗯？”

“那个，先生，”奥利弗叫道，从马车车窗里指着外面，“那个房子！”

“是啊，那房子，那房子怎么了？车夫停下。停在那里，”医生嚷道，“这房子怎么了，老弟，嗯？”

“那些小偷——他们带我去的就是那房子！”奥利弗低声说道。

“就是那鬼地方！”医生喊道，“那谁！让我出去！”

不过，马夫还没从座位上下来，医生已经用什么法子匆匆爬出车厢，一路跑到那栋废弃的房屋跟前，像个疯子一样踢门。

“谁啊？”一个丑陋的小个子驼背男人说道，他突然打开门，医生正踢着，差一点儿一头栽倒在走廊上，“什么事？”

“什么事！”医生不假思索，一把揪住他的领子，嚷道，“事情多着呢。事情就是打劫！”

“还有杀人的事情呢，”驼背男人冷冷地回答，“要是你不把手拿开的话。听见了没有？”

“我听见了，”医生使劲晃了晃他的俘虏，“那个——他妈的，他的无赖名字叫啥——赛克斯，对，就是赛克斯，在哪里？赛克斯在哪里，你们这些贼？”

驼背男人瞪大了眼睛，好像出离惊讶，愤怒无比，接着，他敏捷地一扭身子，从医生的手里挣脱，咆哮了一通，发出一连串可怕的咒骂，退回房子里去了。不过，他还没来得及关上门，医生已经二话不说进了客厅。

他心急火燎地到处张望，每一件家具，所有东西的痕迹，不管活的死的，甚至橱柜的位置，都不符合奥利弗的描述！

“好了！”驼背男人锐利地盯着他，说道，“你这样子硬闯进我家什么意思？想打劫我吗，还是想杀了我？你想哪一样？”

“你见过一个人，坐着一辆二轮马车，跑出来抢劫的吗？你这个可笑的老吸血鬼？”医生怒不可遏地说道。

“那你想怎么样？”驼背厉声说，“你赶紧走人，不然我就不客气了，你他妈的！”

“我认为合适的时候，自然会走，”罗斯伯恩先生说道，他又看了看另外一个房间，那里乍看起来也跟奥利弗叙述的没有一点相似之处，“总有一天，我会把你们查个水落石出，我的朋友。”

“会吗？”丑陋的跛子冷笑一声，“你想找我，我就在这里。我在这里住了二十五年，一没疯，二没落单，不会被你吓倒的。你会付出代价的，你要为此付出代价。”说着，这个长相奇特的小魔鬼发出一声叫喊，在地上乱蹦，像是气疯了。

“蠢透了，”医生对自己咕哝道，“那孩子一定搞错了。好了，把这个放进你口袋，关上门吧。”说着，他甩给驼背一张纸币，回马车那里去了。

那人一路大骂诅咒，跟着到了马车门边，不过，当罗斯伯恩先生转身跟车夫说话时，他往马车里瞧，瞟了一眼奥利弗，眼神如此锐利凶狠，又如此怒气冲冲、满怀恨意，让奥利弗之后几个月，无论睡着醒着，都难以忘怀。那人还是不停地发出最可怕的诅咒，直到车夫坐回位子上；等他们再次启程后，还可以看见他在后面跺着脚，扯着头发，发泄着或真或假的怒气。

“我真是个笨蛋，”沉默良久，医生说道，“你之前知道吗，奥利弗？”

“不知道，先生。”

“那下次别忘了。”

“真是笨蛋，”沉默了更长一段时间后，医生又说道，“就算就是那地方，就是那些人，我单枪匹马能怎么样？而且，就算我有帮手，我又能做什么，除了让自己暴露，之后还不得不供出我怎么掩盖了这件事的。我真是活该。我总是太冲动，让自己陷入这样那样的麻烦。真是应该吸取教训。”

嗯，事实是，这位杰出的医生一辈子都是冲动行事，要是对这种支配他行为的冲动的本质，说几句没什么恶意的恭维话的话，那么，与其说他因此遭遇了什么麻烦或不幸，不如说，所有认识他的人都为此对他极为尊重。不过现在，说实话，有那么一两分钟，他的确有点生气，因为他很想坐实奥利弗的叙述，只要有机会能获得任何证据，可第一次遇上这样的机会就大失所望。不过，他马上恢复了常态，他发现，针对他的问题，奥利弗的回答仍然直接坦率，前后一致，而且回答的样子也跟之前一样，明显非常真诚非常老实。从那以后，他打定主意，他会完全相信奥利弗关于自己经历的叙述。

因为奥利弗知道布朗洛先生居住的街道，这样，他们就直接驱车前往。马车驶进那条街道时，奥利弗的心跳得那么快，几乎喘不过气来。

“好了，我的孩子，是哪栋房子？”罗斯伯恩先生问道。

“那家！那家！”奥利弗激动地指着窗外答道，“那栋白房子。哦，快一点！请快一点！我觉得我要死了，我抖得不行。”

“好了，好了！”善良的医生拍了拍他的肩膀说道，“你马上就可以见到他们了，他们看到你安然无恙，一定高兴坏了。”

“哦，我希望是这样！”奥利弗叫道，“他们对我那么好，真的，非常，非常好。”

马车继续往前。停下了。不对；不是那家；隔壁那家。它又往前几步，又停下了。奥利弗抬头看着车窗，因为快乐和期待，泪水从他的脸庞上汩汩滑落。

啊！白房子空无一人，窗户上挂着招牌：“待租。”

“敲敲隔壁门。”医生挽着奥利弗的胳膊，叫道，“住在隔壁那家的布朗洛先生，您知道他搬哪里去了？”

女仆说不知道，但会去问一下。不久她就回来，说，布朗洛先生变卖了物品，六个礼拜前去西印度了。奥利弗握紧双手，无力地向后倒去。

“他的女管家也去了？”停顿了片刻，罗斯伯恩先生问道。

“是的，先生，”女仆回答，“那位老先生，他的女管家，还有一位先生，是布朗洛先生的一个朋友，都一起去了。”

“那就回家吧，”罗斯伯恩先生对车夫说道，“不用停下喂马了，出了这混蛋伦敦城再说！”

“那，那个书摊摊主，先生？”奥利弗说道，“我知道路。去看看他吧，求求你了，先生！去看看他！”

“我可怜的孩子，这一天够失望的了，”医生说道，“对我们俩来说，都失望得很。要是我们现在去书摊摊主那里，肯定会发现他要么死了，要么给自己房子放了把火，要么逃走了。不，直接回家！”听命于医生的冲动，他们回家了。

痛苦的失望之情让奥利弗即便在开心的时候，也难免伤心难过，生病期间，他曾经多少次开心地设想布朗洛先生和贝德文太太会对他说什么，而且，他也多高兴能告诉他们，多少个漫长的日日夜夜，他回想着他们为他做的事，为自己跟他们残忍地分开而痛哭。他希望自己能最终向他们证明清白，解释他如何被强行带走，这个希望支撑着他，让他振作，经受住最近无数的磨难。但现在，他们去了那么远的地方，心里还认为他是个冒牌货，一个抢劫犯，而且直到他死都无法加以澄清，想到这儿他就受不了。

但是，这一情形没有让他的恩人们对他有一点变化。又过了两个礼拜，天气开始暖和宜人，树枝和花草都爆出嫩芽，开出了茂盛的花朵，他们开始为离开彻特西住处几个月做准备。他们把曾经让费京垂涎三尺的餐具送到了银行寄存，留下吉尔斯和另一个仆人看家，然后带上奥利弗，出发去乡间一栋别墅。

有谁能形容，这个孩子在芳香的空气中，在绿色的山丘与密林间，在内陆的一个村庄里，所感受到的那种舒畅和欣喜，那种心灵的宁静与平和啊！有谁能说出，寂静安详的场景是如何沉入人们的脑海，他们曾住在嘈杂密集的城市，为痛苦所折磨，这些场景带着它们自身的鲜活，深深地浸入了那些疲倦不堪的心灵！住在拥挤、压抑的街区的人们，一生劳碌，从未想过改变；这些人，习惯着实成了他们的第二天性，他们几乎都爱上了日常漫步的狭小天地的每一块砖头，每一颗石子儿，但即便是他们，到了死神之手伸过来时，也会终于渴望能稍稍一瞥自然的容颜；一旦离开了满载过往痛苦与欢乐的场景，他们似乎立刻进入了一种新的存在状态。他们一天天地爬向阳光灿烂的绿草地，看到天空、山峦和平原，看到熠熠发光的湖泊与河流，他们心中那么多记忆被唤醒，这番预示着天堂的景象安抚了他们对飞速衰朽的痛苦。仅仅在临终前几个小时，他们还坐在孤独的窗边，看着落日，余晖在他们暗淡虚弱的目光中渐渐消逝，现在他们也能像夕阳一般平静地进入自己的墓穴。宁静的乡间景色唤起的记忆，无关此世，也无关此世的思虑与希望。它们会温柔地影响我们，也许会教我们如何为那些我们所爱之人的坟墓编织新鲜的花环，也许会净化我们的思想，消除过去的敌意与仇恨；但在这一切之中，哪怕是最不爱反思的心灵，也都萦绕着一种模模糊糊、没有完全成形的意识，那就是，很久之前，在遥远的时刻，这样的情感曾占据我们的胸臆，唤起了对遥远未来的庄严思绪，在它面前，傲慢与世俗都低下头来。

他们休养的地方真是秀丽迷人。奥利弗曾经身处肮脏污秽的人群，周围全是嘈杂与喧嚷，在这里，他仿佛进入了一个新世界。玫瑰与忍冬攀上了农舍的墙壁，常春藤悄悄爬满了树干，满园花朵让空气充满了芳香。附近有块小小的教堂墓地，没有那些高耸难看的墓碑，全是一些谦卑的小坟丘，上面覆盖着嫩草和苔藓，坟丘下面，这个村子的老人们静静安息。奥利弗常常在这里漫步，有时候，想到自己母亲长眠的那座可怜的坟墓，他会坐下来，趁没人的时候哭上一会儿，不过当他抬起眼睛看到头顶深邃的天空，就不再去想母亲躺在地底下，他还是会为她悲伤哭泣，但不再感到痛苦。

真是欢乐的时光。白日晴朗宁静，夜晚也不会带来恐惧和忧虑，不用为身陷囹圄而煎熬，也不用跟卑鄙的人周旋，只感到快乐和幸福。每天早上，他会到住在教堂旁边的一位白头发老先生那里去，老先生教他读书写字，声音那么温和，对他那么用心，奥利弗觉得怎么讨他欢心都不够。然后，他会陪梅里夫人和萝丝小姐散步，听她们谈论书籍，或坐在阴凉的地方，在她们身边，听年轻姑娘念书：他可以一直这么听下去，直到天色太暗，字儿不再看得清。之后，他要预习第二天的功课，在一个可以看见花园的小房间里，他会用功地做功课，直到夜色慢慢降临，女士们又出门散步，他跟着她们，愉快地倾听她们所说的一切。如果她们想要朵花，他可以爬到树上去摘；如果她们忘了什么，他可以跑回去取，别提多高兴了，总嫌自己跑得还不够快。天真的黑下来时，她们回到家里，年轻姑娘坐在钢琴边，弹一支欢乐的曲子，或浅声低吟一首她姑妈喜欢听的老歌。这些时候，无须蜡烛，奥利弗会坐在一扇窗边，听着甜美的音乐，心醉神迷。

到了礼拜天，这一天和奥利弗以往度过的礼拜天是多么不同，他又是多么快乐啊！就像他在这段最快乐的时间里度过的其他日子！早上，在那个小教堂，绿叶在窗前摇曳，鸟儿在外面欢唱，甜美的空气悄悄钻进低矮的门廊，让这个朴素的地方充满了芳香。穷苦的人群又整洁又干净，他们虔诚地跪下祈祷，对他们来说，集聚在这里是种乐趣，而非枯燥的义务，尽管他们的歌声很粗糙，但听上去非常真诚，（至少在奥利弗的耳朵里）比之前在教堂里听到的都要悦耳。然后，又是像往常一样的散步，拜访那些劳动人家的整洁住所。到了晚上，奥利弗读一两章他钻研了整个礼拜的《圣经》，这样做的时候，他觉得比自己当上了牧师还要自豪与高兴。

早上，奥利弗六点起床，漫游于田间，在树篱中到处搜索，采来一束束野花，满载而归，然后精心琢磨，摆放出最佳效果，以装饰早餐桌。他还为梅里小姐的鸟儿摘来新鲜的野滥缕菊作为食物，并用它装饰鸟笼，看起来极为雅致——之前他在村里一个牧师的传授下，钻研过这一手艺。鸟儿被调教得干干净净、聪明伶俐之后，村里常有些小小的善事要他去做；要是没有的话，他偶尔也会去草地上打会儿板球；再不然，花园里总有些活要干，打理花花草草什么的，奥利弗都全心全意地去做（他跟同一个师傅学习了这门学问，那可是一位职业园丁），直到萝丝小姐出现，对他的所作所为大加褒奖。

就这样，三个月一晃而过，这三个月，对所有备受眷顾宠爱的凡人来说，也算得上一生中纯粹的欢乐，而对奥利弗来说，则是真正的幸福。一边是最纯洁、最亲切的慷慨给予；另一边，是最真切、最诚挚、最发自内心的感激。难怪到了这短暂时光的尽头，奥利弗·退斯特跟那位老夫人和她的侄女已亲如家人，而他那颗生发出炽烈依恋的年幼而敏感的心灵，已得到了回报，她们对他也一片深情，并为他感到骄傲。

第三十三章　奥利弗和他的朋友们的幸福横生波折

春天飞逝，夏天到来。要是村庄起初很美，现在便是流光溢彩、枝繁叶茂了。之前几个月看着干枯光秃的大树，如今爆发出强劲的生机，伸出绿色的手臂，覆盖干涸的土地，让空旷裸露的地方变成隐秘的处所。浓密宜人的林荫下，人们远眺开阔的风景，它沐浴在阳光下，伸向远方。土地披上了它鲜绿的斗篷，散发出它最浓郁的芳香。这是一年里头最具活力的黄金时光，万物都欣欣向荣。

不过，乡村小别墅里依旧过着安静的生活，里面的住户依旧洋溢着同样的欣悦与祥和。奥利弗早已既结实又健康，但无论身体好坏都没有影响他对许多人的温暖感情。他还是像那个被病痛折磨得毫无力气、需要那些照料他的人的每一点关心、每一点安慰的小东西那样，温柔体贴、充满依恋、满怀深情。

在一个宜人的夜晚，他们花在散步上的时间比平时更长一些，因为白天特别热，到了晚上，月色皎皎，微风习习，令人神清气爽。萝丝也兴致很高，他们一路走着，快乐地交谈，直到远远超出了平时散步的范围。梅里夫人有点累了，他们便慢慢踱步回家。到家后，年轻姑娘把自己的软帽一扔，像往常那样坐在钢琴边。随意地弹了几个音符后，她突然弹起一支低沉而又十分凝重的曲子，透过琴声可以听到一种声音——她在抽泣。

“萝丝，我的宝贝！”老夫人说道。

萝丝没有吭声，但弹得更快了，就好像老夫人的话把她从一些痛苦的思绪中唤醒了。

“萝丝，我的宝贝！”梅里夫人叫道，连忙站起来，朝她俯下身去，“怎么哭了！我亲爱的孩子，是什么让你伤心了？”

“没什么，姑妈，没什么，”年轻姑娘回答，“我不知道怎么回事，我说不上来，但我感觉——”

“你不会是病了吧，我的宝贝？”梅里夫人打断道。

“没有，没有！哦，我没生病！”萝丝回答，但她说话的时候抖得那么厉害，就好像某种致命的寒意穿过她的身子，“我很快就会好起来的。请关上窗吧！”

奥利弗赶紧照办。年轻姑娘努力想恢复兴致，挣扎着弹了支活泼些的曲调，但最后她的手指在琴键上无力地放下了。她蒙住脸庞，跌坐在沙发里，泪水再也抑制不住，滚滚而落。

“我的孩子！”老夫人说道，张开双臂抱住她，“我以前从来没见过你这个样子。”

“要是我能忍住，我不想惊着你，”萝丝回答，“但我真的很努力了，还是忍不住。我怕是生病了，姑妈。”

她真是病了，蜡烛拿来后，他们发现，回家后这一小段时间里，她的脸色变得像大理石般苍白。美丽的容颜未变，但表情变了，温柔的脸蛋上有种焦虑憔悴的神色，以前从未有过。下一分钟，脸上一片潮红，柔和的蓝眼睛里闪过一丝阴沉与狂乱。然后红晕又消失了，像浮云投下的阴影，她的脸色又如死一样苍白。

奥利弗焦虑地看着老夫人，察觉到她被这些征兆吓坏了，说实话，他自己也吓到了，但看到老夫人努力表示出不在乎，他也尽量不当一回事，到目前为止，他们都做到了。当萝丝在姑妈的劝说下去休息时，她看上去精神好多了，脸色也没那么差了，她向他们保证，第二天早上起来肯定就没事了。

“但愿不要紧，”梅里夫人回来后，奥利弗说道，“她今晚看着不太好，不过……”

老夫人示意他别说话，然后在屋子里一个黑暗的角落坐下，沉默了一会儿。末了，她终于声音颤抖地说道：“我希望没事，奥利弗。这些年我跟她在一起很开心，可能是太开心了。也许现在到了我遭遇什么不幸的时候了，但我希望不是这个。”

“不是什么？”奥利弗问道。

“重大的打击，”老夫人说道，“失去这个姑娘，她是我的心头肉，我的幸福果。”

“哦，上帝不会允许的！”奥利弗慌张地叫了起来。

“阿门，求主保佑，孩子！”老夫人紧搓双手说。

“肯定不会发生这样可怕的事情吧？”奥利弗问，“两个钟头以前，她还好好的呢。”

“她现在病得很厉害，”梅里夫人回答，“而且还会更糟，我敢肯定。我亲爱的，亲爱的萝丝！没了她我可怎么办！”

她那么悲恸，奥利弗只好克制住自己的情感，大着胆子去反驳她，而且急切地恳求她，看在亲爱的年轻姑娘本人的份上，平静下来。

“想一想吧，夫人。”奥利弗说道，尽管他想制止，但眼泪还是涌进了眼眶，“哦，想一想，她那么年轻，心那么好，又给周围的所有人带来那么多的快乐和安慰。我担保——我敢肯定——相当肯定——为了您，您也是好人，为了她自己，为了所有从她那里得到欢乐的人，她不会死的。老天不会让她这么年轻就死的。”

“嘘！”梅里夫人摸着奥利弗的头，说道，“你这么想很孩子气，可怜的孩子。不过，你让我想起了自己的责任。我刚才有一刻忘掉了，奥利弗，但我想我也许能获得原谅，我年纪大了，看够了病痛与死亡，知道跟我们爱的人分开是多么痛苦。我也看到过很多例子，知道不是最年轻、最善良、有人爱就能逃过一劫；但这样想应该能安慰我们的悲伤，因为老天是公平的，这样的事情令人敬畏，它告诉我们，有一个比这里更敞亮的世界，去那里也不用费什么时间。上帝会安排好一切！我爱她，上帝知道我有多爱她！”

梅里夫人说出这些话，让奥利弗大为惊奇，她好像一下子就止住了悲恸，说话间挺直身子，又变得镇静而坚定。让奥利弗更为震惊的是，在之后的照料看护中，她一直保持着这份坚定，始终泰然自若：她有条不紊地承担起转移到她身上的所有职责，而且，从外表上看来，甚至比之前更欣快了。但他年纪还小，不懂得坚强的心灵在这样难受的情况下有多了不起。也难怪他不了解，那些拥有坚强心灵的人自己何曾了解他们自己？

焦虑不安的一晚过去了。清晨到来，梅里夫人的预言得到了证实。萝丝正处于危险高热的第一阶段。

“我们必须行动起来，奥利弗，不能只顾没用的悲伤，”梅里夫人手指放在嘴唇上，静静地看着他的脸，说道，“一定要尽快把这封信送到罗斯伯恩先生那里。必须把信送到市集，抄田里的小道，到那里不超过四英里，在市集上找专差骑马快递，直接送到彻特西。客栈里的人会办妥的，你要看着信递出去，我信得过你。”

奥利弗什么也没说，只想立刻出发。

“这是另一封信，”梅里夫人考虑了一下说，“但，是现在就寄呢，还是再等等，看看萝丝的情况，我没法确定。我不想这么快就递出，除非我担心的最糟糕的事情发生了。”

“也是发到彻特西的吗，夫人？”奥利弗问，他急着去完成自己的任务，伸出颤抖的手要去拿那封信。

“不是的，”老夫人回答，木呆呆地把信给了奥利弗。奥利弗瞟了一眼，发现是寄到某位尊贵勋爵的乡间宅邸的，哈利·梅里先生收，但他不知道那是哪儿。

“要送去吗，夫人？”奥利弗抬起头焦急地问。

“我想还是不了，”梅里夫人把信拿了回来，说道，“等到明天再说。”

说着，她把钱包给奥利弗，他一刻也没耽搁，立刻用最快的速度出发了。

他飞快地穿过田地，沿着田间小道飞跑，这些小路有的时候被一边高高的玉米挡住了，有的时候又出现在开阔的田野中，几个农民在那里忙着收割、翻晒。他一次也没停留，顶多歇一两秒钟调整呼吸，最后，他满头大汗、满身尘土，到了市镇的那个小市场。

他驻足环顾，寻找客栈。白房子是银行，红房子是酿酒厂，黄房子是市政厅。一个街角有栋大房子，四面的木板都漆成绿色：前面有块招牌“乔治”。他一看见就加快步伐跑了过去。

门口有个邮差在那里打盹，奥利弗跟他说明了来意，听了奥利弗的要求后，他叫奥利弗去找马夫，那个人又听了一遍奥利弗的叙述，叫他去找客栈老板。老板是个高个子先生，戴着蓝色领巾，白色帽子，穿着褐色马裤，相应的褐色翻口马靴，靠在马厩门边的水泵旁，正用一根银牙签剔着牙。

这位先生优哉游哉地走进柜台，开始计算花销：他算了好长时间才算出来，等算好后，奥利弗付了钱，还得等马备上鞍、邮差穿上制服，这又花掉了十分钟时间。奥利弗急不可耐，焦虑万分，恨不得自己跳上马，拼了命飞奔到下一站去。终于，一切准备就绪，邮差给马套上马刺，在市集坑洼不平的小道上踢踏踢踏跑了起来，几分钟后，就出了市集，跑上了大路。

看到求援信已经递出，没有浪费任何时间，奥利弗这才安下心来，他匆匆穿过客栈院子，心轻松了一些。正当他离开大门的时候，一不小心撞上了一个高个子男人，那人披着斗篷，那一刻正走出客栈。

“嘿！”那人紧盯着奥利弗叫道，突然后退一步，“见鬼了吗？”

“对不起，先生，”奥利弗说道，“我着急回家，没见着你过来。”

“该死的，”那人自言自语地咕哝道，大大的黑眼睛炯炯有神地盯住奥利弗，“谁想得到有这种事！把他碾成灰！他从石头棺材里蹦出来也会挡我的道！”

“对不起，”奥利弗被奇怪男人的可怕表情吓到了，结结巴巴地说道，“我希望没伤着您。”

“你这个混账！”那人从牙齿缝里咕哝道，他情绪激动，可怕得很，“要是过去我有种说那个词儿，早就一晚上干掉他了。诅咒落你头上，黑死病落你心上，你这个淘气包！你在这儿干啥？”

那男人语无伦次地吐出这些话，一边挥了挥拳头。他冲奥利弗走去，像是要揍他一拳头，但猛地跌倒在地，一边抽搐打滚，一边口吐白沫。[1]

有那么一会儿，奥利弗以为碰上了个疯子，他盯着这个疯子发了会呆，接着便冲进客栈求助。看着这人被安全抬进客栈后，奥利弗便转身回家。为了弥补耽误了的时间，他跑得飞快，路上一想起刚才离开的那个人，就又惊又怕，他的行为举止实在是太奇怪了。

不过，这情形并没有在他脑海里逗留太久，当他快到乡村小别墅时，脑子里要想的太多了，把关于自己的所有忧虑全给赶跑了。

萝丝·梅里的病情急转直下，到半夜，她已经神志昏迷。当地的一位执业医师一直守候着她，在第一次诊视之后，他就把梅里夫人拉到一边，宣称小姐的病属于最危险的一种类型。“说实话，”他说，“她要是能恢复，简直就是奇迹。”

那天晚上，有多少次，奥利弗从床上起来，悄无声息地偷偷上楼，听着房间里传来的最轻微的动静！又有多少次，突然的脚步声吓得他浑身发抖、冷汗直冒，是不是有什么不可想象的可怕事情发生了！那个可人儿正在深深的墓穴边缘蹒跚，为了她的生命与健康，他痛苦而狂热地祈祷着，他之前所有的炽热祷告都没法跟这些祈祷比！

哦！看着我们所爱之人的生命在天平上摇摆，我们却束手

〔1〕 此人癫痫病发作了。

无策，这份提心吊胆是那么惴惴不安、万般刺痛！哦！折磨人的念头在脑海里乱转，它们在眼前唤起的景象，让心跳得那么剧烈，呼吸那么沉重；真焦虑啊，拼了命想做些什么，来减轻我们无力减轻的痛苦，缓和我们无力缓和的危险；可悲哀地想起我们是如何无助，这让我们的心，我们的灵魂都沉了下去；有什么痛苦可以与此相比，在时间的潮涨潮落中，有什么想法或做法可以减轻痛苦！

早晨到来了，小别墅里寂寥安静。人们窃窃低语，门边时不时出现焦虑的脸庞，女人与孩子含着泪水离开了。整个漫长的白天，加上天黑以后的几个钟头，奥利弗都轻轻地在花园里走来走去，不时抬起眼睛看着病人的房间，黑黢黢的窗户让他不住发抖，好像死神已经走了进去。那天深夜，罗斯伯恩医生到了。“很不妙，”那个好心医生背过身去，说道，“那么年轻，那么招人疼，但希望很渺茫。”

又一个早上。阳光那么明亮，亮得好像天底下没有愁苦与烦恼；每一片树叶、每一枝花朵，都围绕着她，欣然怒放；每一点生机、每一份活力，还有快乐的声音与景色，都将她包围：那位漂亮的年轻人儿，躺在那里，却如灯之将熄。奥利弗悄悄离开，去了那片古老的教堂墓地，坐在一个绿色的坟丘前，默默地哭泣，为她祈祷。

景色如此祥和美丽，阳光下的风景如此明媚欢乐，夏鸟的婉转如此愉快动听，白嘴鸦从头上疾飞而过，如此自由，这一切，充满了生机与快乐。孩子抬起哭疼了的眼睛，四处张望，有个想法本能地冒了出来，这可不是死亡来临的时候，谦卑的万物如此欣喜雀跃，萝丝肯定不会在这个时候死去。坟墓是留给寒冷阴郁的冬天的，不会给阳光与芳香。他几乎觉着尸布是为那些年老干瘪的人而准备的，绝不会用它们可怕的包裹，包住年轻优美的身体。

教堂响起了刺耳的丧钟，打断了孩子的思绪。又一声！再一声！这是宣布葬礼开始的钟声。一群朴素的送葬者进了大门，他们戴着白色花结，因为死去的是个年轻人。他们脱下帽子，站在墓边，哭泣的行列中有位母亲——她曾是位母亲。但阳光依然灿烂，鸟儿依然欢唱。

奥利弗转身回家，心里想着那位年轻女士对自己那么好，希望这样的时光能再次到来，到时候他会一刻不停地向她表示，他有多感激她，多依恋他。他没有理由责备自己粗心大意，或欠缺考虑，因为他一直全心全意为她效劳，但他脑海里还是想到许许多多时候，他原本可以更积极、更认真，可惜那个时候他并没有那样做。该如何对待周围的人，对此我们应该更加上心，因为每次死亡都会给少数活着的人带来这样的想法，原来我们曾经忽略了那么多，做得又那么少，那么多事情我们都遗忘了，还有更多的事情我们无法弥补！悔之晚矣最为让人懊悔，要是我们希望能逃脱它的折磨，让我们趁早记得这一点。

奥利弗到家时，梅里夫人坐在小客厅里。一看见她，奥利弗的心就沉了下去，因为她从来没有离开过侄女的病床，他颤抖着想，发生了什么让她离开了那里。他最后得知，萝丝小姐陷入了沉睡，要是她醒过来，要么就是康复和重生，要么就是跟他们道别，然后死去。

他们坐在那里留神谛听，好几个钟头，不敢开口说话。一动未动的饭菜又拿走了，他们的心思分明在别的地方。他们看着太阳越来越下沉，最后洒了几道绚烂的光晕在天地间作为临别预告。忽然，他们敏锐的耳朵捕捉到了走近的脚步声，下意识地冲到门边，罗斯伯恩先生进来了。

“萝丝怎么样？”老夫人叫道，“现在就告诉我！我承受得住；什么都比悬在半空好！哦，告诉我！看在老天的份上！”

“您得沉住气。”医生扶住她，说道，“请您镇静，我亲爱的夫人。”

“让我去，以上帝的名义！我亲爱的孩子！她死了！她要死了！”

“没有！”医生激动地嚷道，“上帝善良又仁慈，她会活上好多年，祝福我们所有人的。”

老夫人跪倒在地，努力想要合拢双手祈祷，但支撑了她那么久的力气，这会儿随着她的第一声感恩祈祷飞上了天，她倒在伸开双臂接住她的朋友的怀抱里。

第三十四章　介绍一位这会儿上场的年轻先生的详细情况，以及发生在奥利弗身上的又一次奇遇

太多的幸福让人几乎无法承受。奥利弗被这个不期然的消息惊得目瞪口呆，他没法哭泣，没法说话，没法休息。他几乎没法理解发生的一切，直到在黄昏的宁静空气中漫步许久，才松下一口气，哭了出来。他似乎突然完全醒悟过来，令人高兴的变化发生了，那几乎承受不住的痛苦的重压，从心中被移走了。

暮色四合，他小心翼翼地捧着精挑细选的花朵，转身回去装饰病房。他正沿着大路快步走着，忽然听到身后有马车狂奔。回头一看是一辆驿马车，车夫飞速驱驰，马儿跑得飞快，因为路很窄，他就靠在篱笆门边，让马车先过。

马车冲来时，奥利弗瞥到车上有位先生，戴着白色睡帽，有几分面熟，不过他只瞟到一眼，没法认出是谁。过了一两秒钟，睡帽探出窗外，洪亮的声音吼叫着让车夫停下，后者勒住马，停下了。接着，那顶睡帽又出现了，同样的声音喊出了奥利弗的名字。

“嘿！”那声音喊道，“奥利弗，有什么新消息吗？萝丝小姐怎么样！奥—利—弗少爷！”

“是你吗，吉尔斯？”奥利弗跑到驿马车边，喊道。

吉尔斯又探出了戴着睡帽的脑袋，准备回答，但忽然被一位年轻先生拽了回去，那人坐在马车另一角，热切地质问情况怎么样。

“一句话！”那位先生喊道，“好转还是更糟了？”

“好转了——好多了！”奥利弗连忙回答。

“感谢上帝！”那位先生叫道，“你肯定？”

“非常肯定，先生，”奥利弗回答，“就几个钟头前，病情发生了变化，罗斯伯恩先生说，危险期过去了。”

这位先生没再说别的，只是打开车厢门，跳了下来，一把抓住奥利弗的胳膊，把他拉到一边。

“你很肯定？你这边没有可能搞错吧，孩子，没有吧？”那位先生声音颤抖地问道，“别骗我，让我空欢喜一场。”

“我绝对没有骗你，先生，”奥利弗回答，“真的，你可以相信我。罗斯伯恩先生的原话是，她会活上好多年，祝福我们所有人的。我听见他这么说了。”

想起那一幕，它带来了之后那么多快乐，眼泪在奥利弗眼里打转；那位先生也转过脸去，好几分钟默默无语。奥利弗好像听见他在呜咽，还不止一次，但担心自己再说什么会打扰到他——他非常能想见他的心情——所以，就站在一边，假装摆弄他的花束。

这工夫，戴着白色睡帽的吉尔斯先生，一直坐在马车的踏板上，两只胳膊肘各支在一只膝盖上，用一块带白点的蓝色棉布手帕擦拭眼睛。这位实诚的先生没有掩饰自己的情感，通红的双眼充分证明了这一点，那位年轻先生转过身来跟他说话时，他就用这双眼睛看着他。

“我想你最好坐马车上我母亲家去，吉尔斯，”他说，“我自己倒想慢慢走过去，这样在见到她之前多争取一点时间。你就说我马上到。”

“对不起，哈利先生，”吉尔斯用手帕最后擦了擦满是泪痕的面孔，说道，“要是您让邮差去通报，我将不胜感激。让女仆们见我这样子不太合适，先生，这样以后我对她们就没有任何权威了。”

“好吧，”哈利笑着回答，“随便你。要是你想这样，那就让邮差带着行李继续上路吧，你跟着我们。只是先把睡帽换一顶像样点的帽子，要不然人家以为我们是疯子呢。”

吉尔斯这才想起自己的一身装束不太雅观，连忙一把拽下睡帽，塞进口袋，从马车上拿出一顶庄重严肃的圆帽换上。之后，邮差驱车继续前进，吉尔斯、梅里先生和奥利弗，优哉游哉地跟在后面。

他们一路走着，奥利弗时不时瞥一眼这位陌生人，心里满是好奇。他看上去二十五岁左右，中等身材，相貌英俊而诚恳，举止平易近人，富有魅力。虽然他很年轻，但与老夫人长得非常像，即使他没有提到梅里太太是他的母亲，奥利弗也不难想象两人之间的关系。

梅里先生抵达别墅的时候，梅里夫人早已焦急地等候着她的儿子了，见面时双方都很激动。

“母亲！”年轻人嘟囔，“之前为什么不写信给我？”

“我写了，”梅里夫人答道，“但想了一想，还是决定留下信，先听听罗斯伯恩先生的意见再说。”

“但为什么，”年轻人说，“为什么要拿差一点发生的事情冒险呢？万一萝丝——我没法说出那个字眼——万一病情最后结局不同，您怎么能够原谅您自己！我怎么还能够幸福！”

“如若的确是那样，哈利，”梅里夫人说，“我恐怕你的幸福也就全被毁了，那么，你早到或晚到一天，都没什么意义。”

“要是真那样，谁会奇怪呢，母亲？”年轻人答道，“或者说，我为什么说要是呢？这是——这是——您知道的，母亲——您一定知道！”

“我知道，她配得上一个男人所能给予的最美好最纯真的爱，”梅里夫人说，“我知道，她天性中的奉献精神与真情实意，需要的并不是普普通通的回报，而是深切持久的感情。正因为我有这样的感觉，正因为除此以外我还知道，一旦她所爱的人态度发生变化她会心碎，所以我才举棋不定；当我采取我认为理所当然的做法时，我的心里就不会有那么多纠结了。”

“这话太伤人心了，母亲，”哈利说道，“您还以为我是个小孩，一点都不知道自己在想什么，也不明白自己灵魂的冲动？”

“我想，我亲爱的儿子，”梅里夫人把手搭在他肩膀上，说道，“年轻人有许多冲动，但都不长久，其中有些冲动一旦得到满足，更是转瞬即逝。总之，我认为，”夫人盯着儿子的脸庞说道，“要是一个满腔热忱、抱负远大的男人想娶一位名分上有污点的妻子，哪怕这污点并不是她的过错造成的，也会引来冷酷卑鄙的人对她，对她的孩子，说三道四。而且，这位丈夫在世间有多成功，遭到的诋毁就有多大，这件事会成为他们讥笑他的话柄。不管他多宽容，天性多善良，也许有一天他还是会后悔早年缔结了这场婚姻，而她，要是知道了他这么想，更会痛苦万分。”

“母亲，”年轻人不耐烦地说，“谁要是这么做，那他就是个自私的畜生，根本不配做一个男人，也配不上您形容的那个女人。”

“这只是你现在的想法，哈利。”他母亲回答。

“我的想法不会改变！”年轻人回答，“过去两天我精神上遭受的折磨，逼得我向您坦白，您知道，我心中的感情不是昨天才有，也不是随意形成的。对萝丝，哦，这位甜美温柔的姑娘！我的心是属于她的，就像所有倾心于女人的男人一样坚定。除了她，我生活中没有别的想法，别的念头，别的希望；在这紧要关头，要是您反对我，那就是夺过我的安宁幸福，扔到九霄云外。母亲，再想一想，再想想我，别不在乎您觉得无关紧要的幸福。”

“哈利，”梅里夫人说，“就是因为我为温柔敏感的心灵考虑得太多，才不愿意它们受到伤害。但这会儿我们对这件事已经谈得很充分了，或者说，谈得太多了。”

“那就留给萝丝决定吧，”哈利插嘴，“您不会把您这些偏见灌输给她，为我设置障碍吧？”

“我不会，”梅里夫人回答，“但我还是希望你能够再考虑一下——”

“我已经考虑过了！”一声不耐烦的回答，“母亲，我已经考虑过了，考虑了很多年。自从我有能力进行严肃思考的时候起，我就考虑过这件事。我的感情丝毫未变，也永远不会改变。为什么我要承受话在嘴边却一拖再拖的痛苦呢？这到底有什么好处？不！我离开这里之前，要让萝丝听到我的心里话。”

“她会听到的。”梅里夫人说。

“母亲，您的态度几乎是在暗示，她会以冷冰冰的态度聆听。”年轻人说道。

“不是冷冰冰，”老夫人回答，“完全不是那样。”

“那会是什么样？”年轻人急切地追问，“她没有另有所爱吧？”

“没有，真的。”他母亲回答。“要是我没看错的话，你已经牢牢地捕获了她的情感。我想说的，”看到儿子要开口，老夫人打断他，继续说道，“正是这点。在你抓住这一计划孤注一掷之前，在你允许自己抱最大希望之前，再好好回想一下萝丝的过去，我亲爱的孩子，想一想，她要是知道自己出身不明，会对她的决定有什么影响：在所有事情上，不管是大是小，她一直用她高贵的心灵，用她毫无保留的自我牺牲精神，对我们如此忠诚，这是她的一贯个性。”

“您这话什么意思？”

“我留给你自己去搞清楚吧，”梅里夫人答道，“我得回她身边去了。上帝保佑你！”

“今晚我还能再见到您吗？”年轻人热切地问。

“迟早，”夫人回答，“等我离开萝丝以后。”

“您会告诉她我来了吗？”哈利说。

“当然。”梅里夫人回答。

“请告诉她我有多担心，心里有多难过，多想见到她。您不会拒绝转达这些话吧，母亲？”

“不会，”老夫人说，“我都会转告她。”她疼爱地摸了摸儿子的脑袋，快步离开了房间。

这场对话匆匆进行的时候，罗斯伯恩先生和奥利弗一直在房间的另一头。这会儿，罗斯伯恩先生向哈利·梅里伸出手来，两人热情地握了握。然后，医生回答了年轻朋友的种种问题，对病人的病情做了精确的说明，这番说明，跟奥利弗的叙述一样，让年轻人心下大宽，充满了希望。而吉尔斯先生假装收拾行李，医生所有的话，他贪婪的耳朵一句也没有放过。

“你最近有没有开枪打中啥特别的，吉尔斯？”医生说完病情，问道。

“没什么特别的，先生。”吉尔斯先生答道，脸红到了耳根。

“也没抓到什么贼，认出什么抢劫的吧？”医生说。

“一个也没有，先生。”吉尔斯郑重其事地回答。

“哎呀，”医生说，“听到这个我真是遗憾，你办那类事情很让人佩服呢。那么，请问，布里托斯怎么样？”

“那孩子很好，先生，”吉尔斯先生恢复了惯常的保护人的语气，“他请我向您转达他的敬意，先生。”

“那就好，”医生说，“看到你，我想起来了，我被急急忙忙叫走那天的前一天，我按照你们善良的夫人的吩咐，为你办成了一件小事。借一步说话，好吗？”

吉尔斯先生带着庄重和少许好奇，走到角落，有幸与医生低声交谈了片刻，谈完后，他频频鞠躬，迈着非同寻常的庄严步伐离开了。这次谈话的内容没有在这间小客厅里披露，但在厨房里迅速传开了，因为吉尔斯先生直接去了那里，要了一杯麦芽酒，用一副庄严而又神秘的神情（效果很好），宣布道：在那次抢劫未遂事件中，他的表现如此英勇，女主人大为满意，决定在当地银行存上二十五镑，本金和利息只供他个人取用。听到这里，两位女仆抬起手，眼睛上翻，觉着吉尔斯先生从此以后就趾高气扬了，对此，吉尔斯先生拽出衬衫褶边，回答说，“不会，不会”，还说要是他们注意到他对下级傲慢自大，就一定要告诉他，他会很感激。接着他又滔滔不绝地说了一番，举例说明自己有多谦逊，得到了同样的赞赏与喝彩，他们夸道，他的话和大人物通常说的话一样，别出新意又切中肯綮。

楼上，夜晚的剩余时光在欢快中度过。医生兴致很高，旅途劳顿的哈利一开始不管如何心事重重，后来也敌不过这位可敬先生的愉快和幽默。医生时而妙趣横生，时而回忆职业往事，各种各样的小笑话是奥利弗听过的最诙谐有趣的故事，让他乐不可支。医生显然也很满意，自己笑得停不下来，情同此理，哈利也几乎由衷地笑了起来。这几乎是这样的情况下所能做到的最快乐的聚会了。夜深了，他们怀着轻松而感激的心情退去休息，经历了最近这些担忧与牵挂后，他们的确需要好好休息休息了。

第二天早上，奥利弗醒来后心情好多了，开始去忙他平时干的那些事，打心底的希望与喜悦，他已经好多天没感受过了。鸟笼又一次挂了出来，鸟儿在老地方欢唱；可以找到的最甜蜜的野花，又一次采摘来，让它们的美丽换取萝丝的喜悦。男孩曾经忧心如焚，在他悲伤的眼睛里，过去这些天，每一样东西，不管多美丽，都萦绕着忧愁，如今，这忧郁被神奇地一扫而光。绿叶上的露珠似乎更加晶莹闪烁；微风从叶子间簌簌穿过，仿佛一曲更甜美的音乐；天空本身也看着更加蔚蓝而清澈。我们自身的思想状态甚至对外界事物的外观都能有所改变。人类看待自然与同胞，哀叹一切都黑暗阴郁，这并非没有道理，但阴沉的颜色，是他们自己怀抱偏见的眼睛和心灵的反射。真实的色彩是美妙的，需要更清晰的视觉去观察。

值得一提的是，与此同时，奥利弗并非没有注意到，他的清晨历险不再是孤身一人了。哈利·梅里，自第一天碰到奥利弗满载而归后，就对花朵产生了极大的热情，而他的插花品位，也把他的年轻伙伴远远抛在了后头。虽然奥利弗在这些方面技不如人，但他知道上哪里去采摘最美丽的花朵，于是，一个又一个清晨，他们结伴在乡间逡巡，带回了最美的盛开的花朵。年轻姑娘的房间如今可以开窗了，她喜欢让芬芳馥郁的夏日气息涌入房间，清新的空气让她恢复得更快；不过，每天早上，在窗格内侧，总摆着一小束精心搭配的花朵，插在水里。奥利弗忍不住注意到，尽管小花瓶会定期换水，但花朵枯萎后从不会被扔掉；他也忍不住注意到，医生每天清晨去散步时，不管什么时候走进花园，总会抬头看一眼那个特殊的角落，意味深长地点点头。在奥利弗观察这一切的时候，日子飞一般地过去，萝丝的病情也快速好转了。

尽管年轻姑娘没有离开过自己的闺房，也没有了那些黄昏漫步，除了偶尔和梅里夫人短短走上一小段外，晚上也走不远；但奥利弗并不觉得时间很难排遣。他加倍刻苦地跟那位白发老先生学习，那么用功，那么努力，进步之快连他自己都大吃一惊。可就在他埋头用功之时，一件最意想不到的事情发生了，令他惊慌、担忧不已。

他通常端坐读书的小房间，在房子背后的底楼。那是一个小屋，有一扇花格窗，小屋周围长满了簇簇茉莉和忍冬，它们悄悄爬上窗扉，让这个地方充满了美妙的花香。透过窗户可以看到花园，那里有扇边门，通向一小片围场，围场外是浓密的草地和森林。那一带附近没有别的住户，视野极为开阔。

有个宜人的傍晚，黄昏洒下第一片暗影，奥利弗坐在窗边，认真地看着书。他专心致志地读了好一会儿，因为天气异常闷热，再加上他也已经用功了很久，便渐渐朦朦胧胧地睡去了，不管这书的作者是谁，这情景绝非对他不敬。

有这样一种睡眠，有时会偷偷向我们袭来，它囚禁肉体的同时，并没有让心灵失去对周围事物的感知，而是让它随意游荡。要是一种难以抵抗的沉重感，一种无法发挥力量的束手无策感，一种完全无法控制我们思想或移动能力的无能感，可以称为睡眠的话，那这就是睡眠；然而，我们能意识到周遭发生的一切，要是我们这时候在做梦，那么，真的说出口的话，或真的存在于这一刻的声响，都会与我们的幻觉令人惊异地轻松结合，直到现实与想象如此奇异地混杂在一起，事后几乎无法对这两者做出区分。这还不算最令人诧异的现象。毫无疑问，尽管我们的触觉和视力在这个时候如死去一般毫无作用，然而我们沉睡中的思绪，那些在眼前闪过的幻觉场景，都会受到某种外部事物的仅仅是其沉默存在的影响，而且是实实在在的影响。我们闭上眼睛时，这种事物也许还不在我们身边，我们清醒时，也不知道它们就近在咫尺。

奥利弗清醒地知道自己是在他的小房间里，他的书摊开在面前的桌子上，屋外蔓延的植物中间，不断传来柔美的气息，他却沉睡着。突然，场景变了，空气变得幽闭而令人窒息，恐惧一闪而过，他觉着自己又在犹太人的房间里了。那个丑陋可怕的老人坐在他习惯坐的角落，指着他，对另一个人说话。那个人侧着脸，坐在他旁边。

“嘘，亲爱的，”他仿佛听到犹太人说，“就是他，肯定的。走吧。”

“是他！”那个人似乎答道，“你以为我会搞错吗？就算一群鬼魂，都变成跟他一模一样的样子，他站在中间，我也会凭某种感觉把他给认出来。就算你把他埋在五十英尺深的地下，带我走过他的坟墓，我想我也猜得出是哪一座，哪怕上面没有标记。”

那男人似乎带着可怕的恨意在说着，奥利弗吓得一下子惊醒过来，从座位上跳了起来。

老天啊！这是什么呀，血气上涌，刺痛他的心，让他一下子失了声，也动弹不得！有什么——什么——在窗边——就在他跟前——那么近，他几乎就能碰到，吓得他连连后退：那个人的眼睛在往屋子里窥探，碰上了他的眼神——犹太人站在那里！而站在他旁边，因为愤怒与恐惧（或者兼而有之）而脸色煞白的那个闷闷不乐的人影，正是之前在客栈院子里跟他相撞的那个人。

这只是在他眼前一闪而过、转瞬即逝的影像，那些人不见了。但他们认出了他，他也认出了他们，他们的相貌深深地刻在他的记忆里，就好像雕刻在石碑上，从他生下来起就竖立在他面前。他站在那里，呆愣了片刻，然后，从窗户跳进了花园，大喊救命。

第三十五章　奥利弗的历险结果不如人意；哈利·梅里和萝丝之间的一次重要对话

房子里的人听见奥利弗的叫喊，连忙赶过去，找到了奥利弗，他脸色苍白，情绪激动，指着房子后面的围场，几乎都说不出连贯的话来："犹太人！犹太人！"

吉尔斯先生不是很明白这些喊叫的意思，但哈利·梅里对此领会得更快一些。他已经从母亲那里听说过奥利弗的事情，马上明白了。

"他往哪个方向跑了？"他一边问，一边抓起了立在角落里的大棒。

"那个方向，"奥利弗回答，指了指犹太人逃跑的路线，"才一会儿，他们就跑得没影了。"

"那他们一定是在沟那里！"哈利说，"跟着！尽量跟紧我！"说着，他跳过栅栏，飞奔起来，速度快到别的人很难跟紧在他身后。

吉尔斯尽力跟了过去，奥利弗也追了上去，他们跑了一两分钟后，外出散步的罗斯伯恩先生正好回来，为了跟上他们，他从栅栏上翻滚了过去，又敏捷得出人意料地从地上一跃而起，以不可小视的速度奋力奔跑，还一直声嘶力竭地大喊大叫，想搞清楚出了什么事。

他们一路追，都没有停下来喘过一口气，直到那位领军人物从某个角度冲进奥利弗指向的那片田野，开始仔细搜查沟渠和隔栏，后面的大部队才终于有时间赶了上来，奥利弗也开始告诉罗斯伯恩先生导致这场急追的原因。

搜索行动一无所获，甚至都没发现新近留下的脚印。他们现在站在一个小山包上，可以从各个角度毫无遮挡地俯瞰方圆三四英里的田野，田野左侧的空地上有个村庄，但循着奥利弗所指的那条路线，犹太人他们需要在开阔的田野上绕个圈子才能到那里，在如此短的时间内，这是不可能做到的。在另一个方向上，牧场边有一处茂密的树林，但是因为同样的理由，他们也不可能藏到那里去。

“这一定是个梦，奥利弗。”哈利·梅里说。

“哦，不，这是真的，先生，”奥利弗说，一想起老恶棍的脸，他就浑身发抖，“我看得很清楚。两个都看见了，就像现在看着你们那样清楚。”

“另一个是谁？”哈利和罗斯伯恩先生一起问。

“就是我跟你们说过的那个人，那个在客栈突然撞到我的人，”奥利弗说，“那时我们对看了一眼，我敢发誓，就是他。”

“他们走的是这条路？”哈利问，“你确定？”

“确定，我还可以确定那两个人在那扇窗前出现过，”奥利弗答道，指了指那道把别墅花园和牧场隔开的栅栏，“那个高个子是从上面跃过去的，犹太人向右跑了几步，然后从那个洞里钻了出去。”

奥利弗说话时，两位绅士在观察他那张诚挚的脸，然后对望了一下，似乎确认他说的不是胡话。但无论在哪里都没有看到那两个人仓皇出逃的脚印，草还是很高，除了被他们自己踩到过的地方，没有任何被践踏过的痕迹。沟渠的两边和侧壁都是湿乎乎的泥巴，但看不出哪里留下了鞋印，也没有一丝痕迹表明过去的几个钟头，地面被人用脚踩踏过。

“真是奇怪！”哈利说。

“奇怪！”医生回应，“即使巴拉特和达夫亲自过来，对此也无能为力。”

尽管他们的搜索显然毫无用处，但他们还是没有停下来，直到夜幕降临，无法再进一步行动。即便如此，他们还是没有马上放弃。吉尔斯被派到村里的各个酒馆，根据奥利弗无微不至的描述，打听长相和衣着相似的陌生人。其中，根据这些特征，如果犹太人在酒店或街头出现过的话，他是最容易被人记住的，但吉尔斯回来的时候，没有带回一丁点儿可供解开或驱散谜团的信息。

第二天，新一轮搜索和探听工作又开始了，但还是没有更多收获。第三天，奥利弗和梅里先生又搭伴去了市集，希望能看见或听到跟那两个人有关的消息，但这个努力同样也没有结果。几天后，这事情就被忘怀了，就像很多其他事情一样，一开始惹人好奇，但要是没有新鲜材料补充，就会消失无踪。

与此同时，萝丝在迅速康复，已经能离开闺房出去走动了，她再次跟家人团聚在一起，给所有人带来欢乐的心情。

不过，尽管这喜人的变化给这个小圈子带来明显的影响，尽管喜悦的话语和欢笑再次在别墅里响起，总有些时候，会浮现某种不经意的拘谨，即使萝丝本人也没有幸免。这引起了奥利弗的注意。梅里夫人和她的儿子经常会长时间私下密谈，萝丝的脸上也不止一次地出现过泪痕。在罗斯伯恩先生确定返回彻特西的时间之后，这样的症状加剧了。显然有什么事情正在发展，已经影响到那位年轻姑娘内心的安宁，其他几个人也不例外。

终于，一天早上，摆着早餐的客厅只有萝丝一个人的时候，哈利·梅里进来了，犹犹豫豫地请求萝丝允许他跟她谈一会儿。

“一会儿——不用太久——行吗，萝丝？”这位年轻人说着，拉过椅子面对她坐下，“我要说的话，你应该已经意识到了，我内心最珍视的愿望是什么，你不会不知道，虽然你没有从我嘴里听到过这样的话语。”

从哈利进来的那一刻，萝丝的脸色就变得煞白，但也可能是因为大病初愈。她只是欠了欠身，弯腰去看旁边的花草，默不作声地等他说下去。

“我——我——早就该离开这里了。”哈利说。

“你确实该那么做，”萝丝回答，“原谅我这么说，但我希望你这么做。”

“我是被最糟糕和最痛苦的恐惧带到这里来的，”这位年轻人说道，“我害怕要失去一个心爱的人了，我的每个心愿和希望都寄托在了她身上。你之前就要死了，在尘世和天堂之间徘徊。我们知道，那些年轻、美丽、善良的人们总是会被疾病造访，她们纯真的灵魂，总是隐隐向往着永恒的光明归宿。老天啊！我们知道，我们之中最好最美的人儿总是在应当盛放的年纪黯然凋谢。”

听着这些话，那位温柔的姑娘眼里噙着泪珠，她弯腰时，它们便滴落到鲜花上，在花冠上闪闪发光，让它显得尤为美丽，那泪珠好像是从她鲜活而年轻的心中倾泻而出，正好与自然界那些最可爱的事物交相辉映。

“那个可人儿，”年轻人继续慷慨激昂地说道，“那个可人儿美丽而天真，就像上帝身边的天使，在生与死之间飘浮，啊，当她所属的那个遥远的世界已经向她展露一半身影的时候，谁还能指望她会返回这个悲伤而不幸的世界呢。萝丝！萝丝！你就像上天投在尘世的一道光芒，就像它柔美的影子般要飘走了，再也不能指望你继续陪伴那些徘徊此岸的人们，实在不知道有什么理由能让你留下，感觉你已经属于那个光明的所在，那是那些最美最好的人早就展翅飞去的地方。虽然我这么聊以自慰，但还是祈祷你能为了那些爱你的人而留下，这万千思绪让我几乎无法承受。夜以继日，我都被我的情绪缠绕，心里奔腾着一股洪流，我的感觉和理智都被这洪流卷走了，里面夹杂着恐惧、忧虑、自私的悔恨，生怕你死了，再也没法知道我是那么热烈地爱着你。幸亏你醒了。一天一天，几乎是一个钟头一个钟头，健康一点一滴回到你身上，筋疲力尽而又虚弱无力的生命之流，在你的身体里又疲倦地流动起来，然后再次壮大成汹涌奔腾的潮水。我目睹了你的死里逃生，因为焦灼和深情，眼睛都几乎要瞎了。不要告诉我，你希望我放弃这一切，因为这份深情，让我的心对全人类都变得柔软了。”

“我不是这个意思，”萝丝哭着说，“我只是希望你离开这里，你应该重新去追求更加崇高的目标，那些目标更值得你追求。”

“没有什么更值得的目标，即使真的存在最崇高的追求，也比不上赢得你的芳心。”年轻人说着握住了萝丝的手，“萝丝，我亲爱的萝丝！这么多年——这么多年——我一直爱着你，盼着通过自我奋斗赢得荣耀，然后荣归故里告诉你，我所追求的一切都只是为了献给你。在我的白日梦里，我幻想着，在那个幸福时刻，我如何让你回想起，我曾给你的那些无言的暗示，那是一个少年对你的依恋，然后我会握住你的手向你求婚，将那早已封印在你我之间的漫长默契加以兑现。这个时刻还没有到来，但此刻，即使没有赢得荣耀，年轻时的幻想也没有实现，我还是要把这颗早就属于你的心交给你，我要押上我的一切，就为了得到你一句肯定的答复。”

“你天性善良而高贵，”萝丝说话时，尽量克制着被搅动的情绪，“要是你相信我不是麻木不仁或无情无义，那就请听听我的答复。”

“答复是，我可以努力争取配得上你，是吗，亲爱的萝丝？”

“答复是，”萝丝回答道，“你应该努力忘了我，但不要忘了我是你亲密无间的老朋友，否则会深深地伤害到我。我要你别把我当成你爱的对象。去看看外面的世界，想一想那里有那么多值得你去赢取的芳心，要是你愿意，把你对其他人的感情说给我听。我会是你最可信、最诚挚、最忠实的朋友。”

说到这里，萝丝停顿了一下，一只手捂住脸，眼泪夺眶而出。哈利仍然握着她的另一只手。

“萝丝，你的理由呢？”他终于低声问，“你做出这个决定的理由是什么？”

“你有权利知道，”萝丝答道，“你说什么也改变不了我的决心。这是我必须履行的义务，无论为别人，还是为自己，我都必须这么做。”

“为你自己？”

“是的，哈利，我是为我自己这么做，我是个无亲无故不会有嫁妆的女孩，出身也不好，我不想让你的亲友们有理由认为，我是出于私心才占有了你的初恋，牢牢傍住你，变成你所有抱负和计划的阻碍。为了你，也为了你的家庭，我有义务阻止你，不能让你出于热情和慷慨的本性，给你的远大前程添加这样一个巨大的障碍。”

“要是你的心意和你的责任感是一致的话……”哈利刚开了个头。

“不一致。”萝丝回答，脸涨得通红。

“那么你也是爱我的？”哈利说，“只用告诉我这个，亲爱的萝丝，只用告诉我这个，就可以减轻我失望的痛苦！”

“要是我能这么做，不会给我爱的人带来很大麻烦，”萝丝答道，“我会……”

“会接受我的这个决定，和现在截然不同？”哈利说，“萝丝，至少不要向我隐瞒这一点。”

“我会的，”萝丝说，“但是！”她将手挣脱，补充道，“为什么我们还要延续这种痛苦的谈话呢？对我来说太痛苦了，尽管它同时也给了我永久的快乐，因为这快乐让我知道，我在你的心中曾占有过这么重要的位置，以后你在生命中取得的每个成就，都会鼓舞我，让我获得新的勇气和意志。别了，哈利！今天我们这样见过之后，以后就不要再这样见面了；不过我们可以建立另一种关系，不像这次谈话会让我们结成的关系，我们可以长久而快乐地相处，有一颗真挚而热忱的心会一直为你祝福，这祝福的源头来自真诚，它会为你欢呼，祝你成功！”

“再说一句，萝丝，”哈利说道，“用你自己的话亲口说出你的理由，让我听一听！”

“你前程似锦，”萝丝坚定地说，“所有能让人在公共生活中获得荣耀的条件，从非凡的才华到强有力的人脉，你身上都有。但你的那些人脉都自视甚高，我不想跟他们混在一起，他们会对我的生母怀有蔑视之心，对于那个代替我母亲好心把我养大的人，我也不想给她的儿子带来耻辱和挫折，”这位年轻姑娘转过了脸，此刻那暂时的坚强背叛了她，“我的出身是有污点的，世俗会把它算到无辜的人头上。除了我自己，我不会让它殃及别人，我要独自承担这样的非难。”

“还有一句话，萝丝，我最亲爱的萝丝，就一句话！”哈利大声说着，冲到她面前，“要是我没有——没有世俗所谓的幸运——要是我注定要过一种平淡无奇的生活——要是我贫穷、多病、无依无靠——那你还会拒绝我吗？还是因为我可能获得的财富和荣耀，让你如此在意自己的出身？”

“不要逼我回答，”萝丝答道，“不存在这样的问题，永远也不会有。非要这样问是不公平的，简直就是不厚道。”

“要是你的回答跟我斗胆想要的结果一致，这会成为洒在我孤独之路上的一道幸福光芒，会照亮我的前程。你要是为那个爱你超过一切的人再简单说几句，那可不是无关紧要的闲事。哦，萝丝，以我炽热而持久的爱慕的名义，以我为你受过的一切煎熬以及你注定要让我忍受的全部痛苦的名义，请回答我这个问题！”

“好吧，要是你的命运是另一番模样，”萝丝回答，“要是你跟我之间的差距只有一点点，而不是那么大，要是只是要我在一种平和隐逸的谦卑生活中帮助和安慰你，而不是在名利场上成为你的污点和缺陷，我就不必承受如此的折磨。我现在就会有很多理由感到幸福，非常非常幸福，但哈利，我承认我本来应该更幸福。”

旧日的心愿纷纷浮现，那是很久以前，她还是个少女时就珍藏于心的。此刻在做如此声明时，它们簇拥在她脑海中；但重现的心愿已然枯萎，让她掉下泪来，而眼泪又让她感到宽慰。

“我无法克服这样的软弱，同时它也让我的决心更加坚定。”萝丝说着伸出了手，“我必须离开你了，真的。”

“我想要一个承诺，”哈利说，“一个，只要一个，一年之内、但也许更早，我会再跟你说这件事，但会是最后一次。”

“不要逼我改变这个正确的决定，”萝丝回答，哀伤地笑了笑，“没有用的。”

“不，”哈利说，“我想听你再重复一次，要是你同意——最后再重复一次！不管我会拥有怎样的地位和财富，我都会把它摆放在你脚下。那时要是你还是坚持你现在的决定，我不会再多说一句或用行动来试图改变它。”

“那就这样吧，”萝丝说，“那只是再多一次痛苦，而到时候，也许我的承受能力会更强。”

她再次伸出了手，但那个年轻人把她抱进怀里，在她美丽的额头上留下了一个吻，然后匆匆从房间离开了。

第三十六章 这是很短的一章，没什么重要情节，但还是应该读一读，因为它是前一章的续篇，也隐藏着之后内容的关键线索

“这么说来，你决定今天早上陪我一起上路了，嗯？”看到哈利在早餐桌边坐下，跟他和奥利弗一起用餐，医生说道，“为什么你的想法和打算，前一个钟头总是跟后一个钟头不一样？”

“将来你会对此有不同看法的。”哈利说着，脸无缘无故地红了。

“我希望能有正当的理由让我改变看法，”罗斯伯恩先生说，“尽管我得承认，我不觉得有这样的可能。昨天早上你还匆匆忙忙决定要留在这里，像个孝子那样陪你母亲去海边，不到正午，你就宣布要给我面子，在你去伦敦的路上尽可能与我同行。到了晚上，你又神秘兮兮地督促我，要在女士们起身前就离开，结果小奥利弗也只好守在餐桌旁不敢离开，这会儿他本该在草地上散步，钻研花花草草的。奥利弗，这太糟糕了，对吧？”

“要是您和梅里先生离开的时候，我不在家，我会非常遗憾的，先生。”奥利弗回答道。

“好孩子，”医生说，“你回城的时候，一定要来看我。还有，哈利，说正经的，是不是有什么大人物给你递了消息，才让你如此突然着急要离开？”

“大人物？”哈利说，“我猜，你的言下之意，包括我那个位高权重的叔叔了？从我来这里后，大人物根本就没联络过我，每年这个时候，似乎也没什么事情，需要让我随时在他们身边

候命。”

“好吧，”医生说，“你真是个怪人。不过，他们肯定会在圣诞前的选举中把你送进议会的，对政治生涯来说，你这种说变就变的风格倒是不错的准备。这里头有门道。良好的训练总是有利无弊，对赢得地位、奖杯和赛马奖金都是如此。”

哈利·梅里看上去不想再纠缠于这次短暂的对话了，本来只要再补充一两句，就能让医生噎得不轻，但他只是轻描淡写地自言自语，“我们走着瞧”，便没再往下说。不久，驿马车到了门口，吉尔斯进来拿行李，好心的大夫风风火火地出了门，去看着行李是否安放妥当。

“奥利弗，”哈利·梅里压低了声音，“我跟你说句话。”

奥利弗走到梅里先生招呼他的那扇窗框前，梅里先生的神情毫不掩饰地交织着悲伤和狂乱，让奥利弗很是吃惊。

“你现在字写得不错了吧？”哈利说着，把手放在奥利弗的胳膊上。

“希望如此，先生。”奥利弗回答。

“我可能要有一段时间不在家了，我希望你能每两个礼拜给我写一封信，隔周的礼拜一寄到伦敦的邮政总局，可以吗？”

“哦，先生，当然可以，我很荣幸这么做。”奥利弗大声说，对这个任务感到很兴奋。

“我想知道，嗯——我母亲和梅里小姐的近况，”年轻人说，“你可以用整整一张信纸，告诉我你们散步的情况，还有散步时说了什么，她——我的意思是她们——看上去是否快乐健康，你明白了吗？”

“哦，明白，先生，完全明白。”奥利弗答道。

“我觉得你最好不要跟她们提这件事，”哈利把这句话匆匆对付过去，“这可能会让我母亲着急，给我写信写得更勤，那对她来说就太麻烦太打扰了。让这件事成为你我之间的一个秘密，还有，记住，告诉我每件事！我就靠你了。”

奥利弗感觉到自己的重要性，十分得意和骄傲，信誓旦旦地表示会保守秘密，信也会写得翔实清楚。梅里先生离开前，也一再向他保证，他会照顾和保护他。

医生坐上了马车，吉尔斯（他被安排留下来）用手扶着门等在那里，女仆们在花园里看着这一切。哈利稍稍瞥了一眼格子窗，跳上了马车。

“出发！”哈利喊道，“加油，快，全速前进！今天，只有飞驰才配得上我的节奏。”

“喂喂！”医生叫了起来，迅速放下前窗玻璃，对车夫嚷嚷，“飞驰这种事情不是我的节奏，你听见了吗？”

叮叮叮，哒哒哒，马蹄声在渐渐远去，只见马车在快速前行，它沿着道路迂回前进，几乎隐没在飞扬的尘土中，一会儿消失不见，一会儿又再次出现，完全取决于前面是否有遮挡物，或者道路错综复杂的状况。直到连烟尘都再也看不见了，目送者才散去。

马车驶出好几英里外了，有一位目送者还在凝视马车消失的方向。萝丝躲在白色窗帘后，独自坐着，刚才哈利向这里仰望时，正是这帘子挡住了他的视线。

“他好像精神振奋，也很高兴，”过了很久，她说，“我还担心他会变成另一番模样呢，我错了。我真的，真的很高兴。”

眼泪可以表示快乐，也可以表示哀伤，但在萝丝忧愁地坐在窗前，一直盯着一个方向看的时候，从她脸上淌下的那些眼泪，好像更多是在诉说着悲伤，而不是欢乐。

第三十七章　读者也许感受到一种婚前婚后的反差，这在婚姻生活里很平常

本博先生坐在济贫院的客厅里，情绪不佳地盯着阴沉沉的壁炉，正是夏天，阳光映在壁炉冰冷发亮的表面，反射出某种阴郁的光，此外就再也没有更为明亮的光线照射进来。一只纸糊的捕蝇笼从天花板上吊了下来，沮丧低落中，本博先生会偶尔抬眼看一下那个笼子，粗心大意的小虫子在艳丽的罗网周围打转，他发出一声长叹，脸上浮起了更加沮丧的阴影。他陷入沉思，也许是那些小飞虫勾起了他的思绪，让他回想起自己过往生活的某些痛苦经历。

唤起旁观者心里某种惬意的伤感的，不仅仅是本博先生的郁闷表情，还有其他一些不在预料之中的迹象，这些迹象与他的外表紧密相关，宣告他的处境发生了某种巨大的变化。他那镶花边的外套，还有三角帽，去了哪里？他还是穿着齐膝短裤，下面是黑色棉纱长筒袜，但它们不是原来那条裤子。外套还是宽下摆的，这一点倒是跟原来那件很像，但是，哦，那完全是两码事！神气的三角帽被换成了一顶谦逊的圆帽。本博先生不再是教区干事了。

人生地位的提升，撇开它们本身带来的实际好处不谈，还能靠相配的外套和马甲，让人觉得与众不同，威严无比。陆军元帅有他的制服，主教有他的丝质教袍，律师有他的丝绸法衣，教区干事有他的三角帽。脱掉主教的教袍，或者拿走教区干事的三角帽，他们会是什么？凡人，只是凡人。尊严，甚至包括

神圣，有时候不像人们想的那样，反而更多事关外套和马甲。

本博先生已经和科尼太太结婚了，成了济贫院院长。另一个教区干事上了任。他的三角帽、镶金边的外套，还有那根手杖，所有这三样东西都被转交了。

“到明天，就两个月了，”本博先生叹了口气说，“感觉像过了一辈子。”

本博先生的意思可能是，他把一辈子的幸福都浓缩在八个礼拜的长度里了，但那声叹息——那声叹息，实在是别有一番深意啊。

“我把自己给卖了，”本博先生继续回忆，“就为了六把茶匙、一个糖罐，还有一个奶锅，数量有限的二手家具和二十英镑的钞票。我实在太廉价了，太便宜了，便宜到贱！”

“便宜！”本博先生的耳边响起了一个尖锐的声音，“什么价钱买你都是贵的，付你多少钱都太贵了。老天知道！”

本博先生转过脸，看见了他那位佳偶美眷的脸，她只是从他的抱怨里听到片言只语，还没理解说的是什么，就劈头盖脸甩出上面这番话。

“本博太太，夫人！”本博先生严厉的语气里带着点感伤。

“怎么啦！”那位女士嚷嚷。

“好好看着我！”本博先生说着，瞪大眼睛看着本博太太。

“要是她敢跟我对眼，”本博先生在心里自言自语，“那就没她不敢的事了，这种眼神是我用来对付那些贫民的，屡试不爽。要是对她无效，那我的权威也就没有了。”

对那些吃不饱、过不好的贫民，是否稍微瞪一下眼，就绝对能摆平，或者这位前科尼太太，是否对这种凶狠的目光有特殊的抵抗力，都不太好说。反正女舍监压根没被本博先生的怒视吓着，恰恰相反，她报之以极大的蔑视，甚至冲着他发出一阵真诚的狂笑。

听到这完全出乎意料的笑声，本博先生一开始还不太相信，接着就惊呆了。于是他跌落到之前那种状态中，要不是再次被他这位搭档的声音给惊醒，都回不过魂来。

“你打算坐在这里打一天呼噜？”本博太太问。

“我想在这里坐多久，就坐多久，夫人，”本博先生反唇相讥，“虽然我没有打呼噜，但我可以打呼噜、打哈欠、打喷嚏，也可以笑，或者哭，只要能让自己高兴就行，这是我的特权。”

“你的特权！”本博太太带着不言而喻的轻蔑，冷笑着说。

“说的就是这个字眼，夫人，”本博先生说，“男人的特权就是发号施令。”

“那女人的特权是什么？以上帝的名义，请你说一下！”科尼先生的遗孀喊了起来。

“服从！夫人，”本博先生暴跳如雷，“你那不幸的前夫应该教你这个。要是那样的话，他可能现在还活着。可怜的人，我希望他还活着！”

本博太太一眼看出，决战时刻到了，无论哪一方，想要取得控制权，就要一鼓作气发动攻击，这绝对是最终也是决定性的一击，所以，一听到对方提到那个死鬼，她马上扑倒在椅子上，声嘶力竭地咒骂本博先生是个铁石心肠的畜生，泪水四溅。

但是眼泪没办法进入本博先生的灵魂，他的心是防水的，如同耐洗的海狸帽被雨淋后反而能提高品质一样，他的神经也被眼泪洗刷得更加坚强有力了。眼泪是软弱的象征，在这一意义上，也是对他权威的默认，这让他喜上心头，得意扬扬。他带着无比满意的神情注视着他的好太太，以鼓励的口吻请求她尽量哭得再大声点，从专业的角度来说，这项运动对健康极其有益。

“哭能增加肺活量，还把脸洗得干干净净，眼睛也可以得到锻炼，还能舒缓一下火气，”本博先生说，“所以，尽管哭吧！”

本博先生一边幸灾乐祸，一边从钩子上拿下帽子，俏皮地将它歪戴在头上，感觉就像在宣告已成事实的胜利，还把手插到了口袋里，闲庭信步般向门口走去，摆出一副轻松自在的滑稽可笑样。

好了，前科尼太太已经试过眼泪了，因为比起动手来，眼泪麻烦少一些，但她也做了充分准备，下一步就会尝试后一种方式，本博先生马上就要领教到这一点了。

让他体验到这个事实的第一个明证，是一记打在空中物件上的声音，随即他的帽子突然飞到了屋子另一角。这个准备动作把他的脑袋暴露了，而那位经验老到的女士，一只手牢牢掐住他的脖子，另一只手暴风骤雨般击打着他的脑袋（动作异常有力而灵活）。打了一阵，她又另辟蹊径，开始抓挠他的面孔，揪扯他的头发。直到把这些都做了一遍，她觉得对于之前冒犯她的惩罚已经够了，就把本博先生推到一张椅子上，真该庆幸椅子放得恰到好处，他只是连人带椅翻了一个跟头而已。她还挑衅地问，还敢不敢再说什么特权之类的话了。

“起来！”本博太太用命令的口吻说，“自己从这里滚出去，除非你想让我跟你好好干一仗。”

本博先生可怜巴巴地爬了起来，担心她会不管不顾干出什么来，他捡起帽子，往门的方向看了一眼。

“还不走？”本博太太问。

“会走的，亲爱的，会走的，”本博先生回应，以加速度向门边走去，“我没打算——我正要走呢，亲爱的！你也太凶了，我真的——”

此刻，本博太太快步走过来，只是要把刚才扭打时踢乱的地毯弄平整，见此光景，本博先生马上冲出了房间，都来不及把那个说了一半的句子说完：前科尼太太完完全全控制了战场。

本博先生被惊得不轻，也被打得不轻。他对恃强凌弱有着明显的癖好，懂得运用小小的残忍，来获取不小的快感，由此可见他是个（无须多说的）胆小鬼。这没有贬低他品格的意思，因为很多令人尊敬和仰慕的政要，也是相似弱点的牺牲品。说这些，事实上是为了他好，而不是有什么别的目的，同时也是让读者对于他履行职责的能力，有一个正确的认知。

不过，出丑还没出到家。在济贫院巡视了一遍之后，他头一回想到，济贫法实在太苛刻了，那些从老婆身边逃出来的男人，任凭自己受到教区的管教，公平地说，他们实在不该受此惩罚，而应该被当作受害的英雄给予补偿。这时，本博先生来到一个房间门口，那是女贫民给教区洗衣服的地方，说话声正在从里面传出来。

“哼！”本博先生威风凛凛地说，“至少这些女人应该继续尊重我的特权。喂喂！你们在这里吵什么呢？你们这些贱人！”

说着，本博先生打开门，吹胡子瞪眼地闯了进去，但当他的目光不期而遇落在他的老婆大人身上时，脸上的表情立即变得极为谦卑而畏缩。

“亲爱的，”本博先生说，“我不知道你在这里。”

“不知道我在这里！”本博太太重复道，“你来这里干什么！”

“我觉得她们话太多了，会影响工作，亲爱的。”本博先生答道，心烦意乱地看了一眼洗衣盆前的那两个老太婆，她们看到济贫院院长的狼狈相，正彼此挤眉弄眼，幸灾乐祸。

“你觉得她们话太多了？”本博太太说，“这是归你管的事儿吗？”

“哎呀，亲爱的——”本博先生低声下气。

“这是归你管的事吗？”本博太太再次询问。

“毫无疑问，你是这儿的总管，亲爱的，”本博先生屈服了，“但我以为你刚才可能管不过来。”

“我告诉你，本博先生，”他的夫人回复道，“我们不想被你干涉，你太喜欢把你的鼻子伸到跟你无关的事情上头去了，济贫院的每个人只要你掉过身去，都会笑话你，你每时每刻看上去都像个傻子。快点滚蛋吧！”

看到那两个贫民老婆子兴高采烈地嘲笑他，本博先生备受折磨，一瞬间竟有点迟疑。本博太太失去了耐心，她舀了一碗肥皂水，指了指门的方向，命令他即刻离开，否则他那胖嘟嘟的身子就要尝尝肥皂水的滋味了。

本博先生又能怎样呢？他沮丧地环顾四周，然后就溜走了。当他走到门口，女贫民的窃笑爆发成喜不自禁的狂笑。老天真是不遂人愿。他在众目睽睽之下丢了丑，在最低贱的穷人面前失去了面子和尊严，从教区干事高高的神坛上跌落下来，成了一个最低级最没出息的妻管严。

“才两个月，一切就成了这样子，”本博先生说，心里满是凄凉，“才两个月！仅仅两个月前，我不光是自己的主人，在教区济贫院的地盘里，还是其他人的老大，但是，现在呢——”

这也太过分了。本博先生心事重重，走到了大门口，有个孩子过来给他开门，他顺手给了他一记耳光，然后心烦意乱地走到了街上。

他从一条街道拐到了另一条，步行让他的伤感得到了初步缓解，但感情上的剧烈变化让他口干舌燥，走过了多家小酒馆后，他终于在一家位置偏僻的酒馆前停了下来，透过百叶窗匆匆往里瞥了一眼，看到里面的雅间里，只坐着一个独酌的顾客。正好这时下起了大雨，本博先生下了决心，他踱进酒馆，要了点喝的，然后走过吧台，进了刚才他在街上看见的那个雅间。

坐在那里的男人又高又黑，披着一件大斗篷。他看上去像是从外地来的，疲惫不堪的神情和衣服上的尘土，显示他一定是赶了不少路。本博先生进屋的时候，陌生人狐疑地看了他一眼，对本博先生的问候爱理不理地点了点头。

本博先生的傲慢抵得上两人份，即使那个陌生人显得亲热一些，他也未必会放下架子。所以他一言不发地喝着掺水的杜松子酒，装腔作势地看起了报纸。

无巧不成书，人们偶尔也会在这样的情况下心有灵犀：本博先生不时感到一阵强烈的冲动，情不自禁地想偷看一眼那个陌生人，但不管什么时候他这样做了，就会发现那个陌生人也同样在偷看他，他只好心慌意乱地把目光收回来。那个陌生人的目光给他留下了异常深刻的印象，它们尖锐而明亮，但里面藏着疑神疑鬼的阴影，他以前从未见过这样的眼神，看着心里发毛。本博先生感觉更加尴尬了。

在他们的目光如此相遇数次后，那个陌生人用严厉而低沉的声音打破了沉默。

“你刚才从窗户往里看的时候，”他说，“是不是在找我？”

“我不是有意为之，除非你是——”本博先生稍稍停顿了一下，出于好奇，他想知道陌生人的名字，而且焦急地指望对方自行填补他留下的空白。

“我也觉得你不是有意的，”陌生人说话时嘴角带着一丝平静的嘲弄，“否则你肯定会知道我的名字。但你不知道。我劝你不要来打听我的名字。”

“我无意冒犯，年轻人。”本博先生一本正经地说。

“你也没法冒犯。”陌生人说。

短暂的对话后又是一阵沉默，然后被陌生人再次打破。

“我觉得我以前见过你，”他说，“那时候你的穿着打扮不太一样，我只是在街上和你擦肩而过，但我还是能认出你来。以前你是这里的教区干事，对吧？”

“是的，”本博先生说着，有些惊讶，“当过教区干事。”

“果然没错，”对方点了点头，再次说道，“我上次见你的时候你还是教区干事，现在呢？”

“济贫院院长，”本博先生放慢语速，好给对方留下印象，以防陌生人过于自来熟，“济贫院院长，年轻人！”

“你对跟自己利益相关的事情，还是同样看重吧，一向是如此的，我没猜错吧？”陌生人目光锐利地看着本博先生的眼睛，本博先生抬起了头，对这个问题感到很吃惊。陌生人接着说道：“放松，不要有顾虑，我对你很了解，你知道的。”

“我想，要是可能，一个已婚男人，”本博先生答道，他用手挡在额前遮光，从头到脚打量着陌生人，显得有些困惑，“不会放弃赚点老老实实的零花钱的机会，这一点跟单身汉没什么两样。当教区官员挣得不多，我不会拒绝少许外快的，只要来路合法正当。”

陌生人微笑着，再次点了点头，好像在说，他没有看错他，然后摇了摇餐钟。

“再来一杯，”他说，将本博先生的酒杯递给了老板，“得是热腾腾的烈酒，我猜，你好这口？”

“不要太烈。”本博先生轻轻咳嗽了一声说。

“老板，他什么意思，你懂的。”陌生人干巴巴地说。

老板笑了笑，离开了，回来时拿着一杯冒着热气的酒，本博先生喝了一口，就被呛出了眼泪。

“现在听我说，”把门窗关上后，陌生人说道，“我今天来这个地方，就是为了找你。真是鬼使神差，我正绞尽脑汁想着你的时候，你正好走进这个地方，还坐了下来。我想从你这里得到一些消息。我不会让你白干，小小意思，收下吧，然后我们进入正题。”

说着，他将两个金币放到桌上，小心翼翼地推到了他的同伴面前，看上去不想让外人听到金币的叮当声。本博先生满心疑虑地检查了一下金币，确认是真的之后，才心满意足地将它们放进了马甲口袋。这时陌生人继续往下说道：“开动你的记忆——嗯，让我想一下——那是十二年前那个冬天的事情。”

“够久的，”本博先生说，“很好，我肯定能想起来。”

“地点在济贫院。”

“好的。”

“时间是晚上。”

“嗯。”

“在某个地方，一个肮脏的窝，管它是哪里，反正下贱的婊子连自己的生死和健康都顾不了，还要把哭哭啼啼的小孩生出来，让教区抚养，然后为了遮羞，把丑事烂在了坟墓里！”

“我猜，你说的是产房？”本博先生说，他没怎么领会陌生人那番激愤的描述。

“是的，”陌生人说，“有个男孩是在那里出生的。”

“有很多男孩。”本博先生沮丧地摇了摇头。

“真该让那帮小鬼都染上瘟疫！”陌生人大声说道，“我说的是其中一个，一个长相温顺、脸色苍白的男孩，他在这里的棺材铺老板那里当过学徒——但愿那老板也给他打了一具棺材，把他给钉在里面——据说，那孩子后来跑伦敦去了。”

“哎呀，你是在说奥利弗啊！那个小退斯特！”本博先生说，“我当然记得他，没有哪个小流氓比他更无赖了——”

“我想打听的不是他，关于他的事我听得够多了，”陌生人打断了本博先生的话头，以免他继续数落可怜的奥利弗，编排他的劣迹，“我想打听的是一个女人，那个护理他娘的丑老太婆。她在哪里？”

“她在哪里？”本博先生说，掺水的杜松子酒让他有点轻浮，“这很难说，她去的那个地方没人需要接生，所以我猜她一定失业了。”

“你什么意思？”陌生人严肃地问。

“她去年冬天死了。”本博先生回应。

他说这些的时候，那个人目不转睛地看着他，尽管好一会儿没把目光收回去，但他的凝视渐渐变得空洞而茫然，好像脑子出现了空白。有那么一会儿，他显得不知道这消息该让他感到解脱还是失望。但最终，他的呼吸变得轻松起来，同时收回了目光，说没什么大不了的，然后站起身，打算离开。

但本博先生足够老奸巨猾，马上看出这是个有利可图的机会，因为他的贤内助手里掌握着某些秘密。他清楚地记得，老萨莉死的那个晚上，发生了一些让他有理由记住的事情，当时他正好在向科尼太太求婚，尽管那位女士没有向他交心，透露作为唯一的目击证人掌握的秘密，但他还是听说了够多的事情，知道那个老太婆曾经是济贫院的护工老婆子，在她照顾奥利弗·退斯特的年轻母亲时发生了一些事。这些往事立即涌上心头，他神秘兮兮地告诉那个陌生人，有个女人在那个丑老太婆死前曾跟她有过短暂的密谈，他有理由相信，她能给他指点明路。

“我怎么能找到她？”陌生人说话时都放弃了警惕，轻易就能看出，因为这个消息，他所有的恐惧（不管是什么）重新涌上了心头。

“只能通过我。”本博先生答道。

“什么时候？”陌生人连忙喊道。

“明——明天。”本博先生说。

“晚上九点，”陌生人说着，拿出一张纸片，在上面写下一个偏僻的地址，位于河边，字迹表明他很是心烦意乱，“晚上九点，带她来这里见我，我不必告诉你这需要保密吧？这符合你的利益。”

说完这些，他走在前头，中途停下为所喝的酒水埋了单，然后，草草说了句两人不同路，此外没有更多客套，只是再次强调第二天晚上约会的时间，便离开了。

看了一眼那个地址，教区长官发现上面没有留下名字，看到那个陌生人没有走远，他追了上去。

“你想干什么？”本博先生刚碰了碰那人胳膊，他便迅速转过身来叫道，“跟着我干什么？”

“就问你一个问题，”本博先生指了指小纸片，“我找你的时候该怎么称呼？”

“蒙克斯！”那个人回答，然后大步流星地离开了。

第三十八章　本博夫妇和蒙克斯先生那晚会面的经过

那是一个闷热、窒息、阴沉的夏夜。乌云气势汹汹闹了一整天，此刻化为浓密呆滞的水汽密布天空，最后凝结成巨大的雨滴，一场狂暴风雨眼看就要到来。本博夫妇从镇上的主干道拐出来，径直向一英里半外的地方走去，那里散落着一小片破房子，矗立在河边一片低洼肮脏的沼泽地上。

两个人都穿着又旧又破的外套，这么做的目的可能有两个，一是防止被雨淋湿，二是避免引人注意。那个丈夫提着一盏提灯，但是没有点着。道路泥泞，他步履艰难地走在前面几步远的地方，似乎是为了让他太太可以踩着他深陷的脚印往前走。他们静默无声地走着，本博先生不时放慢脚步转过头，好像在确认他的搭档没有落下，看到她还是紧跟在身后，他就将步伐调整为更快的速率，朝着终点继续前行。

这地方的名声远不止可疑那么简单，很久以前，它就因为居民都是些卑鄙无耻的恶棍而臭名昭著，这些人打着各种自食其力的旗号，以打家劫舍、作奸犯科为业。这一带的破茅棚都是用松散的砖块或蛀蚀的船板草草搭成，毫无章法，乱成一团，大部分距离河岸只有几英尺。几条拖上泥地拴在岸边矮墙上的破船，四处散落着一根船桨或者一卷绳子，让人初看以为住在陋室里的居民从事着某种水上职业，但要是再看一眼放在那里却破烂无用的物品后，路过此地的人不难得出这样的结论，它们扔在那里无非是摆摆门面，并没有实际用途。

在这些破茅棚的中心，靠近河边的地方，矗立着一幢巨大建筑，上面几层俯瞰着河面，以前应该是一家什么工厂。当时可能是周边居民受雇干活的地方，但已经破落了很长一段时间。在老鼠、虫子和湿气的影响下，支撑着房屋结构的木桩被侵蚀，建筑物的很大一部分都沉到了水里，剩余的则在黑漆漆的水流上摇晃倾斜着，似乎在等待一个合适的机会，追随它的老友，接受同样的命运。

可敬的两口子在这幢破落的建筑物前停下了脚步，空中传来远处的第一声惊雷，滂沱大雨倾泻而下。

“目的地应该就在这儿附近。”本博核对着手上的纸片说。

“喂！这儿！”上面传来声音。

循着声音，本博先生抬起头，发现一个男人在二楼齐胸高的一扇门里探出身来。

“站着别动，一分钟，”那声音喊道，“我马上下来跟你们会合。”那颗脑袋消失后，门也关上了。

“是那个人吗？”本博先生的好太太问。

本博先生肯定地点了点头。

“那就记住我跟你说的话，”女舍监说，“尽量少说话，不然你一下子就会把我们的底牌漏光。”

本博先生极为后悔地注视着建筑物，显然想表示他怀疑将此事继续进行下去是否明智，但已经来不及了，蒙克斯已经打开靠近他们的一扇小门，召唤他们进屋。

“进来！”他不耐烦地喊道，跺了跺脚，“别让我等在这里！”

那妇人先是犹豫了一下，然后没等对方再次邀请，就大着胆子走了进去。本博先生又羞又惊，不敢落后，也跟了过去，样子极为笨拙，全然没了他平日的气质，那种非凡的高贵荡然无存。

“见鬼，你为啥在那里磨磨蹭蹭，把自己给淋湿了？”蒙克斯在两人身后关上门，转过身看着本博说。

“我们——我们只是让自己凉快一下。”本博结结巴巴地说，提心吊胆地看着蒙克斯。

“让自己凉快一下！”蒙克斯反唇相讥，“无论已经下过的还是没有下过的雨，都浇不灭一个人身上带着的地狱之火。哪那么容易让自己凉快一下？想都别想！”

发表完这段高论，蒙克斯立刻转向女舍监，怒目逼视，即使像她那样不会被轻易吓着的人，也不得不收回目光，看向地面。

“就是这个女人，是吗？”蒙克斯问。

“嗯，就是这个女人。”本博先生回答，并没有忘记老婆大人对他的告诫。

“我猜，你认为女人永远不可能保守秘密，对吧？”女舍监插了一嘴，说话时，同样逼视蒙克斯以示回敬。

“我知道，有一种秘密她们会一直保守，直到被揭穿。”蒙克斯轻蔑地说。

“是什么？”女舍监问。

“失去名节，”蒙克斯回答，“所以，根据这条原则，要是一个女人参与了一个能把她送上绞架或被流放的秘密，我不用担心她会说给别人听，反正我不会担心！你明白吗，女士？”

“不明白。”女舍监辩解道，说话时脸微微红了。

“你当然不明白！”蒙克斯说，“你怎么会明白呢？”

蒙克斯向他的两位伙伴投来似笑非笑的表情，召唤他们跟自己走，然后从这个很宽敞但屋顶低矮的房间匆匆穿了过去，准备登上陡峭的楼梯，或者确切地说类似梯子的东西，带他们到上一层的库房，这时，一道明亮的闪电从上方的洞孔照了进来，跟着是一声惊雷，整栋建筑都随之摇摇欲坠。

“听！”蒙克斯吓得后退了一步，喊道，“听！隆隆的雷声像是从魔鬼藏身的一千个洞穴那里传出来。我讨厌这种声音！”

他沉默了一会儿，然后突然将手从脸上拿开，露出变了形变了色的脸，本博先生看到后慌乱得难以形容。

“我的病时不时会犯，”蒙克斯说，他注意到了本博的恐慌，“有时候打雷也会引起发作。现在没事了，这次算是过去了。”

说着，他带路登上了梯子，进了屋子后，他匆忙关上窗板，又拉住灯绳的末端，将一盏用滑轮吊在天花板横梁上的灯拉了下来，将昏暗的光投射在正下方的一张旧桌子和三张椅子上。

“好了，”三个人各自落座后，蒙克斯说道，“赶紧开始我们的交易吧，这对大家都好，这位女士知道我们要说什么吧？”

问题是向本博先生提出的，但他的太太抢先做了回答，表示她很清楚要谈论的是什么。

“他很肯定地告诉我，在那个老太婆死掉的晚上，你和她在一起，她告诉了你什么事……”

“是关于你提到的那个孩子的母亲的，”女舍监打断了他，“是的。”

“第一个问题是，她说的话是关于什么的？”蒙克斯说。

“这是第二个问题，”那妇人从容不迫地说，“第一个问题是她说的事情值多少钱。”

“都不知道是什么，鬼知道值多少钱？”蒙克斯说。

“我相信，没人比你更清楚这个消息的价值。”本博太太说，没人能唬得住她，她的那位搭档对此可深有体会。

“哼！”蒙克斯意味深长地说，脸上露出着急要知道内情的表情，“看来得到这个消息是要花点钱，嗯？”

“也许。”本博太太镇定地答道。

“有件东西，从她身上被拿走了，”蒙克斯说，“某件她戴在身上的东西，那件东西……”

“你最好出个价，”本博太太打断道，“你已经说得够多的了，现在你得让我确信你值得我费口舌。”

本博先生自己也从没得到过他那位贤内助的信任，他对这个秘密的了解就跟当初一样多，所以他也在伸长脖子睁大眼睛，倾听着对话。他在太太和蒙克斯之间转动脑袋，毫不掩饰自己的惊讶之情，当他听到蒙克斯为公开这个秘密毫不犹豫开出的价钱时，就更为惊讶了。

“对你来说值多少钱？”那妇人问，一如既往地镇定。

“也许一文不值，也许值二十镑，”蒙克斯回答，“说出来，让我知道是哪个价钱。”

“按你开的价再加五英镑，给我二十五个金镑，”那妇人说，“我就会把我知道的全告诉你。先给钱！”

“二十五镑！”蒙克斯叫道，靠回椅背上。

“我说得够明白了，”本博太太说，“这个数目也不算大。”

“对一个无足轻重的秘密，这还不算大数目？也许说出来连一文都不值！”蒙克斯不耐烦地叫了起来，“更何况这秘密不见天日都十二年多了！”

“这种东西保存得好，就跟好酒一样，时间越久越是价值连城，”女舍监回道，仍然保持着没得商量的高冷模样，“说到不见天日，有些事物都不见天日了一万两千年，或者一千两百万年，这事你我都明白，最后要是说出来还是会奇货可居！”

“要是我买的东西一钱不值怎么办？”蒙克斯吞吞吐吐地说。

“你能轻松地把钱重新拿回去，”女舍监说，“我只是个女人，孤身一人，没人保护。”

“不是孤身一人，亲爱的，也不是没人保护，”本博先生说，话声有些战战兢兢，“我在这里呢，亲爱的，在你身旁，”本博先生一边说，一边牙齿打战，“蒙克斯先生足够绅士，不会对教区的人动粗的，亲爱的，蒙克斯先生清楚我不是年轻人，可以说不再好勇斗狠了，但他听说过，我的意思是他毫无疑问听说过，我是一个很果敢的公务员，一旦受到刺激，就会变得非比寻常地强硬。只要惹我发一点点火就够了。这就是我要说的。”

本博先生说着，战战兢兢地抓紧手里的提灯，装出一副毅然决然的样子，用每根寒毛都在发抖的表情，清楚地表明，他的确需要被刺激一下，狠狠地刺激一下，才能表现好斗的姿态。要是对付贫民或其他专供他欺负的人，当然就不需要刺激了。

“你这个笨蛋，”本博太太回嘴，“最好闭上你的嘴！”

“要是他说话的声音不能轻一点的话，那最好在来这里之前，先把舌头给割掉了！”蒙克斯阴森地说，“那么说，他是你的丈夫喽，嗯？”

“他，我的丈夫！”女舍监吃吃笑着，没有直接回答。

“从你们进来的时候，我就这样认为了，”蒙克斯说，他注意到那个妇人在说话时，恶狠狠地看了她丈夫一眼，“这样更好，一发现我只用跟你们俩中的一个谈交易，我就没什么好犹豫的了，我要给你们看看我的诚意。这里！”

他把手伸进侧兜，拿出一个帆布袋子，数了二十五个金镑出来，放到桌上，然后将它们推到那妇人面前。

“好吧，”他说，“收下它们，我觉得这雷声都快把屋顶给炸开了，等它过去了，让我们来听一听你要说的。”

事实上雷声好像更近了，几乎就在他们头顶上战栗炸裂。等它平息下来后，蒙克斯将脸从桌上抬了起来，身体向前弯曲，等着听那妇人说话。三个人的脸几乎快要凑到一起了，两个男人俯身在那张小小的桌子上，摆出一副渴望倾听的样子，那妇人也前倾着，好让她的低语能被听见。吊灯阴暗的光线直接落在他们身上，三人的面容愈发苍白焦虑，在最黑的昏暗和阴郁的映衬下，恐怖极了。

“那个叫老萨莉的女人死的时候，”女舍监开口说道，“她和我单独在一起。”

“没有别人在边上吗？”蒙克斯用同样轻微的低语声问，“附近床上没有其他生病的倒霉蛋或傻瓜？没有别人听见，或者可能听见，或者可能听懂吗？”

“鬼都没有一个，”那妇人答道，“就我们俩，死亡来临时，就我一个人站在尸体边上。”

“不错，”蒙克斯聚精会神地看着她，说，“往下说。”

“她说到一个年轻的可人儿，”女舍监接着说道，“几年前生下了一个孩子，就在同一个房间同一张床上，随后她又死在了那里。”

“啊？”蒙克斯嘴唇哆嗦着，回头看了一眼说，“见鬼了！事情怎么会这样！”

“那孩子，就是你昨晚提起过的，”女舍监说着，不经意地朝她丈夫点了点头，“那老婆子偷了孩子娘的东西。”

“在她还活着的时候？”蒙克斯问。

“在她死了之后，”那妇人说话时似乎打了个冷战，“那个死去的娘在咽下最后一口气时，求她为她的婴儿保管这件东西，但她刚一死，老太婆就从尸体上把它给偷走了。”

“她把它卖了？”蒙克斯急得喊了起来，“她是不是把它给卖了？卖哪儿了？什么时候卖的？卖给了谁？这事有多久了？”

“当时她费力地告诉我她所做的事，”女舍监说，“然后就倒下死掉了。”

“没再说别的？”蒙克斯叫道，那声音听上去很克制，但反而显得更激动了，“撒谎！你们不能逗我玩。她一定说了别的，除非我知道她说了什么，否则我会要了你们两个的命！”

“她没说过别的话，”那妇人说道，即便那个陌生人正在恐吓，她还是显出不为所动的样子（在这方面本博先生就差太远了），“但是她用一只手死死地抓住我的袍子，手心里好像攥着什么东西，我看到她已经死了，就用力把她的手掰开，发现里面攥着一张脏兮兮的碎纸片。”

“上面写着——”蒙克斯探出脑袋插嘴道。

“什么也没有，”那妇人说，“只是一张当铺的当票。”

“当的是什么东西？”蒙克斯问。

“我会在合适的时候告诉你。”那妇人说道，“我判断她把这个小饰品私藏了一段时间，希望有朝一日大赚一笔，后来把它给抵押了，然后一年一年存钱或者说搜刮钱，付给当铺老板利息，以免当票过期，这样一旦发生点什么，还能把它给赎回来。但是什么事情也没有发生，就像我告诉你的那样，她死的时候，她手里的纸片已经又破又烂，还有两天就要过期了，我也认为有朝一日或许会有事发生，就把那小玩意儿赎了回来。"

"那东西现在在哪里？"蒙克斯立即问。

"这里。"那妇人说着，连忙将一个小羊皮袋扔在桌上，好像如释重负。袋子不大，都装不下一块法国表，蒙克斯猛地把它抓过来，双手颤抖，打开，里面是一个小金盒子，装着两缕头发和一枚朴素的金质婚戒。

"我发现里面刻着一个名字：阿格尼丝，"那妇人说，"还留了一处空白，是用来刻姓氏的，接下来是日期，我查了查，离那孩子出生不到一年。"

"都在这里了？"蒙克斯仔细而热切地检查过小盒子里的东西后，说。

"都在这里。"那妇人回答。

本博先生深深吸了口气，仿佛在为故事告一段落而高兴，而且对方也没有再说起要把那二十五镑要回去，现在他可以鼓起勇气擦汗了。刚才，整个对话过程中，汗水一直从他鼻子上往下滴，他都没顾得上擦。

"除了猜测，我对此事一无所知，"本博太太在沉默片刻后，对蒙克斯说，"我也不想知道，因为不知道就更安全。但是我可以问你两个问题吗？可以吗？"

"你可以问，"蒙克斯露出了惊讶的表情，"但我回不回答是另一个问题。"

“——那就成了三个问题了。”本博先生试图开个玩笑。

“这是你想从我这里得到的东西吗？”女舍监问。

“是的，”蒙克斯回答，“下一个问题？”

“你打算怎么处理它，会用它来对付我吗？”

“绝对不会，”蒙克斯回答，“也不会用来对付我自己。看这儿！但别再往前一步，否则你的命连一根芦苇都不值。”

说这些话时，他突然将桌子推到一边，握住地板上的一个铁环，拉开了一道巨大的活板门，开口就在本博先生脚边，吓得这位绅士惊慌失措地后退了好几步。

“往下看，”蒙克斯说着，将吊灯拉低到洞口的地方，“不用怕我。刚才你们坐在这上面的时候，我本可以一声不响地让你们掉下去，要是我想那么玩儿的话。”

受此激励，女舍监往洞口边缘走了走，本博先生本人也没能忍住好奇，冒着生命危险亦步亦趋。大雨涨起河水，下方浊浪滚滚，冲击着发绿发黏的木桩，形成漩涡，喧闹的水声吞没了其他所有声音。那下面以前是一座水磨，现在还遗留着少数腐烂的木桩和残缺的机件。潮水摩擦着它们，泛起了泡沫，在后浪的冲击下，做出向前突击的姿态，挣脱了那些妄图阻止它的障碍物，继续高歌猛进。

“要是你把一个人的尸体扔下去，明天早上它会在哪里？”蒙克斯说着，在黑漆漆的深井里来回晃了晃吊灯。

“沿着河流漂到十二英里外的地方，而且除了被切成碎片，什么也不会剩下。”本博答道，自己也被这想法吓得往后退了退。

蒙克斯将那小袋子从胸前掏了出来，那是他刚才匆忙塞进去的。他从地上捡起一个铅块，是某个滑轮上的零件，把它跟小袋子绑在一起，扔进了水流中。铅块像颗骰子直直地落下，掉在水面上，发出隐约的扑通声，然后就消失不见了。

三个人互相看了一眼彼此的脸，似乎大大松了口气。

“好了，”蒙克斯说着，关上活板门，让它重重地落回原位，“就像书上说的，要是大海曾经把死在里面的人放回来，它也会把他们的金银财宝留给自己，包括那里面的垃圾。我们没什么好多说的了，我们愉快的聚会可以告一段落了。”

“绝对一切圆满。”本博先生如释重负地说。

“你会在脑子里上根弦，管住自己的舌头，对吧？”蒙克斯带着恐吓的表情说，“我不担心你的太太。”

“你可以信赖我，年轻人，”本博先生答道，一边点头哈腰，一边向楼梯走去，礼貌得都有点过头了，“为了大家好，年轻人；也是为了我自己，你知道的，蒙克斯先生。”

“我很高兴听到这个，对，为了你自己，”蒙克斯说，“点上你的灯！赶紧从这里滚蛋！”

幸亏对话在离梯子不到六英寸的地方结束了，不然点头哈腰的本博先生准保会倒栽葱跌下楼。蒙克斯将吊灯从绳子上解下，提在手上，本博先生从那里借火点着了自己的灯。他没有再试图拖延，默默地跟在他太太身后往下走。蒙克斯停在楼梯上，确认除了屋外雨滴落下的声音和湍急的水流声，再也没有别的声音，然后才跟在后面走了下来。

他们缓慢而小心地穿过楼下的空间，每道阴影都会让蒙克斯吓一大跳。本博先生把提灯举在离地一英尺的地方，走路时不仅谨小慎微，而且以他这样的身材，步伐简直轻巧到不可思议，同时还紧张地查看身边是否还隐藏着活板门。蒙克斯轻轻地打开他们刚才进来的那扇大门，那对已婚夫妇简单地朝这位神秘的熟人点了点头，便隐没在门外黑漆漆的雨中。

他们刚一走，蒙克斯就似乎很是厌恶孤身一人，于是马上把藏在楼下某处的一个仆人叫了出来，命令他拿着吊灯在前面带路，往他刚才离开的那个房间走了回去。

第三十九章　让几位读者早已熟悉的可敬人物再次出场，然后再来看看蒙克斯和犹太人如何密谋

上一章提到那三个体面人心照不宣地完成了他们的小交易，就在那晚之后的次日傍晚，威廉·赛克斯先生从小睡中醒了过来，昏昏沉沉中，他大吼一声，问现在是夜里几点。

赛克斯先生提问时所在的房子，不是他远征彻特西之前待过的地方，但位于城市的同一个区域，距离他从前的住所并不算太远。跟之前的住处比，这地方在外观上不太令人满意，公寓品质低劣，设施糟糕，面积也很小，紧临一条逼仄肮脏的小巷，照明全靠一扇小小的老虎天窗。此外还不乏其他类似的迹象，表明这位正人君子近来混得不怎么样。房间里家具少得可怜，舒适更是无从谈起，更有甚者，连类似多余衣服这样微小的动产都看不见，道出了赛克斯先生极度贫困的现状。要是还需要进一步证据坐实，那他自身面黄肌瘦的状况便是充分的证明。

这位入室大盗躺在床上，将他的白大衣裹在身上当睡衣穿，灰白的病容，再加上污渍斑斑的睡帽，和一个星期没刮而变得又黑又硬的胡子，都没办法为他的尊容添姿增色。狗蹲坐在一边，时而忧郁地注视它的主人，时而竖起耳朵，发出低低的叫唤，这种时候一般都是因为街上传来的声音引起了它的注意。有个女人坐在窗边，正忙着缝补一件旧马甲，那是强盗日常衣着的一部分。因为看护病人，加上生活窘迫，她看上去如此苍白，消瘦，让人难以相信，她跟本书之前出现过的南茜是同一

人，但当她开口回答赛克斯先生的问题时，声音还是那一个。

“七点刚过不久，”那姑娘说，“今晚你感觉怎么样，比尔？”

“软得像摊水，”赛克斯先生答道，眼睛和嘴巴都在发出诅咒，“快，扶我一把，无论如何，让我从这天打雷劈的床上起来。”

病痛并没有让赛克斯先生的脾气变好，那姑娘把他扶起来，搀扶到椅子上，他却喋喋不休地骂她笨，还动手打了她。

“哭什么哭？”赛克斯说，“好了，别哭哭啼啼个不停。要是除了哭啥都不会的话，索性一刀两断吧。你听见我说的了吗？”

“听到了，”姑娘将脸转到一边，强颜欢笑地说，“你脑子里现在在转什么念头啊？”

“哦，你也觉得那样更好，是不是？”赛克斯咆哮，他注意到眼泪正在姑娘眼里打转，“对你来说那样更好，你该这么做。”

“唉，这不是你的心里话，你今晚不该对我这么凶的，比尔。”姑娘说着，把手放在他的肩上。

“不该！”赛克斯先生叫了起来，“为什么不该？”

“那么多个晚上，”姑娘带着某种女性特有的温柔说道，这样一来她的声音里也带着甜美的语气，“那么多个晚上，我都在耐心地护理你，照顾你，好像你还是个孩子：这是头一回，我看见你终于像你自己了，要是你想明白这一点，就不会像刚才那样对我了，是不是？好了，好了，说你不会那样对我了。”

“那么好吧，”赛克斯先生说，“我不会这样了。唉，见鬼，这娘们怎么老是哭！”

“没事，”那姑娘说着跌坐在椅子上，“不用管我。我很快就会好的。”

“什么叫很快就会好？”赛克斯先生粗声粗气地质问，“你又在犯什么傻？起来，忙你的去，别再用那套女人的把戏糊弄我。”

要在别的时候，这一通怒斥加上所用的语气，或许会起到预期的效果，但这姑娘实在筋疲力尽了，赛克斯先生还没来得及像其他类似场合那样发出应景的咒骂，或者像他习惯的那样加以恐吓，这姑娘就已经在椅子上往后一仰，晕了过去。赛克斯不太了解这种少见的紧急情况该怎么办，一般来说，南茜小姐的癔症虽然来势凶猛，但在没有外力帮助的情况下，一般可以靠病人自己硬扛过去；他尝试着诅咒了一下上帝，发现这种处理方法完全无效，便喊人来帮忙。

“老弟，这儿怎么啦？”费京说着朝屋子里张望。

“帮这姑娘一把，行吗？”赛克斯不耐烦地说，“别站在那儿唠叨，朝我傻笑了！”

费京惊叫了一声，连忙跑过来帮忙，约翰·道金斯先生（也就是妙手空空儿）跟着他的良师益友进了房间，他连忙将背在身上的包裹放到地板上，从跟他前后脚进来的查理·贝茨小主手上抓过一个瓶子，用牙齿咬开塞子，先自己尝了一口，以免搞错，然后将里面的液体往病人口中灌了一些。

“查理，用橡皮气吹给她灌点新鲜空气，”道金斯先生说，“比尔给她解衬裙的时候，费京，你来拍她的手。”

他们忙得不亦乐乎，所有的这些急救措施——特别是托付给贝茨小主的那部分，他显然将它当作了前所未有的娱乐活动——不久就取得了预期效果。那姑娘渐渐恢复了知觉，摇摇晃晃地走到床边的椅子上坐下，把脸埋到枕头上，留下赛克斯先生一个人面对那三个新来的，他们的不期而至显然让他有些惊讶。

“哎呀，哪阵妖风把你们给吹来了？”他问费京。

“哪有妖风这回事，老弟，妖风可不会给人带好处来，可我给你带了点好东西过来，你一定很高兴看见它们。空空儿，宝贝，把包裹打开，把我们早上用所有钱买来的小玩意交给比尔。”

遵照费京的指示，空空儿打开了包裹。包裹很大，是用一块桌布扎起来的。空空儿把里面的东西一件一件拿出来交给查理·贝茨，贝茨一边将它们放到桌上，一边用不同的措辞夸赞这些玩意儿的珍贵和完美。

“比尔，兔肉派竟然能做成这样，”这位小绅士向他展示了一块巨大的馅饼，“多么美味的东西，还有这么嫩的腿，比尔，那些骨头入嘴就化，你都不用把它们挑出来。半磅绿茶，价值七先令六便士，浓得吓人，你用开水泡一下，能把茶壶盖给顶飞了。一磅半发潮的糖，那些黑鬼干活的时候肯定没卖命，要不然不会做出这种货色来，唉，真差劲！两个两磅重的麸皮面包，一磅最好的黄油，一块双份的格罗斯特奶酪，最后，还有你喝过的最贵的酒！”

唱完这最后的赞美诗，贝茨小主从他众多的口袋里拿出一瓶装得满满当当的酒，酒瓶严丝合缝地塞着木塞。几乎同时，道金斯先生从瓶子里倒出了满满一杯没有掺水的烈酒，那个病号没一丝犹豫，将它们一饮而尽。

“啊，”费京说着，极为满意地搓了搓手，“你会扛过去的，比尔，你现在就扛过去了。”

“扛过去了！”赛克斯大喊，“我就算再这样扛上二十多回，你也不会来帮一点忙。你这算什么意思？让我这样子一个人，整整三个多礼拜，你这个虚情假意的流氓！”

“孩子们，你们听听他在说什么吧！”费京耸了耸肩说，“亏得我们还给他带了这么多好东西来。”

“这些东西倒真是不错，”赛克斯说，往桌上看了一眼后，他稍稍平静了一些，“可你自己说说看，为什么把我一个人丢在这里，我只剩下一肚子郁闷，身体垮了，钱也没了，什么都没了，在这段倒霉日子里，你对我不管不顾，我简直连狗都不如。查理，把狗赶下去！”

“我从来没见过这么好玩的狗，”贝茨小主叫道，照着赛克斯的要求做了。“它闻食物的样子就像一个上菜市场去的老太婆！让它到狗舞台上去表演一定能发财，说不定还能让戏剧业复兴呢。”

“闭上你的嘴！”赛克斯朝狗呵斥道，狗重新退回床底下，还在生气地吠叫，“你还有什么好说的，你这个干瘪的销赃犯，嗯？”

“老弟，一个多礼拜前我离开伦敦，去筹划一件买卖了。”犹太人说。

“那之前的两个礼拜呢？”赛克斯问，“那两个礼拜里你为什么让我一个人躺在这里，像一只病老鼠待在它的洞里？”

“我也无能为力啊，比尔。有人在，我没法跟你详细解释，但我确实无能为力，我以我的名誉发誓。”

“以你的什么？”赛克斯极为厌恶地叫喊起来，“喂！你们这些孩子，谁给我切一块派来，让我的嘴去一去他的臭味儿，不然我都给噎死了。”

“别发火，老弟，”费京谦卑地劝道，“我从来没忘了你，比尔，一次也没有。”

“没有！我打赌你没有忘记！”赛克斯说着露出苦涩的笑容，“我躺在这里打摆子发烧的每分每秒，你都在惦记和琢磨我，让比尔去干这个，让比尔去干那个，只要他一好起来，就让比尔去把所有脏活贱活都给干了，反正他穷得很，肯定会替你干的。要不是因为这姑娘，我早就死了。”

“就是这样，比尔，”费京急忙抓住这句话辩解道，“要不是因为这姑娘！除了可怜的老费京，谁能让你有这么一个得力的姑娘？”

“这倒是实话，”南茜说着，急忙走上前来，“放过他，就这样吧。”

南茜的出现，让对话出现了新的转折，机警的犹太人狡黠地朝那两个孩子递了一个眼色，孩子们就开始向南茜劝酒，不过，她喝得很节制。这时费京装出一副神采飞扬的样子，故意把赛克斯的恐吓当作愉快的打趣，几杯下肚后，赛克斯喝高了，赏脸开起了粗俗的玩笑，费京也故意笑得很开心，就这样，慢慢让赛克斯先生消了火。

“都很好，”赛克斯先生说，“不过我今晚一定得从你这里拿点现钞。”

“我身上一个硬币都没有。”犹太人回答。

“反正你家里有很多钱，”赛克斯反驳，“我得从那里拿一点。”

“很多钱！”费京叫着，两只手举了起来，“我可没这么多，没有——”

“我不知道你有多少钱，我敢说连你自己也不清楚，得花很多时间才数得清，”赛克斯说，“反正我今晚就要，就这么着！”

“好吧，好吧，”费京叹了口气说，“过会儿我让空空儿给你送过来。”

“那种事情你是不会干的，”赛克斯先生说，“空空儿太滑头了，要么说忘记拿来，要么就说迷了路，或者路上有巡捕，得躲着走，这样就来不成，只要你派他来干，他就会有各种借口。还是让南茜去你老窝拿钱最靠谱，她去你那里的时候，我也正好可以躺下睡一觉。”

经过一大番讨价还价唇枪舌剑，费京将预付款的数目从要求的五镑，压低到三镑四先令六便士，还庄严地发誓，他只给自己留了十八便士的家用。赛克斯先生阴沉地说，要是没有更多，他至少得拿到这些钱先对付着用。南茜准备跟犹太人回家，空空儿和贝茨小主则将带来的食物放进碗橱。然后，犹太人告别他的知心朋友，带着南茜和那两个孩子回家去了。与此同时，赛克斯先生也一头倒在床上，打算一直睡到那位年轻的女士回来。

他们回到费京住处的时候，发现托比·克拉克特和切特灵先生正在专心致志地打第十五局克里比奇牌，无须赘言，后者把第十五个也是最后一个六便士硬币也输完了，让他的年轻朋友大笑不已。克拉克特先生被人撞见正从一个身份和智商都不如自己的人那里讨便宜，显然有些难为情，他打了一个哈欠，问了一下赛克斯的情况后，拿起帽子准备走人。

“没人来过，托比？”费京问。

“鬼都没一个，”克拉克特拉了拉衣领答道，“没劲，就跟劣质啤酒一样没味道。你得大方一点，费京，我替你看了这么长时间家，你得好好酬谢我一下。我他妈的就跟陪审员似的无所事事，要不是我天性善良，想让这年轻人高兴高兴，早该睡觉去了，就跟待在纽盖特监狱时一样。太无聊了，我要是撒谎，就活该倒霉！”

一边说着诸如此类的话，托比·克拉克特先生一边把赢来的钱扒拉到一起，神态傲慢地将它们塞进马甲口袋，仿佛他这号人物根本没把这点碎银子放在眼里。做完这些，他大摇大摆地走出了房间，如此高贵文雅，切特灵先生充满敬仰地朝他的两腿和靴子看了好几眼，直到它们消失在视野中。他跟大伙表示，花十五枚六便士银币结识这样一位才俊，实在是太便宜了，便宜到他连小指头都不会抖一下。

“汤姆，你真是个怪人！”贝茨小主说，他被切特灵的这番表白逗得不亦乐乎。

“一点也不怪，”切特灵先生回答，“对吧，费京？”

“老弟，你是个聪明人。”费京说着，拍了拍他的肩膀，然后朝其他徒弟眨了眨眼。

“克拉克特先生的确气派极了，是不是，费京？”汤姆问。

“毋庸置疑，亲爱的。”犹太人回答。

“跟他结识是件很荣幸的事情，对吧，费京？”汤姆继续问。

“真的非常荣幸，亲爱的。他们只是在妒忌你，汤姆，因为他不带他们玩。”

“哈！”汤姆得意地叫了起来，“原来如此！他让我输干净了又怎样，只要我愿意，随时可以出去挣更多钱，不是吗，费京？”

“我当然相信，早去早赚，汤姆。为了立刻把你的损失补回来，就别再浪费时间了。空空儿！查理！也到了你们各就各位的时间了。快点！都快十点了，你们还什么都没干呢！”

遵照指示，这几个孩子朝南茜点了点头，拿起帽子，离开了房间。空空儿和他那位快活的朋友走在一起，一边走，一边不断消遣花了冤枉钱的切特灵先生。不过，公平地说，切特灵的行为不算太打眼或太特别，伦敦城里有太多生机勃勃血气方刚的年轻人，为了在上流社会出人头地，付出了比切特灵先生高得多的代价。而组成上述上流社会的许许多多体面的绅士，也跟花花公子托比·克拉克特极为相似，靠着同样的手段建立了他们的声誉。

“好了，”等他们离开房间后，费京说，“我去给你拿钱，南茜，我的孩子，这是那个小碗柜的钥匙，我把那些孩子拿回来的零碎物品都放柜子里了，我从来不会把我的钱锁起来，因为我没钱可藏，我的孩子，哈哈哈！没钱可藏啊。这是个穷行当，南茜，没人感恩，我只是喜欢看年轻人围着我而已，我忍受了这一切，忍受了这一切啊。嘘！”他说着把钥匙藏进了怀里，“听！什么声音？”

那姑娘两臂交叉坐在桌旁，看上去对那正在到来的并不感兴趣，不关心那是不是人，是谁，是来还是去，直到耳边响起一个男人的低语声。一听到这声音，她快如闪电地脱下软帽和围巾，塞到桌下。犹太人快速转回头来时，她咕哝着抱怨起天气太热，无精打采的声音跟刚才异常迅猛的动作形成了鲜明的反差，不过，费京当时正背对着她，没有注意到这些。

“呸！”他低声说道，仿佛因为被打断有点不高兴，“那是我之前在等的那个人，他到楼下了。南茜，一会儿他在这儿的时候，你不要提钱的事。他不会待很久，不超过十分钟，我的孩子。”

一个男人的脚步声在外面楼梯上响起来，犹太人把瘦骨嶙峋的食指放在嘴唇上按了一下，拿起一根蜡烛到了门边。他到那里时，那个来访者也正好匆匆忙忙走了进来，还没看到那女孩，就已经到了她身边。

那是蒙克斯。

“这是我手下的一个年轻人，”费京说，他注意到蒙克斯看到有陌生人在，往后退了一步，“别走，南茜。”

那姑娘往桌子那里靠了靠，带着若无其事的神情看了蒙克斯一眼，然后收回她的目光，但当蒙克斯转头面对费京时，她又偷偷地看了他一眼，目光犀利而细致，明显心里有事。要是有旁观者看到这个变化，几乎不太会相信，这两次目光来自同一个人。

“有消息？”费京问。

“绝对重要的消息。”

“是——是——好消息？”费京犹犹豫豫地问，仿佛害怕太乐观会惹恼对方。

“反正不坏，”蒙克斯笑着回答，“这次我果断得很。我要跟你说句话。”

那姑娘又往桌子边靠了靠，尽管她看见蒙克斯正在指着她，她还是没有要离开房间的意思。犹太人可能害怕，要是试图赶走她，她会大声说起钱的事，就用手指了指上面，带着蒙克斯离开了房间。

“不要去那个我们以前待过的鬼窟。”她听见两人上楼时，蒙克斯这样说。费京笑了起来，答复了几句，但她没有听清。从地板吱嘎作响的声音听上去，费京好像带着他的客人去了三楼。

他们上楼的脚步声远去之前，那姑娘已经脱下鞋，把长裙的下摆轻轻撩到头上蒙住，双臂裹在里面，站到门边，屏住呼吸侧耳倾听。这时声音消失了，她从房间溜了出去，蹑手蹑脚悄无声息地爬上了楼梯，藏身于楼上的阴暗处。

大概有一刻多钟，房间空无一人，然后那姑娘以同样诡秘的步态溜了回来，很快就听到两个男人下楼的声音。蒙克斯出门上了街，犹太人为了钱的事情再次慢慢爬上了楼。当他回来时，那姑娘已经戴上了帽子和围巾，好像正准备离开。

“哎呀，南茜！”犹太人喊道，把蜡烛放下时吓得往后退了一步，“你脸色怎么这么苍白！”

“苍白！”那姑娘重复了一句，她把手挡住眼睛，好像要看清楚犹太人。

“太吓人了，你对自己做了什么？”

“据我所知，什么也没做，就是一直坐在这个闷热的地方，不知道还要等多久，”那姑娘心不在焉地回答，“好了！让我回去吧，这才是真的对我好。”

费京数着钱将它们交到南茜手上，每数一张就叹一口气。之后他们没有再多费口舌，只互道了一声“晚安”，就分手了。

那姑娘来到外面的大街上时，找了个台阶坐了下来，看上去头晕目眩，完全没法赶路了。突然，她站了起来，没有朝赛克斯在等她的地方走，而是匆匆忙忙朝着完全相反的方向，还不断加快步伐，渐渐狂奔了起来，直到完全筋疲力尽才停下来喘气，然后，好像突然醒悟无法实现自己的打算，她伤心得两只手扭在了一起，眼泪夺眶而出。

也许是眼泪让她放松了下来，又或者她感到自己完全无能为力，总之，她转过身，以近乎最快的速度往反方向赶去，部分是为了补救浪费的时间，部分是为了跟上此刻汹涌的思绪，不久她就回到了住处，回到了那个盗贼身边。

当她出现在赛克斯先生面前时，情绪上的异样多少有点出卖了她，但赛克斯没有注意到，他只是问她是否把钱带回来了，得到肯定的答复后，他满意地大吼一声，脑袋重新靠回枕头上，继续被南茜打断的睡眠了。

她很幸运，钱到手后，赛克斯第二天光顾着忙吃忙喝，暴脾气也平和了下来，既没时间也没兴趣来挑剔她的行为。她心不在焉，神经兮兮，这些状态都预示着她要实施某个大胆而冒险的计划，但需要经过非同一般的思想斗争才下得了决心。要是换了眼神锐利的费京，他肯定能看出来，还可能会立马心生警觉，但赛克斯先生缺乏察言观色的能力，有了麻烦，只会通过简单粗暴的态度对付别人来解决问题，不会为心思缜密的疑虑所苦恼，更何况如前所述，他目前正处在不寻常的愉悦之中，所以看不出南茜有什么反常，事实上，他压根不想为了她自寻烦恼，即使她显得比平时焦虑，也不太可能引起他的怀疑。

白天过去了，姑娘的心情变得更为急切，夜晚来临后，她坐在一边，观察着那个盗贼，等他喝醉后入睡。她的脸颊异常苍白，眼里却好像冒着火，连赛克斯都惊讶地注意到了。

因为发烧，赛克斯有些虚弱，他躺在床上，喝掺热水的杜松子酒，好减轻酒的刺激程度，这已经是第三或第四次将酒杯推给南茜斟满了，这时这些迹象才第一次引起了他的注意。

“怎么啦，妈的！”那家伙说着，用手支撑着自己坐了起来，盯着那姑娘的脸，“你看上去就像活跳尸。出什么事了？”

“什么什么事！”姑娘回答，“没事。你干嘛这么死死地看着我？”

“你又在犯什么傻？”赛克斯抓住她的胳膊，粗鲁地晃着，问道，“怎么回事？你什么意思？在想什么呢？”

“想很多事，比尔，”那姑娘说着，颤抖起来，一边还捂住了眼睛，“但是，上帝，多问对你有什么好处？”

她故意用愉快的口吻说着最后一句话，比起刚才那种心慌意乱的表现，这似乎给赛克斯留下了更为深刻的印象。

“我来告诉你是为什么，”赛克斯说，“要不是你也得了高热，而且马上要发作了，那就是一定有什么不寻常的事情要发生了，危险的事情。你该不会是要——不，见鬼！你不会那么做！”

“做什么？”姑娘问。

“不可能，”赛克斯说，两眼盯着她看，然后自言自语起来，“这个小娘们够死心塌地的，不可能做那种事，否则早在三个月前，我就割断她喉咙了。她一定是高热要发作了，就是这样。”

赛克斯让自己放下心来，把杯子里的酒喝了个底朝天，然后用一连串的咒骂讨药吃。那姑娘异常敏捷地从座位上跃起，转过身背着赛克斯，迅速倒好药，然后送到他嘴边，看着他把药全喝了下去。

“好了，”那强盗说，“坐我身边来，拿出你的平常面孔，不然我就让你的脸蛋开花，到时候就算你想，也认不出自己了。”

姑娘照办了。赛克斯把她的手扣在自己手里，躺回枕头上，眼睛转过来看着她的脸，闭上，再睁开，再闭上，再睁开，不安地改变着睡觉的姿势，两三分钟的时间里，一次又一次，都要睡着了，又带着恐惧的表情跳将起来，茫然地看着周围。就在他又一次挣扎着要起来时，突然陷入了沉睡。他紧握的手松开了，举着的胳膊疲倦地落在了身边，躺在那里人事不省。

“鸦片酊终于起作用了，”那姑娘喃喃自语，从床边站了起来，“就算现在走，也许也太晚了。”

她匆忙戴上软帽，披上围巾，其间不时惊恐地环顾四周，尽管有那安眠药，她还是时刻感到赛克斯的大手按在她的肩膀上。她在床前轻轻弯下腰，吻了吻强盗的嘴唇，然后无声地开门关门，迅速从房子里出去了。

她穿过一个黑暗的通道，这样才能走到外面的主路上，这时，一个守夜人报时九点半。

“是不是早就过了九点半？”

“差一刻钟就十点钟了。”守夜人举起提灯照着她的脸说。

“我到那里至少需要一个小时，也许更多。”南茜咕哝着，迅速地跟他擦肩而过，闪身来到了大街上。

她从斯皮塔佛德一路赶往伦敦西区[1]，偏僻街巷的大部分商铺都已经打烊了。十点的钟声响了起来，让她愈发没了耐心。

---

〔1〕总体而言，当时伦敦东区是贫穷地区，盗贼横行，而西区则都是豪华街区和时髦商店。

她沿着狭窄的人行道狂奔，将行人推开，穿过拥挤的马路时，其他人只是在焦急等待马车过去，没有人像她那样，几乎从马头下冲了过去。

“那女人疯了！”人们说着，转过身来看着她，目送她消失。

等她来到城里更为富裕的街区时，街上就几乎没什么人了，但她没头没脑地从零星的行人身边冲过去时，仍然激起了人们巨大的好奇。有些人也在她身后加快了脚步，就好像想知道她究竟是要快步赶去哪里。少数人还赶到了她前面，回头看她，为她丝毫没有减慢速度而惊讶，不过他们一个接一个被甩掉了，等她到达目的地时，就只剩下她一个人了。

这是一家家庭旅馆，位于海德公园边上一条安静而漂亮的街上。旅馆门前的灯亮着，明亮的光线引导她来到这个地方。十一点的钟声响了起来。她徘徊了几步，好像犹豫不决，无法决定是否继续向前，但钟声让她下定决心走进了旅馆。门房的座位上没有人，她神色不定地环顾四周，然后朝楼梯走去。

“喂，姑娘！”一个衣着漂亮的女子从她身后的一扇门里探出头来说，“你来这里干什么？”

“有位女士住在这里。”那姑娘回答。

“一位女士！”那人说着，露出了轻蔑的表情。“什么样的女士？”

“梅里小姐。”南茜说。

那个年轻女人这时才注意到她的样子，鄙视地看了她一眼，没有搭腔，而是叫来一个男人应付她。南茜再次向他重复了自己的请求。

“我该怎样通报您的名字？”侍者问。

“不用说名字。”南茜回答。

“也不用说什么事？”那人说。

“不用，什么都不用，”南茜说，“我必须见那位女士。”

“好了！”那个男人说着，把她推到了门边，“什么也不用通报，那就请便吧。”

“要我走，只能把我抬出去！”那姑娘愤怒地说，“就算有两个你这样的人出手，我也能让你下不来台。有人在吗？”她看了看周围说，“谁来替我这个可怜人传个口信？”

这番呼告引起了一个面善厨子的响应，他正和其他几个仆人在一边观望，这时便走上前来劝解。

“乔，你就替她通报一下吧，好吗？”此人说。

“这样好吗？”侍者回应，“你觉得那位年轻女士会接见这样的人吗？你确定吗？”

关于南茜身份可疑的暗示，在四个正派女仆的心里引起了巨大的愤慨，出于崇高的正义感，她们表示这个人丢了所有女人的脸，强烈呼吁她应该被无情地扔进阴沟洞里去。

“你们爱对我干嘛就干嘛，”姑娘说着，再次转过头对那些男人说，“但是我求求你们，看在万能的上帝的份上，帮我递一下这个口信。”

那个心软的厨师再次替她求情，结果最早露面的那个侍者答应替她通报。

“我该说什么？”那个人一脚踏在楼梯上说。

“就说有个年轻女人迫切地想跟梅里小姐私下谈谈，”南茜说，“而且，只要那位女士听了她说的第一句话，就会知道是该继续听她说，还是把她当骗子赶走。”

“我说，”那个侍者说，“你还真够倔的。”

“你去通报吧，”那姑娘坚定地说，“然后给我回复。”

那个侍者上了楼。南茜留在原地，脸色苍白，几乎透不过气来。那四个正派女仆嚼舌头的声音清晰可闻，她们正在没完没了地表达对她的轻蔑，当男仆回来要南茜上楼时，她们的嘲弄变本加厉了。

“这世界真是好人没好报。”第一个女仆说。

“黄铜都能赛过火炼的真金。”第二个说。

第三个女仆自言自语地怀疑“到底怎样才算女士”，第四个则为接下来的四重奏开了头：“不要脸！”然后由其他几位黛安娜[1]收尾。

因为心里藏着更重要的事，南茜对这些嘲讽置若罔闻，她浑身颤抖着进了一间小会客室，一盏吊在天花板上的灯照亮了整个房间。侍者将她留在里面，自己退了出去。

---

〔1〕 黛安娜是罗马女神，贞洁的处女，这里讽喻那几个自视贞洁的女性。

第四十章　前一章续：一次奇怪的会面

这姑娘一生都耗在了街头，混迹于伦敦城散发着恶臭的妓院和贼窝，但在她身上，某些女人的天性依然没有泯灭。这时，她听见了一个轻轻的脚步声，离跟她进来时的那扇门对着的门越来越近了，一想到这个小房间里即将出现的人儿和自己之间的巨大差异，她就深深地自惭形秽，不由得缩作一团，仿佛不堪忍受直面那位她想见到的女士。

然而，与这些美好的情感做斗争的是自尊，这种恶习在最低下最卑微的生命身上，表现得并不比那些自信的上流人士更为逊色。她虽然是个可怜人，与窃贼和强盗为伍，在风尘中堕落流转，和那些出入监狱和废船[1]的社会渣滓来往，一直生活在绞刑架的阴影中，但即使堕落如她，也一样有着强烈的自尊，不愿流露一丝女人味儿。她认为那是一种软弱，但这正是她和人性仅存的联系，从她还是个孩子时候起，枉费的人生就已经将很多很多人性的痕迹给抹去了。

她把眼睛抬到能完全看清来人的高度，看出那是一个身材苗条的漂亮姑娘，然后又垂下眼来，装出漫不经心的样子，摇了摇头，说："小姐，见到你真是太难了，很多人要是碰到我这种情况，早就生气了，马上掉头就走，有天你会为此后悔的，而且绝对有理由后悔。"

---

〔1〕 退役废弃的船只，用作监狱。

“要是有人对你态度不好，我很抱歉，”萝丝答道，“别放心上，告诉我，你为什么想见我。你想见的这个人已经在你面前了。”

这和善的语调、甜美的声音、温柔的举止，没有半点傲慢和嫌弃，完全出乎南茜的意料，她的眼泪不禁夺眶而出。

“哦，小姐，小姐！”她说着，双手交叉而握，激动地举到面前，“要是能有更多像你这样的人，那么，就会少很多像我这样的人——会少很多——真的！”

“请坐，”萝丝诚恳地说，“要是你受着贫困和痛苦的折磨，只要我能，我真的很乐意帮助你——真的，请坐吧。”

“让我站着，小姐，”那姑娘还在流泪，“还有，在你更了解我之前，跟我说话的时候不要这么亲热。时间已经很晚了。那扇——那扇门——关上了吗？”

“关上了，”萝丝说着，向后退了两步，仿佛是为出现意外时，可以更快地请求援助，“为什么问这个？”

“因为，”那姑娘说，“因为我打算把我的，还有别人的性命交到你手上。那天晚上小奥利弗离开本顿维尔的房子后，是我把他给拽回到老费京那里去的。”

“是你！”萝丝·梅里说。

“是我，小姐！”那姑娘说，“我就是那个你听说过的无耻之尤，那个生活在小偷堆里的女人。从我能回忆得起来的到伦敦的第一刻开始，我就不知道除了他们给我的那个世界，还会有更美好的生活，或更善意的话语，所以，救救我吧，上帝。你不用为躲闪我感到不好意思，小姐。我比你想象的要年轻，但我已经习惯了。要是我走在拥挤的人行道上，最可怜的女人都会避开我。”

“这些事情太可怕了！”萝丝说着，不自觉地躲开她这位陌生的伙伴。

“亲爱的小姐，你应该感谢老天，”那姑娘哭了起来，“你的童年有朋友照顾和保护你，从来没有受冻挨饿，也没有放纵酗酒，还有——还有——比这一切都更糟的——从我还在摇篮里就是如此了。我说的‘摇篮’，就是我生活的穷街陋巷，也将是我的灵床。”

“我同情你！”萝丝脱口而出，“听到这些，我真的心如刀绞！”

“愿老天保佑你的善良！”那姑娘说，“要是你了解到我有时候落到了什么地步，你确实会同情我的。我是偷偷跑出来的，要是那些人知道我来了这里，还把自己碰巧听到的事情告诉了你，他们肯定会杀了我。你听说过一个叫蒙克斯的人吗？”

“没听说过。”萝丝说。

“他知道你，”那姑娘说，“还知道你住在这里，我是因为听到他说了这个地方，才过来找你的。”

“我从来没有听过这个名字。”萝丝说。

“那就是他跟我们一起混的时候用了化名，”那姑娘说，“我先前就这么想过。前些时候，大概是奥利弗被送到你家里去打劫的那个晚上过后不久，我对这个人起了疑心，就偷听了他和费京在黑暗中的谈话。根据我所听到的，我发现蒙克斯——也就是我刚才问起你的那个人，你知道的——”

“嗯，”萝丝说，“我明白。”

“——那个蒙克斯，”那姑娘接着说，“碰巧看见奥利弗和我们那里的两个孩子在一起，那天我们第一次把他弄丢了，蒙克斯马上就知道那个孩子正是他要找的人，但我们不知道他为什么要找他。他和费京做了一笔交易，要是能让奥利弗回来，他会给他一笔钱。然后蒙克斯又出于自己的某种动机，给了更多的钱，要把奥利弗培养成一个小偷。”

“什么动机？”萝丝说。

“为了找出真相，当时我在偷听，他从墙上看见了我的影子，”那姑娘说，“除了我，很少有人能在被发现后还有办法逃脱。但我做到了。从那晚以后，我没再见到过他，直到昨天晚上。”

“然后发生了什么？”

“让我来告诉你，小姐。昨晚他又来了，再一次上了楼，我把自己伪装了一下，好让我的影子不会出卖我，然后又躲在门边偷听。我听到蒙克斯说的第一句话是这样的：‘唯一能证明那孩子身份的证据已经沉入河底，那个从他娘手里拿到这些的丑老太婆，也烂在了棺材里。’他们笑了起来，谈论着是如何成功做到这一点的，然后蒙克斯继续说起那个孩子，语气变得怒不可遏，说他虽然妥妥地得到了那个小鬼的钱，但他情愿用别的方式得到这笔钱。他说，如果让那孩子把伦敦城所有的监狱轮番待上一遍，然后等费京从他身上大捞一笔之后，再轻轻松松用某种重罪把他送上绞刑架，那时就可以让他父亲在遗嘱中对那孩子扬扬自得的期待泡汤，那才有意思。”

“这一切到底怎么回事？”萝丝说。

“虽然这都出自我口，小姐，但这是真的，”那姑娘答道，“当时，他诅咒发誓说——这些恶毒话在我耳里听来再平常不过，但对你来说就比较陌生了——要是他能找到一个办法，既能取了那孩子性命来解恨，又不会让自己冒被绞死的风险，他一定会那么干；不过，鉴于他没有找到这样的办法，就只好盯紧奥利弗人生中的每个转折点，只要他能利用那孩子的出身和经历，他还是有可能伤害他的。'一句话，费京，'他说，'就算你是个犹太人，也绝对想不出这样的妙计，就像我给我的弟弟奥利弗下的那些套。'"

"他弟弟？"萝丝喊了起来。

"这是他的原话，"南茜说时，不安地东张西望，从她开始说话起，她就没停止过这样做，仿佛赛克斯的鬼影一直纠缠着她，"还有更多，当他说起你还有另一位女士时，说好像老天或者魔鬼在故意跟他过不去，让奥利弗落到了你们手上。他还笑着说，这事情也有让人欣慰的地方，为了搞清楚那只两条腿的哈巴狗是什么人，要你们拿出成千上万的英镑，你们也愿意给。"

"难道你的意思是——"萝丝的脸色变得很苍白，"他的这些话都是真的？"

"他说话的时候斩钉截铁、咬牙切齿，再较真不过了，"那姑娘说，摇了摇头，"只要在气头上，他就会变成一个最较真的人。我知道很多人做过更坏的事，但我情愿把这些事听上十几遍，也不想听蒙克斯说一遍自己的事。天太晚了，我得回家了，不能让他们怀疑我跑出来过。我必须尽快回家去。"

"但我能做什么？"萝丝说，"要是没有你的帮助，我该怎么根据这次谈话的内容采取行动？回来！既然你把你的同伴描绘得那样可怕，你为什么还想回去找他们？我可以马上把隔壁一位先生叫过来，要是你能把你说的这些话再跟他重复一遍，用不了半个钟头，他就能安排你去一个安全的地方。”

“我想回去，”那姑娘说，“我必须回去，因为——这种事我该怎么跟你这么纯洁的姑娘说呢？——因为在我告诉你的这伙人当中，有一个人，他比所有人都拼命，但我离不开他，不，即便我能从现在的生活中摆脱，我也无法离开他。”

“为了保护那个可爱的孩子，你已经出手了，”萝丝说，“你都冒着这么大的风险来到这里，把你听到的事情告诉我，你真诚的态度说服了我，让我相信你说的都是真的，你的悔恨和羞耻都是显而易见的，这一切让我相信，你可能还有救。哦！”萝丝诚恳地说，她合拢双手，泪流满面，“不要对这个请求充耳不闻，这可是来自一个跟你同样性别的姐妹，我相信，这应该是你头一回——头一回听到同情和怜悯的声音。听我的话，让我帮助你，你还可以过更好的生活。”

“小姐，”那姑娘跪了下来，哭喊道，“小姐，你就像天使，亲切而甜美，你是头一个用如此这般言语祝福我的人，要是我能在多年以前就听到它们，就不会落入这种罪恶悲惨的生活中了，但太晚了，一切都太晚了！”

“对忏悔赎罪来说，”萝丝说，“永远都不会太晚。”

“太晚了，”痛苦折磨着姑娘的心，她哭着说，“现在我已经离不开他了！我不能害他去死。”

“你为什么会害死他？”萝丝问。

“他已经无药可救，”那姑娘哭泣着，“要是我把告诉你的事告诉别人，那些人都会被抓起来的，然后他肯定会被处死。他是最无法无天的，还那么残忍！”

“这怎么可能？”萝丝大声说，“为了这样一个男人，你竟然要放弃所有的未来和马上就能得救的希望？简直疯了。”

“我也不知道这是为什么？”那姑娘说，“我只知道就是这样，而且不是我一个人，还有成千上万跟我一样堕落可怜的人也是这样。我必须回去了。我不知道，这是不是上帝在惩罚我做过的错事，但不管我承受了多少虐待和痛苦，我还是要回到他那里去，即使知道最后会死在他手里，我相信我还是会回到他那里去。”

“我能做什么？”萝丝说，“我不能让你就这样从我身边离开。”

“小姐，你得让我走，我知道你会让我走的，”那姑娘站起身来说，“你不要阻拦我，因为我相信你是善良的，而且我也没有强迫你承诺我什么，我是可以这么做的。”

“那么，你跟我说的这些话有什么用？”萝丝说，“这里面的谜团需要被调查清楚，要不然你披露给我听，对你那么渴望帮助的奥利弗有什么好处？”

“你身边一定有某位好心的绅士，你可以把它当个秘密告诉他，他会给你建议的。”那姑娘说。

“那么，要是有必要，我该去哪里找你？”萝丝问，“我不会想知道这些可怕的人住在哪里，但从现在起，你能间隔固定时间，去哪里散步或者路过什么地方吗？”

“你能给我做出承诺吗？保证为我严守秘密，就你一个人来，或者只带那个唯一知道这件事的先生来，同时保证我不会被盯梢或跟踪？”那姑娘问。

“我郑重承诺。”萝丝回答。

“那每个礼拜天晚上，从十一点开始，一直到十二点钟声响起前，”那姑娘毫不犹豫地说，“要是我还活着，我会去伦敦桥散步。”

“稍等，”看那姑娘匆匆向门口走去，萝丝叫住了她，“请为你自己的处境考虑一下，你还有机会逃离这一切。你可以向我提出要求，不仅仅是因为你自愿向我通风报信，还因为你作为一个女人，几乎从没有得到过救赎的机会，现在你只要说一句话，就能让自己得救，难道你还要回到那帮匪徒中间，去跟那个男人在一起？到底是什么迷住了你，让你想要回去，想继续跟邪恶和苦难为伍？啊，难道我真的无法拨动你的心弦？难道就没有什么东西可以被我激发出来，让你放弃这种可怕的痴迷吗？”

“即使像你这样一个年轻、善良、美丽的小姐，”那姑娘坚定地说，“一旦交出了你的心，爱情能让你死心塌地跟着走——即使像你这样，拥有家庭、朋友、其他的爱慕者和什么也不缺的生活。同样，像我这样的人，除了棺材盖以外没有片瓦遮头，生了病或死掉的时候，除了医院里的护工老婆子，再也无亲无故，也还是会将自己堕落的心灵交给任何一个男人，让他们来填满我们悲惨生命中的每一个空白，又能指望谁来拯救我们？可怜可怜我们吧，小姐——可怜可怜我们仅剩的这点女人的情感吧，这本可以让人安慰和自豪，却被某种沉重的报应，转化成了另一种意义上的折磨和受苦。”

“你可以，”萝丝停顿了一下说，“从我这里拿些钱去，这样——到我们下次见面前，你可以不用靠欺骗生活。”

“一个子儿也不要。”那姑娘摇了摇手说。

“不要对我合上心扉，让我都不知道该做些什么才能帮到你，”萝丝说着，轻轻向前走了几步，“我真的很想帮你。”

“小姐，要是你能马上拿走我的命，”那姑娘拧着自己的手说，“那才是真的对我好；今晚，一想到我是个什么样的人，我比以往任何时候都更加痛心，就算死，也比我现在在地狱里煎熬好。上帝保佑你，亲爱的小姐，我身上有多少耻辱，就愿上帝赐给你多少幸福！”

这个不幸的人这样说着，大声抽泣着离开了。萝丝·梅里被这次不同寻常的会面压得透不过气来，刚才与其说是真实发生的事情，不如说是一场伪装成现实的噩梦，她跌落在椅子上，竭尽全力要理出头绪。

第四十一章　一些新发现告诉我们，出人意料的事就像天灾人祸一样，从不独来独往

她真的面临着非同寻常的考验和困境。她感到了强烈的渴望和焦灼，想要揭开奥利弗被封印的身世之谜，另外，在与那位可怜女子交谈的时候，对方竟然对她这样一个涉世未深的年轻姑娘如此信任，让她又情不自禁对这种信任产生了近乎神圣的责任感。南茜的言语和态度打动了萝丝·梅里的心。现在，在对小奥利弗的爱意之外，她又多了一个温柔的心愿，就是要让那个迷路的人重获救赎和希望，这两种感情的热切和真挚程度几乎旗鼓相当。

她们本来只打算在伦敦逗留三天，然后出发去远处的海边待上几个礼拜。此刻正是第一天的午夜。在接下去的四十八个小时里，她得做出决定，采取何种行动才能被采纳。换句话说，她如何才能在不引人注目的情况下推迟这次旅程？

罗斯伯恩先生和她们在一起，接下来的两天也是如此。但萝丝恰好太知道这位卓越不凡的先生的冲动天性了，也可以太清楚地预见，他会被此事激怒，对那个把奥利弗重新抓回去的傀儡义愤填膺，暴脾气一触即发；要是没有一个有经验人士的帮助，她为了那个姑娘考虑，是不能把这个秘密托付给罗斯伯恩先生的。可要是告诉梅里夫人的话，出于很多理由，也需要特别小心和慎重，因为毫无疑问她会第一时间就跑去跟那位可敬的医生讨论此事。至于去向某个法律顾问求助，即使她知道怎样做，出于同样的原因，也不太可能在她的考虑范围之内。

有一度她灵光乍现，觉得可以去找哈利帮忙，但这也唤醒了他们上次分手时的记忆，去把他叫回来，似乎不太应该，这段时间——想到这里，她热泪盈眶——他或许已经学会如何忘记她，并从中解脱，变得快乐了。

被这些纷乱的思绪困扰着，她一会儿倾向于采取这种方案，一会儿又倾向于另一种，反反复复，各种方案自行在她脑海中连续呈现，让她一夜焦虑无眠。第二天，再三考虑后，她终于决定不顾一切去跟哈利商量。

“要是回到这里对他来说是伤感的，”她想，“那么对我来说，又该是多么痛苦！不过，他也可能不会来，他可以写信，或者他可以回来，但克制自己不来见我——他走的时候就是那样做的。我几乎没想到他会那样做，但这对我们两个人都更好。”想到这里，萝丝放下笔，转过头去，仿佛害怕让信笺看见她哭泣的样子。

她把同一支笔拿起又放下五十次，反复思索该怎么在信纸上写下第一行内容，这时奥利弗气喘吁吁地跑了回来，刚才他在吉尔斯先生的保护下上街散步去了。奥利弗那无比激动的样子，似乎在预告又发生了某些紧急状况。

“什么事情让你这样慌张？”萝丝迎上去问他。

“我也不知道这是怎么了，就是觉得快要喘不过气来了，”那孩子说，“哦，天呐！没想到我终于见到他了，你们也能知道，我告诉你们的都是真的了！”

“我从没想过你告诉我们的不是真的，”萝丝安慰他说，“不过，这是怎么回事——你说的那个他是谁？”

“我看见那位先生了，”奥利弗回答道，话都说不利索了，

“就是那位对我很好的先生——布朗洛先生，我们常常说起的那个。”

“他在哪里？”萝丝问。

“刚从一辆马车上下来，”奥利弗说着，掉下了快乐的眼泪，“进了一幢房子，我没有跟他说话——我没法跟他说话，因为他没有看见我，而且我浑身抖得太厉害，都没办法走近。但吉尔斯替我问了，问他是否住在那里，他们说是的，看，”奥利弗打开一张纸条，“看这里，这就是他住的地方——我要马上去那里！噢，天呐，我的天呐！当我去见他，再次听他说话时，我该做些什么！”

这些话，还有大量语无伦次的欢呼，让萝丝极为心神不定，她看了看地址，上面写着斯特兰德区[1]克莱文大街，立即决定从这个新发现开始下一步的行动。

“快！”她说，“让他们去叫一辆出租马车来，你准备一下，跟我一起走。我马上带你过去，一分钟也不要浪费。我只会跟姑妈说出去一个钟头，你也尽快做好准备。”

奥利弗都不需要别人催促，大概五分钟后，他们就已经行驶在去往克莱文大街的路上了。到了那里，萝丝让奥利弗留在马车上，借口说要让那位老先生在见他之前有所准备，然后将自己的名片递给了仆人，表示有紧急事务要面见布朗洛先生。不久仆人回来，请她上楼。萝丝跟着仆人到了楼上的房间，见到了一位慈眉善目、身穿深绿色外套的年迈绅士。离他不远的

---

〔1〕 伦敦中心城区，克莱文大街是主街。

地方，坐着另一位老先生，穿着米色马裤、绑着皮绑腿，看上去不太和善，人坐在那里，手上还攥着一根很粗的拐杖，下巴支在拐杖的把手上。

“我的天呐，”穿深绿色外套的先生连忙礼貌地站了起来，说道，“小姐，请见谅——我还以为是哪个纠缠不清的人——请你一定要原谅我。我恳求你坐下。”

“您是布朗洛先生吗？”萝丝说着，看了一眼另一位先生，然后将目光转回说话的老先生身上。

“我是叫布朗洛，”老先生说，“这位是我的朋友，格林维格先生。格林维格，你能让我们私下谈几分钟吗？”

“我相信，”梅里小姐打断了他，“在我们会面的这个阶段，不需要麻烦这位先生离开。要是我得到的消息不假，对于我想说的事情，他应该不会陌生。”

布朗洛先生微微颔首。格林维格先生已硬生生地弯下腰从椅子上站了起来，这会儿只好再硬生生地弯下腰，坐回椅子上。

“毫无疑问，我说的会让您大吃一惊，”萝丝说着，不由有些窘迫，“您曾经对我的一个非常亲密的小朋友极为仁慈和友善，我相信您会有兴趣再次听到他的消息。”

“是吗！”布朗洛先生说道。

“如您所知，他的名字叫奥利弗·退斯特。”萝丝说。

格林维格先生本来假装被桌上的一本大书深深吸引，但萝丝这句话一说出口，他就啪的一声将书翻了个面儿，靠在椅子上，脸上所有表情都消失了，只剩下全然的惊愕。他目瞪口呆了很久，然后，大概是为自己感情过于外露而感到羞愧，他浑身一震，强行将自己扭回原先的样子，两眼直视前方，发出一声漫长而深邃的呼哨，那声音最后好像不是消失在空气中，而是跑进他肠胃的最深处慢慢熄灭了。

布朗洛先生也是大吃一惊，不过他的惊讶没有用这样古怪的方式表达出来。他把椅子拖近萝丝·梅里身边，说道：

“亲爱的小姐，帮我一个忙，千万不要再提你所说的仁慈和友善，别人对此也一无所知。要是你能提供有力的证据，改变一下我对那个孩子曾有的坏印象，以上帝的名义，请让我获悉。”

“那是一个坏蛋！要是他不是坏蛋，我就吃掉我的脑袋。”格林维格先生用某种腹语的方式咆哮着，脸上没有一点表情。

“他是一个生性高贵内心温暖的孩子，”萝丝涨红了脸说，“上帝以超出他年龄的方式考验了他，它在他心中植入的情感，即便年龄是他五倍的人，都会因为拥有这些情感而获得尊敬。”

“我只有六十一岁。”格林维格先生说，还是保持着同样僵硬的表情，“那个魔鬼一样的奥利弗至少也有十二岁了。我不明白你的话是什么意思。”

“别去在意我的朋友，梅里小姐，”布朗洛先生说，“他不知道自己在说什么。”

“不，他知道。”格林维格先生愤愤不平地说。

“不，他不知道。”布朗洛先生显然有点被激怒了。

“要是他不知道，他就吃掉他的脑袋。”格林维格先生继续粗声粗气地说。

“要是这样，他的脑袋就该被敲下来。”布朗洛先生说。

“他很想看一看有谁敢这么做。”格林维格先生回道，用他的手杖敲了敲地板。

到了这个地步，两位老先生各自嗅了嗅鼻烟，然后按他们惯有的方式握了握手。

“好了，梅里小姐，”布朗洛先生说，“回到你的仁慈之心非常关心的话题上来吧。能不能告诉我，你所知道的那个可怜孩子的消息？请允许我向你保证，我用了我力所能及的办法找过他，我最初的感觉是他欺骗了我，在他以前的同伙们的劝说下打劫了我，但我出国以后，想法大大动摇了。”

萝丝已经利用这段时间整理了自己的思路，便马上用寥寥数语叙述了离开布朗洛先生后发生在奥利弗身上的所有事情，只保留了南茜的那部分内容，打算在私下里再说给布朗洛先生听。最后她声明，在过去的几个月里，奥利弗唯一难过的就是无法跟他的恩人和朋友见面。

“感谢上帝！”老先生说，“这对我真是莫大的宽慰，莫大的宽慰。不过，梅里小姐，你还没有告诉我，现在他在哪里。请你务必转达我在发现错误之后的内疚之情，就像我刚才告诉你的——不过，你为什么不带他来？”

“他正在门口的马车上等候。”萝丝说。

“就在门口！”老先生叫了起来。然后他二话不说冲出房间，下了楼梯，又登上马车的台阶，打开车厢。

当房门在布朗洛先生身后关起来的时候，格林维格先生抬起了头，以椅子的一条后腿为轴，在拐杖和桌子的帮助下，连着转了三圈，在此期间屁股都没离开过椅子。表演完这一系列动作，他站了起来，以最快的速度一瘸一拐地在房间里至少走了十二个来回，然后突然在萝丝面前停了下来，连最简单的开场白都没有，就亲了亲她。

“嘘！”当那位年轻的小姐因为这个不同寻常的举动惊慌地站起来时，他说道，“别害怕。我老得都可以当你爷爷了。你是个甜心。我喜欢你。他们来啦！”

果然，他刚一猛子扎回他之前的座位上，布朗洛先生便带着奥利弗回来了，格林维格先生异常和蔼地迎接了他。萝丝·梅里认为，即便此刻的和蔼是对她之前为奥利弗付出的所有焦虑和关怀的唯一回报，她也觉得足够了。

“等等，还有个人不该被忘记，”布朗洛先生说着按了按铃，“请把贝德文太太找来。”

老管家很快应召而来，她在门口行了屈膝礼后，等候下一步指示。

“哎呀，贝德文，你越来越老眼昏花了。”布朗洛先生有些不耐烦地说。

“好吧，先生，是这样的，”老太太说，“到了我这把年纪，眼睛是不会随着年纪越来越好的，先生。”

“我本来可以直接告诉你的，”布朗洛先生答道，“但你还是戴上眼镜吧，然后看一眼是否见到了你一直想见的人，有没有？”

老太太开始在口袋里摸索她的眼镜，但奥利弗对这新一轮考验已经没有了耐心，冲动下，他直接扑进了她的怀里。

“上帝对我太好了！”老太太哭着抱住了他，“这不是我那个纯洁无辜的孩子吗！”

“亲爱的老婆婆！”奥利弗也哭了起来。

“他会回来的——我知道他会的，”老太太说着，把奥利弗抱在怀里，“他看上去好极了，衣服穿得又像绅士家的孩子了！这么长时间，你去哪儿了？这么长时间？啊，脸蛋还这么可爱，但没那么苍白了，眼睛还是一样的温柔，但不那么悲伤了。我忘不了这些，还有那安静的笑容，它们天天都在我眼前浮现，一次又一次让我想起了我自己的那些宝贝孩子，我还是个无忧无虑的年轻女人时，他们就死了，离我而去了。”老太太滔滔不绝地说着，一会儿把奥利弗从怀里拉出来看看长多高了，一会儿又抱紧他，手指慈爱地捋过他的头发，搂着他的脖子，发自内心地笑着、哭着。

趁着两人互致情意的间隙，布朗洛先生带着萝丝去了另一个房间，在那里听她完整地讲述了她和南茜见面的经过，这个消息让他大为震惊和困惑。萝丝还解释了她为什么没有第一时间告诉她的朋友罗斯伯恩先生。老先生认为她的做法非常慎重，而且他很乐意亲自去跟那位可敬的医生进行一次严肃的谈话。为了让他早一点实施这个计划，他们商量好，当晚八点钟他去拜访那家旅馆，与此同时，他们也要把发生的所有事情慎重地告诉梅里夫人。这些前期准备完成后，萝丝和奥利弗一起回家了。

那位好医生的愤怒能达到什么程度，萝丝一点儿也没有估计错。南茜的故事才刚开始，恐吓和诅咒就混在一起如暴雨般倾泻而出，他不但威胁说第一个就要惩罚南茜，还表示要找巴拉特和达夫警探一起谋划此事，事实上，他已经戴上帽子准备去向那两位可敬的探员求助了。毫无疑问，火气刚一上来，他就要把想法付诸实施，甚至不肯留出片刻间隙，考虑这么做的后果。幸亏他被拦了下来，部分原因是布朗洛先生以旗鼓相当的激烈程度阻止了他，那位先生也是个暴脾气；还有一部分原因是大家对他摆事实讲道理，用看上去最合理的推理，打消了他头脑发热时的念头。

“见鬼，那接下来怎么办？”鲁莽的医生回到了两位女士身边，说道，“我们是不是该投票通过，向那些男女流氓表示感谢，然后恳求他们每个人收下几百镑，为他们如此善待奥利弗，以示我们微不足道的敬意和谢意？”

“并不完全是这样，”布朗洛先生笑着说，“但我们必须步步为营，小心行事。”

“步步为营，小心行事，”医生喊了起来，“我要把他们一个个全都送去——”

“送到哪里都没问题，”布朗洛先生打断了他，“不过要考虑一下，把他们送到任何地方，是否有助于达到我们的目的？”

“什么目的？”医生问。

“很简单的目的，查清奥利弗的身世，帮他夺回遗产，要是那个故事是真的，那是他被人用欺诈手段夺走的东西。”

“哎呀！”罗斯伯恩先生拿出手帕擦了擦汗，让自己冷静下来，“我都忘了这茬。”

“你想想，”布朗洛先生继续说道，“先不去说那个姑娘，甚至我们假定有可能让那些恶棍受到法律制裁，却不会危及那个姑娘的安全，我们这么做能带来什么好处？”

“至少尽最大的可能，绞死他们几个，”医生建议道，“其余的全给流放。”

“很好，”布朗洛先生笑着回答，“可是，只要他们不收手，早晚他们自己就会落到这下场，我们插手让这一切提前实现，对我来说，不过是做了一件非常堂吉诃德[1]的事情，与我们自身的利益，至少是奥利弗的利益（其实是同一件事），背道而驰。”

“你怎么能这么说？”医生质问。

“这样说吧，很明显，弄清楚这个谜题的答案，对我们来说极为棘手，除非我们能抓到蒙克斯，逼他就范。这件事只能智取，只有他没和那些人在一起的时候，我们才可能抓到他。设想一下，要是他被正式逮捕，我们没有任何证据能指控他。我们对他知道的就这么多，或者说我们掌握的事实就这么点，他甚至都没有和那帮盗贼干过一件打家劫舍的事，那么，即使他不能脱罪，除了被当作流氓无赖关进监狱外，看来也不太可能受到更重的惩罚。然后他一定会尽他所能守口如瓶，装聋作哑、装疯卖傻，让我们不能如愿。”

“那么，”医生急忙问，“我再对你说一遍，因为对那个姑娘的承诺，而让自己束手束脚，你觉得这样合理吗？虽然这个承诺出于最美好和善良的意愿，但真的——”

“不要争论这个问题了，亲爱的小姐，求求你了，”看到萝丝想要说话，布朗洛先生抢在她前面说，“承诺是必须遵守的。我认为它都不会对我们的行动产生最轻微的影响。但是，在决定我们的行动计划之前，我们必须会会那个姑娘，确定她是否会指认那个蒙克斯，前提是由我们来处理他，而不是把他交给

---

〔1〕西班牙小说家塞万提斯的《堂吉诃德》中的主人公，是个非常理想主义、不切实际的人。

法律。要是她不愿意或者不能这么做，那就请她描绘一下蒙克斯常去的地方以及他的外貌特征，好让我们能辨认出他。现在是礼拜二，要到下个礼拜天才能见到那姑娘，我建议在此期间，我们一定要保持冷静，这件事甚至不要让奥利弗知道。”

想到要延迟整整五天，罗斯伯恩先生脸都气歪了，但他不得不接受，因为那会儿他也想不出更好的办法。再加上萝丝和梅里夫人也坚决站在布朗洛先生这一边，这位先生的提议便获得了一致通过。

“我还想，”布朗洛先生说，“请我的朋友格林维格先生过来帮忙。他是个怪人，但够精明，也许能为我们提供实质帮助。需要说明一下，他是律师出身，在二十年的职业生涯里，只写过一份案情简报，一份诉讼动议[1]，因为心里不爽，就退出了这个行当。不过，是否接受这个推荐，你们得自己做决定。”

“要是我也能招来我的朋友，那么我对你找你的朋友就没有意见。”医生说。

“我们必须投票表决，”布朗洛先生说，“请问你推荐的是哪位？”

“这位夫人的儿子，也是这位小姐的——老朋友。”医生指了指梅里夫人，还意味深长地看了一眼她的侄女。

萝丝的脸一下子涨得通红，但是她口头上没有对这个动议表达什么异议（可能她觉得自己是个没有获胜希望的少数派），于是哈利·梅里和格林维格先生也加入了这个委员会。

〔1〕意思是格林维格先生没接到过什么法律方面的工作。

“只要有一丝渺茫的希望，”梅里夫人说，“显示这项调查有机会成功，我们就会一直待在伦敦。为了那个我们深爱的孩子，再麻烦，花再多钱，我也在所不惜，哪怕要让我在这里住上一年，我也愿意，只要你们让我确信，这事还有希望。”

“太好了！”布朗洛先生再次开口，“你们看样子都想知道，在奥利弗的故事需要有人证实的时候，为什么我却不在，突然出国去了。请允许我向你们保证，到了我认为合适的时候，不用大家问，我就会把我的故事都说给你们听。不过，在此之前，请不要问我。相信我，我有充分的理由提出这个要求，不然又会燃起我注定无法实现的希望，徒增已经无边无际的困难和沮丧。来吧，晚餐已经准备好了，小奥利弗还在隔壁房间独自等待，此刻他可能已经开始以为，我们厌倦了与他为伍，正在策划某个可怕的阴谋，要把他给甩掉呢。”

说着，老先生向梅里夫人伸出了手，领着她去了餐厅。罗斯伯恩先生带着萝丝跟在后面。会议就此告一段落。

第四十二章　奥利弗的一个老熟人展示明确无误的天才特征，成了首都的头面人物

夜里，南茜把赛克斯先生哄睡后，马上着手自愿承担的使命，跑去找萝丝·梅里，这时候，通往伦敦的大北路[1]上，走来两个人，我们这部传记应该给他们一定的关注。

那是一个男人和一个女人，或者称他们为一个男的和一个女的更合适。男的长手长脚，罗圈腿，步履蹒跚，骨瘦如柴，很难确定年龄，属于这样一类人：年轻时像没发育好的成年人，成年后又像没长大的少年。女的还算年轻，身材粗壮，看上去确实需要由她来担负背上那个沉重的包袱。她的同伴行李不多，肩上只扛着一根木棍，上面晃荡着一个用手帕扎成的小包，看上去很轻。这种情况下，再加上他那两条长腿，他可以轻易地领先同伴六步左右，所以他时不时不耐烦地回头张望，仿佛在责备她老是慢吞吞的，催促她再加把劲。

就这样，他们跋涉在尘沙翻滚的路面上，对视野内的景物视若不见，除非靠边为城里来的邮车让路。直到穿过海格特拱道[2]，走在前面的那位才停下脚步，不耐烦地呼唤他的同伴：

“赶紧！你就不能快点？夏洛特，你真是个懒骨头！”

“我背的东西太重了，真的。”女的跟了上来，累得喘不

---

〔1〕 从北边进入伦敦的公路。

〔2〕 大北路上的高架桥，这里是进入伦敦城北的海格特村的入口。

过气。

“重？你说啥呢！你干什么吃的？”男的说着，把他的小包袱换到了另一个肩膀，“噢，你又想休息了，哎，你除了把人的耐心耗没了，我都不知道你还能干啥！”

“还很远吗？”那个女的将身体靠在墙壁上，抬起头，汗水从她脸上淌了下来。

“还远！你都到了，”长脚行人指了指前方，“看！那就是伦敦城的灯火。”

“那至少还有两英里呢！”女的泄气地说。

“管它两英里还是二十英里，”男的——他就是诺亚·克莱普尔——说，“起来吧！不然我就踢你了，别怪我没警告过你。”

诺亚的红鼻子因为愤怒，愈发红了，他一边说着，一边穿过马路，似乎要兑现他的恐吓，女的一言不发，站起身来，步履艰难地跟随在他身边。

“诺亚，想在哪儿过夜？”又走了几百码后，她问。

“我哪知道？”诺亚回了一句，跋涉让他脾气变大了。

“希望就在附近。”夏洛特说。

“不在附近，”克莱普尔先生回应，“是在那里！不是附近！想都别想！”

“为什么不在附近？”

“我说不做什么事情，这就够了，没那么多因为所以。”克莱普尔先生趾高气扬地说。

“好吧，但你也没必要发火啊。”他的同伴说。

“这不很明显吗？要是我们在城外第一家旅店就住下，索尔伯里只要一伸他的老鼻子，就能找到我们，然后给我们戴上手铐，送上囚车，”克莱普尔先生的口吻带着嘲弄，“不，我要去最窄的小巷，在那里消失得无影无踪，没走到巷子最里头，找到我看上眼的房子之前，我不会停下脚步。你这个脑残，你得感激你的指路明灯，幸亏我这么有头脑，要不是我们一开始就故意走错路，然后又穿过田野杀了个回马枪，你早在一礼拜前就被关起来了，女士，要是那样也是活该，谁让你这么蠢。”

“我知道我不像你这么机灵，”夏洛特说，“但也不要把这事全赖我身上，就算我被关起来了，你不一样也要被关起来？”

“钱是你从钱柜里拿的，你很清楚你干了什么。”克莱普尔先生说。

“我是拿来给你的，亲爱的诺亚。”夏洛特争辩。

“那钱在我身上吗？”克莱普尔先生问。

“我没给你，但你信任我，让我带着它，就像带着爱人一样，或者就像带着你一样。”女人说着，碰了碰他的下巴，用手挽住了他的胳膊。

情况确实如此，但盲从和迷信任何人，不是克莱普尔先生的习惯。说句公道话，这位绅士如此信任夏洛特是有原因的，万一他们被抓到，钱是藏在她身上的，这会给他一条后路，声明自己和任何偷窃行为都没有关系，让他脱身的机会大大增加。当然，此时此刻，他不会解释自己的动机，他们还是很亲密地走在一起。

按照这一周全的计划，克莱普尔先生步履不停，直到来到伊斯灵顿的天使酒家门前，根据行人和车流的数量，他明智地判断出，伦敦近在眼前了。他停下脚步，察看哪些街道人流最多，这是最需要避开的，然后拐进了圣约翰路，让自己深入幽暗的穷街陋巷，这些巷子分布在格雷旅馆街和史密斯菲尔德市场之间，让伦敦市中心那些未经改造的部分成了藏污纳垢之处。

诺亚·克莱普尔拖着夏洛特，穿梭在这些街巷中，一会儿走到路边，审视某家小旅店的外观，一会儿又继续逡巡向前，可能他认为这些旅店的外观都太显眼，不符合他的要求。过了很久，他才在一家旅店前停下来，这家店比之前的店更简陋，也更邋遢，然后他又走到街对面，调查了一番，才开恩似的宣告，今晚就投宿这里了。

“把行李给我，”诺亚说，将包裹从女的肩上解下，背到自己肩上，“不要说话，除非要你说。这家店叫什么名字？三——三——三什么？”

“瘸子。”夏洛特说。

“三个瘸子，”诺亚重复，“挺不错的招牌。好了，跟紧我，咱们进去吧。”叮嘱完这些，他用肩膀推开吱呀作响的门，进了屋子，他的同伴紧随其后。

吧台里只有一个年轻的犹太人，双手支在台上，读着一张脏兮兮的报纸。他死死瞪着诺亚，诺亚也死死瞪着他。

要是诺亚还穿着慈善学校的制服，那个犹太人如此瞪着他还有些道理，但他已经扔掉了那件外套和上面的徽章，只是在皮装上套了件短罩衫，似乎没有特殊的理由，可以让他在一家旅店如此引人注目呀。

“这是三个瘸子吗？”诺亚问。

“是叫这命（名）字。”犹太人回答。

“我们从乡下过来，路上遇到了一位绅士，向我们推荐了这里，”诺亚说着，捅了捅夏洛特，似乎在提醒她注意这个赢取尊重的妙招，也可能是在警告她不要大惊小怪，“今晚我们想在这里过一夜。”

“我左（做）不了主，”巴尼说，就是这个古灵精怪的侍者，“但我去闻闻（问问）。”

“先给我们来点喝的、冷肉和啤酒，然后再去问，行吗？”诺亚说。

巴尼把他们领到后面一间小屋，把他们要的酒菜送了过来，告诉他们晚上可以住在这里，然后就离开了，好让这可爱的一对享用茶点。

这个房间正好在吧台后面，比吧台矮几个台阶，任何一个跟旅馆有来往的人，只要掀开一块小帘子，就能发现隐藏在后面的一扇单格玻璃，正对着上述那个房间，玻璃离地大概有五英尺，不仅能观察到里面的每一个客人，还不用担心被发现（玻璃格位于墙壁的暗角，中间还隔着一根大柱子，只有把脑袋伸进墙角和柱子间才能发现），此外，只要把耳朵贴在隔板上，就能清楚听见房间里的谈话内容。店主把眼睛贴到这个谍报窗口上大概也就五分钟的样子，巴尼也刚完成上述交谈转身回来，这时候费京就来到了吧台前，开始做他的夜市生意，打听他某个徒弟的情况。

“嘘！”巴尼说，“后面方（房）间里有生可（客）。”

“生客？”老家伙低声重复了一遍。

“啊！看上去拐拐（怪怪）的，”巴尼补充，“从想（乡）下来的，不过，应该是你的才（菜）。当然，也可能是我高（搞）错了。”

听到这个信息后，费京表现出浓厚的兴趣。

他爬上凳子，小心翼翼地将眼睛贴到玻璃格上，从这个隐秘的位置，他看见克莱普尔先生在吃碟子里的冷牛肉，喝酒壶里的啤酒，然后以顺势疗法[1]那样的小剂量，给了夏洛特这两样东西。她安静地坐在他身边，顺从地吃着喝着。

“啊哈！”他压低声音，回头看巴尼，“我喜欢那家伙的样子，一定能为我们所用，他已经知道怎么训练那个姑娘了。老兄，别像老鼠似的发出那么多声音，让我听一下他们的谈话——让我来听一下。”

他再次将眼睛贴到玻璃格上，同时将耳朵贴在了隔板上，凝神倾听：脸上满是精明和渴望，活脱脱就是个老妖怪。

“好吧，我想当个绅士，”克莱普尔先生说，他蹬了蹬腿，继续着这次谈话，费京来得晚了，没能听见之前的部分，“不想再去讨那些老棺材开心了，夏洛特，我要开始过一种绅士的生活，要是你愿意，你可以成为一名淑女。”

“我太愿意了，亲爱的，”夏洛特回答，“不过，掏空钱柜子的事可不是每天都能干的，被人发现了也甩不掉。”

“去他的钱柜子，”克莱普尔先生说，“除了掏空钱柜子，还有很多事情可以做。”

“你什么意思？”他的伙伴问。

“钱包、女人的手袋、房子、邮车、银行！”借着酒劲，克

---

〔1〕 顺势疗法指为了治疗某种疾病，需要使用一种能够在健康人中产生相同症状的药剂。比如，要是某种药剂，在健康人身上少量使用，能引发疟疾症状，那这种药剂就能治疗疟疾。这里意指一点点。

莱普尔先生说道。

“亲爱的，你没法样样全包啊。”夏洛特说。

“我会找那些干得了这些事的人合伙，”诺亚答道，“他们总能够给我们找到这样那样的事干。这么说吧，你一个人就抵得上五十个女人。只要我让你去干，我觉得再也没人能像你这么古灵精怪了。”

“老天，能亲耳听到你这么说，真开心。”夏洛特尖叫着，吻了吻他丑陋的脸。

“行啦行啦，别老这么冲动，不然我生气了，”诺亚说着，用力让自己挣脱出来，“我要去做某个团伙的头头，搞定他们，然后神不知鬼不觉地监视他们。要是有利可图，这活儿就合我心意；如果能结识几个这样的绅士，我觉得把你弄到的二十英镑支票花出去也在所不惜，更何况我们自己也不是很清楚该怎么花掉。”

发表完这个观点，克莱普尔先生深沉地看了一眼啤酒杯，摇了摇里面的酒液，居高临下地朝夏洛特点了点头，喝了一口，一副神清气爽的样子。正准备再来一口呢，门忽然开了，闪进一个陌生人，打断了他。

陌生人就是费京先生，他一脸亲切，深鞠一躬，然后在紧邻着的桌子上坐下，向正在偷笑的巴尼点了喝的。

“先生，真是令人愉快的夜晚，就是冷了点，季节的缘故，”费京说，搓了一下手，“我知道，你是从乡下来的，对吧，先生？”

“你怎么知道的？”诺亚·克莱普尔问。

“我们伦敦没这么多土。”费京指了指诺亚和他同伴的鞋，还有两个人的行李。

“你真有眼力，”诺亚说，“哈哈！听听，听听，夏洛特！”

“老弟，待在这地方，没眼力不行啊，”犹太人答道，他降低声音，像在密语，“这是真的。”

说着，费京用右手的食指敲了敲鼻翼。诺亚也试着模仿这个手势，然而不太成功，他的鼻子不够大，不容易瞄准。不过，费京好像认为，诺亚的这个动作是在表示赞同，正好巴尼带着酒再次出现，他就很礼貌地向对方敬了酒。

“好酒！”克莱普尔先生用嘴唇抿了抿后说。

“老弟！”费京说，“一个男人要想一直有这种酒喝呢，就需要把钱柜子、钱包、女人的手袋、房子、邮车和银行给时不时地掏空了。”

克莱普尔一听这些话是从他自己的话里挑出来的，立刻瘫倒在椅子上，面如死灰，惊恐万状，目光在犹太人和夏洛特之间游移。

“别往心里去，老弟，”费京说着，把椅子拉近了些，“哈哈！幸好听到你那些话的人只有我而已。”

“我没干过那些事，”诺亚结结巴巴，不再像个自信的绅士一样将两腿伸直，而是把它们收回椅子下面，“是她干的，钱在你那里，夏洛特，你知道钱在你那里。”

“老弟，别在意谁拿着钱，或者谁做了那事，”费京答道，但还是用老鹰一样的眼神瞥了女孩和那两个包裹一眼，“我也是道上的，很高兴你们也是。”

“哪个道上？”克莱普尔稍微回过点神来，问道。

“就是那种生意，”费京继续说，“这房子里其他人也是干这行的，你真是撞了大运，这地方对你们来说太安全了，城里没有一个地方比瘸子酒馆更安全了，也就是说，我让它最安全它就最安全。我挺欣赏你和那个小姑娘的，所以才跟你说这么多，你完全可以放心。"

有了这番担保，倒是可以让诺亚·克莱普尔放下心，但他的身体还是放松不下来，他不断扭来扭去，换着各种姿势，看着他的新朋友，眼里满是恐惧和疑虑。

"我还要告诉你们，"为了安抚那姑娘，费京和蔼地点点头，喉咙里发出嘟嘟囔囔的鼓励，然后说，"我有个朋友，我想他可以满足你心爱的愿望，帮你走上正确的道路，你能学到这一行所有的技能，先可以学最适合你的，然后他会把其他的都教给你。"

"你这话倒挺诚恳的。"诺亚说。

"跟你扯别的，对我有什么好处？"费京耸了耸肩反问，"来！我跟你去外面说话。"

"去外面太麻烦了，没必要。"诺亚说，逐渐把腿又伸了出来，"她这会儿正好要把行李拿上楼，夏洛特，看着点包裹！"

下令者不容置疑，执行者雷厉风行。夏洛特以最快的速度带着包裹离开了，诺亚扶着门，目送她离去。

"她是不是被训练得很不错？"回到座位后，他问，语气就像个驯兽员。

"几乎完美，"费京说着，拍了拍他的肩膀，"老弟，你是个天才。"

"当然，我要不是，就不会在这里了，"诺亚说，"我说，别浪费时间，她就快回来了。"

“好吧，你怎么看？”费京说，“要是你喜欢我的朋友，难道还有比跟他合伙更好的选择吗？”

“他做的生意到底有没有前途？问题是在这里！”诺亚反问，挤了挤小眼睛。

“他是顶尖的，雇了一帮好手，是最出色的专业团队。”

“都是城里人？”卡拉普莱问。

“没有一个乡巴佬；我想，哪怕是我推荐的，他也不一定会接受你，幸亏他现在正好缺帮手。”费京回答。

“那我要孝敬他吗？”诺亚说，拍了拍裤袋。

“不孝敬是不可能的。”费京斩钉截铁地回答。

“二十英镑，可以吗？这可是一大笔钱！”

“一张出不了手的支票就不是这回事了，”费京反驳，“我猜数目和日期都签署了吧？银行会不会给兑现？哼，这对他没太大价值，只能拿到国外去用，在市场上卖不出大价钱。”

“我什么时候能见他？”诺亚迟疑着问。

“明天早上。”

“什么地方？”

“就这里。”

“嗯，”诺亚说，“报酬如何？”

“让你过得像个绅士，吃住和烟酒免费，你挣来的一半归你，那姑娘挣到的一半也归你。”费京回答。

要是诺亚·克莱普尔有充分的自主选择权，依他那不知满足的贪婪劲，即使这么优厚的条件，他是否会接受，也还要打个问号；但一想到要是拒绝的话，这位新认识的朋友很有可能把他送进监狱（以前还有更不堪的情况发生过），他就慢慢接受了现实，表示这个条件很合适。

“不过，你知道，”诺亚说，“夏洛特能干很多活，所以我想干点轻松的事情。”

“你是指又轻松又有趣的工作？”费京提示。

“对！就是那种工作，”诺亚附和，“你觉得眼下有哪种工作适合我？不太需要体力，又不太危险的，你明白的。就是那种工作！”

“老弟，我刚才听你说更想干监视别人这一类的工作，”费京说，“我的朋友正好非常需要这样的人。”

“呵呵，我是说过这个，我也不反对有时干点这事，”克莱普尔先生慢条斯理地说，“但你知道，光干这事挣不到钱。”

“这倒是真的，”犹太人沉思着，或者是假装在沉思，“是的，这是有可能的。”

“那么，你怎么看？”诺亚问，急切地注视着他，“一些可以偷偷摸摸做的事，比较靠谱的工作，不比待在家里更冒险。”

“你觉得对付那些老太太怎么样？”费京问，“只要抢走她们的小包或手袋，然后拐弯逃跑，就能挣到很多钱。”

“她们有时不是会大喊大叫，拉拉扯扯？”诺亚摇了摇头问，“我不认为这能满足我的要求。还有其他选项吗？”

“有了！”费京用手拍了拍诺亚的膝盖，“‘娃娃躺倒’。对，朋友，”费京继续说，“娃娃，就是那些小孩子会被妈妈们派去买东西，身上带着六便士和一先令的硬币；躺倒，就是拿走他们的钱，那些钱通常攥在他们手里，你只用把他们推进阴沟，然后慢条斯理地离开，就像没事发生过一样，好像只是小孩子自己掉沟里了。哈！哈！哈！”

“哈！哈！”克莱普尔大笑，手舞足蹈着，“老天，这就是我想干的事啊！”

“那就这么定了！”费京说，“可以给你几块好地盘，卡姆登镇、战斗桥或者附近诸如此类的地方，那些地方小孩子总会被派出来买东西，你想什么时候出手，搞定多少小孩，都随你便。哈！哈！哈！”

说着，费京胳肢了一下克莱普尔，两人不约而同狂笑不已。

“好，就这么定了，”诺亚说着，镇定了下来，夏洛特回来了，“明天什么时候见面？”

“十点行吗？”费京问，等克莱普尔点头同意后，又补充道，“我怎么跟我的好朋友说你们的名字？”

“波尔特先生，”诺亚回答，这是他早就定下的应急方案，“莫里斯·波尔特先生，还有波尔特太太。”

“我是波尔特太太谦卑的仆人，”费京一边说，一边鞠了一躬，殷勤得有些夸张，“希望不久后就能更了解她。”

“夏洛特，你听见这位绅士说什么了吗？”克莱普尔嚷嚷。

“是的，亲爱的诺亚！”波尔特太太答道，伸出了她的手。

“她叫我诺亚，是一个昵称，”莫里斯·波尔特，即前克莱普尔，回头对费京说，“你明白吗？”

“哦，是的，明白，完全明白，”费京答道，这一次说的倒是实话，“晚安！晚安！”

道别和祝福了好几次，费京才算走了。诺亚·克莱普尔先是让他太太集中注意力，然后着手让她明白他之前做出的安排，那盛气凌人的样子，不仅男子气十足，还很有绅士风范。他很清楚，在伦敦周边让娃娃躺倒，是个多么高贵而特殊的使命。

第四十三章 妙手空空儿落难记

“什么，你说的朋友就是你自己？”根据协议，第二天就住到费京家的克莱普尔先生，不，应该是波尔特先生，说道，“妈的，我昨晚就这么觉得了。”

“老弟，每个人都是他自己的朋友，”费京答道，不怀好意地笑着，“再也没有比自己更好的朋友了。”

“有时候也不一定，”莫里斯·波尔特露出高深莫测的样子，“你知道的，有些人光跟自己过不去。”

“别信这个，”费京说，“要是这个人与自己为敌，那只是因为他太把自己当朋友了。为别人着想，不顾自己，这不可能。呸！呸！这种事情有违本性！”

“就算有这样的事情，也是不应该的。”波尔特附和。

“就是，这才合情合理。有些巫师说三是个神奇的数字，有些说是七，都不是，朋友，都不是，一才是。”

“哈！哈！”波尔特嚷道，“永争第一。”

“老弟，在我们这样的小团体里，”费京说，他觉得有必要把形势摆明，“我们把整体放在第一位，不仅对我是这样，对其他年轻人也是这样。”

“哦，见鬼！”波尔特大叫。

“你明白吗？”费京强调，没把波尔特的打断当回事，“我们是一条绳上的蚂蚱，有着共同的利益，所以非这样不可。这么说吧，你的任务就是关心一号人物，也就是你自己。”

“当然啦，”波尔特回答，“这才像话。”

“不过！要是你不能照顾好我这个一号人物，你也就没法照顾好你这个一号人物。”

“你的意思是，你是二号人物？”波尔特说，他实在太把自己当回事了。

“不，不是这个意思，”费京反驳，“我对你的重要程度，就像你对你自己的一样。”

“我要说，”波尔特打断了费京，“你是个很不错的人，我也很喜欢你，但我们的关系没好到那个程度。”

“这样想一下，”费京摊开双手，耸了耸肩，“你得这样看，你干了件漂亮事，这是我喜欢你的原因；但同时，这也在你脖子上打了个结，简单点说，是一条绞索，把它拉紧容易，松下来却很难。”

波尔特先生用手摸了摸自己的围巾，好像感到它在抽紧，让人窒息，他嗯嗯啊啊，用没有内容的音调表示同意。

“那是绞架，”费京接着说，“对，绞架，老弟，那是一个丑陋的路标[1]，多少好汉的远大前程，就是被这么个极其突兀的转折给毁了。走好走的路，和绞架保持距离，这就是你的一号目标。”

“当然，”波尔特先生附和，“这事情还用你说？”

“只是让你听明白我的意思，”犹太人抖了抖眉毛，“做到这一点，你得靠我；让我的小生意顺风顺水，我得靠你。第一个是你的一号目标，第二个是我的一号目标，你越看重你的一号

〔1〕 指交叉路口指示方向的路牌。

目标，就越能照顾好我的一号目标，最后我们就能达成我最早告诉你的事情，关注一号目标能让我们团结在一起，必须如此，否则我们的团队就会成为一盘散沙。”

“真是这样，”波尔特加了一句，“老天，你真是个狡猾的老怪物！”

费京很高兴，他看出来，对他权威的这番赞美，不仅仅是恭维之词，他天才般的智慧已经给手下的新兵留下了深刻的印象，在他们相识之初，做到这一点很重要。为了加强这种优势，他又接着敲打，告诉他任务的细节、力度和范围，将事实与虚构掺杂在一起，以达到自己的目的。他把二者运用得如此巧妙，波尔特先生对他的敬意不由得显著增加，性格也温顺起来，里面还夹杂着一定程度的畏惧。唤起畏惧之心，正是他最想达到的效果。

“这种相互信任，让我在蒙受重大损失的情况下，总算获得了一些安慰，”费京说，“昨天早上，我最得力的助手离开了我。”

“你不会是说他死了吧？”波尔特惊呼。

“不不，”费京答道，“没这么糟糕，不至于这么糟！”

“啊？那我猜他被——”

“被抓了，”费京接过话头，“对，他被抓了。”

“这么严重啊？”波尔特试探道。

“不，”费京答道，“不算太严重，就是控告他偷了个皮夹子，他们发现他身上还有个银制的鼻烟壶，但那是他自己的，老弟，他自己的，他用来装鼻烟的，他喜欢鼻烟。他们一直把他扣押到现在，想知道谁是鼻烟壶的主人。唉，他可是值五十个鼻烟壶呢，我愿意用这个价把他赎回来。你要是认识空空儿就好了，老弟，你应该认识认识妙手空空儿。”

“好的，我也想认识，不过，我将来肯定会认识他的，难道你不这样认为？”波尔特说。

“我怀疑，”费京叹了口气，“要是没有新的证据，这事情只能定个小罪，六个礼拜后，我们就能把他接回来了，但要是有新的证据，案子就够得上放洋了。[1]他们知道这个小伙子有多聪明，会给他一张永久票的，对空空儿，他们只会给他一张永久票。”

“放洋和永久票是什么意思？”波尔特追问，“你这样子对我讲黑话有什么好处，为什么不能让我听得明白些？”

费京正打算把这两个拗口的术语，翻译成波尔特能理解的大白话，也就是“终身放逐”，就被打断了，贝茨小主手插裤兜，走了进来，脸哭丧得都有点可笑。

“全完了，费京。”和新伙伴相互认识后，查理说。

“什么意思？”

“他们貌似找到了鼻烟壶的主人，还有两三个人要来指证，空空儿注定要去旅行一趟了，”贝茨小主说，“费京，我一定要穿上全套丧服，还要戴一条黑帽带，在他去旅行前，去看他一次。想想吧，就为一个普通的鼻烟壶，只值两个半便士，杰克·道金斯——顶呱呱的杰克——空空儿——妙手空空儿竟然要出国了，我觉得，最少最少也得是个带链子和印章的金表吧。唉，他为什么不去找个老绅士，把他的值钱宝贝抢光光？这样，

〔1〕 指流放到澳大利亚服刑，有些是无期徒刑。

出去的时候还能像个绅士，而不是一个平常的扒手，既不体面也不光彩！”

对他那位不幸的朋友表达完同情，贝茨小主就近坐下，表情懊恼而沮丧。

“你怎么能说他既不体面也不光彩？”费京大吼，愤怒地看着他的徒弟，“难道他不是你们这些人里的顶梁柱吗？你们谁赶得上他机灵，哪怕只是接近？啊？”

“没有人，”贝茨小主回答，语气里满是懊悔，“没有人。”

“那你在说啥？”费京严厉地问，“你哭闹个啥？”

“因为他名不见——经传啊！不是吗？”查理说，他实在太懊恼，竟公然顶撞起他那位德高望重的朋友来，“这些事情不会被写在起诉书上，人们连他一半的故事都不会知道，他怎么才能名列《纽盖特大事记》[1]？也许提都不会提到他。老天瞎了眼！老天瞎了眼！太让人丧气了！”

“哈！哈！”费京大笑起来，他摊开右手，向波尔特转过身去，笑得抽了风似的，“看到了吧，老弟，他们对他们的职业有多自豪，够棒吧？”

波尔特点头同意，费京注视了查理·贝茨好几秒，为他的悲伤感到欣慰，然后走过去，拍了拍这位小绅士的肩膀。

“查理，没什么大不了的，”费京安慰道，“会有露脸机会的，肯定会有露脸机会的。所有人都会知道他是个多么聪明的家伙，他会展示自己，不会给他的铁哥们和老师傅丢脸的，想想看，

---

〔1〕 断断续续出版过六卷，内容是纽盖特监狱最臭名昭著的罪犯的生平。

他还这么年轻！这就是一种特殊的荣耀，查理，在他这个年纪就能被流放！”

“啊，这确实很光荣！”查理说，好像得到了一点安慰。

“他将拥有所有他想得到的，”犹太人继续道，“查理，他在石头罐子[1]里也会像绅士那样的！每天有酒喝，有钱揣口袋，要是花不掉，还可以扔着玩。”

“啊，他真的可以吗？”查理·贝茨叫了起来。

“嗯，真的可以，”费京回应，“查理，我们会找个戴假发套的家伙，特别能说会道的那种，来帮他辩护，他要是喜欢，还能给自己来一次演讲，我们会在报纸上读到这一切：‘妙手空空儿——高声大笑——法庭为之震动’，对吧，查理，对吧？”

“哈！哈！”贝茨小主大笑，“那该多开心啊！不是吗，费京？我也觉得，空空儿会把他们搞得鸡飞狗跳，是这样吧？”

“就是这样！”费京也跟着嚷嚷，“他肯定行！不，是绝对行！”

“嗯，毫无疑问，是绝对行。”查理搓了搓手，重复道。

“我觉得我现在都能看到这一幕了。”犹太人看着他徒弟，叫道。

“我也是，”查理·贝茨大笑，“哈！哈！哈！我也是，费京，我都能在心里头看见这一切了。多好玩！实在太好玩了！那些戴假发的家伙一脸道貌岸然，杰克·道金斯跟他们亲密无间地交谈着，就像法官的亲儿子在宴会上的演说——哈！哈！哈！”

---

〔1〕指监狱。

费京先生很善于顺水推舟，果然把这位年轻朋友的古怪性情调理得妥妥帖帖。一开始贝茨小主还把空空儿当成一个暴露了的牺牲品，现在他开始认为，空空儿是一出非比寻常、精心策划的滑稽戏的主角。他都等不及看好戏开场了，那可是他铁哥们展示才华的一个绝好机会啊。

“我们得想个妥当的办法打听他现在的情况，”费京说，“让我想一想。”

“要我去吗？”查理问。

“为了全世界，别这么干！”费京回答，“你疯了吗，小兄弟，疯得不轻啊，你这是自投罗网，不，查理，不，一次折进去一个，已经够多了。”

“我猜，你也不会亲自出马吧？”查理说着，眼里带着笑意。

“这绝对不是好主意。”费京摇了摇头。

“那为什么不派这个菜鸟去？”贝茨小主用手抓住诺亚的胳膊问，“没人认识他。”

“可以啊，要是他不介意——”费京说。

“介意！”查理打断了费京，“他为什么要介意？”

“这倒真的不算啥，”费京说着，转头看波尔特，“真的不算啥。”

“哦，我得斗胆说，你知道，”诺亚背靠着门，神情紧张地摇了摇头，“不！不行！这不是我的分内事！所以不行。”

“什么是他的分内事，费京？”贝茨小主问，厌恶地扫了一眼诺亚瘦削的身体，“出了事儿就躲，有好处就跟着混吃混喝，这就是他的分内事吗？”

“别来这一套，”波尔特反唇相讥，“小东西，敢跟长辈放肆，吃错药了吧？”

对这夸张的恐吓，贝茨小主狂笑不已，幸亏费京及时介入，跟波尔特解释说，去警局走一趟不会有任何风险，他之前犯下的那种小案子还够不上通报，关于他外貌特征的描述也肯定还没报送首都，甚至很可能别人都不会认为他躲在这里，只要稍微装扮一下，去警局就跟去伦敦任何地方一样安全，别人根本想不到，对波尔特来说，最危险的地方就是最安全的地方。

波尔特有点被这说法说服了，但更多是屈服于费京的淫威。最后他做了很大的让步，同意进行这样一次冒险。按照费京的指点，他马上换了身装扮，穿上车夫的袍子、绒裤和皮绑腿，所有这些都是犹太人手头现成的，此外还有一顶毡帽，上面插着缴过路税的发票，再加上一根车夫用的马鞭。装备完毕后，波尔特看上去就像某个来自科芬园[1]的乡巴佬，跑来警察局看热闹。他本就笨头笨脑、骨瘦如柴，扮演这么个人物再合适不过，费京觉得他一定能够完美完成他的任务。

这些都安排妥当后，波尔特又了解到能认出妙手空空儿的一些必要的特征和标记，然后在贝茨小主带领下，穿过黑暗而曲折的小巷，来到了弓街附近。查理·贝茨向他介绍了警局的精确位置，详细到如何笔直穿过过道，进了院子后，如何走上楼梯，到右手边的门前，脱下帽子进房间。贝茨叮嘱他，要行动迅速，独来独往，许诺会在分手地点等他回来。

诺亚·克莱普尔，要是读者喜欢，也可以叫他莫里斯·波

〔1〕 伦敦中部一个蔬菜花卉市场。

尔特，亦步亦趋地遵照指令行事。贝茨小主对那地方熟门熟路，位置说得非常准确，诺亚根本不用问路，也没遇到什么拦阻，就威风凛凛地出现在法庭里了。他挤进人群，发现这些人主要是妇女，在一个又脏又乱的房间里挤成一团。房间前方是个用栏杆隔开的高台，左手靠墙的地方是被告席，中间是证人作证的包厢，右边是执法官的办公桌。最后提到的那个威严的席位被遮挡了起来，这样预审官们就可以消失在公众的视野外，以便让公众自己去想象司法的权威。

被告席上只有两个女人，正朝她们的亲朋好友点头，办事员在对两名警察和一个靠在桌子上的便衣宣读证词，一个看守倚在被告席的栏杆上，无精打采地用一把大钥匙敲着自己的鼻子。有时他会高喊“肃静”，以制止某个闲杂人员的连篇废话，或者瞪着眼睛吩咐某个妇女“把小孩带走”，那个虚弱的婴儿，在母亲半包半裹的披巾中，发出了隐隐约约的哭声，干扰了庄严的法庭重地。房间里散发着令人窒息的腐烂气息，墙上满是污垢，天花板也黑乎乎的。壁炉架上放着一尊陈旧的胸像，已被烟雾熏黑，被告席的上方挂着一座满是灰尘的钟，这是整个房间唯一看上去还在运行的东西；这里所有有生命的活物都被打上了罪恶或贫穷的烙印，或与它们经常接触，他们跟那些皱眉旁观的无生命物体上的油腻和污垢一样令人不悦。

诺亚急切地寻觅着空空儿，虽然有几个女人很适合成为这位名角的母亲或姐妹，甚至有几个男人与他酷似，可以成为他的父亲，但没有人符合描述给诺亚听的道金斯先生的样貌。他只好焦虑不安地等待着，直到那两个接受初审的妇女以招摇过市的姿态离开后，另一个被押上来的犯人很快让他松了口气，他立马断定，那就是他要打听的对象。

来人果然是道金斯，他慢腾腾地走进房间，宽大外套的袖子照例向上卷起，左手插在衣兜里，右手拿着帽子，走在看守前面，步子摇摇摆摆，实在难以形容。走上被告席后，他用人人听得见的声音询问，为什么他要被带到这样一个丢人现眼的位置上来。

“给我闭嘴，行不！”看守说。

“我是不是一个英国人？”空空儿反驳，“我的任（人）权在哪里？”

“你马上就能得到足够的人权了，”看守反唇相讥，“上面还要撒上胡椒呢。”[1]

“要是我得不到我的人权，我们看看内政部长会来跟这些地方上的治安官怎么说，”道金斯回嘴，“给个说法！这到底是怎么回事？要是治安官能处理一下这件小事，而不是看着报纸把我晾在一边，我会表示感谢的，我跟一位绅士在城里还有个约会呢，我是个说话算话的男人，做生意很守时，要是我没有按时到那里，他会离开的，到时候我会因为你们不让我走提出赔偿诉讼。哼，我肯定不会善罢甘休！”

说到这里，空空儿做出煞有介事的样子，好像日后真打算打这场官司似的，要求看守告知“那两个坐在审判席上的滑头的名字”。观众被逗得大笑起来，要是贝茨小主听到这样的要求，一定也会由衷大笑。

〔1〕 指他惹的麻烦要比他以为的大多了。

“肃静！”看守大喊。

“这是什么案子？”一位治安官问。

“扒窃案，阁下。”

“这孩子以前来过这里吗？”

“应该来过很多次了，”看守回答，“他哪儿都去过。我很了解他，阁下。”

“啊，你了解我？真的？”空空儿大叫着，抓住这句话做文章，“浩（好）极了，那这是个陪（诽）谤案了。”

又是一阵大笑，然后又是一阵要求肃静的呵斥。

“好了，证人在吗？”办事员问。

“嗯，就是嘛！”空空儿附和道，“他们在哪呢？我倒很想见见。”

这个愿望很快实现了，一个警察走上前来，正是他看见犯人在人群里试图扒窃某位不知名绅士的口袋，当时犯人还真得手了一块手帕，放到自己脸上试用了一下，手帕太旧，犯人又小心地把它放了回去。就是这个原因，他马上跑过去拘捕了空空儿，从这个叫空空儿的人身上搜出了一个银制的鼻烟壶，盖子上刻着物主的名字。核查《英国贵族名录》，这位绅士的名字赫然在列，案发时他也确实就在现场，还宣誓证明鼻烟壶的确是他的，他就是在那一天从上述人群里挤出来时遗失的。他还记得，人群里有个小绅士极其主动地给他让了路，而那位小绅士，就是他面前的这个犯人。

“小家伙，你有什么要问这位证人的吗？”治安官说。

“我不会屈尊跟他说话的，跌份儿！”空空儿回答。

“真的没什么要说的？”

“听见阁下问你话了吗，你有什么要说的？”看守问，用胳膊肘顶了顶沉默不语的空空儿。

“不好意思，”空空儿说着，漫不经心地抬起头来，“老兄，你这是在跟我说话吗？”

“阁下，这么出格的小流氓，我也是第一次见识，”警察龇牙咧嘴地笑着说，“你有什么想说的吗，小家伙？”

“没有，”空空儿回应，“我不会在这里说，这里可不是能寻求公正的地方，反正我的律师今天早上在和下议院浮（副）议长共进早餐，我会到别的地方去说话，我的律师也是如此，还有恨（很）多有头有脸的圈内人也会帮我说话，他们会让这些地方长官后悔自己生了下来，或者后悔今天早上出门对付我之前，没让仆人把自己吊死在衣帽架的钉子上。我会——”

“好了，完全够格送上级法庭了，”书记员打断了他，“带他走！”

“来吧。”看守说。

“哎哟喂，来就来，”空空儿回应着，用手掌掸了掸帽子，朝着审判席说，“嘿，你们怕也没用，我不会饶了你们，半毛钱也不饶，你们会付出代价的，好兄弟们，要我是你们，就不这么干了！即使你们现在跪下来求我，我也不要你们放了我。来吧，带我去监狱！带我走！”

说完话，空空儿被揪着衣领子带出去了，一路上恐吓要动用国会的力量，直到进了院子，他还冲着看守的脸欢天喜地、扬扬自得地咧嘴而笑。

亲眼看着空空儿被关进了一间小牢房，诺亚马上赶回他和贝茨小主分手的地方。等了一会儿，那位小绅士才出现在他面前。现身前，他一直躲在一个隐蔽的角落小心翼翼地探望，直到确认他的新朋友没有被什么不相干的人跟踪。

两人一起往回赶，好告诉费京先生这个鼓舞人心的消息，空空儿果然没有辜负他的栽培，为自己赢得了名望。

第四十四章 到了南茜向萝丝·梅里兑现诺言的时辰，她却无法履约

南茜虽然擅长巧妙掩饰，但这姑娘还是无法完全掩藏她思索一步步该怎么做时，这些绞尽脑汁想出来的念头对她精神的影响。她想起无论是狡诈的犹太人，还是残暴的赛克斯，都对她信任有加，他们的伎俩对其他人会藏着掖着，对她却毫无保留，这是因为他们认定她可以信赖，没有怀疑的必要。尽管这些伎俩卑鄙无耻，策划它们的人阴险毒辣，而且她对费京也是恨之入骨，正是他引领着她，一步步陷入罪恶痛苦的深渊，不能自拔；但有些时候，即使对犹太人，她还是心存怜悯，生怕她的告发，会让他落入铁牢，那是他一直都在逃避的事情；他的确罪有应得，但她还是不希望最后是栽在她手里。

但是，这只是意念里的片刻动摇，她虽然无法和老伙伴一刀两断，但她的心应该还是能锁定目标，决不会为种种顾虑而改变。赛克斯的确让她牵肠挂肚，最有可能让她在关键时刻退缩，但她已经取得他人为她严守秘密的保证，她也没透露任何可能泄露赛克斯的线索，为了他，她甚至拒绝让自己从罪恶的深渊中脱身，她还能做什么！她下定了决心。

虽然内心的挣扎以这样的方式而告终，但还是影响了她，不时留下种种蛛丝马迹。在短短的几天里，她变得苍白而消瘦。一些时候，她对眼前发生的事心不在焉，也不参与别人的交流，以前她可是嗓门最大的一个。另一些时候，她笑得干巴巴的，即使吵吵闹闹也只是一刹那，然后就沉默而沮丧地坐着，

支着脑袋沉思。有时她会让自己强打起精神，但故作轻松的样子显然欲盖弥彰，她的所思所想跟同伴们讨论的事情，风马牛不相及。

礼拜天晚上，邻近教堂的钟声响起，赛克斯和犹太人一边聊天，一边停下来倾听。蜷缩在矮凳上的南茜也抬起了头。十一点了。

“还有一个钟头就到午夜了，”赛克斯说，提起百叶窗向外张望，然后回到座位上，“月黑风高，正是做生意的好时候。”

“唉，”费京回答，“可惜了，亲爱的比尔，手头没生意可做。”

“总算说了次人话，”赛克斯粗鲁地回应，“是挺可惜的，我也这么觉得。”

费京叹了口气，沮丧地摇了摇头。

“等我们上了正轨，一定要把失去的时间找补回来。这就是我所有的想法。”赛克斯说。

“老弟，你说到点子上了，”费京说，大着胆子拍了拍他肩膀，“听你这么说，我很欣慰。”

“欣慰？真的吗？”赛克斯叫起来，“好吧，你就欣慰去吧。”

“哈！哈！哈！”费京笑起来，好像这样做出让步，就能让他轻松下来，“今晚你做回自己了，比尔，这才是你嘛！”

“你干瘪的老爪子一放在我肩膀上，我就浑身不自在，给我拿开！”赛克斯说着，把犹太人的手给拨开了。

“比尔，这样是不是让你想起被抓住的那一刻了？”费京说，他决心不跟他动气。

“对，让我想起了被魔鬼抓住的那一刻，”赛克斯答道，“没有第二个人的脸会长成你这样，要么魔鬼就是你老爹，我猜他老人家正在地狱里烤着他那嘴灰色的红胡子呢，不用往上查祖宗八代，你直接就是老魔鬼生的，对此我一点也不怀疑。”

对这番恭维，费京没有做出任何反应，他拉住赛克斯的袖子，用手指了指南茜。利用上述谈话的间隙，南茜戴上了软帽，准备从屋子里离开。

“喂！”赛克斯叫道，“南茜，这么晚了，你一个姑娘家还要上哪儿去？”

“不远。”

“这算什么话？”赛克斯恶狠狠地说，“听到我说什么了吗？”

“我也不知道要去哪里。”姑娘说。

“我知道！”赛克斯倒并非真反对南茜去什么地方，只是一根筋不想让她去，“你哪儿也不许去，坐下！”

“我之前告诉你了，我觉得不舒服，”姑娘反驳，“想出去透透气。”

“那就把脑袋伸到窗子外头去！”赛克斯答道。

“那不够，”姑娘说，“我想到街上走走。”

“行了，你不可能得逞。”赛克斯说着，站起身把门锁了，拔下钥匙，从她头上扯下软帽，扔到旧柜子顶上。“好了，”强盗说，“给我安安静静地待着，听到了吗？”

“一顶帽子就想拦住我？”姑娘脸色变得苍白，“比尔，你这什么意思？你知道你在干什么吗？”

“我知道我在——哎呀！”赛克斯大叫，转过身对着费京，“她疯了，竟敢这样跟我说话！”

“你是不是想让我跟你翻脸？”姑娘嘟哝着，双手放胸前，像要压抑住胸口的怒火，“让我走！听见没！现在就让我走！马上！”

“不行！”赛克斯说。

“叫他让我走！费京，他最好这样做，是为他好，听见了吗？”南茜一边叫，一边跺着地板。

“你给我听着！”赛克斯重复道，挪动椅子转向了她，“哼！我要再听见你吼半声，就让你脖子被狗咬断，让你再也发不出这样尖厉的声音。你到底吃错什么药了，你这个贱人！你想干嘛？”

“让我走！”南茜苦苦哀求，然后在门口的地板上坐了下来，“比尔，让我走吧，你不知道你在干什么。真的，我只要一个钟头，让我走！让我走！”

“你这娘们真是疯得不轻，”赛克斯喊，恶狠狠地抓住了她的胳膊，“要是我想错了，就把我大卸八块！给我起来！”

“除非你让我走，除非你让我走，我就是不起来！我就是不起来！”姑娘尖叫着。赛克斯看了她一会儿，找了个机会，一把扭住她的手，任凭她挣扎撕打，把她拽进了隔壁的小屋子，扔在椅子上，并用力将她按住，自己在长凳上坐下。南茜反复挣扎和哀求，直到十二点钟声响起，才终于筋疲力尽，不再抗争。赛克斯诅咒发誓，警告她今晚别再妄想出门，然后留她在那里自己冷静下来，就跑去继续跟费京说话了。

“哼！”盗贼擦了擦脸上的汗，“这娘们太奇怪了！”

“比尔，你这么说也没错，”费京沉思着，“你这么说也没错。”

“她脑子里到底在转什么念头，这么晚还要往外跑？你知道吗？”赛克斯问。“说吧，你比我更了解她。她什么意思？”

“死脑筋，老弟，我猜是女人的死脑筋。”

“嗯，我也觉得是，”赛克斯咆哮着，“我还以为我把她调教好了呢，没想到还这么差劲。”

“是更差劲了，”费京还在沉思，“我没想到她会这样，为这么件小事。”

“我跟你一样没想到，”赛克斯说，“我觉得她血液里一定还有什么狂热的病灶，一直潜伏着，对不对？”

“确实像这么回事。”犹太人答道。

“要是她再这样，不用麻烦医生，我自己就给她放点血。”赛克斯说。

费京点了点头，对治疗方案表示同意。

“我躺床上的这些日子里，只有她没日没夜陪在我身边，你呢，像只黑心狼，冷酷地避开了我，”赛克斯说，“这些日子我们一直穷困潦倒，我想多少让她有点焦虑暴躁，她被关在这里太久了，都不耐烦了，是吧？”

“是的，老弟，”犹太人轻声附和，“嘘！”

话音刚落，那姑娘就自己出来了，坐回到她先前的位置上。她眼睛红肿，身体前摇后摆，脑袋左右晃着，然后突然大笑起来。

“什么情况？她又玩儿什么花样？”赛克斯嚷嚷，对他的同伙露出惊异的表情。

费京点点头，示意赛克斯别再搭理南茜，过了一会儿，那姑娘的举止恢复了正常。费京跟赛克斯耳语了几句，让他不要担心南茜旧病复发，然后拿起帽子，道了声晚安。到门口时，他停了下来，看了四周一眼，询问是否有人能在他走下黑漆漆的楼梯时，帮他照明。

“去帮他一下，”赛克斯一边填着烟斗，一边说，“他要是摔断了脖子，那些看热闹的会失望的，可怜可怜他吧。”

南茜举着蜡烛，跟着老家伙下了楼，到了大门口，他将手指放在嘴唇上，靠近那姑娘，低声说：“亲爱的南茜，什么情况？”

“什么意思？”姑娘以同样的语气回应。

“你做这一切，一定是有原因的，”费京说，“既然他——”他干瘦的食指指了指楼上，“对你这么苛刻（他是个畜生，南茜，没人性的畜生），你为什么不——”

“什么？”趁着费京停顿的间隙，南茜问。费京的嘴几乎贴到她耳朵上了，眼睛也快要把她看穿了。

“这会儿没关系，回头我们再说他。南茜，你要把我当自己人，一个忠实的朋友。我手上有的是办法，个个神不知鬼不觉，他把你当成一条狗，一条狗！比狗还不如，他对狗还会迁就一下呢！过来跟我吧。我是说，跟我。他只配偶尔陪你玩玩，但你老早就了解我了，南茜。”

“我太了解你了，”南茜面无表情地说，“晚安。”

费京向她伸出手，她往回退去，又沉着地道了声晚安，分手前他看了她一眼，她表示心领神会，点了点头，关上了隔在两人中间的大门。

费京往家里走去，一路上思绪万千。有个想法正在形成，不是才出现的，但现在慢慢被确认了，也就是说，南茜受够了那个强盗的暴行，想另寻新欢了。她最近举止大变，常常独自出门，也不再像以前那样热衷于团伙的内部事务，再加上今晚在那样反常的时间点，不顾一切地想要出门，都证实了他的猜想，至少几乎让他确信了。她的这位新欢看着不像是他的手下。他会成为跟南茜一样有利用价值的帮手，这件事（费京因此认为）必须尽快搞定。

此外他还需要达成一个更为阴险的目的。赛克斯知道得太多了，他的恶言恶语似乎伤害不了费京，那只是因为伤口被藏了起来。毫无疑问，那姑娘一定知道，要是她甩了赛克斯，赛克斯会暴怒不已，她会永远不得安宁，他一定会报复，可能会去伤害她的新相好，甚至危及其生命。“只要稍微点拨一下，”费京想，“也许她会同意毒死赛克斯？以前女人们为了达到同样的目的，已经做过这样的事情，甚至还有更坏的。那个危险的恶棍，那个让我恨之入骨的家伙，要归天了，会有另一个人替代他，而这桩罪行既然被我知道了，那姑娘以后也肯定会无条件地服从我。”

刚才在盗贼家里独自坐着的短短时间里，这些念头从他脑海里涌了出来，让他难以自持，他抓住后来出现的机会，在分手时，以若有若无的暗示说给那个姑娘听，姑娘的脸上没有惊讶，也没有假装听不懂。她显然心领神会。她临别时的眼神表示她懂。

但事关谋杀赛克斯的阴谋，她有可能会退缩，但这恰恰是他最主要的诉求。“怎么办？”费京一边蹑手蹑脚地走回家，一边想，“我能不能更有效地影响她？还有什么别的办法？”

他脑子里的阴谋诡计多了去了，要是她自己不肯说出实情，他会派个探子出去，找到她的新相好，然后威胁她，说要把所有的事情向赛克斯（那是她最怕的人）透露，除非她参与他的阴谋。她难道还敢不顺从他？

“我能！”费京几乎要大声说出来了，“到时候她不敢拒绝我。要的又不是她的命！要的又不是她的命！一切尽在掌握。万事俱备，只欠东风。你逃不出我的手掌心！”

他回过头幽幽地看了一眼，做了一个恐吓的手势，那地方住着刚刚跟他分开的大胆狂徒。然后，他继续前行，瘦骨嶙峋的双手在破外套的褶皱上使劲抓着，仿佛每个仇敌都被他的手指头捏得粉碎。

第四十五章　诺亚·克莱普尔被费京雇去执行一项秘密任务

第二天，老头很早醒了，焦急地等待他的新助手出现，等了很久，波尔特才总算现身，到了就开始狼吞虎咽地吃起早饭来。

“波尔特。”费京拉过一把椅子，在莫里斯·波尔特对面坐了下来。

“嗯，在呢，”诺亚应道，“什么事？不能等我吃完了，再让我干事吗？这地方就这点不好，吃饭时间永远不够。”

“你就不能一边吃一边跟我说话？”费京说，心底里骂着他年轻朋友的贪婪吃相。

“好吧，可以，说话的时候，我能吃得更多，”诺亚说着，切下了一大块面包，“夏洛特在哪儿？”

“出门了，”费京说，“我派她跟其他姑娘一起出去了，因为我想我们俩单独谈谈。”

“哦，”诺亚说，“我还指望你先让她做些黄油面包呢。好吧，继续说，你不会打扰到我吃饭的。”

事实上，确实不用担心有什么事能打扰到他吃饭，显然从坐下的那刻起，他就决定要大吃大喝一番了。

“老弟，昨天你干得不错，”费京说，“真漂亮！开张第一天就得了六先令加九个半便士，你会靠着‘娃娃躺倒’发财的。”

“你忘了我还搞到了三个锅和一个奶罐？”波尔特先生说。

“没，没忘，老弟，”犹太人说，“锅是神来之笔，奶罐也是完美之作。”

“对一个新手来说，简直太出色了，我觉得，”波尔特吹嘘道，“锅子我是从晾东西的架子上拿的，奶罐就自己待在一家旅馆外面，我怕它会被雨淋坏，或者着了凉，你知道的。嗯？哈！哈！哈！”

费京假装笑得很用心，波尔特先生一边大笑，一边大口咀嚼，他已经吃完了一大块面包和黄油，开始动手吃第二块。

“波尔特，”费京靠到餐桌上，“我想让你帮我做件事，老弟，得很小心很谨慎。”

“打开天窗说亮话，”波尔特回应，“你别让我做危险的事，也不要再派我去警察局了。这不适合我，真的不适合，我可告诉你。”

“这事没一点危险，一丁点也没有，”犹太人说，“只是去跟踪一个女人。”

“老太太？”波尔特问。

“一个姑娘。”费京答。

“那我能把这事干得很漂亮，我知道，”波尔特说，“在学校里我就常常打点小报告什么的。跟踪她是为了什么？不是要——”

“不用做任何事，”犹太人打断道，“只要告诉我，她去了哪里，见了谁，要是可能，说了什么，要是去的是街道，记住路名，是住家，把地址记下来，然后回来告诉我所有消息。”

“那我能得到什么？”诺亚放下杯子问，热切地看着雇主的脸。

“只要你干得漂亮，能得整整一个英镑，老弟，一个英镑，”

为了尽可能引起他的兴趣，费京说，“我从来没有为这种没有回报的工作，给过这么多钱。”

“她是谁？”诺亚问。

“我们的人。”

“天呐！”诺亚叫起来，皱了皱鼻子，“你对她起了疑心，对吧？”

“她找到了一些新朋友，老弟，我得知道他们是谁。”费京回答。

“我明白，”诺亚说，“要是他们也是可敬人士，有幸认识一下也不错，对吧？哈！哈！哈！我可以帮你干这事。”

“我就知道你会同意的！”达到了目的，费京大喜过望，叫道。

“那当然，那当然。”诺亚附和，“她在哪儿？我该去哪儿等她？该上哪儿去？”

“老弟，我都会告诉你的。在适当时候，我会把她指给你看，”费京说，“你只要做好准备，其他的交给我吧。”

那天夜里，然后第二、第三天夜里，这位探子穿好靴子和车夫制服，只等费京一声令下，随时准备出发。整整六个晚上，六个熬人的漫长夜晚，每晚费京都带着一脸失望回来，然后简略地表示，还没到时候。第七天，他早早地回来了，喜形于色。这天是礼拜天。

“今天晚上，她要出门，”费京说，“就是她要干的那件事，我肯定，因为，今天一整天她都一个人待着，那个让她害怕的男人不到天亮不会回家。跟我走，快点！”

诺亚二话不说，立即动身，看到犹太人这么激动，他也受了感染。他们鬼鬼祟祟地离开家，匆忙穿过迷宫似的街道，经过长途跋涉，来到一家旅馆前，诺亚认出来，那正是他到伦敦第一个夜晚投宿的地方。

这时已经过了十一点，旅馆关门了。费京轻轻吹了声口哨，门缓缓打开。他们悄无声息地走进去，身后的门关了起来。

他们不敢出声，代之以手势进行对话，费京，还有那个把他们让进来的年轻犹太人，向诺亚指了指玻璃格，提示他爬上去，看一下隔壁屋子里的人。

“是那个女人吗？”他问，声音轻得好像呼吸。

费京点了点头。

“我看不太清她的脸，”诺亚轻声说，“她现在低着头，蜡烛又在她背后。”

“待着别动，”费京也轻声说，向正在离去的巴尼做了个手势。过了一会儿，小伙子进了隔壁房间，假装要剪烛花，把蜡烛移到了前面，然后开始跟那姑娘搭话，好让她抬起头来。

“现在我看见她了。”探子喊。

“够清楚吗？”犹太人问。

“我都能在一千个人里头把她认出来。”

房门开了，那姑娘走了出来，他连忙爬了下来。费京把他拉到一个帘子隔开的小空间里，她离他们的藏身之处只有几步之遥，他们屏住了呼吸。然后姑娘从他们进来的那道门里走了出去。

“嘘！”拉着门的小厮喊，“走。”

诺亚跟费京交换了一下眼色，冲了出去。

“往左边，”小厮轻声说，“往左拐，到马路对面去。”

他依计行事，借着路灯，看见了那姑娘远去的背影，她离他已经有一段距离。他尽可能谨慎地紧随其后，而且始终走在街对面，以便看清楚她往哪里走。她紧张地回了两三次头，有一次还停了下来，好让跟在她后面的两个男人走到前面去。她往前走的时候，像是在给自己鼓劲，步子越来越坚定。探子以固定的距离跟在后面，眼睛一刻也没离开过她。

第四十六章　守诺赴约

教堂钟声敲响十一点三刻的时候，伦敦桥上出现了两个身影。一个是女人，她迈着匆忙的脚步，仿佛在急切地寻找某个预定的目标。另一个是男人，走路的样子偷偷摸摸，还尽可能把自己藏在阴影的最深处，不断调整步伐，让自己和女人保持一定距离。要是她停下来，他也跟着停下来，要是她动了，他也鬼鬼祟祟地前行，跟随的同时一直很克制，决不让自己的步伐超过女人。他们就这样从桥上走了过去，从米德尔塞克斯来到了塞莱河畔，因为没有在行人中找到她渴望见到的对象，女人看上去有些失望，折返了回来。这个动作有点突然，幸亏盯着她的时候，他没有放松警惕，因而马上闪身躲进了桥墩上的凹陷处，靠在栏杆上，把身影藏了起来，一直等她从对面的人行道上走了过去，距离跟之前的状况差不多时，他又悄悄行动起来，再次跟随在她后面。快到桥中央的时候，女人停了下来，那个男人也停了下来。

夜色浓黑。天气很不爽快，这个时候，这个地方，几乎没人走动，即使有，也是匆匆而过，很可能都没看到那个女人或者跟踪女人的那个男人，更别说注意他们了。他们的形象对伦敦的穷人来说毫无吸引力，穷人们从桥上走过，只是为了找一个阴冷的门洞或者没门的破屋子，让自己睡上一觉。那两个人沉默地站着，即使有人路过，也不会去跟他们搭话，他们也不会跟旁人说话。

河上飘着一层薄雾，停靠在不同码头的小船燃起了渔火，红色的火苗被雾衬得颜色更深，河岸上灰暗的建筑也愈发显得阴森模糊。被烟熏黑的老旧仓库矗立在河的两岸，从一大片屋顶和山墙中死气沉沉地浮现出来，好像皱着眉头看着河水，那河水黑漆漆的，连它们笨拙的影子都映不出来。老救世主教堂的塔楼和圣马格纳斯教堂的尖顶还隐约可见，它们像两个巨人卫士，长久以来守卫着这座古老的大桥；但桥下林立的船桅和岸上其他教堂凌乱的尖顶，几乎都看不见了。

那姑娘焦躁地走了几个来回——盯梢的藏起身子，一直监视着她——这时，圣保罗教堂沉郁的钟声响了起来，又一天逝去了。午夜降临这个人潮汹涌的城市，降临皇宫、地下酒吧、监狱和疯人院，降临那些被生与死、健康与疾病占据的居所，也降临死者僵硬的脸上和婴儿平静的睡梦中，无一例外。

钟声响过不到两分钟，在离桥不远的地方，一位年轻的女士在一位灰发老者的陪伴下，从一辆出租马车上走了下来，在让马车离开后，两人径直朝桥上走来。他们一踏上大桥的人行道，那姑娘就行动起来，迅速迎着他们走了过去。

那两个人向前走着，看上去像是对自己的期待已不抱太大希望，但就在这时，他们突然遇到了那位“新相好”。他们惊呼着停了下来，然后马上压低了声音，因为就在这一刻，一个乡下人打扮的男子靠拢过来，事实上，跟他们贴身而过。

“别在这里，”南茜急忙说，“我害怕在这里跟你们说话。走吧，离开大路，到那边台阶下面去。”

说这些话时，她用手指了指要去的方向，那乡下人转过头，粗鲁地指责他们为什么要占着整条人行道，然后继续往前。

很快耳边传来了说话的声音（《雾都孤儿》1911 年版，乔治 · 克鲁克香克绘）

那姑娘所指的台阶位于塞莱河畔，与救世主教堂同在桥南，是上岸下船的阶梯。那个乡下人打扮的家伙已悄悄抢先赶到了那里。迅速察看完地形后，他开始往下走去。

这些台阶是大桥的一部分：一共有三层。往下走，在第二层台阶尽头，左侧石墙到头是一根面朝泰晤士河的装饰性立柱。从这里开始，下面的台阶变宽了，要是有人转到墙角后面，哪怕别人比他高一个台阶，也肯定看不见他。到了这地方后，乡下人连忙打量四周，好像没有比这更好的藏身之所了，加上正好在退潮，墙后面的空间很大，他闪身躲了过去，背靠立柱等待着，很肯定那三个人也不会再往下走，而且，即便他听不见他们说什么，也能安稳地盯梢。

在这个冷僻的地方，时间过得真慢，密探又是个急性子，他已经发现，这次会面的动机跟派遣者的预期不太一样。他不止一次觉得事情要告吹，还说服自己说，他们要么已经在上面停下了，要么转身去另一个地儿继续他们的秘密会谈了。就在他打算从藏身之处出来，重新回到上面的大路上时，他听到一阵脚步声，很快耳边传来了说话的声音。

他挺直身体，靠在墙上，屏住呼吸，凝神倾听。

“走得够远了，”声音显然是老先生的，“我不能让小姐走更远了，换了别人，都不会相信你，跟着你走那么远，但你也看到了，我对你还是很迁就的。”

“迁就我？”密探盯梢的那个姑娘叫道，“你真够体贴的，迁就我！好吧，好吧，随你便。”

“这么做是为什么？”老先生语调友善了些，“是什么理由，让你带我们来到这么奇怪的地方？为什么不让我在上面跟你说话，那里有灯，也热闹些，为什么非要带我们来这个黑幽幽的桥洞？”

“我之前跟你说了，”南茜回答，“我害怕在那里跟你们说话，我也不知道为什么，”姑娘打了个寒战，“我就是害怕，怕到我今晚都站不太稳。”

“怕什么？”老先生问，听上去有点同情她。

“我真的不知道，”姑娘说，“我希望我知道。那些可怕的念头一整天都在缠着我，死亡，带血的裹尸布，那种恐惧让我如火焚身。晚上我用读书分散注意力，好让时间过得快些，但那些念头又从字里行间跳了出来。”

“那只是你的幻想。”老先生安慰她。

“不是幻想。”那姑娘用嘶哑的声音说，“我发誓，我在每一页书上，都看见了黑体字大写的‘棺材’二字。唉，晚上我还在街上看见有人抬着棺材从我身边经过。”

“这种事情没什么不正常的，”老先生说，“我也常常遇到这种事。”

“你那是真棺材，”那姑娘反驳，“我的不是真的。”

那姑娘的语气带着某种不寻常的气息，听到她说这些话，藏在一旁偷听的那个感到毛骨悚然，心生寒意。直到有位小姐发出甜美的声音，他才感到前所未有的轻松。那位小姐在劝告南茜冷静下来，不要被这种恐怖的想象控制。

“跟她说话的时候友善点，”小姐对她的同伴说，“可怜的人，她看上去需要别人好好跟她说话。”

“要是您那些傲慢的教友看到我今晚这个样子，一定会头昂得高高的，说什么地狱之火和因果报应，”南茜哭了出来，“唉，亲爱的小姐，为什么那些自称上帝子民的人对待我们这些可怜虫，不能像您这样温柔友善，您又年轻，又漂亮，有他们都没有的美德，您本该更骄傲一些，而不是如此谦卑。”

“唉！”老先生说，“一个土耳其人做祈祷的时候，会将脸洗干净了，然后才朝向东方。但那些‘好人’，让他们的脸被尘世磨去了笑容，无一例外地朝着天堂的阴暗面。要让我在异教徒和伪君子之间做选择的话，我选前者。”

这些话听上去像是对小姐说的，但也可能是故意说给南茜听的，好让她有时间恢复过来。过了一会儿，老先生和她交谈起来。

“上礼拜天晚上你没来。”他说。

“我来不了，”南茜回答，“有人不许我出门。”

“谁？”

“‘他’，我以前跟小姐说过。”

“你今晚来这里跟我们会面的事，他没起疑吧，我希望？”老先生说。

“没有，”那姑娘摇了摇手，回答道，“除非让他知道我出来是为什么，不然我出不来；所以，要不是之前给他喝了杯鸦片酊，我是不可能来这里的。”

“他会不会在你回去之前醒过来？”老先生问。

“不会。还有，他和他们中的任何一个人都还没有怀疑我。”

“好的，”老先生说，“现在听我说。”

那姑娘停顿了一会儿，然后说：“我准备好了。”

“这位小姐，”老先生说，“跟我还有其他值得信赖的朋友，谈了一次，说了一下你两个礼拜前告诉她的事。我承认，一开始我对你有点怀疑，不知你是否可靠，但现在我完全相信你了。”

“我很可靠。”那姑娘真诚地说。

“我再次声明，我完全相信你。为了证明我对你的信任，我可以毫无保留地告诉你，我们计划利用那个叫蒙克斯的人的恐惧心理，尽一切可能将秘密强行套取出来，”老先生说，“不过要是没抓到他，或者抓到了，却不能像我们希望的那样，逼他就范，那你就必须告发那个犹太人。”

“费京？”那姑娘喊着，后退了一步。

“你必须告发这个人。”老先生说。

“我做不到！我绝对做不到！”姑娘说，“他是个魔鬼，对我来说，比魔鬼还可怕，我绝对做不到。”

“你做不到？”老先生好像对这个答案早已有了充分的准备。

“绝对做不到！”姑娘回答。

“告诉我为什么？”

“一个理由是，”姑娘坚决地说，“一个理由是，小姐知道的，她也支持我。我知道她会，她向我承诺过。至于另一个理由，他不是什么好东西，我也不是，但我们很多人是一条道上混大的，我不能出卖他们，不管他们有多坏，他们，或者他们当中的任何一个人，本来也都可以出卖我的，但他们没有。”

“好吧，”老先生马上接口，好像这正是他要达到的目的，“把蒙克斯交给我，然后让我去对付他。”

“会不会殃及其他人？”

“我向你保证，要是我们能迫使他说出真相，这件事就算结束了。奥利弗的简短身世里，有些情况肯定不便公之于世，一旦真相大白，他们也就脱清干系了。”

“要是办不到呢？”那姑娘试探道。

“要是这样，”老先生强调，“除非你同意，费京不会被绳之以法。要是需要这样做，我会告诉你理由。我觉得，这理由一定能说服你。”

“我能得到那位小姐的保证吗？”那姑娘问。

“我保证，真心诚意地向你保证。”萝丝回答。

“蒙克斯永远不会知道，你们怎么知道这件事的？”那姑娘稍稍停顿了一会儿，说。

“永远不会，”老先生保证，“我们会对他施以智取，他猜都不会往你头上猜。”

“我是个骗子，我还是个小孩子的时候，就生活在骗子堆里了，”姑娘又沉默了片刻，然后说，“但是，我愿意相信你的话。”

两个人都担保，她可以没有后顾之忧地做这件事，然后南茜开始低声描绘那家旅馆（就是今晚她被盯梢的那家）的名字和方位，声音那么轻，那个偷听的常常都听不清她在说什么。从她不时稍作停顿的情况看，好像老先生在快速记录她提到的某些信息。她详细描述了旅馆的位置，告诉他们从哪里监视最好，不会引人注目，还有蒙克斯习惯在哪个夜晚哪个时间点光顾，她好像还停下来思考了一会儿，以便努力从记忆里提炼出蒙克斯的外表和特征。

“他个子很高，”姑娘说，“是个壮汉，但并不胖，走起路来鬼鬼祟祟，一边走，一边还会不时地东张西望，看看这边，再看看那边。想起来了，跟一般人比，他的眼睛往里抠得厉害，光凭这个，你就差不多可以认出他来。他脸色暗黑，颜色跟头发和眼睛一样，而且，尽管他最多二十六岁或二十八岁，但已经衰弱憔悴得不行。他苍白的嘴唇上常有牙印，因为他有严重的癫痫，发作时还会咬自己的手，所以手上也布满了伤痕——你为什么吓了一跳？”南茜忽然停下来问。

老先生连忙说这是无意识的，然后请求她继续往下说。

“我说的，”姑娘说，“有些是我从住店客人那里打听来的，就是刚才我跟你说的那家旅店，我自己只见过他两次，每次他都披着一件很大的斗篷。我想我能告诉你们的就这么多了，你们得靠这些特征去找到他。哦，还有——”她补充道，“在他脖子上面，很高，只有他转过脸时，才能从领巾下看到一部分，那里有——”

“一块很大的红色印记，就像烧伤或者烫伤？”老先生喊了起来。

“这是怎么回事？”那姑娘说，“你认识他！”

那位小姐也发出了惊叹。三个人沉默了好一会儿，那个偷听的都能清晰地听到他们的呼吸声。

“我想我认识他，”老先生打破了沉默，说道，“凭着你的描述，我应该是认识他的。我们会搞清楚这件事的。确实有很多人长得很像，也有可能不是同一个人。”

老先生说话的时候，装出漫不经心的样子，他朝密探藏身的地方，走了一两步，后者之所以能判断出这一点，是因为听见他在喃喃自语，“肯定是他。”

“好了，”老先生转过身说（听上去他回到了原先的位置），“你给了我们很大的帮助，姑娘，因为这个，我希望你活得更好，我能为你做些什么吗？”

“没什么可做的。”南茜回答。

“你不要这么固执，”老先生说，声音和语调都是那样和善，心肠再冷酷，都不能不为之所动，“好好考虑一下，告诉我吧。”

“先生，真的没有，”姑娘回答，抽泣起来，“你帮不了我，真的，我早就放弃所有希望了。”

“不要自暴自弃，”老先生说，“你的过去是被荒废了，大好青春被虚度，无价之宝被挥霍，这些东西造物主给了一次就不会再给，但是，你还有未来可以期待。我不是说，我们有能力让你的心灵得到安宁，这只能靠你自己去寻求；但是我们能给你提供一个安静的庇护所[1]，可以在英国，或者，要是你害怕留在这里，也可以去国外，这不仅在我们的能力范围之内，而且也是我们最迫切的愿望，希望你能平安无恙。在黎明破晓之前，在河流被第一缕阳光唤醒之前，你完全能远离你从前的伙伴，让以往的生活像不曾存在过似的，被抛在身后，仿佛此时此刻你从大地上消失了。来吧，我不愿意你再回去跟任何老伙伴交谈，看一眼任何一个据点，或者呼吸会带给你瘟疫和死亡的空气。抛下这一切吧，你还有时间和机会！”

“这下她会被我们说服的，”那位小姐说，“现在她只是在犹豫，我敢肯定。”

“亲爱的，恐怕不是这样。”老先生说。

---

〔1〕 指一些收容妓女的私人住宅。

“是的，先生，我做不到，”一番短暂的挣扎后，姑娘答道，“我被过去的生活拴住了，虽然我现在厌恶并且仇恨它，但我离不开它了，想必我已走得太远，回不了头了。我也不知道怎么会走到这一步的，因为，要是你在以前跟我说这些，我一定会一笑了之，但是，”她说着，慌张地四顾了一下，“那种心慌的感觉又来了，我得回家了。”

“家！”那位小姐在这个字上加了重音，重复了一遍。

“家，小姐，”那姑娘说，“我用我整个生命去奋斗，才为自己营造了这样一个家。我们再会吧，我会被看见，或被发现的。走吧，走吧，我要求你们为我做的，就是快点离开我，让我一个人走自己的路。”

“劝也没有用，”老先生叹了口气说，“我们继续待在这里，可能会危及她的安全。我们已经耽搁她太久了，这不是她想要的。”

“是的，是的，”那姑娘催促，“你们真的耽搁我太久了。”

“这可怜的人会怎样度过此生啊！”小姐哭了起来。

“怎样度过此生？”那姑娘重复一句，“小姐，看一下你面前，看一看那条黑漆漆的河，你一定读到过很多次这样的故事了，我这样的人跳进河里，什么也不会留下，没人关心这种事情，也没有人会感到悲痛。这可能会发生在几年后，也可能在短短几个月内，但最后我一定会这样度过此生。”

“求求你，别再说了。”小姐呜咽着说。

“亲爱的小姐，这消息不会传到你耳朵里的，上帝不会让这样恐怖的事情发生！”姑娘说，“晚安！晚安了！”

老先生转过头去。

“为了我，你把这个钱包拿走吧，”小姐说，“也许遇到麻烦或者有需要的时候，你手头能有点救急的。”

“不行！”那姑娘回答，“我做这一切不是为了钱。你就让我心里头有这点念想吧。不过，你可以给我一样你戴在身上的东西，我想要——不，不，不，不是戒指——你的手套或者手帕之类的，我亲爱的小姐，只要任何属于你的，而我又能保存的东西。就是这样。祝福你，上帝保佑你！晚安，晚安了！”

那姑娘激动得有些过头了，老先生担心她会暴露自己，导致遭受虐待和暴力，似乎决定如她要求，离她而去。密探听见了离去的脚步声，说话的声音停止了。

不久，小姐和同伴的身影出现在大桥上。他们在阶梯的最高处停了下来。

“听！”小姐一边喊，一边侧耳倾听，“她在呼喊！我觉得我听到她的声音了。”

“亲爱的，不是的，”布朗洛先生难过地回头看了一眼，“她还在原地没动，在等我们离开。”

萝丝·梅里还在犹豫，老先生却挽起她的胳膊，温柔地拽着她离开了。他们刚一消失，那姑娘就一下子整个瘫倒在石阶上，心里的苦痛化作辛酸的眼泪，倾泻而出。

过了一会儿，她站了起来，踩着虚弱而又蹒跚的脚步，攀登到大街上。偷听的那个人震惊不已，在原地静静地站了几分钟，然后前后左右小心翼翼地张望了好几次，确认又只剩下他一个人了，才慢慢从藏身的地方溜了出来，偷偷躲在墙壁的阴影里往回走，就跟他来的时候一样。

到了台阶顶上的时候，他又偷偷看了好几眼，确定没被人发现，然后，诺亚·克莱普尔撒开两腿，用最快的速度，朝犹太人家里跑去。

第四十七章　致命的结局

离破晓差不多还有两个钟头；在秋天，这个时间点正是名副其实的死亡之夜，街道静默荒凉，连声音都好像在沉睡，放荡和浪行已踉跄地回到家，坠入了梦乡。在这个寂寞无声的时刻，费京在他的老巢里坐着等待，面色狰狞而虚弱，眼睛红得像在滴血，丑陋的样子三分像人，七分像鬼，好像是被恶灵折磨得逃出了潮湿墓穴的幽灵。

他佝偻着坐在已经冷却的壁炉边，身上裹着破旧的床单，面对着放在身边桌上即将燃尽的蜡烛。他似乎在凝神苦思，右手举到了唇边。当他咬着又黑又长的指甲时，牙床大露，上面只剩下几颗尖牙，看上去就像狗或者老鼠的牙齿。

地板的床垫上，直挺挺地躺着诺亚·克莱普尔，已经熟睡过去。好几次，老头的目光在他身上逗留，然后又转回到蜡烛上，烛芯已经垂下，几乎断成两根了，热腾腾的蜡油在桌子上凝成了硬块，显而易见，他的思绪正在别处游荡。

事实正是如此。有人破坏了他的惊天妙计，他又羞又恼；他恨那个姑娘，竟然敢跟外人联手；他绝不相信她拒绝出卖他的话是出于真心；报复赛克斯的计划落空让他无比沮丧；他害怕罪行败露、倾家荡产、命在旦夕；所有这些都让他怒火中烧，心绪起伏，激烈的念头一个接着一个，不断闪现，循环往复，在他大脑里穿梭，而邪恶的念头和阴暗的想法，也正在他心里酝酿。

他就这样坐着，一动不动，看上去也丝毫没注意到时间的流逝，直到他灵敏的耳朵被街上的脚步声吸引。

“终于，”他喃喃自语，舔了舔发干发烫的嘴唇，“终于！”

他这样说的时候，门铃轻轻响了起来。他悄悄爬上楼梯，来到门口，然后陪着一个围巾蒙住半张脸的男人回来了。那人胳膊下面夹着个包裹，坐下来脱掉外套，露出了赛克斯粗壮的身躯。

“拿着，”他把包裹放到桌上，“尽你最大的努力好好保管，弄到它可是费了不少劲，我本来以为三个钟头前就能回到这里了。”

费京抓起包裹，把它锁进碗柜，然后一言不发地坐下。不过，这过程中，他的目光一刻也没有离开过那个强盗。现在他们面对面坐了下来，他盯着他看时，嘴唇在剧烈颤动，因为情绪失控，脸都变形了。盗贼下意识地把椅子往后拖了拖，惊慌地打量起他来，看来真的吓到了。

“你这是怎么啦？”赛克斯说，“干嘛死盯着我这个男人看？”

费京举起右手，在半空中晃了晃颤抖不已的食指，然而他如此激动，一时间都说不出话来。

“见了鬼了，”赛克斯说着，警觉地摸了摸自己的胸口，“这家伙疯了。我得罩着点自己。”

“不是，不是，”费京回过神来，又可以发出声音了，“不是这样的，比尔，我变成这样不是因为你，我没有——没有想找你碴。”

“哦，你不是在找碴，是吗？”赛克斯说着，恶狠狠瞪着他，故意把手枪放进了更趁手的口袋里，“那我们两个人里面，至少有一个运气不错。是哪一个，就不要管了。”

“比尔，我有话跟你说，”费京说着把椅子往前拉了拉，“你听了会比我还难受。”

“是吗？”强盗带着一丝疑虑回道，“说出来，干脆点！要不然南茜还以为我失手了呢。”

“失手！”费京大声说，“她心里早就巴不得这样啦！”

赛克斯困惑不解地看了一眼犹太人的脸，没有找到满意的答案，就用大手一把揪住犹太人的衣领，拼命摇晃他。

“说吧，快点！”他说道，“要是你不说出来，你会断气的。张开嘴！给我实话实说。说出来吧，你这天打雷劈的老杂种，说！”

“设想一下，躺在那里的那个小伙子——”费京说了起来。

赛克斯往诺亚睡觉的地方看了一眼，好像之前没留意到他。“继续说！”他说着转回头来。

“设想一下，那个小伙子——”费京继续说道，“打算去告密，把我们都给卖了。为了这个目的，他首先去找了合适的人，然后在街上跟他们见面，描述我们的长相，详细到每一个能把我们认出来的记号，还有在哪个窝点可以轻易找到我们。设想一下，他做了所有这一切，还包括出卖一桩我们多多少少都有份的买卖，只是出于他自己的胡思乱想，不是因为被抓，或者身陷囹圄，或者被拷问，或者被某个牧师唆使，或者是为了面包和水，只是出于他自己的胡思乱想，完全是为了自己高兴，晚上偷偷跑出去，找那些最喜欢跟我们作对的人，然后向他们告密。你听到我说什么了吗？”犹太人嚷嚷着，眼睛里冒着怒火，“设想一下，要是他做了所有这一切，你会怎么办？”

"我会怎么办？"赛克斯用恶狠狠的语调答道，"要是他来的时候还活着，那么我会用靴子上的铁掌把他的脑壳踩成碎片，他脑袋有多少头发，就有多少碎片。"

"要是干这事的是我呢？"费京几乎要吼出来了，"对，我，知道你们那么多事，除了我自己，还能让很多人被绞死！"

"我不知道，"赛克斯说，仅仅是听到这样的假设，他就已经咬牙切齿，面色铁青，"我会在牢里干点什么事情，好让他们给我戴上镣铐；然后要是我有机会跟你一起出庭，就会在公开法庭上用镣铐砸死你，在人前就把你的脑浆给打出来，我有这样的力气，"暴徒咕哝着，举了举他满是肌肉的胳膊，"我能敲碎你的头，就像一辆满载的马车碾过它一样。"

"你会这么做吗？"

"我会！"盗贼说，"你可以试试看。"

"要是这人是查理，或者空空儿，或者贝琪，或者——"

"我才不管是谁，"赛克斯不耐烦地说，"不管是谁，我都会这么干！"

费京死死地看着强盗，示意他安静，然后朝着地上的铺位俯下身去，摇了摇那个睡觉的人，把他叫醒了。赛克斯在椅子上前倾身子，双手搭着膝盖，看着这一切，好像不知道所有这些奇怪问题在为什么做准备，最后又要怎样结束。

"波尔特！波尔特！可怜的孩子！"费京说着，脸上带着魔鬼般的阴险表情，说话慢条斯理，暗藏机锋，"他累了——跟踪了她那么久，累坏了——对，是跟踪她，比尔。"

"你什么意思？"赛克斯说着，身子朝后一退。

费京没有搭话，又一次向沉睡者俯下身，拖着他坐了起来。

反复叫了好几次他的化名后，诺亚揉了揉眼睛，重重地打了个哈欠，看上去还是没睡醒的样子。

“再跟我说一次，再说一次，就是为了让他听听。”犹太人指了指赛克斯。

“说什么？”诺亚还没睡醒，不情不愿地晃了晃。

“关于——南茜！”费京说着，抓住了赛克斯的手腕，好像是为了防止他在没听完之前就从房间离开似的，“你是不是在跟踪她？”

“是的。”

“去了伦敦桥？”

“是的。”

“她在那里见了两个人？”

“她是这样干了。”

“是不是一位老先生和一位小姐？那位小姐她以前已经见过一回了。他们要她把所有的同伴都供出来，先是蒙克斯，她照办了；然后要她描述他的外貌，她照办了；然后要她供出我们会面的那家旅馆，她照办了；供出监视我们的最佳位置，她照办了；供出我们什么时候会去那里，她照办了。她都照办了。没有人威胁她，她也没有不情愿，她都说了。是不是这样？”费京喊了起来，气疯了。

“你说的对，”诺亚挠了挠头说，“事情就是这样。”

“关于上礼拜天的事，他们说了什么？”

“上礼拜天的事！”诺亚一脸懵懂，“怎么啦？我不是之前告诉过你了吗？”

“再说一遍。把这事再说一遍！”费京大声说，一只手把赛克斯的手腕攥得更紧了，另一只手挥舞着，唾沫星子从唇边喷了出来。

“他们问她，”诺亚说，他好像清醒了一些，隐隐约约意识到赛克斯是谁了，“他们问她为什么上礼拜天没遵守约定前来和他们见面，她说她来不了。”

“为什么？这是为什么？”犹太人兴冲冲地打断，“告诉他。”

“因为比尔强迫她留在家里，就是她之前跟他们提过的那个男人。”诺亚说。

“关于那个男人，她还说了别的什么？”费京大声说，“关于那个她之前跟他们提起过的男人，她还说了别的什么？告诉他，告诉他！”

“她说，除非那个男的知道她去哪里，否则她轻易出不了门，”诺亚说，“所以，第一次她去见那位小姐时，她——哈哈哈，她说到这里的时候，把我惹笑了，真的——给他喝了鸦片酊。”

“该让她下地狱被烧死！”赛克斯大叫，用力甩开犹太人，“让我走！”

他把老家伙甩到一边，冲出了房间，狂暴地冲上了楼梯。

“比尔，比尔！”费京叫着，慌忙跟了过来，“我跟你说一句话，就一句话。”

这句话本来是没有机会说出来的，但盗贼打不开门，只好在那里一边骂骂咧咧，一边用着蛮力，犹太人这才气喘吁吁地追上了他。

“让我出去！”赛克斯说，“不要跟我废话，没好处。我说了，让我出去！”

“听我说一句话，”费京说着，把手放在了门锁上，“你不会——”

“什么？”赛克斯说。

“你不会——太——狠吧，比尔？”犹太人咕哝。

天正破晓，光线足够让他们看清彼此的脸了。他们简单交换了一下眼色，毫无疑问，两个人的眼里都燃烧着怒火。

“我的意思是，”费京说，他明显知道，一切伪装此刻都已无济于事，“安全起见，别太狠了。多动动脑子，比尔，不要太血腥。”

费京已经把门锁拧开了，赛克斯没吱声，只是拉开门，冲到了寂静的街道上。

没有一刻停留，也没有一刻多想，赛克斯既没有左顾右盼，也没有昂头或低首，他直直地瞪着前方，牙关咬得死死的，下巴绷得快顶穿了皮肤。就这样，这个强盗一路疾行，一言不发，肌肉紧绷，来到了自家门口。他用钥匙悄悄打开门，轻轻地大步向楼上走去，进了房间，给门上了两道锁，又搬过一张重重的桌子顶住门，这才转身拉开了床帘。

南茜正半裸着躺在床上，被赛克斯从睡梦中唤醒了。她让自己坐了起来，眼里带着紧张和恐慌。

“起来！”男人说。

“是你啊，比尔！”看到是他回来了，姑娘很高兴。

“是我，”赛克斯说，“起来。”

还有一支蜡烛没有燃尽，赛克斯快速将它从烛架上拔了下来，用力扔进壁炉。看到天色破晓，姑娘站起身去拉窗帘。

“别管了，”赛克斯说，伸手拦住了她，“这点光线够我做事了。”

“比尔，”姑娘惊慌地放低了声音，“你为什么这样看着我？”

强盗坐下来，看了她好几秒，鼻孔抽动着，胸口剧烈起伏，然后扼住她的脑袋和咽喉，把她拉到了屋子中央，抬头看了看门，用粗大的手捂住了她的嘴。

“比尔！比尔！”那姑娘透不过气来，用力挣扎着，那是怕死的恐惧生发的力气，“我——我不会叫也不会喊的——一次也不会——听我说——跟我说——告诉我，我干了什么！”

“你心里清楚，你这个恶女人！”强盗回应，努力让呼吸平复下来，“你今晚被盯梢了，你说的每个字儿都被听见了。”

“看在老天的份上，你放我一条生路吧，就像我放过你一条生路，”姑娘说着，将身体贴紧在他怀里，“比尔，亲爱的比尔，你不会忍心杀了我的。天呐！想一想吧，我为你放弃了一切，就在这个晚上，为你！你要给自己时间想一想，不要犯下这个重罪；我不会松手的，你甩不掉我！比尔，比尔，看在亲爱的上帝的份上，为了你自己，为了我，在你沾满我的血迹之前，收手吧！就算我有个罪恶的灵魂，但我对你可是真心的！”

男人用力要抽出自己的双手，但那姑娘尽最大的可能，紧紧地抱住它们，让他无法摆脱。

“比尔，”那姑娘哭诉着，努力将脑袋贴在他胸口上，“那个老先生，还有那位亲切的小姐，今晚跟我说，他们会在国外给我安家，让我可以清静安宁地度过余生。让我再去见他们一面，我会跪下来求他们的，让他们也对你行行好，让我们两个都离开这个可怕的地方，去远方过更好的生活，忘记我们的过去，带着美好的祝福，从此再不相见。悔悟永远也不会晚的。这是他们告诉我的，我现在也这样觉得了，但我们需要时间——一点点，只要一点点时间！”

盗贼将一只手挣脱出来，抓起了他的枪。尽管怒火中烧，他脑子里还是闪过了一个念头，开枪的话，事情很可能会马上败露。于是他使出吃奶的力气，用枪砸了两次姑娘仰着的脸，还差点打到他自己的脸上。

姑娘摇晃着倒了下去：血从她前额上一道很深的伤口里，雨一样地落下，几乎蒙住了她的眼睛。但她还是艰难地让自己起身跪下，从怀里拿出一块白手帕，那是萝丝·梅里的手帕，将它捧在手心，举了起来，用尽最后的力气往天空的方向伸去，向给予她生命的造物主，做无声的祈祷，以求得它的宽恕。

这是一副惨绝人寰的景象，杀人者踉跄着退到墙边，用手遮住了眼睛，然后抓起一根粗大的木棒，将她击倒在地。

第四十八章　赛克斯逃跑

在偌大的伦敦城内，自从夜幕降临以来，即使在黑暗掩藏下发生了那么多恶行，这也是其中最坏的一件。即使在早晨空气散发的那么多带着病态气息的恐怖中，这也是最恶心、最残忍的一幕。

太阳，那亮闪闪的太阳，不仅将光明带了回来，也将新的生命、希望和活力带了回来，让这座拥挤的城市变得清澈而灿烂。它将光线平等地洒向昂贵的彩色玻璃和纸糊的窗格，洒向大教堂的尖顶和破败的墙缝。它也照亮了那间屋子，里面躺着那个被杀害的女人。是的，赛克斯想将阳光拒之门外，但它还是涌了进来。要是屋子里的景象在阴暗的早晨看上去惨绝人寰，那么现在，在那灿烂的光芒下，就更不忍卒视了！

他还保持着原来的姿势，不敢动弹。那姑娘曾发出呻吟，手指还动了动，惊怒交加下，他举起木棒猛击，一下又一下。之前，他曾用一条毯子盖住了尸体，但他不敢想象那双眼睛转过来朝着他，宁可看到它们向上瞪着，仿佛在看阳光下颤抖晃动的血泊在天花板上的倒影。于是他将毯子重新扯了下来。尸体露了出来——那只是血和肉，没什么大不了的——但那是什么样的肉体，又怎么会有那么多鲜血！

他划着一根火柴，生起炉火，将那根木棒塞了进去。木棒头上沾着的头发烧着了，缩成一团发亮的黑渣，被回旋的空气卷进了烟囱。他这样一个强健的人，都被这个景象吓到了。他一直握着他的武器，直到它被烧断，才将它堆在煤块上，由着它继续燃烧，最后烧成了灰烬。他洗了洗手，还擦了擦衣服。衣服上还是有血迹擦不干净，他就把那几块剪下来，也扔进火里。房间里真是布满血污！连狗爪子上都血迹斑斑。

这期间他一次也没有背对尸体，没有，哪怕只是一瞬间。做完这些准备工作后，他后退着走到门口，拽紧他的狗，以免它再次弄脏爪子，把罪证带到街上去。他轻轻关上门，上了锁，拔下钥匙，然后离开。

他穿过马路，看了一眼那扇窗户，确认从外面什么也看不见。窗帘还是合拢着，她曾想拉开它，好让阳光照进去，但她再也看不见阳光了。她现在正躺在那窗户下面。他清楚这一点。天呐！太阳就是要往那个地方照啊！

这一瞥只是一刹那，他为已经从屋子里出来了而欣慰。朝狗吹了声口哨后，他们快步离开了。

他穿过伊斯灵顿，登上了海格特的山丘，经过山顶上矗立着的惠廷顿纪念碑[1]，转身往海格特山走，漫无目的，自己也不确定要去哪里；刚开始往下走后，他就又一次右转；然后沿着小路穿过田野，绕着卡恩森林，来到了汉普斯特原野[2]。穿过原野上的溪谷，他登上了溪谷的对岸，又经过连接汉普斯特村庄和海格特村庄的公路，沿着原野最后一段到达了伦敦北城的田

[1] 纪念理查德·惠廷顿的纪念碑。惠廷顿（1354—1423）是中世纪商人和政治家，曾任伦敦市长。传说中，年轻时贫困交加的惠廷顿要离开伦敦，在海格特停留休息的时候，听见伦敦钟声响起，跟他说：“掉头吧，伦敦市长惠廷顿。”

[2] 汉普斯特和海格特之间的森林公园。

野。他在一处篱笆下面躺了下来，睡着了。

不久，他又起身继续赶路，但没有再往乡村深处走，而是沿着大路赶回伦敦，然后再折回——走过他之前已经穿越的地区——他在荒郊野地来来回回地走，在沟边躺下休息，然后又向某个新地点出发，就这样重复着，徘徊着，一遍又一遍。

他能上哪儿去找点吃的喝的呢？最好在附近，又不是很热闹。亨顿[1]无疑是个好地方，不会太远，又不在人来人往的大道上。他迈开脚步径直往那里去，有时跑了起来，有时出于某种怪异的想法，以蜗牛般的速度逡巡，要么索性停下，用棍子无所事事地拨弄篱笆。然而当他最终来到亨顿时，他遇到的每个人，甚至站在家门口的小孩，好像个个都觉得他形迹可疑。虽然他已经很久没吃过东西，但还是没有勇气去买哪怕一点点吃的，只好再次转身离去，在荒野里游荡，不知道该去哪里。

走了几英里，又是几英里，他一直在徘徊，总是回到老地方。早晨过去了，中午过去了，一天就要过去了，他还是来来回回上上下下兜兜转转地徘徊着，还是在老地方附近游荡。最后，他终于离开那里，动身前往哈特菲尔德[2]。

晚上九点钟，这个男人真的累了，狗因为没受过训练，走起路来已是一瘸一拐。这个安静的小村庄里有个教堂，他从教堂旁山上下来，步履沉重地沿着小街，溜进了一家小酒店，酒店昏黄的光线把他引到了这里。酒吧里生着火，几个干农活的

---

〔1〕 海格特西北两英里的一个小镇。

〔2〕 伦敦中心城西北十五英里的小镇。

正在火前喝酒。

他们给这个陌生人让出了一块空间，他却坐到最远的角落，自斟自饮，或者说，和他的狗一起吃东西，不时扔给它一小块食物。

男人们的谈话围绕着附近的土地和农夫，等把这些话题都聊完了，又开始说起上个礼拜天下葬的某位老人，年轻人觉得他很老了，老人们表示他还很年轻，不比别人老。一个白发老翁说，跟自己相比，他至少还能再活十到十五年，要是他能照顾好自己的话。

谈话里没有什么惹人注意，或令人恐慌的内容。付完账，强盗在角落里悄悄地、安静地坐着，几乎睡了过去，这时一个新来的吵吵嚷嚷的喧哗声，把他吵醒了。

这是个爱说笑的家伙，半是小贩，半是江湖骗子，他在乡村游走，贩卖磨刀石、刮刀布、剃刀、肥皂、擦亮马具的油膏、兽药、廉价香水、化妆品以及诸如此类的物品，这些东西都装在他背在身后的箱子里。进来后，他就和那些乡下人插科打诨，直到吃饱喝足，才打开他的宝箱，用他那做作的逗乐才华，做起生意来。

“那是什么东西？好吃吗，哈里？”一个乡下人笑着露出了牙齿，指了指箱子角落里那些“合成糕点”。

“是这个吗？”小贩说着，拿起一块来，“这是一块物美价廉的合成肥皂，可以去除各种类型的污迹、铁锈、灰尘、霉斑、油污和斑点，无论丝、麻、棉、纱、毛、呢还是橡胶，都可以清洗。葡萄酒渍、水果渍、啤酒渍、水渍、颜料渍、沥青渍，各种类型的污渍都能用这块物美价廉的合成肥皂去掉。要是一位淑女名节受到玷污，她只用吞下一块，就能马上被治愈——因为它有毒。要是一位绅士想证明自己的名节，也只需要吞下很小的一块，他的名声立刻就清清白白，因为它真的和手枪子弹没什么两样，而且口味极差，敢吃就说明问题。一块只要一便士。有这么多用处，一块只要一便士。”

有两个人当场掏出了钱，更多的听众显然也跃跃欲试。小贩心领神会，更起劲地聒噪起来。

“产品一生产出来，马上就一售而空，”小贩说，“一共有十四台水磨机、六台蒸汽机，还有一组电池在开足马力工作，但还是供不应求，工人们因为太拼命，累死了，他们的寡妇马上得到了抚恤金，一个孩子每年能拿到二十镑，双胞胎能拿到五十镑。一便士一块！半便士的硬币给两个也一样，四个四分之一便士更好。一便士一块！葡萄酒渍、水果渍、啤酒渍、水渍、颜料渍、沥青渍、泥浆渍、血渍，都可以洗掉。瞧，在座的那位先生帽子上有块污渍，不等他请我喝一扎啤酒，我就能把它清理干净。”

“嘿！”赛克斯叫着跳了起来，“把帽子还我！”

“先生，在你从屋子那头跑过来之前，”小贩一边回答，一边朝在座的人挤了挤眼睛，“我就能把它弄干净。各位，看下这位先生帽子上这块深色的污渍，跟一先令硬币差不多大，比半克朗硬币要厚，不管它是葡萄酒渍、水果渍、啤酒渍、水渍、颜料渍、沥青渍、泥浆渍、还是血渍——”

小贩还没来得及往下说，赛克斯就掀翻桌子，破口大骂，一把从小贩手里抢过帽子，冲出了酒店。

整整一天，他都情绪反常，心慌意乱，受制于这种状态，他很难控制自己。后面没有人跟过来，人们很可能认为他喝醉了，心情不好。杀人犯转过身从镇上往回走，街上停着一辆四轮马车，他躲避着马车刺眼的灯光，从旁边走了过去，这时他认出这是一辆来自伦敦的邮车，因为它正停在一家小邮局的门口。他差不多知道接下来会发生什么，但还是走到街对面，侧耳倾听起来。

押运员站在门口等着邮包，一个打扮得像猎场看守的人走了过来，押运员将一个放在人行道上的篮子递给了他。

“这是给你们的，”押运员说，“喂，里面的人能不能有点精神啊，这些该死的邮包，连前天晚上的都还没准备好，你们得明白，这样可不行！”

“本，城里有什么新鲜事？”猎场看守问，往百叶窗那里退了几步，以便更好地欣赏马匹。

“没有，据我所知，没什么新鲜的事，”押运员说，解下手套，“谷物涨了点价。我听人说，斯皮塔佛德路附近发生了一起凶杀案，我不太相信这事。”

“噢，那绝对是真的，”马车里一位绅士正从窗口往外张望，“可怕的凶杀案。”

“是吗，先生？”押运员摸了摸帽子，“是男还是女，求求您告诉我吧，先生。”

“是个女人，”那绅士说，“据推测——”

“好了，本。”马车夫不耐烦地说。

“该死的邮包！”押运员说，“里面的人是不是都睡着了？”

“来啦！”邮局职员叫着，跑了出来。

“来啦？”押运员嚷嚷着，“唉，你就跟那个老说爱我的姑娘一样，就是不知道什么时候能好事成真。给我吧，让我拿住了。行——啦！”

喇叭发出快乐的音符，马车开动起来。

赛克斯依然站在街上，显然对听到的内容毫无触动，唯一搅乱心绪的就是拿不定主意要去哪里。最后，他再次往回走去，选择了从哈特菲尔德到圣阿尔班斯[1]的小路。

他埋头向前，将小镇抛在身后，一头扎入道路的偏僻阴暗处，就在这时，他一阵毛骨悚然，似乎有什么东西让他心惊胆战。每一样眼前的物体，无论虚实动静，看上去都一副阴森森的模样；不过，所有这些恐惧都无法跟那个早上的鬼影相提并论，它好像一直跟在他后面。他能在暗处分辨出它的影子，描绘出最细微的轮廓特征，注意到它笔直庄重，好像昂首挺胸地跟着他。他能在树叶里听见它的衣服发出沙沙声，每一次风刮来的时候都夹带着它最后的那声低吟。要是他停下，它也会停下，要是他奔跑，它就如影随形，它不是在奔跑，要是那样的话他倒还稍感欣慰，它像个机械运动着的僵尸，被缓慢阴郁的风托着，既不上升，也不下坠。

有几次，他不顾一切地转过身，下定决心要把幻影赶走，就算它能置他于死地；然而让他毛骨悚然、血液凝固的是，那影子竟然也跟着转到了他身后。那天早上，它好像始终在自己眼前，此刻却跑到了他身后——萦绕不去。他背靠河岸，它就会悬在空中，醒目地映在夜空中。他仰面朝天躺在大路上，它

〔1〕 离哈特菲尔德两英里。

会站在他头上，身体笔直、一言不发、纹丝不动，就像一块活墓碑，上面还有血写的墓志铭。

谁也不要说凶手能逃脱审判，或者暗示老天不公。暴死四百次也抵不上在这样的恐惧中挣扎一分钟。

他路过田野，看见一座茅屋，今晚终于有了一个休憩的场所。三棵高大的白杨挡在小屋门口，让屋里显得很暗。风从树丛中呼啸而过，发出凄厉的嚎叫。天亮之前，他再也走不动了，他背靠着墙躺下，然而等着他的是新一轮的酷刑。

此刻，一个幻象出现在他面前，跟他刚刚逃离的那个相比，一样顽固，也更可怕。那是黯淡而呆滞的瞪大的眼睛，正凝视着他，他情愿直接看着它们，也不愿意在想象中承受这一切。它们在黑暗的中心闪烁着，自己发着光，却不会照亮任何东西。眼睛只有两个，但又无所不在。要是他闭上眼睛，那个房间便会带着所有熟悉的物品来到眼前，真的，要是凭记忆复述那些物品，他也许会忘记其中几样，但现在它们都待在自己平常的位置上。那具尸体也在它的老位置上，那双眼睛就跟他溜走时看到的一模一样。他跳了起来，冲进了外面的田野。幻影跟在他身后。他又折返跑进屋子，再一次蜷缩着躺下。在他把身体躺平之前，那双眼睛再次出现。

待在这个地方，只有他自己知道有多么可怕，他四肢战栗，冷汗从每个毛孔里冒出来。此刻，夜晚的冷风突然将远处的呼号声传了过来，咆哮声里带着恐慌和惊愕，在这个荒无人烟的地方，任何的人声，即使里面真的包含着危险，对他来说也是一种安慰。在这大难临头的时刻，他又恢复了勇气和力量，两脚一蹬，冲进了外面的旷野。

广阔的天空好像被烧着了。火花在空气里沸腾，一片片火焰翻滚着，重叠着，方圆几英里的天空全被照亮，滚滚烟云向他所在的地方飞来。新的声音加入进来，呼喊声更响了，他听见有人在喊："着火了！"喊叫声混杂着警钟敲响的声音、重物倒地的声音和火焰的爆裂声，火苗将一个新的障碍物包围起来，因为补充了新鲜食物，一下子窜得更高了。在他观望的时候，越来越吵闹，到处是人——男人和女人都有——火光冲天，人声鼎沸。他简直如获新生，不顾一切径直飞奔而去，披荆斩棘，跨越树篱和栅栏，疯狂得就像他的狗。那条狗一路上都跑在他前面，狂吠不已。

他来到了失火地点。衣衫不整的人们在东奔西跑，有人在竭尽全力将受惊的马匹从马厩里拉出来，另一些从院子和牲口棚驱赶着牲畜，还有人顶着大火，冒着被烧着的横梁击中的危险，从火堆里往外搬东西。一个钟头前还是门窗的地方变成了洞穴，喷吐着熊熊火焰，墙壁摇晃着，坍塌成燃烧的火井。熔化的铅和铁，变成白热的液体，流淌在地。女人和孩子在高声尖叫，男人大声叫嚷着互相鼓励。水泵在叮当作响，喷出来的水花落在燃烧的木块上，发出了嗞嗞声，让巨大的喧闹声变得更大。他也跟着大喊大叫，喉咙都喊哑了，为了逃避记忆和自我，一头扎进了人群的最深处。

整个晚上，他都在东奔西跑，一会儿在水泵边忙碌，一会儿在烟火堆里穿行，哪里最吵，哪里人最多，他就往哪里去。他在梯子上爬上爬下，爬上屋顶，又站在楼面上，体重将楼面压得摇摇晃晃，他躲避着坠落的砖块和石头，火场的每个地方都能看到他；但他命大福大，身上连擦伤和挫伤都没有。他不知疲倦，绝无杂念，一直到黎明再次到来，火场上只剩下缕缕青烟和黑乎乎的废墟。

疯狂的刺激结束了，意识到自己罪行的那种恐惧，以十倍的力量打了回马枪。他疑虑重重地看了看周围，人们正聚在一起说话，他害怕自己成为谈论的话题，便向他的狗做了个手势，狗心领神会，他们一起开溜了。经过一台水泵时，那边坐着几个男人，邀请他一起吃点东西。他吃了点面包和肉，喝啤酒的时候，他听到来自伦敦的消防员在谈论那件谋杀案。“他们说，凶手已经逃往伯明翰了，”一个消防队员说，“不过，他们会抓到他的，侦探们已经出动，明晚通缉令就会传遍全国。”

他慌忙离开，一直走到几乎快要跌倒在地，然后在一条小路上躺了下来，大睡了一觉，但时不时地惊醒，睡得很不安稳。然后，他再次心慌意乱、六神无主地四处游荡，担心又要熬上一个孤独的夜晚。

突然，他不顾一切地做了个决定：要回伦敦去。

“在那里，有什么事都能找人商量，”他想，“那也是个藏身的好地方，我在乡下留了这么多痕迹，他们绝对想不到我会在那里，为什么不去那里躲上一个礼拜，跟费京敲笔竹杠，然后再越境去法国？妈的，我要冒一下这个险。”

他毫不迟疑地依计行事，挑选了人烟稀少的道路踏上归程。他决定先在离城不远的地方躲一躲，天黑了再绕道进城，然后直接去他要去的地方。

还有就是那条狗。要是关于他的描述已经发出，里面不会不提那条狗，狗不见了，很可能是和他在一起。要是他走到街上，这应该会增加风险。他决定淹死那条狗再继续赶路。于是他四处寻找池塘，还捡了块很重的石头，绑在手帕上，随身带着。

进行这些准备工作的时候，那只畜生一直在观察主人的脸，不知道是出于本能，意识到事情不妙，还是强盗斜眼看它的时候比平时凶狠，它跟在后面的时候要比平时更远一些，一边跟一边哆嗦，速度也慢了许多。它的主人在一个池塘边停了下来，环顾四周叫它过去，它索性停下了脚步。

“听到我在叫你吗？过来！”赛克斯大喊。

习惯使然，那畜生跑了过来，但当赛克斯弯下腰要将手帕套在它脖子上时，它发出了低沉的哀鸣，开始往后退却。

“回来！”强盗说。

那条狗摇了摇尾巴，但没有动。赛克斯打了一个可以快速收紧的结，再次呼唤它。

狗向前走了几步，然后开始后退，停顿片刻后，以最快的速度逃得无影无踪。

这个男人一遍遍吹着口哨，然后坐下，希望能把狗等回来，但狗再也没出现。最后他只好继续上路。

第四十九章　蒙克斯和布朗洛先生终于见了面，他们的谈话被一个消息打断

黄昏刚刚降临时，布朗洛先生从在自家门口停下的一辆出租马车上下来，然后轻轻敲了敲屋门。门打开后，一个壮汉从马车上出来，站在马车踏板一侧，另一个坐在车厢里的壮汉也下了车，站在另一边。布朗洛先生做了个手势，他们俩把第三个人拉了出来，让他站在他们两人中间，架着他迅速地进了房子。这个男人就是蒙克斯。

他们就这样一言不发地上了楼，布朗洛先生在前面带路，走进一间后屋。蒙克斯老大不情愿地跟了上来，在房间门口停住了。两个壮汉看了看老先生，仿佛在等候他一声令下。

“他知道该怎么做，”布朗洛先生说，“要是他磨磨蹭蹭，或者胆敢违抗你们，哪怕只是动一下手指头，就把他拉到街上去，把警察叫过来，以我的名义检举这个重案犯。”

“你竟敢这样说我？”蒙克斯质问。

“你竟敢逼我这样说，年轻人？”布朗洛先生强硬地看着蒙克斯，反诘道，“你是不是疯得找不着北了，竟然想离开这里？放开他！走吧，先生，你自由了，走吧，我们会跟着你。不过，我警告你，以我所有的名誉和尊严发誓，到时候你会以诈骗和抢劫的罪名被起诉和逮捕。这一点我绝不会退让。要是你也决定这么做，后果自负！”

“谁给的权力，让这两条走狗在大街上绑架我，还把我带到这里来？”蒙克斯问，依次看了看站在自己身边的两个壮汉。

“我给的！”布朗洛先生回答，“我会替他们负责的。既然你抱怨被夺走了自由，来这里的时候，你有的是力气和机会重获自由，你自己不也很识时务地闭上了嘴？我再说一遍，你可以要求法律的保护，我也同样可以诉诸法律，但到时候你可就再也回不了头了，你不能再要求我宽宏大量，而我也无能为力，不要说是我把你推到那深渊里去的，那是你自己要往里面跳的。”

蒙克斯显然有些六神无主、惊慌失措。他犹豫了。

“快决定吧，”布朗洛先生说，极为坚定而沉着，“要是你希望我公开指控你的话，那么你将受到法律的制裁，力度之大，我一想到都会浑身发抖，而我对此无能为力，我再说一遍，你应该清楚那会是什么情况。要是你不想，希望得到我的宽恕，别让你受到那么严重的伤害，那就别废话，自己坐到那张椅子上。这张椅子已经等了你两天。”

蒙克斯咕哝了几句，听不太清，但还想负隅顽抗。

“给个明白话吧！”布朗洛先生说，“要是我一言既出，你就永远驷马难追了。”

那家伙还是在犹豫。

“我不会跟你讨价还价的，”布朗洛先生说，“再说了，我这是在替别人的切身利益说话，我没有权力替别人做主。”

“是不是——”蒙克斯结结巴巴地说，“——是不是——就没有折中方案了？”

“没有。”

蒙克斯焦虑地看着老先生，但在老先生的脸上，除了严厉和决绝，什么也看不到。他只好进了房间，耸了耸肩，坐了下来。

“从外面把门锁了，”布朗洛先生对那两个手下说，“等我按铃的时候再进来。”

那两个壮汉奉命行事，屋子里只剩下了两个人。

“先生，这待遇真是太好了，”蒙克斯说，脱下了帽子和斗篷，“要不说您是我父亲的铁杆老朋友呢。”

“你有这待遇，正是因为我是你父亲的铁杆老朋友，年轻人；”布朗洛先生反唇相讥，“正是因为在我快乐的青春时代，我的希望和心愿，都是和他，还有那个跟他有血缘关系的可人儿紧紧联系在一起的，那个可人儿年纪轻轻就去见上帝了，把我一个人扔在这里，成了孤家寡人；正是因为在你父亲唯一的姐姐去世的时候，他和我一起跪在她身边，那时你父亲还是个孩子，那天上午他姐姐本该成为我年轻的妻子的，上帝却做出了别的安排；正是因为从那以后，我枯萎的心一直记挂你父亲，目睹了他经历的所有磨难，犯下的所有错误，直到他去世；正是因为我心里装满了这些旧日的记忆和友谊，甚至见到你就会让我想起他；正是这种种缘故，我直到现在还能对你这么客气——真的，爱德华·里夫特，直到现在依然如此——我真为你辱没了你的姓氏而羞愧！”

“这个姓氏跟我有什么关系？”那个人问，他刚才一直在察言观色，先是保持沉默，后来一直以惊异的神态盯着他的同伴看，“这个姓氏对我来说有什么意义？”

“毫无意义！”布朗洛先生答道，“对你来说，什么也不是！但这是她的姓，即使时隔多年，即使我已是个老人，再次听到这个姓时，就算出自一个陌生人之口，我还是会像以前一样，激动得浑身发抖。我真的很高兴你改姓了，真的——真的——很高兴。”

“这不很完美吗？”长时间的沉默后，蒙克斯（这里保留他的化名）说道。在这过程中，他带着愠怒而蔑视的神情，不断地将身体扭来扭去，布朗洛先生用双手捂着脸在一边坐着。“你想要我怎样？”

“你有一个弟弟，”布朗洛先生打起精神来，“对，弟弟，在街上，我在你耳边悄悄说起一个名字，对，就凭着这个名字，你便又惊又怕地跟着我回这里来。”

“我没有弟弟，”蒙克斯回答，“你知道我是独子。你为什么要跟我说兄弟的事？你跟我一样清楚这个情况。”

“注意听着，有些事我知道，但你未必，”布朗洛先生说，“我很快会让你听进去的。据我所知，为了家族的荣誉，为了最卑鄙也最狭隘的野心，你那不快乐的父亲还是个孩子的时候，就被逼着结下了一门不幸的亲事，你就是它最违反人本性的唯一后果。”

“我不在乎这些难听的字眼，”蒙克斯面带嘲弄，笑着打断，“你了解实际情况，对我来说，这就够了。”

“但我还了解到，”老先生继续说，“那种病态的关系，充满了痛苦，是慢性的折磨，就像钝刀子割肉。我知道那悲惨的一对彼此之间有多么冷淡和厌倦，他们的整个世界被沉重的锁链拴住，这件事对他们两个人来说都是一种伤害。我还知道，这种冷冰冰的体面怎样一步步走向了公然的辱骂，冷漠引发了不和，不和变成了憎恨，憎恨走到了厌恶，最后，那叮当作响的锁链被扯断了，两人带着各自的半截镣铐，天各一方，除了死，没有东西能让他们从中解脱，但两人都在新的生活中把这种痛苦隐藏了起来，各尽所能，强颜欢笑。你母亲做到了，她很快忘了这一切。但另外半截镣铐在你父亲心中生锈溃烂了很多年。”

“不错，他们分开了，”蒙克斯说，“那又怎样？”

“分开了一段时间后，”布朗洛先生继续说，“你妈妈在欧洲大陆沉湎于寻欢作乐，完全忘了那位比她小十岁的丈夫。而你父亲生无可恋，在老家彷徨终日，跟着一帮新朋友消磨时间。至少，你是知道这些情况的。”

“我不知道，”蒙克斯掉开眼神，脚在地上打着拍子，摆出一副铁了心不认账的样子，“我不知道。”

“你的样子和行为都使我确信，你绝对没有忘记这一切，可能还对此怀恨在心，”布朗洛先生反驳道，“我说的是十五年前的事，那时候你还不到十一岁，你父亲也只有三十一岁，我再说一遍，他的父亲要他结婚时，他还是个孩子。你一定要我回想这些吗？这可是关于你父母的阴暗记忆啊，要么你不用我再说，自己跟我说出真相？”

“我没什么真相可说，”蒙克斯狡辩，“要是你想，你就得自己往下说。”

“当时，在那些新朋友里，”布朗洛先生说，“有个退役的海军军官，他的妻子大概在半年前去世了，给他留下了两个孩子，其实不止两个，但这个家的孩子里，只有这两个活了下来。都是女儿，一个是十九岁的美丽少女，另一个是两三岁的小孩。”

“这跟我有什么关系？”蒙克斯问。

“他们在乡下某个地方定居下来，”布朗洛先生装作没听见蒙克斯的插话，“你父亲在彷徨疗伤的过程中，也经常去那里。从相识到熟悉，再到建立起友谊，他们很快亲密起来。很少有人有你父亲这样的天赋，他有着跟他姐姐一样的心灵和品格，那个老军官越了解他，就越喜欢他。我真希望事情就到此为止了，但没想到他女儿也爱上了他。”

老先生停顿了一下，蒙克斯咬着嘴唇，眼睛盯着地板，见此情景，布朗洛马上接着往下说：

“那一年年终时，他和那个女儿郑重地订了终身，那是个纯洁无瑕的姑娘，这是她第一次也是唯一的真情萌动。”

“你的故事太长了。”蒙克斯说着，在椅子上不安地动了动。

“因为这是个真实的故事，充满悲伤、挫折和遗憾，年轻人，”布朗洛先生回道，“这样的故事总是很长，要是纯粹是一个快乐幸福的故事，那就简短多了。最后，你家那个有钱亲戚终于死掉了，当年就是为了巩固他的利益和地位，牺牲了你父亲，这样的事情很常见，为了补偿给你父亲造成的不幸，他为你父亲留下了医治所有这些痛苦的灵丹妙药——钱。你父亲需要马上赶到罗马去，因为那个人在那里疗养，然后死在了那里，留下一个等待处理的烂摊子。你父亲去了那里，但染上了一种致命的疾病。消息很快传到巴黎，你母亲带着你也去了，她到的那天，你父亲就死了。没有留下遗嘱。对，没有留下遗嘱，所以所有的财产都归她和你所有了。”

说到这些，蒙克斯屏住了呼吸，脸上满是紧张和焦躁，眼睛都不敢直视说话的人。一直等到布朗洛先生停下来，他才变了个姿势，如释重负地松了口气，还摸了摸发烫的脸和手。

“他出国前，路过伦敦时，”布朗洛先生慢条斯理地说，眼睛落在了对方身上，“来见了我。”

“我从没听说过这事。”蒙克斯插嘴，语调听上去像是要表示怀疑，但更多是显出了不悦的惊讶。

“他跑来见我，给我留了点东西，其中有一幅画，他自己画的肖像画，是那个可怜女孩的画像，他不想把它留在乡下，但又没法在行色匆匆中随身携带。因为焦虑和自责，他瘦得像个影子，说话时语无伦次六神无主。他说起由他造成的堕落和耻辱，向我透露，他想变卖所有财产，换成现金，损失再大也在所不惜，他会将所得拿出一部分给他妻子和你，然后远走高飞——我完全猜得出，他不是一个人离开——再也不回来了。即使我们的关系如此亲密，植根于同一片土地，那里埋葬着我们俩最亲爱的人，即使如此，对我这个早年挚友，他还是有所保留，只许诺会写信告诉我一切，然后再见我一面，作为此世最后一面。唉，那一次本身竟成了最后一面！我没收到信，也没再见过他。”

“我去了那里，”布朗洛先生停顿了一会儿后，说，“等所有的事情都结束后，我去了那里，去了那个他偷尝禁果——我使用了这个世俗通用的说法，因为世俗的褒贬现在对他来说已无关紧要——的地方，我下了决心，要是我的担忧果真是事实，那个误入歧途的姑娘需要有人关心，需要有个家让她得到庇护和同情。但那家人已经在一个礼拜前搬走了，他们兑付了所有款项，哪怕是最微不足道的欠款，然后在夜里离开了。没有人知道为什么要走，又去了哪里。”

蒙克斯更加轻松地吸了口气，带着胜利的微笑环顾四周。

“你的弟弟，”布朗洛先生说，将椅子往对方那里挪了挪，

"你的弟弟，那个瘦弱无力、衣衫褴褛、无人疼惜的孩子，有一次被一只强大的命运之手推到了我面前，我把他从一种堕落可耻的生活中救了出来——"

"什么？"蒙克斯叫了起来。

"对，就是我，"布朗洛先生说，"我告诉过你，我很快会让你听进去的。我来告诉你，就是我把他救出来的，我明白，你那位狡猾的朋友隐瞒了我的名字，他或许以为即使说了，你也未必知道是谁。你弟弟被我救回来，住在我家里养病时，我被惊到了，因为他长得太像我上面提过的那幅肖像画了。即使最初见到他时，他如此邋遢可怜，但他脸上有一种似曾相识的表情，让我好像突然看见一位老朋友闪现在一个真实的梦中。我还没了解完他过去的经历，他就被拐走了，这个我不用跟你说了吧？"

"为什么不用？"蒙克斯紧张地问。

"因为你很清楚这件事。"

"我？！"

"别跟我装蒜，"布朗洛先生说，"我会让你晓得，我知道的不止这些。"

"你——你——不可能有对我不利的证据，"蒙克斯结结巴巴地说，"我谅你也拿不出来！"

"咱们走着瞧，"老先生露出犀利的目光，答道，"我弄丢了那个孩子，竭尽全力也找不回他。这时，你的母亲已经死了，我想要是有人能解开这个秘密，那一定只有你了。我最后听到你的消息，是你在西印度自己的庄园里，你很清楚，在你母亲死后，你只有去那里，才能逃避你在此地犯下的罪行。我漂洋过海去找你，你却在几个月前离开了，我猜你回到了伦敦，但没有人能告诉我，你到底在哪个地方。我赶了回来，你的眼线们同样不知道你的行踪。他们说，你来来去去，就跟以前一样神神秘秘。有时候好几天和他们在一起，有时候又几个月没有音信，总是混迹于同样的下流场所，总是和同样的无耻之徒交往，你还是个残暴乖张的孩子的时候，就已经在和那些人交往了。我去找了他们好几次，都让他们有点厌烦了。日以继夜，我在街上漫步，可所有的努力都是徒劳，哪怕一秒钟，我都没看见过你，直到两个钟头前。”

“你现在不是见到我了吗？”蒙克斯大着胆子站了起来，说，“然后呢？诈骗和盗窃这几个可是响亮的罪名啊，你想一想，就凭某个小子，长得很像一张一个死人胡乱画的肖像画？老弟！你甚至都不知道，那对多情种子有没有生下个孩子，你都不知道！”

“我的确不知道！”布朗洛先生也站了起来，答道，“但在过去的两个礼拜里，我了解了一切。你有个弟弟，你知道这件事，而且也认识他。你母亲撕毁了一份遗嘱，她临终时，把这个秘密和得来的财富都留给了你。那份遗嘱里提到一个孩子，他似乎是那段悲伤情缘的结果，那孩子后来生了下来，还意外地被你碰上了，最早引起你疑心的是他长得像你父亲。你去了他的出生地，那里有他的出生和亲子关系的证明，这份证明已经被压了很久。你把这些证明都销毁了，用你跟犹太人合谋时的话来说：‘唯一能证明那孩子身份的证据已经沉入河底，那个从他娘手里拿到这些的丑老太婆，也烂在了棺材里。’你这个不肖子、懦夫、骗子，你跟一帮小偷和杀人犯在夜晚的暗室密谋，你的阴谋诡计害得一个比你这样的人好上一百万倍的姑娘被敲碎了脑袋，从你还在摇篮里起，你就是你生身父亲的心头痛，邪恶、淫欲和放荡在你身上溃烂，这些东西终于找到了一个发泄口，通过可怕的疾病，让你的丑陋心灵暴露在你的脸上[1]——你，爱德华·里夫特，还敢跟我犟嘴？”

“不不不！”这个懦夫回应道，他被这些指控镇住了。

“每个字！”老先生大声说道，“你和那个天杀的恶棍说的每个字，我现在都知道了。墙上的影子听到了你们的窃窃私语，把它们传到我的耳中。看到那个孩子在受苦，让一个堕落的姑娘幡然醒悟，并给了她勇气，甚至给了她一种近乎美德的品性。于是谋杀发生了，即使你没有参与，也依然负有道义上的责任。”

“不不，”蒙克斯打断道，“我——我对此一无所知，我正要去打听这件事的真相，你就把我抓起来了，我不知道这件事情的起因，我还以为是普通的争吵。”

“那是因为那姑娘揭露了你的一部分秘密，”布朗洛先生回答道，“你打算透露全部的事实吗？”

“好吧，我愿意。”

“你会写一份声明，说出全部的真相和事实，然后在证人面前宣读吗？”

“这件事我也可以答应你。”

“那你就安安静静地在这里待着，直到你写完这份文件，然

---

〔1〕 也许指的是梅毒，它会让人脸上长疮。

后跟我一起去一个我认为最稳妥的地方，在那里做个公证，可以吗？”

“要是你坚持，我也可以照办。”蒙克斯回答。

“你必须做得更多，”布朗洛先生说，“你必须对那个无辜的孩子做出赔偿，虽然他是一场带着原罪和悲伤的爱情的产物，但他确实很无辜。你应该不会忘记那份遗嘱上的条款吧？你必须不折不扣地执行与你弟弟有关的条款，然后爱去哪里去哪里。今生今世，你们不需要再见面了。”

蒙克斯在房间里来回踱步，一脸阴险，思量着这个建议，想着有没有逃脱的可能，恐惧和怨恨从两个方向撕扯着他，这时，门忽然打开了，一位先生（罗斯伯恩先生）激动不已地进了房间。

“那个人要被抓到了，”他嚷嚷，“今晚就会被抓到！”

“是那个杀人犯吗？”布朗洛先生问。

“对对，”这个人回答，“他的狗被人瞧见了，在某个老巢附近恭候，看上去毫无疑问他的主人也一定在那里，或者等天一黑就要去那里。侦探们正在各个位置埋伏，我跟奉命捉拿他的人谈过了，他们告诉我，他跑不了了。今天晚上政府已经宣布悬赏一百英镑。”

“我要再加上五十英镑，”布朗洛先生说，“要是可以的话，我会亲自去那里宣布。梅里先生在哪里？”

“哈利？他一看见你的朋友和你安然上了马车，就去了别处，然后听到这消息，”医生回答，“接着他上马去了郊区某个他们约定好的地方，加入头一拨的追捕行动了。”

“费京呢？”布朗洛先生说，“他怎么样了？”

“我最后听到的消息，他还没被抓住，但会被抓住的，或许现在已经被抓住了。他们相信能逮住他。”

“你下决心了吗？”布朗洛先生低声问蒙克斯。

“嗯，”他回答，“你——你——会为我保密吗？”

“我会的。待在这里，直到我回来。这是保障你安全的唯一希望。”

他们离开房间，门再次锁上了。

“你做了什么？”医生低声问。

“所有我希望做的，甚至更多。将那可怜姑娘提供的情报，结合我先前了解的情况，再加上我们的好朋友在现场问到的结果，我没给他留下一点空子，他的全部罪行已经暴露在光天化日之下，一览无遗。写封信通知大家，后天晚上七点钟碰头。我们要提前几个钟头到那里，养精蓄锐，特别是那位年轻的小姐，她也许更需要稳定一下情绪，我们现在都无法预见她会有多激动。我的血在沸腾，我要为那个被杀害的可怜人儿报仇。他们走的是哪条路？”

“直接去警察局吧，你还赶得上，”罗斯伯恩先生答道，“我会留在这里。”

两位绅士匆匆分了手，每一个都兴奋得难以自持。

第五十章　追捕与逃亡

靠近罗瑟希德教堂这边的这一段泰晤士河，运煤船的灰和岸边密密麻麻的矮房子里喷出来的烟，把两岸的建筑染得最脏，把河上的船只染得最黑。在隐藏在伦敦城的许许多多的街区里，这里是最脏、最怪、最离奇的一个，大多数居民甚至听都没听说过它，更不用说知道名字了。

要到达这个地方，寻访者必须穿过一个街道构成的迷宫，这些街道拥挤、狭窄而泥泞，里面住满了河边最贫贱的人，操持着可以想见的谋生方式。最廉价最难吃的食品被堆积在这边的铺子里，最劣质最难看的衣饰在店家门口晃荡，或者在房子的栏杆处和窗口里飘扬。这里奔忙着最低端的失业者、码头工人、运煤的苦力、娼妓和衣衫褴褛的孩子，河边堆满了垃圾和废物，寻访者只能在中间艰难地前行，窄巷不断地向左右两侧分岔，那里令人讨厌的景象和气味纷纷袭来，笨重的马车发出震耳欲聋的碰撞声，上面装满大堆大堆的货物，它们是从城市各个角落的仓库里被装上车的。终于，他穿过这些巷子，来到了人烟稀少的更为偏远的街道，从摇摇欲坠的过街楼下走过，断墙残壁看上去在他经过时就会倒塌，烟囱折断了一半，另一半也摇摇欲坠，生锈的栅栏守卫着窗户，它们已经被时间和灰尘腐蚀得差不多了——所有能想象得到的破败荒凉的景象，这里都有。

离这儿不远，在南沃克区的多克海德再往前一点，就是雅各岛了，它被一条烂泥沟围绕着，涨潮的时候，这条沟大约有六到八英尺深，十五到二十英尺宽，以前叫作磨坊池，但到了这个故事发生的年代，大家管它叫“荒唐沟”。它是泰晤士河的一个河湾或者支流，只要打开位于里德磨坊的闸门，就能把它注满，以前的名字就是这样来的。开闸的时候，从未来过此地的访客，站在横跨磨坊巷的木桥上往下看，会看见两岸房子里的居民，从后门和窗户里放下各种各样的吊桶、提桶、家用厨具来打水，要是把眼睛从这些动作转移到那些房子本身，会被眼前的景象深深震撼。差不多有六间房子在共同使用一条摇摇晃晃的木头走廊，透过地板上的洞可以看到下面的烂泥。房子的窗户要么是破的，要么是补过的，晾衣竿从里面伸了出来，但是上面没有晾着什么东西。房间如此狭小、肮脏、气闷，空气差到连用于藏污纳垢都显得过于肮脏。木头房子悬挂在烂泥上，看上去就要往下掉似的（已经有一些掉下去了）。满是污垢的墙壁，衰败的地基，惨不忍睹的贫困，让人恶心的污垢、腐物和垃圾，所有这些装饰着荒唐沟两岸。

雅各岛上的仓库已经没了屋顶，里面空空如也，墙壁变成瓦砾，窗户也不再是窗户，门板倒在街上，烟囱黑漆漆的，但再也不会冒烟。三四十年前，经济大萧条和大法官法庭诉讼拉锯战[1]还没发生，这里还是个繁华之地，但现在成了一个真正的荒岛，房屋没了主人，胆大之徒破门而入，据为己有，他们生活在那里，也死在那里。他们一定有充分的理由，需要隐居于此，也或者实在是穷极潦倒，便跑来雅各岛寻找一个避难所。

〔1〕 英国有关遗产与财产的法律制定，几十年一直迟迟未形成最终条文。

那里有一栋面积很大的独幢楼房，很多地方都毁坏了，但门窗还很牢固。房子的后部靠着荒唐沟，样子就跟前面描述过的那样。楼上的一个房间里，三个男人正聚在那里，面面相觑，表情时而困惑时而又饱含期待，他们已经在令人窒息而沮丧的寂静中坐了一段时间。其中一位是托比·克拉克特，还有一位是切特灵先生，第三位五十岁上下，是个强盗，鼻子因为过去的某次斗殴塌了下去，脸上刻着一道可怕的伤痕，这伤痕应该也有来历。此人是潜逃回来的流放犯，名字叫凯格斯。

“好伙计，”托比说着，向切特灵先生转过脸去，“既然那两个老窝已经变得太显眼，我想你应该再去找个别的地方，而不是到这里来。”

“冒失鬼，你为什么不去找别的地方！”凯格斯说。

“唉，我还以为你们见到我时，会比现在要开心一点呢。”切特灵先生幽幽地说。

“天呐，这么说吧，年轻有为的先生，”托比说，“要是一个人能像我这样专——注地保全自我，也就是说他给自己弄到了这样一所舒适的房子，远离人们的窥视和试探，那么，看到一位处境相似的年轻绅士的拜访，是多么让人不安的事情啊！虽然方便的时候，这个人是个令人尊敬和愉悦的牌友。”

“特别是，这位专注的年轻人还和一个朋友在一起，这个朋友从国外回来的时间比预期早了些，偏偏他又那么谦虚，不愿去向法官报告。”凯格斯补充道。

短暂的沉默后，托比·克拉克特眼见不能再指望他通常那套漫不经心的自吹自擂打发过去，就只好放弃，转过头对切特灵说：“那么费京是什么时候被抓起来的？”

“就在吃饭的时候——今天下午两点。查理和我从洗衣房的烟囱里逃走了，波尔特头往下钻进了空水桶[1]，但他的腿长得有些过分，从桶里露了出来，所以他们把他也带走了。”

“贝琪呢？”

“可怜的贝琪！她跑去看那具尸体，想跟南茜告别，”切特灵说话时，脸拉得越来越长，“结果她疯了，尖叫起来，还胡言乱语，脑袋往墙上撞，他们就给她套上束缚衣，把她送进了医院，现在她就在那里。”

“小贝茨咋样了？”凯格斯问。

“他在外面转悠，天黑之前不会来这里，但他马上就会到了，”切特灵回答，“现在，没别的地方可去了，瘸子酒馆的人都进了牢子，整个酒吧现在全是侦探，我去那里亲眼看到的。”

“这是一次大崩盘，”托比说，咬了咬嘴唇，“不止一个人要栽进去了。”

“正好是开庭公审的时候，”凯格斯说，“只要审讯结束，波尔特把老大给供出来（从他说过的话来看，他当然会招供），他们会证实费京是事先就知情的帮凶，这样，礼拜五就会判决，六天以后，费京就要荡秋千见上帝了——”

“你们真该听听人们的咆哮，”切特灵说，“要不是警察拼命挡着，他们早就把费京给撕碎了。他一下子跌倒了，但警察围成一个圈，保护他强行突围。你们真该看看他的样子，身上满是泥泞和鲜血，紧贴着警察，好像他们是他最亲密的朋友。我现在还

[1] 接屋顶雨水的桶。

能看见警察的样子，在暴民的冲击下，站都站不直，把费京夹在中间拖着；我看见人们一个接一个跳起来，咬牙切齿地叫着，扑向他；我看见血在他的头发和胡子上流淌，听见女人在街角一边往人群里挤一边大叫，发誓要把他的心给挖出来！”

被这一场面吓破了胆的目击者，用手捂住耳朵，闭着眼睛站了起来，焦躁地走来走去，像丢了魂似的。

切特灵做出这样的举动时，另外两个人沉默地坐着，眼睛死死地看着地板，一阵啪嗒啪嗒的吵闹声从楼梯那里传来，赛克斯的狗跑进了房间。三个人急忙跑到窗边，又下了楼，跑到街上。狗是从一扇开着的窗户跳进来的，它没有试图追赶那三个人，它的主人也没有出现。

“这是什么情况？”三个人回来后，托比说，“他不能上这里来，我——我——希望不要。”

“要是他来了，他会和他的狗在一起，”凯格斯说着，弯下身察看那个畜生，狗正趴在地板上喘气，“好啦，我们给它喂点水吧，它都跑得筋疲力尽了。”

“它把水喝完了，一滴也没剩，”切特灵默默地观察了好一阵子，说道，“身上都是泥，脚也跛了，眼睛也睁不开，应该是跑了好长一段路。”

“它到底是从哪儿过来的！”托比大声说，“它肯定去过别的老窝了，发现那里都是陌生人，就来了这里，这里它以前常常来。但它一开始是从哪儿过来的呢？为什么只有它一个，它的主人呢！”

“他（没人敢直接说出那个杀人犯的名字）该不会自寻短见了吧，你们觉得呢？”切特灵说。

托比摇了摇头。

“要是他死了，”凯格斯说，“狗会想着带我们去他死的地方。不，我觉得他是逃出国，把狗撇下了。他肯定是用什么法子把它给甩掉了，否则它不会这么安分。”

这个解释看上去最有可能，三个人都接受了这个答案。狗爬到椅子下面，蜷缩着睡着了，再没引起任何人的注意。

此刻，天色已暗，他们合上了窗板，一支点燃的蜡烛已经放在桌上了。过去两天发生的可怕事件让这三人深受冲击，危险和不安让他们进一步为自己的处境担忧。他们拉近椅子，彼此靠紧，一有声音都让他们心惊肉跳。他们很少说话，即使说话声音也很轻，那种沉默无语、惊慌不定的样子，好像那个被谋杀的女人正躺在隔壁房间。

他们就这样坐了一段时间，突然听见楼下传来一阵急促的敲门声。

“是小贝茨。”凯格斯说着，愤怒地环顾四周，以抑制自己内心的恐惧。

敲门声再次响起。不对，不是他。他绝不会这样敲门。

克拉克特走到窗口，哆哆嗦嗦地探出头。他的脸色煞白，都不用他说出口，其他人就已经明白楼下的是谁了。狗也立刻惊恐地跑到门边哀号起来。

“我们只好让他进来了。”克拉克特说，拿起了蜡烛。

“难道就没有别的办法？”另一个嘶哑的声音说。

“没了。他铁定要进来的。”

“别把我们丢在黑暗里。”凯格斯说，从壁炉架上取下一支蜡烛，点着了，在他哆嗦着手完成这动作的过程中，敲门声又响了两次。

克拉克特下楼开门去了，回来的时候身后跟着一个人。此人的下半张脸藏在一条手帕里，还有一条手帕在帽子下裹住头。他慢慢摘下手帕，露出一张苍白的脸，上面的眼睛凹了下去，脸颊深陷，胡子都有三天没刮了，这个身形瘦削，呼吸短促的人，简直就是赛克斯的鬼魂。

赛克斯把手放到房间中央的椅子上，正要坐下去时打了个寒战，似乎回头看了一眼。他把椅子往墙边拉了拉，近到几乎要贴到墙上了，然后才坐了下来。

他们没有说一句话，沉默中，赛克斯依次打量三人。要是有人偷偷抬眼正好和赛克斯的视线相遇，就会马上避开。当赛克斯空洞的声音打破沉默时，那三个人都惊呆了，好像以前从来都没有听到过这样的声音。

"狗怎么会来这里的？"他问。

"三个钟头前，它自己来的。"

"今晚的报纸说，费京被逮了，真的假的？"

"真的。"

他们又沉默了下来。

"你们他妈的所有人！"赛克斯用手摸了摸前额，"就没别的可以告诉我的？"

三个人都有些不安，但还是没有人说话。

"这房子是你的，"赛克斯说，将脸转向克拉克特，"你是想出卖我，还是让我留在这里，直到这次搜捕结束？"

"你可以留下，要是你觉得这里安全的话。"被追问的那个犹豫了一会儿后，答道。

赛克斯慢慢将视线移动到身后的墙壁上，主要是试着转动下脑袋，然后说，“那个——尸体——埋掉了没有？”

三个人摇了摇头。

“为什么不把它埋了？”他一边追问，一边再次往身后瞥了一眼，“他们为什么要把这么丑陋的东西留在地上——谁在敲门？”

克拉克特离开房间前，做了个手势，示意没什么好怕的，过了一会儿，他带着查理·贝茨回来了。赛克斯正好坐在门对面，贝茨进来的时候一眼看见了他。

“托比，”那孩子往后退了一步，说道，赛克斯正朝他看，“在楼下的时候，你为什么没有告诉我这件事？”

那三个人畏畏缩缩的样子十分令人吃惊，致使那个落魄鬼甚至愿意讨好这个新来的孩子了。于是他朝贝茨点了点头，还作势要跟他握手。

“让我去别的房间。”那孩子说，继续和他保持着距离。

“查理！”赛克斯向前一步说，“你——你——不认识我了吗？”

“不要靠近我！”那孩子答道，边后退边看着杀人犯的脸，眼睛里带着恐惧，“你这个魔鬼！”

那个家伙停在半道上，两个人都看着对方，但赛克斯的目光慢慢垂向了地面。

“你们三个给我做证，”那孩子挥了挥握紧的拳头叫道，说话过程中越来越激动，“你们三个给我做证——我才不怕他呢——他们要是追踪到这里来，我会把他交出去的。我会的。我会马上举报你。要是他愿意，或者有胆量，他可以杀了我，但只要我在这里，我就会把他交出去。哪怕他会被活活煮死，我也不在乎。杀人啦！救命啊！要是你们三个人里还有谁有种的话，你们就该来帮我。杀人啦！救命啊！快来抓他呀！”

那孩子一边高声大喊，一边激动地挥着手，事实上他已经孤注一掷地扑向了那个壮汉，因为竭尽了全力，再加上完全出乎意料，赛克斯被重重地撞倒在地。

那三个目击者目瞪口呆。他们没有插手，那孩子和壮汉在地上滚作一团，孩子不顾雨点一样落在他身上的拳头，将凶手胸前的衣服越拽越紧，一直用尽全身力气在大声叫人帮忙。

然而，这是一场力量悬殊的搏斗，所以没能持续太久。赛克斯把贝茨掀翻在地，还用膝盖顶住了他的咽喉。这时克拉克特神色紧张地拉住了他，指了指窗口。楼下有火光闪烁，有人正在大声而激动地说着什么，还伴随着急切的脚步声——听上去来人很多——正在通过离此地最近的木桥。人群中好像还有个骑马的，坑坑洼洼的路上传来了马蹄声。闪烁的火光越来越亮，脚步声也变得越来越庞杂吵闹，不久传来了响亮的敲门声，那些愤怒的声音汇聚成一片嘶哑的轰鸣，让胆子最大的人都感到畏惧。

“救命！”那孩子尖叫着，声音刺破了夜空，“他在这里！把门撞开吧！”

“以国王的名义命令你们开门！”门外的声音大喊，嘶哑的轰鸣再次浮现，而且更响了。

“把门撞开！”那孩子高喊，“我告诉你们吧，他们绝不会开门的。把门撞开，直接冲进有亮光的屋子吧！”

那孩子话音刚落，密集而沉重的撞击声便从门和楼下的窗板那里传了过来。人群中爆发响亮的欢呼声，让听众第一次对外面的人数有了确切的概念。

“打开什么地方的门，让我把这个乱号的小鬼关进去，”赛克斯大吼，拖着那孩子跑来跑去，就像拖着一个麻袋似的，“就那扇门吧，快点！”他把那孩子扔了进去，转动钥匙，锁上了门，“楼下的大门结实吗？”

“双保险，还加了铁链。”克拉克特回答，他和另外两个人依旧处在茫然失措六神无主的状态中。

“门板——结实吗？”

“包着铁皮。”

“窗板也是吗？”

“窗板也是。”

“你们这些该死的！”那个困兽犹斗的匪徒抬起窗格，嚷嚷着，威胁下面的人群，“你们就白费力气吧！我会再耍你们一把的！”

在世人耳里听到的最可怕的叫喊里，没有什么能及得上被激怒的人群发出的咆哮声。有人在叫嚷，要最靠前的人放火烧了房子，另一些怒号着，要警察开枪打死凶手。所有这些人里，最激愤的是那个骑在马上的人，他从马鞍上跳下，像分开水流一样，冲过人群，在窗户底下大喊，那叫声盖过了所有声音：“谁能拿个梯子过来，我就给他二十个基尼！”

最靠前的声音响应他的叫喊，成千上万的声音回应着，有些人在喊拿梯子来，有些人喊拿大铁锤来，有些人举着火炬来回奔走，好像在寻找这些东西，然后又跑回来，继续叫喊。有些人在用毫无用处的咒骂出气，有些人像疯子一样奋力向前挤去，反而妨碍了那些窗户底下工作的人。那些最大胆的开始试图攀爬落水管和墙缝。黑暗中，所有人波浪似的涌来涌去，仿佛被暴风刮过的玉米田，持续地发出狂怒的咆哮。

“潮水，”杀人犯大声说着，跌跌撞撞地退回屋子，关上了窗，“我来的时候正涨潮。给我一根绳子，长绳子。他们都在房子的前面，我可以跳进荒唐沟，然后从那里跑路。给我一根绳子，要不然我大不了再杀三个，然后自杀。”

那三个人惊恐万分，把他要的东西指给他看。杀人犯慌忙选了一根最长最结实的绳子，急匆匆地爬上了屋顶。

房子所有的后窗很久以前就被砌上砖堵死了，只有关着那孩子的房间里还有个小天窗，但太小了，连他的身子都穿不过去。不过，通过那个小孔，那孩子不断提醒外面的人注意看守房子的后方。于是，当杀人犯最后通过屋顶的小门爬到最高处时，一个响亮的声音向屋前的人群通报了这个情况，人们马上像洪水一样涌来，将房子密不通风地包围了起来。

赛克斯有意随身携带了一块木板，将它顶在门上，好让里面的人很难将门推开。然后他从瓦片上爬了过去，从屋顶边沿的扶栏上往下探看。

潮水退掉了，荒唐沟露出了满是淤泥的河床。

人群在短短的几秒钟内安静下来，观察他的动向，猜测他的企图，此刻他们恍然大悟，明白他的如意算盘落空了，便爆发出一阵得意扬扬的咒骂，让先前的咆哮听上去就像是耳语。声音一浪高过一浪，那些离得很远的不知道发生了什么，也跟着叫喊起来，声音此起彼伏，好像全伦敦的人都涌到了这里，来咒骂这个杀人凶犯。

赛克斯的最后一搏(《雾都孤儿》1911 年版,乔治·克鲁克香克绘)

人们向前挤去，向前，向前，再向前，愤怒的脸庞挤成汹涌的洪流，遍布四周的火炬照亮了它们，脸上的愤怒和激动都展露无遗。人群还涌入河沟对面的房子，推拉窗都被打开了，或者被人挤裂了，每扇窗户里层层叠叠的都是脸，每幢房子的屋顶上也黑压压的都是人，每座小桥（视野里能看见三座）都被上面的群众的重量给压弯了。人流还在继续涌入，寻找角落和缝隙来发出吼声，或者只是看一眼那个混蛋。

“他逃不掉啦，”一个男人站在最靠近那里的桥上喊，“万岁！”

人群脱下帽子，挥舞火炬，欢呼声再次响起。

“我悬赏五十英镑，”与此同时，一个老先生喊，“给那个活捉他的人，我会在这里等，直到有人来领这笔赏金。”

又是一阵喊叫。此刻，人群在传递一个消息，门终于被撞开了，第一个喊着要梯子的人已经冲进了屋子。消息迅速传开，人流突然开始转向，站在窗口的人看见桥上的人在回流，也从各自的位置上离开了，跑到街上，加入了人流，往刚才离开的地方没头苍蝇似的蜂拥而去，每个人都争先恐后，毛躁地冲向那扇门，希望在警察把罪犯带走前看上一眼。有的人被挤得快窒息了，有的人在混乱中踉跄倒地被踩踏而过，尖叫嘶吼的声音让人胆战心惊，狭窄的街巷完全被堵住了。此刻，有人在往房子前面的空地猛冲，另一些无力争先的则试图从人群中挣脱。虽然想要抓到凶手的迫切感还是有增无减，人们对凶手的注意力可能被分散了。

杀人犯被狂暴的人群吓着了，再加上脱身之计落了空，只好缩作一团，蹲了下来。但是，看到这个突然的变化，他立刻跳了起来，决定最后再奋力一试，要冒着在淤泥里没顶的危险，爬着绳子跳进沟里，企图乘着黑暗和混乱金蝉脱壳。

他抖擞精神，房子那边传来喧闹声，表明真的有人进来了，因为受到刺激，他用脚顶着烟囱，将绳子紧紧地拴在烟囱上，然后在手和牙齿的协作下，在绳子的另一端迅速地打了个牢固的活套，这样他就能把自己放下去，在离地不超过自己身高的地方，用手上的刀子割断绳子，然后跳下去。

凶手正将绳圈套到自己头上，然后让它滑到胳肢窝下面夹住时，前面提到的那位老先生（他紧紧抓住桥上的栏杆，顶住人群的拥挤，保持住自己的位置）急切地提醒人们，凶手正准备把自己往下放——就在这千钧一发的时刻，凶手回头往屋顶上看了一眼，他举起双手，发出了惊恐的号叫：

“那双眼睛又来了！”他鬼哭狼嚎地尖叫起来。

然后好像遭了雷劈，他趔趄了一下，失去了平衡，跌出了栏杆。绳圈正好套在他脖子上，绳子被他的体重拉扯着，紧得像拉紧的弓弦，快得像离弦的箭。他下坠了三十五英尺，然后突然一阵痉挛，四肢抽搐；他就那样被吊在半空，僵直的手上还攥着一把打开的刀子。

旧烟囱被震得摇晃了几下，还是倔强地挺住了。杀人犯在贴墙的地方摇摆，已经死透了。贝茨拨开悬挂在面前的尸体，呼叫人们看在上帝的份上，快来把他放出去。

那条一直躲着的狗现在终于露面了，在栏杆边来回跑着，发出了凄厉的哀号，然后鼓足勇气跳了起来，向那个死人的肩膀跃去，由于往下跳的时候翻了个身，结果失去了目标，掉进了沟里，脑袋撞在一块石头上，脑浆四溅。

第五十一章　解释不止一个谜团，阐明无关财礼的提亲

上一章说到的事件过去两天后，下午三点，奥利弗坐上了一辆旅行马车，向他出生的城镇飞奔而去。梅里夫人、萝丝、贝德文太太和那位好心的大夫跟他坐在一起。布朗洛先生坐在后面一辆邮车上，旁边还有一个名字暂时保密的人。

路上，他们没怎么说话，奥利弗被激动和不安困扰，无法集中精神，几乎连话都不会说了，同伴们所受的影响也不见得比他轻，至少程度上不相上下。布朗洛先生在迫使蒙克斯就范后，已经小心翼翼地把事情的来龙去脉告诉了奥利弗和两位女士，虽然他们知道，此行的目的是要去完成这些进展良好的工作，但整件事还是包裹着太多的疑问和谜团，他们仍被那个最大的悬念折磨着。

这位好心的朋友在罗斯伯恩先生的协助下，谨慎地切断了所有消息来源，不让他们知道最近那些可怕的事件。“诚然，”他说，“要不了多久他们就会知道这些事情，但或许比现在就知道要好，至少不会更差。”于是，他们在旅行过程中保持沉默，只是忙着操心那个将他们聚集在一起的目标，谁也没有意愿把那些千头万绪的想法说出来。

当马车沿着奥利弗从未见过的一条路向他的出生地进发时，他在这些情绪影响下，还能保持平静；可是，当马车折上他步行走过的那条路时（那时他是一个穷困可怜而无家可归的流浪儿，没有一个朋友相助，头上没有片瓦遮风挡雨），他心头的记忆怎能不被那些旧时光所唤醒？胸中怎会不百感交集？

“看那里，那里！”奥利弗急切地抓着萝丝的手，指着车窗外面大声说，“那个栅栏是我以前爬过的，那个篱笆，我曾经在后面偷偷走过，因为害怕有人追上我，逼我回去！那里有条小路可以穿过田野，通往我小时候住过的老房子。哦，迪克，迪克，我亲爱的老朋友，但愿我现在就能看见你！”

“你很快就能见到他了，”萝丝回答，将他合拢在一起的双手温柔地握在自己手里，“你应该告诉他，你现在有多幸福，变得多富有，在你所有的幸福中，没有一种幸福及得上让他也变得幸福。”

“对对，”奥利弗说，“还有，我们——我们会带他离开这里，让他有衣服穿，有学上，送他到某个安静的乡村，让他在那里茁壮成长——是不是这样？”

萝丝点头表示同意，看到那孩子微笑时眼里噙着幸福的眼泪，她简直说不出话来。

“你会对他很好的，因为你对每个人都很好，”奥利弗说，“我知道，要是你听了他说的事，你一定会哭的。但没关系，没关系的，这些都会过去，你会再次微笑，我也能想见，他的改变会有多大，你就是这样对我的。在我逃跑的时候，他对我说‘上帝保佑你’，”那孩子情不自禁地爆发出一阵哭声，“现在我也会对他说‘上帝保佑你’，然后让他知道，因为这句话，我有多么爱他！”

等他们终于穿行在那些狭窄的小镇街道上，再让那孩子在合理范围内控制自己，已变成了相当困难的事。那里是索尔伯里棺材铺，还是老样子，只是看上去比记忆中小了一些，也没那么威风了。其他那些他很熟悉的店铺和房子都还在那里，几乎每一家都跟他有过一点小小的瓜葛。那是甘菲尔德的驴车，还是他曾经见过的那辆车，停在了那家老旅馆的门口。那是济贫院，那是他小时候苦闷的监狱，它那凄凉的窗户还在对着街道皱着眉头，站在门口的还是那个瘦弱的看门人，看见他时，奥利弗下意识地往后退了退，然后为自己如此愚蠢笑了起来，接着又哭了起来，然后又笑了起来。门口和窗口有许多张脸都是他熟识的，所有这一切看上去几乎就像他昨天才刚刚离开，而他最近的生活只是一场美梦而已。

但这是不折不扣的、真真切切的、让人喜悦的现实。他们直接驱车来到了那家高级饭店（奥利弗过去曾敬畏地盯着它看，以为那是一个非凡的宫殿，不过现在它莫名其妙地不如过去雄伟了）门口，格林维格先生早已站在这里迎接他们了。客人们走出马车时，他吻了吻那位年轻的小姐，又吻了吻那位老夫人，仿佛他是这伙人的爷爷，脸上满是慈祥的笑容，没有说起要把脑袋吃下去的事，是的，一次也没有，甚至在跟老邮差争论去伦敦最近的路线时，都没有打这个赌，只是坚持认为他记得极为清楚，虽然那条路线他只走过一次，而且当时还睡着了。晚餐已经准备好了，卧室也准备好了，每件事情都像变魔术似的安排妥当了。

尽管如此，最初忙乱的半个钟头过去后，曾经伴随整个旅途的沉默和拘束再次浮现。布朗洛先生没有和他们一起吃晚饭，留在一个单独的房间里。另两位先生带着一脸焦虑匆忙地进进出出，在回来后的几段时间里，也是在单独交谈。有一次，梅里夫人被叫走了，过了一个钟头才重新回来，回来时眼睛浮肿并含着眼泪，所有这些情形，让毫不知情的萝丝和奥利弗紧张不安。他们满心疑虑地坐着，保持着沉默，要是偶然说两句，也是低语，好像害怕听见自己的声音似的。

终于到了九点钟，两人开始认为今晚不会再听到更多消息了，就在这时，罗斯伯恩先生和格林维格先生进了房间，后面跟着布朗洛先生和一个男人。看见这个男人时，奥利弗惊讶得几乎要叫出来。他们告诉他，此人是他哥哥，奥利弗曾在集市上见过这个人，还看见过他跟费京一起透过他小房间的窗口往里看。蒙克斯向他投来一丝怨恨的目光，即使到现在，面对这个目瞪口呆的孩子，他还是无法掩饰自己的恨意。他在门边坐了下来。布朗洛先生手里拿着文件，走到萝丝和奥利弗所坐的桌旁。

“这是个让人痛苦的差事，”他说，“但你当着很多绅士的面签署的这些声明，其中一些要点必须在这里再重复一遍。我不是想让你丢脸，但在我们分手之前，我们必须从你嘴里听到这些，你知道这是为什么。”

“继续说，”被指责的那个人说，将脸转了过去，“快点，我觉得我已经做得够多了，不要再耽搁我了。”

“这个孩子，”布朗洛先生说着，将奥利弗拉到身边，把手放在他头上，“是你同父异母的兄弟，是你父亲的儿子，是我好朋友埃德文·里夫特和阿格尼丝·弗莱明的非婚生子，那年轻可怜的姑娘在生奥利弗的时候去世了。”

“不错，”蒙克斯说，皱眉看着那个发抖的孩子（连他心跳的声音都听得见），“那是个杂种。”

“你用这样的字眼侮辱那些早已去世的人，”布朗洛先生严厉地说，“但对他们的世界来说，这样的责备无足轻重。除了你自己，你侮辱不了其他活着的人。不说这些了。奥利弗是在这个镇上出生的。”

“在这个镇上的济贫院，”那个怒气冲冲的人说，“在这上面你已经得到你想要的故事了。”说话时，他不耐烦地指了指文件。

“我必须再当场听一次。”布朗洛先生说着，环顾了一下听众。

“那么你们听好了！”蒙克斯说，“他父亲在罗马病倒了，他妻子，也就是我母亲，赶了过去，她是带着我从巴黎过去的，他们两个已经分开很久了，我们去那里只是为了打理他的财产。据我所知，我母亲对他早就没有什么感情了，他对她也是一样。当时他已经失去了知觉，对我们的到来一无所知，一直昏迷不醒，第二天就去世了。在他桌上，有两份文件，落款时间是他刚生病的那天晚上，是写给你的，”他转身对布朗洛先生说，“文件袋的封面上附有寥寥几行字，要求在他死后再把文件转交给你。里面有一封写给那个叫阿格尼丝的姑娘的信，另一份是遗嘱。”

“信里说了什么？”布朗洛先生问。

“信？那只是一张被改了又改的薄纸片，上面满是忏悔和告白，还祈祷上帝能保佑那个姑娘。他说他曾对姑娘编织了一番谎言，说他隐瞒了一个秘密，有朝一日会向她解释，是这个秘密让他当时没能娶她；然而她还是对他一往情深，无怨无悔地信任他，直到信过了头，失去了她永远也要不回来的东西。当时，她还有几个月就要分娩了。他把计划要做的事都告诉了她，要是他能活着，他要保护她的名节，要是他死了，他祈求她不要诅咒他的亡魂，不要把他们的过失怪罪在孩子身上，因为所有的错都是他犯下的。他提醒她别忘了那个小盒子和那个戒指，就是刻着她教名的那个东西，上面留下的空白是他希望有朝一日能把自己的姓附在她的名字后面，他祈祷她还保存着它，贴身带着，就像以前一样。后面都是一大堆相同的话，一遍又一遍地重复，看上去他已经神志恍惚了。我确信他已经神志不清了。”

“还有遗嘱怎么说？”布朗洛先生说，此刻奥利弗已是泪流满面。

蒙克斯不出声了。

“遗嘱的精神和那封信是一致的，”布朗洛先生代替他说道，“他说了他妻子带给他的不幸，说你生性叛逆、下流并且恶毒，小小年纪就一身恶趣味，你虽是他唯一的儿子，但从小受到的训练，就是恨他的父亲。他还提到他给你，还有你母亲，每个人留下了八百英镑的年金。他剩下的财产被分成了相等的两份，一份是给阿格尼丝·弗莱明的，另一份是给他们的孩子的，条件是那孩子平安出生，还要活到一定年龄[1]。如果是个女孩，她将无条件获得遗产，但如若是个男孩，那么按规定，只有在长大成人的过程中，他没有公然有过任何无耻、卑劣、怯懦和恶行等有损家风之举，才有资格继承遗产。他说，他这么做，是因为他对另一个孩子有信心，随着死亡临近，他对此更加深信不疑，这个孩子一定会继承他母亲的温柔天性和高贵品格。要是他的期望落空，那么这笔钱就归你了。因为到那时候，也只

〔1〕 应指法定成年的年龄二十一岁。

有到这两个孩子都一样坏的时候，才会认定你有优先继承权，不过只是财产而已，你得不到他的心，因为你还是个婴儿的时候，就对父亲充满冷漠和厌恶，将他拒于千里之外。”

“我母亲，”蒙克斯大声地说，“做了一个女人该做的事。她烧了这份遗嘱，信也没有抵达收信人手中，但这封信和其他一些证据，她都保留了下来，好让他们再也无法掩盖那件丑事。她怀着狂怒，把真相告诉了那姑娘的父亲，现在我真为她干的这一切高兴。遭受如此羞辱之后，姑娘的父亲带着他的两个孩子，逃到了威尔士的一个偏僻角落，隐姓埋名，好让他的朋友不知道他去了哪里。没过多久，他就死在了那里。在他去世前几个礼拜，他女儿偷偷离家出走了；他走遍了周围的每个城镇和乡村，寻找他的女儿。有天晚上，他回到家，确信女儿为了不让他和自己蒙羞，自杀了，他那颗苍老的心也跟着碎了。”

现场出现了片刻的沉默，直到布朗洛先生接过话题继续往下说。

“多年以后，”他说，“我面前这位爱德华·里夫特的母亲来找我。他刚满十八岁，就席卷了她的金钱和珠宝离家出走；然后赌博、挥霍、造假，之后逃到了伦敦，跟着最下三滥的社会渣滓鬼混了两年。他母亲得了一种痛苦的不治之症，希望在死之前把儿子找回来。她四处打听，反复搜寻，但很长一段时间还是没有眉目，不过最后她还是找到了他，带着他回了法国。”

“她死在了法国，”蒙克斯说，“她的病拖了很久，临终时，她把这些秘密，还有她对那些跟这秘密有关的人的无尽的恨，都传给了我。其实她没必要这么做，因为我早就继承了这一切。她不相信那个姑娘自杀了，也不认为那个孩子死了，她确信有个男孩生了下来，而且还活着。我向她发誓，只要被我遇上，我就会搞定那孩子，让他没有喘息的机会；我会穷追不舍，怀着最猛烈最无情的敌意纠缠他；向他发泄我最深的恨意，要是有可能，最后就把他送上绞刑架，这就等于朝那份夸夸其谈的遗嘱吐一口唾沫，谁让它那么侮辱人！我母亲是对的，那孩子最后真撞到了我手上。我开了个好头，可后来却毁在那个多嘴多舌的婊子手里，要不然我肯定把这件事干到底！”

恶棍抱紧双臂，为无法畅快发泄恨意，喃喃自语地咒骂自己；这时，布朗洛先生转向身边那些受了惊吓的人们，解释说犹太人是蒙克斯的同伙和密友，他收到一大笔酬金，要引诱奥利弗身陷罗网，但要是奥利弗最后得救了，那一部分酬劳就得退还。就是这件事引起了争执，于是就有了乡村别墅之行，以确认奥利弗的身份。

“那个小盒子和戒指呢？”布朗洛先生转过头问蒙克斯。

“我告诉过你，我从一男一女手里把它们买了下来，他们是从护工老婆子那里偷来的，护工老婆子又是从死人那里偷的，”说话的时候，蒙克斯没有抬一下眼皮，“你知道它们后来怎样了。”

布朗洛先生朝格林维格先生微微点了点头，后者极为灵敏地走开，又迅速返回，推着前面的本博太太，拽着身后她那不情不愿的丈夫。

“难道是我的眼睛欺骗了我？”本博先生大喊，那份虚假的热情极其拙劣，“这是小奥利弗吗？噢，奥！利！弗！要是你知道，我有多为你伤心——”

“闭嘴，傻瓜！”本博太太嘀咕道。

“这是由衷的，由衷的啊，本博太太！”济贫院院长反驳，“我就不能真情流露了吗？是我在这个教区把他养大的，现在我看到他跟这些极为友善的女士和先生们在一起，能不由衷高兴嘛！我是那么爱这个孩子，就好像他是我的——我的——我的亲爷爷，”本博先生结结巴巴地说着，寻找着合适的字眼，“我亲爱的奥利弗少爷，你还记得那个穿白马甲的绅士吗？他真是个有福之人。哎，他上礼拜归天了，被装进了一个镶着镀金把手的橡木棺材里，奥利弗。”

“行啦，先生，”格林维格先生嘲弄道，“克制一下你的真情吧。”

“先生，我尽量吧，”本博先生答道，“你好吗，先生？愿您身体健康！”

这份问候是献给布朗洛先生的，他正走到这对令人尊敬的夫妻面前。布朗洛先生指着蒙克斯，问道：

“你认识这个人吗？”

“不认识。”本博太太直接否认。

“可能你也不认识吧？”布朗洛先生询问她的配偶。

“我这辈子从来没见过他。”本博先生说。

“可能也没卖过什么东西给他，对吧？”

“没有。”本博太太回答。

“可能你也从来没有拿过一个小金盒子和金戒指吧？”布朗洛先生说。

“当然没有，”女舍监回答，“为什么把我们带到这里，回答这种荒谬的问题？”

布朗洛先生再次朝格林维格先生点了点头，这位先生再次灵敏地一瘸一拐离开了，这次再带回来的不是一对矮胖男女，而是两个抖抖索索的妇人，走路的样子摇摇晃晃、磕磕绊绊。

“老萨莉死的那天晚上，你关上了门，”走在前面的那个老婆子举起她皱巴巴的手说，“但你关不住声音，也遮不了门缝。”

“对对，”另一个看了看四周，抿着她掉光牙齿的嘴，“对对对。”

“我们听到她告诉你她做的事情，看到你从她手里拿过一张纸，第二天我们还跟踪你，看到你进了当铺。”第一个老婆子说。

“对，”第二个补充道，“那是一个小盒子和一个金戒指。我们打听过了，还看到它们被交到你手上。我们就在旁边。嗯！我们就在旁边。”

“我们还知道更多，”第一个老婆子接着说，“很久以前，老萨莉，她经常跟我们说起，那个年轻妈妈告诉她，她自觉不久于人世，想死在孩子父亲的坟头，但走到半路就病倒了。”

“你愿意见一下当铺老板本人吗？”格林维格先生作势要往门外走。

“不用了，”本博太太回答，指了指蒙克斯，“我明白了，既然这个懦夫已经招供了，听上去，你们也通过这两个丑老太婆找到了真相，我也没什么好多说的了，我确实把那两样东西卖了，你们也永远找不回来了。那么，你们想怎么着吧！”

“不想怎么着，”布朗洛先生说，“只剩下一件事需要我们去做，就是再也不能让你们留在需要信任的岗位上了，你们可以走了。”

“我希望，”在格林维格先生和那两个老婆子离开后，本博先生极为沮丧地看了一眼四周，“我希望这个不幸的小事件，不会革去我的教区职务吧？”

“肯定会，”布朗洛先生回应，“你就别痴心妄想了，对你已经够不错了。”

“这都怨本博太太，是她要这么做的。”本博先生狡辩。在此之前他先看了看周围，确认他的另一半已经离开了。

“这不是借口，”布朗洛先生说，“毁掉那两件饰品的时候，你在场，从法律角度来说，两个人当中你的罪责更重。法律会认为你妻子是受了你指使。”

“要是法律是这么认为的，”本博先生一边说着，一边使劲用手揉着他的帽子，“那么法律就是蠢驴——白痴。要是这就是法律的角度，法律就是个光棍。我希望法律能落得个最坏的下场，通过亲身体验——亲身体验，这样它就会睁开眼睛看明白了！”

本博先生在“亲身体验”四个字上面加了重音，还重复了一遍，然后狠狠地戴上帽子，把手插在口袋里，紧随他的伴侣下楼去了。

“小姐，”布朗洛先生转身对萝丝说，“把你的手给我。不要发抖。还剩下一些话，我们不得不说清楚，你不用害怕。”

“要是这些话——我不知道这是不是可能，要是这些话——会跟我有关，”萝丝说，“请您让我另找时间倾听，现在，我没有力气也没有精神听了。”

“不是这样的，”老先生挽起她的胳膊说，“我确信，你比你想象的要有勇气。先生，你认识这位小姐吗？”

“认识。”蒙克斯回答。

“我从来没见过他。”萝丝无力地说。

“我以前常常见到你。”蒙克斯回应。

“那位不幸的阿格尼丝，她的父亲有两个女儿，”布朗洛先生说，“另外一个的命运如何？就是那个小女孩？”

“那个小女孩，”蒙克斯说，“她父亲客死他乡，名字是假的，也没一封信、一个笔记本，哪怕最微不足道的线索，可以让他的朋友或亲戚找到他们，所以那小女孩被一些穷极潦倒的乡下人带走，当作自己的孩子领养了。”

“继续说，”布朗洛先生示意梅里夫人靠近些，“继续说！”

“那些乡下人后来搬走了，你不可能找到他们，”蒙克斯说，“不过，友谊办不到的地方，仇恨却总是能另辟蹊径。用了一年时间苦苦搜寻，我母亲办成了这件事，哦嚯，找到了那个小女孩。”

“她把小女孩带走了，是吗？”

“没有。那家人够穷，而且当时他们开始对自己那美好的人性感到厌烦了，至少那个男主人是这样的。我母亲就让那女孩留在他们身边，给了他们一笔维持不了多久的小钱，许诺要给更多，其实就没打算给过。但她还是不够确定，他们的不满和贫困是否能保证让那个女孩不幸，就把她姐姐的丑事告诉了他们，还往里添油加醋，吩咐他们多留心那个女孩，因为她的血统有问题；又告诉他们，她是私生子，而且肯定会在将来某个时候变坏。所有这些话听起来像真的一样，那些人就信了。那女孩在那里过得很悲惨，足够让我们感到满意。后来来了个守寡的女士，她当时住在切斯特，碰巧见到了那个女孩，出于同情把她带回了家。我觉得一定有什么针对我们的魔咒，废掉了我们施加在她身上的影响，让她留在她身边，获得了幸福。我有两三年没见过她了，直到几个月前回国后才再次相遇。”

“你现在是不是也看见她了？”

“对，她正依偎在你怀里。”

“她并不仅仅是我的侄女，”梅里夫人哭了起来，把那个晕过去的女孩搂在怀里，“她仍旧是我最亲的孩子。就算把全世界的财富都给我，我也不会离开她。我的甜心，我的宝贝姑娘！”

“您是我唯一的朋友，”萝丝抱着她哭了起来，“最善良、最好的朋友。我的心都碎了，我真的承受不了这一切。”

“你已经承受了比这更多的东西，你从来就是最好心最温柔的可人儿，把快乐带给了所有你认识的人，”梅里夫人说着，温柔地抱住她，“好了，好了，我的宝贝，别忘了还有人在等着拥抱你呢，可怜的孩子！看这里，看看，看看呀，我的宝贝！”

“你不是我的阿姨，”奥利弗叫着，搂住了萝丝的脖子，“我永远不会叫你阿姨，姐姐，我的亲姐姐，一开始，我心里就有什么东西，让我那样地爱你！萝丝，亲爱的，亲爱的萝丝！”

就让眼泪尽情地流吧，两个孤儿长时间地拥抱着，不时诉说着断断续续的话语，这是多么神圣。就在这一瞬间，他们找回了父亲、姐姐和母亲，却又失去了他们。喜悦和哀伤汇聚在一起，但这里面没有苦涩的泪水，甚至哀伤本身也变得柔和了，被包裹在如此甜蜜而温柔的回忆中，化为庄严的喜悦，失去了所有痛苦的特征。

他们单独相处了很久很久。门那里传来了轻轻的叩击声，提醒有人在门外。奥利弗开门，溜了出去，把位置让给了哈利·梅里。

“我都知道了，”他说着，在心爱的姑娘身边坐了下来。“亲爱的萝丝，我都知道了。”

“我不是碰巧在这里的，”长时间的沉默后，他补充道，“我不是今晚才听说这一切的，我昨天就知道了，只是比你早了一天。你猜到了吗？我是来提醒你一个承诺的。”

“等会儿，”萝丝说，“你真的全都知道了？”

“全部。你曾经让我可以在一年之内的任何时间重提那件我们上次讨论过的事情。”

“是的。”

“我不是强迫你改变你的决定，”这个年轻人试着劝说，“只是想再听你说一遍，要是你愿意的话。我会把我可能拥有的一切地位和财富放在你的脚下，要是你坚持先前的决定，我也保证，我不会用言语或行动来想办法让你改变。”

“当初影响我的那些理由，现在还在影响着我，”萝丝坚持着，“你的母亲对我那么好，把我从贫困苦难的生活中拯救了出来，我对她有着不可推卸的责任，我以前是这么觉得的，今天晚上还是这么觉得。这让人很挣扎，”萝丝说，“但我会为这样的挣扎感到自豪，这是一种折磨，但我甘愿忍受。”

“今晚不是已经真相大白了？”哈利刚开了个头。

“今晚真相大白了，”萝丝柔声接口，“但在你的问题上，我的立场还是和以前一样。”

“萝丝，你是在硬着心肠拒绝我。”她的恋人着急了。

“哦，哈利，哈利，”这位年轻的小姐说着，眼泪夺眶而出，“我多么希望我能答应你，能将自己从这样的痛苦中解脱出来。”

“那你为什么还要让自己受苦？”哈利握住她的手说，“你再想一想，亲爱的萝丝，想一想你今天晚上听到的一切。”

“我听到什么了！我听到什么了！”萝丝哭了起来，“只是我父亲出于羞耻心，避开了所有的一切，我们已经说得够多的了，够多的了。”

“还不够，还不够，”那个年轻人说着，拦住了萝丝，“我的希望，我的心愿、抱负、情感，还有对生活的每个想法，都发生了变化，只有对你的爱没变。现在，我要给你的，不是芸芸众生在乎的虚荣，不是与一个充满恶意和诽谤的世界为伍——在那样的世界里，正直诚实的人抬不起头，并不是因为他们真的做了什么羞耻丢脸的事情。我要给你一个家，一颗真心和一个归宿，是的，最亲爱的萝丝，我要给你这些，只是给你这些，这是我能给你的全部。”

“你这是什么意思？”萝丝有点结巴了。

“我的意思不过是，上次跟你分手后，我下了决心，要填平你我之间一切被想象出来的鸿沟，要是我的世界不能成为你的，那么就让你的世界来成为我的；再没有人能用出身的贵贱来冲你噘嘴，轻视你，因为我要唾弃这一切。我已经这样做了。那些因此疏远我的人，正是曾经疏远你的人，这证明你是多么正确。那些权贵和恩主，那些位高势重的亲戚，以前对我都是笑脸相迎，现在却冷若冰霜。但在英格兰这个最富饶的地方，依然有微笑的田野和飘扬的树木，那里有一座乡村教堂，那是我的乡村教堂，萝丝，是我自己的！[1]那里矗立着一个质朴的住处，你可以打点得让我自豪，比任何我曾希望得到的东西都要

〔1〕 指哈利放弃了世俗追求，成为一名神职人员。

让我自豪几千倍。这就是我现在的头衔和地位，我把它放在你面前了。”

“等恋人们来吃晚饭真够费劲的。”格林维格先生醒了过来，把盖在脑袋上的手帕扯了下来。

真的，等待晚餐开席的时间漫长到了不合理的程度。梅里夫人、哈利和萝丝（他们是一起来的），都没有给出一个字的解释。

“我已经很严肃地考虑过，今天晚上吃自己的脑袋，”格林维格先生说，“因为我开始认为我吃不到别的了。要是你们允许，我要放肆一下，向未来的新娘致意。”

格林维格先生不失时机地将自己的通报付诸实施，吻了吻羞红了脸的新娘。在榜样鼓舞下，医生和布朗洛先生也如法炮制，有人表示看见哈利·梅里已经在隔壁的黑屋子里开了先例，但最有发言权的人认为这纯属造谣：哈利还年轻，又是个牧师。

“奥利弗，我的孩子，”梅里夫人说，“你刚才去哪儿了？为什么看上去这么悲伤？都这个时候了，怎么眼泪还在你脸上偷偷流淌？出了什么事？”

这是个希望会破灭的世界：破灭的还往往是那些我们最在乎的、为我们的本性带来最高荣耀的那些希望。

可怜的迪克已经死了！

第五十二章　费京活着的最后一夜

从地板到天花板，法庭里密密麻麻的，都是人脸。每一寸空间都在投来好奇而热切的目光。从被告席的围栏，到旁听席最偏僻狭窄的角落，所有的目光都在盯着一个人——费京。在他的前前后后、上上下下、左左右右，都是闪亮的眼睛放射出来的光芒，他好像被包围在一片布满眼睛的天空之中。

他站在咄咄逼人的目光之中，一只手搭在面前的木板上，另一只手拢住耳朵，脑袋前倾，以便最大程度领会大法官说的每句话，大法官正在向陪审团陈述对他的指控。有时候，他把目光急遽地转向陪审团，寻找他们对有利于他的证词有何反应；而当法官历数对他不利的证词时，他又扭头看向自己的律师，默默哀求即使在这种时候，也能为他辩驳几句。除了这些焦虑的表情，他的手脚一动不动。从审讯开始，他就很少动弹，现在法官终于说完了，他还是保持着全神贯注的紧张姿态，眼睛盯着大法官，好像还在倾听。

法庭上响起一阵轻微的喧闹声，让他回过神来。他看了看四周，看见陪审团正聚在一起讨论结果。他的目光游移到旁听席上，看见人们为了看见他的脸，争先恐后地站得更高。有些人在急急忙忙地戴眼镜，有些人带着厌恶的表情和身边的人窃窃私语。只有几个似乎不怎么在意他，只是看着陪审团，为他们还在那里耽搁时间而感到不耐烦。但没有一个人的脸色，看得出对他有着哪怕是最微不足道的同情，甚至在现场那么多女人的脸上也看不到。人们只关心一件事，那就是他应该被定罪。

他在慌乱惶恐的一瞥中，看见了所有这一切，然后现场又恢复了死一般的寂静，他回头看见陪审团已经转向了大法官。嘘，肃静！

陪审团只是在请求退庭。

陪审团离开时，他眼巴巴地依次看着他们的脸，似乎想搞清楚大多数人倾向于怎样的裁决，但这一切都是徒劳。看守碰了碰他的肩膀，他机械地跟着看守退到了被告席的尽头，在一张椅子上坐下。椅子是看守指给他看的，否则他都不会注意到。

他再次抬头看向旁听席，有些人在吃东西，有些人在用手帕扇风，这地方人头攒动，太热了。有个年轻人正在一个小笔记本上画他的素描。他想知道画得像不像，就像个闲来无事的观众一样，往那里看了一眼。艺术家折断了铅笔尖，正在用小刀削铅笔。

他将无所事事的目光又转向法官，脑子里开始忙着研究法官衣着的样式，它们值多少钱，是怎么穿到身上的。接着他开始留意审判席上一个胖胖的老先生，半个钟头前他走了出去，现在又回来了。他在心里揣摸，这人是不是出去吃晚饭了，吃了什么，在哪儿吃的。他心不在焉地顺着想了下去，直到有新的目标闯进视野，于是就循着另一条线路胡思乱想。

坟墓已经在他脚下洞开，他没有一刻能从这份沉重窒息的压抑感里解脱。这一幕已经在他眼前了，但还模糊而笼统，而且他也无法让自己去细想。因此，即便他战战兢兢，快要死掉的念头让他忧心如焚，他还是去数面前的铁栏，寻思为什么其中某个尖头折断了，是会有人来修理，还是随它去？然后他想到了绞刑台和绞刑架的恐怖，旋即搁下这个念头，看一个男人往地上喷水降温，接着又开始胡思乱想。

终于有人在大喊“肃静”，人们屏住呼吸，齐刷刷地朝门口看去。陪审团回来了，紧挨着费京身边过去。从他们的脸上，犹太人没有得到任何信息，这些人看上去就像石头。然后是死一般的寂静，没有一丝动静，没有一声呼吸——有罪！

一声大吼响彻整幢大楼，又是一声，再一声，然后回响起一阵巨大的轰鸣，人们在用尽全力叫喊，听来就像是愤怒的惊雷。外面也传来响亮的欢呼声，人们奔走相告犹太人将在礼拜一被处死的新闻。

喧闹声平息下来，有人在问他对自己的判决有何异议。他恢复了倾听者的姿态，提问者向他提出这个问题时，他做出全神贯注的样子；但这问题又被重复了两次，他才好像听了进去，然后只是咕哝道他是个老头子了，年纪大了，诸如此类，声音越来越轻，最后不作声了。

大法官戴上黑帽[1]，犯人还是保持着原来的样子和姿态。因为肃穆得有些可怕，旁听席上有个女人发出几声惊呼。费京立刻朝那里看了一眼，仿佛这个打断让他感到愤怒，然后再次聚精会神地前倾身子。结案陈词郑重而威严，判决听上去有些恐怖。但费京还是站着，像一座大理石雕像，一动不动。他憔悴的脸还是往前伸，下巴垂了下来，眼睛瞪着前方，看守把手按在他胳膊上，示意要带他退席，他傻愣愣地盯着看守看了一会

---

〔1〕英国法庭里，宣判死刑时，法官就会戴上黑帽。这样被告不用听任何言语，就已知道自己被宣判死刑。

儿，然后跟着看守走了出去。

他们带着他，穿过法庭楼下一间砌砖的屋子，里面有些犯人正在候审，还有一些隔着栅栏在和对面的朋友说话，外面是院子。没人理睬他，但是当他经过时，囚犯们都会退开，好让扒拉在栅栏外的人们能更清楚地看见他。这些人在用脏话骂他，向他尖叫，发出嘘声。费京挥了挥拳头，还想朝他们吐口水，但看守们敦促他快走，他穿过一道只有几盏昏暗的灯照明的黑暗走廊，进了监狱里面。

在这里，有人搜了他的身，看他是否携带了可以让他逃避法律制裁的工具；执行完这个环节，他们就送他进了死囚牢房，留他在那里——一个人。

他在门对面的一张石头长凳上坐了下来，长凳既可以当椅子，也可以当床架；他布满血丝的眼睛看着地面，试图集中精神。过了一会儿，他记起一些散乱的碎片，是刚才大法官说的话，当时对他来说，他几乎一个字也听不进去。现在这些碎片慢慢归位，渐渐地意思更明白了，过了一会儿，他便理解了全部含义，几乎就跟在现场听到的一样。绞刑处死——这就是结局：绞刑处死。

天黑了，他开始回想所有那些死在绞刑架上的熟人，有些还是他设计害死的。他们快速而连续地闪现，几乎都数不清楚。他曾亲眼看着其中一些人死去——还嘲笑他们，因为他们死的时候还在轻声祷告。随着踏板落下发出的咔嗒声，这些人是怎样由身强力壮的汉子，突然变成了一堆晃晃荡荡的衣服啊！

他们中的一些人也许就在这间牢房里待过——也可能就坐在这个地方。太暗了，为什么不给点光？牢房是很多年前建造的，应该有很多人在这里度过了他们最后的时光。这地方就像一个坐满了死尸的墓穴，头套、绞索、被缚的臂膀，还有他熟悉的那些脸，哪怕带着面罩他也可以认出他们。给点光，给点光！

他敲着笨重的大门和墙壁，直到手都敲破了皮，最后才来了两个男人，一个拿着一根蜡烛，将它插进安在墙上的铁架子上，另一个拖来一张床垫，打算在这里过夜，因为不能再让犯人一个人待着了。

夜晚来临，这是一个漆黑、凄凉而寂静的夜晚。其他守夜人会乐于听见教堂钟声响起，因为钟声在预告充满活力的新的一天，但钟声带给他的却是绝望。铁钟的每一次轰鸣，都是深沉而空洞的一响——死亡。早晨欢快的喧闹声甚至都传进了牢房，但对他有什么意义呢？这不过是另一种形式的丧钟，警告之外还掺杂了嘲弄。

白天过去了。白天？哪来什么白天，它来得快去得也快。然后夜晚再次来临，它是那么长，但又是那么短暂。漫长是因为那可怕的寂静，短暂是因为时间过得飞快。他一会儿语无伦次地破口大骂，一会儿又一边咆哮一边撕扯头发，他所属教派里那些德高望重的人跑来陪他祈祷，他用咒骂的方式将他们赶走了。他们再次试图提供他们的善意，他就索性将他们打跑了。

礼拜六晚上。他只剩下一个晚上可活了。在他这么想的时候，天亮了——已经是礼拜天了。

这可怕的最后一夜终于到来了，他枯萎的灵魂，深深陷入了萎靡的无助和绝望；倒不是说他从来没有明确或积极地指望过宽恕，而是说，他最多只是模模糊糊感觉自己很快就要死了。

他很少跟两个看守说话，他们两个轮流看守他，值班时都想尽办法不引起他的注意。他清醒地坐在那里，但其实是在做梦。此刻，他每分钟都会突然站起来，张嘴喘气，皮肤发烫，焦灼地走来走去，恐惧和愤怒交替发作，那两个看守本已对这类情景司空见惯，也被他吓得避在一边。在邪恶良心的折磨下，他的样子越来越可怕，到最后，看守甚至不敢一个人跟他面对面坐在那里，所以只好两个人一起上阵。

他蜷缩在石床上，回想着过去。被捕的那天，他被人群里扔过来的什么东西打伤了，脑袋包上了一块亚麻布。他的红头发耷拉在毫无血色的脸上，胡子被扯得扭成一绺一绺的，眼睛放射可怕的光芒，久未清洗的皮肤因为体内的高热而起了皲裂。八点——九点——十点。要是这不是一个用来吓唬他的诡计，那么它就是真实的时间，彼此踩着对方的脚后跟，在向前行进。当它们再一次轮转过来时，他会在哪里！十一点了！又一次钟声响起，前一个小时的钟声的余音好像还在回荡。到了下一个八点，将只有他一个人为自己送葬；到了下一个十一点——

纽盖特监狱那些可怕的墙壁，掩盖了太多悲惨而难以述说的痛苦，不仅让人无法看见，而且长期以来更常常让人无法想象，但即便是它，也从来没有见过这样恐怖的一幕。少数人路过这里时，会放慢脚步，想象那个第二天要被吊死的人在做些什么，要是他们能看到他，那个晚上一定会辗转难眠的。

从这晚的早些时候起，一直到午夜，人们三五成群来到门房前，一脸焦急地询问，是否收到了缓期执行的命令。得到否认的消息后，他们就把这大快人心的消息传递给街上簇拥的人群，那些人指指点点，讨论费京会从哪扇门里出来，绞刑台又会被搭建在哪里，然后才不情不愿地走开，不时回头想象行刑的那一幕。他们一个接一个，慢慢散去了；一个钟头后，深夜街道上只剩下死寂和黑暗。

监狱前面的空间已被清理出来，一些结实的黑色栅栏被摆放在街道中央，以便隔开预期中的汹涌人群。布朗洛先生和奥利弗出现在边门那里，向看守出示了一份由某个长官签署的许可令，很快被让进了门房。

“先生，这位小绅士也要进去吗？”给他们带路的人问，“这种情景不太适合小孩子，先生。”

“确实不适合，我的朋友。”布朗洛先生说，“不过我要跟那个人谈的事情和这个孩子有直接关系，这个孩子已经见识过那人的顺风顺水，也看透了他的无耻恶行，我认为他现在可以去见他，哪怕要承受一点痛苦和恐惧。”

为了不让奥利弗听见，这些话是在旁边说的，看守用手碰了碰自己的帽子，好奇地看了奥利弗一眼，然后打开了另一扇门。这扇门正对着他们进来的那扇，看守带着他们穿过黑暗而弯曲的走廊，两边都是牢房。

“这里，”看守说着，在一条阴暗走廊前停了下来，两个工人在那里无声地做着准备工作，“他上路的时候，会经过这里，要是沿着它往前，会看见那扇带他出去的门。”

他带着他们进了一间地上铺着石板的厨房，里面放着给犯人做饭的铜锅。看守指了指一扇门，门上有一道气窗，从那里传来一阵人声，夹杂着锤子和木板落地的声音，有人正在外面搭建绞刑台。

从这个地方往前，他们又穿过了几扇坚固的大门，门是从里面由其他看守打开的，然后进了一个开放的院子，从那里上了一道狭窄的楼梯，进入一条走廊，走廊的左手边是一排坚固的牢门。看守示意他们在原地等待，然后用他携带的那串钥匙敲了敲其中一扇门。在一阵低语后，里面的两个看守来到了走廊，伸了个懒腰，仿佛在为暂时的解脱而高兴，并示意两个来访者跟随另一个看守进入牢房。两人照办了。

死刑犯坐在床上，身子摇来晃去，脸上的表情与其说像人，不如说像一头困兽。他的意识显然正游荡在昔日的生活中，因为他继续喃喃自语，好像没意识到他们的出现，还以为是幻觉的一部分。

“好小子，查理——干得漂亮——”他咕哝道，“奥利弗，你也来了，哈！哈！哈！奥利弗也来了——现在是个十足的绅士了——十足的——带这孩子去睡觉！”

看守握住奥利弗空闲的那只手，轻声嘱咐他不要紧张，然后继续看着眼前的一切，默不作声。

“带这孩子去睡觉！”费京叫道，“你们谁听到我说什么了吗？他就是——就是——所有这些事情的起因。把他养大花的那些钱是值得的——波尔特的喉咙，比尔；别管那姑娘——波尔特的喉咙，割得越深越好。看，他的脑袋掉下来了。”

“费京。”看守说道。

“我就是！”犹太人喊，即刻恢复了审讯时那副倾听的样子，“我就是一个老头子，长官，一个很老很老的老人。”

“现在，”看守说，他按住费京的胸口，不让他站起来，“现在有人想见你，我猜，他们是想问你一些问题。费京！费京！你是人吗？”

“很快就不是了，”费京回答，他抬起头来，脸上没有一点人类的表情，只有愤怒和恐怖，“把他们统统打死，他们有什么权力杀我？”

正说着，他看见了奥利弗和布朗洛先生，便立刻退到石凳最边上，质问两人找自己有什么事。

“打住！”看守说道，依然按着他，“好吧，先生，告诉他，你想知道什么。请快一点，时间紧迫，他的情况只会越来越糟。”

“你那里有一些文件，”布朗洛先生向前一步说，“是一个叫蒙克斯的人为了保密，交到你手上的。”

“这一切都是谎言，”费京答道，“我这里没有，一份也没有！”

“为了仁慈的上帝，”布朗洛先生严肃地说，“现在别再这么说了，你都已经离死不远了，还是直接告诉我，文件在哪里吧。你知道，赛克斯已经死了，蒙克斯也坦白了，你已经没有可能从中获利了。文件在哪里？”

“奥利弗，”费京喊，朝他招了招手。“到这里来，到这里来，让我悄悄告诉你。”

“我不怕，”奥利弗轻声说着，松开了布朗洛先生的手。

“文件，”费京说着，将奥利弗拉了过来，“在一个帆布包里，藏在顶楼前屋那个烟囱上面一点的洞里。我想跟你说说话，亲爱的，我想跟你说说话。”

“好的，好的，”奥利弗回道，“让我来念一段祷文。就这样，让我念一段祷文，只念一段，你和我一起跪下，然后我们可以一起聊到早上。”

“我们上外面说，上外面说，”费京回答，推着身前的奥利弗向门口走去，神情茫然地看着他头顶上方，“就说，我已经睡着了——他们会相信你的。要是你这么做，就能把我给弄出去。就这么干！就这么干！”

“哦，上帝，宽恕这个可怜的人吧！”那孩子哭喊着，眼泪夺眶而出。

“这就对了，这就对了，”费京说，“这对我们有帮助，先过了这道门。我们经过绞刑架时，要是我哆嗦发抖，你不要在意，赶紧往前走就是。现在就走！现在！现在！”

“你没有别的事要问他了吧，先生？”看守问。

“没别的问题了，”布朗洛先生回答，“我本来还指望，我们能让他清醒过来，弄清楚自己的处境——”

“这是不可能的，先生，”看守摇了摇头说，“你们最好离开他吧。”

门开了，另两名看守回来了。

“赶紧！赶紧！”费京大声说，“轻轻地，但不要慢慢地。快点！快点！”

几个人用手按住了他，让奥利弗从他的控制中挣脱出来，然后把他拉了回去。他不顾一切地挣扎了一会儿，然后一声接一声嘶吼起来，声音穿透了那些厚重的墙壁，即使奥利弗他们来到了院子里，那声音还在耳边作响。

离开监狱前，他们耽搁了一阵子。经历了这可怕的一幕，奥利弗几乎快晕过去了，他如此虚弱，将近一个多钟头，都无力迈开脚步。

当他们再次出现在监狱外面的时候，天已经亮了。成群结队的人聚集了起来，窗台上站满了人，有的在抽烟，有的在打牌，各自打发着时间，人群推推搡搡，吵吵嚷嚷，说说笑笑。所有事物都显得活力四射生机勃勃，除了场地中央那堆暗淡无光的物件——黑色的木台、一根横梁、绳索，以及所有跟死亡相关的丑陋装置。

第五十三章　终　曲

这个故事里出场人物的命运几乎都说完了。只有很少的一些需要作者补充，用几句简单的话就可以交代了。

过了不到三个月，萝丝·弗莱明和哈利·梅里就在一家乡村教堂举行了婚礼，那里正是这位年轻牧师以后工作的地方，也在那一天，他们住进了他们的新家，拥有了一个幸福的家庭。

梅里夫人也搬来和儿子儿媳同住，安享晚年。看到这两个孩子——自己在并未虚度的一生中不断给予他们最温暖的情感和最温柔的关怀——开心快乐，真是莫大的幸福。

经过周密而仔细的调查，终于弄清楚了那笔由蒙克斯保管、还未被他挥霍完的财产。无论在蒙克斯手上还是他母亲手里，这些钱都没有增值，于是被平分给蒙克斯本人和奥利弗，每个人大约能分到三千英镑多一点。根据他父亲遗嘱里的规定，奥利弗本来有权获得全部，但布朗洛先生不想剥夺那个大儿子改邪归正的机会，为了让他可以过一种诚实的生活，他提出了这个分配方案，奥利弗也欣然同意。

蒙克斯继续使用他这个化名，带着他那份钱隐退到新世界的僻远地区，但很快便挥霍一空。他再一次重操旧业，之后因为一些新的欺诈行为被判处长期监禁，最后旧疾复发，死在了监狱。他的朋友，费京团伙里的其余人，也大都客死异乡。

布朗洛先生把奥利弗收为养子，他带着奥利弗，还有他们的老管家，搬到了离他的好朋友牧师家不到一英里的地方。这是温柔诚挚的奥利弗唯一的心愿，布朗洛先生满足了他，这样他们联结成一个小小的社交圈，在这变幻无常的世界上，这大概是人类所能知道的最接近于幸福的完美状态了。

在那两个年轻人举行完婚礼后不久，那位可敬的医生回到了彻特西，在那里，因为和老朋友们分开了，他很有可能变得闷闷不乐、暴躁易怒，好在他不是那种性子的人。大概有两三个月的时间，他让自己安于这样的暗示：这地方的空气开始不适合他了，然后，他发现他一直居住的这个地方，确实跟他不再投缘，就把工作交给了助手，在他那位年轻牧师朋友所在的村庄边上，租了一套单身小屋，他的不适立刻就被治愈了。他在这里种花、植树、钓鱼、做木工以及诸如此类，做起事来还是风风火火、全力以赴，最后在每个领域都成了最有造诣的权威，闻名乡里。

医生在搬家之前，就已经设法和格林维格先生建立起了牢固的友谊，那位生性古怪的绅士也予以热烈的回应。于是，一年到头，格林维格先生总要拜访他很多次，在所有来访期间，格林维格先生都会热情高涨地参与种树、钓鱼和木工等活动，做起每件事情，都是那么非同凡响、空前绝后，还总是用他喜欢的那种打赌方式为自己辩护：他的方法才是唯一正确的。礼拜天，他从不放弃当面批评那位年轻牧师布道演说的机会，但事后总是神秘兮兮地告诉罗斯伯恩先生，他认为布道精彩极了，不过他认为还是不要这么说出来。布朗洛先生经常喜欢取笑他，跟他重提那个关于奥利弗的预言，提醒他那天晚上他们怎样坐在一起，中间隔着一块表，等待奥利弗回来。但格林维格先生坚持认为，他的大方向是对的，还举出了证据：毕竟那天晚上奥利弗没有回来。每次都引起他一阵大笑，这让他心情更好了。

诺亚·克莱普尔先生因为举报费京，得到了赦免。考虑到他的职业并不如他想象得那样安全，他用了一段时间去寻求不太费力的谋生方式，但没有找到。一番思量后，他干起了告密者的勾当，这让他过上了一种体面的生活。他的方法是这样的：在每周一次的教堂礼拜时间，穿上体面的衣服，偕同夏洛特外出散步。这位淑女会昏倒在有个好心老板的酒店门口，然后那位老板会提供价值三便士的白兰地，让她苏醒，第二天他便会去告发此事，然后把一半罚款装进自己兜里。[1]有时候克莱普尔先生也会让自己晕倒，结果也差不多。

本博先生和太太被免职后，逐渐陷入穷困潦倒，最后在他们曾经作威作福的同一家济贫院里，成了被救济的对象。有人曾听到本博先生这样说，受到如此挫折和打击，他都没有精神来感激上帝把他和老婆分开了。

至于吉尔斯先生和布里托斯，他们还继续担任着原来的职位，只不过前者谢顶了，后面那个孩子头发也白了。他们住在牧师家，但同时照顾着其他好几家人，包括奥利弗和布朗洛先生，还有罗斯伯恩先生，以至于到今天村民们都无法确定，他们到底服务于哪一家。

查理·贝茨小主被赛克斯的罪行吓着了，开始沉下心来反思，诚实的生活到底是不是最好的。最后他得出了结论：当然是最好的。于是他告别过去，下决心改邪归正。他努力奋斗了一段

---

〔1〕当时规定教堂礼拜没有结束前，酒馆不能供应酒类，不然施以罚款。告知消息者可以得到一半罚金。

时间，吃了很多苦，因为拥有知足之心和正确的目标，最后获得了成功。他先是做了农场的苦力，然后是马车夫，现在成了整个北安普顿[1]最快活的年轻牧场主。

现在，这只写出这些句子的手在发抖，因为它正接近完成它的任务。它多么想拿着这些奇遇的线，再多编织一会儿啊。

我很想跟那些让我感动了很久的人物再消磨一些时光，用尽量多的笔墨来分享他们的欢乐。我想展现萝丝·梅里在成为少妇后的风采和优雅，如何将温柔的光辉照亮她隐逸的生活，也照亮那些和她一起践行这种生活的人们，一直照进他们心里。我就想描绘出她的活力和欢欣，无论他们是在冬天围炉夜话还是在夏天镇日清谈，我会追随她穿过正午炎热的田野，听她在月夜散步时发出的甜美低吟，我会看着她在外善良仁慈，在家带着微笑不知疲倦地干着家务活。我要描绘她和她姐姐的遗孤相亲相爱，好几个钟头在一起描摹他们痛失的亲人的样貌。我要一再地把那些围绕在她膝下的小脸蛋召唤到面前，倾听他们欢快地咿呀学语，我要唤回那些欢笑声，我要唤起那温柔的蓝眼睛里闪闪发亮的怜悯的泪水。这一切，还有那千种神情万般笑容，千条思绪万句言语，每一个我都很乐意唤回笔端。

布朗洛先生日复一日，往他养子的脑袋里注入各种知识，而当那孩子的天性越来越成熟，已经显露会成为他理想中的形象的苗头时，他也越来越喜欢这孩子；他在这孩子的身上，看见了他早年朋友的影子，唤起了他心里久远的记忆，这些记忆

---

〔1〕 在伦敦西北七十五英里。

既忧伤，又充满了甜蜜和欣慰；那两个孤儿，如何经受了逆境的考验，从中学会了要对人宽容，要彼此相爱，要热切感激上帝，他保护也保全了他们——这一切都无须赘述。我已经说过，他们真的很幸福，要是没有强烈的爱和仁慈的心，要是对以怜悯为信条、对所有生灵都心怀仁慈的上帝没有感恩之心，是永远也不可能得到幸福的。

在那座乡村老教堂的祭坛内，矗立着一块白色的大理石墓碑，上面只刻着一个名字："阿格尼丝"。那座墓里面没有棺材，而且也许很多很多年以后，才会有另一个名字被刻在上面！但是，要是死者的灵魂还能够回到人间，拜访这些地方——这里充盈着他们生前认识的人的爱，超越死亡的爱——我相信，阿格尼丝的灵魂有时候会在这些庄严的角落徘徊。我相信，因为这个角落在教堂里，脆弱而容易迷失的她会循迹而来。

底本说明及参考文献

严蓓雯

底本

《奥利弗·退斯特》最初以系列连载小说的形式，于1837年2月至1839年4月期间刊载于《本特利氏杂志》(*Bentley's Miscellany*)。初版单行本由该杂志所有者本特利于1838年11月出版，共三卷，题名仿班扬《天路历程》，起名为《奥利弗·退斯特；又名，教区男孩的历程》(*Oliver Twist; or, The Parish Boy's Progress*)，作者假托名为“博兹”(Boz)，配有克鲁克香克(Gerorge Cruikshank)的24幅钢雕版插图。第二版出版于1839年年初，并于1839年年底、1840年两次再版。1841年出版第三版时，狄更斯撰写了序。之后，他又费心修订文本，于1846年用真名再度出版，题名为《奥利弗·退斯特历险记；又名，教区男孩的历程》(*The Adventure of Oliver Twist; or, The Parish Boy's Progress*)，之后再版没有使用副标题。20世纪以来，《雾都孤儿》出版史上最为重要的几个版本，包括牛津大学出版社1966年版、牛津大学出版社“世界经典文库”(Oxford World’s Classics)版以及诺顿注释版(Norton Critical Edition)均以1846年版为底本。本译本在参考前两种版本的基础上，以诺顿注释版(弗雷德·卡普兰[Fred Kaplan]编辑并撰

Beddow

Preface to the cheap Edition of Oliver Twist

At page 217 of this present [illegible] Edition of Oliver Twist, there is a description of "the filthiest, the strangest, the most extraordinary, of the many localities that are hidden in London." And the name of this place is [illegible] Jacob's Island.

I had the honor of belonging to the constituent body represented, for parochial purposes, by the sapient vestry of Marylebone — an honor which I hope I may never [illegible] this way

Eleven or twelve years have elapsed, since [illegible] the description was first published. I was as [illegible] fully convinced then, as I am now, that nothing effectual can be done for the elevation of the poor in England, until their dwelling places are made decent [illegible] and wholesome. I have always been [illegible]

[illegible] I have ever since been, to the best of my power an advocate of what we now call the sanitary cause, [illegible] [illegible] of the late Metropolitan Health [illegible]

狄更斯《雾都孤儿》手稿

写导语，1993年）为底本。这一版本不仅包含1846年权威原文、第三版作者序，还包括背景介绍、参考书目、作家年表、详细注释等，另外收入出版当时的报刊评论及之后学界的评论文章，这些都为本译本提供了翔实的参考。

参考文献

作者生平

John Foster, *Life of Charles Dickens*, 2 Vols., 1876.

Edgar Joghson, *Charles Dickens*, 2 Vols., 1952.

The Letters of Charles Dickens, 6 Vols., 1968-1988.

Fred Kaplan, *Dickens and Mesmerism, The Hidden Springs of Fiction*, 1975.

Charles Dickens, *Interviews and Recollections*, 2 Vols., ed. Philip Collins, 1981.

Fred Kaplan, *Dickens: A Biography*, 1988, 1990.

Peter Ackroyd, *Dickens*, 1990.

Graham Smith, *Charles Dickens: A Literary Life*, 1996.

Robert Newson, *Charles Dickens Revisited*, 2000.

Rod Mengham, *Charles Dickens*, 2001.

Jane Smiley, *Charles Dickens*, 2002.

Robert Sirabian, *Charles Dickens: Life, Work, and Criticism*, 2002.

Michael Slater, *Dickens*, 2009.

Claire Tomalin, *Charles Dickens: A life*, 2011.

批评研究

Humphry House, *The Dickens World*, 1941.

Arnold Kettle, "Dickens: Oliver Twist" , in *An Introduction to the English Novel*, 1951.

George Ford, *Dickens & His Readers*, 1955.

K. J. Fielding, ed., *The Speeches of Charles Dickens*, 1960.

G. L. Brook, *The Language of Dickens*, 1970.

John Button and Kathleen Tillotson, *Dickens at Work*, 1957.

J. Hillis Miller, *Charles Dickens: The World of His Novels*, 1958.

Harry Stone, "Dickens and the Jews" , in *Victorian Studies*, 2 (1959) , 223-253.

Philip Collins, *Dickens and Crime*, 1962.

Steven Marcus, *Dickens: From Pickwick to Dombey*, 1965.

F. R. Leavis and Q. D. Leavis, *Dickens the Novelist*, 1970.

H. M. Daleski, *Dickens and the Art of Analogy*, 1970.

Harvey Peter Sucksmith, *The Narrative Art of Charles Dickens*, 1970.

Kathleen Tillotson, "Oliver Twist", in *Essays and Studies*, 1970.

Philip Collins, ed., *Dickens, The Critical Heritage*, 1971.

Alexander Welsh, *The City of Dickens*, 1971.

John Carey, *The Violent Effigy: A Study of Dickens' Imagination*, 1973.

Philip Collins, *Charles Dickens: The Public Readings*, 1975.

Norris Pope, *Dickens and Charity*, 1978.

Robert L. Patten, *Dickens and His Publishers*, 1978.

F. S. Schwarzbach, *Dickens and the City*, 1979.

Dennis Walder, *Dickens and Religion*, 1981.

Ben Weinreb and Christopher Hibbert, *London Encyclopedia*, 1983.

Michael Slater, *Dickens and Women*, 1983.

Janet L. Larson, *Dickens and the Broken Scripture*, 1985.

Paul Schlicke, *Dickens and Popular Entertainment*, 1985.

David Paroissien, *Oliver Twist, An Annotated Bibliography*, 1986.

Fred Kaplan, *Sacred Tears, Sentimentality in Victorian Fiction*, 1987.

K. J. Fielding, "Benthamite Utilitarianism and Oliver Twist: A Novel of Ideas", in *Dickens Quarterly*, 4（1987）, 49-65.

Nicholas Bentley, Michael Slater, and Nina Burgis, *The Dickens Index*, 1988.

Kathryn Chittick, *Dickens and the 1830s*, 1990.

Patricia Ingham, *Dickens, Women, and Language*, 1992.

Cates Baldridge, "The Instabilities of Inheritance in Oliver Twist", in Studies in the Novel, 25（1993）, 184-195.

Harry Stone, *The Night Side of Dickens: Cannibalism, Passion, Necessity*, 1994.

George Newlin, *Everyone in Dickens*, 3 vols., 1995.

George Newlin, *Everything in Dickens*, 1996.

Murry Baumgarten, "Seeing Double: Jews in the Fiction of F. Scott Fitzgerald, Charles Dickens, Anthony Trollope, and George Eliot", in Bryan Cheyette, ed., *Between "Race" and Culture: Representations of "The Jew" in English and American Literature*, 1996, 44-61.

Donald Hawes, *Who's Who in Dickens*, 1998.

A. O. J. Cockshut, *Children's Death in Dickens: A Chapter in the History of Taste*, 2000.

John Bowen, *Other Dickens: Pickwick to Chuzzlewit*, 2000.

Wendy Jacobson et al., eds., *Dickens and the Children of Empire*, 2000.

Andrew Dowling, *Manliness and the Male Novelist in Victorian Literature*, 2001.

Juliet John, *Dickens's Villains: Melodrama, Character, Popular Criticism*, 2001.

David Parker, *The Doughty Street Novel*, 2002.

Tore Rem, Dickens, *Melodrama, and the Parodic Imagination*, 2002.

Alan Robinson, *Imagining London 1700-1900*, 2003.

Efraim Sicher, *Rereading the City: Rereading Dickens*, 2003.

Julian Markels, *The Marxian Imagination: Representing Class in Literature*, 2003.

Stanley Friedman, *Dickens' Fiction: Tapestries of Conscience*, 2003.

Grace Moore, *Dickens and Empire: Discourses of Class, Race, and Colonialism in the Works of Charles Dickens*, 2004.

Pam Morris, *Imagining Inclusive Society in Nineteenth-Century Novels: The Code of Sincerity in the Public Sphere*, 2004.

Terry Eagleton, *The English Novel*, 2005.

《雾都孤儿》细目